Tanja Voosen

Cursed Love

TANJA VOOSEN

Cursed Love

Roman

heyne>fliegt

MIX
Papier aus verantwortungsvollen Quellen
FSC® C083411

Verlagsgruppe Random House FSC® N001967

2. Auflage

Neumarkter Str. 28, 81673 München
Redaktion: Diana Mantel und Martina Vogl
Gestaltung der Karte: t.mutzenbach design, München
Umschlaggestaltung: t.mutzenbach design, München,
unter Verwendung diverser Motive von Shutterstock
© mythja, Allgusak, TatianaKost94, icemanphotos,
lavendertime, umiberry, OHishiapply
Satz: Leingärtner, Nabburg
Druck und Bindung: CPI books GmbH, Leck
Printed in Germany

ISBN: 978-3-453-27294-1

www.heyne-fliegt.de

*Für meine Schwester Steffi. Meister-Fotografin,
Natur-Abenteurerin, Instagram-Weisheiten-Teilerin,
Holzkunst-Talent, Witzige-Sprücheklopferin, Eulen-Freundin,
Tiger-Ersatzmama, Laut-Im-Auto-Mitsingen-Karaoke-Partnerin
und Bis-Ans-Ende-der-Welt-Gemeinsam-Gehen-Komplizin.
Mit dir lässt sich jeder Fluch brechen.*

PLAYLIST

»I Lost Myself« – MUNN
»Whatever It Takes« – IMAGINE DRAGONS
»I Don't Know If We Can Be Friends« – HOLLYN
»This Is On You« – MAISIE PETERS
»Tourist In This Town« – MADDIE & TAE
»Girl« – MAREN MORRIS
»The Optimist« – EVIE IRIE
»21st Century Machine« – CATIE TURNER
»Happy« – JULIA MICHAELS
»Agape« – BEAR'S DEN
»Shake It Off« – TAYLOR SWIFT
»Hard Boy« – FRAWLEY
»Kissing Other People« – LENNON STELLA
»I Warned Myself« – CHARLIE PUTH
»Sunflower« – HARRY STYLES
»A Thousand Bad Times« – POST MALONE
»Easy« – BILLY LOCKETT
»Lonely House« – MUNN
»Alone, Pt. II« – ALAN WALKER & AVA MAX
»Side Effects« – CARLIE HANSON
»Dancing« – LAYE
»Dream Of You« – CAMILA CABELLO
»Down In Flames« – AJ MITCHELL
»Blackout« – DANIELLE BRADBERY
»Falling Like Stars« – JAMES ARTHUR
»Lover« – TAYLOR SWIFT
»If That's Alright« – DYLAN DUNLAP

PROLOG

ANGST KLAMMERTE SICH um mein Herz, und es fühlte sich an, als würden kalte Finger es jede Sekunde zerbrechen. Beim Anblick der scharfen Klippen wurde mir schwindelig, und ich spürte die Erschöpfung in jedem Zentimeter meines Körpers umso deutlicher. Eisiger Wind zog und zerrte an mir, als wollte er, dass ich mich meinem Schicksal ergab und mich freiwillig in die stürmischen Fluten stürzte. Doch da war das Schiffswrack in der Ferne, das ich schon einmal gesehen hatte. Es ragte nur ein winziges Stück über die Klippen hinaus, aber ich wusste sofort, dass ich mich dem Ort näherte, von dem die Hexe gesprochen hatte. Die Schmugglerhöhle. Ein winziger Funke Hoffnung keimte in mir auf.

Der Regen wurde nun dichter, und ich hielt schützend einen Arm über meine Augen. Nur mühsam kam ich voran, erreichte schließlich eine unförmige Treppe, die an einer Stelle in den kantigen Stein geschlagen war. Das Geländer war rostig und bot wenig Halt. Immer wieder rutschten meine Stiefel auf den feuchten Stufen ab. Steine knirschten wie Scherben unter meinem Gewicht, als ich es nach unten schaffte und mich der Höhle über den steinigen Strand näherte. Das Meer trieb schäumende Wellen zum Ufer, die tobten und miteinander verschmolzen. Alles war so schrecklich laut, und meine Sinne waren wie betäubt. Doch ein Gefühl kämpfte gegen meine Angst an, war stärker als sie:

Liebe. *Ich liebte ihn.* Trotz allem, was geschehen war.

Deshalb musste ich *es* finden. Das war unsere einzige Chance.

Ich tastete mich an der Felswand entlang, bis ich den Eingang der Höhle, die wie ein dunkles, totes Auge in der Klippe hing, fand. Jeder Muskel in mir schrie vor Schmerz. *Halt durch, nur noch ein bisschen!* Dunkelheit verschluckte mich, während ich mich ins Innere der Höhle vorwagte. Ich hatte mich nie für besonders dumm oder mutig gehalten, und nun fragte ich mich, ob beides nicht dasselbe war. Aber ich konnte nicht aufgeben. *Nicht jetzt!* Vorsichtig tastete ich mich voran und trat mit einem Mal ins Leere. Ich verlor das Gleichgewicht, fiel und schlug gegen etwas Hartes. Plötzlich war überall Wasser, das mir die Luft raubte. Meine Lungen brannten wie Feuer, als jeglicher Atem ihnen entwich.

Nun war alles vorbei. Ich würde sterben.

Das Letzte, woran ich dachte, war sein Gesicht.

Er hatte mich vor dem Dalca-Fluch gewarnt.

Und jetzt würde ich ihn nie wiedersehen.

Dann.

Wurde.

Meine.

Ganze.

Welt.

Tiefschwarz.

Teil 1

WHIDBEE ISLAND

KAPITEL 1

DIE FÄHRE HATTE ERST vor wenigen Minuten abgelegt, und ich wäre schon jetzt am liebsten über die Reling gesprungen und das Stück zum Festland zurückgeschwommen. Was hatte ich mir nur dabei gedacht? Den ganzen Sommer auf einer Insel verbringen! Ich! Auf solchen Inseln gab es Sandstrände, blauen Himmel und überall lächelnde Touristen, die das Abenteuer ihres Lebens suchten. Da gehörte ich ganz bestimmt nicht hin. Seufzend nahm ich mein Handy aus der Jackentasche, um meine Musik lauter zu drehen. Munn sang mir gerade ins Ohr, dass sein Herz an zwei Orten gleichzeitig war, und genauso fühlte ich mich auch. Nicht zuletzt wegen des Hintergrundfotos, das für einige Sekunden aufleuchtete. Ich hatte es einfach nicht über mich gebracht, es zu löschen. Seufzend entsperrte ich das Display und starrte in mein eigenes, lächelndes Gesicht, an der Seite von Franklin. Dabei war an dem Tag so ziemlich alles schiefgelaufen. Platter Autoreifen, der Kinofilm ein Reinfall und unser Lieblingsrestaurant hatte unerwartet geschlossen. Unser Katastrophen-Date. Und gleichzeitig das allerschönste. Jemanden zu vermissen war das grausamste Gefühl. Allein seinen Namen zu denken tat weh. Mit hämmerndem Herzen öffnete ich die Einstellungen, zögerte dann aber. *Du kannst das, gib dir einen Ruck!* Immerhin trug mich gerade eine Fähre weit, weit weg von allem, und mehr Abstand konnte ich nun wirklich nicht zwischen mich und die vergangenen Monate bringen. Ich holte tief Atem und scrollte durch die Bildergalerie mit meinen Lieblingsfotos. Die hatte ich mir viel zu lange nicht mehr angesehen – dabei war ich auf einige echt stolz. Kurzerhand wählte ich das mit dem Sonnenblumenfeld aus, und mit einem Knopfdruck waren Franklin und ich Geschichte.

Zumindest unser Foto. Wieso fühlte sich das nur so furchtbar an?

Meine Playlist endete mit diesem Song, da hörte ich schon meine Geschwister.

»Elise, komm mal! Ich glaube, Mia will vom Schiff springen.«

Mein Bruder Tucker tauchte neben mir auf, die blonden Haare zerzaust vom Wind. Ich wollte gar nicht wissen, wie ich erst aussah. Denn während er und meine Schwester sich im Inneren des Schiffs aufgehalten hatten, war ich draußen geblieben und hatte dabei zugesehen, wie der weiße Leuchtturm von Mukilteo immer kleiner geworden war. Meine eigene Frisur musste inzwischen Vogelscheuchen-Status erreicht haben. Vielleicht passte sich mein Aussehen aber auch nur meinem Inneren an: das Chaos auf zwei Beinen.

»Wie kommst du denn darauf?«, fragte Elise. Sie war Tucker anscheinend gefolgt und stand nun links von mir. »Mia weiß, dass sie keine Meerjungfrau ist.«

»Wieso sollte denn eine Meerjungfrau von einem Schiff springen?«, fragte Tucker.

»Na, in dem einem Netflix-Film hat sie es getan, um jemanden zu retten.«

»Mia kann nicht mal ein Spiegelei retten, wenn es anbrennt«, meinte mein Bruder.

Genervt nahm ich meine Kopfhörer ab. »Ich kann sehr wohl kochen!«, empörte ich mich. »Ohne mich würdet ihr zwei regelmäßig verhungern. Und überhaupt, ich genieße nur den Ausblick auf …«, einen Ozean voller Tränen, von Mädchen wie mir, die irgendwelchen Jungs nachtrauerten, »… das wunderschöne Meer.«

»Pah! Verhungern!«, grummelte Tucker. »So oft sind Mom und

Dad jetzt auch nicht weg. Und alles, was du kochst, ist angebrannt oder versalzen, also bitte.«

Manchmal hatte ich das Gefühl, seitdem er sechzehn geworden war, wurde er von Tag zu Tag unausstehlicher. Da war Elise mit ihren vierzehn um einiges ruhiger.

»Besser als jeden Tag nur Pizza«, erwiderte ich.

»Ich finde dein Essen lecker«, kam Elise mir zu Hilfe. Sie sah mich an und gab mir dann einen leichten Stupser. »Du machst die ganze Zeit das Du-weißt-schon-was-Gesicht.«

»Beim letzten Blick in den Spiegel war ich noch nicht Voldemort.«

»Sie meint dein Mein-Freund-hat-mit-mir-Schluss-gemacht-Gesicht.« Tucker betrachtete mich kopfschüttelnd. »Dabei ist das Ganze jetzt schon drei Monate her.«

»Mein Herz ist aber immer noch gebrochen«, sagte ich leise.

Wäre echt schön, wenn man nur drei Monate warten müsste, danach aufwachte und die Welt wieder in Ordnung wäre. So war das aber nicht! Gut, dass gerade niemand mitbekommen hatte, wie viel Überwindung es mich gekostet hatte, mein Hintergrundbild zu ändern.

»Mir hat man beim Fußball mal das Bein gebrochen, und ich lebe auch noch.« Mein Bruder verschränkte nun die Arme vor der Brust. »Wenn das wieder heilt, tut es dein Herz genauso. Hör auf zu jammern, oder ich schmeiße dich höchstpersönlich über Bord.«

»Tucker hat nicht ganz unrecht«, stimmte Elise ihm, wenn auch etwas gutmütiger, zu. »Du hast bestimmt noch das Foto von Franklin und dir auf dem Handy, oder?«

Wann hatten die beiden eigentlich beschlossen, sich zu verbünden?

»Absolut nicht.« Stolz präsentierte ich ihnen das Bild des Sonnenblumenfelds.

Elise hob skeptisch eine Augenbraue, und ehe sie noch etwas fragen konnte, wandte ich den Blick aufs Wasser. Es war so klar und blau wie Franklins Augen, die stets mit ihm um die Wette gestrahlt hatten, wenn er lachte. Ob er gerade auch an mich dachte? Sein Herz innehielt, wenn er zufällig meinen Namen hörte? Wahrscheinlich nicht. Der war jetzt irgendwo mit den anderen, genoss seine Sommerferien und hatte vergessen, dass ich existierte. Wenn ich die Augen schloss, konnte ich ihn mir genau vorstellen. Nicht die Bohne gequält von irgendwelchen Gedanken oder innerlich vor Wut am Schreien.

»Jetzt hört auf euch zu sorgen. Das ist meine Aufgabe«, murmelte ich.

Ich drehte mich um und lehnte mich gegen das Geländer. Die weißen Plastikbänke um uns herum waren bis auf ein altes Ehepaar leer. Viele der Leute, die nach Whidbee Island wollten, hatten ihr Auto auf der Fähre und hielten sich woanders auf. Es war ewig her, dass Mom und Dad uns den ganzen Weg von Portland bis nach Seattle gefahren hatten, damit wir die Fähre zur Insel nehmen konnten. Früher hatte unsere Familie hin und wieder Urlaub bei Tante Sutton gemacht, aber dann hatte es diesen Riesenstreit zwischen ihr und Dad gegeben, und seitdem hing der Familiensegen schief. Tat er noch immer, aber da unsere Eltern die ganzen Sommerferien über im Ausland arbeiten würden, blieb ihnen nichts anderes übrig, als uns Tante Sutton anzuvertrauen. Auf die Farm unserer Großeltern in Kentucky hätten Mom und Dad uns mit keinem Bestechungsversuch der Welt bekommen. Ich zwang mir ein Lächeln auf die Lippen. »Wird schon.«

»Du machst immer noch dein Es-ist-Schluss-Gesicht«, sagte Tucker.

Ich verdrehte die Augen. Tucker kannte manchmal kein Taktgefühl! Dann ignorierte ich ihn eben – damit konnte man ihn nämlich ordentlich ärgern. Und zack! Drehte ich mich einfach um und streckte die Arme von mir. *Bitte, lass den Sommer besser werden als diese Überfahrt!*

»Wenn du jetzt noch schreist, dass du der ›König der Welt bist‹, schubse ich dich wirklich da runter«, murmelte Tucker. Er entfernte sich, weil er wohl genug von mir hatte.

Salzige Meeresluft stieg mir in die Nase, und das Rauschen der Wellen unter dem Bug der Fähre hatte eine beruhigende Wirkung auf mich. Für einen winzigen Augenblick hatte ich das Gefühl, mich etwas entspannen zu können. Früher hätte ich solche Momente immer sofort mit einem Foto verewigt, aber das war nun vorbei. Meine alten Freunde hatten es wahnsinnig toll gefunden, dass ich für die Jahrbuch AG fotografierte, und mich ständig gebeten, sie zu knipsen. Das ganze Lob für die coolen Fotos hatte mir total geschmeichelt, aber wozu noch Erinnerungen festhalten, wenn sie sowieso niemand mehr mit mir teilte? Ich schüttelte mich. Puh, war ich heute vielleicht melodramatisch! Fehlte nur noch so ein Sprecher aus dem Off, der mein Elend kommentierte. Wobei ich das schon recht gut selbst hinbekam: Da steht sie, das Herz-Chaos-Mädchen, drei Monate nach der Trennung ihres Ex-Freundes, ihrer Clique und ihres Lebens. Badaaaaam!

Positive Gedanken, Mia! *Positiv!*

Ich würde meine Cousine Lila wiedersehen … die Insel nach all der Zeit neu kennenlernen, und vielleicht, ja vielleicht würde echt alles gut werden!

Und dann kackte mir eine Möwe auf die rechte Schulter.

»Plot-Twist! Die Möwe scheißt auch auf deine Laune!«, rief Elise frech.

Sofort verflogen meine positiven Gedanken. »Das ist nicht lustig!«

»Ich habe mal gehört, so was soll Glück bringen«, ruderte Elise zurück.

»Ach, echt? Dann gebe ich dir was vom Glück ab!«, sagte ich.

Elise kreischte, als ich sie packen wollte, und wir beide jagten einige atemlose Sekunden auf dem Deck hin und her, bis wir am anderen Ende der Fähre ankamen und unter dem Blick eines uniformierten Mitarbeiters stoppten. Schnell taten wir so, als hätten wir uns schon die ganze Zeit brav an die Regeln gehalten. Über die Lautsprecher kamen nämlich alle paar Minuten Sicherheitsansagen, und wildes Herumtoben fiel da natürlich direkt durch. Ich wuschelte meiner Schwester durch ihr langes, honigblondes Haar und verschwand auf die Toilette, um das »Glück« aus meiner Jeansjacke zu waschen. Beim Blick in den winzigen Spiegel über dem Waschbecken wurde ich kurz traurig. Wann hatte ich das letzte Mal so richtig gelacht? Aus vollem Herzen? Ging das überhaupt, wenn das Herz an zwei Orten festhing? Würde ich meine andere Hälfte jemals wiederbekommen?

Ich wusch mir die Hände und verließ die Kabine, um wieder an Deck zu gehen. Inzwischen hatten sich einige Menschen an der Reling versammelt, denn allmählich kam Whidbee Island in Sicht. Als ich mich neben Elise und Tucker stellte, der wieder aufgetaucht war, überkam mich ein merkwürdiges Gefühl von Sehnsucht.

Am Himmel waren nur wenige Wolken zu sehen, und die Sonne brachte das Wasser zum Glitzern. Der Rand der Insel war grün umsäumt, und in der Ferne waren die Umrisse des Gebirges und der Wälder des Deception Pass State Parks auszumachen. Je näher die Fähre der Insel kam, desto mehr der Häuser entlang des Strandes konnte man erkennen. Kleine und große, die meisten im selben eintönigen Grau, mit weißer Veranda. Zahlreiche Segelboote und andere schmale Schiffe schipperten an uns vorbei. Die Mukilteo-Fähre drosselte ihre Geschwindigkeit und machte sich bereit anzulegen.

»Lasst uns mal das Gepäck holen«, sagte ich bestimmt.

Das kannte ich schon aus anderen Urlauben, meine Geschwister standen ewig herum und vergaßen dabei völlig, sich ihre Sachen zu schnappen. Letzten Winter wäre Tuckers Koffer nach unserem Flug auf dem Gepäckband fast wieder abgetaucht, hätte ich nicht aufgepasst. Wenn ich ehrlich war, störte mich das nicht mal so sehr. Solange es Dinge gab, die ich für die beiden tun konnte, fühlte ich mich gebraucht. Und wer wollte nicht gebraucht werden? Besonders nach meiner Trennung waren es diese winzigen Gesten gegenüber anderen, die mir halfen, mich nicht unsichtbar und vergessen zu fühlen.

An den Schließfächern sorgte ich dafür, dass wir alles beisammenhatten, und ging voraus. Obwohl wir die kompletten Ferien bei Tante Sutton und Lila verbringen würden, reisten meine Geschwister und ich mit leichtem Gepäck. Ein Koffer und dazu ein Rucksack hatten längst nicht für all mein Zeug ausgereicht, aber Mom und Dad waren der Meinung gewesen, dass wir schließlich nicht auswanderten. Sie hatten leicht reden! Aufgrund ihres Jobs als Kostümbildner an Filmsets waren sie es gewohnt, häufiger und manchmal auch spontan für längere Aufenthalte zu packen, und darum wahre Profis darin!

Irgendwie schafften wir es, uns als die Ersten von der Fähre zu schmuggeln.

Ein »Willkommen auf Whidbee Island«-Schild begrüßte uns, und Tucker fischte sofort sein Handy heraus, um ein Selfie davon zu schießen. Er verzog das Gesicht.

»Das sieht doof aus! Mia, kannst du eins machen?«, fragte er.

Ich tat ihm den Gefallen. Dann zögerte ich. »Sollen wir … alle zusammen eins machen?«

Elise strahlte. »Ja, gerne!«

Ich drückte mich an meine Geschwister, und wenige Sekunden später war das erste Foto seit langer Zeit im Kasten, das ich nur aus Spaß gemacht hatte. Na gut, genau genommen war Tuckers Foto zuerst dran gewesen, aber … es fühlte sich schön an, so was Normales zu machen.

»O Mann! Kein Empfang«, maulte Tucker kurz darauf.

So wie ich ihn kannte, wollte er sicher all seinen Freunden unter die Nase reiben, dass er Ferien auf einer waschechten Insel machte, während sie in Portland festsaßen. Elise und ich sahen zu, wie unser Bruder sich bei dem Versuch, besseren Empfang zu bekommen, streckte und dann fast über seinen Koffer gestolpert wäre. Elise kicherte los, und ich stieß insgeheim ein schadenfrohes ›Ha!‹ aus. Das war die Strafe für seine nervigen Sprüche, falls es so was wie Karma gab!

Gemeinsam gingen wir weiter und zogen unser Gepäck hinter uns her.

Die Fähre hatte uns nach Binton gebracht, eine der Hafenstädte der Insel, wir mussten jedoch noch ein Stück weiter. Normalerweise wären wir einfach in einen der kostenlosen Busse gestiegen, welche die Touristen kreuz und quer über die Insel brachten, aber Tante Sutton hatte darauf bestanden, uns abzuholen. Sie und Lila lebten in Seawink, knapp sechs Meilen vom Anlegehafen entfernt, also bloß einen Katzensprung. Allerdings wunderte ich mich kein Stück, als Tucker, Elise und ich am abgemachten Treffpunkt – gegenüber einem Coffeeshop namens Honeymoon Bay – ankamen und weit und breit keine Tante Sutton zu sehen war. Sich zu verspäten war einfach typisch für sie.

Ich schmunzelte. Manche Dinge veränderten sich nie!

Elise hatte sich bereits auf eine Bank gesetzt und ein Buch aus ihrem Rucksack geholt, das sie zu lesen begann. Tucker drückte wie ein Besessener auf den Tasten seines Handys herum, als würde er dadurch sein Foto eher versendet bekommen. Ich fuhr mir mit den Fingern durch mein schulterlanges Haar und versuchte, es ein wenig durchzukämmen. Im selben Moment kamen zwei Jungs in meinem Alter aus dem gegenüberliegenden Coffeeshop. Der eine war groß und dunkelhäutig, der andere hatte eine lässige Sturmfrisur und trug eine Brille. Hand in Hand gingen sie ein Stück die Straße hinunter und stiegen dann in einen weißen Toyota. Plötzlich überkam mich eine unendliche Traurigkeit, fast wie eine Welle, die mich von den Füßen riss. Coffee-Dates und fröhlich Händchen halten. Das hatte ich vor einer Weile auch noch gehabt. Ich kam mir so blöd vor, aber diese kurze Beobachtung reichte schon aus, um der kleinen Freude von eben einen Dämpfer zu versetzen. So war das ständig. Im einen Moment hatte ich das Gefühl, es würde bergauf gehen, und im nächsten schlugen tausend Erinnerungen über mir zusammen.

Hoffentlich sorgte dieser Sommer dafür, dass es nur noch bergauf ging.

KAPITEL 2

TANTE SUTTON LIESS uns ganze fünfunddreißig Minuten warten. Hektisch kurbelte sie das Wagenfenster herunter, als sie endlich zu uns einbog. »Es tut mir so leid!«, entschuldigte sie sich. Dann sprang sie aus dem Wagen und drückte uns alle nacheinander an sich. »Geraldine wollte einfach nicht anspringen!« Sie deutete auf den knallroten Jeep. »Geht es euch gut?«

»Wir wurden fast entführt«, antwortete Tucker todernst.

»Entführt? Du?« Tante Sutton lachte. »Dich würde man nicht mal entführen, wenn es Elise und Mia gratis obendrauf geben würde. Oder einen Sack voller Goldmünzen.«

Die Lachfältchen um ihre Augen, die braunen Locken und ihre silbernen Creolen – genauso hatte ich sie in Erinnerung behalten. Und natürlich ihr Sinn für Humor. Tucker war schon immer eine echte Nervensäge mit blöden Sprüchen gewesen, und sie hatte es jedes Mal geschafft, ihn mit ihrer Schlagfertigkeit zum Verstummen zu bringen.

»Er spielt nur die Drama-Queen, weil er keinen Empfang hat«, sagte ich.

»O nein! Teenager ohne WLAN! Schlimmer als Zombies.«

»Ich kann euch hören«, murrte Tucker.

»Wer austeilt, muss eben auch was einstecken können«, erwiderte ich. »Und das war ja noch harmlos, wenn du loslegst, hast du eine richtige Teufelszunge.«

»Tucker Teufelszunge. Das passt«, meinte Tante Sutton erheitert.

»Hey!«, beschwerte sich Tucker.

»Es ist so schön, euch alle wiederzusehen!« Unsere Tante strahlte uns an. »Ihr seid alle so erwachsen geworden. Wie lange ist es jetzt her, dass wir uns gesehen haben?«

»Das war vor zwei Jahren, an Weihnachten«, sagte Elise.

»Ich meine, dass wir uns hier gesehen haben!« Tante Sutton breitete die Arme aus, als wolle sie als Nächstes die ganze Insel umarmen. »Wir haben gemeinsam so viele schöne Dinge auf der Insel erlebt.«

Ehrlich gesagt erinnerte ich mich nur zu gut daran, wie lange es her war – und wie es endete. Ich war damals dreizehn gewesen und hatte mit Lila bis spät in die Nacht hinein einen Gruselstreifen geschaut, woraufhin ich kein Auge mehr zugemacht hatte. Während meine Cousine seelenruhig vor sich hin schnarchte, war ich beim Gang in die Küche, in der ich mir ein Glas Wasser holen wollte, bei jedem Knarzen der Dielen tausend Tode gestorben. Und da, in der Küche, hatten sie gestanden, Tante Sutton und Dad, und sich ganz fürchterlich gestritten. Sie hatten sich bemüht, möglichst leise zu sprechen, und ich hatte deshalb nur wenige Wortfetzen aufgeschnappt, aber ihre Gesichter und Gesten sprachen Bände.

Ich würde niemals vergessen, wie meine Eltern, meine Geschwister und ich am nächsten Tag völlig überstürzt abgereist waren – und die schöne Zeit war mit einem Schlag vorbei gewesen. Später hatten wir dann erfahren, dass es bei dem Streit um Geld ging, das Onkel Harold sich von meinem Dad geliehen und nie zurückgezahlt hatte. Mein Onkel hatte sich durchs Glücksspiel verschuldet und die finanzielle Unterstützung von Dad eingesackt, um sich dann über alle Berge davonzumachen. Als Kind hatte ich nicht genau verstanden, was da eigentlich passiert war, aber im Laufe der Zeit konnte ich eins und eins zusammenzählen. Tante Sutton hatte ihren Mann in Schutz genommen, weil sie nicht wahrhaben wollte, was sich abgespielt hatte, und Dad hatte ihr deswegen Vorwürfe gemacht.

Seit dem Streit hatte Dad uns regelrecht verboten herzukommen. Sommer auf der Insel gab es nicht mehr, und alles, was blieb, waren Telefonate und Video-Chats. Letztes Jahr hatte Lila uns noch in Portland besucht, aber es war nie mehr dasselbe gewesen wie diese magischen Sommer auf Whidbee Island damals. Und auch wenn meine Geschwister kaum daran zu denken schienen, wusste ich, dass diese Sache noch immer über unserer Familie schwebte. Selbst wenn ich nun siebzehn und alles ewig lange her war.

»Wir können schöne neue Dinge erleben!«, sagte Elise, was Tante Sutton ganz glücklich zu machen schien, denn ihr Lächeln wurde breiter. »Wir bleiben ja eine Weile.«

»Auf der Insel hat sich zwar nicht sehr viel verändert, aber das mit den neuen Abenteuern kriegen wir schon hin.« Tante Sutton griff sich Elises Koffer. »Na, kommt! Laden wir euer Gepäck ein. Ihr seid von der Reise bestimmt müde, und zu Hause wartet mein berühmter Apfelkuchen auf euch.«

»Mit Zimt obendrauf?«, fragte Tucker.

»Mit Zimt obendrauf.«

Die Aussicht auf Essen brachte meinen Bruder dazu, in Windeseile all unsere Sachen einzuladen, sich in den Jeep zu setzen und anzuschnallen. »Worauf wartet ihr noch?«

Tante Sutton warf mir einen amüsierten Blick zu. »Was habe ich euch vermisst!«

Minuten später ließen wir Binton hinter uns und folgten einer Landstraße durch ein Waldgebiet. Viele Autos waren nicht unterwegs, und das Gefühl von Abgeschiedenheit auf der schmalen Route überkam mich. Unter vielen Leuten konnte ich verbergen, dass ich mich allein fühlte, aber hier? Da war es, als würde der Wind meine Sorgen durchs Geäst flüstern. Die Stille brachte meine Gedanken in

Bewegung, denn der Anblick so vieler Bäume erinnerte mich an Camping-Ausflüge und Marshmallow-Grillen mit den anderen. Es gab so viele Dinge und Orte, die mich glücklich gemacht hatten, aber nun lag über ihnen ein grauer Schleier, und ich schaffte es nicht, ihn ganz zur Seite zu schieben.

Der Jeep gab mit einem Mal ein beunruhigendes Geräusch von sich, das nach einer Mischung aus Pfeifen und Quietschen klang, aber unsere Tante tat es nur mit einer wegwerfenden Handbewegung ab, als wäre das etwas völlig Alltägliches.

»Geraldine ist eben alt, dafür aber zuverlässig!«

Auf der Rückbank räusperte sich Tucker. »Zuverlässig wie … heute zum Beispiel?«

»Sagen wir in acht von zehn Fällen«, rechtfertigte sich Tante Sutton.

»Wo ist eigentlich Lila?«, fragte ich, um das Thema zu wechseln. Tucker hatte für heute echt genug Giftspritze gespielt.

»O, die hat noch Roller-Derby-Training. Sie ist seit ein paar Monaten in einer Mannschaft und konnte es leider nicht ausfallen lassen.«

»Roller Derby?«, wiederholte ich verwundert. Davon hatte Lila nie etwas gesagt. Allerdings waren wir beide in den letzten Wochen auch ziemlich beschäftigt gewesen und hatten nur sporadisch getextet. Nach den Sommerferien kam ich ins letzte Highschool-Jahr, und die Prüfungen und Vorbereitungen für die College-Auswahl hatten extrem viel Zeit geschluckt. Dass Lila allerdings gerne auf Rollschuhen herumfuhr, war mir echt neu.

»Das kann sie dir heute Nachmittag ja alles erzählen«, meinte Tante Sutton.

Ich nickte bloß. Danach breitete sich Stille im Wagen aus, was aber nicht weiter schlimm war, da im Radio *Whatever It Takes* von Imagine Dragons lief. Wenn man mit etwas gegen Herzschmerz kämpfen konnte, dann mit dieser Band. Da war er wieder, einer dieser winzigen Momente, die mir Hoffnung schenkten. Musik war manchmal eben die beste Therapie. Kurz darauf bogen wir bereits auf die Seawink Road ein. Diese führte durch die Kleinstadt hindurch, zurück ans Meer. Seawink gehörte zu den größeren Orten der Insel, war im Verhältnis zu Portland aber winzig. Die Häuser hier waren hübsch anzusehen, mit ihren bunten Fassaden, zierlichen Türen und schiefen Dächern. An der Hauptstraße reihten sich kleine Läden aneinander, die lauter Erinnerungen in mir wachriefen – und dieses Mal waren es nur gute. In Mr. Cheshires Supermarkt hatten Lila und ich oft eine Limo gekauft und uns dann einige Schritte gegenüber dem Blumenladen von Mrs. Henderson auf den Bürgersteig gesetzt, um die vorbeikommenden Leute zu beobachten. Im winzigen Kino der Miltons an der Ecke, das nur eine kleine Auswahl an Filmen zeigte, hatte ich viermal hintereinander mit Tucker einen Streifen über eine Kinderbande gesehen, weil er damals ganz vernarrt in die Story gewesen war. Oder die Benton Bakery, zu der Elise und ich sonntagmorgens immer gelaufen waren, damit wir noch eine frische Zimtschnecke ergattern konnten. Die vielen vergangenen Eindrücke stimmten mich nostalgisch, besserten aber auch meine Laune.

Tante Sutton bog an der nächsten Ampel nach links ab, und nach einigen verzweigten Seitenstraßen, die ich immer noch wie meine Westentasche kannte, verschwand die Innenstadt. Häuser gab es nur noch vereinzelt, und Asphalt ging in Schotter und groben Stein über, denn die meisten Grundstücke in der Ecke des Seawink Parks waren in Privatbesitz. Genau dort wohnten die Rowlands, inmitten der Natur und direkt am Wasser.

»Wir sind da!«, sagte Tante Sutton, als wäre uns das nicht klar.

Sie parkte den Wagen auf einem überdachten Stellplatz, und wir stiegen aus.

»Ich muss aufs Klo«, verkündete Tucker sofort und stürmte zur Haustür.

»Warte!« Tante Sutton ging ihm mit klimperndem Schlüsselbund nach.

Elise und ich holten das Gepäck aus dem Kofferraum.

»Es ist so schön hier«, sagte sie leise. »Ich dachte, wir sehen dieses Haus nie wieder.«

»Ich auch«, murmelte ich. Meine Schwester und ich betrachteten still das Zuhause unserer Verwandten. Es war komplett mintgrün, und irgendwann hatten wir Kinder es das »Mint House« getauft. Tante Sutton hatte es noch gemeinsam mit Onkel Harold komplett renoviert, ehe er sie und Lila im Stich gelassen hatte. In jedem Tropfen mintgrüner Farbe, jedem Dielenbrett, jedem Möbelstück und jeder Pflanze steckte wahnsinnig viel Herzblut, genau wie einige zerbrochene Träume. Mom hatte mir irgendwann mal ein Foto gezeigt, das Tante Sutton ihr direkt nach dem Kauf geschickt hatte. Von der kahlen Bretterbude von damals war schon lange nichts mehr übrig. Mit der mintgrünen Fassade, den weißen Fensterläden und der breiten Veranda strahlte das Haus pure Gemütlichkeit aus. Tante Suttons Liebe zu Farben und Details und Onkel Harolds handwerkliches Talent hatten aus dem Ort eine verspielte, moderne Wohlfühl-Oase gemacht, in der man gerne Zeit verbrachte.

Tante Sutton kam wieder aus dem Haus. Sie deutete auf unser Gepäck. »Lasst mal kurz alles hier. Ich will euch was zeigen.« Sie scheuchte uns außen ums Haus herum. Über einen Pfad aus eingefassten Marmorsteinen gelangte man zu einer kleinen Hütte, wo früher mal der Schuppen gestanden hatte. Die war neu! Man hatte ihr denselben Anstrich wie dem Wohnhaus verpasst und davor zwei verschnörkelte Stühle und einen Tisch gestellt.

»Ich dachte, ihr möchtet vielleicht lieber in unser Gästehaus ziehen«, sagte unsere Tante. »Es ist nicht sehr groß, dafür haben wir es erst vor einigen Wochen renovieren lassen. Ihr müsstet euch ein Schlafzimmer teilen, hättet aber ein eigenes Bad und – ein echter Pluspunkt – etwas Ruhe vor eurem Bruder. Na, was sagt ihr?«

»Das ist toll!«, sagte Elise begeistert. »Eine Tucker-freie Zone!«

Meine Schwester stürmte direkt in den Flur. Normalerweise hatte ich bei unseren Besuchen immer mit Lila in einem Zimmer geschlafen, und so schön das Gästehaus aussah: Ich fragte mich, ob es einen Grund dafür gab, dass ich hier einquartiert werden sollte. Es war nicht direkt Enttäuschung, die ich empfand, aber ich konnte auch nicht voller Freude strahlen wie meine Schwester. Nachdenklich zog ich die Augenbrauen zusammen und grübelte, ob ich Tante Sutton sofort darauf ansprechen sollte. Ihr war mein Gesichtsausdruck ohnehin nicht entgangen, denn sie fasste mich sanft an der Schulter. »Wenn du nicht möchtest …«

»Doch! Das ist eine super Idee. Danke«, unterbrach ich sie hastig.

Am besten fragte ich später einfach direkt Lila …

»Na, dann lasse ich euch mal einziehen. In einer Viertelstunde zum Apfelkuchenessen in der Küche?«

Ich nickte. Tante Sutton ließ uns allein, und ich folgte Elise ins Innere. Die Hütte war viel größer, als sie von außen wirkte. Von dem kurzen Flur mit Teppich gingen drei Zimmer ab: ein helles, pastellfarbiges Schlafzimmer mit zwei Einzelbetten, gemeinsamem Nachttisch, einem Schreibtisch vor dem Fenster und Kommode. Ein hübsch gestaltetes Bad mit rundem Waschbecken, Badewanne und Mosaikkacheln, die verschiedene Schmetterlingsarten zeigten. Und eine Art Wohnzimmer mit blauem Sofa, Fernseher und – das Beste! – einer Hintertür, die zu einer Treppe führte, über die man innerhalb einer Minute direkt mit den Füßen im Sand steckte. Der Ausblick war atemberaubend!

Elise stand vor der geöffneten Tür und drehte sich nun um.

»Du siehst immer noch traurig aus«, bemerkte sie.

»Ich bin nur müde von der Reise«, log ich.

Aus heiterem Himmel umarmte sie mich ganz fest, dann ließ sie mich wieder los, ehe ich die Umarmung erwidern konnte. Ich runzelte die Stirn. »Wofür war das?«

»Einfach so.«

Sie lief an mir vorbei, vermutlich, um ihre Sachen zu holen, und ich war plötzlich allein. Ich setzte mir die Kopfhörer auf, die noch um meinen Hals hingen, und startete meine Playlist erneut. Einen Tag ohne Musik kannte ich nicht. Ich hatte für jede Gelegenheit eine Sammlung an Songs, auch wenn ich in den letzten Wochen nur noch eine einzige davon rauf und runter gehört hatte: *I Don't Know If We Can Be Friends*. Wie das erste Lied von Hollyn, das darauf gespeichert war. Es beschrieb meinen Beziehungsstatus ziemlich gut.

Den zu meinem Ex-Freund. Und leider auch den zu mir selbst. Aktuell mochte ich mich nämlich nicht besonders gerne. Nicht diese traurige, verletzte Version zumindest. Ich glaubte fest daran, dass jeder Mensch zumindest irgendetwas an sich selbst besonders liebte. Und das war für mich nun nicht mehr da, mit der anderen Hälfte meines Herzens Hand in Hand davongegangen.

Ich schluckte den Kloß, der sich in meiner Kehle gebildet hatte, hinunter.

Mit steifen Schritten verließ ich das Gästehaus. Erst mal mein Gepäck holen und auspacken. Eins nach dem anderen. So machten das doch die meisten Leute. Richtig?

KAPITEL 3

SPÄTER AM ABEND lud Tante Sutton uns zum Pizzaessen ein, aber ich redete mich damit heraus, dass ich lieber im Mint House bleiben und auf Lila warten wollte. Die hatte nämlich vor einer halben Stunde getextet und gesagt, sie sei nun auf dem Rückweg. Ich konnte Elise und Tucker ansehen, dass sie den wahren Grund kannten, wieso ich nicht mitwollte: um auf dem Fransenteppich im Schlafzimmer zu liegen und mich selbst zu bemitleiden. Das kannten sie schon von meinen abendlichen Sessions zu Hause, wo ich Break-Up-Songs aufdrehte und mitsang – oder in meinem Fall eher: mitjaulte wie ein Wolf. Allerdings sagte keiner der beiden etwas, und dafür war ich echt dankbar. Kaum rollte der Jeep aus der Auffahrt, ließ ich mich aufs Bett plumpsen und klickte meine Playlist zum wiederholten Male an. Vielleicht würde ich nach dem dreihundertsten Mal *This Is On You* von Maisie Peters wirklich begreifen, dass nicht alles meine Schuld war. Eine Weile starrte ich die Wand an und verlor mich Lied für Lied in der Musik. Um meine Finger zu beschäftigen, fing ich irgendwann an, mir meine Bilder-Galerie anzusehen. Das Foto von Tucker, Elise und mir brachte mich zum Schmunzeln, und ich schickte es direkt an meine Eltern weiter. Unsere Familie hatte extra eine Chat-Gruppe eingerichtet, damit wir uns ständig updaten konnten. Ich wollte gerade von der App in die Galerie wechseln, als ich eine neue Nachricht sah. Erschrocken richtete ich mich auf.

Das Gruppenfoto des Colorado Road-Trip Chats war nach oben gerutscht.

Carol: Hey! Finde meinen Schlafsack nicht, hat jemand noch einen übrig?
Morgan: Macht nichts! Franklin müsste einen übrig haben :-)

Mir hämmerte das Herz bis zum Hals. Nein, nein, nein!

Wieso war ich noch immer Teil ihrer Gruppe?

Der Anblick versetzte mir einen Stich. Franklin hatte Anfang des Schuljahrs mehrmals davon gesprochen, dass er in den Sommerferien mit allen nach Colorado in die Berge wollte. Irgendwann hatte er gar nicht mehr damit aufgehört, von den coolen Hiking Trails zu schwärmen, und da er der Magnet der Gruppe war, der alle zusammenhielt, hatte ihm niemand den Wunsch abgeschlagen – ganz besonders ich nicht. Nach und nach war seine Begeisterung auf alle übergesprungen, und ich hatte alles darangesetzt, den Ausflug so perfekt wie möglich zu planen. Und zwar für alle, ich hatte Hiking Trails recherchiert, Campingplätze ausfindig gemacht und allen gesagt, wie sie sich am besten vorbereiten sollten. Sogar Wanderschuhe hatte ich mir extra gekauft, damit ich mit Franklin mithalten konnte. Die verstaubten jetzt irgendwo bei uns im Keller …

Plötzlich tauchte sein Name im Chat auf, und ich vergaß kurz zu atmen.

Franklin: Bring dir einen mit. Brauch den zweiten nicht mehr.

Hastig riss ich mir die Kopfhörer aus den Ohren und warf sie samt Handy in die Ecke des Betts. Ich rutschte an die Bettkante und holte tief Luft. *Dein Schlafsack … der wäre für dich gewesen.* Tränen traten mir in die Augen. Verdammt, ich wollte nicht heulen!

Mein Unglück schlug schnell in Wut um. Ich hatte diesen Ausflug geplant! Ich! Franklin hatte echt keine weitere Träne verdient! Munter in eine Gruppe schreiben, aber nicht mal den Anstand besitzen, persönlich mit mir Schluss zu machen! In mir begann es zu brodeln. Er hatte mir damals gerade mal einen Satz geschrieben. War das zu glauben? Ein verfluchter Satz! Mehr war ich ihm nicht wert. Ich war so unglaublich verletzt gewesen und konnte das Gefühl bis heute nicht abschütteln. Wie eine Idiotin hatte ich versucht, noch mal mit ihm zu reden, aber in der Schule war er mir aus dem Weg gegangen, und als dann ausgerechnet Morgan in einer Pause zu mir kam und mir sagte, ich solle aufhören, mich wie ein liebeskrankes Hündchen zu benehmen, gab mir das echt den Rest. Wie feige musste man sein, seine beste Freundin vorzuschicken? Ich hatte Morgan bis dahin immer bewundert. Sie war ein Jahr älter als ich, cool und schlagfertig, aber danach sah ich sie mit anderen Augen. Und genau wie sie schienen alle auf *seiner* Seite zu sein. Als wäre meine Zeit im inneren Zirkel von Franklin abgelaufen und ich wäre nur noch Luft. Die Wochen danach waren sehr einsam gewesen. Ich hatte vor Kummer kaum einen Bissen hinunterbekommen und war wie hypnotisiert tagein und tagaus demselben Ablauf gefolgt. Erst als mich Mrs. Leatherwood, die Lehrerin der Jahrbuch AG, beiseitenahm und ich mich ihr anvertraut hatte, wurde es besser. Sie gab mir immer wieder Aufgaben, die mich ablenkten, und durchs viele Fotografieren hatte ich wenigstens etwas zu tun. So schaffte ich es, den Rest des Schuljahrs durchzustehen. Franklin und die anderen jeden Tag in der Mittagspause oder in gemeinsamen Kursen zu sehen war unglaublich hart gewesen. Ohne Mrs. Leatherwood und die Leute der AG wäre ich an meinem gebrochenen Herzen wie eine Pflanze ohne Wasser sicher gestorben.

Mürrisch angelte ich mir das oberste Buch vom Nachttisch, wo Elise einen ganzen Stapel Bücher aufgetürmt hatte. Es war eine Sammeledition des »Geheimen Gartens« von Frances Hodgson Burnett, voller Post-Its. Ich brauchte jetzt sofort eine Ablenkung!

Wahllos schlug ich eine markierte Stelle auf.

Ihr Herz war ein geheimer Garten, und die Wände waren sehr hoch.

Wie unheimlich traurig! Traurig-schön. So traurig wie … nein!

Nein! Nein! Und noch mal nein!

Zu Hause hatte ich Stunden nur herumgelegen, geweint und beim unters Bett Starren lauter Dinge wiedergefunden. Einen verloren geglaubten Ohrring, einen alten Müsliriegel oder jede Menge Haargummis zum Beispiel. Von meiner Würde war da jedoch nie eine Spur gewesen. Und die bekam ich auch nicht wieder, wenn ich jetzt durchdrehte. Seufzend lehnte ich mich zurück und schlug das Buch ganz vorne auf. Doch die Ablenkung durch die Geschichte hielt nicht sehr lange.

Ich fragte mich ständig, was mit mir los war. Wieso war meine Welt nach der Trennung so verdammt schwarz-weiß geworden? Könnte man Gefühle doch nur mit einem Schlüssel hinter wirklich hohen Gartenmauern einsperren, wo sie wie Unkraut wuchsen, das niemanden scherte. Ich hatte mein eigenes Elend so satt.

Ich legte Elises Buch wieder weg und raffte mich dazu auf, in die Küche des Wohnhauses zu gehen. Vielleicht fand ich ja was Süßes und konnte durch Schokolade meinem Gehirn vorgaukeln, dass ich glücklich war. Tante Sutton hatte mir den Zweitschlüssel dagelassen, damit ich reinkam. Ich fand in einem der Küchenschränke eine Packung Kekse und stopfte mir einige in den Mund, bis ich mich etwas besser fühlte.

Lila musste bald da sein, also würde ich einfach in ihrem Zimmer warten.

Das Zimmer lag im ersten Stock, die erste Tür links, und hatte sich ziemlich verändert. Na gut, das letzte Mal war ich vor vier Jahren hier gewesen, und mein eigenes Zimmer sah inzwischen auch komplett anders aus. Tatsächlich war Lilas Zimmer meinem gar nicht so unähnlich, was mich zum Schmunzeln brachte. Wir hatten oft denselben Geschmack – bei Klamotten, Musik oder auch Lieblingsfilmen. Das große Bett war ordentlich gemacht und voller gemusterter Kissen, darüber hingen eine Lichterkette und ein wenig Dekoration, zum Beispiel ein Traumfänger und ein paar Postkarten. Im Regal standen Bücher, DVDs und Krimskrams, und ein paar Kleidungsstücke lagen auf dem Boden. Ich setzte mich in den Sessel neben dem Fenster und betrachtete die Fotos, die auf der breiten Fensterbank standen. Auf einigen davon waren wir gemeinsam zu sehen. Einmal beim Angeln im State Park, zusammen am Strand oder bei einer Familien-Grillparty.

Da es im Zimmer bis auf eine kleine Lampe, die ich eingeschaltet hatte, dunkel war, spiegelte ich mich in dem Glas eines Bilderrahmens. Immerhin hatte ich ausnahmsweise nicht geheult und sah daher wenigstens nicht aus wie eine aufgedunsene Qualle – das passierte mir sonst immer, weil meine Tränensäcke rot wurden und anschwollen. In Filmen liefen den Mädchen vereinzelt glitzernde Tränen die Wange hinab, während sie sanft den Kopf neigten und anmutig in ein Stofftaschentuch schnieften. Davon war ich so weit entfernt wie die Erde von der Sonne. Wenn ich erst mal loslegte, nahm das Sirenengeheul kein Ende mehr. Einmal hatte ich so heftig geschluchzt, dass ich einen Fussel eingeatmet hatte und fast daran erstickt wäre. Spannender wurde mein Leben wohl nicht mehr.

Unten hörte ich plötzlich die sich öffnende Haustür und auch Stimmen.

»Du kannst nicht bleiben. Meine Mom kommt jeden Moment wieder.«

Lila! Das erkannte ich sofort. Ich erhob mich aus dem Sessel, mit der Absicht, sie zu begrüßen, als ihre Stimme verstummte und plötzlich Knutschgeräusche zu hören waren. Zumindest glaubte ich, dass es welche waren. O verdammt! Jetzt wurde ich unfreiwilliger Beziehungsspion meiner Cousine! So leise wie möglich schlich ich durch den Flur ins große Badezimmer und betätigte die

Klospülung. Dann polterte ich laut stampfend wieder hinaus und rief: »Hallo, ist da jemand?«

»Hallo!«, rief Lila zurück. »Ich bin's! Komme sofort hoch!«

»Okay!«, erwiderte ich. »Bin in deinem Zimmer!«

Leider konnte ich es mir nicht verkneifen, einen neugierigen Blick aus dem Fenster zu werfen. Doch ich sah nur noch, wie sich Wagenlichter im Dunkeln entfernten. Draußen war der Himmel schwarz und voller Sterne, aber da die Straßen nicht ausgeleuchtet wurden, war es schwer auszumachen, wer sich gerade hastig von Lila verabschiedet hatte.

Etwas atemlos kam meine Cousine die Treppe hoch und gesellte sich zu mir.

»Mia!«, sagte sie fröhlich. »Es tut mir leid, ich dachte, du bist im Gästehaus.«

»Kein Problem. Ich verrate nichts.«

»Verraten?« Lila strich sich eine Haarsträhne hinters Ohr.

Ich machte in einem Anflug von Albernheit einen Kussmund.

Lilas Wangen färbten sich puterrot. »O nein. Das hast du mitbekommen?«

»Nur ein bisschen was gehört.« Ich zuckte mit den Achseln.

»Mom weiß nicht, dass ich … also …«, druckste Lila herum.

»Jemanden datest? Dein Gesicht auffressen lässt?«

Lila rollte mit den Augen, griff sich ein Kissen vom Bett und warf es nach mir. Ich fing es jedoch ab, was bei Lilas lahmem Wurf kein großes Ding war. »Du bist unmöglich!«

»Unmöglich? Ich habe keine heimlichen Techtelmechtel im Hausflur«, scherzte ich. »Wolltest du mich deshalb aus deinem Zimmer verbannen? Wegen nächtlicher Besuche? Klettert dein Angebeteter wie bei Romeo & Julia einen Balkon hoch?«

Lila kniff die Augen zusammen. »Pff! Mit dir hält man es eben nicht lange aus.«

Obwohl ihr Tonfall genauso sarkastisch war wie meiner zuvor, trafen mich ihre Worte unerwartet an einem wunden Punkt. *Gefühle kann man nicht planen, Mia! Mit dir hält man es eben nicht lange aus!* Das hatte Franklin mir bei einem Streit einige Wochen vor unserer Trennung an den Kopf geworfen. Vielleicht hatte ich damals schon die Zeichen nicht sehen wollen. Lila bemerkte, dass die Stimmung zwischen uns gekippt war wie ein Eimer mit Eiswasser. Sofort legte sie ihre Sporttasche ab, streifte sich die violette Lederjacke von den Schultern, und ehe ich michs versah, schlang sie die Arme um mich.

»Tut mir leid! Habe ich was Falsches gesagt?«

Ich atmete ihren Vanilleduft ein und vergrub das Gesicht in ihren Haaren. Ganz fest schloss ich die Augen und bemühte mich, die Tränen zurückzuhalten, die ich eben bereits erfolgreich verdrängt hatte. Wenn man sich so lange nicht gesehen hatte wie Lila und ich, war die Art von Umarmung anders als die mit Elise. Fast wie nach Hause kommen. Wie sehr mir Lila gefehlt hatte, wurde mir erst jetzt so richtig bewusst. Wegen unseres Umzugs mitten im Schuljahr nach Portland hatte ich im ersten Highschool-Jahr schwer Anschluss gefunden. All meine Freundschaften waren durch meine Beziehung entstanden – und auch mit ihr zerbrochen. Es gab eine Handvoll Leute der Jahrbuch AG, mit denen ich mich verstand, aber ich war zu kaputt gewesen, um ihnen eine Chance einzuräumen.

Lila aber hatte immer zu mir gehalten, war immer auf meiner Seite gewesen, und sie in diesem Moment zu sehen war wie der Beweis, dass ich sehr wohl in der Lage war, eine Beziehung oder Freundschaft zu führen, die wundervoll und echt und ehrlich war.

Als wir einander losließen, hatte ich mich gefasst und lächelte matt.

»Nein, du hast nichts Falsches gesagt. Ich bin nur irgendwie … es ist schön, dich wiederzusehen«, sagte ich. »Meine Gefühle fahren heute einfach Achterbahn mit mir.«

Lila setzte sich auf eine Ecke ihres Bettes und betrachtete mich besorgt.

»Es ist wegen Franklin, oder?«, fragte sie sanft. »Der Typ ist ein Arsch.«

Gerne hätte ich ihr zugestimmt, aber es war nicht richtig. Franklin hatte sich wie einer verhalten, mich verletzt und war auf meinem Herzen herumgetrampelt, aber er war nicht durch und durch schlecht. All das Gute zwischen uns war genauso Teil meiner Erinnerung wie all das Schlechte, bis hin zu seiner Schlussmach-Nachricht. Deshalb war es auch so schwer, ihn zu vergessen. Da waren tausend Gefühle, tausend Berührungen und tausend Erlebnisse. Ich hatte mal in einem Gedicht von R. M. Boderick gelesen, dass sich ein gebrochenes Herz so anfühlte wie der Lieblingssong, der auf stumm geschaltet war – und das stimmte. Man hörte keine Zeile mehr davon.

Mir wäre einiges an Kummer erspart geblieben, wenn ich früher gemerkt hätte, dass da zwischen uns etwas verloren gegangen oder vielleicht sogar nie ganz da gewesen war. Ich wünschte mir so sehr, dass nach den Sommerferien ein Neustart für mich möglich war, doch es fiel mir schwer, daran zu glauben. Mich fröstelte es plötzlich, als habe diese Erkenntnis mir eine Gänsehaut beschert, und ich zog meinen senfgelben Cardigan enger um mich. Lila sagte nichts. Sie verstand, dass ich einen Augenblick brauchte, in dem wir zusammen schwiegen. Manchmal kam es gar nicht darauf an, mit wem man worüber sprach, sondern wie gut man mit einer Person in Stille dasitzen und es eben nicht tun musste. Ich tauchte aus meinen Gedanken auf und sah Lila zum ersten Mal richtig an.

»Deine Haare sehen toll aus«, sagte ich nach einer Weile. »*Du* siehst toll aus!«

Lila hatte sich nämlich verändert. Ihre Haare reichten ihr nicht mehr bis zum Rücken, sondern wie meine nur noch bis zu den Schultern. Sie waren um einige Nuancen heller, und die Spitzen waren in einem zarten Violett gefärbt – und das stand ihr wirklich gut. Dagegen kam ich mir mit meinem normalen Long Bob fast schon unscheinbar vor. Sie trug eine Jeans und einen schwarzen Pullover, auf dem sich eine filigrane, hübsche Herzkette abhob.

»Danke«, nuschelte Lila verlegen. »Du aber auch!«

Darüber musste ich schmunzeln, denn ich fühlte mich alles andere als »toll«, und da ich meine Gefühle oft nach außen trug, bezweifelte ich, dass ich wirklich so aussah.

»Die Kette ist übrigens wunderschön«, sagte ich.

Lilas Hand fuhr sofort zu ihrem Hals. »Die hat ein Freund gemacht.«

»Echt? Das ist ja cool.«

»Ja«, erwiderte Lila. »Er designt solche Sachen.«

»Ein Freund?«, hakte ich nach.

»*Ein* Freund«, bestätigte Lila. »Mensch, Mia, guck nicht so.« Sie schnitt eine alberne Grimasse. »Das ist die Wahrheit. Bei mir läuten so schnell keine Hochzeitsglocken, okay?«

»Willkommen im Club der einsamen Mädchen«, sagte ich überschwänglich.

»Dass ich einsam bin, habe ich jetzt nicht gesagt.« Lila unterdrückte ein Kichern. »Deine Art, etwas aus mir herauszuquetschen, ist echt nicht sehr subtil, Mariella Pearson.«

»Schuldig«, gestand ich. »Deine Mom meinte, du spielst jetzt Roller Derby?«

»Natürlich musste sie euch das direkt unter die Nase reiben.« Lila verdrehte die Augen. »Sie findet es super und wird es nie leid, das zu betonen. Was sie nicht laut sagt, ist: Super, Lila, endlich machst du mal Sport! Dabei geht's doch gar nicht ums Abnehmen. Ich weiß, sie meint es nicht böse, aber … ich möchte dabei einfach nur etwas Spaß haben.«

»Macht es denn Spaß?«, fragte ich.

»Mir hat schon lange nichts mehr so viel Spaß gemacht!«

»Das freut mich so! Vielleicht kann ich mal beim Training zusehen?«

»Wäre dir das nicht zu öde?«

»Ganz bestimmt nicht«, antwortete ich.

Lila strahlte. »Dann sehr gerne. Ich frage mal die anderen, ob das okay ist.«

Wir lächelten uns wie bei einer stummen Vereinbarung an.

Ich streckte mich und musste gähnen. »Sei mir nicht böse, aber ich krieche jetzt mal besser ins Bett. Sich selbst zu bemitleiden macht echt verdammt müde.«

»Du kannst gerne hier schlafen«, bot sie an. »Mom war nur der Meinung, dass wir beide keine Kinder mehr sind und vielleicht jede ein eigenes Bett haben möchten.«

»Schon okay. Es ist meine heilige Pflicht als ältere Schwester, Elise den Sommer über mit meinem Schnarchen in den Wahnsinn zu treiben«, sagte ich feierlich. Ich verabschiedete mich von Lila, doch sie hielt mich zurück, ehe ich zur Tür raus war.

»Hey, Mia?«

»Ja?«, fragte ich.

»Ich bin froh, dass du hier bist.«

»Ich auch.«

Auf dem Weg ins Gästehaus traf ich auf Tante Sutton, die mit meinen Geschwistern gerade zurückgekommen war. Sie winkte mich noch zu sich, weil sie so nett gewesen war und mir aus der Pizzeria ein paar Stücke mit Ananas darauf mitgebracht hatte. Mein Magen knurrte sofort beim Anblick des leckeren Essens, und ich bedankte mich und lief mit dem Pizzakarton in den Händen weiter zu unserem Häuschen. Elise saß im schmalen Wohnzimmer und sah die Serie *Anne with an E* auf Netflix über ihr Tablet zum wahrscheinlich millionsten Mal. Das wusste ich so genau, weil ich fast jedes einzelne Mal mitgeschaut hatte. Ich setzte mich zu meiner Schwester und begann, die Pizza zu essen.

Dann kam eine Stelle, die Elise und ich in- und auswendig kannten.

»Mädchen können alles, was ein Junge kann, und mehr!«, sagten wir im Einklang mit Anne Shirley. Dann tauschten Elise und ich einen Blick und begannen zu lachen. Es war ein ehrliches, befreiendes Lachen. Vielleicht war das mit dem Glücklichsein auf Whidbee Island doch nicht so schwer. Wenn man von den richtigen Menschen umgeben war.

KAPITEL 4

AM NÄCHSTEN MORGEN weckte mich das sanfte Rauschen von Meereswellen, und ich brauchte einen Moment, bis mir klar wurde, dass ich nicht zu Hause in meinem Bett lag. Durch die Jalousie des schmalen Fensters über dem Nachttisch fielen bereits erste Sonnenstrahlen in unser Zimmer. Elise hatte die Augen noch geschlossen und schlief. Ich schlug die Bettdecke zurück, tapste leise zur Kommode und zog die erstbesten Klamotten heraus, die ich zu fassen bekam. Ebenso leise schloss ich die Tür hinter mir und huschte ins Badezimmer. Nach einer Dusche fühlte ich mich gleich besser. Meine nassen Haare würde ich an der Luft trocknen lassen, das war am einfachsten. Die Temperaturen waren schon bei unserer Ankunft sehr angenehm gewesen, und vermutlich würde es von nun an nur noch von Tag zu Tag wärmer werden. Ich zog mir ein Oversized-Shirt mit dem Logo des Sängers Lauv und Jeansshorts an, aber in die flachen Sandalen schlüpfte ich erst vor dem Gästehaus – ich hatte schon so Schwierigkeiten gehabt, den knarzenden Dielen auszuweichen. Meine Armbanduhr zeigte an, dass es kurz nach sieben war. Ich liebte es, früh aufzustehen, wenn der ganze Tag in einer angenehmen Ruhe vor einem lag und man mit einem sanften Lied wach werden konnte. In den letzten Wochen hatte ich das viel zu oft vergessen, weil Stille meine Gedanken nur noch lauter werden ließ. Doch hier in Seawink, mit dem Geruch der salzigen, klaren Meeresluft bei jedem Atemzug, verspürte ich dieses wunderbare Gefühl von Freiheit, das nur die Ferien mit sich brachten.

Seit gestern Abend hatte ich nicht mehr auf mein Handy geschaut, aber jetzt fühlte ich mich bestärkt genug, diese bescheuerte Chat-Gruppe einfach zu verlassen!

Bye bye! Mich überkam ein richtiges Triumphgefühl.

Mom und Dad hatten inzwischen geantwortet und ein Foto zurückgeschickt, auf dem sie beide albern vor dem Spiegel ihres Hotelzimmers posierten. Eine Nachricht von ihnen war auch dabei:

Euch viel Spaß am ersten Ferientag! Wir vermissen euch!

Ich tippte noch rasch eine Antwort, dann schob ich das Handy in die Tasche meiner Shorts. Einige Minuten stand ich einfach nur im Garten und ließ meinen Blick in die Ferne schweifen. Gestern hatte ich noch geglaubt, auf die Fähre zu gehen wäre die schlechteste Entscheidung aller Zeiten, und heute spürte ich, dass es genau die richtige gewesen war.

Ein wenig hatte sich schon verändert, und ich würde mich weiter bemühen, diese Veränderungen zuzulassen.

»Auch schon auf?« Tante Sutton kam mit zwei großen dampfenden Tassen auf mich zu. »Ich habe dich durchs Küchenfenster gesehen und dachte, du magst auch einen Tee.«

»Vielen Dank«, erwiderte ich und nahm ihr eine der Tassen ab.

Wir hatten früher oft morgens zusammen Früchtetee getrunken, und ich freute mich unheimlich, dass Tante Sutton sich daran erinnerte. Der erste Schluck aus der Tasse schmeckte herrlich vertraut, und mir wurde mit einem Mal ganz warm.

»Du siehst zufrieden aus«, bemerkte sie.

Wir gingen ein Stück weiter und setzten uns auf die hintere Veranda, wo eine breite Bank mit Zierkissen genug Platz für uns beide bot. Von der Decke baumelte ein Windspiel, das aus rostigen Schlüsseln und einigen Perlen bestand und sich leicht drehte.

»Das bin ich auch. Zumindest gerade.«

»Deine Mom hat mir erzählt, was passiert ist«, meinte Tante

Sutton. »Wenn du drüber sprechen möchtest, bin ich für dich da. Du hast natürlich Lila, aber ich weiß auch ein, zwei Dinge über Herzschmerz. Lass dir nicht den Sommer davon verderben.«

Ich trank einen Schluck. »Ich versuche es.«

Tante Sutton strich mir kurz über den Arm, als wolle sie mich aufmuntern. »Ich hatte vor, euch erst später davon zu erzählen, aber ich habe eine kleine Überraschung für Tucker, Elise und dich«, sagte sie. »Ein alter Freund von mir arbeitet beim Fahrradverleih an der Ecke des Milton Kinos und hat mir versprochen, dass ihr euch dort kostenlos für die Ferien Räder leihen könnt. Damit lässt sich zwar nicht die ganze Insel auskundschaften, aber ein Abstecher in die umliegenden Städte ist auf jeden Fall drin. Dann könnt ihr auch mal getrennt etwas machen und seid eigenständiger.«

»Das ist lieb von dir, danke«, antwortete ich. »Aber wieso sagst du mir das?«

Sie zwinkerte mir zu. »Na, ich habe so das Gefühl, du könntest erst mal ein wenig Zeit für dich brauchen. Ich wollte gleich los, ein paar Croissants fürs Frühstück holen, und kann dich mitnehmen. Nur wenn du Lust auf einen kleinen Ausflug hast, natürlich.«

»Ich … ja, schon.« Ich zögerte. »Es ist nur … ich habe das ewig nicht mehr gemacht. So allein. In Portland war ich immer mit den anderen unterwegs. Filme schauen, Eis essen, shoppen oder Konzerte besuchen. Und dann ist alles den Bach runtergegangen …«

Tante Sutton dachte einen Moment nach. »Nur weil man etwas allein macht, heißt das nicht, dass man einsam sein muss«, sagte sie sanft. »Man lernt viel über sich selbst, wenn man sich ein bisschen Raum gibt. Du machst doch noch Fotos für die Jahrbuch AG, oder?«

»Ja«, antwortete ich.

»Dann mach doch ein paar Fotos, sieh dir was Neues an!«, schlug sie vor.

Ich trank noch einen Schluck Tee. »Leider habe ich gar keine eigene Kamera«, sagte ich. »Für die AG durfte ich mir eine leihen, um bei Veranstaltungen für die Jahrbuchseiten Bilder zu schießen. Meine Lehrerin meinte, ich solle ganz viel fotografieren, damit wir am Ende eine gute Auswahl haben. Das war schon cool, aber ... das hier ist anders.«

Mir graute es schon davor, irgendwann mal Franklin & Co. ablichten zu müssen!

»Eine fehlende Kamera sollte dich nicht abhalten«, ermutigte mich Tante Sutton. »Wozu gibt es Handys! Du wirst sehen, wenn du einmal anfängst, macht es Spaß!«

»Und die anderen?«, fragte ich.

»Ihr habt noch die ganzen Ferien zusammen. Gib dir einen Ruck!«

Ich nahm mit meiner freien Hand ihre und drückte sie fest. »Danke!«

»Ich weiß, dass so was hilft«, sagte sie leise. »Du schaffst das.«

Bildete ich mir das ein, oder klang sie traurig dabei? Ging es hier um mehr? Dachte Tante Sutton vielleicht an Onkel Harold? Es war lange her, dass er sie und Lila verlassen hatte, aber einige Wunden konnte anscheinend nicht einmal die Zeit heilen. Schon beängstigend, dass man jemanden so sehr liebte und dieser eine so tiefe Narbe auf der eigenen Seele hinterließ, dass man ihn niemals vergessen konnte. Vor Franklin hatte ich mir genau so etwas gewünscht. Aber jetzt erschien mir der Wunsch dumm. Wenn er schon mein Leben durcheinandergewirbelt hatte wie ein Hurrikan, wäre ein solches Gefühl die reinste Naturkatastrophe. Und am Ende stand man immer verloren zwischen Trümmern.

»Ich bin übrigens eine gute Zuhörerin«, sagte ich einfühlsam.

Nun war es an Tante Sutton, meine Hand zu drücken. »Danke, Mia.«

»Bist du immer so früh auf, wenn du freihast?«

Ein Themenwechsel war wohl für uns beide das Beste, ehe wir uns zu sehr in Gedanken verloren, die sowieso nur wieder in irgendeinen Abgrund führten. *Dieser Sommer soll anders werden*, sagte ich mir. Das ganze Trübsalblasen musste ein Ende nehmen.

»Zum Erwachsenwerden gehört dazu, ein paar Dinge auf die Reihe zu kriegen, und ich bin morgens am produktivsten«, antwortete sie. »Die blöde Steuererklärung wartet.«

»Manchmal bin ich echt froh, erst siebzehn zu sein«, sagte ich.

»Manchmal wäre *ich* gerne wieder siebzehn. Sollen wir los?«

Ich nickte. Tante Sutton ging mit den leeren Tassen ins Haus, und ich holte noch schnell meinen Rucksack mit den wichtigsten Sachen. Mom hatte ihn mir zum letzten Geburtstag geschenkt und all die kleinen Sonnenblumen auf den tiefgrünen Stoff selbst aufgenäht, da ich Sonnenblumen wirklich liebte.

Tante Sutton und ich plauderten noch ein wenig während unserer Fahrt in die Innenstadt. Sie parkte vor der Benton Bakery, und weil ich ja gestern noch daran gedacht hatte, kaufte ich mir dort gleich Zimtschnecken und bat Tante Sutton, Elise eine mitzubringen, ehe ich mich zum Fahrradladen aufmachte. Um diese Zeit herrschte auf der gesamten Hauptstraße noch tote Hose. Von den Touristen, die sich in den umliegenden Hotels eingenistet hatten, war weit und breit keine Spur. Hurra!

Tante Sutton, die etwas außerhalb in einem Garten Center arbeitete, beschwerte sich jeden Sommer erneut über die Menschenmassen, die sie ständig wie einen Reiseführer belagerten. Wie oft waren Lila und ich früher auch alle paar Meter nach dem Weg gefragt worden. Nett zu antworten war ja keine große Sache, aber nach dem gefühlt tausendsten Mal? Das zerrte echt an den Nerven! Das Schlimmste, was in einer Stadt wie Seawink passieren konnte, war, von zu vielen Touristen mit Fragen und Kameras regelrecht überrannt zu werden, denn so war die Küstenstadt-Idylle schnell hinüber. Okay, das Schlimmste wäre wohl eher, wenn es keine Zimtschnecken mehr gäbe!

Wie beschrieben fand ich den Fahrradladen an der Ecke, direkt neben dem Kino. *Billys Bikes* sah von innen sehr rustikal aus. Die Wände des Verkaufsraums bestanden aus grauem Beton voller dunkler Holzregale, auf denen jede Menge Zubehör und Helme wenig kunstvoll drapiert waren. An einem Tresen mit Kasse stand ein älterer Mann und kritzelte gerade irgendetwas auf einen Block. Er blickte sofort auf, als ich hereinkam.

»Guten Morgen! Meine erste Kundin heute! Was kann ich für dich tun?«

»Morgen«, erwiderte ich die Begrüßung. »Meine Tante Sutton …«

»Ahhh«, unterbrach er mich. »Na, dann komm mal mit.«

Sehr pragmatisch, dieser Billy. Bloß keine Zeit mit Small Talk verschwenden.

Er ging voraus, durch eine Tür in einen Hinterhof, der voller Fahrräder war. Da ich ihn nicht lange aufhalten wollte, weil er nicht gerade wie der gesprächigste Kerl erschien, nahm ich das erste Fahrrad, das perfekt auf meine Größe eingestellt war – es war weiß und schlicht, mit Bastkorb am Lenker. Tante Sutton hatte schon alles wegen der Ausleihe geregelt, und da es sonst nicht viel zu beachten gab, überreichte mir Billy nur noch den Schlüssel und einen Helm. Schon war ich wieder draußen.

Was nun? Ein wirkliches Ziel hatte ich schließlich nicht …

Am besten tat ich das, was zu jedem guten Ausflug gehörte: eine neue Playlist erstellen! Ich hing zwar irgendwie noch an den ganzen Break-Up-Songs, weil sie mich durch viele schlaflose Nächte gebracht hatten, aber es war Zeit für etwas Neues. Ich hatte mein Hintergrundfoto geändert, war aus der Gruppe ausgetreten, und jetzt kam der nächste winzige Schritt. Voller Elan tippte ich als Titel der Playlist drei Buchstaben ein: M-I-A. Neuanfangssong Nummer eins? *Girl* von Maren Morris! Ich zog meine Kopfhörer aus dem Rucksack, setzte sie auf und verstaute mein Handy.

Everything's gonna be okay …

Hoffentlich! Tante Sutton musste einfach recht behalten – und deshalb war ich an der Reihe. Ich würde mich selbst auf ein Date einladen und eine neue Ära einläuten! Am besten radelte ich gleich los, ehe ich es mir anders überlegen konnte. Ich stieg aufs Rad, atmete tief durch und trat in die Pedale. Nichts und niemand konnte mich aufhalten!

Na gut. Vielleicht das Stoppschild direkt vor mir. Aber auch nur kurz!

KAPITEL 5

ICH FOLGTE DER SECOND STREET bis zur Kapelle und hielt dort vor einem Schild, das die gesamte Insel zeigte. Froh darüber, dass meine Erinnerung mich nicht im Stich gelassen hatte, stieg ich vom Rad und betrachtete die Karte, auf der für die Touristen besondere Orte mit einem roten Punkt versehen waren. Dann schloss ich die Augen und zielte mit dem Zeigefinger wahllos irgendwohin. Als ich sie wieder öffnete, sah ich, dass ich bei der Nachbarstadt Stormbay gelandet war. Wenn man unentschlossen war, sollte man manche Dinge einfach dem Zufall überlassen. Mit neun oder zehn war ich einmal in Stormbay gewesen, um mit meiner Familie segeln zu gehen, aber vertraut war mir der Ort nicht. Perfekt! Ich konnte die Gegend erkunden und so auf andere Gedanken kommen. Die meisten Hafenstädte auf Whidbee Island lagen unmittelbar nebeneinander, da würde ich den Weg schon finden!

Weil ich nicht über die Landstraße und entlang des Waldes radeln wollte, entschied ich mich für die einzige andere Option, um Seawink zu verlassen: der Schleichweg bei der Blueberry Hill Farm – den schlugen eher selten Autos ein. Zwischen Feldern und Wiesen konnte man bis zum Meer sehen, und außerdem gab es dort einen kleinen Pavillon für Wanderer, an dem ich beschloss zu halten, um endlich meine Zimtschnecke zu frühstücken. Ich hielt mich dort jedoch nicht lange auf und fuhr dann ohne weiteren Stopp durch, bis das Ortsschild von Stormbay vor mir auftauchte.

Entlang der Hauptstraße blühten etliche Magnolienbäume, und

ich drosselte mein Tempo, um mir die Umgebung genauer ansehen zu können. Auf den ersten Blick unterschied sich Stormbay nicht sehr von Seawink. Ich ließ zu beiden Seiten süße, kleine Häuschen mit bunten Fassaden, extravaganten Türen und charmanten Vorgärten hinter mir. Überall wuchsen Bäume, und alles war sauber und ordentlich. Es dauerte nicht lange, da kamen erste Läden in Sicht, gefolgt von einigen Restaurants, Bars und ganz schön vielen Reklametafeln für Sehenswürdigkeiten und Events, welche Stormbay zu bieten hatte. Vor allem ein Plakat für ein Street Food Festival tauchte immer wieder auf. Irgendwann, als die Straßen dichter zusammenrückten, Menschen unterwegs waren und der Asphalt Pflastersteinen wich, stieg ich ab und schob mein Leihrad. Ein Stück entfernt von einem Café namens *Side Door*, das mit den Blumenkübeln vorm Eingang und dem handbemalten Kreideschild sehr einladend aussah, schloss ich es ab.

Jetzt kam ich mir selbst wie einer dieser Touristen ohne Orientierung vor, über die ich mich eben noch geärgert hatte. Wo sollte ich mich zuerst umsehen? Am besten einfach dem Bauchgefühl nach! Mit jeder Minute mehr, die ich herumlief und die Eindrücke in mich aufsog, juckte es mich in den Fingern, ein paar Fotos zu schießen. Ich holte mein Handy heraus und machte einige Aufnahmen. Ein paar davon gefielen mir richtig gut. Wie das alte Gebäude, das durch den Lichteinfall der Sonne Schatten warf, oder die verlorene Kugel Eis, die auf dem Gehweg zerlaufen war und so ein ungewöhnliches Muster bildete. Wenn man sich Zeit nahm, konnte man viele Ecken oder Dinge entdecken, die ein Foto wert waren. Und das machte wirklich Spaß!

Ob ich nach den Ferien den Leuten aus der Jahrbuch AG ein paar Fotos zeigen sollte, als Einstieg für ein Gespräch? Wegen Franklin und seiner Clique hatte ich mich nie genauer mit den Leuten dort beschäftigt – schließlich hatte ich ja schon Freunde gehabt. Jetzt erschien mir das dumm. Als hätte ich wie ein Fisch in einem Aquarium gelebt und nicht gewusst, dass die Welt größer war als das, was ich kannte.

Ich hatte so viel verpasst und fühlte mich fast schon betrogen …

Franklin hatte mir über ein Jahr meines Lebens gestohlen!

Ganz gedankenverloren hatte ich mich auf einen offenen Platz mit Springbrunnen manövriert. Hier fand irgendein Markt statt, und es herrschte enormer Trubel. Man hätte meinen können, die Äpfel und Birnen wären vergoldet, so wie sich die Leute auf die einzelnen Stände stürzten. Ob da ich durchwollte? Eher nicht. Mein Blick fiel auf eine Gasse, die vom Platz wegführte. Besser dort entlang! Im Gehen steckte ich mein Handy wieder weg. Mit jedem Schritt wurden die Hintergrundgeräusche leiser.

Ein wenig fühlte ich mich wie Harry Potter, als er aus Versehen in der Nokturngasse gelandet war, denn auch hier war es ein wenig beengt und düster. Von oben fiel nur wenig Licht in den Durchgang, die Backsteinwände waren voller Efeu, und bis auf ein, zwei Fenster erweckte die Gasse eher den Eindruck eines geheimen Tunnels, den man vielleicht als Abkürzung für irgendetwas nahm. Ich atmete erst mal tief durch, als ich auf der anderen Seite herauskam – vielleicht war mir das schon genug Abenteuer für heute.

Geradeaus führten flache Treppenstufen abwärts in eine weitere schmale Gasse. Häuserfronten, an denen sich Kletterpflanzen emporrankten, verschmolzen miteinander. Von meinem Standpunkt aus konnte ich lauter kleine Balkone voller Blumen und Dächer mit Winkeln und Zinnen überblicken. Dieser Teil von Stormbay versprühte einen seltsamen Charme – irgendwie geheimnisvoll. Beim nächsten Blick tauchte zu meiner Überraschung ein Laden links von mir auf. Natürlich nicht wie eine Person, die plötzlich da war, aber ich hatte ihn trotzdem zuerst gar nicht bemerkt. Wie seltsam. Ob ich mich nicht doch in einem magischen Labyrinth verirrt hatte?

Elise würde die Vorstellung gefallen, dass mich das Schicksal hergeführt hatte. Neugierig machte ich ein paar Schritte darauf zu. Die Kulisse vor mir hätte auch ein Filmset sein können!

Das *Mirage*, so hieß der Laden nämlich, saß auf der Ecke einer Gabelung, als wäre diese sein Thron, von dem aus es erhaben über die anderen Gebäude hinausragen konnte. Nur eine rostige Laterne leistete ihm dort Gesellschaft. Mit der dunklen Fassade und den eingestaubten Fenstern wirkte es unscheinbar, aber etwas daran zog mich wie magnetisch an. Das Schild des Ladens war altmodisch. In hellen Lettern, die ein wenig schaurig aussahen, hob sich der Name vom dunkelgrün gestrichenen Holz ab. Es quietschte ein wenig im Wind, und das Geräusch jagte mir einen Schauer über den Rücken. Die Farbe der Fensterrahmen blätterte an einigen Stellen ab, und hinter einer der milchigen Scheiben leuchtete ein Pentagramm aus Neonröhren auf, in dessen Mitte das Wort »geöffnet« stand. Die Türklinke war aus schwerem Eisen und fühlte sich kühl unter meinen Fingern an, als ich sie hinunterdrückte. Der Duft verschiedener Kräuter drang an meine Nase, aus denen ich sofort Lavendel und Salbei herausschnupperte. Die Luft war voll davon, als würden um mich herum Dutzende Tassen voller Kräutertee ihren Duft verteilen.

Die Tür fiel mit einem dumpfen *Wums!* hinter mir zu.

Auf einer Seite standen zwei abgewetzte Ledersessel mit bunten Kissen vor einem Rundbogenfenster, das mit mehreren Batiktüchern verhangen war, dahinter ein Regal mit Büchern, die Titel trugen wie »Lichtmagie für dunkle Tage« oder »Kräuterkunde für Alltagsmagie«. An den Wänden befanden sich Dutzende Regale voller verkorkter Fläschchen, hübscher Schatullen, Pflanzen in kleinen Kübeln oder Kerzen in allen Formen, Farben und Größen. Von den Deckenbalken hingen getrocknete Blumen, Sträucher und Unmengen an Kräutern, deren Geruch mir ja zum Teil schon beim Betreten aufgefallen war.

Es gab Glasvitrinen, in denen etliche Kristalle, Räucherstäbchen, Teedosen und antikes Geschirr aufbewahrt wurden. Ein dunkler Holztresen präsentierte eine Auswahl an wunderschönen Schmuckstücken, über denen Dutzende von Traumfängern zu schweben schienen, weil sie an fast durchsichtigen Fäden baumelten.

Vor einem breiten, offenen Schrank mit Krimskrams blieb ich stehen.

Zwischen Federn, Pergamenten und handgefertigten Notizbüchern gab es noch hübsch verzierte Dosen und einige Spieluhren. Ich beugte mich näher vor, um ein kurioses Etwas genauer zu betrachten, das unter einer Glasglocke saß und große Ähnlichkeit mit einer verfaulten Wurzel hatte. Fein säuberlich hatte man ein Schildchen davor aufgestellt, auf dem »Koboldwurzel« stand und das mit einer Preisangabe von dreißig Dollar versehen war.

Ach du Scheiße! Dreißig Dollar für eine vertrocknete Waldwurzel?

»Kann ich dir irgendwie helfen?«

Erwartungsvoll drehte ich mich um. Eine alte, schrullige Frau, die mir einen Fluch an den Hals zaubern wollte, weil ich ungebeten ihren Laden betreten hatte, klang nämlich anders. Vor mir stand ein Junge, der höchstwahrscheinlich, wie ich, im Highschool-Alter war. Seine Haare waren schwarz und ziemlich zerzaust, wie eine dieser typischen Surfermatten, die ständig vom Wind und Wasser durcheinandergebracht in alle Richtungen abstanden. Er war recht blass, und seine helle Haut bildete einen starken Kontrast zu seinen braunen Augen mit den dichten Brauen. Seine schmale Nase und die vollen Lippen nahmen seinem Gesicht etwas von der Härte, die darin lag. Denn durch den kantigen Kiefer und eine Narbe auf der rechten Wange wirkte er auf den ersten Blick etwas verwegen. Er trug ein grünes Shirt, dazu Jeans und einige Lederarmbänder, die genau wie der Schmuck vom Tresen handgemacht aussahen. Seine Miene war auf den ersten Blick schwer einzuordnen. Zwar lächelte er, wenn auch etwas verkniffen, weil er sich anscheinend zu intensiv bemühte, freundlich zu wirken, aber seine Augen blieben kühl. Nein, nicht kühl … sie wirkten distanziert, fast schon traurig, als wäre ein großes Geheimnis darin verborgen. Er musterte mich ebenfalls. Und trotz seines skeptischen Blicks machte er mich neugierig. Dass er ziemlich süß war, trug auch dazu bei, dass ich nicht gleich die Flucht antrat. Sein Auftauchen hatte mich dennoch etwas überrumpelt, und ich wusste nicht recht, was ich nun antworten sollte. In der Schule hatte ich anderen gegenüber nur das Nötigste gesagt und war lieber für mich geblieben, zumindest nach der Trennung von Franklin. Ein Gespräch zu beginnen fiel mir daher schwer. Vielleicht konnte ich das gar nicht mehr richtig und erzählte nur Unsinn.

Es ist nur ein Junge, Mia! Kein Monster mit zehn Köpfen!

Zum Glück brach er das Eis. »Brauchst du Hilfe, um etwas Bestimmtes zu finden?«

»Eigentlich … bin ich nur zufällig auf den Laden gestoßen«, sagte ich.

»Ah«, machte er, und ein Funkeln trat auf einmal in seine Augen. »Die Sache ist nur die: Niemand findet das *Mirage* einfach so, das *Mirage* findet die Menschen, wenn sie es brauchen.«

»Das klingt wie ein sehr gut einstudierter Werbespruch«, erwiderte ich.

Er kam näher. »Es stimmt aber. Niemand geht hier ohne irgendetwas wieder raus.«

Tja, dieses Etwas würde ganz bestimmt keine dreißig Dollar teure Wurzel sein!

Er hielt mir eine Hand hin. »Ich bin Joe. Meiner Grandma gehört das *Mirage.*«

Etwas verunsichert durch sein selbstbewusstes Auftreten schüttelte ich sie. »Mia. Meine Grandma strickt nur furchtbar grässliche Weihnachtspullover aus kratziger Wolle.«

Seine Finger fühlten sich warm an, und irgendwie hatte ich das Gefühl, dass die Berührung eine Sekunde zu lang anhielt, denn da war plötzlich so eine merkwürdige Spannung zwischen uns. Sie war nicht unangenehm, kam nur ziemlich überraschend.

Er runzelte die Stirn und zog die Hand zurück, als würde ihn dieser Moment der Vertrautheit ebenfalls verwundern. »Du bist also eine von der sarkastischen Sorte.«

»Gibt's da irgendwelche Tränke für? Sarkasmus-Sud für die fortgeschrittene Hexe oder so? Um alle Feinde einfach mit Witzen in den Wahnsinn zu treiben?«, fragte ich.

Er lächelte, und dieses Mal wirkte es ehrlich und nicht mehr ganz so aufgesetzt. »Wenn, dann würdest du den sicher nicht brauchen«, sagte er, und es klang fast wie ein Kompliment.

»Wie wäre es dann mit einem Liebeszauber?«, scherzte ich.

Sein Lächeln verschwand. »Die sind besonders gefährlich.«

Ob er wirklich an die Wirkung von dem Zeug glaubte? Ich versuchte mir vorzustellen, wie er vor einem Kessel hockte und eine brodelnde Zaubertranksuppe umrührte.

»Natürlich sind die gefährlich«, erwiderte ich im selben Ton, als wäre ich eine wahre Expertin bei so was. »Du wirst die Person dann nämlich niemals wieder los.«

»Mit Liebeszaubern spielt man eben nicht herum«, sagte er todernst.

»Das mit dem Verliebtsein habe ich sowieso schon hinter mir«, sagte ich. »War nicht so spaßig. Ich würde eher empfehlen, Zeit und Geld in ein Spotify-Abo zu investieren.«

Joe legte den Kopf schräg, als müsse er mich erst eingehend betrachten, um das Gespräch fortsetzen zu können. »Ich glaube, ich weiß, was du brauchst. Komm mal mit.«

»Habt ihr eine Ausgabe des *Rolling Stone Magazine* in der Ecke versteckt?«

»Was viel Besseres«, meinte Joe überzeugt.

Zuerst zögerte ich, aber dann folgte ich ihm in einen Bereich des *Mirage*, der etwas versteckt lag, hinter einem Durchgang mit einem Vorhang aus Perlen und Kristallen. Immerhin hatte ich ganz leicht mit ihm reden können, warum also nicht etwas wagen! Mit dem riesigen Schubladenschrank und der breiten Arbeitsfläche, auf der etliche Skizzen und Materialien lagen, erinnerte der Raum an eine kleine Werkstatt. Joe blieb neben dem breiten Tisch stehen, griff sich einen Bleistift und kritzelte etwas auf einen Notizzettel.

Er wandte sich mir wieder zu. »Hier, bitte.«

»Was ist das?«

»Eine Wegbeschreibung zum *Dreamin'*, da gibt es die weltbesten Milchshakes. Ich würde auch gerne noch mal hin, aber ich habe später noch eine Verabredung«, meinte er.

Huch, das hatte fast so geklungen, als wäre er sonst mitgekommen …

»Du denkst, ich brauche einen Milchshake?«, fragte ich verwundert.

»Wenn du dort einen probiert hast, willst du nichts anderes mehr«, sagte er. »Die sind wie gute Laune, die man durch einen Strohhalm trinken kann. Glaub mir, du brauchst einen!«

O Mann! Ich hätte eben nicht so sarkastisch übers Verliebtsein sprechen sollen … Vielleicht sah man mir mein gebrochenes Herz jetzt umso mehr an?

»Wieso verrätst du mir das überhaupt?«, fragte ich.

Er hob eine Augenbraue. »Wie gesagt, hier geht niemand ganz ohne irgendetwas raus.«

»Dann ist es deine heilige Pflicht, Mädchen glücklich zu machen?«, meinte ich ironisch.

Seine Miene verhärtete sich, als habe ich einen wunden Punkt getroffen.

»Ich … woher willst du wissen, ob ich mich hier nicht sowieso auskenne?«

Ich sah, wie er sich wieder etwas entspannte. Merkwürdig.

»Ich kenne so ziemlich jeden in Stormbay«, sagte er, »schließlich habe ich mein ganzes Leben hier verbracht. Aber du bist auch keine Touristin. Wahrscheinlich nur zu Besuch bei Verwandten.«

»Die Kristallkugel da hinten in der Ecke scheint ja super zu funktionieren.«

»Wir Dalcas haben eine hervorragende Intuition.« Joe grinste amüsiert. »Außerdem hängt aus deinem Rucksack ein Zettel mit deiner Adresse in Portland heraus.«

»Was!« Sofort ließ ich ihn mir von den Schultern gleiten und sah nach. Mist!

»Jetzt bring bloß keinen Spruch über Serienmörder«, meinte er.

»Also bitte«, schnaubte ich gespielt empört. »Die sind so was von out! Ich hätte jetzt höchstens einen Stalker-Spruch gebracht, wo du doch meine Adresse nun kennst.«

»Stalker-Sprüche kommen gleich nach Serienmörder-Sprüchen. Vielleicht muss ich dir doch einen Sarkasmus-Sud brauen«, meinte er ganz fachmännisch. »So genau habe ich außerdem nicht auf deine Adresse geschaut. Die brauche ich gar nicht.« Er fasste sich dorthin, wo sein Herz war, und scherzte: »Du weißt doch, es gibt Liebestränke.«

»Haha«, machte ich. »Hast du dir so dein heutiges Date geangelt?«

»Woher willst du wissen, dass meine Verabredung ein Date ist?«

»Wir Pearsons haben eben ein ausgezeichnetes Einfühlungsvermögen«, imitierte ich seinen vorherigen Tonfall. »Außerdem klebt an deinem Shirt noch ein Preissticker.«

»Du verarscht mich doch gerade.«

»Ja, das tue ich.«

Joe strich sich das grüne Shirt glatt und sah mich amüsiert an. »Du bist ja echt eine Meisterin im Unterhaltungen-Führen. Beeindruckt dein Sarkasmus viele Leute?«

»Nein. Ich bin nur gut im Leute-in-die-Flucht-schlagen. Vorzugsweise Jungs.«

Wenn er wüsste, wie viel Wahrheit in dieser Aussage steckte …

Er runzelte die Stirn. »Seltsam. Ich stehe noch hier.«

»Du bist ja auch kein Junge, sondern ein Dalca.«

»Touché. Portland ist nicht so weit von Whidbee Island entfernt, oder?«

Plötzlich war ich in seiner Gegenwart überhaupt nicht mehr unsicher. Im Gegenteil, es fühlte sich gut an, dieses Gespräch zu führen. Er kannte mich nicht. Wusste nicht, auf welche fiese Art Franklin und seine Freunde mich in den Schulfluren schnitten und dass sich andere nach unserer Trennung das Maul über mich zerrissen hatten. Seht nur, da ist Mia! Franklin hat sie sitzen lassen, weil er gecheckt hat, wie langweilig sie ist! O, da kommt Mia, die hatte einen beliebten Typen wie Franklin sowieso nie verdient!

Aber hier – da war ich einfach nur ich, ohne Ballast.

»Mit dem Auto etwa vier Stunden«, antwortete ich. »Und du hast ehrlich noch nie diese Insel verlassen? Wirst du gefangen gehalten wie bei Hänsel und Gretel? Du kannst zweimal mit links zwinkern, wenn du Hilfe bei einem Fluchtplan brauchst.«

»Meine Grandma ist echt eine Hexe«, sagte er. »Zumindest behaupten das einige auf Whidbee Island. Meine Vorfahren stammten ursprünglich aus Rumänien, bis Teile meiner Familie nach Amerika ausgewandert sind. Jedenfalls nennt man eine Frau wie meine Grandma aufgrund ihrer Gaben nach alter rumänischer Tradition eine Vrăjitoare. Das weiß ich aus den Geschichten, die sie mir erzählt hat. Aber ich sagte ja nur, dass ich hier aufgewachsen bin, und nicht, dass ich die Insel niemals im Leben verlassen habe.«

Okay, ganz so normal klang das auch nicht, aber meine Neugier war geweckt!

»Muss schön sein, hier aufzuwachsen«, sagte ich.

»Das war es auch, aber …« Er unterbrach sich selbst und schien nicht zu wissen, wie er den Satz zu Ende bringen sollte. Wahrscheinlich hatte die Frage eine nicht ganz so schöne Erinnerung geweckt. Das verstand ich, und ich wollte auf keinen Fall unsensibel sein.

»Bist du denn schon einmal in Rumänien gewesen? Das ist ja nicht gerade um die Ecke«, plapperte ich weiter. »Oder leben dort inzwischen keine Verwandten mehr von dir?«

Ich merkte, wie er immer noch deutlich zögerte. Als hätte sich eine Mauer vor ihm aufgebaut, die er nicht so leicht überwinden konnte. Doch dann holte er tief Luft und sprach weiter. »Einige entfernte Verwandte leben noch in Rumänien«, antwortete er. »Allerdings ist meine Grandma hier auf der Insel aufgewachsen – genau wie ich. Sie kennt das Land und die Kultur zwar noch aus ihrer Kindheit, weil sie einige Male dort war, aber Whidbee Island ist unsere wahre Heimat. Doch es gibt viele Geschichten, die es übers Meer geschafft haben und die man sich in jeder Generation erzählt.«

Er betonte den letzten Satz merkwürdig nachdenklich, als würde er noch mehr dazu sagen wollen, vielleicht sogar gerade überlegen, mir eine dieser Geschichten zu erzählen, doch dann trat eine merkwürdige Stille zwischen uns ein. Vielleicht hatte er es sich anders überlegt und die Unterhaltung war nun vorbei?

»Klingt wirklich sehr, ähm … traditionell«, meinte ich.

Weitere unangenehme Sekunden verstrichen.

»O, wow, ich quetsche dich die ganze Zeit aus, dabei bist du ja gleich verabredet«, sagte ich entschuldigend. »Und von der Arbeit wollte ich dich auch nicht abhalten.«

Etwas in Joes Miene veränderte sich, und er wirkte nun verschlossener. Entweder hatte ich etwas Falsches gesagt, oder meine Worte hatten ihn tief in seine Gedankenwelt zurückgeworfen. Erst, als ich nichts mehr sagte, murmelte er: »Stimmt, die Arbeit …«

»War auf jeden Fall nett, dich getroffen zu haben«, sagte ich noch, ehe ich langsam rückwärts in den Durchgang trat. Zu meinem Bedauern vergaß ich den Vorhang dort, der mit seinen dünnen Schnüren und der Zierde aus Perlen und Kristallen jede Menge Möglichkeiten bot, sich darin zu verheddern, wenn man zu schnell durchlief. Genau das passierte mir natürlich, und einige meiner Haarsträhnen blieben darin hängen.

»O Mist!« Ich fühlte mich wie ein Thunfisch im Netz. Echt Klasse!

Joe kniff belustigt die Augen zusammen. »Warte, ich helfe dir.«

»Nein, schon gut! Ich … okay, ich schaffe das nicht.«

Tatsächlich gelang es mir nicht, den Kopf so zu drehen, dass ich die Stelle sah, an der ich festhing, und ich wollte auf keinen Fall den schönen Vorhang durch eine ruckartige Bewegung kaputtmachen – das Ding schien nämlich nicht sehr robust zu sein.

Joe stand auf einmal so dicht vor mir, dass mein Herz schneller schlug. Behutsam streiften seine Finger durch mein Haar, bis er den kleinen Knoten des heftig klimpernden Vorhangs lösen konnte und ich wieder frei war. Kurz spürte ich seinen Atem auf meiner Wange, und ich nahm den Duft wahr, der ihn umgab. Er roch wie das *Mirage* selbst: nach einer Mischung aus Kräutern, ätherischen Ölen und einem Hauch salziger Meeresbrise. Ich mochte diesen Duft schon, als ich hereingekommen war, aber jetzt sogar noch ein wenig mehr. Denn Joes Gegenwart hatte eine beruhigende Wirkung auf mich. Für einige Sekunden stand ich ganz still und hinterfragte dieses warme Gefühl der Vertrautheit nicht, das er in mir auslöste. Leider ging der Moment zu Ende, und dann trat ich doch etwas verlegen einen Schritt zurück. »Danke. Ähm … ich gehe dann mal.«

Wie auf ein Zeichen hörte man die schwere Eingangstür aufgehen.

»Daria! Bist du da? Ich brauche dringend eine Tarot-Sitzung!«

Die Stimme der Frau klang hysterisch und verzweifelt.

Ich nutzte die Gelegenheit, um in den Verkaufsraum zu gehen, und spürte, dass Joe dicht hinter mir war. Eigentlich wollte ich es mir gar nicht so richtig eingestehen, aber seine Nähe löste ein Kribbeln auf meiner Haut aus, das ich mir nicht erklären konnte.

»Mrs. Hatschier«, begrüßte Joe die Dame, die mit ihrem Mantel und Federhut gut und gerne einem Agatha-Christie-Krimi hätte entsprungen sein können. Fehlte nur noch, dass sie begann, über den Mord an ihrem reichen Ehemann zu klagen. »Wie geht es Ihnen?«

»Gar nicht gut!«, kreischte sie. »Ich muss Daria sprechen. Es ist dringend, Joseph!«

Sein vollständiger Name war also Joseph. Joseph Dalca. Aha.

»Meine Grandma ist leider nicht da, aber vielleicht möchten Sie warten? Sie müsste bald wiederkommen, und ich könnte Ihnen so lange einen Tee aufgießen.«

Mrs. Hatschier seufzte höchst tragisch auf. »Gerne, mein Lieber.« Ihr Blick fiel auf mich. »Wer ist denn das?«, fragte sie neugierig. »Habt ihr eine neue Aushilfe?«

»Nur …« Joe zögerte.

»Eine Kundin«, half ich ihm aus. »Aber ich habe alles, was ich brauche.«

Ich ging auf die Tür zu. Doch ehe ich das *Mirage* verließ, blickte ich zu ihm zurück und bemerkte, dass er auch mir hinterher sah. Ich lächelte. Vielleicht fand das *Mirage* die Menschen wirklich, wenn sie es brauchten. Oder es führte sie zu Joseph Dalca. So wie mich.

KAPITEL 6

JOES BESCHREIBUNG WAR sehr sorgfältig angefertigt, und ich staunte nicht schlecht über die Zwei-Minuten-Skizze, die besser war als alles, was ich in Stunden zustande gebracht hätte. Das *Dreamin'* war ein weißer Imbisstruck, der am belebten Pier stand. Mit seiner liebevollen Dekoration war er ein echter Hingucker. Eine Wimpelkette baumelte über dem Verkaufstresen, die Getränkekarte war mit aufwendigem Handlettering auf einem Schild verewigt, und kleine Pflanzen in bunten Kübeln standen davor auf dem sandigen Untergrund. Die Schlange der Leute, die etwas bestellen wollten, war ziemlich lang. Ich stellte mich trotzdem an und nutzte die Warterei, um Tante Sutton eine Nachricht zu schreiben, damit sie wusste, dass es mir gut ging und ich in Stormbay war. Ich schickte ihr eines meiner Fotos mit, um ihr zu zeigen, dass ich ihren Rat beherzigt hatte. Und dann dachte ich mir: Warum nicht gleich eines bei Instagram posten?

Es war ewig her, dass ich mich dort eingeloggt hatte, aber viele Benachrichtigungen warteten nicht auf mich. Auf der Startseite scrollte ich durch die Beiträge einiger Bands und Schauspieler, denen ich folgte, und verteilte ein paar Herzen an Leute aus der Jahrbuch AG. Ich hatte mich gerade dazu entschlossen, wirklich ein kleines Lebenszeichen von mir in die Welt hinauszuschicken, da aktualisierte sich die Startseite, und mir sprang auf einmal ein Foto entgegen, das diesen Gedanken sofort ausradierte. Es zeigte die Clique rund um Franklin. Morgan, Carol, Seth und drei Leute, die ich nur flüchtig vom Sehen her aus der Schule kannte. Im Hintergrund sah man Wald und ein Zeltlager. Das alles war so surreal, hatte ich doch gestern Abend noch mitbekommen, wie sie letzte Dinge für den Trip gepackt hatten. Die Gruppe hatte witzige Posen eingenommen, einige lachten, andere schnitten alberne Grimassen. Unter dem Foto stand: Colorado, Baby! Wir haben's geschafft und sind endlich hier!

Doch es war nicht die Caption, die mich wie ein Schlag in den Magen traf, oder die Tatsache, noch einmal vor Augen geführt zu bekommen, dass sie wirklich ohne mich gefahren waren, sondern ... Franklins Anblick, wie er den Arm um ein blondes Mädchen gelegt hatte, das ihm einen Kuss auf die Wange gab. Ich meinte, mich vage erinnern zu können, dass sie Anja oder Ava hieß, denn letztes Halbjahr hatte sie mit Morgan und mir im selben Biokurs gesessen. Sie und Franklin wirkten so wahnsinnig vertraut miteinander. Das war also mein Ersatz. Ein wahnsinnig hübsches Mädchen, das strahlte, als würde die Sonne nur für sie aufgehen. Was mich besonders runterzog war, dass ich noch genau wusste, wie wundervoll es sich angefühlt hatte, mit ihnen allen zu lachen. Mich mit Morgan für Partys fertig zu machen und Klamotten zu tauschen. Mit Seth an den Spielautomaten der Mall um die Wette zu zocken. Mit Carol beim Minigolf zu streiten, weil sie schummelte. Und das Mädchen zu sein, um das Franklin liebevoll den Arm legte und das ihm nah war und ihn küsste.

So viel zu meiner Hoffnung, dass Franklin auch noch an mich dachte und von Traurigkeit erfasst wurde, wenn mein Name fiel ... Das bildete nur ich mir ein. Ich war diejenige, die nicht loslassen konnte und der sich ein Knoten in den Magen drehte, wenn ich so viel Glück in den Augen von Menschen sah, von denen ich fest geglaubt hatte, sie würden für immer meine Freunde – oder in Franklins Fall meine wahre Liebe sein.

Energisch klickte ich auf Morgans Account, um ihr zu entfolgen.

»Was hättest du gerne?« Die Frage riss mich aus meinen Gedanken, und ich war froh über die Ablenkung, denn in mir sträubte sich alles dagegen, erneut meinen negativen Gefühlen nachzugeben. Flink stecke ich das Handy weg. Ein schwarzes Mädchen mit Dreadlocks musterte mich besorgt und lächelte dann freundlich. »Alles okay?«

»Ja, ich … nur was wegen meines Ex-Freundes«, murmelte ich betreten.

»Kenne ich zu gut«, sagte sie verständnisvoll. »Dann empfehle ich dir unbedingt den Rainbow Chocolate Shake. Es gibt nichts Besseres gegen Liebeskummer!«

»Dann probiere ich den«, antwortete ich.

Sie machte sich daran, meinen Milkshake zusammenzumixen, und reichte mir, nachdem ich bezahlt hatte, einen durchsichtigen Becher, der randvoll mit einer schokoladenfarbigen Masse war. Oben hatte der Milkshake einen Kranz aus kunterbunten Zuckerperlen, mit einem Klacks Sahne in der Mitte. Mhh, sah der lecker aus!

»Wenn du mal auf andere Gedanken kommen möchtest, geh unbedingt zum Aussichtspunkt für Wale!«, schlug sie mir vor. »Bis zum nächsten Mal dann.«

»Danke«, sagte ich. Dann verabschiedete ich mich, lief weiter und hielt nach einem Schild Ausschau, das mir den Weg wies. In Touristengegenden war doch immer alles ausgeschildert. Ihr Vorschlag klang nämlich echt ganz cool, warum also nicht? Im Gehen probierte ich den Milkshake und musste Joe recht geben: Der schmeckte echt nach guter Laune! Und als ich den Becher halb leer hatte, war wirklich ein Teil meines Kummers verschwunden. Es gab doch noch nette Menschen auf der Welt … das Foto spukte mir trotzdem im Kopf herum.

Wieso war ich nicht wie Franklin? Konnte einfach weitermachen, mich sogar neu verlieben?

Er hat ja auch mit dir Schluss gemacht, flüsterte ein fieses Stimmchen mir zu. *Deine Gefühle interessieren ihn nicht. Vielleicht war es ja auch Morgans Plan gewesen, mich loszuwerden und ihn mit Anja, Ava, wem auch immer zu verkuppeln*! Verflucht! Ich würde mich nicht auf das Niveau begeben, dass ich ein anderes Mädchen für mein Unglück verantwortlich machte. Wieso konnte ich nicht endlich aufhören, so zu denken!

Mit energischen Schritten entfernte ich mich vom Pier und lief immer den Schildern nach, bis ich zum Aussichtspunkt fand – einem kleinen Fleckchen, direkt am Wasser, von dessen Bänken aus man endlos weit auf die Wellen blicken konnte. Es gab ein niedliches Schild, das aus Holz geschnitzt war und die Form eines Wals hatte. Darunter hing eine Glocke mit der Inschrift: *Siehst du einen Wal, läute einmal!* Irgendwie süß, diese Tradition.

Während ich auf einer der Bänke saß, meinen Milkshake leer trank und nach Walen Ausschau hielt, merkte ich, wie ich wieder ruhiger wurde. Ich hatte mich ausnahmsweise dazu entschlossen, keine Musik zu hören, sondern einfach die Geräusche auf mich wirken zu lassen. Es war so friedlich hier. Zwischendurch kam ordentlich Wind auf, und ich band mir die Haare zu einem kleinen Dutt zusammen, es lösten sich jedoch schon im nächsten Moment etliche Strähnen wieder daraus. Eine davon war noch von dem Vorhang-Vorfall ganz verknotet. Ich musste an Joe denken und daran, dass er gerade irgendwo ein Date hatte. Mit seiner festen Freundin? Bestimmt. Anscheinend waren alle bis auf mich glücklich verliebt. Fühlte sich zumindest so an. Mich aus Wut auf Franklin gleich wieder an jemand anderen zu klammern, war aber auch nicht der richtige Weg. Mein Herz musste erst noch ein bisschen heilen. Meine Mom hatte nach der Trennung zu mir gesagt, dass man meist schneller wieder bereit war, sich das Herz brechen zu lassen, als man anfangs glaubte. Damals hatte ich das nicht verstanden, aber so langsam dämmerte mir die Bedeutung …

Da offenbar kein Wal Bock hatte, sich zu zeigen und sich meiner Grübel-Party anzuschließen, würde ich einfach zum Mint House zurückfahren. Da in der Nähe des Ständers, wo ich mein Fahrrad abgeschlossen hatte, das *Side Door* Café lag, entschied ich mich noch für einen Abstecher auf die Toilette. Beim Hineinstürmen war mir nicht aufgefallen, wie gut besucht das Café war, doch auf dem Weg nach draußen sah ich mich kurz um. Wie gemütlich! Tische aus Metall und Stühle in verschiedenen Pastellfarben verliehen dem Inneren in Kombination mit der Blumentapete und kleinen Akzenten wie Vasen und Kerzen einen gewissen Vintage-Charme. Sogar einen Bücherschrank gab es, direkt neben einem Platz am Fenster. Auf den deutete jetzt auch die Bedienung.

»Dort ist noch frei. Willst du die Mittagskarte?«

Ach, was soll's! Nach der Zimtschnecke und dem Milkshake war etwas Vernünftiges echt nicht verkehrt und – hatten wir wirklich schon Mittag? Keine Wale zu sehen ließ einen wohl die Zeit vergessen. »Gerne!«, antwortete ich und steuerte auf die Fensterecke zu.

War ja klar, dass ein Date mit mir selbst nur in lauter Essen enden würde.

Ich bestellte ein gegrilltes Mozzarella-Sandwich und eine Apfelschorle. Während ich auf mein Essen wartete, drehte ich mich zum Bücherschrank und angelte mir ein Buch heraus. Leider knallte die Sonne ordentlich durch die Glasscheibe und blendete mich gehörig, daher schlug ich das Buch auf und hielt es mir vors Gesicht. Witziger Zufall! Es war ein Reiseführer – ausgerechnet über Rumänien. Ich blätterte ihn querbeet durch, las hin und wieder einige Zeilen und betrachtete die Fotos der bekannten Sehenswürdigkeiten. Am häufigsten wurde das »Draculaschloss« erwähnt, obwohl es laut dem

Text kaum so aussah wie das, was sich Bram Stoker beim Schreiben vorgestellt hatte. Das nächste Mal, wenn ich Joe sah, würde ich einen Witz darüber machen! O, das nächste Mal? Würde es das überhaupt geben? Eigentlich hätte ich ihn tatsächlich gerne noch mal gesehen … natürlich nur, um mich für den Milkshake-Geheimtipp zu bedanken!

Als die Bedienung mir die Bestellung brachte, musste ich den Reiseführer weglegen. Ich hatte gerade in mein Sandwich gebissen, das köstlich schmeckte, da verschluckte ich mich auch schon am ersten Bissen. Da vorne, nur zwei Tische weiter, saß Joe! Wo kam der denn her? Bevor ich begonnen hatte, den Reiseführer zu lesen, hatte dort noch ein alter Mann Zeitung gelesen. Merkwürdiger Zufall, wo ich gerade noch an ihn gedacht hatte. Er hatte mir zwar den Rücken zugewandt, aber ich erkannte das zerzauste, schwarze Haar und seine Klamotten wieder. Sein Gegenüber war ein Mädchen, mit gebräunter Haut und Locken, das ein echt schönes Kleid mit Spaghettiträgern anhatte.

»Das hat Rob niemals gesagt!«, meinte Joe gerade.

»Doch«, erwiderte sie. »Hast du da nicht einen Rat für mich?«

Ich starrte mein Sandwich nieder. Sollte ich Hallo sagen? Oder einfach weiteressen und die beiden ignorieren? Wieso mussten die zwei sich denn auch so laut unterhalten?

»Einen Rat, mhh … das ist nicht mein Spezialgebiet.«

»Mensch, Joe! Deshalb bin ich doch hier.«

»Ich dachte, du bist hier, weil du mich magst.«

Aus irgendeinem Grund lachten die beiden darüber, als wäre die Bemerkung ein geheimer Witz zwischen ihnen. Irgendwie fühlte ich mich gleich fehl am Platz, weil ich ihn und sein Date nicht heimlich belauschen wollte. Anderseits konnte ich ja gar nichts dafür, das passierte in Cafés schließlich häufig, oder? Dass man zufällig Leute traf oder bei fremden Unterhaltungen unfreiwillig Mäuschen spielte.

Ganz wohl war mir trotzdem nicht dabei, und ich kramte meine Kopfhörer aus meinem Rucksack und stopfte sie mir in die Ohren. Viel besser. Jetzt bewegten sich nur noch die Lippen des Mädchens. Wahrscheinlich sagte sie irgendetwas Witziges, denn Joes Schultern bewegten sich, als würde er von einem Lachanfall durchgeschüttelt. Irgendwie war das doch nicht besser, denn jetzt malte sich mein Gehirn den Dialog aus.

Mädchen: Natürlich mag ich dich, du Hellseher!
Joe: Das Hellsehen liegt uns Dalcas im Blut!
Mädchen: Versuchst du immer, damit deine Dates zu beeindrucken?
Joe: Funktioniert es denn?
Mädchen: Wenn du mir etwas voraussagst, dann schon!
Joe: Du wirst dich unsterblich in mich verlieben.
Mädchen: Ach, Joe, das bin ich doch schon!

Ganz bestimmt. Wie in einem Nicholas-Sparks-Film, nur ohne das Drama.

Ich drehte *The Optimist* von Evie Irie lauter und widmete mich meinem Sandwich. Wenn man aus dem Fenster sah, konnte man die vorbeifahrenden Autos beobachten. Ich selbst hatte keinen Führerschein. Leider war ich zweimal durch die Prüfung gefallen, weil ich jedes Mal Panik bekam, wenn ich hinter dem Steuer saß. Mein Dad war halb wahnsinnig geworden, als er mit mir geübt hatte und ich ständig den falschen Gang eingelegt hatte. Warum konnten wir nicht wie andere Familien irgendein Gefährt mit Automatik haben? Das war doch sowieso üblicher. Eigentlich sollte das unter meinem Jahrbuchfoto stehen: Mariella Pearson – sie kann zwar kein Auto, aber dafür mit dir Schlitten fahren. Das hatte meine deutsche Grandma, nach der ich auch benannt worden war, früher gesagt, wenn sie jemandem so richtig die Hölle heißmachen wollte.

Manche deutschen Sprichwörter waren so viel lustiger als die amerikanischen. Schade, dass ich bis auf einige Wörter nicht viel von der Sprache verstand. Ich trank den Rest meiner Apfelschorle und hob die Hand, weil ich die Bedienung heranwinken wollte. Die stand gerade am Tisch von Joe und seinem Date und kassierte die beiden ab. O. Wollten die jetzt etwa auch gehen? Ich hatte heute echt ein mieses Timing. Die Bedienung bemerkte mich und kam zu mir herüber. Und just in dem Moment standen Joe und sein Date auf und gingen zur Tür. Ich konnte noch sehen, wie sie einander in die Arme fielen.

Ganz das stürmische Liebespaar!

»Alles okay?«, fragte mich die Bedienung.

»Ja, danke«, antwortete ich und gab ihr ein extra dickes Trinkgeld.

Ich musste echt aufhören, ständig irgendwelche komischen Gesichter zu machen, sonst wurde es noch zur Gewohnheit, dass Fremde mich nach meinem Wohlbefinden fragten.

Mein Blick wanderte wieder nach draußen, und völlig unerwartet stand Joe noch immer dort, ohne das Mädchen, und sah ins Café herein. Seine Miene hellte sich auf, und er hob eine Hand, wie zum Gruß. Unsicher erwiderte ich die Geste, und er deutete zur Tür.

Wollte er etwa wieder reinkommen? Wegen mir? O, tatsächlich.

Ich hatte noch nicht mal den Stuhl an den Tisch geschoben, da war er schon bei mir.

»Hey, Mia«, sagte er. »Warst du etwa die ganze Zeit hier?«

Ich nickte. »Ich wollte dich und dein Date nicht stören.«

»Ah«, machte er. »Wie rücksichtsvoll von dir.«

Wieso klang er dabei so sarkastisch? Ich runzelte die Stirn.

»Das war ernst gemeint. Ich habe mich schon wie eine Spionin gefühlt.«

Joe schmunzelte. »Stormbay ist eben klein. Wolltest du gerade gehen?«

Ich zögerte. Wollte ich das? O Mann! Das war doch nicht etwa Joes Art? Hatte ich ihn falsch eingeschätzt? Wollte er so eine Ariana-Grande-Nummer mit mir abziehen? *Thank you, next next,* und nach mir ging er dann zum dritten Mädchen über?

»Okay, du siehst mich gerade an, als hätte ich Bambis Mom erschossen.«

Ich verschränkte die Arme vor der Brust. »War das eben deine Freundin?«

»Melinda? Nein, ich kenne sie gar nicht richtig.« Meine Miene musste mich verraten haben, denn Joe schob hastig hinterher: »Es ist nicht, was du denkst … wobei ich ja nicht genau weiß, was du denkst. Höchstwahrscheinlich, dass ich wie der Bachelor mal alle durchdate oder so. Aber so bin ich nicht. Sie hat nur … meine Hilfe gebraucht.«

Peinliche Stille trat zwischen uns ein. Ich war echt so ein Idiot!

»Sorry, ich wollte nicht … ähm, komisch sein?«, murmelte ich.

»Dafür ist es zu spät. Als du die Koboldwurzel angestarrt hast wie Gollum seinen Schatz, da wusste ich schon, dass du super komisch bist«, meinte er.

»Das war pures Entsetzen in meinem Gesicht!«, stellte ich klar. »Gibt es echt Leute, die in euren Laden kommen und sagen: Ich habe dreißig Dollar und weiß nicht, was ich damit machen soll! Sie verbrennen? Aufessen? Nein, ich brauche eine Koboldwurzel!«

»Koboldwurzeln sollen angeblich das Leben verlängern. Einer alten Legende nach.«

»Und dann verkauft ihr sie für gerade mal dreißig Dollar?«

»Wir sind ja keine Unmenschen.«

»Gib's zu, dass ist einfach nur irgendeine Wurzel aus dem Wald.«

»Überhaupt nicht. Meine Grandma ist dafür vor zwanzig Jahren in einen Vulkan gestiegen und hat dabei fast ihr linkes Auge verloren«, behauptete Joe.

»Klingt wie eine Szene aus Indiana Jones«, erwiderte ich.

»Meine Grandma ist cooler als Indiana Jones.«

»Das ist auch nicht schwer.«

»Wir kennen uns erst einen Tag lang, und schon beleidigst du meine Grandma?«

»Beleidigen? Das ist nur die Wahrheit.«

»Auf Beleidigungen steht bei den Vrăjitoare die Höchststrafe.«

»Aha, wie sieht die aus?«

»Man wird durch einen Fluch an den Haushalt einer Familie gekettet und muss dann für immer deren dreckige Socken waschen«, sagte Joe ernst.

»Stellst du dir etwa heimlich vor, wie Mädchen deine Socken waschen?«

»Das wäre sexistisch, also ganz sicher nicht. Aber Socken waschen gehört nicht zu meinen liebsten Aufgaben, wenn ich ganz ehrlich sein darf«, meinte er.

»Niemand wäscht gerne seine Wäsche«, sagte ich.

»Du meinst, ich bin gar nichts Besonderes? Sondern nur faul?«

»Wir sind Teenager. Sind wir nicht alle faul?«

»Woher willst du wissen, dass ich nicht fünfmal die Woche trainiere, damit meine Verehrerinnen ihre Wäsche auf meinem Sixpack waschen können?«

»Mit diesen mickrigen Armen ganz sicher nicht«, witzelte ich weiter.

»Und ich dachte immer, nur meine Nase wäre etwas zu schief.«

»Deine Nase sieht eigentlich ziemlich perfekt aus«, sagte ich.

»Das Kompliment ging mitten ins Herz«, erwiderte er theatralisch.

Das Vibrieren meines Handys lenkte mich ab, und ich griff in meinen Rucksack, der noch immer auf dem Stuhl lag. Eine Nachricht von Tante Sutton, die fragte, ob ich nach Hause kommen könnte. Elise ging es anscheinend nicht so gut. Oje, was war da los?

»Keine gute Nachricht?«, fragte Joe.

»Ich muss … nach Hause«, antwortete ich. »Meine Schwester braucht mich.«

»Vergiss deinen Reiseführer nicht«, sagte er.

»O, der war aus dem Bücherschrank.«

»Rumänien. Soll ja ein schönes Land sein.«

Ach, verflucht! Ich spürte, wie meine Wangen warm wurden.

»Hab zufällig danach gegriffen«, murmelte ich.

»Wenn du ein Buch mitnehmen willst, habe ich eine bessere Idee«, sagte er und trat an den Bücherschrank heran. Er suchte ihn mit den Augen ab und zog dann einen dünnen Gedichtband heraus, den er mir reichte. »Der ist klasse. Ich habe ihn schon oft gelesen.«

»Danke.«

Ich stopfte das Buch und mein Handy in meinen Rucksack und schwang ihn mir über die Schulter. Joe begleitete mich noch bis zum Radständer, wo ich meines losmachte.

»*Billy's Bikes*. Ist in Seawink, oder?«

Zum ersten Mal fiel mir auf, dass das Fahrrad ein kleines Logo vorne am Korb hatte. Klar, wenn die Touristen damit schon durch die Gegend fuhren, wieso nicht gleich Werbung machen? Ich nahm meinen Helm vom Lenkrad und schnallte ihn mir um.

»Ja, genau. Ich bin dort zu Besuch bei meiner Tante.«

»Hast du schon Pläne für den Sommer gemacht?«

Die Frage überrumpelte mich … im *Mirage* hatte ich noch den Eindruck gehabt, er würde nicht mit mir flirten, aber irgendwie … tat er es nun doch? Oder nicht?

»Keine Pläne«, gab ich zu. »Aber von Plänen habe ich auch erst mal genug.«

Joe lächelte verständnisvoll, und ich war mir nicht sicher, ob ich ihm damit gerade eine Abfuhr erteilt hatte. Doch mal ehrlich: Wieso sollte er sich überhaupt für mich interessieren? Er kannte mich noch weniger als Melinda und … wie ich mir bereits am Aussichtspunkt selbst klargemacht hatte: Meine Wunden waren noch nicht verheilt.

Als ob ein Joseph Dalca etwas an meinem gebrochenen Herz ändern konnte.

Ich setzte mich aufs Rad und wollte losfahren, da hielt er mich zurück.

»Wie war der Milkshake?«, fragte er unvermittelt.

»Du hattest recht: wie gute Laune zum Trinken.«

»Dann fahr vorsichtig, Mia-die-keine-Pläne-macht.«

»Danke, Joe-der-komische-Fragen-stellt.«

Ich war schon ein Stück gefahren, da hörte ich noch, wie er mir nachrief:

»Komisch sein ist eine super Gemeinsamkeit!«

Die ganze Fahrt über hatte ich ein breites Lächeln auf den Lippen.

KAPITEL 7

TANTE SUTTON HATTE nicht übertrieben, als sie mir geschrieben hatte, Elise würde es nicht gut gehen. Sie war allerdings nicht krank im eigentlichen Sinne, mit einer Magenverstimmung oder Kopfschmerzen, sondern saß heulend auf ihrem Bett, als ich kam. Die Rückfahrt hatte etwas länger gedauert als erwartet, da ich entlang der Felder ordentlich Gegenwind bekam und mich extrem abstrampeln musste. Auf einer Insel wie Whidbee Island konnte aus einer Sommerbrise schnell eine starke Böe werden – besonders, wenn sie nichts außer Gräsern ausbremste. Ich hatte das Fahrrad vor dem Gästehaus gegen einen Strauch gelehnt, da hörte ich das gequälte Schluchzen.

»Elise? Was ist los?«

»Nichts.«

»Das sieht aber nicht nach nichts aus.«

Und das tat es wirklich nicht. Meine Schwester sah aus wie ein Häufchen Elend, wie sie da so zwischen den Laken saß, die Knie angewinkelt, und ihr langes Haar eine Seite ihres Gesichts verdeckte. Um sie herum lagen lauter zerknüllte Papiertaschentücher.

»Hast du Heimweh?«, fragte ich vorsichtig.

»Ich bin vierzehn und kein Baby!«, antwortete sie.

»Man kann immer Heimweh haben, egal wie alt man ist.«

Elise schob sich das Haar aus dem Gesicht und sah mich an. »Hast du denn Heimweh?«

»Ja, ein bisschen«, antwortete ich. Langsam betrat ich das Zimmer.

Ich warf ein paar der nassen Taschentücher auf den Boden und versuchte mir vorzustellen, dass es einfach nur Tränen waren und nicht irgendein Rotz, und setzte mich dann neben sie aufs Bett. Elise war schon immer ein sehr sensibler Mensch gewesen und reagierte auf viele Dinge anders als Tucker und ich. Ich hasste es, sie so unglücklich zu sehen.

»Eigentlich wollte ich gar nicht heulen«, murmelte sie. »Es ist nur …«

Behutsam griff ich nach ihrer Hand. »Es ist wegen Mom und Dad, oder? Weil sie einfach über unsere Köpfe hinweg entschieden haben, dass wir den Sommer über hierher sollen.«

Elise biss sich gequält auf die Unterlippe, und das war mir Antwort genug.

Der Job unserer Eltern machte es uns als Familie oft nicht so leicht. Manchmal hatten wir uns abends noch alle eine gute Nacht gewünscht, und am nächsten Tag saßen wir mit nur einem Elternteil am Frühstückstisch. Mom und Dad liebten uns, daran hatte ich keinen Zweifel, aber sie liebten es auch, Kostümbildner zu sein, und wenn sich große Chancen an großen Filmsets boten, sagten sie so gut wie nie Nein. Die meiste Zeit blieb uns wenigstens einer der beiden erhalten, aber es kam nicht selten vor, dass wir Geschwister uns eine Weile umeinander kümmern mussten – oder genauer gesagt, ich mich um Tucker und Elise. Als Älteste war das irgendwie immer meine Pflicht gewesen, und natürlich wollte ich auch, dass es meinen Geschwistern gut ging. Elise hatte als Nesthäkchen der Familie am meisten mit allem zu kämpfen, und auf einmal bekam ich ein furchtbar schlechtes Gewissen, weil ich losgefahren war, ehe sie aufgewacht war. Schließlich hatten wir uns immer aufeinander verlassen können. Sogar Tucker, Mr. Obercool und um keinen Spruch verlegen, hielt zu uns, wenn wir ihn brauchten.

»Für so einen Notfall habe ich etwas eingepackt«, sagte ich.

Hastig stand ich auf und holte aus der untersten Schublade der Kommode ein kleines Fotoalbum heraus. Es passten nicht sehr viele Bilder hinein, aber ich hatte jedes darin sorgfältig ausgewählt und beschriftet. Ich kuschelte mich neben Elise ins Bett und legte es ihr in den Schoß. Sie hatte aufgehört zu weinen und starrte mich verwundert an.

»Was ist das?«

»Blätter es doch einfach mal durch.«

Elise klappte die erste Seite auf und stieß sofort ein zartes Lachen aus. Das Foto trug den Titel »Kuchenmonster« und zeigte Elise, als sie vier Jahre alt war. Die Wachszahl auf der Geburtstagstorte war noch am Rand des Bildes auszumachen, stürzte aber bereits ab, denn meine Schwester hatte mit ihren Kinderhänden große Stücke des Kuchens an sich gerissen und versucht, sich alles auf einmal in den Mund zu stopfen. Das hatte natürlich nicht geklappt, und dementsprechend lustig sah sie dabei aus. Mom war an ihrer Seite und lachte aus vollem Hals. Der Blick, mit dem sie Elise bedachte, war so voller Liebe, das mir allein beim Betrachten ganz warm ums Herz wurde. Dahinter folgten noch mehr solcher Fotos. Sie zeigten Tucker, Elise und mich gemeinsam mit meinen Eltern in den lustigsten Lebenslagen. Tucker in seinem Ninja-Turtles-Kostüm, weil er mit fünf davon überzeugt war, er wäre Donatello, und Dad mit ihm eine Höhle aus Kisten und Decken als Geheimversteck in seinem Zimmer gebaut hatte. Oder ich, mit zehn, als Mom mir den Pony schief geschnitten hatte und ich wütend wie ein kleines Teufelchen der Kamera eine Grimasse schnitt, während Dad im Hintergrund seelenruhig ein Eis aß. Einige der Fotos stammten aus alten Kartons, in denen unsere Eltern die vielen Erinnerungen gesammelt hatten, aber manche waren auch neuer und mit meinem Handy entstanden.

»Wo hast du die nur alle her?«, staunte Elise beim Durchblättern.

»Ich musste vor einigen Monaten einen Stammbaum für die Schule machen, darum ist Dad mit mir die Sachen aus dem Keller durchgegangen«, erklärte ich. »Wir waren auf der Suche nach ein paar Unterlagen über unsere Ahnen, und da sind uns die Fotos in die Hände gefallen. Dad hat mir daraufhin ein paar alte Geschichten erzählt, und ich musste so lachen! Also dachte ich, diese kleine Sammlung spiegelt unsere Familie doch sehr gut wider – wir sind laut und chaotisch und gehen gemeinsam durch dick und dünn.«

Sie begann zu strahlen. »Das stimmt.«

»Manchmal muss man nur daran erinnert werden«, sagte ich.

»Ich glaube, ich würde Mom jetzt gerne anrufen.«

»Das ist eine gute Idee«, ermutigte ich sie.

Mom und Dad wussten, dass es nicht immer leicht war, sie an einem Set zu erreichen, und hatten für genau solche Fälle vorgesorgt. Wenn sie länger wegblieben, kümmerten sie sich vorab darum, dass wir eine Liste mit Nummern von Leuten hatten, die mit ihnen zusammenarbeiteten und informiert waren – so konnte ihnen im Notfall jemand Bescheid geben, denn irgendwer aus dem Team ging immer ran. Manchmal musste man einige Nummern abklappern, aber das nahmen wir dann gerne in Kauf.

»Ich habe die Liste hinten reingeklebt, damit sie nicht verloren geht.«

Elise klappte nun die letzte Seite auf. »Gefunden.«

»Soll ich noch ein bisschen bleiben?«, fragte ich.

Sie schüttelte den Kopf. »Danke, Mia.«

»Bestell ihr und auch Dad liebe Grüße von mir, ja?«

Meine Schwester nickte und war schon dabei, nach ihrem Handy zu greifen, um eine Nummer zu wählen. Erleichtert, dass sich die kleine Krise so gut hatte beheben lassen, verließ ich das Zimmer und schlenderte zum Wohnhaus hinüber. Die Haustür war nicht abgeschlossen, und im Flur drang mir der herrliche Duft von Zitrone entgegen.

»Hey, Tante Sutton.«

Meine Tante stand vor dem Backofen und holte gerade ein Blech mit Scones heraus. Sie hatte schon früher immer gebacken, wenn die Nerven mit ihr durchgingen. Und gleich am zweiten Tag mit der Herausforderung einer heulenden Nichte zu kämpfen hatte sie sicher aus dem Konzept gebracht. Ich blieb an der Kücheninsel stehen und lächelte.

»Sie wollte einfach nicht mit mir reden«, sagte Tante Sutton. »Ich … ich wusste gar nicht, was passiert ist. Im einen Moment waren wir noch unten am Strand und dann …«

»Es ist alles wieder okay«, antwortete ich.

»Wirklich?«, fragte sie verblüfft. »Aber wie hast du …«

»Tricks einer großen Schwester«, sagte ich verschwörerisch.

»Es ist aber nichts Ernstes, oder?« Tante Sutton stellte das Blech auf einigen Untersetzern ab und wandte sich dem Ofen zu, um ihn wieder zu schließen. Sie zog sich die Backhandschuhe von den Händen und strich sich eine lose Haarsträhne hinters Ohr.

»Nur ein bisschen Heimweh. Die sehen ja köstlich aus!«

»Ich dachte, die muntern sie vielleicht auf.«

»So wie die duften ganz bestimmt!«, sagte ich überzeugt.

»Und wie war dein Ausflug in die Stadt?«

»Überraschend gut«, sagte ich ehrlich. Und das hatte nicht zuletzt an Joe gelegen, wie ich zugeben musste. So ein bescheuertes Grinsen stahl sich auf meine Lippen, und innerlich verfluchte ich mich ein wenig dafür, dass ich ihn so verdammt sympathisch fand.

»Lila kennt sich in Stormbay auch ganz gut aus, sie hat dort einen Nebenjob«, sagte Tante Sutton. »Vielleicht kann sie dir da noch ein paar tolle Ecken zeigen.«

»Was kann ich?«

Meine Cousine spazierte, wahrscheinlich angelockt durch den

herrlichen Duft der Scones, in die Küche und sah zwischen ihrer Mom und mir neugierig hin und her.

»Ich habe Mia gerade von deinem Job in Stormbay erzählt.«

»Ah, ja. Ich helfe in der Küche eines Restaurants namens *Seaview*. Teller waschen und so was. Wegen all der Touristen dort suchen die ständig Leute, die sie ausbeuten können, um die Saison zu überstehen«, meinte Lila wenig begeistert. »Aber inzwischen gehe ich nur noch ein paar Stunden die Woche hin, weil das Roller Derby so viel Zeit beansprucht.«

»Roller Derby, soso«, sagte ich und wackelte mit den Augenbrauen.

»Ach, noch was anderes?«, fragte Tante Sutton.

»Die Schule *natürlich*«, betonte Lila und knuffte mich in den Arm. »Da kann Mia doch auch ein Lied von singen. Nicht mal in den Ferien wird man von Hausaufgaben verschont. Ich muss für Englisch zwei Bücher lesen und dazu je einen Essay schreiben. Hurra!«

»Dafür gehst du auch aufs College und machst deine alte Mutter stolz.«

Lila quittierte diesen Spruch mit einem Seufzen. »So alt bist du auch nicht.«

»Wo ist eigentlich Tucker?«, fragte ich. Im Haus war es verdächtig still.

»Der zieht mit seinen neuen Freunden durch die Gegend«, meinte Lila. »Als wir bei *Billy's Bikes* waren, haben wir die nervigen Albright-Zwillinge getroffen. Das sind die Brüder von jemandem, den ich kenne. Die drei haben sich auf Anhieb verstanden.«

»Du klingst nicht sehr begeistert.«

Lila schnaufte. »Keir Albright ist einer dieser Typen, die denken, ihnen gehöre die Welt. Wie aus so einem Bad-Boy-Setzkasten: eingebildet, fies, vorlaut und gut aussehend.«

»Seine Mutter ist ein hohes Tier bei der Marine, und seinem Vater gehört eine Möbelhauskette drüben in Seattle«, sagte Tante Sutton. »Die sind echt steinreich.«

»Und mit solchen Typen gibt Tucker sich ab?«

»Na ja, die sind sechzehn«, sagte Lila. »Ich hätte Tucker doch schwer mit einem Fahrradschloss festketten können. Er ist clever und weiß schon, was er tut, Mia.«

»Mhh«, brummte ich. »Wahrscheinlich hast du recht.«

Das bedeutete wohl, von Tucker würden wir doch weniger sehen als gedacht …

»Hey, Elise!«, begrüßte meine Tante meine Schwester, die auf einmal in die Küche tapste.

Elise kratzte sich verlegen im Nacken. »Was macht ihr?«

»Uns mit leckeren Scones in den Garten setzen«, meinte Tante Sutton.

»Darf ich dabei sein?«, fragte Elise zaghaft.

»Aber so was von«, sagte ich.

KAPITEL 8

DIE NÄCHSTEN TAGE verflogen unheimlich schnell. Schon als Kind waren mir die Sommer auf Whidbee Island immer viel zu kurz vorgekommen, denn die Zeit schien hier anders zu vergehen. Wenn man mit den ersten Sonnenstrahlen aufwachte, Ausflüge ans Meer machte und viel auf den Beinen war, schrumpfte eine Woche echt schnell zusammen. Zwischendurch hatte ich auch noch selbst mit Mom und Dad gesprochen und ihnen versichert, dass es uns allen gut ging und wir bisher viel Spaß hatten. Leider war der Empfang während unseres Gesprächs unterirdisch gewesen. Wir hatten bald auflegen müssen und uns darauf geeinigt, weiter regelmäßig Nachrichten in unserer Familiengruppe auszutauschen, um uns gegenseitig upzudaten. Ich hätte mir zwar gewünscht, unsere Unterhaltung wäre ein bisschen länger gewesen, aber ich war froh, dass ihnen der Job so viel Freude bereitete, und konnte daher nicht böse sein.

So viel Zeit mit Elise, Tante Sutton und Lila zu verbringen machte immerhin auch wahnsinnig viel Spaß, und das Gefühl der Einsamkeit, das mich noch in den ersten Tagen begleitet hatte, war endgültig verflogen. Waren wir wirklich erst vergangenen Sonntag angekommen und hatten schon fast wieder Wochenende? Ich hatte sogar vergessen, an Franklin und die anderen zu denken. Es fühlte sich an, als würde ich Seawink noch mal von einer ganz anderen Seite kennenlernen, denn so klein die Stadt auch war, langweilig wurde es nie. Am Freitagvormittag fuhren wir zur Blueberry Hill Farm, um auf den umliegenden Feldern Blaubeeren zu pflücken, und sogar Tucker war dabei. Der hatte sich wie erwartet ansonsten ziemlich abgekapselt, um mit seinen Whidbee-Island-Buddys abzuhängen. Solange er sich keinen Ärger einhandelte, mussten wir ihm das wohl durchgehen lassen. Mir wäre es nur lieber gewesen, er würde nicht ständig von den Albright-Zwillingen reden, als wären sie Helden aus dem Marvel Universum. Unerträglich. Und das, obwohl Tucker sonst auch nicht der Gesprächigste war.

»Rodney meinte, er fragt seinen Bruder, ob ich mal übers Wochenende bei ihnen bleiben darf«, sagte Tucker gerade, dessen Korb noch fast leer war. Er konnte anscheinend nicht gleichzeitig quatschen und Blaubeeren sammeln. »Die machen ständig so coole Sachen bei sich zu Hause! Evan hat erzählt, sie haben sogar Jet-Ski! Krass, oder?«

»Krass gefährlich«, kommentierte ich.

»Du bist voll die Spaßbremse«, maulte Tucker.

»Seit wann bist du überhaupt so lebensmüde?«, fragte Lila.

»Ich will nur einen coolen Sommer haben, mehr nicht.«

»Wir kaufen dir einfach einen Einhorn-Schwimmring, in den du dich setzen kannst«, meinte ich. »Darin brichst du dir nämlich nicht sämtliche Körperteile, Tucker.«

Mein Bruder starrte mich wütend an. »Wehe, du blamierst mich!«

»Dann versprich mir, dass du nicht so etwas Halsbrecherisches machst«, bat ich. »Es freut mich ja, dass du dich mit ihnen angefreundet hast, aber so endest du noch im Krankenhaus und schlürfst Suppe durch einen Strohhalm. Das ist dann gar nicht mehr cool.«

Tucker verdrehte die Augen. »Du tust ja so, als würde ich mit Haien schwimmen wollen. Bist du etwa neidisch, dass du nicht zu einem Haus am Meer eingeladen wirst?«

»Im Grunde steht hier doch jedes Haus am Meer«, meinte Lila belustigt.

Tucker murmelte etwas Unverständliches und zischte ab. Er lief Richtung Farm und würde bestimmt Tante Sutton und Elise suchen, um ihnen sein Leid zu klagen. Die beiden hatten nämlich unbedingt an einem Workshop teilnehmen wollen, wo es um die Herstellung von Marmelade ging. Bei der Menge Blaubeeren, die Lila und ich herankarrten, konnten sie das Gelernte direkt umsetzen. Mein eigener Korb war echt schwer, und ich setzte ihn ab, um zu verschnaufen. Obwohl ich einen Strohhut trug, brachte mich die knallend heiße Sonne ins Schwitzen. Ich hatte mich vorsorglich dick eingeschmiert und ein langes blau-gepunktetes Kleid angezogen, das mir bis zu den Knöcheln reichte, um keinen Sonnenbrand zu kriegen. Die Ferien über wie ein Hummer auszusehen wollte ich vermeiden. Lila wedelte sich nun ebenfalls Luft zu, und als sie ihr Haar hob, um es über ihre Schulter zu legen, entdeckte ich einen fetten blauen Fleck.

»Autsch«, meinte ich. »Ist der vom Roller Derby?«

»Ach der? Ist noch gar nichts. Du hättest mich am Anfang mal sehen müssen.«

»Ist das echt so brutal?«

»Man fällt oft hin und hat Muskelkater an Stellen, von denen ich nicht mal wusste, dass sie existieren«, antwortete Lila. »Einige Manöver haben es echt in sich. Bei meinem ersten Spiel habe ich mir eine Rippe geprellt. Ich bin aber auch einer der Blocker im Team.«

»Du blockst also Gegner ab?«, riet ich aufgrund des Namens.

»Beim Roller Derby gibt es keinen Ball – das, was zählt, sind Geschwindigkeit und Kraft«, erklärte Lila. »Um zu punkten, muss man gegnerische Spielerinnen überrunden. Eine Spielerin ist ein so genannter Jammer und dafür verantwortlich, und die anderen sind die Blocker. Je nachdem, gegen wen man spielt, wird das ein ganz schönes Gerangel.«

»Das klingt echt brutal«, sagte ich. »Ich würde nach einer Runde sterben.«

»Am Anfang kam mir das auch so vor. Und es gibt so viele Begriffe und Regeln«, meinte Lila. »Es ist echt verrückt, wie schnell man etwas lieb gewinnt, von dem man vorher dachte, es wäre absolut nichts für einen. Ich muss Aubrie auf ewig dankbar sein.«

»Ist das die Freundin, die dich mitgenommen hat?«, fragte ich.

Lila nickte. »Aubrie spielt selbst nicht, aber sie kennt jede Menge Leute. Sie hat da so eine Gabe zu wissen, was andere brauchen, ohne, dass man es selbst weiß.«

»Klingt, als wäre sie sehr feinfühlig.«

Lila zuckte mit den Schultern. »Ist so ein Familien-Ding.«

Ich hob meinen Korb wieder auf, und wir gingen langsam weiter. Da unsere Körbe fast voll waren, drehten wir am Ende der Strauchreihe um und steuerten auf den Stand zu, wo ein Mitarbeiter die gesammelten Beeren abwog und man bezahlte.

»Verrätst du mir auch noch, wer dein Mystery-Date ist?«, fragte ich schelmisch.

Seit dem Knutsch-Vorfall im Flur hatte Lila das Thema unter den Teppich gekehrt.

Lila brummte. »Ich möchte das noch für mich behalten.«

»Okay, das respektiere ich«, sagte ich verständnisvoll.

»Danke. Hast du irgendwelche verborgenen Leidenschaften?«, fragte sie mindestens so theatralisch, wie ich bei der Frage nach ihrem Knutsch-Kumpel geklungen hatte.

»Mhh«, machte ich. »Nicht besonders verborgen leidenschaftlich, aber ich würde gerne wieder mehr fotografieren. Nicht für andere, sondern so für mich, als Hobby.«

»Das ist eine super Idee!«, ermutigte mich Lila.

Ich seufzte. »Leider habe ich keine eigene Kamera. Nur mein Handy.«

»Na, so was lässt sich doch ändern. Es gibt hier in der Nähe einen Antiquitätenladen, da haben die bestimmt ein paar gebrauchte«, sagte sie euphorisch.

»Vielleicht bin ich auch total schlecht im Umgang mit einer fremden Kamera. Bei der Jahrbuch-AG hat mir unsere Lehrerin die Funktionen erst erklären müssen«, murmelte ich.

»Mach dir nicht so einen Kopf. Viele Einstellungen sind ja doch bei jeder Kamera ähnlich, und Hauptsache, du legst erst mal mit Freude an der Sache los – dazulernen geht immer. Außerdem hast du doch schon Erfahrung. Ich fand deine Fotos bisher echt toll!«, meinte sie. »Erfinde bloß keine blöden Ausreden. Ich weiß, dass du am Ende nur noch für die Jahrbuch AG fotografiert hast, obwohl es dir vor … also früher so viel Spaß gemacht hat, aber die Freude daran verliert man doch nicht. Die ist sicher noch da!«

»Es ist lieb, dass du das sagst. Aber das ist keine blöde Ausrede.«

»Mia«, sagte Lila sanft und sah mich nun direkt an. »Wir haben vielleicht in den letzten Monaten nicht den engsten Kontakt gehabt, aber ich kenne dich. Und ich weiß, dass du dich gerne an Dinge klammerst. Oder an Menschen. An Gewohnheiten, weil sie dir Sicherheit geben. Es wird Zeit loszulassen und etwas Neues zu wagen. Und wenn neu in diesem Sinne bedeutet, dass du mehr fotografierst, warum nicht? Trau dich!«

Ich war etwas baff über ihre Aussage und musste sie einige Sekunden lang sacken lassen. Lila traf mit ihren Worten genau ins Schwarze – und sie hatte recht. Wie sollte ich weitermachen, wenn ich mein Leben nicht mit Dingen füllte, die ich mochte?

»Würdest du mal mit mir zu diesem Laden fahren?«, fragte ich zaghaft.

Lila hakte sich bei mir ein. »Gerne!«

Die Familie, die vor uns ihre Körbe Blaubeeren hatte wiegen lassen, war nun fertig, und Lila und ich traten an den Tisch unter dem kleinen Zelt. Der Mitarbeiter, auf dessen Namensschild »Sean« stand, nahm uns die Eimer ab, tippte etwas in die tragbare Kasse und nannte uns den Preis. Wir hatten fast sechs Pfund zusammengetragen. Das würde bestimmt für einige Gläser Marmelade reichen – nicht, dass ich mich damit auskannte. Ich hatte noch nie welche gemacht. Elise schien bei der Aussicht, Dutzende Beeren einkochen zu dürfen, jedoch ganz aus dem Häuschen zu sein. Als wir zu ihr und Tante Sutton stießen, glänzten ihre Wangen vor Aufregung. Schön, sie so fröhlich zu sehen!

Da Lila und ich nach den Stunden draußen auf dem Feld halb verdurstet waren, kauften wir uns alle in dem kleinen Café, das es hier gab, eine selbst gemachte Limonade.

Tucker lehnte am roten Jeep, mal wieder das Handy in der Hand.

»Könnt ihr mich am Kino rauslassen?«, fragte er. »Ich will einen Film sehen.«

»Lass mich raten, Rodney und Evan warten dort schon auf dich«, sagte ich.

Er verschränkte die Arme vor der Brust. »Ja und?«

»Dann versprich mir, dass du am Wochenende nicht auf irgendwelche Jet-Ski hüpfst, sonst steige ich aus dem Wagen und erzähle ihnen, was du im Schlaf so von dir gibst.«

»Das ist Erpressung!«, rief Tucker.

»Jet-Ski!«, rief Tante Sutton entsetzt.

»Tucker redet im Schlaf?«, fragte Lila interessiert.

»Boah, ist das 'ne Verschwörung hier oder was?«, grummelte er.

»Nee«, meinte Elise. »Frauen-Power.«

Ich schlang meinen Arm um Tucker, als wollte ich ihn in den Schwitzkasten nehmen. »Komm schon, Tuck. Du weißt, dass ich älter und klüger bin und recht habe.«

Er stöhnte entnervt auf. »Gut gelaunt bist du noch viel ätzender.«

»Versprich es. Oder ich umarme dich vor deinen Freunden.«

»Ist ja gut! Lass mich los! Ich verspreche es!«

Wir stiegen ins Auto, und als *Girls Just Wanna Have Fun* kam, drehte Tante Sutton das Radio auf, und alle sangen laut mit. Nur Tucker nicht. Der fragte sich hundertprozentig, womit er solch eine Strafe verdient hatte. Er war heilfroh, als wir ihn am Kino rausließen. Seine Freunde warteten bereits. Die drei klatschten sich ab und verschwanden im Gebäude. Eine große Verabschiedung von uns gab es nicht, er war praktisch aus dem Wagen gesprungen, kaum dass dieser gehalten hatte. Im Mint House machten sich Elise und Tante Sutton daran, alles zusammenzusuchen, was sie für das Herstellen der Marmelade brauchten. Lila und ich hatten uns gerade Tee gebrüht, als sie angerufen wurde und man sie bat, kurzfristig für jemanden in der Arbeit einzuspringen.

Plötzlich stand ich also allein da – ob das nicht die beste Gelegenheit für ein neues Date mit mir selbst war? Spontan schnappte ich mir meinen Rucksack und ging zum Strand runter. Ich zog meine Sandalen aus und lief barfuß durch den Sand. Es waren einige Familien mit ihren Kindern dort, die Sandburgen bauten oder schwimmen waren.

Auf meinem Weg sammelte ich ein paar Muscheln ein, die alle die unterschiedlichsten Formen hatten. Irgendwann kam ich nicht mehr weiter, weil die Dünen in Felswände übergingen und der Strand endete. Eine Treppe mit Metallgitter war in den Stein geschlagen und führte zu einer Plattform hinauf. Dort oben befanden sich bewegliche Ferngläser am Geländer, und ich verbrachte viel Zeit damit, durch eines davon aufs Meer hinaus zu blicken, Segelboote zu zählen und die Umrisse der Gebirge hinter mir mit dem Blick nachzufahren. Einen Wal sah ich leider immer noch nicht. Schade! Ich setzte mich einfach auf den Boden und blickte weiter durch die Metallstäbe aufs Wasser. Ich griff in meinen Rucksack, um meine

Kopfhörer herauszufischen. Meine Finger stießen gegen etwas Hartes – den Gedichtband von Joe. Ich hatte ihn eingesteckt, ohne ihn mir groß anzusehen. Seit dem Wiedersehen im *Side Door* befand er sich in meinem Rucksack. Er musste zwischen meine anderen Sachen nach unten gerutscht sein, sonst hätte ich ihn früher bemerkt, so oft wie ich die Kopfhörer benutzte und wieder verstaute. Der Einband war komplett schwarz und fühlte sich wie eine Stoffbeschichtung an. Es gab keinen Titel oder Autor, weder auf dem Cover noch dem Buchrücken. Nur ein eingeprägter Lorbeerkranz aus Gold vorne, in dem zwei Worte standen: *Magic Poems*. Ich schlug das Vorsatzpapier auf der Suche nach mehr Informationen um, aber auch hier fehlten Titel und Autor. Das Papier war alt und vergilbt, als hätten schon Tausende Finger es berührt. Erst blätterte ich wahllos durch die Seiten, aber dann blieb ich immer öfter an Einträgen hängen. An Gedichten über das Meer, Träume oder die Schönheit der Seele. Manche waren wirklich poetisch und bildhaft, andere wiederum schwülstig und trugen zu dick auf. Die Namen der Verfasser sagten mir entweder gar nichts, oder die Zeilen blieben anonym. Eines mochte ich besonders:

Leuchttürme

Gefühle sind wie Schiffe.
Wir wie Leuchttürme.
Geht unser Licht aus.
Laufen sie auf Grund.

Ich fand mich in diesen Worten irgendwie wieder. Das war wie mit der Hoffnung: Wenn man sie hatte, blieb das Licht an, und wenn nicht, hatte man sich ganz verloren. Diese Stelle musste ich mir markieren! Ich griff nach meinem Rucksack, um nach etwas zu suchen, das ich zwischen die Seiten stecken konnte, als mir der Gedichtband herunterfiel.

»Mist«, fluchte ich. Jetzt hatten einige der Seiten Knicke bekommen! Ich versuchte, eine besonders lädierte Ecke mit dem Daumen zu glätten, da bemerkte ich, dass sie an einer anderen festklebte. Vorsichtig versuchte ich, die zusammengepappten Seiten voneinander zu lösen. Es war eine echte Friemelei, aber ich schaffte es. Das war nicht durch das Alter des Gedichtbands passiert, jemand hatte die Seiten absichtlich zusammengeklebt.

Obwohl das Papier dadurch etwas in Mitleidenschaft gezogen war, konnte man die Notizen noch gut lesen. Sie waren in einer kantigen Handschrift mit Kugelschreiber verfasst und standen zwischen den Zeilen des Gedichts namens »Verfluchte Herzen«.

Verfluchte Herzen

Manche sagen, Liebe sei ein Fluch.
Kann wahre Liebe jeden Fluch brechen?
Schwer, einsam und ein Unglücksbringer.
Ihr Herz hat niemals für die Liebe geschlagen.
Wie sich wahre Liebe wohl anfühlt?
Der einzig wahre Fluch ist zu glauben,
Dass das Schicksal über das Herz bestimmt.
Schwachsinn! Das Schicksal bestimmt einfach alles!

Am Rand stand noch dick umrandet: ***Flüche zerstören jede Chance auf Liebe.***

Das klang aber verbittert! Da es mit Kugelschreiber geschrieben war, konnten die Gedanken nicht ganz so alt sein, oder? Kugelschreiber waren doch etwas relativ Modernes. Ob die Person ihre Notizen bereut und deshalb die Seiten zusammengeklebt hatte?

Nach einer Analyse klangen diese jedenfalls nicht. Einige der Worte waren in großer Eile hingekritzelt worden – oder in großer Wut. Das kannte ich von mir selbst. Wenn ich mit zittrigen Fingern etwas zu Papier bringen musste, setzte ich den Stift nicht richtig auf, und es kamen lauter unleserliche Sachen dabei heraus. Dann kam mir der Gedanke, dass dies vielleicht Joes Werk sein könnte. Andererseits, wieso sollte er mir einen Gedichtband geben, den er »klasse« fand, wenn er dieses Gedicht hier zu hassen schien? Joe hatte zielstrebig danach gegriffen, er hatte gewusst, dass er sich im Bücherschrank befand. Aber das musste auch gar nichts bedeuten. Vielleicht brachten die Leute in Stormbay die Bücher ja immer wieder zurück und behielten sie gar nicht erst?

Über den ominösen Notizenschreiber grübelte ich noch auf dem Rückweg …

Und während ich aus meinem Kleid in etwas Bequemeres schlüpfte …

Mich mit Tante Sutton und Elise beim Kartenspielen duellierte …

Sogar als die Sonne längst untergegangen war, während ich auf der Bank der Veranda saß.

Tja, da hatte ich mal etwas anderes gefunden, was mich beschäftigte, und es war so etwas Banales! Die Notizen konnten von wer weiß wem sein, und vielleicht fand ich nie mehr darüber heraus. Sobald ich das eingesehen hatte, glitten meine Gedanken zu Joseph Dalca. Wenn er dahintersteckte … hieß das, er hatte eine tragische Liebe erlebt? Hatte ich mich deshalb so mit ihm verbunden gefühlt, weil wir beide »Verfluchte Herzen« waren?

Mit einem schweren Seufzer sackte ich nach hinten und zog die Decke enger um mich, die mir Tante Sutton eben mit einer Tasse Tee gebracht hatte. Es kühlte abends ordentlich ab, aber ich hatte trotzdem sitzen bleiben wollen. Es war so schön hier! Im Schein einer kleinen Laterne, deren Löcher Muster aufs Gras malten, mit dem Meeresrauschen, das nie verstummte, und dem Zirpen der Grillen. Und dann war da ein Gefühl der Sehnsucht. Wie schon auf der Fähre. Nach etwas, das mir meine Geschwister nicht geben konnten. Etwas, das ich verloren hatte. Aber vielleicht hatte ich es auch nie besessen. Nicht mit Franklin zusammen. Die wahre Liebe. *Tja, unbekannter Notizenschreiber, wie die sich wirklich und wahrhaftig anfühlt, würde ich auch gerne wissen!* Nachdenklich starrte ich in meine Teetasse. Da hing ich hier wie der letzte Jammerlappen und hoffte auf irgendein Wunder.

Gefühle kann man nicht planen, Mia! Mit dir hält man es eben nicht lange aus!

Ja, man konnte Gefühle nicht planen, das hatte ich inzwischen gelernt, und abstellen konnte man sie leider auch nicht. Vielleicht war Letzteres der wahre Fluch. Wie oft hatte ich in der Chat-Gruppe Verabredungen mit allen koordiniert, Geburtstagsgeschenke geplant oder berücksichtigt, dass wir teils unterschiedliche Stundenpläne hatten, um uns alle zum Essen zusammenzubringen. Im Grunde hatte Franklin diese Seite an mir nur ausgenutzt. Und je mehr ich darüber nachdachte, umso mehr verletzte es mich.

Nanu? Was vibrierte denn da? O, mein Handy meldete sich. Es war unter die Decke gerutscht. Ich stellte meine Teetasse auf der breiten Fensterbank hinter mir ab, nahm es in die Hand und entsperrte es. Ein Memo hatte sich am oberen Rand des Displays geöffnet, und ich tippte es an. Solche Erinnerungen waren früher typisch für mich gewesen. Ich hatte so oft Angst gehabt, etwas zu vergessen. Doch ausgerechnet mit dieser automatischen Erinnerung hatte ich nicht gerechnet, und nun starrte ich auf den aufblinkenden Satz.

Nicht vergessen: Morgen! Übernachtung am Emerald Lake!!!!! <3

Langsam lehnte ich mich zurück und richtete den Blick zum dunklen Himmel. Demselben Himmel, den Franklin sicher auch gerade sah, vielleicht am Feuer sitzend in seinem Lieblingsshirt, mit den blau-gelben Streifen, das ich immer furchtbar gefunden hatte. Damals, während meiner Planung für die Sommerferien, hatte er mir von diesem besonderen Trail erzählt, der einen zum Emerald Lake führte. Franklin hatte mir das Versprechen gegeben, dass wir dort etwas Zeit für uns allein haben würden. Die Vorstellung eines romantischen und besonderen Tages hatte mein Herz flattern lassen. Nur wir zwei zusammen, und abends, da … da wären wir uns nähergekommen, so wie früher. Ein Schauer lief mir den Rücken hinunter, als diese Gedanken Erinnerungen an Küsse und Berührungen wachriefen. Ich hatte ihm so viel von mir gegeben. Wieso war ihm das nicht genug gewesen? Nach all den kleinen Hoffnungsschimmern und dem Versuch meiner Selbstermutigung seit der Ankunft auf der Insel, nach all den weiterhin schmerzhaften Gefühlen und dem Loch in meinem Herzen, das sich nicht schloss, war dieses Memo einfach zu viel.

Wem machte ich eigentlich etwas vor? Ich war nicht okay.

Und dann begann ich zu weinen.

KAPITEL 9

IRGENDWANN FÜHLTE ICH mich einfach nur noch leer. Ich wischte mir mit dem Ärmel meines dünnen Pullovers übers Gesicht und zog die Decke bis ans Kinn. War ich froh, dass niemand aus meiner Familie diesen Gefühlsausbruch miterlebt hatte!

Ob ich die Sterne da oben mal um ein Wunder bitten sollte?

»Du siehst aber blass aus. Geht's dir nicht gut?«

Schien so, als hätte mich zumindest ein Teil der Sterne erhört, denn Lila war zu mir herausgekommen. Sie sah erschöpft aus, und auf ihrem weißen Shirt prangte ein dicker, roter Fleck. Ich fuhr erschrocken hoch. »Ob es mir gut geht? Ist das da Blut?«

»Oooo jaaaa!«, antwortete sie. »Freddy Krüger hat mich erwischt.«

»Lila! Jetzt sag schon, was los ist!«, stieß ich besorgt hervor.

Lilas Miene wurde finster. »Das ist von Keir Albright.«

»Du hast Bad-Boy-Blut auf deinem Shirt?«

Ich rutschte an den Rand der Bank und hob die Decke, weil sie schließlich für uns beide reichte. Lila setzte sich neben mich, deckte sich zu und seufzte frustriert dabei.

»Natürlich ist das kein Blut, sondern Ketchup«, sagte sie. »Ich war nach der Arbeit noch mit ein paar Leuten Hot Dogs essen. Der Abend war super stressig, und wir wollten noch ein bisschen abhängen. Keir war auch da. Da müsste man meinen, er wäre sich zu gut für eine Hot-Dog-Bude, aber nein …«

»Was ist denn passiert?«, fragte ich.

»Wir sind zusammengestoßen«, meinte Lila.

»Hat er sich wenigstens entschuldigt?«, fragte ich.

»Entschuldigt?« Lila schnaufte. »Einer seiner Freunde, Clay Posey, hat gesagt, ich sähe nicht aus, als würde ich zu wenig Essen abkriegen, und was mit mir nicht stimmen würde, dass ich inzwischen andere Leute schon überfalle, um an ihren Ketchup zu kommen.«

Für einen Augenblick war ich sprachlos.

»Eine nette Art zu sagen, dass ich fett bin.«

»Dem Typen würde ich gerne mal mit meiner Faust was sagen!«, regte ich mich auf. »Was für ein Arschloch reduziert jemanden bitte auf sein Gewicht? Das ist so schwach.«

»Manchmal ist alles so …«, sie schluckte schwer, »… entmutigend. Ich hasse es, dass Leute wie er so viel Macht über mich haben. Ich wünschte, es wäre mir egal.«

»So was ist niemandem egal«, sagte ich leise.

Meine Cousine ließ ihren Kopf auf meine Schulter sacken. »Danke, Mia.«

»Wofür?«

»Dass du nicht versuchst, mir einzureden, ich wäre dünn oder dass alles gar nicht so schlimm ist oder was die meisten Leute sonst aus Mitgefühl eben so sagen.«

»Die meisten Leute haben echt keine Ahnung«, sagte ich. »Die denken in blöden Schubladen, und wenn du nicht in irgendeine reinpasst, bist du sofort seltsam. Ich werde vielleicht niemals ganz verstehen, wie du dich fühlst, aber ich weiß, dass jemand wie dieser Keir oder Clay kein Recht hat, so was zu sagen! Die sollte man in Ketchup ertränken!«

»Ketchup ist für mich erst mal gestorben«, murmelte Lila.

»Wie wäre es, wenn ich dich mit dem Vortrag eines Gedichts aufheitere?«

Lila richtete sich wieder auf. »Seit wann liest du Gedichte?«

»Seit heute«, antwortete ich. Ich griff mir den Band, der mir heruntergerutscht war und zu meinen Füßen auf der Decke lag. Ich schlug eine x-beliebige Seite auf und sagte laut und dramatisch, als wäre ich beim Theater: »You only live once, friday night's your only friend and you shouldn't worry about your weight.«

»Das steht da nicht wirklich, oder?«

»Nein. Das ist aus *21st Century Machine* von Catie Turner.«

»Du hast auch für jede Gelegenheit den passenden Song!«

»Musik drückt in den meisten Momenten eben viel besser aus, was man fühlt oder braucht, als normale Worte es können«, sagte ich. »Das ist meine Art von Poesie.«

Lila sah mich plötzlich eindringlich an. »Mia?«

»Ja?«, fragte ich verunsichert.

»Deine Augen sind ganz rot, hast du etwa geweint?« Der Ärger in ihrer Miene verrauchte sofort. »Da plappere ich dich voll und merke nicht mal, dass du …«

»Stopp!«, sagte ich bestimmt. »Lass uns über was anderes reden.«

Lila zögerte, nickte jedoch. Sie nahm mir den Gedichtband ab. »Woher hast du den überhaupt?«

»Aus dem Buchschrank eines Cafés in Stormbay.«

»Dass du in ein Café gehst, verstehe ich ja noch, aber Elise ist doch der Bücherwurm in eurer Familie«, sagte Lila. »Das hat dir doch garantiert jemand gegeben.«

»Was denn? Ich lese hin und wieder auch.«

»Mhh«, machte Lila skeptisch. »Da steckt mehr dahinter.«

»Es war der letzte Wille eines alten Mannes, dass ich es an mich nehme.«

»Raus mit der Sprache.«

»Vielleicht wollte ich nur einen auf Hemingway machen.«

Lila starrte mich nieder, und ihr Blick hatte etwas Hypnotisches.

»Okay. Da war ein Junge, der hat es mir gegeben«, gab ich schließlich zu.

»Was für ein Junge?«, wollte Lila wissen.

»Ein süßer Junge«, antwortete ich.

»Du hast mit einem süßen Jungen geflirtet und sagst das erst jetzt?«

»Ich habe nicht mit ihm geflirtet! Nur ihn und sein Date beobachtet.«

»Was?«, fragte Lila verwirrt.

»Also nicht *beobachtet*. Meine Augen haben sich manchmal zufällig zu ihrem Tisch verirrt. Das war keine Absicht. Ich habe sogar extra Musik gehört, damit ich sie nicht aus Versehen belausche. Wir sind ja hier nicht bei Downton Abbey, wo Gerüchte mehr wert sind als dein Erstgeborenes«, sprudelte es aus mir heraus.

»Jetzt kann ich dir nicht mehr folgen.«

Ich holte tief Luft, und dann erzählte ich Lila alles. Von meinem ersten Date mit mir selbst (bei der Aufzählung der Zimtschnecke, des Milkshakes und des gegrillten Mozzarella Sandwiches lief mir sofort wieder das Wasser im Mund zusammen), wie ich zufällig (oder auch nicht zufällig, wenn man Joe glaubte) das *Mirage* gefunden hatte und natürlich, wie ich Joseph Dalca (sein vollständiger Name klang einfach jedes Mal so viel epischer) kennengelernt und später erneut getroffen hatte. Vielleicht hätte ich ein paar der Details aussparen sollen, denn ich hatte auf einmal wirklich großen Hunger. Doch bei Lila löste das eine ganz andere Reaktion aus, ihre Neugier wich einem Ganzkörperschock.

Stocksteif saß sie neben mir, die Augen glasig im Schein der Laterne und der Mund leicht geöffnet. Ich wedelte vorsichtshalber mit einer Hand vor ihrem Gesicht herum.

»Erde an Lila! Steigst du gerade in höhere Sphären auf?«

»Joseph Dalca«, wiederholte sie.

»Kennst du ihn?«, fragte ich.

War schließlich nicht ausgeschlossen, wo sie doch in Stormbay einen Job hatte und die Einheimischen sich oft untereinander kannten oder zumindest voneinander gehört hatten.

Lila bekam auf einmal diesen bestimmten Gesichtsausdruck, den sie als Kind immer gehabt hatte, wenn sie etwas ausheckte. Sie grinste breit. »O ja, ich kenne ihn.«

»Okay? Und warum siehst du mich so seltsam an?«

Lila grinste noch breiter. »Joseph Dalca ist *die* Lösung.«

»Die Lösung wofür?«, fragte ich und kam mir reichlich dumm dabei vor.

Sie beugte sich verschwörerisch zu mir. »Für all deine Probleme.«

KAPITEL 10

LILA HATTE SCHON einige ausgefallene Ideen in ihrem Leben gehabt. In dem Sommer, als wir acht waren, hatte sie mich dazu überredet, an einem Wettessen teilzunehmen, und mir war danach tagelang schlecht gewesen. Mit zwölf hatte Lila uns fürs Babysitten bei einer Nachbarin angeheuert, und die Schreie des Terrorkinds der Perkins verfolgten mich bis heute noch in meine Träume. Aber dass sie mir Joe als Lösung all meiner Probleme vorstellte? Er arbeitete in einem Magic Shop und reparierte keine Herzen.

»Ein Junge ist doch für meine Probleme erst verantwortlich«, sagte ich.

»Joe ist aber ein besonderer Junge«, sagte Lila voller Überzeugung.

»Alle Jungs denken, sie seien besondere Schneeflocken«, meinte ich. »Er ist wie alt, siebzehn? Wieso sollte er denn etwas wissen, was ich nicht selbst schon weiß?«

»Er ist achtzehn«, verbesserte Lila mich. »Und es geht nicht um das, was er weiß. Sondern um das, was er kann. Die Dalcas sind gut für die Menschen. Sie helfen ihnen.«

»Hat er etwa ein Bett, das eine Zeitreisemaschine ist? Und wenn ich mich da reinwerfe, bringt er mich zurück zu dem Moment, als Franklin mich auf ein Date eingeladen hat – damit ich endlich absagen kann?«, fragte ich. »Oder verwandelt er sich, wenn ich ihn küsse, in einen Selbsthilferatgeber?«

»Nein, nein«, sagte Lila energisch. »Lass mich doch mal ausreden.«

»Okay, ich höre zu«, erwiderte ich.

»Die Familie Dalca hat einen gewissen Ruf auf Whidbee Island«, begann Lila. »Als Kind habe ich mich nie für irgendwelche Gerüchte interessiert, aber als ich auf die Highschool kam, waren sie nicht mehr zu ignorieren. Jeder schien Bescheid darüber zu wissen.«

Lila sah mich eindringlich an, als müsste mir bei ihrer kryptischen Erzählung bereits ein Licht aufgehen. Doch die Zeit, von der sie sprach, war genau die, in der wir kaum miteinander geredet hatten. Es war kurz nach dem Streit von Dad und Tante Sutton, und wir steckten mitten im Umzug nach Portland, weil Dad die Möglichkeit hatte, an einer TV-Serie mitzuwirken. Und an der neuen Schule hatte ich ja angefangen, Franklin zu daten.

»Was haben diese Highschool-Gerüchte mit Joe zu tun?«, fragte ich.

»Es sind nicht nur die Dinge, die sich meine Mitschüler in den Gängen hinter vorgehaltener Hand zuflüstern.« Lila senkte die Stimme. »Es geht um einen echten Fluch.«

»Du willst mir erzählen, dass auf der Familie Dalca ein Fluch lastet?«

Ungläubig starrte ich sie an. Das konnte Lila doch nicht ernst meinen!

Statt mir weiter etwas von der Geschichte zu erzählen, blickte sie auf ihre Armbanduhr.

»Wenn wir uns beeilen, erwischen wir sie noch«, murmelte sie.

»Sekunde mal – wovon sprichst du? Warum soll bitte ein Fluch die Lösung sein?«

Allmählich kam ich mir echt schwer von Begriff vor. Als wäre Lila Batman und ich bloß Robin, der als Sidekick nicht sofort in alles eingeweiht wurde. Und das war kein gutes Gefühl. Trotzdem stand ich auf, nahm die Decke, Teetasse und das Buch und folgte Lila, die zum Haus lief. Lila verschwand in ihrem Zimmer, um sich ein sauberes Shirt anzuziehen, und ich räumte die Sachen weg. Als Lila zurück war, funkelte ich sie beleidigt an.

»Kannst du mir bitte sagen, was in deinem Kopf vor sich geht?«

Sie sah mich mit undurchsichtiger Miene an. »Du willst Franklin doch vergessen.«

»Ja«, antwortete ich zögerlich. »Mehr als alles andere.«

»Und die wahre Liebe finden?«

»Na ja, ganz so dramatisch würde ich es nicht ausdrücken.«

»Vertraust du mir?«, fragte sie bestimmt.

»Ja, aber …«

»Vertraust du mir?«, wiederholte Lila.

»Ja, ich vertraue dir.«

»Gut. Dann geh ins Bad und wasch dir alle Franklin-Tränen aus dem Gesicht«, forderte sie mich auf. »Denn ich verspreche dir, dieser Abend wird dein Leben verändern.«

»Ähm … okay«, murmelte ich.

Wenige Minuten später fühlte ich mich durch die kleine Katzenwäsche mit kaltem Wasser ein wenig besser und sah nicht mehr ganz so verheult, sondern sogar recht passabel aus. Ich hatte etwas Puder und Mascara benutzt, und man merkte mir nicht mehr allzu viel von meinem Elend an. Gemeinsam mit Lila ging ich zu ihrem Wagen.

Es herrschte eine seltsame Stimmung zwischen uns, als wir die Landstraße hinunterfuhren, um in die Nachbarstadt zu kommen. Lila hatte mir noch immer nicht mehr verraten und schwieg eisern. Wir machten einen Zwischenstopp bei einem chinesischen Imbiss und bestellten gefühlt die halbe Karte. Mit dem dampfenden Essen in der Tüte auf meinem Schoß fragte ich mich, ob die Dalcas Frühlingsrollen und Soja-Soße als Opfergabe bei einem Ritual benötigten oder wieso Lila gleich eine solche Menge gekauft hatte. Vielleicht ließen sie das Zeug auch nur vertrocknen, um es hinterher für fünfzig Dollar als das Menü der Götter zu verticken? Und dann behauptete Joe, seine Grandma wäre dafür nicht nur in einen Vulkan gestiegen, sondern zum Mittelpunkt der Erde gereist. Ob ihm jemand die Story abkaufte?

In Rumänien, wo meine Familie ursprünglich herkommt, nennt man eine Frau mit ihren Gaben eine Vrăjitoare. Mit ihren Gaben … Ich hatte das für einen Scherz gehalten, für Humbug, den man den Touristen verkaufte, damit das *Mirage* mythischer wirkte.

»Sag mal …«, setzte ich an, aber da erreichten wir schon einen Parkplatz, und ich sparte mir die Frage nach Lilas Absichten. Mit dem Auto waren wir eine andere Route nach Stormbay gefahren als ich auf dem Fahrrad, und durch die Dunkelheit war es mir noch schwerer gefallen, mich zu orientieren. Die Gegend sagte mir nichts. Wir stiegen aus, und ich erkannte einen Glockenturm, der vielleicht zu einer nahe gelegenen Kirche gehörte. Lila lief beschwingt voraus, und ich schloss zu ihr auf. Vom Parkplatz aus kam man in wenigen Minuten direkt ins Herz der Stadt. Die umliegenden Pubs und Restaurants waren voller Menschen. Stimmen mischten sich mit Musik, und die vielen kleinen Laternen, die von einer Hauswand zur anderen über unseren Köpfen aufgespannt waren, kamen mir wie Irrlichter vor, die uns ablenken und auf eine falsche Fährte locken wollten. Einmal war ich tatsächlich, fasziniert von dem schönen Anblick, weiter geradeaus gelaufen, obwohl Lila nach rechts bog. »Hey! Hier lang«, rief sie mir zu, und ich drehte rasch um. Stormbay am Tag war charmant und ruhig gewesen, aber bei Abend kroch eine Atmosphäre aus den Ritzen der Stadt, deren Laute, Gerüche und Lichter überirdisch schön anmuteten.

Fünf Minuten später kamen wir am *Mirage* an. Lila hatte mich von der anderen Seite hergeführt, und so tauchten wir durch den Rundbogen, über dem ein Haus schwebte. Mein Blick glitt zu der Gasse, die ich damals benutzt hatte. Sie verströmte Finsternis, so düster, dass sie einen sicher verschluckte, wenn man sich ihr näherte. Ein Glück, dass es auch noch einen »normalen« Weg hierher gab. Nicht, dass ich ihn mir merken wollte, ich hatte ja nicht vor, öfter bei den Dalcas vorbeizuschauen. Oder etwa doch?

Mein Herz klopfte schneller, als ich Joe sah. Er schloss gerade die Eingangstür des *Mirage* ab. Neben ihm stand ein Mädchen, das ich nur als wunderschön beschreiben konnte. Sie hatte langes, kastanienbraunes Haar, das ihr in dicken Wellen über die Schultern fiel, und trug ein Haarband mit roten Blumen wie einen Kranz auf dem Kopf. Ihre weiße Bluse hatte weite Ärmel und war voller Stickereien. Shorts und Riemchensandalen rundeten das Outfit ab. Sie sah als Erste auf, als sie uns bemerkte. Ihr Gesicht hellte sich auf, als würde sie sich freuen, uns zu sehen. Joe und sie hatten eine gewisse Ähnlichkeit.

»Lila!«, sagte das Mädchen. »Was machst du denn hier?«

Die beiden umarmten sich freundschaftlich. Dann wanderten die braunen Augen des Mädchens neugierig zu mir. Genau wie die von Joe, nur dass er fast überrascht wirkte, mich wiederzusehen. Für einige Atemzüge stand unser Grüppchen einfach nur da. Lila ergriff das Wort, ehe ich mich dazu durchringen konnte, auch nur Hallo zu sagen. Ich wusste gar nicht, wieso ich so nervös war. Irgendwie fühlte sich die Situation so bedeutungsvoll an, als hätten wir uns verabredet, einen geheimen Pakt zu schließen.

»Das ist meine Cousine Mia Pearson«, stellte Lila mich vor. »Mia, dass ist Aubrie Dalca, eine Freundin von mir – und ihren Zwillingsbruder Joe kennst du ja bereits.«

Jetzt war ich baff. Aubrie, das Mädchen, das Lila zum Roller Derby gebracht hatte, war Joes Zwillingsschwester? So eine Insel war echt klein. Ich räusperte mich rasch.

»Hi, nett, dich kennenzulernen.«

Aubrie reichte mir etwas distanziert eine Hand. »Freut mich ebenfalls.«

Na ja, es konnte einem nicht jeder gleich um den Hals fallen, und vielleicht war sie ja genervt, weil wir ihren wohlverdienten Feierabend gestört hatten. Joe hielt nämlich noch immer einen schweren Schlüsselbund in der einen Hand, schenkte mir aber ein warmes Lächeln, mit dem ich nicht gerechnet hatte. Mein Puls schoss so richtig in die Höhe.

»Hey«, sagte er.

»Hey«, erwiderte ich.

»Braucht ihr noch was aus dem Laden?«, fragte Joe an Lila gewandt.

O Mann. Das war echt Neuland für mich. Waren die etwa alle Freunde?

Lila deutete auf die Tüte mit dem chinesischen Essen, die ich in der Hand hielt. »Wir haben euch was mitgebracht, damit ihr nicht verhungert. Denn ich muss euch um einen großen Gefallen bitten … besser gesagt Joe. Habt ihr etwas Zeit für uns?«

»Kommt auf den Gefallen an«, sagte Joe.

»Es geht um Mia«, sagte Lila.

Jetzt sahen mich die Dalca-Zwillinge gleichzeitig an, und da ich nicht wusste, was das zu bedeuten hatte, wurde mir etwas mulmig zumute. Ich versuchte mir nichts anmerken zu lassen, streckte den Rücken durch und setzte ein ungezwungenes Lächeln auf.

»Verstehe«, sagte Aubrie kurz angebunden.

»Sind da Frühlingsrollen drin?«, fragte Joe.

»Und Wan Tans«, sagte Lila. »Mit deiner Lieblingsfüllung.«

Okay, was ging hier vor sich? Verkaufte Lila mich jetzt für ein paar Teigtaschen als Leibeigene an die Dalcas? Sollte ich lieber die Beine in die Hand nehmen und weglaufen?

Joe drehte sich um und steckte den Schlüssel wieder ins Schloss. Er öffnete die Tür und schaltete eine Stehlampe neben dem Eingang an, die spärlich den Laden ausleuchtete.

»Dann mal rein mit euch«, forderte Joe uns freundlich auf.

»Juhu!«, jauchzte Lila, als habe sie einen Sieg errungen. Mir flüsterte sie noch zu: »Ich wusste, wenn wir ihnen zum Feierabend was Leckeres zu essen mitbringen, wird das was!«

Aha. Das Essen war also tatsächlich eine Art Bestechung gewesen …

Aubrie seufzte. Doch statt sich zu beschweren, ging sie an ihrem Bruder vorbei, der nun die Tür aufhielt. Lila folgte ihr. Ich war die Letzte, die das *Mirage* betrat, und blieb kurz stehen, um zu Joe zu sehen, der rasch die Tür hinter uns verriegelte.

»Du bist also Lilas Cousine«, sagte er. »Diese Insel ist echt verdammt klein.«

»Das habe ich mir auch schon gedacht«, erwiderte ich. »Seid ihr schon lange Freunde?«

»Eine Weile«, antwortete Joe. »Wir saßen letztes Jahr im selben Geschichtskurs.«

»Ihr alle drei?«

»Nein, nur Lila und ich. Die Schule steckt Aubrie und mich immer in unterschiedliche Kurse. Unsere Direktorin ist der Meinung, das wäre besser für unser Sozialleben.«

»Das hat sie gesagt?«

»Genau genommen hat sie gesagt: ›Mr. Dalca, ich bedauere es zutiefst, Sie von Ihrer Zwillingsschwester trennen zu müssen‹ – so, als würde jemand von uns in den Knast gehen und wir könnten einander für lange Zeit nicht wiedersehen. Und dann ging's weiter mit ›Aber es ist zu Ihrem Besten‹. Alle denken immer, Aubrie würde mich verderben.«

»Lass mich raten? Dabei ist es genau umgekehrt.«

»Nein. Aubrie hat wirklich einen schlechten Einfluss auf andere. Sie musste mal für einen Monat auf einen Goldfisch aufpassen, um ihren guten Willen zu beweisen.«

»Ihr habt aber eine komische Direktorin. Hat es funktioniert?«, fragte ich.

»Der Goldfisch war nach drei Tagen tot.«

»O«, machte ich betroffen.

»Deshalb führt Aubrie auch die Voodoo-Zauber in unserer Familie aus. Sie hat eine dunkle Seite«, sagte Joe leise, als befürchtete er, Aubrie würde uns hören.

»Ist wohl auch so eine Dalca-Gabe, Märchen zu erzählen«, sagte ich.

»Bei all den Touristen, die täglich in unseren Laden kommen, muss man eben kreativ sein«, sagte er. »Aber ich verrate dir was: Geschichten habe ich schon als Kind sehr geliebt.«

»Leute kommen ins *Mirage*, um unsinnige Storys zu hören?«

»Das und mehr. So verdienen wir unser Geld.«

Ich runzelte die Stirn. »Mehr?«

»Na, du weißt schon. Weshalb ihr hier seid.«

»Um eure Sucht nach Frühlingsrollen und Wan Tans zu befriedigen?«

Joe hob verwundert die Augenbrauen. »Sie hat dir wirklich gar nichts erzählt?«

»Nein. Tatsächlich komme ich mir vor wie in einer Folge *Akte X* und warte nur darauf, dass mir gleich jemand sagt, ihr seid alle Vampire oder Elfen und dass ich dazu auserwählt wurde, in eure Reihen aufgenommen zu werden«, witzelte ich herum.

»Du wärst bestimmt auch eine gute Geschichtenerzählerin.«

Im nächsten Moment rief Aubrie: »Was treibt ihr da hinten? Kommt her!«

Sie und Lila hatten in einer der hinteren Ecken des Ladens einige Sachen beiseitegeschoben und Sitzkissen ausgelegt. Mehrere Kerzen brannten, und irgendwie hatte das Ganze die Atmosphäre vom Campen am Lagerfeuer. Nur dass es statt Marshmallows chinesisches

Fast Food gab. Da schoss mir gleich wieder das Memo von vorhin durch den Kopf. Franklin, der Emerald Lake, das Mädchen, das ihn auf die Wange küsste und vielleicht sogar mit ihm ein Zelt teilte … Wenn in diesem Laden irgendwo eine echte Lösung auf mich wartete, wie ich über ihn hinwegkommen konnte, würde ich die Abkürzung nur allzu gerne nehmen. Unerwartet spürte ich warme Finger auf meinem rechten Arm, und als ich den Kopf neigte, sah ich Joe, der mich besorgt musterte.

»Alles okay? Du schienst gerade ganz tief in Gedanken versunken zu sein.«

»Lila hat gesagt, du wärst die Lösung«, murmelte ich. »Die Lösung für alles.«

Ich war mir nicht sicher, ob er mich gehört hatte, aber seine braunen Augen ruhten auf mir und hielten mich für einige Sekunden fest, als wäre da etwas Unausgesprochenes zwischen uns. Vielleicht ein Satz oder ein Gefühl, das keiner von uns beiden greifen konnte. Es war einfach da, verband uns miteinander, und die Stelle, an der er mich berührte, begann zu kribbeln. Ich stand prompt unter Strom und spannte meinen Körper an. Und so lächerlich es klang, schließlich kannte ich ihn kaum, in diesem Augenblick wünschte ich mir, dass es wirklich so leicht sein könnte. Dass Joe meine Lösung sein würde. Er strahlte wieder diese Ruhe aus, die mich einhüllte, und am liebsten wäre ich ihm näher gekommen. Es gab diese Menschen, die halfen einem, ausgeglichener, mehr man selbst zu sein. Ich versuchte die ganze Zeit, vor meiner Vergangenheit davonzurennen, aber bei ihm wollte ich stehen bleiben. Joe schien bemerkt zu haben, dass sich etwas in meiner Haltung änderte, denn auf einmal löste er seinen Blick und trat zurück. Und ich hatte den absurden Gedanken, dass er irgendwie gespürt haben musste, was in mir vorging – und deshalb hatte er Abstand genommen … vom Herzchaos-Mädchen.

»Es … alles okay«, presste ich hervor.

»Okay«, echote er leise.

Verlegen fuhr ich mir durchs Haar. »Sollen wir uns setzen?«

»Stimmt«, murmelte er. »Hinsetzen.«

Also taten wir genau das. Aubrie aß schon mit Stäbchen direkt aus einer Box eine Portion Nudeln, sah aber nicht sehr glücklich mit ihrer Wahl aus. Oder es lag an mir. Sie schielte immer wieder aus den Augenwinkeln zu mir herüber, und anscheinend gefiel ihr nicht, was sie sah. Bildete ich mir diese abweisenden Vibes nur ein? Lila wirkte nicht, als ob sie von all dem etwas mitbekam. Sie knabberte an einer Frühlingsrolle herum und schob Joe die Wan Tans zu. Nur das Knistern eines Kerzendochts unterbrach die eingekehrte Stille.

Joe hielt mir schweigend die Box mit den Wan Tans hin, und ich nahm mir eins. Gerade, als ich hineinbiss, sagte Aubrie großspurig: »Joe soll also mit Mia auf ein Date gehen«, und ich spuckte das Stück Teigtasche, das ich im Mund hatte, im hohen Bogen aus.

Ich sollte was?!

KAPITEL 11

DIE SITUATION GLICH einer Achterbahnfahrt, zu der man mich überredet hatte, und ich hasste Achterbahnen. Dieses Auf und Ab versetzte mich in Panik. Morgan hatte mich einmal bei einem Besuch unserer Clique im Freizeitpark überredet, mit ihr eine Runde zu drehen, und weil ich vor den anderen nicht als Angsthase hatte dastehen wollen, brachte ich es irgendwie hinter mich. Wobei ich zwischendurch gedacht hatte, ich würde da niemals wieder rauskommen. Meine Knie waren danach der reinste Wackelpudding gewesen. Dieser Moment jetzt war noch eine Nummer schlimmer. Lila hatte mich also hergeschafft, um mich mit Joe zu verkuppeln? Ganz ohne Vorwarnung? Gab es etwas Peinlicheres? Höchstens meine Reaktion darauf, denn ich war kurz davor, einfach umzukippen vor Schock.

»Fall doch nicht gleich mit der Tür ins Haus!«, maulte Lila.

»Deshalb hast du sie doch hergeschleppt, oder nicht?«, fragte Aubrie.

Ich linste zu Joe. Der wiederum sah nachdenklich zu Lila und Aubrie.

»Also, da du offenbar gar nichts weißt, mal alles auf Anfang«, meinte Aubrie. »Auf unserer Familie lastet ein Fluch.«

Sie sagte das im Tonfall eines Sachbearbeiters, der einem verklickern wollte, dass es keinen Ausweg aus einem Vertrag gab. Ob hier irgendwo eine versteckte Kamera war?

»Entschuldigt bitte.« Ich räusperte mich. »Das habe ich schon mal gehört, aber wieso redet ihr alle von einem Fluch, als gäbe es den echt? Und was hat ein Fluch mit einem Date zu tun? Könntet ihr bitte mal einfach nur erklären, was wirklich hier los ist?«

Aubrie fixierte mich. »Wie gesagt, auf unserer Familie lastet ein Fluch.«

»Das hat Lila auch schon behauptet, doch …«

»Das ist keine bloße Behauptung!«, schnitt Aubrie mir das Wort ab. Das Thema traf offenbar einen Nerv bei ihr.

Joe wandte sich mir zu. »Ich erkläre es dir, aber dafür muss ich weiter ausholen. Als wir uns das erste Mal getroffen haben, habe ich dir doch gesagt, dass meine Vorfahren aus Rumänien kommen und dass über viele Generationen einige Geschichten weitergetragen werden. Meine Grandma hat Aubrie und mir von klein auf alles über unsere Abstammung von einigen ganz besonderen Menschen erzählt – auch über unser Familienerbe.«

»Über eure Gaben?«, fragte ich skeptisch.

Joe nickte. »Auf Whidbee Island ist es kein Geheimnis, dass die Dalcas vor Jahrzehnten zu den Gründerfamilien der ersten Stadt hier gehörten, und das war Stormbay. Einige Dalca-Familien kamen nach Amerika, weil die Chancen auf ein besseres Leben für sie hier greifbarer waren, und so verschlug es auch Zweige unserer Familie auf die Insel, wo sie später auch das *Mirage* eröffneten, das mit der Zeit natürlich modernisiert wurde.«

Ich schwieg und wartete darauf, dass er weitersprach.

»Bereits in Rumänien wurde den Dalcas nachgesagt, sie besäßen ein besonderes Gespür für Dinge und dass sie den Menschen direkt in die Seele blicken könnten.«

»Grandma Daria hat uns darüber immer Gutenachtgeschichten erzählt«, meinte Aubrie.

»Das stimmt«, meinte Joe. »Eine Kräutermischung gegen eine Krankheit, eine Weissagung für die Zukunft oder die Beeinflussung des Schicksals durch die Karten. Die Dalcas füllten die Herzen der Menschen mit dem, was sie brauchten. Als ich meine Grandma eine Vrăjitoare nannte, war das nicht gelogen. Früher fand ich die Vorstellung, sie sei eine Hexe, albern, aber sie weiß Dinge, noch bevor sie passieren, und sie sieht manches, was unseren Augen verborgen bleibt. Sie ist eine ganz besondere Frau.«

»Dieser Laden hier«, setzte Aubrie die Unterhaltung fort, »ist ebenso einzigartig. Er ist nach unserer Ahnin benannt, die ihn damals gegründet hat, und seit dieser Gründung hat er jeden Sturm überstanden, der Whidbee Island heimsuchte. Anfangs kamen nur die Inselbewohner her, aber inzwischen zieht das *Mirage* Leute von überall an.«

»Es gibt eine alte Legende über Mirage Dalca«, löste Joe seine Schwester ab. »Laut dieser Legende erhielt sie als Erste der Dalcas ein Cadou, ein Geschenk der Götter, und fortan wurde es an alle Erben der Dalcas über Generationen in Form verschiedener Gaben weitergereicht. Wieso Mirage auserwählt wurde, weiß bis heute niemand genau. Grandma meinte, den Dalcas sei es aufgrund ihrer Blutlinie vorherbestimmt gewesen.«

»Vorherbestimmt?«, fragte ich. »Das klingt sehr prophetisch.«

Joe lächelte matt. »Der Glaube an Magie liegt uns jedenfalls im Blut. Und wie es unsere Vorfahren taten, so half auch jede neue Generation Dalcas den Menschen, die Hilfe suchten. Genau hier. Das *Mirage* wurde zu einem Ort der Hoffnung für viele.«

Einige der Kerzenstümpfe waren abgebrannt, und es wurde dunkler im Raum.

»Wenn das mit der Magie stimmt«, spekulierte ich (und erntete dafür einen bitterbösen Blick von Aubrie), »und die Dalcas mit diesem ›Geschenk der Götter‹ nur Gutes im Sinn hatten, wieso sollte dann jemand eure Familie verfluchen?«

»Es geht dabei nicht um das, was die Dalcas getan haben«, sagte

Joe. »Sondern, was die Dalcas *nicht* getan haben.« Joe machte eine Pause, und ich bekam den Eindruck, dass er nicht das erste Mal auf diese Art über den Fluch sprach. Durch seine ruhige Stimme und den Glanz in seinen Augen, den das Kerzenlicht hineinzauberte, konnte ich mich seinem Anblick nicht entziehen. »Einst kam eine Frau nach Stormbay. Obwohl sie von großer Schönheit und ebenso großem Vermögen war, gab es etwas, das sie sich sehnlichst wünschte, aus eigener Kraft aber nicht bekam: die Liebe eines bestimmten Mannes. Diese Frau, ›Die Verlorene‹, nannte man später Talulah.«

Die Verlorene … das klang irgendwie traurig.

»Talulah bat Mirage Dalca um einen Liebeszauber, um das Herz ihrer wahren Liebe erobern zu können, und scheute dabei keine Mittel. Hartnäckig bot sie den Dalcas Reichtümer, Einfluss und Macht an, doch unsere Ahnen lehnten Talulahs Flehen ab. Denn sie wussten: Der Mann, den Talulah begehrte, war längst in eine andere verliebt.«

Joe holte tief Luft und sah mich direkt an, ehe er weitersprach.

»Nie zuvor hatten die Dalcas jemanden abgewiesen, und so schwor Talulah in ihrer Verzweiflung und wegen ihres gebrochenen Herzens, Rache an den Dalcas zu nehmen. Viele Jahre vergingen, in denen Talulah nicht mehr gesehen wurde. So bekam sie auch den Namen ›Die Verlorene‹. Doch in einer düsteren, gefährlichen Sturmnacht, als die Wellen gegen die Klippen schlugen und der Wind Geister der Vergangenheit aufweckte, kehrte Talulah auf die Insel zurück. Sie hatte sich in ihrer Rachsucht verändert, war verbittert und boshaft geworden und nur zu einem Zweck auf Whidbee Island.«

»Wegen des Fluchs«, wisperte ich gebannt.

»Wegen des Fluchs«, wiederholte Joe. »Sie hatte sich auf die verbotenste Art von allen Magie angeeignet – indem sie sich der dunklen Seite zuwandte. Und so sprach sie in dieser Nacht, einer Nacht, welche für die Dalcas alles verändern sollte, ihren Fluch aus.«

Unruhig rutschte ich auf meinem Sitzkissen hin und her.

»Sie tauchte vor dem *Mirage* auf, dem Ort, an dem man sie all die Jahre zuvor abgewiesen hatte. Der Sturm tobte unbarmherzig weiter, aber ihre Absichten konnte er nicht forttragen: Sollte jemand der Dalcas es wagen, mit einem geliebten Menschen eins zu werden, so wie es einst Talulahs Herzenswunsch war, würde diese wahre Liebe in großem Unglück enden. Dem Menschen, der von einem Dalca geliebt würde, sollten schlimme Dinge zustoßen, bis dieser auf tragische Weise den Tod finde, welcher beide Liebende auf ewig auseinanderreiße.«

Mit dem letzten Satz war das letzte bisschen Wärme aus dem Laden verschwunden. Ich fröstelte beim unheilvollen Klang von Joes Stimme. Tragisch den Tod finden?

»Das ist doch keine Gutenachtgeschichte, die man Kindern erzählt«, murmelte ich.

»Nein, es ist *mehr*«, hauchte Joe. »Die Legende hat das Schicksal aller Dalcas besiegelt. Besonders das der Zwillingsgeborenen. Denn in dieser verhängnisvollen Sturmnacht erblickten Zwillinge das Licht der Welt. Mirage versuchte, Talulahs Fluch abzuwenden, doch Mirage war nicht auf die dunkle Magie der ›Verlorenen‹ vorbereitet.«

»Was bedeutet das?«, wisperte ich.

»Dunkler Magie kann man nicht einfach Einhalt gebieten«, antwortete Joe. »Um sie zu zerstören, muss man ein Opfer bringen – man kann sie nur bannen, wenn man sie an etwas Lebendiges bindet, wie an eine Seele. Mirage versuchte, den Fluch an sich zu ketten, doch sie war nicht stark genug. So band sich der Fluch stattdessen an die neugeborenen Zwillinge, und diese Zwillinge wurden zum Anker des Dalca-Fluchs, so wie auch alle Zwillinge, die nach ihnen geboren wurden, wieder und wieder zum Fluch-Anker wurden.«

Allmählich klang das alles wie der Dialog aus einer Folge *Charmed*!

Hatte Joe das einstudiert? Hatte seine Grandma ihm diese Worte in den Mund gelegt? So hochgestochen und dramatisch sprach doch niemand aus dem 21. Jahrhundert!

Als schaurige Erzählung bei Kerzenschein taugte diese spannende Geschichte allerdings, aber weder Joe noch Aubrie erschienen mir wie abergläubische Menschen. Das *Mirage* mochte alt sein, und es rankten sich vielleicht Legenden darum, aber … in unserer Welt gab es nun einmal Wissenschaften und keine Magie!

»Ihr habt mir nie gesagt, was aus Talulah geworden ist«, sagte Lila, welche die ganze Zeit über mucksmäuschenstill geblieben war. »Ist sie noch irgendwo da draußen?«

»Der schwarzmagische Fluch kostete sie das Leben«, antwortete Aubrie mit Grabesstimme. »Damit war das Schicksal der Dalcas endgültig besiegelt, denn nur Talulah hätte einen Fluch solchen Ausmaßes wieder aufheben können.«

Ich wartete darauf, dass jemand lachte, um die Anspannung aufzulösen, aber alle außer mir saßen stocksteif da und rührten ihr Essen nicht mehr an. Was für eine Friedhofsstimmung. Und je länger sie andauerte, umso klarer wurde mir, dass für Lila, Aubrie und Joe die Story nicht einfach unterhaltsam, sondern die reine Wahrheit war.

So behutsam ich konnte, fragte ich: »Ihr glaubt also wirklich an diesen Fluch?«

»Früher haben Aubrie und ich Grandma für verrückt gehalten«, sagte Joe. »So wie du uns jetzt sicher für verrückt hältst. Aber … nicht an den Fluch zu glauben hat ihn nicht davon abgehalten, unser Leben zu beeinflussen. Auf die schlimmstmögliche Weise.«

»Ich verstehe nicht ganz … Was heißt das?«, fragte ich.

Joe wich meinem Blick aus und antwortete nicht darauf.

Seine Zwillingsschwester verschränkte die Arme vor der Brust. »Kommt man einem Dalca nahe, scheint der Fluch zunächst nur ein Mythos zu sein. Doch sobald Gefühle im Spiel sind, setzt schleichend eine Pechsträhne ein«, sagte sie. »Kleinigkeiten beginnen, die Balance des Lebens dieser Person zu stören. Seltsame Vorfälle, Zeichen oder harmlose Unfälle … Je größer die Hoffnung, je mehr wahre Liebe im Spiel ist, umso stärker wirkt der Fluch, bis …« Aubrie unterbrach sich. »Aber wieso sollte ich weitereden, wo du doch all das für ausgemachten Schwachsinn hältst.«

»Ich …« Ich stockte. »Schön! Dann glaube ich eben nicht an Magie oder Flüche, aber könnt ihr es mir wirklich verübeln? Wenn es unmöglich ist, die ›wahre Liebe‹ zu finden, was ist dann mit euren Eltern? Ihr zwei sitzt immerhin vor mir. Wollt ihr mir echt weismachen, dass niemand der Dalcas jemals irgendwann Liebe empfunden hat?«

»Unsere Eltern gehen dich gar nichts an!«, zischte Aubrie.

»Natürlich empfinden die Dalcas Liebe«, sagte Joe ruhig. »Doch das ist Teil des Fluchs. Wir können lieben, aus ganzem Herzen …« Er hielt inne. »Doch diese Liebe steht unter einem schlechten Stern. Früher oder später nimmt sie eine schreckliche Wende.«

»Wenn das der Fall ist, was hat der Fluch mit einem Date zu tun?«, fragte ich.

»Der Fluch hat sie praktisch zu Verkupplungsprofis gemacht«, erklärte Lila. »Ein Dalca darf seine wahre Liebe nicht finden, aber er kann anderen dabei helfen – so wie es immer schon die Gabe der Dalcas war, den Menschen das zu geben, was sie bitter nötig haben.«

Wow, wie tragisch! Wer dachte sich denn so was aus?

Doch zu meiner Verwunderung blieb auch Joe ernst. »Etwas dramatisch ausgedrückt«, sagte er. »Aber Lila hat recht. Ich kann versuchen, es dir genauer zu erklären.«

»Neulich, als du mit Melinda aus warst und meintest, sie bräuchte deine Hilfe, hattet ihr was? Ein magisches Date?«, vergewisserte ich mich ungläubig. Als niemand dazu etwas sagte, blickte ich zu Lila. »Du willst also, dass ich auf ein magisches Date gehe.«

Lila nickte. »Du willst doch deine wahre Liebe finden.«

»Wisst ihr was«, schnaufte ich, »das *ist* verrückt. Alles davon. Ich bin raus.«

Ich stemmte mich vom Boden hoch und ging auf die Eingangstür zu. Da es dunkel war, sah ich zu wenig und rannte einen der Beistelltische um. Die Kristallkugel und das Schälchen mit Räucherstäbchen darauf knallten auf den Boden. Fluchend bückte ich mich, um die Sachen wieder aufzuheben, da kniete Joe schon an meiner Seite und hatte die Kristallkugel eingefangen, ehe sie über die Dielen davonrollen konnte. Die anderen Sachen waren zerbrochen, und ich versuchte, die Scherben in meiner Hand zu sammeln. Meine Finger zitterten aus irgendeinem Grund, und es wunderte mich nicht, dass ich mich sogleich an einer der kleinen Scherben des Schälchens schnitt. Blut quoll aus der Wunde, und mir wurde plötzlich ganz schummrig. Ich war doch sonst nicht so … tollpatschig.

»Ist schon gut, Mia«, sagte Joe leise. »Wir haben hinten einen Verbandskasten.«

»Ich bezahle die Sachen natürlich!«, presste ich hervor.

»Musst du nicht. So was passiert.«

Wir standen auf. Joe stellte den Beistelltisch wieder hin und platzierte die Kristallkugel darauf. Mit einer Kopfbewegung forderte er mich auf, ihm zu folgen. Lila und Aubrie hatten uns beobachtet. Meine Cousine sah mich mitfühlend an. Hatte sie ähnlich reagiert, als ihre Freunde sie in die Wahrheit eingeweiht hatten? War Aubrie mir gegenüber direkt so feindselig gewesen, weil sie damit gerechnet hatte, dass ich das Ganze nicht ernst nahm?

Plötzlich schämte ich mich für meine Reaktion.

Joe hatte das Licht der Werkstatt im Hinterzimmer eingeschaltet. Ich musste mehrmals blinzeln, weil die plötzliche Helligkeit Punkte vor meinen Augen tanzen ließ.

Zielstrebig hatte er den Verbandskasten aus einem Schrank in der

Ecke geholt und stellte ihn nun auf der Arbeitsplatte ab. Der Schnitt zog sich über den Ring- und Mittelfinger, war aber nicht tief und hatte fast schon wieder aufgehört zu bluten.

»Es tut mir so leid«, flüsterte ich und meinte damit nicht nur die heruntergefallenen Sachen.

»Schon gut.« Joe wickelte zwei Pflaster aus und klebte sie nacheinander über meine verletzten Finger. »Ich kann nicht erwarten, dass Fremde den Fluch verstehen.«

Fremde? Es hatte sich nicht so angefühlt, als wären wir Fremde.

Ich wollte gerade ansetzen, um etwas zu sagen, da trat Lila in den Türrahmen.

»Bist du verarztet?«, fragte sie. »Aubrie würde gerne nach Hause, und ich denke, es ist besser, wenn wir fahren. Wir haben euch schon lange genug aufgehalten.«

Als Antwort hielt ich die Finger mit den Pflastern hoch. Lila lächelte matt, wandte sich wieder ab, und dann hörte ich sie im Hintergrund mit Aubrie flüstern. Vermutlich war Joes Zwillingsschwester stinkwütend, dass ich sie nicht nur um ihren Feierabend gebracht hatte, sondern am Ende auch noch wie ein Trampeltier den Laden zerstörte.

Ehe mich der Mut verließ, griff ich nach Joes Arm und sah ihn an. »Es tut mir wirklich leid«, wiederholte ich. »Aber ich glaube nicht an Flüche. Und nicht an Magie oder alte Legenden. Oder an die umgekehrte Wirkung davon oder magische Dates.«

Es war mir unbegreiflich, wie die anderen so fest überzeugt von dem Dalca-Fluch sein konnten. Und nach Franklin da … da wollte ich etwas Beständiges. Etwas Greifbares, Logisches – und etwas Echtes. Ich suchte Worte, um Joe genau das zu erklären. Doch ehe ich weitersprechen konnte, wandte er sich von mir ab, und ein Gefühl der Distanz baute sich zwischen uns auf.

»Verstehe«, sagte Joe tonlos und klang resigniert dabei.

»Ich möchte nur …«

»Du solltest gehen«, unterbrach er mich. »Du hast Lila doch gehört.«

Niedergeschlagen öffnete ich den Mund, doch mir fehlten noch immer die richtigen Worte, also schloss ich ihn wieder. Lila und ich verließen das *Mirage*.

Und dieses Mal blickte ich nicht zurück.

KAPITEL 12

DER START IN DEN SONNTAG war nicht sonderlich aufregend. Tucker war seit gestern bei den Albrights (und hielt sich hoffentlich an die Abmachung, nicht auf die Jet-Ski zu steigen), und Elise war nach dem Aufstehen direkt mit ihrem E-Reader verschmolzen, da über Nacht ein neuer Band ihrer Lieblingsromanreihe erschienen war. Tante Sutton kümmerte sich im Garten um die Pflanzen, und Lila und ich widmeten uns einige Stunden unseren Schulaufgaben. So wenig Spaß das in den Sommerferien auch machte, es war leider ein nötiges Übel, und zur Belohnung brachen wir danach zu einem Ausflug an den Strand auf. Zu zweit schoben wir die Fahrräder ums Haus, und ich radelte meiner Cousine hinterher. Erst hatte ich mich gewundert, wohin Lila wollte, denn schließlich war das Meer hier ja direkt vor der Haustür, aber sie hatte gemeint, es sei eine Überraschung.

Insgeheim hoffte ich, dass es eine bessere war als die von gestern Abend.

Die Erzählung über den Fluch, die ernsten Mienen der Dalca-Zwillinge und auch Lilas Glauben an diese magische Geschichte steckten mir noch schwer in den Knochen. Ich hatte ewig wach gelegen und mir das Hirn über all das zermartert. Lila hatte das Thema bisher ausgespart, aber ich würde sie nicht so leicht vom Haken lassen. In mir kugelten die Fragen wild durcheinander, als würde jemand mit meinen Gedanken bowlen.

Die Strecke entlang der Küste machte mir so viel Spaß, dass ich mich schließlich etwas entspannte. Zu unserer Rechten sah man Meer, Meer und noch mehr Meer, und links löste ein Feld das andere ab. Irgendwann konnten wir uns einfach mit der abfallenden Steigung rollen lassen, und in den nächsten Sekunden waren wir umgeben von weißem, pudrigem Sand, durch den sich unsere Route schlängelte. Hier und da wuchsen riesige Palmen so dicht beieinander, dass sie wie beste Freundinnen auf dem Schulhof wirkten. In unregelmäßigen Abständen passierten wir einen kleinen Surfer-Shop, einen Kiosk oder eine Halfpipe voller Skater. Schließlich stiegen wir ab, ketteten die Räder an einem Geländer an und schulterten unsere Rucksäcke. Die Luft war erfüllt von verschiedenen Gerüchen. Ein Imbiss verkaufte Muscheln, an einem anderen gab es Waffeln, und überall waren Leute, die sich unterhielten, aßen oder einfach nur spazieren gingen.

Über mehrere Holzstege und Treppen gelangte man direkt zum Strand hinunter. Dort reihten sich Hütten aneinander, abwechselnd in Gelb, Blau oder Grün, und alle mit einer Nummer versehen. Vor der Hütte mit der Nummer siebzehn hatte man einen Schirm aufgespannt und mehrere Klappstühle um einen niedrigen Tisch voller angebrochener Colaflaschen gestellt. Die Tür der Strandhütte stand offen, und als wir gerade davor stehen blieben, kam ein Junge mit tragbarem Radio in der Hand heraus. Er trug Badeshorts und ein hellblaues Shirt und hatte jede Menge Locken.

»Lila!«, sagte er überrascht. »Ich wusste gar nicht, dass du kommst.«

»Ich habe meine Cousine mitgebracht. Ist das okay?«

»Klar«, sagte er und lächelte mich an. »Ich bin Christopher.«

»Mia.« Wir schüttelten einander die Hände.

»Ist McKenna auch da?«, fragte Lila.

»Ja, beim Beach Volleyball. Sie hat sich mit ein paar Leuten zusammengetan, um sich mal wieder mit den North-Side-Kids anzulegen.« Christopher sagte das Wort »Kids«, als wäre er irgendein Grandpa.

Er stellte das Radio ab und begann, einen Sender zu suchen, bis die Töne des Julia-Michaels-Songs *Happy* aus der Box drangen, den ich selbst auf einer meiner Playlists hatte. Christopher setzte sich zufrieden auf einen der Klappstühle. »Ich lebe mehr nach der Devise ›Sport ist Mord‹ und tue mir den Stress gar nicht an.«

»Christopher ist der Freund von McKenna«, sagte Lila. »Die lernst du auch noch kennen. Zu unserer Clique gehört neben Joe und Aubrie auch noch Maisie, aber die ist diesen Sommer mit ihren Dads in Frankreich.« Lila strahlte mich nun an. »Ich dachte, es wäre schön, wenn du alle meine Freunde kennenlernst. Und keine Sorge, Joe und Aubrie haben sonntags nie Zeit. Die machen dann immer was mit ihrer Grandma.«

»Voodoo-Puppen nähen oder was ihre Grandma in ihrer Freizeit eben gerne so macht«, scherzte Christopher. »Ganz ehrlich, mir ist sie nicht ganz geheuer. Sie guckt immer so grimmig.«

»Nur weil sie dich nicht mag, tss«, machte Lila.

»Sie mag mich sogar sehr gerne«, meinte Christopher eingeschnappt.

Lila schüttelte den Kopf und drehte sich zu mir. »Ist eine Ferientradition von uns, hierherzukommen und abzuhängen. Irgendeiner ist immer da. Wir haben alle einen Schlüssel für die Strandhütte. Das ist sozusagen unser kleiner sicherer Zufluchtsort.«

»Die Überraschung ist dir gelungen«, sagte ich ehrlich.

Lila und ich hatten beide immer schwer Anschluss bei Gleichaltrigen gefunden – sie, weil sie zumindest früher immer Komplexe wegen ihres Gewichts hatte, auch wenn sie das damals nie zugegeben hätte, und ich, weil ich mit meinem Organisationszwang alle in den Wahnsinn trieb. Zumindest hatten Franklin und seine Clique sich immer nur darüber lustig gemacht, wenn ich mal wieder überpünktlich war oder ständig nachfragte, ob alle bereits die Aufgaben für die Gruppenarbeit erledigt hatten … Jedenfalls freute ich mich von Herzen zu sehen, dass es Lila trotz ihrer Selbstzweifel, die sie mir immer wieder in unseren Telefonaten und Nachrichten gestanden hatte, gelungen war, tolle Freundschaften zu schließen.

»Christopher quatscht nur manchmal echt viel Blödsinn«, meinte Lila.

»Ich bin die Einzige, die Christopher beleidigen darf!«, ertönte da eine Stimme von rechts. Mit dem braunen Bob und dem weißen Top unter dem Latzkleid wirkte das Mädchen etwas jünger als wir. »Hey! Ich bin McKenna. Mia, richtig?«

»Ja, das stimmt«, antwortete ich.

»Lila hat schon viel von dir erzählt. Schön, dass du mitgekommen bist.« McKenna schlang die Arme von hinten um Christopher und gab ihm einen langen Kuss. »Die anderen spielen noch eine Partie, obwohl wir bisher nur haushoch verloren haben.«

»Wir tun uns meist mit ein paar aus unserer Stufe zusammen«, erklärte Lila mir. »Die Beach-Volleyball-Spiele hier sind schon legendär. Zwischen der *Tide Highschool* und der *Saint Rich Academy* herrscht Krieg um das Feld, seitdem ich zurückdenken kann.«

»*Saint Rich Academy*?«, fragte ich belustigt. »Reiche Eliteschüler, oder was?«

»Bingo!«, sagte Christopher. »Eigentlich heißt es *Saint Richmond Academy*, aber keiner in der Gegend nennt diese Schule so. Lauter Schnösel, denen ihre Privatstrände nicht reichen. Die kommen im Sommer gerne von ihren Jachten, um uns zu nerven.«

»Klingt ja zauberhaft«, kommentierte ich.

McKenna löste sich von Christopher und griff sich eine der Colaflaschen.

»Wer spielt denn heute?«, fragte Lila.

Sie nahm mir meinen Rucksack ab und stellte ihn zusammen mit ihrem eigenen ins Innere der Strandhütte. Christopher bot mir eine Cola an, die ich dankend ablehnte.

»Albright«, maulte McKenna. »Der hat sein ganzes Rudel dabei.«

»Keir Albright?«, vergewisserte ich mich. »Müsste der nicht ganz woanders sein?«

Lila und ich tauschten einen Blick. Wenn Keir dort war, wer passte dann auf Tucker und seine Freunde auf?

»Du hast also von ihm gehört«, meinte McKenna. »Der Typ ist wie ein fieser Virus, den man einfach nicht loswird.«

Sofort fischte ich mein Handy aus meiner Jeansshorts und drückte die Schnellwahl, um Tucker anzurufen, aber der ging nicht dran. Prompt wurde ich nervös. Hatte er das gewusst und mich angelogen? Unsere Eltern würden mich killen, wenn ihm was passierte.

»Du willst hin und ihn fragen, wo seine Brüder und Tucker sind, oder?« Lila musste meine besorgte Miene gesehen haben und war neben mich getreten. »Ist nur ein Stück von hier. Wir gehen mal schauen, wie der Stand so ist, passt ihr auf unserer Zeug auf?«

Christopher nickte. »Logo. Bis gleich.«

Ich hörte nur noch, wie Lila knapp »Jup!« antworten konnte, denn ich war schon losgestampft. Sie hastete mir hinterher. »Tucker geht's sicher gut. Vielleicht ist Keir nur kurz vorbeigekommen, um seine Schnösel-Freunde zu unterstützen.«

Wir mussten nicht lange laufen, da kam das Volleyballfeld schon in Sicht. Es war durch eine dünne, blaue Linie am Boden abgetrennt, und ein breites Netz spannte sich von der einen zur anderen Seite. Auf der einen befand sich sogar eine kleine Tribüne aus Holz, die jedoch leer war. Anscheinend war das Spiel bereits vorbei, denn es waren kaum noch Leute da. Drei Jungs, mit dunklen Haaren und braun gebranntem Oberkörper, und ein Mädchen mit Pixie Cut und Bikini scharten sich um einen Jungen, dessen blondes Haar ihm bis zur Schulter reichte und um das ihn manche sicher beneideten. Irgendwie wusste ich sofort, dass es sich bei ihm um Keir Albright handeln musste. Er trug kein Badeoutfit wie die anderen, sondern sah top gestylt aus. Weißes Shirt zu einer Leinenhose, eine goldglänzende Uhr am einen Handgelenk und ein ebenso teuer wirkendes Armband am anderen. Schwer vorstellbar, dass der Typ sich eben in den Sand geworfen hatte, um Volleybälle zu fangen. Plötzlich sah er zu uns herüber, als habe er meine Gedanken gehört. Nein, nicht zu uns ... sein Blick ruhte vor allem sehr irritiert auf Lila. Nanu?

Die starrte finster zurück, als habe nur Keirs Anblick ihre Laune auf Gewitterwolken umschlagen lassen. Jetzt trat sie vor, das Kinn emporgereckt und fest entschlossen.

»Albright, wir müssen mit dir reden«, verlangte Lila.

»Na, wenn das mal nicht ...«

»Spar dir deine herablassenden Sprüche besser gleich«, würgte Lila ihn ab. »Es gibt keinen, den ich noch nicht gehört habe. Vielleicht solltest du mal jemanden engagieren, der dir welche schreibt, statt dir die zehnte Rolex zu kaufen. Was machst du hier?«

Keir scheuchte seine Bewunderer mit einer Handbewegung weg, als wären sie Fliegen. Die Jungs und das Mädchen zogen weiter und ließen nur einen Volleyball zurück.

»Ganz offensichtlich mich von dir beleidigen lassen«, antwortete er. Seine Augen erinnerten mich an einen Türkis, und er sah mich für meinen Geschmack einen Tick zu lang an, ganz so, als wolle er mich abchecken. »Wir kennen uns noch nicht.«

»Denk nicht mal dran!«, sagte Lila energisch. »Wieso bist du nicht in eurem Ferienhaus, zusammen mit deinen Brüdern? Zufälligerweise ist ihr Bruder nämlich auch dort.«

»Was wird das? Ein Verhör?« Keir lachte. »Geht euch einen Scheiß an.«

»Ich will doch nur wissen, ob es Tucker gut geht«, sagte ich bemüht freundlich. »Er hat mir erzählt, dass jemand Älteres dabei wäre, und damit warst wohl du gemeint.«

Keir musterte mich eingehend. »Es geht ihm gut. Unser Butler ist bei ihnen.«

»Euer Butler?«, fragte ich entgeistert.

»Er arbeitet seit Jahren für uns und ist sehr verantwortungsbewusst.« Keir beugte sich mit einem lasziven Blick zu mir. »Er mixt außerdem einen ausgezeichneten Martini. Wenn du also mal Lust auf richtig Feiern hast, bist du bei mir an der richtigen Adresse.«

»Lila hat recht«, meinte ich. »Investier lieber in neue Anmachsprüche statt in Uhren.«

»Kannst ja vorbeikommen und dich von mir überzeugen lassen, dass ich gar keine Anmachsprüche brauche, um ein Mädchen richtig glücklich zu machen«, sagte er.

»Nein, danke«, entgegnete Lila für uns beide.

Keir zuckte nur mit den Schultern. »Ihr verpasst was.«

Für ihn schien sich das Gespräch damit erledigt zu haben, denn er wandte sich ab und schlenderte in einem äußerst lässigen Gang seinen Freunden hinterher.

»Wehe, euer Butler schenkt meinem Bruder einen Martini ein!«, rief ich.

Keir besaß die Frechheit, sich noch einmal umzudrehen und mich anzugrinsen.

»Jetzt verstehe ich, wieso ihr ihn alle nicht mögt«, murmelte ich.

»Er ist super arrogant, sagte ich doch«, erwiderte Lila. »Aber, hey – Tucker lebt.«

»Hoffentlich füllt ihn dieser Butler nicht wirklich mit Alkohol ab.«

»Das hat er nur gesagt, um dich zu ärgern«, versicherte mir Lila. »Er weiß, wie er die Knöpfe der Leute drücken muss, um ihnen eine Reaktion zu entlocken.«

»Sprichst du da etwa aus Erfahrung?«, fragte ich.

»Wenn du wüsstest«, nuschelte sie. Hinter ihrer Andeutung musste mehr stecken, aber ich hatte keine Chance, sie zu fragen, da sie direkt fortfuhr: »Wahrscheinlich kriegen eh nur die reichen North-Side-Kids, die in Hundert-Dollar-Scheinen baden, illegal Drinks eingeschenkt. Wie in irgendeiner Teen-Drama-Serie, wo alle das cool finden.«

»Mir reicht dieses Drama schon«, sagte ich.

Langsam schlenderten wir zu Hütte siebzehn zurück. Und schon von Weitem war zu erkennen, dass McKenna und Christopher Gesellschaft bekommen hatten.

O, o. Die Dalca-Zwillinge waren dort.

KAPITEL 13

»IHR SEID WIEDER DA!«, begrüßte Christopher uns.

»Habt ihr ein schönes Kaffeekränzchen mit Keir gehabt?«, scherzte McKenna.

Lilas Antwort darauf war ein Schnauben. Irgendwie blickte ich bei der Sache nicht ganz durch. Zuerst wollte sie, dass ich ruhig blieb und mich nicht wegen Tucker aufregte, und dann ging sie wegen diesem Keir Albright selbst an die Decke. Ich musste sie, wenn wir wieder unter uns waren, mal danach fragen. Jetzt hatte ich aber erst mal ein anderes Problem. Aubrie schoss mit ihren Blicken förmlich Blitze auf mich ab. Sie war nicht sehr erfreut, mich wiederzusehen, so viel stand fest. Ich kam jedoch nicht dazu, Joes Reaktion auf unser erneutes Zusammentreffen mitzuerleben, denn mein Handy klingelte, und als der Name meines Bruders auf dem Display aufleuchtete, entschuldigte ich mich schnell und entfernte mich von Lilas Clique.

»Was gibt's?«, wollte Tucker am anderen Ende der Leitung wissen.

»Das wollte ich dich fragen«, antwortete ich. »Ich dachte, der ältere Bruder von Rodney und Evan würde auf euch aufpassen, und dann habe ich ihn am Strand getroffen.«

»Wir brauchen doch keinen Babysitter«, maulte Tucker.

»Tucker, ich mache mir doch nur Sorgen.«

»Okay.« Er seufzte. »Mir geht's gut – und ja, ihr Bruder ist nicht da. Hatte irgendwas Besseres vor. Aber es gibt hier einen Erwachsenen. Mr. Preston, der arbeitet für die Albrights. Du würdest ihn mögen. Er hat alle Jet-Ski vor uns weggeschlossen.«

»Danke«, sagte ich. »Pass auf dich auf, ja?«

»Du bist die nervigste ältere Schwester, die man nur haben kann.«

»Und du bist der nervigste kleine Bruder, den man nur haben kann.«

Ich hörte Tucker lachen. »Mach dir nicht so viele Sorgen.«

»Ich versuch's«, murmelte ich. »Euch noch viel Spaß.«

Wir verabschiedeten uns und legten auf.

Ich stieß ein erleichtertes Seufzen aus und steckte das Handy weg. Als ich mich umdrehte, stand Joe kaum einen Meter von mir entfernt, die Hände in den Taschen seiner Shorts vergraben. Ich starrte ihn perplex an. Seine Haare waren noch zerzauster als sonst und fielen wie ein schiefer Turm auf die linke Seite. Es gab so viele Lieder, in denen davon gesungen wurde, dass der eigene Herzschlag einen Takt aussetzte, wenn man einem besonderen Menschen gegenüberstand, und ich hatte oft darüber gelacht, weil sich das für mich nach fataler Herzrhythmusstörung anhörte, die dringend mal behandelt werden musste, aber bei ihm … da passierte mir genau das.

Badaboom – Pause – Badaboom!

Als hätte das Lied meines Herzens vergessen, eine Note zu spielen.

»Hi«, sagte ich langsam.

»Hi«, erwiderte er.

Ich war nicht zuletzt nervös, weil unser Abschied im *Mirage* so kühl abgelaufen war und ich nicht damit gerechnet hatte, ihn so schnell wiederzusehen. Zudem fiel es mir jetzt noch schwerer, ihn einzuschätzen. Da war diese Freundlichkeit in seinen Zügen, die er wie einen Schutzpanzer trug, doch wieder waren es seine Augen, die ihn verrieten. In ihnen lag etwas Unausgesprochenes, eine Schwere, die ihn schon lange zu belasten schien. Vielleicht fiel mir dieses winzige Detail auch nur auf, weil ich danach gesucht hatte.

Seit der Trennung von Franklin war ich sensibilisiert für solche Anzeichen, immer auf der Hut vor der nächsten Gefahr, die einen tiefen Riss in mir hinterlassen konnte. Als sei ich nichts weiter als ein Stück Papier, das so oft gefaltet und benutzt worden war, dass es sich irgendwann komplett auflöste. Aber ich wollte mich nicht auflösen. Ich wollte bleiben.

»Alles in Ordnung?«, fragte Joe.

»Ja, ich … bestens«, sagte ich. »Das war nur mein Bruder.«

»Hat Lila erzählt. Er ist gerade bei den Albrights, oder?«

»Es ist nur … wir, meine Geschwister und ich … wie sage ich das jetzt, ohne dabei wie eine kontrollsüchtige ältere Schwester zu klingen«, haderte ich mit meinen Worten, »unsere Eltern arbeiten viel, und wir haben immer aufeinander aufgepasst.«

»Wenn mein Bruder bei den Albrights wäre, würde ich auch Telefon-Terror machen«, sagte Joe verständnisvoll. »Rodney und Evan sind lange nicht so schlimm wie Keir, aber kleine Engelchen sind sie auch nicht. Die Albrights sind anders als die meisten Leute hier.«

»Kommt jetzt doch der Moment, wo mir jemand sagt, dass hier Vampire leben?«, meinte ich sarkastisch. »Immerhin hat seine Golduhr in der Sonne geglitzert.«

»Lass mal nachdenken«, sagte Joe und tat, als müsse er sich furchtbar anstrengen, indem er die Augenbrauen zusammenschob und sich auf die Unterlippe biss. »Nein.«

»Hast du wirklich einen Bruder?«, fragte ich.

Er schüttelte den Kopf. »Es gibt nur Aubrie und mich. Aber ich kann dich genau deshalb so gut verstehen. Uns beiden ist manchmal gar nichts anderes übrig geblieben, als uns gegen unsere Grandma zu verschwören – seine Geschwister beschützt man eben bis aufs Blut«, sagte er dramatisch.

»Das klingt sehr kriegerisch. Eure Grandma wollte aber doch nicht wirklich euer Blut?«

»Was hat Christopher wieder für einen Unsinn erzählt?«, wollte Joe wissen.

»Nur etwas über Voodoo-Lektionen«, erwiderte ich wahrheitsgemäß.

»Er ist so ein Trottel. Die finden doch montags statt, niemals sonntags.«

»Mittwochs werdet ihr dann bestimmt im Zaubertränkebrauen geschult.«

»Wo denkst du hin«, sagte er. »Da gibt's eine Doppelstunde Besenreiten.«

Dann stahl sich ein Dalca-Lächeln auf seine Lippen. Mit einem warmen Blick, der seine Augen leuchten ließ, und süßen Grübchen um die Mundwinkel. Ein albernes Flattern in meiner Brust verleitete mich dazu, ebenfalls zu lächeln. Mit ihm zu reden war so leicht, als würden wir es jeden Tag tun, und daran schien meine Ungläubigkeit in Bezug auf den Fluch nichts geändert zu haben. Tief in meinem Inneren verspürte ich deshalb Erleichterung.

»Wieso … wieso bist du nicht bei den anderen?«

»Ich …« Er zögerte. »Ich fand's nicht gut, wie wir auseinandergegangen sind.«

»Ich auch nicht«, erwiderte ich sofort. »Ich wollte noch so viel mehr sagen.«

»Es war vielleicht ein wenig unfair von mir, dich so anzugehen«, sagte er. »Schließlich ist das alles neu für dich. Christopher und ich waren vierzehn, als ich ihm die Fluch-Sache anvertraut habe. Er war seit der Middle School mein bester Freund, und ich wollte, dass er es weiß. Wir waren draußen, mit unseren Surfbrettern, und es ist einfach aus mir herausgeplatzt. Weißt du, was er getan hat? Er hat gelacht. So heftig gelacht, dass er von seinem Surfbrett gefallen ist und dabei zu viel Salzwasser geschluckt hat. Abends bekam er dann hohes Fieber. Ich hatte solche Angst, dass er mir die Schuld daran gibt.«

»Wieso erzählst du mir das?«, fragte ich.

»Weil Christopher mein bester Freund ist, schon immer. Er kannte mich damals schon eine Weile und hat mir anfangs trotzdem nicht geglaubt. Es war also unfair, auf dich sauer zu sein. Ich weiß gar nicht, wieso ich … egal. Es tut mir ehrlich leid, dass ich so grob war.«

»Mir tut es auch leid. Ich wollte dich nicht … verletzen«, sagte ich. »Diese Geschichte über Talulah, den Dalca-Fluch und eure Gewissheit, dass das alles wirklich so ist, waren etwas viel für mich.«

»Sollen wir vielleicht ein Stück gehen?«, fragte er unvermittelt.

»Vermissen uns die anderen denn nicht?«

»Die haben gesagt, wenn ich dich finde, können wir direkt was zu essen für alle holen«, antwortete er. »McKenna wird unerträglich, wenn sie Hunger hat, und Christopher hat in weiser Voraussicht vorgeschlagen, eine Runde Chili-Cheese-Fries zu spendieren.«

Schade. Ich hatte mir fast eingeredet, er wäre nur gekommen, weil er nach mir hatte sehen wollen.

»Chili-Cheese-Fries klingen super«, sagte ich, weil ich eigentlich immer essen konnte. Würde ich Tagebuch führen, würde man darin am Ende nur lauter Rezeptideen finden.

Joe und ich gingen los. Wir wichen Kindern aus, die Frisbee spielten, und einer Joggerin mit ihren zwei Hunden, und obwohl überall Menschen um uns herum waren, hatte dieser Strandspaziergang etwas Gemütliches, Vertrautes an sich. Und das mochte ich.

»Du hast die Fragen zum Fluch bestimmt satt, aber …«

»Eigentlich«, unterbrach Joe mich sofort, »kennt kaum jemand die ganze Geschichte. Die meisten wissen nur, was sich seit Generationen auf Whidbee Island erzählt wird. Und die Touristen lieben die unheimliche, schaurige Version der Wahrheit sehr.«

»Du meinst, es gibt mehrere Versionen davon?«

Joe wich in diesem Moment einer Qualle aus, die angespült

worden war, und unsere Schultern streiften sich kurz. »Einige. Viele biegen sich die Details beim Weitererzählen zurecht, als wäre das nur ein Spiel wie Flüsterpost, bei dem am Ende nicht alles stimmt.«

»Aber eure Geschichte ist die Originalversion?«, hakte ich nach.

»Ja. An einer Wand im *Mirage* hängt eingerahmt diese alte Tagebuchseite, auf der einige Zeilen über den Fluch verewigt sind. Eine unserer Vorfahren hat sie aufgeschrieben, obwohl bis heute nicht ganz klar ist, ob es Mirage selbst war oder jemand anderes.«

»Das klingt ja wieder wie eine Art Prophezeiung«, murmelte ich.

»Auf eine gewisse Weise ist es das vielleicht«, sagte er, ging darauf aber nicht weiter ein, sondern fuhr schon fort: »Die Wenigsten beschäftigen sich näher damit. Für Touristen ist der Fluch Teil des Dalca-Mysteriums, voller Spannung und Grusel, aber sie müssen schließlich auch nicht mit diesem Erbe leben. Allerdings ist es gut fürs Geschäft. Wir bestreiten schließlich unseren Lebensunterhalt mit dem *Mirage*, und da es außerhalb der Hauptsaison für viele Läden schwer ist, sich über Wasser zu halten, möchte ich nicht zu undankbar klingen. Dieser Zeitungsartikel in der *Seattle Times* vor ein paar Jahren hat auch nicht geschadet. Das *Mirage* wurde auf die Liste der Top-Ten-Sehenswürdigkeiten auf Whidbee Island gesetzt, und die Besucherzahlen sind bei uns enorm angestiegen.«

»Das freut mich für euch«, sagte ich. »Wobei es sicher auch schwer ist, wenn andere diesen Fluch als, ich weiß auch nicht … unechte Werbe-Scharade ansehen?«

»Grandma hasst diesen Trubel ziemlich«, sagte Joe. »Aber sie weiß wie ich, dass wir ohne das Geld, das die Touristen uns in die Kasse spülen, nicht weitermachen könnten. Es ist praktisch das notwendige Übel, um unsere heiligen Traditionen wahren zu können.«

Wir schwiegen einen Moment. Über uns kreischte eine Möwe, als wir den Strand nun über eine der Holztreppen, die zu einer

Fressmeile führten, verließen. Joe schien genau zu wissen, wohin er wollte, also passte ich mich seinem etwas schnelleren Tempo an.

»Du bist immer noch nicht überzeugt«, bemerkte Joe.

»Von der Existenz dieses Fluchs?«, fragte ich rhetorisch. »Wieso gibst du mir überhaupt die Möglichkeit, dich zu dem Thema auszufragen?« Skeptisch sah ich ihn an. »Hat Lila dir etwa von mir erzählt, und jetzt hast du solches Mitleid mit dem armen Mädchen, dessen Herz gebrochen wurde, dass du mir die Möglichkeit zu einem magischen Date gibst?«

»Vielleicht ist heute nur dein Glückstag«, antwortete Joe.

»Lila hat also wirklich etwas gesagt«, murrte ich.

»Vielleicht ein wenig«, meinte er. »Doch mit Mitleid hat das nichts zu tun.«

Verlegen rieb ich mir über den Arm. Wollte er einfach Zeit mit mir verbringen? Fühlte er diese Vertrautheit zwischen uns auch? Oder gab es einen anderen Grund, dass er mir Gesellschaft leistete?

»Schön«, versuchte ich meine Unsicherheit zu überspielen. »Wenn es nicht üblich ist, Talulahs Geschichte ganz zu erzählen, und ihr für Touristen ein schauriges Märchen daraus macht, wieso habe ich dann die dramatische Einführung bei Kerzenschein bekommen?«

»Na, als Vorbereitung auf das *magische Date*, wie du es nennst.«

Ich seufzte frustriert. »Ich bringe Lila noch um.«

»Lila sieht in dir eben jemand Besonderen«, sagte Joe. »Sie möchte, dass du glücklich wirst. Ich verstehe nicht, was daran falsch sein soll. Wir machen das nicht für jeden.«

»Und du sagst, mit Mitleid habe das alles nichts zu tun«, murmelte ich.

Joe blieb abrupt stehen und berührte leicht meinen Arm. Bei seinen nächsten Worten sah er mir direkt in die Augen. »So habe ich das nicht gemeint, Mia. Ja, es stimmt, wir erzählen nicht jedem vom Ursprung des Fluchs, weil wir nicht jedem vertrauen. Aber sowohl Aubrie als auch ich vertrauen Lila. Und ich hatte ein gutes Bauchgefühl bei dir.«

»Und dann habe ich es vermasselt«, seufzte ich.

»Vielleicht ein bisschen.«

»Okay, fangen wir mit den Basics an«, sagte ich fachmännisch, als würde ich Joe für ein Vorstellungsgespräch interviewen. »Wieso glaubst du an den Dalca-Fluch?«

Ich sah, wie sich Joes Kiefer anspannte und er schwer schluckte.

»Das ist meine Sache«, wich er mir aus.

»Aber es gibt einen Grund?«, versuchte ich es erneut.

»Ja«, sagte er leise. »Aber …«

Ich kannte diesen traurigen Blick. Er schleppte irgendetwas mit sich herum, das ihm auch einmal das Herz gebrochen hatte. Da ich nicht weiter in einer alten Wunde bohren wollte, schwieg ich einen Moment und überlegte mir dann eine andere Frage.

»Wie genau läuft diese Verkupplungssache?«

»Das ist nicht so einfach zu beantworten …«

»Für jemanden, der mir angeboten hat, meine Fragen zu stellen, machst du keinen besonders guten Job«, sagte ich, bemühte mich jedoch, den Vorwurf aus meiner Stimme herauszuhalten. Es war nur so frustrierend, wenn man versuchte, etwas zu verstehen, und es keine logischen Beweise für diese Sache gab. »Bitte, sag's mir.«

»Vorschlag: Ich versuche besser zu antworten, und du ziehst die Möglichkeit eines magischen Dates in Betracht«, sagte Joe. »Lila zuliebe und … dir selbst.«

»Du musst ja echt von deiner *Gabe* überzeugt sein«, erwiderte ich.

»Das bin ich«, sagte er energisch. »Ich verstehe, dass du skeptisch bist. Man hat dir das Herz gebrochen, und du glaubst nicht an … all das. Aber was hast du zu verlieren?«

Darauf konnte ich ihm keine Antwort geben.

»Am Anfang habe ich es auch nicht verstanden«, sagte er. »Diesen ganzen Dalca-Fluch. Ich wollte einfach normal sein, wie andere in meinem Alter, ohne komische Familiengeschichte. Es war nicht immer leicht für Aubrie und mich, weil unsere Familie schon immer einen gewissen Ruf hatte und die Einheimischen viel untereinander reden. Wir sind in diese Sache hineingeboren worden und machen einfach das Beste draus. Was ist daran falsch?«

»Nichts«, sagte ich bedrückt.

»Es fing vor einigen Jahren bei mir an. Ich … ich habe versucht, über meinen Schatten zu springen, bin öfter ausgegangen. Doch kurz darauf hat jedes Mädchen, das ich irgendwie mochte oder kennenlernen wollte, sich mit jemand anderem getroffen und war von heute auf morgen überglücklich. Da ging das Getuschel in den Schulfluren erst so richtig los. Plötzlich kamen immer mehr Mädchen zu mir und fragten nach einem Date.«

»Und du hast einfach Ja gesagt?«, fragte ich verblüfft.

»Anfangs nicht. Aber … wie ich dir im *Mirage* erklärt habe: Die Leute wollen an etwas glauben. Und das will ich auch. Ich will daran glauben, dass mein Fluch für andere eine Gabe ist. Und seitdem enden meine Verabredungen damit, dass die Mädchen danach andere Verabredungen haben und …«, er zögerte, »… zu sehen, wie es sie irgendwo da draußen gibt, die wahre Liebe … das schenkt mir ein klitzekleines bisschen Hoffnung.«

»Das ist schon recht tragisch«, meinte ich. »Verflucht zu sein, niemals selbst die wahre Liebe finden zu dürfen und dann gleichzeitig anderen zu helfen, ihre große Liebe zu finden.«

»Hast du jetzt etwa Mitleid mit mir?«, scherzte er.

Doch Joe war anzumerken, dass ihn meine Worte nicht kaltließen.

»Vielleicht ist es aber auch wie eine sich selbst erfüllende Prophezeiung«, analysierte ich. »Woran man glaubt, das bewahrheitet sich, und man sieht nur, was man sehen will.«

»Du kannst vielleicht leugnen, dass es Magie oder Flüche gibt«, sagte er. »Aber das, was die Dalcas mit dem *Mirage* seit Jahrhunderten tun, ist fester Bestand unserer Inselgeschichte. Man nennt meine Heimat Stormbay, weil die Stürme auf der Insel unberechenbar sind und schon viel zerstört haben, aber die Wurzeln, nämlich das *Mirage*, konnten sie nicht ausreißen. Solange es das *Mirage* gibt, gibt es auch Magie an diesem Ort.«

Joe hatte mit so viel Leidenschaft und Überzeugung gesprochen, dass ich nichts erwidern konnte, denn seine Worte hatten mich für ihn eingenommen, und mit einem Mal spürte ich einen Funken Vertrauen in ihn. Für den Jungen, der aus Worten einen ganz eigenen Zauber spann – und für den brauchte ich keine Beweise, der hatte mich schon längst in seinen Bann gezogen.

Sein Blick fiel auf eine mit Muscheln dekorierte Uhr, die neben dem Fenster eines Imbisses namens *Mermaids Tale* hing, durch das Kunden bedient wurden.

»O Mist. McKenna stürzt sich gleich wie ein Zombie auf die anderen, wenn sie nicht bald etwas zu essen bekommt.«

Er hatte recht: Wir hatten mächtig getrödelt. Durch unsere Unterhaltung war die Zeit wie im Nu verflogen – und es gab so vieles, das ich noch von Joe wissen wollte. Über den Fluch. Sein Leben. Einfach nur ihn. Nachdenklich folgte ich ihm, als er seine Schritte beschleunigte. Sein Ziel war eine kleine Bude mit blauem Anstrich, über deren Eingang ein Surfbrett hing, auf dem in dicken Lettern *Salt & Fries* stand. Keine zehn Minuten später waren wir auf dem Rückweg – Joe trug die Papiertüte mit den Boxen voller dampfender Chili-Cheese-Fries. Der Strand hatte sich etwas geleert, und als die ersten Hütten in Sicht kamen und wir gleich bei den anderen sein würden, traf ich eine Entscheidung.

»Ich mach's. Ich würde gerne auf ein Date mit dir gehen.«

Kaum zu fassen, dass ich das laut gesagt hatte!

»Was hat deine Meinung geändert?«, fragte Joe.

Du, dachte ich.

»Weil ich wirklich nichts zu verlieren habe«, sagte ich.

Und beides stimmte.

Denn genau in diesem Augenblick hier am Meer, in Gegenwart eines Jungen, der mir ein einziges Rätsel war, spürte ich den Wunsch in mir, wieder an etwas glauben zu wollen.

Vielleicht an ihn. Vielleicht an mich. Oder an uns beide.

Teil 2

DER DALCA-FLUCH

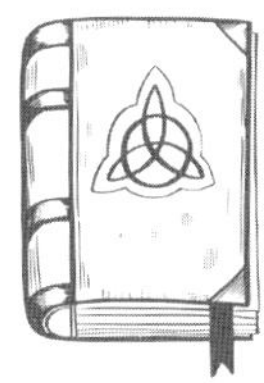

KAPITEL 14

IN DEN SOMMERFERIEN verlor ich oft den Überblick, welchen Wochentag wir hatten. Als ich die Nachricht von Joe bekam, ob ich am Mittwoch Zeit für unser magisches Date hätte, sagte ich sofort zu – nur um später zu realisieren, dass *heute* Mittwoch war.

Auf der Autofahrt zum Antiquitätenladen kaute ich Lila regelrecht das Ohr ab.

»Was zieht man denn zu so einem Nicht-Date an?«, fragte ich.

»Etwas, worin du dich wohlfühlst«, schlug Lila vor.

»Okay, aber welches Outfit sollte das sein? Ich meine, wie sage ich: Hey, ich freue mich, was mit dir zu unternehmen, aber ich weiß, dass es kein echtes Date ist, und außerdem will ich nicht irgendwelche falschen Signale senden, eben weil das hier alles …«

»Ich dachte, du wolltest spontaner sein?«, unterbrach Lila mich amüsiert.

»Ich weiß. Diese blöde Planungssucht! Wieso bin ich so aufgeregt?«

»Weil du Angst hast, etwas zu vermasseln«, sagte sie. »Ich verstehe das. Joe ist ganz anders als Franklin, und auch, wenn das nur so ein Zweckding ist, willst du … dass er dich mag. Oder dir irgendwie selbst beweisen, dass du dein Mia-Mojo nicht verloren hast.«

Ich schmunzelte. »Mia-Mojo?«

»Ein Mojo ist so was wie ein Glücksbringer, also etwas, das dich vor bösen Einflüssen schützt«, sagte Lila, als hätte sie bei Mrs. Dalca auch einige Voodoo-Kurse besucht. »Ist doch klar, nach deiner

Trennung hast du dich nur mies gefühlt, und jetzt … möchtest du mit Joes Hilfe wieder nach vorne schauen – und das ist echt eine große Sache.«

»Dann hoffen wir mal, ich kriege mein Mia-Mojo zurück«, murmelte ich.

Lila war mega euphorisch gewesen, als ich Joe zugesagt hatte, und ich hatte nicht vor, ihr die Stimmung zu verderben, also versuchte ich, die neu aufkommenden Zweifel durch positive Gedanken zu vertreiben. Das Ganze konnte schließlich auch Spaß machen. Ja, ganz sicher!

»Du bist doch nicht un-datable«, meinte Lila. »Wirst schon sehen.«

»Spätestens, wenn die Magie wirkt«, sagte ich und konnte mir den ironischen Unterton dann doch nicht ganz verkneifen. Lila lächelte jedoch nur, als wisse sie mehr als ich.

Wir hatten den Parkplatz des Antiquitätenladens erreicht, der am Rand von Seawink lag und direkt an einen Schrottplatz anschloss. Weit und breit drum herum war nur Wald zu sehen. Der Laden selbst war größer als erwartet. Ein mehrstöckiges Gebäude mit Backsteinfassade und breiten Erkerfenstern. Außer uns waren noch eine Handvoll anderer Leute hier. Das *Antique Treasures* verkaufte nicht nur Krimskrams, wie ich es von den Shops in Portland kannte, sondern auch Möbel oder sperrigere Haushaltsgeräte und war mehr ein Second-Hand-Laden für alles. In den Räumlichkeiten könnte man sicher ewig stöbern, so viel stand fest. Doch trotz Flohmarkt-Charme war es überall sauber.

Lila und ich blieben bei einer Reihe von gebrauchten Klamotten hängen.

»Verrate mir zumindest, wieso *du* fest vom Fluch überzeugt bist«, bat ich. »Joe hat sich immer so vage ausgedrückt. Ihr geht doch auf dieselbe Schule, und du hast damals etwas von Gerüchten angedeutet. Ich würde gerne noch so viel mehr erfahren, Lila!«

Lila setzte sich einen schwarzen Filzhut auf den Kopf, der aber zu klein für sie war, und legte ihn wieder weg. »Es gibt Leute wie mich, die in der Highschool unter dem Radar fliegen, und dann gibt es die Leute, die, gewollt oder ungewollt, im Mittelpunkt stehen«, sagte sie. »Über die Dalca-Zwillinge wurde schon im ersten Jahr getratscht, und ich wusste auch schnell, wer die beiden waren. Wenn sie durch die Gänge liefen, drehten sich alle nach ihnen um, und weil sie sehr zurückgezogen und für sich blieben, gab es alle möglichen Gerüchte. Zum Beispiel, dass die beiden heimlich eine Affäre hätten.«

»Eww«, machte ich. »Wer denkt sich denn so was aus?«

»Na ja, sie sehen beide unglaublich gut aus, sind charismatisch und charmant, und irgendwie haben sich alle zu ihnen hingezogen gefühlt – ich auch«, sagte Lila. »Aber es war, als würde sie nichts interessieren. Weder Partys noch AGs und sogar zu den Veranstaltungen wie den Footballspielen, zu denen jeder kam, gingen sie einfach nicht.«

»Echt?«, meinte ich. »Dabei wirken Joe und Aubrie doch eigentlich relativ normal. Sie sind ja auch Teil eurer Clique und keine wirklichen Einzelgänger, finde ich …«

»Das kam erst mit der Zeit«, sagte Lila. »Klar, es gibt viele Leute an der Highschool, die eher für sich bleiben, aber irgendwie hat dieses Gerede rund um die beiden diesen, nennen wir es mal so, *mysteriösen Schleier* der Faszination kreiert. Die Leute haben sich dann einfach ihre eigenen Geschichten dazu ausgedacht.«

Ich dachte daran, wie viele Mitschüler wohl über mich Vermutungen angestellt hatten, nur weil ich Franklin datete. Eine Highschool war wie ein kleiner Kosmos, wo es nichts Interessanteres gab, als wer mit wem wann was tat – wenn Aubrie und Joe unter sich blieben, war verständlich, dass die Leute sich die wildesten Storys ausdachten. Leider machten sich die Wenigsten Gedanken darüber, was das mit einem anrichten konnte – mich hatte es in meiner Beziehung zu Franklin sehr verunsichert, und vielleicht hatte ich mich deshalb umso mehr an feste Abläufe und Pläne geklammert.

»Der Insel-Tratsch tut noch sein Übriges«, sagte Lila. »Die meisten halten Mrs. Dalca für eine anständige, hilfsbereite Frau mit besonderer Gabe, respektieren sie und holen ihren Rat ein, aber für einige ist sie bloß eine verschrobene, alte Kräuterhexe – das sind nicht meine Worte –, die völlig verrückt ist«, meinte Lila. »Als ich mit der Highschool anfing, war der Dalca-Fluch noch kein Thema an der Schule – auch wenn man munkelte, Mrs. Dalca habe ihren Ehemann ins Grab gebracht, was ich ehrlich gesagt für Unsinn halte.«

Ich nickte nur begierig, weil ich Lila nicht unterbrechen wollte.

»Damals gab es so eine bescheuerte Wette unter einigen Mädchen. Dass Joe gut aussieht und dann noch diese mysteriöse Aura hatte, machte ihn nur noch attraktiver für die meisten«, sagte Lila. »Sie wollten ihn als festen Freund für sich gewinnen, als wäre er irgendeine Trophäe. Ein bisschen das Schicksal herausfordern, wie einige es nannten.« Sie machte eine Pause. »Dann sind ein paar seltsame Dinge vorgefallen.«

»Was für Dinge?«, fragte ich.

»Pechsträhnen. Für jede, die ihm zu nahe kam«, antwortete Lila. »Ein Mädchen ist durch alle ihre Prüfungen gefallen, von einem anderen haben sich die Eltern scheiden lassen, und bei einer ist sogar die Katze gestorben. Danach hat sich etwas verändert.«

Ich ließ die Hand sinken, die ich gerade nach einem Kleid ausgestreckt hatte, das vor mir auf einer Stange hing. Mir kamen Aubries Worte wieder in den Sinn …

Kleinigkeiten beginnen, die Balance des Lebens dieser Person zu stören. Seltsame Vorfälle, Zeichen oder harmlose Unfälle … Je größer die

Hoffnung, je mehr wahre Liebe im Spiel ist, umso stärker wirkt der Fluch, bis …

»Das ist echt alles passiert?«, fragte ich bestürzt.

Nun nickte Lila. »Das waren ein paar heftige Monate in der Schule. Alle mieden die beiden oder beleidigten sie, und sogar einige der Lehrer waren besonders hart zu ihnen. Letztes Jahr saß ich dann mit Joe im selben Geschichtskurs, als wir gerade etwas über die Mythen und Legenden der Insel durchgenommen haben. Unser Lehrer, Mr. St. John, war ein totales Arschloch und fing auf einmal mit dem Dalca-Fluch an und fragte Joe, wie er dazu stehe, dass seine Familie bis aufs Blut verflucht sei und anderen Unglück bringe. Aber Joe ist ganz ruhig geblieben und hat gar nichts dazu gesagt. Mr. St. John war richtig ekelhaft zu ihm, und da habe ich für Joe Partei ergriffen.«

»Wie mutig von dir«, sagte ich stolz.

Lila lächelte verlegen. »Leider hat das unseren Lehrer nur noch wütender gemacht, und schließlich hat Joe ihn gefragt, was sein verdammtes Problem sei. Mr. St. John hat uns daraufhin beide am Nachmittag nachsitzen lassen – und so sind Joe und ich Freunde geworden. Und du hast recht, ich habe schnell gemerkt, wie normal er eigentlich ist und wie gut wir uns verstehen. Vielleicht ja auch, weil ich weiß, wie es ist, wenn man von anderen verurteilt wird. Es gibt genug Leute, die auf einem rumhacken, bloß weil man ein paar Kilos mehr wiegt. Und Joe hat einfach nur mich gesehen, Lila, und sonst nichts.«

»Hattest du denn keine Angst vor dem Fluch?«

»Nicht wirklich. Joe hat mir dasselbe erklärt, was Aubrie zu dir gesagt hat. Und ich hatte schließlich keine romantischen Absichten oder Gefühle ihm gegenüber.«

»Schön, dass aus so einer blöden Situation etwas Gutes herausgekommen ist«, sagte ich. Und so wie ich Lila kannte, hätte sie Joe selbst dann geholfen, wenn sie bis über beide Ohren in ihn verschossen gewesen wäre. Denn Lila hatte eben ein gutes Herz.

»Ich war zu dem Zeitpunkt schon mit McKenna befreundet und Joe mit Christopher«, sagte sie. »Nach und nach ist aus uns eine Clique geworden, zu der irgendwann auch Aubrie dazukam. Und den Leuten wurde es auf Dauer zu öde, über die Dalcas zu tratschen.«

»Aubrie ist so undurchschaubar«, sagte ich. »Sie mag mich nicht, oder?«

Wir gingen weiter, in ein Zimmer voller Schallplatten, die natürlich sofort mein Interesse weckten. Während ich einige durchsah, stand Lila neben mir und schien sich unschlüssig zu sein, was sie darauf antworten sollte. Vielleicht, weil die Freundschaft zu den beiden ihr viel bedeutete und sie weder Joe noch Aubrie in ein schlechtes Licht rücken wollte.

»So würde ich das nicht sagen. Sie will Joe nur schützen.«

»Vor mir?«, fragte ich irritiert.

Lila zögerte erneut. »Du musst bedenken, dass Aubrie es auch nicht leicht hatte«, sagte sie schließlich. »Auch wenn sie eine harte Schale hat, verbergen sich darunter eine Menge Gefühle. Schon als ich sie kennengelernt habe, war sie sehr verschlossen und misstrauisch. Ihre Grandma und Joe sind alles, was sie hat, und sie möchte die beiden nicht verlieren.«

Kurz dachte ich an meine Unterhaltung mit Joe am Strand. Da hatte er etwas Ähnliches gesagt, auch darüber, dass er und Aubrie einander bis aufs Blut verteidigten.

»Ich glaube dir, dass sie kein schlechter Mensch ist«, sagte ich. »Und mal abgesehen davon … man kann schließlich nicht mit jedem auf einer Wellenlänge liegen.«

»Ja, genau«, murmelte Lila.

Ich schob eine der Schallplatten, die ich zum Betrachten herausgenommen hatte, zurück ins Regal und wandte mich meiner Cousine zu. »Wie wurde Joe denn vom ›Jungen, dessen Gegenwart Unglück bringt‹ zu ›ein Date mit ihm und du findest Prince Charming‹ befördert? Ich meine, nicht mehr über ihn und Aubrie herzuziehen, ist ja was komplett anderes, als sie um ein Date zu bitten und plötzlich an das Gute in der Magie zu glauben.«

Lila trat näher zu mir, als wären ihre nächsten Worte ein Geheimnis. »Nach einer Weile waren die Gerüchte einfach nicht mehr interessant, und der Trubel um sie versiegte«, antwortete sie. »Wir waren alle jeden Tag mit ihnen zusammen und nichts passierte, da war die Fluch-Sache erst mal Schnee von gestern. Klar, einige ändern ihre Meinung nie, und wer weiß, ob das alles nicht irgendwann mal wieder hochkocht – aber ich hoffe mal nicht!«

»Das hoffe ich auch!«, sagte ich ohne Zögern.

»Das in unserer Clique ist auch irgendwie Liebe, freundschaftliche Liebe. Irgendwie scheint dies das einzige Schlupfloch des Fluchs zu sein. Und so fing das auch mit den magischen Dates an«, meinte Lila. »McKenna war nur ein Mal mit Joe allein unterwegs, weil sie ein Geburtstagsgeschenk für Aubrie kaufen waren. Am nächsten Morgen ist McKenna dann durch den Schulflur gestampft, an Christophers Spind stehen geblieben und hat ihn geküsst. Ich hatte bis dahin nicht mal gewusst, dass sie ihn auf diese Weise mag.«

»O«„ entfuhr es mir.

»O ja«, wiederholte Lila. »McKenna hat gesagt, sie hatte auf einmal so eine Eingebung, dass genau dieser Tag und diese Geste richtig wären. Und dann kam raus, dass die beiden seit Beginn des neuen Schuljahrs Gefühle füreinander hatten. Seitdem sind sie ein Paar.«

»Das ist echt ein komischer Zufall«, sagte ich vorsichtig.

»Kein Zufall«, verbesserte Lila mich. »Das ist danach immer wieder passiert! Aubrie ist kurz darauf mit einem Mädchen namens

Camila aus der Oberstufe ausgegangen. Abends hat sie mir erzählt, wie toll das Date für sie lief. Doch Camila meldete sich das ganze Wochenende nicht mehr bei Aubrie – und dann haben wir sie montags mit der Schwester ihres besten Freundes knutschend im Schulflur gesehen. Aubrie war sehr verletzt und zudem noch stinkwütend. Sie stellte Camila zur Rede, und die meinte, sie hatte da so …«

»Eine Eingebung«, beendete ich Lilas Satz.

»Genau«, sagte Lila. »Aber, wie gesagt, so ging es immer weiter …«

»Also geht nicht nur Joe auf diese magischen Dates, sondern Aubrie auch?«

»Aubrie tut sich damit sehr viel schwerer als Joe«, antwortete Lila. »Früher hat sie das eine Weile mitgemacht, aber dann hatte sie die Schnauze voll. Und ich glaube, es liegt auch einfach daran, dass die meisten Mädchen sich eher an Joe wenden als an sie.«

»Aber wie genau läuft das dann?«, fragte ich skeptisch. »Stehe ich auf Jungs, date ich Joe, stehe ich auf Mädchen, Aubrie? So ganz geht das ja nicht auf. Was ist denn zum Beispiel mit Jungs, die auf Jungs stehen? Geht Joe dann auch mit denen aus, um ihnen zu helfen? Das erscheint mir alles irgendwie ziemlich verstrickt.«

»Na ja«, meinte Lila äußerst sarkastisch. »Talulah hatte beim Sprechen ihres Fluchs sicherlich gar nicht im Sinn, dass irgendwer irgendwen überhaupt daten sollte.«

Wir hatten uns langsam durch das Erdgeschoss gegraben und standen nun im Flur vor einem Schild, das auswies, in welchen Räumen es Elektronik & Co gab. Schweigend stiegen wir die Treppe in den ersten Stock hinauf. Dabei kamen uns zwei Jungs entgegen, von denen einer eine Kamera in der Hand hielt. Hier waren wir wohl richtig. Oben angekommen fanden wir tatsächlich eine ganze Menge Kameras samt Zubehör, die sorgfältig auf Tischen platziert und mit Preisschildern versehen waren. Einige dieser Summen waren echt surreal. Ich wusste zwar, dass eine solide Kamera einiges kostete, aber ich hatte nicht vorgehabt, gleich mein gesamtes Erspartes zu verprassen.

»Ich habe die Wirkung des Fluchs mit eigenen Augen gesehen«, sagte Lila. »Deshalb glaube ich Joe und Aubrie – und ich glaube ihnen, weil wir beste Freunde sind.«

»Danke, dass du mir all das erzählt hast.«

Mein Bild von den Dalcas bekam immer mehr Facetten, und ich hatte das Gefühl, dass diese Fluch-Sache noch viel komplizierter war als alles, was ich bisher wusste. Nach all den neuen Informationen schwirrte mir nun der Kopf. Da waren viele Dinge dabei, die ich nicht von der Hand weisen konnte oder die sich erklären ließen. Schon echt unheimlich.

»Okay, nun zu einem schöneren Thema: Welche Kamera gefällt dir?«, fragte Lila.

Ich war froh, dass sie mich aus dem Gedankenstrudel riss, sonst wäre ich vermutlich den restlichen Tag stehen geblieben und hätte unaufhaltsam über die Dalcas nachgedacht. Über Joe. Den Fluch. Und was das für unser Date bedeutete.

»Schon mal keine von diesem 400-Dollar-Tisch«, witzelte ich.

»Suchst du denn was Bestimmtes?«, hakte Lila nach.

»Nicht wirklich«, meinte ich. »Ich kenne mich nur ein bisschen mit den Basics aus.«

»Schließ mal die Augen«, bat Lila.

»Wozu das denn?«

Sie zwinkerte mir zu. »Na, wir überlassen es dem Schicksal.«

»So wie wir das als Kinder gemacht haben?«, fragte ich.

»Genau!«

Früher hatten wir, wenn wir uns nicht entscheiden konnten, die Augen geschlossen, einen Arm ausgestreckt und uns dann im Kreis gedreht – so hatte man mit den Fingern immer auf eine Süßigkeit im Regal gezeigt, die dann gekauft wurde. Aber ob das hier funktionierte? Der Raum war voller Zeug, und durch die Tische gab es nicht viel Platz – da konnte leicht etwas passieren.

»Na gut!«, stimmte ich zu, um Lila den Gefallen zu tun.

Sie fasste mich am Arm, als wolle sie mich wie ein Karussell anschieben. Das Ganze endete nur leider damit, dass ich das Gleichgewicht verlor und nach hinten stolperte.

»Uahhhh!«

»Vorsicht!«, rief Lila noch, aber es war zu spät.

Ich stürzte rücklings in eine Reihe voller Kartons, die daraufhin umkippten und mich unter einer Ladung Stative begruben. Dennoch begann ich sofort zu lachen, weil auch das typisch für uns war – unsere Aktionen brachten uns ständig in die absurdesten Lagen.

»So fühlt sich wahrscheinlich Roller Derby an«, murmelte ich.

»Warte, ich helfe dir«, eilte Lila mir zu Hilfe. »Hast du dir was getan?«

»Nein, geht schon«, antwortete ich und ließ mich von ihr hochziehen.

Es war unser Glück, dass niemand den Krach bemerkt hatte und alles heil geblieben war. Wir stellten die Kisten wieder auf und räumten die Stative zurück. Dabei fiel mir jedoch eine alte Polaroidkamera auf, die unter einem der Tische lag. Es war ein klassisches Modell, weiß und kantig, mit einem bunten Streifen unter der Linse. Ich bückte mich, um sie aufzuheben. Die Oberfläche war etwas zerkratzt, und an einer Ecke des Gehäuses war eine größere Delle. Die Zahl auf dem Preisschild war immer wieder mit einem roten Stift heruntergesetzt worden. Zuerst von achtzig auf sechzig und dann auf fünfundzwanzig Dollar. Ich spürte ein seltsames Kribbeln im Magen – diese Polaroidkamera schien nur auf mich gewartet zu haben! Versuchsweise drückte ich den Knopf, aber es war kein Film drin. Mir fiel jedoch auf, dass ein Foto oben festzuklemmen schien.

Ob ich es mal versuchen sollte …? Vorsichtig zog ich daran, und wie durch Zauberei glitt es ohne Probleme aus der Öffnung.

»Da war noch ein Foto drin?«, fragte Lila überrascht.

»Scheint so. Vielleicht wurde deshalb der Preis runtergesetzt, weil man es nicht mehr herausbekommen hat und die Kamera deshalb nicht mehr benutzen konnte.«

Aber wieso hatte ausgerechnet ich es dann herausbekommen?

Lila rückte näher zu mir. »Was ist denn drauf?«

Ich hielt es ihr hin. »Nicht sehr viel.« Es war kaum etwas darauf zu erkennen. Die Abbildung war verschwommen und hatte sich anscheinend nie richtig entwickelt. Alles, was zu sehen war, war der Ausschnitt einer Bucht, vor der etwas Unförmiges lag.

»Das könnte die Schmugglerhöhle sein«, rätselte Lila. »Die Felsformation kommt mir so bekannt vor. Wir haben in Geschichte mal etwas über die Schmuggler durchgenommen, die früher in dieser Bucht angelegt haben, um dort ihre Beute zu verstecken.«

»Schmuggler?«, fragte ich interessiert.

»Oder Piraten, wie du willst. Da sind schon einige auf der Suche nach Schätzen runter und fast in den Fluten ertrunken. Es wird dort irre gefährlich, wenn das Wasser steigt.«

Ich betrachtete das geknickte und verwischte Foto. »Der Vorbesitzer der Kamera war wohl sehr abenteuerlustig«, sagte ich und ließ das Foto in meine Tasche wandern. »Ich kaufe sie! Für die Sommerferien ist sie perfekt, und dann wünsche ich mir einfach zum Geburtstag ein bisschen Geld, um das in eine ›richtige Kamera‹ investieren zu können.«

»Würde ich auch so machen«, sagte Lila. »Sonst musst du die nächsten Wochen auf all die coolen Dinge, die es hier gibt, verzichten, weil du vollkommen pleite bist.«

Gemeinsam gingen wir ins Erdgeschoss. Ich bezahlte an der Kasse bei einem freundlichen, älteren Herrn, der mir sogar ein paar

Filme umsonst obendrauf gab. Er konnte wohl kaum glauben, dass er dieses bisher unverkäufliche Exemplar endlich loswurde. Zufrieden und mit meinem neuen Schatz in der Hand verließ ich hinter Lila den Laden.

»Und jetzt«, meinte ich, »brauche ich ein Outfit für mein magisches Date.«

KAPITEL 15

ICH STRICH ZUM WIEDERHOLTEN MAL meinen Rock glatt, so nervös war ich. Er war aus einem dunklen Stoff, mit kleinen Ornamenten in Rot und Blau, und reichte mir bis zu den Knien. Dazu hatte ich ein einfaches weißes Top gewählt, das goldene Knöpfe hatte, und meine Jeansjacke. Lila hatte mir dabei geholfen, meine kurzen Haare mit einem Lockenstab so zu drehen, dass sie leichte Wellen bekommen hatten, aber dennoch natürlich aussahen. Schmuck hatte ich komplett weggelassen, und auch mein Make-up war sehr dezent. Das war schließlich ein Nicht-Date! Ich hatte mir so lange den Kopf darüber zerbrochen, was ich anziehen wollte, dass nach dem Besuch im Antiquitätenladen kaum Zeit blieb, überhaupt mehrere Kombinationen auszuprobieren. Meiner Cousine gegenüber hatte ich noch versucht, mich cool zu geben, aber innerlich war ich ziemlich aufgekratzt.

So viel zum Thema, nicht mehr alles zu planen und zu zerdenken …

Joe hatte sicher etliche zwanglose Verabredungen gehabt, aber ich nicht. Für mich war das Neuland. Mit einem letzten Blick in den Spiegel des Badezimmers atmete ich tief durch und verließ das Gästehaus. Lila hatte mir eine kleine Umhängetasche geliehen, die aus Bast bestand und mein Outfit echt gut abrundete. Eigentlich war ich glücklich mit meiner Wahl. Die Sachen waren süß, aber gleichzeitig so sommerlich, dass ich alles auch an einem anderen »normalen« Tag hätte tragen können. Ich fasste mir ins Haar. Die goldene Spange, die wie ein Halbmond aussah und mit der ich ein paar meiner kürzeren Strähnen auf der linken Seite weggesteckt hatte, hielt nicht besonders gut. Ich überlegte gerade, ob ich sie herausnehmen sollte, als ein unbekannter Wagen vor dem Mint House anhielt.

Aus dem Augenwinkel sah ich noch, wie jemand am Küchenfenster vorbeihuschte (sicher Lila, die uns beobachtete), aber das war mir im nächsten Moment schon ganz egal. Denn Joe stieg aus dem blauen Range Rover und hob die Hand zum Gruß, als er mich sah.

»Hallo, Mia!«

Der Klang seiner Stimme war mir inzwischen merkwürdig vertraut, und ein warmes Gefühl breitete sich in meiner Brust aus. Langsam ging ich auf ihn zu und musterte ihn dabei möglichst unauffällig. Sein Shirt hatte die Farbe von nassem Moos und passte zu seinem hellen Teint. Dazu trug er eine dunkle Jeans mit schwarzen Boots und wirkte so entspannt und locker, wie ich mich gerne gefühlt hätte. Das Wuschelhaar hatte er ordentlich nach hinten gekämmt. Mir fiel auf, dass er wieder jede Menge Armbänder und auch eine Kette trug, deren Anhänger unter dem Shirtsaum am Hals verschwand.

»Hey«, antwortete ich viel zu spät. »Danke fürs Abholen.«

Er lächelte freundlich, aber irgendwie war ich enttäuscht, als er nur sagte: »Können wir los?« Aber vielleicht machte man sich auf einem magischen Date keine Komplimente. Wahrscheinlich war das sogar klug, damit man gar nicht auf falsche Gedanken kam – kam ich leider trotzdem, denn als Joe mir die Beifahrertür aufhielt, war da ein leichtes Ziehen in meiner Brust. Es war nur eine kleine Geste, aber Franklin hatte so etwas nie getan.

Er ist einfach nur höflich, sagte ich mir wie ein Mantra immer wieder vor.

Als ich mich zur Seite drehte, um mich anzuschnallen, fiel mein Blick auf einen kleinen Strauß Blumen, der auf der Rückbank lag. Sonnenblumen mit kurzen Stielen. Nanu?

»Die sind von Aubrie«, sagte Joe. Er begann, auf dem Hof zu wenden. »Ich habe sie vorhin ein Stück mitgenommen, weil sie auf den Geburtstag einer Freundin eingeladen ist.«

»Dann hat sie die Blumen wohl vergessen.«

»Mhh«, brummte Joe nur.

Peinlich berührt schwieg ich. Er dachte doch jetzt nicht, ich hätte gehofft, sie wären für mich gewesen? Das fing ja schon mal gut an. Anderseits … ich liebte Sonnenblumen, weshalb Mom sie sogar auf meinen Rucksack gestickt hatte. Und Lila wusste das auch. Zufall. Es musste einer sein. Ich brauchte dringend etwas Musik, um zu relaxen. Das half immer!

Neugierig suchte ich die Ablage vor mir nach CDs ab, fand aber nichts.

»Man kann einen USB-Stick oder ein Handy anschließen«, meinte Joe. »Radio höre ich nicht so gerne, aber wenn du mich mit deinem erlesenen Musikgeschmack beeindrucken willst: Da müsste irgendwo ein Kabel liegen, mit dem kannst du dein Handy einstecken.«

Ich kräuselte die Nase. »Erlesener Musikgeschmack?«

»Lila hat mal erwähnt, dass du ganz viele Playlists hast.«

»Ja, das ist wahr«, erwiderte ich. »Aber jeder Musikgeschmack ist irgendwie erlesen, weißt du? Solange Musik den Leuten das gibt, was sie brauchen, ist sie auch gut.«

»Dann ist Musik für dich so was wie das *Mirage* für andere?«

»Wenn du das so sagst … irgendwie schon.«

Joe lenkte den Wagen an einer Kreuzung nach rechts. Wir waren im Nu in der Innenstadt von Seawink, aber er fuhr auf den Ortausgang zu, was mich nicht verwunderte. Sicher kannte er statt der typischen Touristen-Hotspots, die man auf allen Karten fand, viel aufregendere Orte für ein Date.

Nicht-Date! Verdammt, Mia! Das! Ist! Kein! Richtiges! Date!

»Wohin fahren wir eigentlich?«, fragte ich. In unserem Chat hatte er mir nichts verraten wollen. Das erwähnte Kabel fand ich sofort, und es passte glücklicherweise wirklich in mein Handy. Mit wenigen Handgriffen war alles verbunden, doch ich zögerte. Meine Playlists waren teilweise sehr privat, da ich viele Lieder darauf mit bestimmten Situationen verband oder sie meine Gefühle und Stimmungen widerspiegelten.

»Was hältst du davon: Für jeden Song, den ich nicht in den ersten zehn Sekunden errate, darfst du mir eine Frage stellen und versuchen herauszufinden, wohin es geht.«

»Zehn Sekunden?«, vergewisserte ich mich.

»Du bist nicht die Einzige, die gerne Musik hört.«

»Okay, nur zu«, sagte ich selbstsicher und wählte meine Indie Pop Playlist. Die meisten Bands und Künstler darauf waren noch recht unbekannt und liefen nicht im Radio.

»Du nimmst eine besonders schwere Playlist, oder?«

»Es gibt keine Regel, die besagt, dass es einfach sein muss«, meinte ich.

»Das ist also eine Herausforderung?«, fragte er belustigt.

»Ohne Herausforderungen wäre alles öde.«

»Gehst du in Wahrheit deshalb mit mir auf dieses magische Date?«

»Ich dachte, ich darf die Fragen stellen!«

»Vielleicht ist das doch nicht ganz fair.«

»Na gut, wenn du drei Songs hintereinander errätst, darfst du mich auch was fragen«, meinte ich gespielt gönnerhaft. Wir hatten Seawink nun verlassen, und durch die Wagenfenster sah man Wald und noch mehr Wald, als habe jemand eine Kameraeinstellung auf

Dauerschleife gestellt. Die Route konnte von hier aus bis in jede Ecke Whidbee Islands führen. Ich wollte wirklich wissen, wohin es ging, aber noch mehr wollte ich etwas über Joe erfahren. Nicht nur über den Dalca-Fluch, sondern über ihn. Einfach nur ihn. Wenn ich ihn so von der Seite betrachtete, seine dichten Wimpern, die lange Nase und vollen Lippen, fragte ich mich, worüber er in diesem Augenblick der Stille nachdachte. Ob ich ihn auch etwas nervös machte? Er mich mochte? Zumindest ein bisschen? Seine Miene war so undurchschaubar und nicht mal abweisend dabei, einfach nur verschlossen.

»Ich warte auf das erste Lied«, sagte Joe.

Ich widmete mich meinem Handy und drückte auf »shuffle«, damit irgendein Song ganz wahllos angespielt wurde. Eine Akustikgitarre mischte sich mit einem Banjo.

»Die zehn Sekunden sind um«, meinte ich.

»Sind das … Bear's Den?«, fragte er. »Die hört McKenna gerne.«

»Ja! Das Lied heißt *Agape*. Du warst leider zu spät«, sagte ich streng.

Joe schmunzelte. »Dann stell mal deine Frage.«

»Fahren wir nach Stormbay?«

»Ja.«

»Was? Mehr als ein ›Ja‹ bekomme ich nicht?«

»Ohne Herausforderungen wäre doch alles öde«, meinte er.

»Wirst du jetzt immer meine Worte gegen mich verwenden?«

Er lachte. »Darauf kannst du dich verlassen.«

»Dieses Date läuft erst zehn Minuten, und schon sammelst du Minuspunkte«, witzelte ich herum.

»Ach, man kann bei Dates mit dir Punkte sammeln?«

»Wie bei jedem Date gibt es die für Schauplatz, Essen und Entertainment«, erwiderte ich so ernst, als würde ich über die Kategorien bei einem besonderen Test sprechen.

»Und ich dachte, bei Dates ginge es um Sympathie und Spaß.«

»Wo denkst du hin?«, sagte ich. »Wenn man alles perfekt plant, dann kann es doch nur schön werden, oder?«

»Ich habe es mir doch gedacht: Die meisten Perfektionisten sind eigentlich total idealistisch und wollen nur das Beste für andere, indem sie alles planen«, meinte Joe amüsiert.

»Das kann schon sein«, überlegte ich.

»Dann sind solche Perfektionisten doch auch total selbstlos, oder?«, fragte er. »Kannst du mich nicht ganz selbstlos gewinnen lassen? Ich glaube, ich habe mich bei dieser Song-Sache etwas überschätzt.«

Nun musste ich lachen. »Du hast dieses Spiel vorgeschlagen.«

»Dann beindrucke ich dich eben mit anderen Dingen.«

Der nächste Song der Playlist lief automatisch an, und kurz war es wieder still zwischen uns. Seine Worte waren ein Witz gewesen. Oder? *Mich beeindrucken …* Mir wurde bewusst, dass Joe mich eben auch nicht korrigiert hatte, als ich das hier ein *Date* nannte.

Da keimte direkt ein winziges Fünkchen Hoffnung in mir auf. Ich würde wahnsinnig gerne etwas erleben, das sich schön und richtig anfühlte, mit einem Jungen, den ich gerne mochte und der mich mochte. Aber das hier war kein perfekt ausgeklügeltes Date. Deshalb hatte er das mit dem Beeindrucken sicher als Witz gemeint. Ich sollte diese Verabredung einfach als das nehmen, was sie war: ein Ausflug mit einem Freund.

»Na gut, ich habe etwas Erbarmen«, scherzte ich. »Den musst du kennen!«

Ich wählte eine Playlist mit bekannten Gute-Laune-Pop-Songs.

»Ein Wunder! Ich weiß es echt!«, sagte er, als er dem schnellen, poppigen Beat nur einige Sekunden gelauscht hatte. »*Shake It Off* von Taylor Swift!«

»Du bist also doch nicht ganz verloren«, meinte ich.

»Gut, dass wir da sind, jetzt kannst du mich nicht weiter quälen.«

Joe steuerte den Wagen tatsächlich gerade auf einen weitläufigen, eingezäunten Parkplatz, von dem aus man den Teil Stormbays überblicken konnte, der unterhalb eines Hangs in Strandnähe lag. Der Himmel hatte sich leicht verfärbt und sah mit den rosaroten Schlieren wie ein Zuckerwattebausch aus. Es dauerte nicht lange, dann würde die Sonne ganz untergehen. Vermutlich in ein bis zwei Stunden, das hatte ich während der Tage auf der Insel bereits beobachten können. So etwas sah man in einer Großstadt eher selten.

Ich folgte Joes Beispiel und stieg aus. Er schloss den Wagen ab, und wir gingen für einige Minuten nebeneinander die Straße entlang. Hin und wieder streiften unsere Arme sich, wenn wir anderen Fußgängern auf dem schmalen Bürgersteig ausweichen mussten. Eine leichte Gänsehaut breitete sich auf meiner Haut aus, dabei war mir nicht mal kalt. Die Abendluft war sogar recht stickig, da der Tag heute besonders heiß gewesen war und durch den fehlenden Regen die Temperaturen meist erst spät in der Nacht abkühlten. Mein Körper war so ein Verräter! Wieso musste ich auch in Joes Nähe überhaupt was fühlen?

»Wir sind da!«, verkündete er.

»Eine Rollschuhbahn!«, entfuhr es mir erstaunt. Damit hatte ich nicht gerechnet!

Ein Stück die Straße runter lag links von uns ein offener Platz. Die Outdoor-Bahn war riesig, mit einem glänzenden mattweißen Boden, umrahmt von Barrikaden, auf denen statt Werbesprüchen verschiedene Kunstwerke zu sehen waren. Einige Besucher fuhren darauf bereits Rollschuh. Über der Bahn schienen Abertausende funkelnde Lichter zu schweben, denn man hatte von allen Ecken aus zahlreiche Lichterkettennetze darüber gespannt. Durch diese gemütliche Atmosphäre rief das Ganze Erinnerungen an Nächte voller Sterne in mir wach. Drumherum standen Holzpaletten mit bunten Sitzkissen, die zum Pausemachen einluden. An einer großen Bude konnte man sich Rollschuhe ausleihen, an mehreren kleineren wurden Snacks und Getränke verkauft. Viele Pärchen, Familien mit Kindern oder kleine Grüppchen von Jungs und Mädchen vergnügten sich hier.

Als ich zu Joe sah, war sein Blick schon auf mich gerichtet. Hatte er etwa meine Reaktion beobachtet? Mist! Ich schaute doch immer wie ein betrunkener Elch drein, wenn mich etwas überraschte. Verlegen räusperte ich mich. »Eine tolle Idee.«

»Dann lass uns mal Rollschuhe ausleihen.«

Während wir uns hinter einigen anderen Leuten einreihten, überlegte ich bereits, wie ich erklären sollte, dass ich das letzte Mal als Kind auf solchen Dingern gestanden hatte.

»Keine Sorge«, sagte er plötzlich, als habe er meine Gedanken gehört. »Du musst kein Profi sein. So was verlernt man nicht. Und du hast ja noch mich. Ich biete mich ganz ritterlich an, dass du dich an mir festklammern kannst, um nicht hinzufallen.«

»Wie großzügig«, murmelte ich amüsiert. »Sagst du das zu allen?«

»Sehr subtile Art, mich zu fragen, ob ich alle meine Dates hierherbringe.«

»Und, tust du es?«, fragte ich geradeheraus.

Joe rieb sich über den Hinterkopf. »Normalerweise gehe ich mit meinen Dates dorthin, wo sie hinmöchten. Das ist so eine ›nenn mir Zeit und Ort‹-Sache, weißt du?«

»Sekunde – du planst diese Dates sonst nicht selbst?«

Er wirkte nachdenklich. »Das hat sich bisher noch nicht ergeben. Wenn ich um Hilfe gebeten wurde, habe ich mich bisher immer nach den Wünschen der Mädchen gerichtet.«

»O nein«, stöhnte ich entsetzt auf. »Als ich dir geschrieben habe, um zu fragen, ob wir was fest ausmachen sollen, da … da habe ich mich dir ja praktisch aufgezwungen. Ich dachte irgendwie, dass du diese ganze Date-Sache sowieso selbst durchplanen würdest. Ich komme mir gerade so blöd vor. Aber ich war so nervös und dachte …«

Unter dem intensiven Blick seiner dunklen Augen hielt ich inne.

»Dann … dann lade ich dich zumindest ein!«, fügte ich hastig hinzu.

Ich griff in die Umhängetasche, um mein Portemonnaie herauszuholen, aber Joe nahm meine Hand und hielt mich davon ab. Seine Finger waren so warm, wie ich sie in Erinnerung hatte. Sanft und vorsichtig, als wolle er sichergehen, dass ich da war.

»Es war schön, weißt du«, sagte er leise. »Mal mit jemandem zu reden, der nicht wusste, wer ich bin. Dass ich zu den Dalcas gehöre. Damals im *Mirage*.« Er machte nur einen winzigen Schritt nach vorne, kam nur wenige Millimeter näher, aber seine Berührung sorgte sofort dafür, dass mein Puls sich beschleunigte. »Ich möchte nur einen Abend, an dem es mal anders ist. Einen einzigen Abend, an dem ich tue, als wäre all das hier normal und nicht Teil eines magischen Deals. An dem ich nicht darüber nachdenke, wieso ich mit jemandem unterwegs bin oder wobei ich helfe. Weil es manchmal guttut, nur ich zu sein.«

»Das verstehe ich«, sagte ich. »Besser, als du denkst.«

Gerade, als das Prickeln seiner Finger fast unerträglich wurde, zog er sie weg. »Danke.«

»Das heißt aber nicht, dass ich dich nicht einladen kann«, sagte ich und zog einen Schein aus der Tasche, den ich für Notfälle ins Seitenfach gesteckt hatte – oder wenn's mal schnell gehen musste. »Wir leben schließlich im einundzwanzigsten Jahrhundert.«

»Na gut«, stimmte er zu. »Dann bezahle ich das Essen.«

»Ahh«, machte ich. »Schon sind die Minuspunkte verschwunden.«

Joe schüttelte amüsiert den Kopf. »Dann lass mich mal Pluspunkte sammeln.«

»Hast du doch schon mit der Auswahl des ›Schauplatzes‹.«

»Das Wort klingt wie aus einem Krimi.«

»Wie bist du denn auf die Rollschubahn gekommen?«, fragte ich.

»O, irgendwie hatte ich mal Lust dazu«, sagte er. »Lila erzählt immer so viel vom Roller Derby, und ich dachte, das wäre mal was anderes. Wahrscheinlich wird der ›Schauplatz‹ echt noch zur ›Crime-Scene‹, wenn ich alle Leute links und rechts umfahre.«

»Wenn du so schlecht bist, wieso hast du mir dann angeboten, dass ich mich an dir festklammern darf?«, meinte ich empört. »Dann gehen wir ja direkt zusammen unter!«

»Das war der Plan.«

Wir nannten dem Verkäufer hinter dem Tresen unsere Schuhgrößen, nahmen die geliehenen Rollschuhe entgegen, und ich bezahlte die Leihgebühr und den Eintritt. Im Anschluss suchten wir uns einen freien Platz, zum Hinsetzen und Schuhewechseln. Da es direkt an der Bahn einige Schließfächer gab, verfrachteten wir unsere Straßenschuhe und meine Umhängetasche in eines, und ich schob mir den Schlüssel in die Jeansjacke.

Rollschuhe waren echt noch mal etwas anderes als Schlittschuhe. Zuerst war es ungewohnt, sich auf ihnen fortzubewegen, und ich wäre mehr als einmal fast auf die Nase gefallen, aber Joe und ich schafften es ohne große Blamagen oder Knochenbrüche bis zum Eingang der Bahn. Er wagte sich als Erster auf die Bahn und hielt mir eine Hand hin.

»Bereit für ein Abenteuer?«

Ich lachte. »Jetzt übertreibst du aber.«

»Mit der richtigen Person wird alles ein Abenteuer.«

Eigentlich hätten seine Worte superkitschig klingen müssen – denn das waren sie, halb scherzhaft gemeint und halb belustigt –, aber irgendwie trafen sie mich direkt ins Herz. Ich fühlte mich, als würde ich in einem großen Haus voller Türen stehen. Jede einzelne davon war ein Mensch, den ich einmal kennengelernt hatte. Und zum ersten Mal wollte ich daran glauben, dass sich eine neue Tür öffnete, sobald sich eine andere schloss.

Schließlich waren Sommer doch genau dafür da, oder?

Um die Tür zu finden, die sich für einen selbst öffnete.

Ich ließ meine Finger in seine gleiten. »Bereit.«

KAPITEL 16

NACH EINIGEN RUNDEN hatte ich das Gefühl, nie etwas anderes getan zu haben, als auf dieser Bahn gemeinsam mit Joe Rollschuh zu fahren. Er hatte recht behalten, so etwas verlernte man nicht. Unter dem Lichternetz warf jede Bewegung einen winzigen Schatten, und Funken tanzten über die Gesichter der Menschen wie Glühwürmchen, die nach einem Zuhause suchten. Der Anblick war wunderschön, und ich hätte ewig weiterlaufen können, eingehüllt von fremden Stimmen und Geräuschen und dem warmen Licht. Joes Hand in meiner, als wäre es das Normalste der Welt.

Und für eine Weile war es das auch. Bis zwei kleine Jungs beschlossen, dass sie sich genau zwischen uns quetschen mussten, um ein Wettrennen zu veranstalten. Von jetzt auf gleich wurden wir auseinandergedrängt. Abrupt verlor ich das Gleichgewicht und wäre fast gestürzt, hätte der Vater der Kids mich nicht in letzter Sekunde am Arm gepackt.

»Das tut mir sehr leid«, sagte er. »Sie sind heute etwas wild.«

»Kein Problem«, nuschelte ich. »Ich lebe noch.«

Er entschuldigte sich ein zweites Mal und fuhr ihnen hinterher. Ich sah noch, wie er die beiden einholte und ihnen mit ernster Miene eine Standpauke über richtiges Benehmen hielt.

»Alles okay?«, fragte Joe, der das Stück zwischen uns überbrückte.

»Ja, nichts passiert«, antwortete ich. »Tucker war früher ganz genauso.«

»Nach dem, was du erzählt hast, ist er jetzt noch so«, sagte Joe.

»Das stimmt. Elise war immer die Ruhigste von uns dreien.«

Damit wir nicht im Weg standen, drehten wir Runde um Runde und setzten dabei unsere Unterhaltung fort. Wovor hatte ich eigentlich Angst gehabt? Mit Joe zu reden war leicht.

»Und deine Eltern arbeiten echt beim Film?«, fragte er fasziniert.

»Meine Mom wollte früher sogar eigene Drehbücher schreiben«, sagte ich. »Doch dann hat sie ein Praktikum bei einem Theater gemacht und gemerkt, dass sie gar nicht selbst Geschichten erzählen wollte, sondern den Figuren, die sie erzählen, mit ihren Kostümen Leben einhauchen. Der Job wird oft unterschätzt, dabei ist sie wirklich toll darin.«

»Das ist echt beeindruckend. Und dein Dad macht genau dasselbe?«

»Verrückt, oder? Aber er meinte mal, so wäre das beim Film. Die meisten sind so eingespannt wegen ihres Jobs, dass sie nur an Filmsets Gleichgesinnte finden.«

»Willst du später auch mal so was in der Richtung machen?«

»Ich könnte nicht mal einen Knopf annähen, wenn meine Abschlussnote davon abhinge«, gestand ich. »Okay, ganz so dramatisch ist es nicht, aber ehrlich gesagt nein, weder im Kostümbereich noch sonst beim Film. Wenn andere hören, dass unsere Eltern an Filmsets arbeiten, stellen sie sich das immer als so eine große, coole Sache vor, aber für Tucker, Elise und mich ist es das manchmal nicht. Klar, ich bin stolz, dass die Namen meiner Eltern oft im Abspann auftauchen, und wir wurden schon auf einige bekannte Filmpremieren eingeladen, aber … sie fehlen uns jedes Mal unheimlich, wenn sie weg sind.«

»Sie sind wohl viel unterwegs, was?« Joe sah mich mitfühlend an.

Ich nickte. »Wir werden sie den ganzen Sommer nicht sehen.«

»Deshalb seid ihr also auf Whidbee Island?«

»Wir waren früher oft hier … und dann nicht mehr«, sagte ich. »Ist kompliziert.«

»Mit kompliziert kenne ich mich aus«, murmelte er.

Ich betrachtete ihn neugierig, aber er schien nicht weiter darauf eingehen zu wollen.

»Familien sind kompliziert«, sagte ich und seufzte. »Aber immerhin lassen meine Eltern uns auch unseren Freiraum. Für sie ist es okay, dass ich noch nicht weiß, wohin es bei mir mal gehen wird. Ich wünschte manchmal, ich hätte eine bessere Vorstellung von dem College, das ich besuchen will, oder den Kursen, die mich interessieren. Eine Zeit lang habe ich ganz viel dazu recherchiert, mir Listen zu den College-Möglichkeiten erstellt – ja, echt! Früher habe ich *nur* Pläne gemacht. Ging ganz schön in die Hose. Ich wollte diesen Sommer aber mal was anderes ausprobieren, mich neu erfinden, verstehst du?«

»Wie läuft es damit denn für dich so?«, fragte er ehrlich interessiert.

»Das einzige Neue an mir ist dieser Rock«, sagte ich und klang dabei etwas gefrustet. »Es ist nur … wie können alle sich so sicher sein, was gut für sie ist? Und ich nicht?«

»Ich glaube, die meisten sind sich gar nicht sicher. Sie sind nur mutig.«

Ich ließ den Blick nach oben schweifen und verlor mich in den Lichtern.

»Leider reicht es nicht, nur einen vertrauten Ort zu besuchen, um Mut zu finden«, murmelte ich.

»Liegt vielleicht daran, dass man Mut nicht an Orten, sondern in den unscheinbarsten Momenten findet«, sagte Joe sanft.

»Wie meinst du das?«

»Na ja, du bist hier oder nicht? Auf der Insel. Du bist auf die Fähre gestiegen, und ich wette, du hast einen Teil deines gebrochenen

Herzens in Portland gelassen, statt alle Scherben mit dir mitzunehmen«, sagte er. »Für dich waren das sicher zuerst ganz unscheinbare Momente. Doch wenn das nicht mutig ist, was dann?«

Ich wandte mich Joe zu und spürte, wie mir Hitze in die Wangen stieg. »Danke.«

Er zuckte mit den Schultern. »Dalca-Magie.«

»Nein«, sagte ich behutsam. »Das warst allein du, Joe.«

Er schluckte schwer und drehte den Kopf weg. »Gern geschehen.«

Mit den nächsten Runden wurde es immer voller auf der Bahn. Anscheinend kam mit dem Dunkel des Abends erst so richtig Leben in diesen Ort. Von irgendwoher erklang sogar Musik, und die Lichter über uns begannen nun, die Farbe zu wechseln, wie bei einer Disco.

Joe und ich wurden noch zweimal abgedrängt und beschlossen zu gehen.

Wir gaben die Rollschuhe ab und holten unsere Sachen aus dem Schließfach. Erst als wir am Auto waren und einstiegen, fühlte ich mich bereit, wieder zu reden.

Seine Worte hatten mir mehr bedeutet, als er jemals ahnen würde.

Und ich konnte ihm nichts dergleichen zurückgeben, weil er seine eigenen Gefühle tief in sich verschloss. Vielleicht war er doch keine Tür, sondern das ganze Haus. Ich stand draußen und erhaschte nur flüchtige Blicke ins Innere, durch dunkle, leere Fenster.

»Worüber denkst du nach?«, fragte er leise.

»Essen«, log ich. »Jede Menge gratis Essen.«

»Stimmt ja, das kommt nach dem ›Schauplatz‹ auf der Liste.«

»Und bereust du schon, dass du darauf bestanden hast, es zu bezahlen?«

»Nein, tatsächlich habe ich vorgesorgt«, sagte er triumphierend.

»Du hast vorgesorgt?« Verblüfft warf ich ihm einen Seitenblick zu.

»Im Kofferraum ist ein Picknickkorb«, sagte er.

»Du hast einen Picknickkorb vorbereitet?«

Er drehte den Schlüssel in der Zündung, und der Wagen sprang an. »Wahrscheinlich habe ich wie du einfach zu viele Filme gesehen und mir auch diese drei Date-Eckpfeiler gemerkt: Etwas unternehmen, gutes Essen und … wie nanntest du es? … ›Entertainment‹.«

»Du hättest dir nicht so viel Mühe machen müssen«, sagte ich automatisch.

»Wieso? Weil das kein richtiges Date ist?«, fragte er schnippisch.

O nein! Jetzt hatte ich einen Nerv getroffen. Megafettnäpfchen! Dabei hatte er mir eben noch gesagt, dass er für einen Abend mal an was anderes denken wollte.

»Nein, so war das nicht gemeint«, stellte ich sofort klar. »Du … du hättest nur mit einer anderen so ein Date planen können. Einem Mädchen, das du besser kennst und magst.«

»Vielleicht mag ich dich ja auch«, sagte er, ohne zu zögern. »Du bist witzig und nett, und im Gegensatz zu den Leuten auf der Insel glaubst du nicht an den Dalca-Fluch.«

Überrumpelt von seiner direkten Art schwieg ich.

Joe wandte sich mir zu. »Man findet nicht nur Mut in den unscheinbarsten Momenten, sondern auch Freunde«, sagte er. »Da spricht doch nichts dagegen, oder?«

Gegen eine Freundschaft mit dem Jungen, der mir vom ersten Treffen an durch den Kopf spukte? Sicher, absolut nichts. Außer mein Herz, das mit seinem schnellen Takt meine Fähigkeit, vernünftig zu antworten, völlig außer Gefecht setzte. Ich nickte nur.

»Gut. Ich kenne nämlich den besten Platz für ein Picknick.«

Die Fahrt über hatte ich doch etwas an seinen Worten zu knabbern.

Er mochte mich als Freundin. Ein schönes Kompliment, aber wieso zwickte es dann so in meiner Brust? Darin breitete sich wieder dieses Gefühl von Enttäuschung aus, als habe jemand vor unserem Date eine Saat ausgelegt, die nun heranwuchs. Das war doch albern! Ehrlichkeit war mir so wichtig, und besser, es wurden gleich Grenzen abgesteckt, ehe dieser Sommer sich von den Ich-stopfe-das-Loch-in-meinem-Herz-Momenten zu weiteren Das-ist-ein-pures-Gefühlschaos-Momenten entwickelte.

Der Himmel draußen war dunkel und sternenlos und zog an uns vorbei wie eine trübe Suppe aus Nacht und Finsternis. Joe ließ sich davon nicht beirren und fuhr gemächlich von der Straße ab, auf der wir uns befunden hatten, um einen Schotterweg durch den Wald einzuschlagen. Manchmal kam mir Whidbee Island wie ein großes Labyrinth aus Bäumen vor, dessen Punkte nur durch unebenen Asphalt miteinander verknüpft waren. Wenn man sich nicht auskannte, konnte man sich hier verirren – ich hätte es getan. Doch der Mangel an Laternen und die heruntergefallenen Zweige hielten Joe nicht davon ab, uns dem Ziel näher zu bringen. Bald leuchteten die Scheinwerfer des Wagens auf ein altes Bootshaus.

Wir hielten an, das Licht erlosch, und wir stiegen aus. Joe ging zum Kofferraum, aber ich konnte nicht stillstehen und wollte mich unbedingt etwas umsehen. Bei Tag musste das hier ein idyllisches Fleckchen sein, direkt am Wasser und umgeben von wilder Natur. Bei Nacht hatte die Stille etwas Andächtiges. Durch die aufgebrochene Wolkendecke und das natürliche Leuchten des Horizonts gewöhnten sich meine Augen rasch an die Umgebung. Das Bootshaus schien älter zu sein. Von außen zogen sich graue Schlieren über die Bretterfassade, und im Inneren war bis auf einige Kisten und Seile an den Wänden nichts zu finden. Nur ein einziges Ruderboot lag verlassen im Bauch des Bootshauses. Ein breiter Holzsteg führte davon weg, ein Stück auf die Bucht hinaus.

Im Hintergrund war wie von fast allen Punkten der Insel aus das nicht ganz so weit entfernte Gebirge des *Deception State Pass* zu erahnen. Ich drehte mich gerade um, als Joe auf mich zukam und mir den Picknickkorb reichte, der sich ziemlich schwer anfühlte.

»Wie viele Dates willst du heute Nacht denn durchfüttern?«, witzelte ich.

»Na, zuerst einmal dich. Dann noch Tamara, Sophie und Abby, ihre Schwester Claudia, dann noch ihre Cousine dritten Grades, und wenn ich schon dabei bin, auch noch die Nonnen aus dem alten Kloster«, begann er aufzulisten. »Ich bin ein viel beschäftigter Junge, weißt du?«

»Haha«, machte ich.

»Warte kurz«, bat er mich.

»Hast du die etwa alle im Bootshaus versteckt?«, rief ich ihm nach.

Er hatte mich nicht mehr gehört und schien in einer der Bootshaus-Kisten etwas zu suchen. Für einen Augenblick war es ruhig, dann hörte ich ein leises Quietschen und das Zischen eines Streichholzes. Mit einer rustikal aussehenden Glaslampe, die wie ein Relikt aus der Vergangenheit aussah, war Joe zurück, und ihr Lichtkegel erhellte einen beschaulichen Radius um uns herum. »Kannst du die kurz festhalten?« Ohne meine Antwort abzuwarten, überreichte er sie mir und lief noch einmal zum Kofferraum. Dieses Mal kam er mit einer karierten Wolldecke wieder. »Ich glaube, jetzt haben wir alles.«

Ich gab ihm die Glaslampe wieder, er ging voraus zum Steg und stellte sie ab, damit er in ihrem Licht eine der Decken auf dem Holz ausbreiten konnte. Dann nahm er mir den Picknickkorb ab, und ich beobachtete, wie er den Inhalt auspackte. Mit wenigen Handgriffen hatte er Sandwiches, Trauben, Kekse und mehrere Glasflaschen auf der Decke verteilt. Ich gab mir einen Ruck und folgte seinem Beispiel, als er sich setzte und es sich gemütlich machte.

»Ist kein Fünf-Gänge-Menü, aber so was mag doch jeder, oder?«

Ich nickte. »Ich würde mal sagen, du hast den Programmpunkt ›Essen‹ bestanden. Für jemanden, der das noch nicht oft gemacht hat, bist du echt gut im Date-Planen.«

»Ehrlich gesagt … hat es Spaß gemacht, das Ganze zu planen«, gestand er.

»Mit mir war noch nie jemand picknicken«, sagte ich.

Joe schien kurz nachzudenken, dann sagte er: »Eine der wenigen schönen Erinnerungen an meine Eltern ist, dass wir alle gemeinsam hierhergekommen sind, um zu picknicken. Wir waren schwimmen oder sind mit dem Boot raus, Mom hat uns allen das Angeln beigebracht, und abends hat mein Dad uns so lange Geschichten erzählt, bis Aubrie und mir die Augen zufielen. Das Bootshaus gehörte früher meinem Grandpa, aber Grandma wollte nach seinem Tod nicht mehr herkommen und hat es uns überlassen. Das war so was wie unser kleines Fort und ist bis heute einer meiner Lieblingsorte.«

Es war das erste Mal, dass er über seine Familie sprach, ohne dass die Erzählung mit dem Dalca-Fluch in Verbindung stand. Das zeigte mir nur, wie besonders dieser Ort für ihn sein musste, verknüpft mit so vielen Kindheitserinnerungen. Und er hatte ihn mir gezeigt.

»Das mit deinem Grandpa tut mir leid«, sagte ich mitfühlend.

»Damals waren ein paar Dinge noch anders«, murmelte er. Wie zur Ablenkung von dem Thema deutete er auf die Sandwiches. »Magst du Käse und Tomaten?«

»Klar«, sagte ich und nahm das Sandwich, das er mir reichte. Ich begann, es aus dem Brotpapier zu wickeln, und dachte darüber nach, wieso er in Situationen wie dieser so oft Versuche abblockte, mehr über ihn zu erfahren. Ich konnte es nur erahnen. So wie ich nicht gerne über Dinge sprach, die in mir schlechte Gefühle hervorriefen, tat er es ganz sicher auch nicht. Wo seine Eltern wohl waren? Wie es ihm damit ging? Um zu überspielen, dass ich mir zu viele Gedanken machte, entschied ich mich dazu, einfach etwas von meiner Familie zu erzählen. »Ein paar meiner entfernten Verwandten stammten aus Deutschland, und meine Mom hat bei meiner Geburt darauf bestanden, mich nach meiner Grandma zu benennen«, sagte ich. »Meine Grandma war so eine richtige Aktivistin und hat gegen alles Mögliche protestiert. Ich weiß nicht, ob es überhaupt Fotos von ihr gibt, auf denen sie sich nicht an irgendetwas gekettet hat. Bäume, Fahnenstangen, Bagger – ein paarmal sogar an Bahngleise.«

»Deine Grandma hatte anscheinend ein aufregendes Leben.«

»Manchmal warte ich nur darauf, dass sie an Halloween aus ihrem Grab steigt, mich heimsucht und mir vorwirft, dass ich Schande über ihren Namen bringe, weil ich so verdammt langweilig bin«, scherzte ich. »Irgendwie eine gruselige Vorstellung.«

»Sag bloß, du glaubst an Geister, aber nicht an Magie?«

Jetzt war ich es, die schwieg, indem ich in mein Sandwich biss. »Mhh.«

»Komm schon, die Frage musst du mir beantworten«, sagte er.

»Nur, wenn du mir auch eine beantwortest. Aber ohne auszuweichen.«

Joe schien den Vorschlag genau abzuwägen, denn seine Stirn legte sich in Falten. »Was hältst du davon: Du musst drei Dinge über mich herausfinden, und dann antworte ich.«

»Hey! Das ist noch schwieriger als Songs raten!«, empörte ich mich.

»Ohne Herausforderungen wäre alles öde.«

Ich nahm ein paar der Trauben und warf sie nach ihm. »Joe!«

»Dann anders. Wir nennen einander drei Dinge. Zwei Wahrheiten und eine Lüge. Das Spiel kennst du doch sicher? Liegst du richtig, antworte ich dir – und umgekehrt.«

Die nächsten Trauben, nach denen ich griff, schob ich mir in den Mund. »Okay.«

»Ladies first«, sagte er frech.

Ich schnitt ihm eine Grimasse. »Feigling.« Da es lange her war, dass ich »Zwei Wahrheiten und eine Lüge« gespielt hatte, dachte ich kurz nach, was ich sagen konnte, um es ihm alles andere als leicht zu machen. »Ich bin fünfmal durch die Führerscheinprüfung gefallen. Ich habe eine unterirdische Kunstnote, und ich liebe den Film *Zurück in die Zukunft.*«

Joe betrachtete mich eingehend. »*Zurück in die Zukunft* ist ein Klassiker, den mag wohl jeder irgendwie, aber ihn direkt lieben?«, grübelte er laut nach. »Die Sache mit der Kunstnote könnte hinhauen. Du scheinst mir niemand zu sein, der lange stillsitzen kann, um die Konzentration für ein herausragendes Meisterwerk aufzubringen. Um fünfmal durch eine Führerscheinprüfung zu fallen, warst du wahrscheinlich zu gut vorbereitet – wie du mal erwähnt hast, warst du früher eine Planerin und hattest bestimmt alles akribisch überanalysiert. Ich würde mal sagen, die Info mit dem Film ist gelogen.«

»Nicht ganz«, antwortete ich. »Das mit dem Führerschein war gelogen. Es ist nämlich so, dass mich Autofahren unheimlich nervös macht und ich meine Prüfung bisher noch gar nicht bestanden habe. Ich bin allerdings nur zweimal durchgefallen.« Ich stupste ihn leicht mit einem Fuß an. »Aber deine Frage beantworte ich trotzdem.«

»Stopp! Ich will etwas anderes wissen«, sagte er.

»Na gut. Was denn?«

»Wieso denkst du, dass du langweilig bist?«

Es war eine so banale Frage, aber sie brachte mich zum Schweigen. Denn an die Antwort waren viele Dinge geknüpft, die ich in den letzten Monate versucht hatte zu verdrängen. Ich atmete tief durch und starrte kurz auf meine Hände, als könnten sie mich aus dieser Lage ziehen, wenn ich nur fest daran glaubte. Und dann tat ich, was ich immer tat: Ich öffnete den Mund und sagte ganz direkt, was mir durch den Kopf schoss.

KAPITEL 17

»ICH BIN OFT UNENTSCHLOSSEN. Deshalb fand ich Pläne früher so hilfreich. Mit einem genauen Plan wusste ich immer, was wann anstand oder was ich erledigen musste. Meine persönliche To-do-Liste für jeden Tag und für jedes Problem«, antwortete ich. »Das hat alles angefangen, als ich mit meiner Familie nach Portland zog. Die Neue sein? Ein Plan musste her. Freunde finden? Ein Plan musste her. Die perfekte Freundin sein? Ein Plan musste her. Und es hat funktioniert. Aber dadurch habe ich mich auch verstellt. Ich wollte diese clevere, wunderbare Version von mir selbst sein, die alles konnte und schaffte. Das klappt vielleicht eine Weile, aber dann nicht mehr. Und als ich damit aufgehört habe, als ich einfach ich war, Mia und niemand sonst, da ist alles plötzlich den Bach runtergegangen.«

»Du meinst, dass deine Beziehung kaputtgegangen ist?«

Meine Finger krallten sich aufgewühlt in meinen Rock. »Ich … Franklin hat mich nie schlecht behandelt. Er war beliebt und charmant, und ich war so krass in ihn verknallt. Und er hat sich für mich interessiert. Ausgerechnet für mich! Auf einmal war es nicht mehr schlimm, die Neue zu sein, und ich hatte Freunde und einen Jungen, der mit mir ausging und mich ansah, als wäre ich was Besonderes. Es ist so verrückt, wie man im einen Augenblick denkt, man würde fliegen – und im nächsten stürzt man einfach ab.«

Ich zog die Knie an und seufzte schwer.

»Manchmal fühlt es sich an, als wäre nichts mehr von mir da. Nur dieses langweilige Abziehbild, das zurückgeblieben ist«, murmelte ich. »Macht das überhaupt Sinn?«

Joe schwieg kurz, dann zupfte er am Saum meines Rocks, damit ich ihn ansah. »Das macht Sinn. Es tut mir ehrlich leid, dass Franklin dir das Herz gebrochen hat und sich alles für dich verändert hat. Ich kenne dieses schwermütige Gefühl, das sich an einen dranhängt und runterzieht. Wenn man verlassen wird, tut alles weh. Dann sieht die Welt so aus, als habe sie ihre Farben verloren, alles fühlt sich irgendwie falsch an.«

»Hast du wegen deiner Eltern so empfunden?«, fragte ich vorsichtig.

Joe lehnte sich nach hinten und stützte seinen Oberkörper mit den Händen ab. Sein Blick glitt hinauf zum Himmel, als säße zwischen den wenigen Wolken eine Erinnerung. »Ich würde gerne behaupten, dass meine Eltern immer glücklich waren. Eines dieser Paare, das sich gefunden und nie wieder losgelassen hat, wie in einem dieser Märchen, die ich als Kind so mochte. Doch mein Dad war immer wie ein Schiff und meine Mom wie eine Klippe. Wenn er ihr zu nahe kam, ist er an ihr zerbrochen.« Er atmete hörbar aus. »Mom ist eine Dalca und wurde von Grandma ähnlich wie Aubrie und ich mit dem Glauben an den Fluch großgezogen. Und nach allem, was ich weiß, war das mit ihnen ein ewiges Hin und Her. Dann wurde meine Mom schwanger, und ich glaube, sie haben es wegen uns versucht, wegen der Kinder. Das ging eine Weile gut – und dann nicht mehr.«

Joe richtete sich wieder auf und wandte sich mir zu.

»Mom sagt, es ist der Dalca-Fluch, der sie nur so lange hat glücklich sein lassen, bis sie Zwillinge auf die Welt brachte, damit er weiterlebt.« Er lachte freudlos. »Als wäre nichts von den Streitereien ihre Schuld – oder Dads. Sie leben beide auf dem Festland.«

»Kommen sie euch denn nie besuchen?«, fragte ich.

»Nicht sehr oft. Und wenn, dann immer nur getrennt«, sagte er.

Joe und ich sahen einander für einige zähe Sekunden an, und nur das leise Plätschern des Wassers unter dem Steg drang an meine Ohren. Meine Frage hatte ihn aus dem Konzept gebracht, denn eine tiefe Traurigkeit lag in seinen Augen. Ich konnte sehen, wie sein Kiefer sich bewegte, weil er die Zähne zusammenbiss, die Anspannung seine Miene zu einer Mauer machte, hart und unnachgiebig. Fast spürte ich den dumpfen Schmerz, der unausgesprochen zwischen uns in der Luft lag, und mir zog sich das Herz zusammen.

»Manchmal da … da hasse ich es, ein Dalca zu sein. Ich hasse den Fluch, der auf meiner Familie lastet, und das Unglück, das er mit sich bringt. Ich hasse es … *ich* zu sein.«

Plötzlich hatte ich das irrsinnige Bedürfnis, ihn fest in den Arm zu nehmen. Ganz vorsichtig streckte ich meine Finger nach ihm aus, bis sie seine Schulter berührten, sich in den weichen Stoff seines Shirts gruben. »Es tut mir leid«, flüsterte ich, und damit brach der melancholische Bann, der uns festgehalten halten. Ganz langsam beugte er sich vor, schloss die Lider und vergrub das Gesicht in meiner Halsbeuge. Seine Haarspitzen kitzelten meine Haut, und als sich dieses sanfte Kribbeln mit seinem Atem mischte, fühlte es sich an, als würde mir das Herz gleich in den Magen rutschen. Ich war einem Jungen bereits nahe gewesen, war Franklin nahe gewesen. Hatte ihm so viel von mir gegeben.

Dennoch war das hier anders. Mit Joe war alles anders.

Und dann umarmten wir einander. Vielleicht für einige Minuten, vielleicht auch für einige Stunden – ich verlor jegliches Gefühl für Zeit. Doch als wir uns voneinander lösten, hatte sich etwas zwischen uns verändert, und ich konnte nicht beschreiben, was.

Nur, dass es sich richtig anfühlte.

Er räusperte sich. »Ich wollte nicht die Stimmung kaputt machen.«

Ich schüttelte den Kopf. »Hast du nicht. Danke, dass du mir das anvertraut hast.«

Dieses Mal streckte er die Hand nach mir aus, und ich erbebte innerlich. Ganz sanft zog er die Halbmondspange aus meinem Haar. Sie war wieder verrutscht und vermutlich kurz davor gewesen, sich ganz zu lösen. »Darf ich?« Ich nickte stumm. Joe rückte näher, sodass sein Gesicht nur Zentimeter vor meinem schwebte. Mit ruhigen Fingern strich er einige meiner Haarsträhnen zurück und steckte die Spange dort fest. Er zog sich jedoch nicht gleich zurück, und unsere Blicke verhakten sich ineinander.

»Danke«, wisperte ich.

Joe blinzelte mehrmals, als müsse er sich aus einem Traum lösen, und rückte wieder von mir ab. »Ich schulde dir noch zwei Wahrheiten und eine Lüge«, murmelte er.

Ich traute meiner Stimme kaum, da unsere Umarmung und seine Wärme sich noch wie ein Echo auf meiner Haut anfühlten.

»O … ähm, klar. Das Spiel«, stotterte ich. »Du musst nicht … ich meine, ich habe ja schon etwas gefragt. Nur, wenn du …« Verflixt! So klang ich sonst nur, wenn man mich zwang, vor der ganzen Klasse Spanisch-Vokabeln aufzusagen. Als wäre ich einer Sprache nicht mächtig, die ich kennen müsste.

»Ist nur fair«, meinte er. Joes Miene wurde zu einem Pokerface. »Mal nachdenken … als Kind hatte ich einen imaginären Freund namens Truby. Keir Albright und ich waren mal beste Freunde. Im ersten Highschool-Jahr habe ich allen gesagt, dass sie mich Joey nennen sollen, so wie Joey Ramone, weil ich ein großer Fan der Ramones bin.«

Wie konnte er so schnell wieder seine Maske anlegen?

Reden, Mia. Du musst reden. Jetzt.

»O, also …«, setzte ich an. »Du hattest definitiv einen imaginären Freund. Weil du Geschichten liebst, das beweist du immer wieder.

Wahrscheinlich hast du heimlich vor Truby geübt, wie du deine Erzählungen besonders spannend gestalten kannst.«

Er hob verwundert die Augenbrauen. »Das stimmt sogar.«

»Du und Keir Albright Freunde? Schwer vorzustellen«, grübelte ich weiter.

»Bist du dir ganz sicher? Letzte Chance, deine Meinung zu ändern.«

»Hey, ich habe nicht gesagt, dass das die Lüge ist!«, erwiderte ich. »Ja, es ist schwer vorstellbar, dass du und Keir beste Freunde wart, zumal du mir gesagt hast, dass Christopher seit Ewigkeiten dein bester Freund ist … aber du hattest keine einzige CD im Auto. Weder von den Ramones noch sonst einer Band. Wenn dich ihre Musik so geprägt hätte, dass du dich wie der Sänger nennen wolltest, sähe das wohl anders aus.«

»Ich sagte aber auch ›im ersten Highschool-Jahr‹, und seitdem kann sich viel verändert haben«, warf Joe ein – er stellte noch immer das Pokerface zur Schau.

»Die Ramones sind aber nicht nur eine Band. Sie haben eine ganze Generation geprägt«, sagte ich. »So was fängt man nicht einfach an zu hören und lässt es wieder.« Ich nahm mein halb angebrochenes Sandwich wieder in die Hand, weil mein Magen inzwischen knurrte und wir kaum zum Essen gekommen waren. »Also, du und Keir? Ex-Besties?«

»Schön. Du hast recht«, gab er zu. »Ist das deine Frage?«

»Vielleicht möchte ich mir die Frage, die du beantworten *musst,* ja auch aufheben«, sagte ich und griff nach einem der Kekse. »Für einen anderen Tag.«

»Wie einen Joker?«, fragte er. »Nein, das ist deine einzige Chance.«

»Du bist ein echt harter Verhandlungspartner«, seufzte ich theatralisch.

Einige Minuten saßen wir nur da, genossen die ruhige Nacht und teilten uns das Essen. Joe reichte mir die Flasche, in der wahnsinnig gut schmeckende selbst gemachte Limonade seiner Grandma war, und wir sprachen eine Weile über leckeres Essen und gute Restaurants.

»Am Pier gibt es ein Lokal, von dem man bis zu den kleineren, umliegenden Inseln blicken kann, und hin und wieder tauchen dort auch Wale auf«, sagte Joe. »Ist schön dort.«

»Ich würde wahnsinnig gerne einen Wal sehen«, sagte ich hoffnungsvoll. »Am Aussichtspunkt hat das nicht geklappt. Das steht auf meiner Wunschliste weit oben.«

»Angeblich soll das Läuten der Wal-Glocke einen Wunsch erfüllen«, sagte er.

»Konntest du dir schon mal was wünschen?«, fragte ich.

»Einen Wal gesehen habe ich schon öfter, auch am Aussichtspunkt, aber mein Wunsch hat sich bisher leider nicht erfüllt«, antwortete er.

»Okay, ich würde dann doch gerne meine Joker-Frage stellen.«

»Die Chance ist aber inzwischen verstrichen«, zog er mich auf.

Ich ignorierte den Satz. »Wenn du dir etwas wünschen könntest, von dem du weißt, dass es sich erfüllt: Was wäre das? Und nein, du *musst* antworten. Das ist nur fair.«

»Wenn ich es laut ausspreche, wird es nie wahr«, behauptete er.

Ich hielt ihm meine Hand mit ausgestrecktem kleinem Finger hin. »Gut, dann versprich mir – und schwöre mit Pfadfinderehrenwort –, dass du es mir verrätst, wenn sich dein größter Wunsch erfüllt. Egal, ob ich dann noch auf der Insel bin oder nicht.«

Joe hakte seinen kleinen Finger ein. »Ich war zwar nie ein Pfadfinder, aber das kann ich dir trotzdem versprechen. Also: Mia Pearson, ich verspreche es dir.«

Die Glaslampe flackerte und ging dann abrupt aus.

»O, das Öl muss leer sein«, stellte er fest. »Ich habe leider nicht daran gedacht, noch mehr davon mitzunehmen. Hast du zufällig dein Handy hier? Meins liegt noch im Auto.«

»Nein. Ich habe meine Tasche auch im Wagen gelassen.«

»Vielleicht ist das ja ein Zeichen«, sagte er.

»Du meinst, dass wir gehen sollen?«

Joe antwortete nicht sofort. Stille hüllte uns ein.

Ich will nicht gehen, ich will noch etwas in dieser Blase bleiben. Bei ihm.

»Möchtest du denn gehen?«, flüsterte er.

»Möchtest du es denn?«, flüsterte ich zurück.

Darauf sagte niemand mehr etwas. Die Nacht verschluckte gemächlich den Rest des Lichts, das der Himmel uns schenkte, und es wurde nun auch kälter. Alles, woran ich jedoch denken konnte, war, dass sich Schweigen noch nie so schön mit jemandem angefühlt hatte. Leider endete alles Schöne irgendwann. Joe erhob sich auf einmal.

»Es wird spät«, meinte er. »Wir sollten zurück.«

»Ja«, murmelte ich. Mehr nicht.

Es dauerte, bis wir alles zusammengepackt hatten. Joe, der sich hier besser auskannte als ich und sich daher auch bei schlechten Lichtverhältnissen zurechtfand, ging mit dem Picknickkorb und der Decke voraus. Ich tapste langsam mit der Glaslampe in der Hand hinterher. Obwohl der Steg nicht lang war, kam es mir vor, als müsse ich über einen Schwebebalken balancieren. Im Dunkeln fühlte sich alles anders an. Irgendwo am Ufer knackte es zwischen dem Schilf, und ich zuckte vor Schreck zusammen. *Du bist so eine Schisserin! Da wuselt nur irgendein nachtaktives Tier herum!* Nur um sicherzugehen, dass da kein Serienmörder aus dem Nichts auftauchte, blickte ich in die Richtung, aus der das Geräusch gekommen war. Natürlich war da niemand. Ich atmete erleichtert aus – und dann gab plötzlich ein

Brett unter meinem rechten Fuß nach, und er krachte durch den Steg. Ich gab einen erstickten Laut von mir, als ich stürzte, während die Glaslampe herunterfiel und auf dem Steg zerbrach.

Es ging doch nichts über eine schmerzhafte Bauchlandung zum Abschluss eines Dates!

Joe, dem mein Sturz glücklicherweise nicht entgangen war, kam sofort zurück. Er hatte eine Taschenlampe in der Hand, die er sicherlich im Kofferraum gefunden hatte – da schien er ja so einige Date-Survival-Utensilien aufzubewahren. Ich hatte mich schon mit den Ellbogen und dann Händen hochgestemmt, aber weil mein Fuß festhing, schaffte ich es nicht allein hoch. Mein Schuh und die Socke waren pitschnass. Brr, war das scheißkalt!

»Hast du dir was getan?«, fragte Joe besorgt. Er berührte meinen rechten Arm.

»Ich schwöre, so was passiert mir normalerweise nie!«

»Du meinst, du bist gar kein Tollpatsch?«, scherzte er.

»Wer weiß, vielleicht ist das ja der schrecklich-schlimme Dalca-Fluch«, sagte ich in gespielt dramatischem Tonfall. Doch innerlich zitterte ich tatsächlich ein wenig, und deshalb redete ich umso schneller weiter, damit ich mich selbst von meinen Worten überzeugen konnte. »Der Steg ist bestimmt noch an anderen Stellen morsch. Wir hatten einfach Glück, als wir beim ersten Mal darüber gelaufen sind. Das ist nichts …«

»Magisches?«, beendete Joe den Satz. »Komm, ich helfe dir erst mal.«

Joe schaffte es, mich hochzuziehen, doch als ich meinen Fuß aufsetzte, schoss mir ein scharfer Schmerz durch den Knöchel, und aus einem Reflex heraus zog ich das Bein an. Ich verlor prompt das Gleichgewicht, klammerte mich an Joe fest und riss uns so beide um. Wasser spritzte in einer richtigen Fontäne hoch, als wir hineinfielen. Die Taschenlampe ging sofort unter, leuchtete aber weiter.

So nah am Ufer war es nicht besonders tief, trotzdem wurden wir beide ordentlich nass. Mein Rock, Top und die Jeansjacke saugten sich voll und klebten mir schwer am Körper. Mit den Haaren war es dasselbe. Ich strich sie mir aus dem Gesicht und blickte zu Joe, der sogar noch eine glibberige Alge auf dem Kopf hatte. Wir sahen beide sicher aus wie Sumpfmonster, denn überall waren Moos und Schlamm vom Grund aufgewirbelt worden. Ich öffnete den Mund, um mich für die Misere zu entschuldigen, aber er fing an zu lachen. So laut und ausgelassen, dass er gar nicht mehr aufhören konnte. Und weil das ansteckend war, lachte auch ich, bis ich fast schon Bauchweh bekam.

»Von wegen nicht tollpatschig!«, presste er zwischen zwei Lachern hervor.

Ich nahm mit einer Hand etwas Matsch auf, holte aus und warf ihn nach Joe. »Das ist eine Verkettung blöder Missgeschicke!«

Der Matsch traf Joe an der Schulter. »Na warte!«, rief er. Keine Sekunde später klatschte er mir eine ordentliche Portion Matsch direkt ins Haar, und das wurde zum Auslöser einer richtigen, wortwörtlichen Schlammschlacht. Er hatte sich hingekniet und zielte ein weiteres Mal auf mich. Wir waren wie zwei Kinder, die gar nicht mehr aufhören konnten, albern zu sein. Bis uns der Atem ausging, Joe aufstand, sich die Taschenlampe griff (die offensichtlich wasserdicht war, weil sie immer noch zuverlässig weiterleuchtete) und mir dann erneut eine helfende Hand reichte, damit ich hochkam.

»Geht's mit dem Fuß?«, fragte er.

»Tut nur ein bisschen weh«, sagte ich wahrheitsgemäß. »Ich glaube nicht, dass er verstaucht ist. Ich bin einfach nur blöd umgeknickt. Geht gleich wieder.«

Langsam wateten wir ein Stückchen, bis sich der Boden unter uns wieder ganz fest anfühlte. Mein Fuß pochte leicht, aber ich konnte recht gut auftreten und fragte mich, wo der üble Schmerzensstich von eben nur hergekommen war. Für eine Schrecksekunde hatte ich mir vorgestellt, wie ich die restlichen Ferien mit Gips auf Tante Suttons Sofa lag und Tucker mich jede Stunde ärgerte, weil nicht ihm etwas zugestoßen war, sondern mir.

Der Kofferraum des Range Rovers war noch offen, weil Joe wohl den Picknickkorb und die Decke gerade in dem Moment darin verstaut hatte, als ich weggebrochen war. Er legte die Taschenlampe weg und zog eine schmale Sporttasche heran – er fuhr echt eine Menge Zeug mit sich durch die Gegend. Ich sah eine Kiste mit befüllten Gläsern, in denen irgendwelche getrockneten Teeblätter oder Kräuter waren, einen Werkzeugkasten, lädierte Schulbücher und einen Wagenheber. Als ich mich ihm zuwandte, um zu fragen, was er vorhatte, zog er sich bereits sein nasses Shirt über den Kopf und warf es achtlos in eine Ecke des Kofferraums. Wassertropfen perlten von seinen zerzausten Haaren ab und tropften auf seine ebenmäßige Brust. Ich starrte ihn an, und mir wurde mit einem Mal ganz heiß. Wieso musste er sich auch einfach vor mir ausziehen? Himmel!

Ich erhaschte noch einen Blick auf eine feine Narbe oberhalb seines Bauchnabels, da streifte er sich bereits ein trockenes Shirt mit einer Welle und dem weißem Schriftzug der *Tide Highschool* über. Im nächsten Moment reichte er mir einen Hoodie mit demselben Logo. »Wir fahren zwar nicht so lange, aber damit frierst du nicht«, sagte er. »Keine Sorge, ist frisch gewaschen. Wenn man oft am Meer ist, wird es irgendwann zur Gewohnheit, ein paar Ersatzklamotten mitzuschleppen. Ständig wird irgendwas nass oder ist voller Sand, und abends wird es manchmal ziemlich ungemütlich. Ist alles okay mit dir?«

Aber klar! Nur, dass mein Hirn sich dich jetzt weiter shirtlos vorstellt.

»Es ist nichts«, log ich. »Danke.«

»Ist bestimmt zu groß, aber dafür trocken.«

Ich nickte, weil er recht hatte: Ich fröstelte bereits. Besonders an den Beinen, weil wegen des Rocks der Wind bis zu meinem Po hochzog – was ich aber für mich behielt. Wer wollte vor einem Jungen schon über seinen nassen Hintern sprechen? Niemand!

Ich ließ die Jeansjacke von den Schultern gleiten und fühlte mich plötzlich ganz nackt, nur in meinem weißen Top, das wie eine zweite Haut an mir festpappte. Joe, der offenbar verstand, dass ich mir das Teil nicht einfach so wie er sein Shirt ausziehen konnte, drückte mir den Hoodie in die Hand und drehte sich dann mit dem Rücken zu mir.

Ich legte den Hoodie kurz im Kofferraum ab, schälte mich aus meinem Top und schlüpfte dann in den Hoodie, der dezent nach Waschpulver roch. Er war wirklich viel zu groß und ging mir fast bis zu den Knien, also beschloss ich, den Rock gleich mit auszuziehen. Als Nächstes begann ich, mir Matsch und Blätter aus den Haaren zu fischen, und meine Haarspange schob ich in die Tasche des Hoodies. Wie mein Make-up gerade aussah … daran wollte ich nicht mal denken. »Bin fertig.«

Joe war mir einen Blick über seine Schulter zu und nickte nur.

»Sorry, dass meine Mammutfüße euren Steg kaputt machen«, sagte ich.

»Ach, du kannst doch nichts dafür«, antwortete er. Erneut wühlte er in der Sporttasche herum und gab mir dann ein kleines Handtuch. Mit dem versuchte ich, notdürftig mein Gesicht abzutrocknen, während er mit einem zweiten durch seine Haare rubbelte, die aussahen, als habe er in eine Steckdose gefasst. Ich schmunzelte.

Als wir beide halbwegs trocken waren, griff Joe nach der Decke, auf der wir eben gepicknickt hatten, sah mich mit einem Zögern an, trat dann aber doch vor, um sie mir um die Schultern zu wickeln. Wieder so eine kleine Geste, die mich fast dahinschmelzen ließ.

»Setz dich schon mal rein. Ich komme sofort«, sagte er.

Als er kurz nach mir einstieg, sah ich, dass er seine Jeans gegen eine Sporthose eingetauscht hatte. Tja, dann war er wohl doch nicht so cool, dass er sich komplett vor mir hatte ausziehen wollen. Das beruhigte mich irgendwie, weil ich mir dann nicht ganz so prüde vorkam. Joe startete den Motor und schaltete die Heizung ein, dann stieg er noch einmal aus. »Ich werde lieber noch schnell die Scherben von der Glaslampe einsammeln«, erklärte er. »Nachher verletzt sich noch ein Tier oder jemand anderes daran.«

Ich bot meine Hilfe an, aber er lehnte ab. Ein Teil von mir war froh über diesen kleinen Augenblick für mich allein. Ich kuschelte mich enger in die Decke und holte mein Handy aus meiner Umhängetasche. Lila hatte viermal geschrieben, um zu fragen, wie es lief.

Ich schrieb nur, dass ich jetzt heimkam. Wie sollte ich diesen Abend nur zusammenfassen? Schön, lustig, chaotisch? Einer der besten Tage seit Langem? Ich steckte das Handy weg und lehnte mich zurück. Alles davon. Und so viel mehr.

Joe war wieder da, schloss die Tür und schaltete die Scheinwerfer ein.

»Dann bringe ich dich mal nach Hause«, murmelte er.

KAPITEL 18

ÜBER DEM MINT HOUSE lag eine absolute Stille. Nirgends brannte mehr ein Licht, und mit dem Motor erstarb auch das letzte Geräusch. Joe hatte ein Stück vom Haus entfernt gehalten. Die Fahrt hierher hatte sich angefühlt, als seien wir die einzigen beiden Menschen in dieser Stadt. Geschlossene Fensterläden und Türen, leer gefegte Straßen und nur eine Handvoll Sterne, als Begleiter am Firmament. Und auch jetzt war der Gedanke an meine Familie, die nur einige Meter entfernt war, seltsam. Weil ich nicht wollte, dass dieses Date vorbei war und wir wieder in der Realität ankamen. Ja, genau so fühlte sich das an. Als müsste ich Abschied von Joe nehmen, dabei hatten wir über so viele Dinge noch gar nicht gesprochen. Was war mit dem Gedichtband? Wie war die Freundschaft zwischen ihm und Keir zu Ende gegangen? Steckte hinter seiner Traurigkeit mehr als nur die Trennung seiner Eltern?

Ich hatte so viel Zeit mit ihm verbracht, doch es war nicht genug gewesen.

Ich faltete die Decke und ließ sie liegen. Legte mir die Umhängetasche um und holte meine noch nassen Klamotten aus dem Kofferraum. Wir lächelten einander zu, tauschten ein paar Abschiedsworte, und ich ging auf das Gästehaus zu. Doch mit jedem Meter mehr überkam mich ein nicht greifbares Gefühl, als hätte ich irgendetwas verloren.

Ich warf all meine Sachen und die Tasche auf einen der Gartenstühle und hastete zurück. Vielleicht war Joe noch nicht gefahren, vielleicht – und da stand er plötzlich. War mir von seinem Wagen gefolgt, das Gesicht halb im Mondschatten, als wäre nur ein Teil von ihm wirklich da. Ich überbrückte die Distanz zwischen uns und blieb stehen.

»Ich wollte noch …«, begann ich.

»Ja, ich …«, setzte er an.

»Tut mir echt leid wegen des Stegs.«

»Das sagtest du schon«, erwiderte er und lächelte. »Mammutfuß-Mia.«

»Du nennst mich jetzt aber nicht immer so?«, fragte ich erheitert.

»Kommt drauf an, ob du mir auch einen miesen Namen verpasst.«

»Junkfood-Joe«, fiel mir spontan ein. »Süchtig nach Wan-Tans.«

»Haha«, sagte er. »Du bist so originell.«

Ich funkelte ihn an. »Das bin ich auch! Einzigartig!«

»Einzigartig tollpatschig vielleicht.«

»Gute Nacht, Joe«, sagte ich.

»Nacht, Mia.«

Aber ich bewegte mich nicht. Und er sich auch nicht.

»Danke. Für diesen Abend. Das war … schön«, sagte er.

Er klang traurig dabei, als würde er dasselbe fühlen wie ich. Als gäbe es da etwas zwischen uns, das niemandem so recht gehörte. Ein Abend, ein Gefühl, ein uns. Das hier war wie einer dieser Wünsche, die man einer Sternschnuppe verriet – man wollte daran glauben, dass sie ihn erfüllen würde, aber insgeheim wusste man, das Universum hörte doch nicht zu.

»Du bist gut darin, einfach nur du zu sein«, sagte ich.

Irgendetwas veränderte sich in seinem Blick. Seine Lippen öffneten sich leicht, und seine Züge wurden weicher. Seine Traurigkeit ging auf mich über, und mein Herz schlug schmerzhaft schneller. Wieso fühlte sich das wie ein Alles-oder-Nichts-Moment an?

Ich hatte mich geirrt, das hier war kein Abschied.

Das wäre eine vergeudete Chance auf etwas … *irgendetwas.*

Zwischen ihm und mir.

Ich dachte auf einmal an tausend Dinge. Mein Leben in Portland, mein gebrochenes Herz, die Überfahrt nach Whidbee Island, wie der Kloß in meiner Kehle zu einem Lachen geworden war, die Angst davor, ich selbst zu sein, der Moment, als er mich mutig genannt hatte – und dann dachte ich an gar nichts mehr. Ich schloss die letzten Zentimeter zwischen uns, bis meine Brust seine berührte, stellte mich auf die Zehenspitzen, die kalt und nass in meinen Schuhen waren, und küsste ihn. So wie ich auf dem Steg die Balance verloren hatte, verloren meine Gefühle sie nun ebenfalls. Etwas in mir kippte, und dieser kurze Augenblick wurde zu einem dieser seltenen Momente, in denen man alles gleichzeitig spürte. Das Glück und die Furcht und jede Emotion dazwischen. Man lebte für diese Momente. Denn man konnte sie nur so selten erfahren, und genau deshalb wollte man sie einkorken wie einen Zauber in eine Flasche, doch so funktionierte das nicht. Sie waren einmalig, und man konnte sich höchstens an sie erinnern. Genau deshalb waren sie unendlich kostbar. Und dann war dieser Moment auch schon vorbei.

Ich nahm Abstand und sah Joe an. »Sorry?«, wisperte ich wie eine Frage.

Er stand ganz still, als hätten meine Lippen einen magischen Bann auf ihn gelegt.

Aber ich dachte nicht mal daran, dass das ein Fehler gewesen sein könnte. Mein Atem ging schneller, und ich zog scharf die Luft ein, weil ich glaubte, es gäbe nicht mehr genug Sauerstoff für meine Lunge. Bis ich es nicht mehr aushielt, mich umdrehte und weglaufen wollte.

Doch da schlangen sich seine Finger um mein linkes Handgelenk.

Ich stoppte, Joe zog mich behutsam zu sich, und im nächsten Herzschlag befand sich seine andere Hand in meinem Nacken, und sein Mund näherte sich meinem. Joes Lippen fühlten sich weich und warm an. Er küsste mich langsam, als wolle er sich alle Zeit der Welt nehmen, um den Augenblick auszukosten, und das machte mich fast verrückt. Er schmeckte nach Waldbeerenlimonade und roch nach Regen. Irgendetwas in mir machte Klick, als würde ich das letzte Stück in ein Puzzle einsetzen, und eine Gänsehaut ließ mich erschaudern.

Joe schlang die Arme um mich, wie bei unserer Umarmung am Bootshaus, nur dass diese hier nichts Freundschaftliches mehr an sich hatte. Seine Hände fuhren meinen Rücken hinauf und pressten mich an sich. Wir stolperten blindlings rückwärts, während der Kuss wilder wurde. Gerade, als meine Finger ein Stück Haut berührten, an der Stelle, wo sein Shirt verrutscht war, und einer meiner Zähne seine Unterlippe streifte, stieß ich gegen den Gartenstuhl, auf den ich eben meine Sachen geworfen hatte, der mit einem lauten Knall umfiel.

Wir fuhren schwer atmend auseinander. Er starrte mich mit geröteten Wangen und weit aufgerissenen Augen an, als wäre er sich nicht sicher, ob er träumte oder wach war.

»Mia, bist du das?«, drang die verschlafene Stimme meiner Schwester an meine Ohren.

Mit einem Quietschen schwang die Tür des Gästehauses auf, und Elise leistete uns in einem niedlichen, kurzen Pyjama mit Blümchen Gesellschaft. Sie schien nicht registriert zu haben, dass ich Besuch hatte, denn sie gähnte ausgiebig und rieb sich die Augen.

»Geh wieder rein. Ich komme gleich.«

»Mhh«, murmelte sie und machte kehrt.

Joe hatte sich gefangen, seine Miene war auf einmal undurchdringlich. »Ich … sollte gehen.«

Mein Hirn brachte gar keine vernünftigen Sätze mehr zustande. Joe zögerte, aber sosehr ich es auch wollte, ich war wie gelähmt. Mir war so verdammt heiß von unseren Küssen, und ich war noch *nie* in solch einer Situation gewesen. Denn ich hatte noch *nie* jemanden beim ersten Date geküsst, geschweige denn den ersten Schritt gemacht.

»Gute Nacht«, stammelte ich.

»Nacht«, gab er zurück.

Vielleicht sah Joe etwas in mir, von dem ich gar nicht gewusst hatte, dass es überhaupt da war. Nämlich mehr als nur bloßen Mut, sondern absolute Furchtlosigkeit. Ich blickte ihm hinterher, als er ging. Lauschte den Geräuschen des Range Rovers, als er davonfuhr. Und dann entfuhr mir ein glückliches Quieken. O! Mein! Gott!

Wir hatten uns geküsst! *Ich* hatte ihn geküsst!

Furchtlosigkeit hatte sich noch nie so gut angefühlt.

Kapitel 19

Direkt nach dem Aufwachen warf ich einen Blick auf mein Handy. Eine Nachricht von Dad, auf die ich sofort antwortete, aber keine von Joe. Ob ich ihm schreiben sollte?

War schön, dich letzte Nacht zu küssen, wiederholen wir das?
Gesucht: Süßer Junge, der mit mir noch mal in einen Tümpel springt.
Du magst Milkshakes. Ich mag Milkshakes. Milkshake-Party?

Das war doch albern. *Ich* war albern. Doch irgendwie schwebte ich seit unseren Küssen auf Wolke … mhh, vielleicht nicht Wolke sieben, aber fünf war es mindestens! Die Wolke der Hoffnung. Das warme, schöne Gefühl von gestern Abend war noch immer nicht in meinem Bauch verpufft, und regelrecht beflügelt sprang ich unter die Dusche. Ich hatte es furchtbar eilig, zu Lila ins Haus zu kommen und ihr alles zu erzählen. Ich befürchtete sogar ein wenig, wenn ich nicht innerhalb der nächsten zehn Minuten mit ihr sprach, würde ich noch vor lauter Gefühlen platzen. Hastig zog ich mich an und schlüpfte in eine Dreivierteljeans und ein einfaches schwarzes Shirt. Mit nassen Haare stürmte ich in die Küche, in der noch tote Hose herrschte. Tante Sutton und ich waren nach wie vor die einzigen Frühaufsteher, daher war bis auf den Teekessel auf dem Herd niemand da.

Es wäre echt egoistisch, Lila zu wecken, wenn sie ausschlafen wollte.

Ich bremste mich in meinem Mitteilungsbedürfnis etwas und atmete tief durch. Tee! Tee war immer eine gute Idee, und Tante Sutton hatte noch etwas übrig gelassen. Also schnappte ich mir eine Tasse und goss den Rest aus dem Kessel hinein. Die nächsten fünf Minuten fühlten sich wie eine Ewigkeit an, und ich hielt es nicht mehr aus, einfach nur zu warten. Ich musste mich mit etwas beschäftigen. Vielleicht das Frühstück für alle machen? Tucker hatte zwar recht, Spiegeleier waren nicht meine Stärke, aber zum Bäcker fahren und etwas Leckeres für alle kaufen war ja keine große Kunst. Gesagt, getan! Der Ausflug mit dem Fahrrad tat mir gut, und ich konnte etwas von meiner überschüssigen Energie loswerden. Während ich den Tisch deckte, sah ich ein weiteres Mal aufs Handy, aber mein Posteingang war immer noch leer. Enttäuscht seufzte ich und entschied mich dann, einfach den ersten Schritt zu machen. Keine Ahnung, wo Joe und ich nach gestern standen, aber das war mehr als nur ein magisches Date gewesen. Und da ich nach unseren Küssen noch nicht vom Blitz getroffen worden war, mir das Hufeisen über der Wohnzimmertür auf den Kopf gefallen war oder ich eine schwarze Katze gesehen hatte, konnte der Fluch doch gar nicht so ein großes Hindernis sein … richtig? Was zur Hölle dachte ich da eigentlich? Ich glaubte doch nicht an diesen bescheuerten Fluch!

»Worüber denkst du denn so angestrengt nach?«

Tante Sutton kam aus einem der hinteren Räume. Beim Anblick des fertigen Frühstückstisches mit den Croissants und Brötchen stieß sie ein verzücktes »O!« aus.

»Das ist ja lieb von dir!«, freute sie sich. »Ich war gerade in meinem Büro und bin einige Bewerbungen durchgegangen. Ich habe einer Kollegin versprochen, ihr beim Sichten der Bewerbungen für das Garten Center zu helfen, auch wenn ich eigentlich Urlaub habe. Wir sind nämlich seit einer Weile unterbesetzt und brauchen mindestens zwei Aushilfen – aber jetzt muss ich mich wenigstens nicht auch noch ums Frühstück kümmern.«

»Habe ich gern gemacht«, sagte ich. »Klingt echt stressig, so was zu entscheiden.«

Tante Sutton zuckte mit den Schultern. »Irgendjemand muss es ja tun.«

»Mom lässt sich immer die blöden Aufgaben aufhalsen«, kam es von Lila, die gerade die Treppe herunterkam und wohl unsere Unterhaltung aufgeschnappt hatte. Sie trug noch ihren Pyjama und hatte die Haare zu einem lockeren Dutt zusammengebunden.

»Übertreib mal nicht«, lachte Tante Sutton. »Außerdem werde ich dafür bezahlt.«

»Dich in die Angelegenheiten anderer einzumischen?«, erwiderte Lila patzig.

Nanu? War sie etwa mit dem falschen Fuß aufgestanden?

Meine Cousine und Tante lieferten sich ein stummes Blickduell, das die Stimmung im Raum auflud, wie es sonst nur ein Gewitter konnte. Etwas hilflos stand ich daneben.

Plötzlich polterte Tucker die Treppe herunter und rief laut: »Morgen!« Wie selbstverständlich setzte er sich an den Kopf des Tisches und goss sich Milch ein. »Ich verhungere!«, ließ er uns wissen. »Danke, dass ihr schon Frühstück gemacht habt.«

»Ich … ich gehe mal Elise holen«, sagte ich.

»Ich habe keinen Hunger«, meinte Lila. »Fangt ohne mich an.«

Damit wandte sie sich ab und ging wieder nach oben. Tante Sutton seufzte, rieb sich über den Nasenrücken und sah mich entschuldigend an. »Ich komme auch später dazu. Das mit den Bewerbungen erledigt sich nicht von allein, und ich … brauche etwas Ruhe.«

Man merkte deutlich, dass das nur eine Ausrede war, denn sie sah unglücklich aus und »ihre Ruhe« hatte sie heute Morgen sicher zur Genüge gehabt. Damit sie sich nicht noch schlechter fühlte, nickte ich nur und sagte: »Klar, kein Problem. Lass dir Zeit.«

Tucker stopfte sich bereits ein Croissant in den Mund. »Mehr für uns!«

Ich verdrehte nur die Augen. »Du stehst manchmal so auf dem Schlauch.«

Mein Bruder warf mir einen fragenden Blick zu. »Wovon redest du?«

»Ganz genau«, murmelte ich und ließ ihn dann allein am Tisch sitzen.

Normalerweise wäre ich direkt Lila hinterher, um nach ihr zu sehen, aber ich wusste auch, dass man in solchen Situationen manchmal einen Moment für sich brauchte. Also beschloss ich, Elise zu fragen, ob sie Hunger hatte – ehe Tucker die Backwaren inhalierte, als sei er ein Staubsauger, und ihr gar nichts mehr blieb. Ich fand Elise vorm Spiegel im Bad, wo sie gerade ihre Haare kämmte. Ich klopfte gegen die offene Tür, damit sie mich bemerkte. »Morgen!«, begrüßte ich sie. »Hast du Lust auf Frühstück?«

Sie blickte zu mir. »Klar.«

Dann zog sie die Nase kraus und schien ihr Spiegelbild stumm zu fragen, was sie heute mit ihren Haaren anstellen sollte, ein Haargummi unschlüssig in der einen, die Bürste in der anderen Hand. Als sie sah, dass ich noch im Türrahmen stand, lächelte sie.

»Kannst du mir helfen? So wie früher?«

»Sicher!« Ich stellte mich hinter sie, fuhr mit den Fingern durch ihr glattes Haar und begann, ihr auf beiden Seiten einen französischen Zopf zu flechten. Früher hatten wir das oft gemacht, auch mit Mom. Uns gegenseitig die Haare geflochten. Nach dem Umzug nach Portland hatte ich eine Veränderung gebraucht und meine Haare abschneiden lassen – und da meine Frisur mir nicht wirklich etwas abverlangte, hörten damit auch die gegenseitigen Flechtaktionen auf. Meine Haare waren immer etwas wuschelig und wellig, und so ließ ich sie auch. Elise wollte ihre gerne wachsen lassen, vielleicht, weil Mom ihre lange Mähne ebenfalls liebte.

Ich beschloss, den Streit zwischen Tante Sutton und Lila, wenn man die Situation eben so nennen konnte, nicht zu erwähnen. Vielleicht hatte ich ja etwas missverstanden, und wenn ich jetzt vor Elise damit anfing, machte sie sich überflüssigerweise auch Sorgen.

»Du siehst heute anders aus«, sagte meine Schwester.

»Ach wirklich? Weil ich mich nicht geschminkt habe?«

»Nein, das hat damit nichts zu tun. Du wirkst … glücklicher.«

Jetzt wanderten meine Augen zu meinem eigenen Spiegelbild. Sah ich anders aus? Tatsächlich. Die viele frische Luft, die Ausflüge und die Nächte voller schöner Träume der letzten Zeit hatten mir etwas mehr Farbe ins Gesicht gezaubert, und ich sah frischer und erholter aus. Aber da war heute tatsächlich ein besonderer Ausdruck in meinen Augen, den ich selbst nicht wiedererkannte.

»Du siehst wunderschön aus«, stellte sie fest.

Ich schlang die Arme von hinten um sie. »Du auch, Elise.«

»Dank deiner Hilfe!«, sagte sie glücklich und begutachtete nun die fertigen Zöpfe. »Du kannst das genauso gut wie Mom. Wenn ich das selbst mache, sieht das nie so aus.«

»Dafür kannst du in drei Stunden ein ganzes Buch lesen«, meinte ich.

»Du glaubst gar nicht, was für einen Cliffhanger der neue Band der *Herzgezeiten*-Reihe hatte! Gerade, als es richtig spannend wurde und sie – nein, keine Spoiler«, bremste sie sich selbst ab. »Und jetzt muss ich ein Jahr lang auf den nächsten Teil warten!«

»Wie unfair«, sagte ich ernst.

»Mega unfair!«

»Na ja, wenn du magst, können wir ja zur Ablenkung später was machen«, sagte ich. »Es sei denn, du und Tante Sutton habt wieder irgendwelche spektakulären Pläne.«

Elise sah mich unsicher an. »Willst du nicht lieber … allein sein?«

Ihr trauriger Gesichtsausdruck ließ sofort mein schlechtes Gewissen anklopfen.

»Ich … es tut mir leid, wenn ich dir das Gefühl gegeben habe, dass ich dich nicht mehr brauche«, sagte ich sanft. »Gebrochene Herzen sind so eine Sache für sich.«

»Ist dein Herz jetzt nicht mehr gebrochen?«, fragte sie.

»Doch«, antwortete ich leise. »Aber, ich … wie erkläre ich das? Ich dachte lange, ich muss es wieder zusammensetzen, damit es heilen kann, doch ich denke, ein Herz kann auch heilen, wenn man es mit neuen Dingen füllt. Trotz der kleinen Risse darin.«

»Klingt wie Kintsugi für Liebeskummer«, sagte Elise.

»Was ist denn Kintsugi?«

»Darüber habe ich mal in einem Buch gelesen. Das ist eine japanische Kunst, bei der man zerbrochene Dinge mit einem besonderen Lack repariert«, erklärte sie. »Dieser Lack wird dann mit goldenem oder silbernem Pulver gefärbt. Wenn man Scherben zusammensetzt, sehen die Risse wunderschön aus, und es ist nicht mehr schlimm, dass mal was kaputt war.«

»Kintsugi?«, wiederholte ich das Wort.

Sie nickte. »Kintsugi.«

»Tja, dann ist Whidbee Island wohl Kintsugi für die Seele.«

Oder ein gewisser Jemand …

Später, nach dem Frühstück, ging ich mit einem Teller mit einem Croissant, das ich vor Tuckers gierigen Händen gerettet hatte, zu Lilas Zimmer und klopfte an. Von innen ertönte ein Brummen, das ich als Einladung verstand. Lila war gerade dabei, eine Tasche zu packen, und ich sah noch, wie sie ein paar Ellbogenschoner hineinstopfte.

»Dachte, du hast vielleicht Lust auf ein Croissant«, sagte ich.

»Danke«, murmelte sie und begann, in ihrem Kleiderschrank nach etwas zu suchen. Ich vermutete mal, den Rest ihrer Roller-Derby-Ausrüstung, wozu sonst die Ellbogenschoner?

»Willst du drüber sprechen?«, fragte ich.

Lila warf einen schwarzen Hoodie aufs Bett, und kurz hatte ich einen Flashback zu dem Augenblick in Joes Wagen, er dicht neben mir, der Geruch seines Hoodies … Küsse, viele Küsse. Ich fuhr mir übers Gesicht – ich musste krank sein. Bestimmt hatte ich mich beim Sturz ins Wasser erkältet und litt an hohem Fieber. Wieso sonst sollte ich nach einem Nicht-Date so viel über einen Jungen nachdenken und dabei ganz heiße Wangen bekommen! Rede dir das nur ein, Mia. Du weißt genau, dass du ihm nachschmachtest. Wie so eine Jane-Austen-Romanheldin, die sich sehnsuchtsvoll nach ihrem Typen verzehrt. Bei Nicht-Dates küsst man nämlich nicht einfach den anderen … und wird zurückgeküsst. Aber der Kuss war so spontan gewesen, und ich hatte mich so mutig und frei gefühlt! Vielleicht stimmte das mit dem Insel-Kintsugi wirklich!

»Führst du gerade ein Selbstgespräch in deinem Kopf?«, fragte Lila. Sie hatte aufgehört herumzukramen und sah mich überrascht an. »Welche Seite gewinnt denn dabei?«

»Nein!«, erwiderte ich energisch. »Hier geht's erst mal um *dich*.«

»Aber ich sehe doch, dass du gleich explodierst«, sagte Lila.

»Ich rede nur, wenn du redest«, erwiderte ich. »Keine Ausflüchte!«

»Dann redet eben keine von uns. Ich muss eh gleich zum Training.«

»Du hast mir gestern vier Nachrichten geschrieben, weil du wissen wolltest, wie es bei dem Date lief«, sagte ich ruhig. »Jetzt interessiert es dich nicht mehr? Und das mit deiner Mom eben war auch nicht zu übersehen … du musst natürlich nicht reden, aber ich …

ich sehe doch, dass gestern irgendwas passiert ist, das dich ziemlich beschäftigt.«

Plötzlich schwammen Tränen in Lilas Augen. »Es ist kompliziert.« Mit aller Kraft schien sie die Tränen zurückzudrängen und schluckte schwer. »Meine Mom und ich haben uns immer gut verstanden, aber seit Dad weg ist, ist manchmal alles so schwierig zwischen uns. Sie lässt mir oft gar keinen Freiraum mehr.« Lila sah mich mit niedergeschlagener Miene an. »Wir geraten immer wieder aneinander, weil sie alles wissen möchte. Wo ich bin, mit wem ich mich treffe, was ich mache … ich werde verrückt.«

Lila ging seufzend zur Fensterbank mit den Fotos und nahm eines in die Hand, auf dem sie mit ihren Eltern zu sehen war. Es war viele, viele Jahre her und an Weihnachten entstanden, doch Lila hatte es wohl nicht über sich gebracht, es wegzuräumen. Schon als wir jünger waren, hatte sie es oft in die Hand genommen, und eine tiefe Traurigkeit war über sie gekommen, wann immer sie es angesehen hatte. Ich wusste, dass sie bis heute nicht ganz verarbeitet hatte, dass sie von ihrem Vater verlassen worden war. Dass er mit dem Geld meines Dads abgehauen war, um seinen Schulden zu entkommen, und dabei keinen Gedanken mehr an Tante Sutton oder sie verschwendet hatte. Lila quälte es, nicht zu wissen, wo er war, und dass sie ihm anscheinend nichts mehr bedeutete. Sie so zu sehen, brach mir das Herz. Ich hatte so viel Glück mit meinen Eltern, es war einfach unfair.

»Ich denke, deine Mom hat Angst, dich zu verlieren«, sagte ich.

»Das wird sie auch, wenn sie weiter so in meinem Leben herumstochert!«, brauste Lila auf, doch dann schien sämtliche Kraft ihren Körper zu verlassen, und ihre Schultern sackten herab. »Sie vertraut mir nicht, und das tut weh. Ich will doch nur …«

»… frei sein«, sagte ich, einer Eingebung folgend.

»Frei sein«, bestätigte Lila. »Ist alles eh schon schwer genug.«

»Ist es wegen … Keir?«, fragte ich vorsichtig. »Ist er … dein Freund?«

Lila starrte mich mit großen Augen an. »Wie kommst du denn darauf?«

»Ist schon etwas komisch, wie er sich dir gegenüber verhalten hat.«

»Nein, so ist das nicht«, sagte Lila. »Er weiß nur …«

Es klopfte an der Tür, und sie sprach nicht weiter. Wenige Sekunden später kam Elise herein. Sie wirkte etwas verlegen, denn sie drehte eine der Zopfspitzen um ihren Finger und biss sich auf die Unterlippe. »Hey«, sagte sie. »Störe ich?« Unsicher sah sie Lila an.

Doch unsere Cousine setzte sofort ein so strahlendes Lächeln auf, als wäre einen inneren Schalter umzulegen eine Kleinigkeit für sie. Ich fragte mich, wie oft sie das in den letzten Monaten oder sogar Jahren getan und dadurch perfektioniert hatte. »Quatsch! Ich wollte Mia gerade fragen, ob sie mich zum Roller-Derby-Training begleiten will. Vielleicht möchtest du auch mitgehen, wenn dir das nicht zu langweilig ist?«, fragte Lila.

»Ich dachte, es wäre ganz spannend, Lila in Action zu sehen«, spielte ich mit. Ganz gelogen war es nicht, denn die Bitte, mal mitzukommen, hatte ich schließlich echt geäußert.

»O cool!«, sagte Elise. »Dann bin ich auch dabei.«

»Ich muss noch zu Ende packen«, meinte Lila und wandte sich von uns ab.

Ich sah zu Elise und hob stumm die Hand, mit drei ausgestreckten Fingern. Sie verstand sofort. Das war unser Zeichen für »treffen uns in drei Minuten draußen«. Wir hatten es uns zusammen für Situationen ausgedacht, in denen wir uns heimlich hatten davonstehlen wollen. Zum Beispiel, wenn unsere Eltern stinklangweilige Freunde zum Abendessen eingeladen hatten oder wir auf Familienfesten festsaßen und mal rausmussten.

Nachdem Elise weg war, trat ich neben Lila.

»Ich bin okay«, sagte sie.

Ich zog sie in eine Umarmung. »Nein, bist du nicht.« Ich spürte, wie Lila tief ein- und ausatmete. Es dauerte eine Weile, und ihre Atmung beruhigte sich. Ich ließ sie los.

»Du hast echt gedacht, dass ich was mit Keir Albright habe?« Ungläubig verzog sie das Gesicht. »Typen wie der interessieren sich nicht die Bohne für Mädchen wie mich.«

»Du meinst, für unabhängige, witzige und schlagfertige Mädchen?«

»Für dicke Mädchen«, sagte sie.

Ich sah Lila direkt in die Augen. »Elise hat mir eben von so einer Sache namens Kintsugi erzählt«, sagte ich. »Das ist eine Kunst, in der man Zerbrochenes repariert. Wenn etwas kaputtgeht, denkt man immer zuerst daran, was für eine Katastrophe oder für ein Unglück das ist. Nicht nur bei einer Vase oder einem Bilderrahmen – auch bei Menschen. Kaputt zu sein, zerbrochen … das heißt, nicht normal zu sein in den Augen der meisten. Aber weißt du, was ich dann dachte? Dass die Menschen mit ihren goldenen Rissen und Narben stärker sind als alle anderen, denn sie wissen, wie sie zerbrochene Dinge wieder zusammensetzen. Und Leute wie Keir können sich nicht reparieren, indem sie andere zerstören.«

»Das ist verdammt tiefgründig«, sagte Lila überrumpelt.

»Nenn mich Miatoteles«, erwiderte ich.

»Du hast echt verdammt viel darüber nachgedacht, oder?«

»Jup«, antwortete ich. »Mein Tagebuch wäre ein Bestseller.«

Nun musste Lila schmunzeln. »Du schreibst nicht mal Tagebuch.«

»Komm, Lieblingscousine!«, sagte ich. »Auf zum Roller Derby.«

KAPITEL 20

DAS TRAINING FAND in der Sporthalle der *Tide Highschool* statt, zu der das Roller-Derby-Team dank seines Coachs auch in den Sommerferien Zugang hatte. Er war nämlich einer der Lehrer dort, wie Lila Elise und mir während der Autofahrt erklärte. Mit der hohen Decke, einer Tribüne voller Holzbänke zur einen Seite und gegenüber davon dem Geräteraum sah es hier fast so aus wie in meiner eigenen Schule. Man hatte mit roten Hütchen einen Bereich eingegrenzt, in dem bei unserer Ankunft schon einige Mädchen Runden liefen. Wieder andere waren noch auf Matten bei etwas, das nach Gymnastikübungen zum Aufwärmen aussah. Lila wurde herzlich von allen in Empfang genommen, und ich freute mich zu sehen, wie wohl sie sich hier fühlte.

Die *Crazy Daisies*, wie sich das Team nannte, war eine Ansammlung Mädchen, die unterschiedlicher nicht sein konnten: Die Kapitänin Candice war schlank und schlaksig, mit raspelkurzem Haar, ein jüngeres Mädchens namens Jamila hatte dunkle Haut und einen Afro, und Ramona sah ein bisschen Grunge-mäßig mit der dunklen Schminke und den schwarzen Klamotten aus. Das waren nur einige der Namen und Gesichter, die ich mir merken konnte, als Lila Elise und mich ihren Teamkolleginnen und Freundinnen vorstellte. Irgendwie fühlte ich mich hier gleich wohl, denn alle schienen einander genau so zu akzeptieren, wie sie waren. Aubrie musste gewusst haben, dass dies der perfekte Platz für jemanden wie Lila war, und das zeigte, was für eine feinfühlige Freundin Joes

Schwester sein konnte. Vielleicht sollte ich ihr noch eine zweite Chance geben.

Elise und ich beobachteten gebannt von der Tribüne aus, wie die Mädchen in voller Montur auf ihren Skates durch die Halle zischten und bei einem Probespiel regelrecht aufeinander losgingen, um mehr Punkte zu erzielen. Lila war hier voll in ihrem Element und wirkte so selbstbewusst, wie ich sie noch nie gesehen hatte. Sie blockte ab, war verflucht schnell und schien genau zu wissen, was sie da tat. Elise und ich waren kurzzeitig sprachlos, dann fasste ich meiner Schwester grob die Regeln zusammen, die Lila mir auf dem Blaubeerfeld damals erklärt hatte. Obwohl wir nur zusahen, hatten wir einen Riesenspaß.

Nach dem Training warteten Elise und ich vor der Halle auf Lila. Die anderen wollten gemeinsam Mittagessen gehen und luden uns ein, also gingen wir mit. In einem Diner in der Nähe schlugen wir uns mit leckeren Pasta-Gerichten die Bäuche voll, bis wir nicht mehr konnten. Bis in den späten Nachmittag hinein vergaß ich völlig die Zeit. Erst als ich auf die Toilette musste und mein Handy dort kurz checkte, nagte erneut die Enttäuschung an mir, denn Joe hatte sich noch immer nicht gemeldet. Und weil ich nach dem coolen Kennenlernen der *Crazy Daisies* eine ganze Menge Girl Power hautnah erleben durfte, beschloss ich kurzerhand, ihn anzurufen. Mitten im Mädchenklo. Aber wer wusste schon, ob mich der Mut nicht doch wieder verließ, wenn ich hier rausspazierte.

Leider ging nur seine Mailbox ran. Egal!

»Hey, Joe«, sagte ich entschlossen. »Hier ist Mia. Ich … wollte mich einfach mal melden. Wegen gestern und …« Okay, das war wesentlich schwerer als gedacht, so ganz spontan. Doch ich war nicht mehr die Mia, die alles durchplante. Nein! Ich holte tief Luft. »Unser Date war wirklich schön, und ich würde dich gerne wiedersehen. Ruf mich zurück, ja? Bye.«

Voller Stolz reckte ich wie bei einem Triumph beide Fäuste empor.

»Ich wusste nicht, dass pinkeln eine olympische Disziplin ist.«

Soeben war ein Mädchen aus dem Team hereingekommen, das mir beim Training durch ihren fröhlichen Gesichtsausdruck besonders in Erinnerung geblieben war. Sie strahlte regelrecht von innen heraus und hatte einfach ein sympathisches Auftreten. Belustigt sah sie mich an. Mit der hellen, sommersprossigen Haut und den feuerroten Haare wirkte sie jünger, als sie wahrscheinlich war. Sie hieß … Karlie, genau!

»Das nicht, aber Jungs auf die Mailbox zu sprechen fühlt sich so an.«

»Ah, hattet ihr ein heißes Date?«, fragte Karlie.

»Könnte man so sagen«, meinte ich.

»Der Glückliche«, sagte sie.

»Eigentlich eher der Verfluchte«, murmelte ich.

»Was?«, erkundigte sie sich.

»Ach nichts!«

»Wenn ich es nicht besser wüsste, würde ich sagen, dass du gerade was von einem Fluch gesagt hast«, sagte Karlie. »Du sprichst doch nicht etwa von den Dalcas?«

Ich lehnte mich gegen das Waschbecken in meinem Rücken. »Kennst du … Joe etwa?«

Karlie lächelte verschmitzt. »Der wäre nicht mein Typ, dann schon eher seine Schwester.«

»Dann warst mit Aubrie auf einem magischen Date?«

»Ja«, sagte sie. »Und inzwischen bin ich glücklich vergeben.«

»Dann glaubst du also an die Legende und den Dalca-Fluch?«

Karlie wirkte kurz nachdenklich. »Meine Grandma ist früher mit Daria Dalca zur Schule gegangen, und irgendwann, als die ersten Gerüchte gerade laut wurden, habe ich sie mal nach ihr gefragt. Aber sie wollte mir nicht wirklich etwas sagen. Sie meinte nur, ich solle mich eher auf mein Herz verlassen als auf irgendeine Magie.

Na ja, geklappt hat es ja trotzdem! Ich dachte mir, auf ein magisches Date zu gehen schadet ja nicht.«

Gerne hätte ich Karlie so richtig ausgefragt, aber dann schwang die Tür ein weiteres Mal auf, und Lila gesellte sich zu uns. Sie sah allerdings nicht sehr erfreut aus.

»Was macht ihr denn da?«, fragte sie leise.

»Den Geistern, die dieses Diner heimsuchen, den Vortritt beim Pinkeln lassen«, sagte ich sarkastisch.

»Wir haben uns nur kurz unterhalten«, sagte Karlie.

Lila sah von ihr zu mir und wieder zurück. »Worüber denn?«

»Über Jungs und Mädchen und Flüche«, antwortete ich.

Lila wurde seltsam blass. »Über was?«

Karlie fasste sie am Arm. »Hey, es ist alles gut. Mia ist nett.«

»Die nette Mia tut jetzt, wofür sie hergekommen ist!«, verkündete ich und ging grinsend in eine der freien Kabinen. Ich hörte, wie Lila und Karlie miteinander tuschelten, aber als ich wieder aus der Kabine kam, waren die beiden schon weg. Minuten später, als ich wieder am Tisch saß und wir nacheinander bezahlten, warf ich vorsichtig einen Blick zu den beiden. Sie sahen ziemlich vertraut miteinander aus, aber Lila wirkte immer noch … sauer. Irgendwo in mir formte sich ein Gedanke, aber er entglitt mir wieder, als mein Handy vibrierte. Eine Nachricht! Hastig zog ich das Handy heraus. Sie war von Joe! Erwartungsvoll klickte ich sie an – und dann fiel alle Aufregung in mir zusammen wie ein wackeliges Kartenhaus. Kurz war ich ganz benommen vor lauter Herzklopfen.

Wir werden uns nicht wiedersehen. Vergiss das Date.

Ich starrte das Display an, bis es schwarz wurde.

»Mia, wir wollen gehen«, sagte Elise neben mir.

Aber ich blieb sitzen.

Die Nachricht war wie ein Lied, das unerwartet auf einer alten Playlist auftauchte und einen durch seine Lyrics in die Vergangenheit beamte. Für mich waren das nicht nur Worte der Abweisung, sondern ein Rückfahrtschein zu einem der schlimmsten Momente meines Lebens. Als Franklin mit mir auf diesem Wege Schluss gemacht hatte.

Weil ich nicht mehr wert war als eine Textnachricht.

Weil ich mich anscheinend ein zweites Mal furchtbar geirrt hatte.

KAPITEL 21

WAR ICH WOCHENLANG durch ein Labyrinth aus Gefühlen geirrt, nur um am Ende festzustellen, dass ich noch immer darin gefangen war? Joes Nachricht brachte eine Menge schlechter Erinnerungen an die Zeit nach Franklin zurück, und ich fühlte mich unter der Last meiner eigenen Empfindungen regelrecht begraben. Für eine Weile saßen Lila, Elise und ich nur im Wagen auf dem Parkplatz des Diners, und die beiden hörten sich alles an, was ich zu sagen hatte. Von meiner Trennung von Franklin, bis hin zu den vielen Wochen, in denen ich mich selbst verloren hatte, über meine Zweifel an diesem Sommer und schließlich über das Date mit Joe. Ich redete und redete. Es kam mir vor wie Stunden, doch als ich fertig war, fühlte ich mich seltsam erleichtert. Meine Cousine und meine Schwester hatten aufmerksam zugehört und mich nicht einmal unterbrochen.

Und dann sagte erst mal für einige Minuten niemand mehr etwas. Irgendwie endete der Parkplatz-Seelenstriptease damit, dass die beiden mich in die längste Umarmung meines Lebens schlossen. Elise war die Erste, die irgendwann losließ, weil sie sich vom Rücksitz aus in eine unbequeme Position hatte bringen müssen, damit ihre Arme überhaupt an mich heranreichten. Ich war unendlich froh, dass beide für mich da waren.

»Dein Leben bietet echt Stoff für eine ganze Buchreihe«, sagte Elise.

»Vielleicht schreibst du sie ja mal auf und nennst sie die

Insel-Kintsugi-Chroniken«, scherzte ich und wischte mir über die Augen. »*Goldener Fluch der Liebe* oder so.«

»Ich wünschte, du hättest dich uns früher anvertraut«, sagte Lila gutmütig. »Aber ich verstehe dich sehr gut. Geheimnisse schützen uns manchmal vor der Wahrheit. Und die kann einem ganz schön Angst machen. Doch wie hast du heute Mittag noch gesagt? Dass Menschen mit goldenen Rissen und Narben stärker sind als andere, weil sie wissen, wie sie zerbrochene Dinge wieder zusammensetzen können. Du bist auch so. Du reparierst Dinge. Und diese Sache mit Joe muss sich irgendwie hinbiegen lassen.« Lila seufzte. »Diese Nachricht klingt so gar nicht nach ihm. Es muss wegen des Fluchs sein.«

Elise nickte nun kräftig. »Natürlich! In jeder Geschichte gibt es einen Helden, der alles opfert, um jene zu beschützen, die er liebt. Joe hat bestimmt große Angst bekommen.«

»Das klingt so selbstlos von ihm«, murmelte ich. »Fühlt sich aber eher egoistisch an.«

»Es gibt nur einen Weg, um das zu klären«, sagte Lila bestimmt. »Egal, was in ihm vorgeht oder welche Gründe er auch hat, du musst zu ihm fahren und eine Antwort verlangen. Magisches Date hin oder her. Schließlich hat er dich auch geküsst, Mia.«

»So romantisch«, seufzte Elise, doch im Gegensatz zu Lila klang es verträumt. Sie war ja auch erst vierzehn und hatte noch nicht den Durchblick von uns Älteren. Ja, es war romantisch gewesen – und ihn zu küssen hatte sich wunderbar angefühlt, aber wollte ich wirklich erneut etwas riskieren, um wieder abgewiesen zu werden? Anderseits hatte Lila auch recht. Fluch hin oder her, er schuldete mir zumindest eine ehrliche Erklärung!

»Ich … ich werde zu ihm gehen und ihn fragen«, sagte ich entschlossen.

Lila schien nachzudenken, dann meinte sie: »Ich fahre dich zum *Mirage*. Joe ist die meiste Zeit dort, und das geht schneller als mit dem Rad. Wir könnten dich absetzen, und dann gehen Elise und ich einfach ein bisschen in die Stadt. Oder zum Wal-Center.«

»Dort gibt es ein Wal-Center?«, fragte Elise neugierig.

»Ja, das ist ziemlich cool. Vielleicht sehen wir ja auch einen Wal.« Lila wandte sich mir zu. »Du schreibst einfach, wenn wir dich holen sollen. Wir beschäftigen uns schon.«

»Danke«, sagte ich.

Wir schnallten uns alle an, und Lila lenkte den Wagen auf die Hauptstraße.

»Ob mein Leben auch mal so aufregend ist, wenn ich siebzehn bin?«, fragte Elise.

Lila und ich tauschen einen Blick und mussten uns ein Lachen verkneifen.

»Hey, was ist daran so lustig?«, fragte Elise empört.

»Dein Leben wird nicht nur wegen eines Jungen aufregend sein«, sagte ich.

Elisa lehnte sich zu uns nach vorne. »Du meinst, es wird mehrere geben?«

Lila begann nun doch zu lachen. »Einer oder zwei oder drei ...«

»So viele du willst«, unterbrach ich Lilas Gegacker. »Denn es ist dein Leben. Solange du nicht vergisst, dass es das wirklich Aufregende ist, eigene Entscheidungen zu treffen.«

Meine Schwester rutschte zurück in ihren Sitz. »Das merke ich mir.«

Und in diesem Moment dachte ich mir: ich auch.

Etwas mulmig war mir schon, als ich mich allein auf den Weg zum Laden der Dalcas machte. Mit jedem Schritt blies der Wind etwas von meiner Entschlossenheit fort. Ich redete mir ein, dass das normal war. Wenn man nicht wusste, wie eine Situation ausging, fuhr der Verstand eben Karussell. Bei meinem ersten Besuch im

Mirage hatte ich Joe kennengelernt. Nach meinem zweiten Besuch
hatte ich geglaubt, ihn nicht mehr wiederzusehen. Der dritte Besuch
würde nun zeigen, ob für uns eine Chance bestand, diesen Som-
mer … irgendetwas zu sein. Ich blieb vor dem Magic Shop stehen,
atmete tief ein und wieder aus und versuchte, meine Unsicherheit
in den Griff zu bekommen.

Jetzt, am späten Nachmittag, zog sich der Himmel langsam zu,
und es waren auch einige Wolken mehr zu sehen als noch in den
letzten Tagen. Vielleicht würde sich demnächst einer dieser be-
rüchtigten Stürme über Stormbay und der Insel zusammenbrauen.
Seltsamerweise kam mir in den Sinn, dass unser Kuss dafür verant-
wortlich sein könnte. Das war natürlich absurd. Kein Fluch bestimmte
das Wetter, das hatte meteorologische Ursachen, doch das ganze
Gerede über Magie und die Dalcas setzte sich langsam aber sicher
doch in meinem Unterbewusstsein fest. Ich würde nicht so weit
gehen und behaupten, dass sich meine Ansichten zu dem Thema
geändert hatten, doch ein winziger Teil von mir stellte sich Fragen.
Zum wahren Ursprung der Legende und ob es eine Möglichkeit
gab, den Bann zu brechen, der das Denken der Dalcas bestimmte.
Und das von Joe.

Behutsam drückte ich die Klinke des Ladens herunter und trat
ein. Zu meiner Überraschung war allerhand los. Zwei Frauen stan-
den vor dem Tresen mit dem Schmuck und berieten einander, wel-
ches Schutzamulett besser zu ihren jeweiligen Anliegen passte. Ein
junger Mann saß in einem der Ledersessel neben dem Buchregal,
einen Stapel magischer Lektüre vor sich. Er war offenbar dabei, sich
zu entscheiden, welchen der Wälzer er kaufen sollte, denn er mur-
melte etwas von einem Mondritual, das er gerade suchte. Ein jun-
ges Paar stand mit Körben in der Hand unter den Deckenbalken, an
denen die getrockneten Blumen und Kräuter hingen, und diskutierte
gerade über irgendeinen Sud, den sie brauen wollten. Der Duft von

Sandelholz lag in der Luft, und ich entdeckte sofort das Schälchen mit den Räucherstäbchen, das auf einem Holzschemel stand. In dem Schrank mit dem Krimskrams fehlten einige Dinge, denn die Gegenstände hatten kleine Abdrücke im Staub hinterlassen. Sogar die Koboldwurzel für dreißig Dollar war verkauft worden.

Von Joe weit und breit keine Spur. Vielleicht war er in der Werkstatt?

Zielstrebig durchquerte ich den Laden, blieb dann aber vor dem Vorhang aus Perlen und Kristallen stehen. Offenbar ging es dahinter noch weiter, aber der Raum hinter dem Vorhang lag im Dunkeln. Durch eine schmale Tür, die nur angelehnt war, schien Licht. Es flackerte so unbeständig, dass ich dort brennende Kerzen vermutete. Ob Joe dort war? Es erschien mir falsch, einen Bereich des Ladens zu betreten, zu dem ich sicherlich keinen Zugang hatte, und ich wollte niemands Privatsphäre verletzen, doch da war etwas im Schein des flatternden, hellen Kegels, der die Schatten vertrieb und mich anzog. Langsam bewegte ich mich auf die Tür zu. Plötzlich spürte ich eine Hand auf der Schulter und drehte mich erschrocken um. Das Herz war mir kurz in die Hose gerutscht.

Die knochigen Finger, die mich berührt hatten, gehörten einer Dame, die eindeutig bereits ein hohes Alter erreicht hatte, denn jede Falte in ihrem Gesicht schien eine Geschichte zu erzählen, doch trotzdem wirkte sie alles andere als gebrechlich. Ihre Haut war so hell wie Mondlicht, ebenso wie ihr silberweißes Haar, das ihr durch die leichten Wellen darin kaum bis zum Schlüsselbein reichte. Ihre markanten Augenbrauen gaben ihrer Miene eine harte Kontur. Ihre Augen waren stechend blau, und sie trug einen Lippenstift, der mich an die Farbe von dunklem Amethyst erinnerte. Mit dem schwarzen Kleid, den vielen Ringen voller Kristalle und der schweren Kette, die aussah, als ob goldene Äste verschiedene Steine umschlossen, erweckte sie den Eindruck, als sei sie wahrhaftig eine Vrăjitoare.

Das musste Daria Dalca sein, die Grandma von Joe und Aubrie.

»Es scheint mir, du bist auf der Suche nach etwas. Oder jemandem.«

Ihre Stimme, rau und tief, jagte mir einen Schauer über den Rücken.

»Entschuldigen Sie«, sagte ich. »Ich wollte nicht …«

»Für Neugier sollte man sich niemals schämen«, erwiderte sie. »Sie führt zur Erweiterung des eigenen Horizonts.« Ihr harter Blick bohrte sich in mich hinein. »Du musst Mia sein.«

»Sie kennen meinen Namen?«, fragte ich verwundert.

Mrs. Dalca hob die Hände und machte ein paar kreisende Bewegungen damit, als wolle sie unsichtbare Muster in die Luft zeichnen. »Deine Aura verrät dich«, sagte sie.

»Meine Aura?«, echote ich. *Sätze, Mia! Nicht nur nachplappern!*

»Sie ist sehr … *speziell.* Nicht leicht zu greifen. Wie bei einer Reisenden.«

»Sind Sie … Daria Dalca?«

Die Miene der alten Dame verriet absolut nichts. Sie nickte nur. »Folge mir.«

Folgen? Wohin? In ihre Hexen-Gruft?

»Ich möchte nicht unhöflich sein, aber ich wollte zu Joe und …«

»Man lehnt niemals die Bitte einer Vrăjitoare ab«, unterbrach sie mich. »Joseph ist nicht hier. Er macht gerade Besorgungen für mich. Leiste mir so lange Gesellschaft.«

Ich schluckte schwer. Wovor hatte ich bitte Angst? »O-okay«, murmelte ich.

Mrs. Dalca ging geradewegs durch die halb offene Tür, ich hinterher. Dahinter lag ein kleiner Raum, kaum größer als eine Vorratskammer – und vielleicht war er das auch einmal gewesen. Von der Decke hingen Seidentücher in verschiedenen Farben, einige Traumfänger und Lichterketten. Bis auf einen niedrigen, runden Tisch, auf dem drei weiße Kerzen brannten, deren Wachs bereits auf das Holz tropfte, gab es keine richtigen Möbel. Mehrere bunte Sitzkissen mit Bommeln oder Fransen waren auf dem Boden verteilt, und auch hier brannten Räucherstäbchen in einer Schale. Ich musste an die gemütlichen Forts denken, die Tucker, Elise und ich früher zusammen aus Decken, Kissen und Stofftieren gebaut hatten, als wir noch in unserem alten Haus in Sacramento gelebt hatten. Joes Grandma nahm hinter dem Tisch Platz und sah mich erwartungsvoll an. Zaghaft setzte ich mich ihr gegenüber auf die andere Seite. Alles war etwas beengt und die Luft dick und schwer, weil der Duft des Sandelholzes in der Kammer festhing.

»Nett haben Sie es hier«, presste ich hervor.

Mrs. Dalca verzog noch immer keine Miene. »Ich werde dir die Karten legen.«

»O«, machte ich. »Das ist nicht nötig. Ich glaube nicht an so etwas.«

»Der Glaube ist nicht entscheidend, denn die Karten lügen nie.«

Hui, das klang jetzt aber arg nach irgendeinem Filmspruch!

»Ehrlich gesagt habe ich auch gar kein Geld dabei und …«

»Willst du mich beleidigen?«, brauste Mrs. Dalca auf. »Tarot ist nichts, das man mit Geld entlohnt. Es ist eine Kunst, die der Seele des Universums Antworten entlockt!«

»Bitte verzeihen Sie mir, ich wollte Sie nicht beleidigen«, sagte ich wahrheitsgemäß. Den Rest meiner Erklärung schenkte ich mir direkt, weil sie mich wieder so kühl und unberechenbar mit ihren blauen Augen ansah. Da konnte man ja nur in das nächste Fettnäpfchen treten, und das Letzte, was ich wollte, war, dass Joes Grandma mich hasste.

Schweigend beobachtete ich, wie Mrs. Dalca unter dem Tisch, der von einem purpurnen Samttuch bedeckt wurde, ein Deck Karten hervorholte. Mit geschickten Händen begann sie, diese zu mischen.

Dabei murmelte sie unverständliche Laute. Anschließend legte sie den Stapel ab, ließ ihre rechte Hand darüber schweben und zog nacheinander vier Karten vom Stapel, um sie in einer rautenförmigen Anordnung auszulegen. Die Rückseiten der Karten sahen wunderschön aus. Sie waren schwarz, mit filigranen, goldenen Ranken, die sich jeweils um die Initialen M.D. schlangen.

Etwa Mirage Dalca? War dieses Tarot-Deck so alt? Tatsächlich waren die Ecken abgewetzt, und der Karton, aus dem sie bestanden, löste sich an einigen Stellen leicht ab.

»Jede Reisende hat ein besonderes Schicksal«, sagte sie. Dabei schlug sie einen Ton an, der irgendwie schaurig und gleichzeitig wie eine geflüsterte Warnung klang.

Vielleicht wollte sie, dass ich mich gruselte, aber ihre Show beeindruckte mich nicht sonderlich. Tatsächlich weckte sie nur meine Neugier. Einmal war ich mit Morgan auf einer Frühlingskirmes gewesen, und sie hatte mich in das Zelt einer Wahrsagerin geschleppt, die jedoch nur eine Menge Kauderwelsch geschwätzt hatte. Ihre Aussagen waren so beliebig und allgemein gewesen, dass sie auf jeden hätten zutreffen können. Du wirst dein Glück finden. Du meisterst eine Herausforderung. All so einen Kram. Morgan und ich hatten auf dem Heimweg lange darüber gelacht. Ob Mrs. Dalca besser war?

Mit den Fingerspitzen berührte sie nun die Karte zu ihrer Linken.

»Die erste Karte gibt Einblick in eine Dringlichkeit, die dein Herz bewegt«, sagte Mrs. Dalca. »Sie zeigt uns einen Wunsch, eine Frage, die über dein Leben bestimmen wird.«

Langsam, wahrscheinlich um die Spannung zu erhöhen, drehte sie die Karte um. Sie zeigte ein eng umschlungenes Paar, eingeschlossen in Säulen, die ein Herz bildeten. Im Hintergrund waren ein Teich voller Seerosen und ein klarer Himmel zu erkennen. Die Karte war sehr detailreich gestaltet und für sich genommen ein echtes Kunstwerk. Auch hier hoben sich feine Akzente in Gold in der Farbgebung ab. Ich hätte gerne darübergestrichen.

»Die Liebenden«, benannte Mrs. Dalca die Zeichnung. »Sie stehen für Vertrauen. Die Erfüllung von Wünschen und Verbundenheit zu einer anderen Person. Meist sind sie ein gutes Omen für eine bevorstehende Entscheidung, die einem Erfüllung bringen wird.«

Nun hatte sie meine Aufmerksamkeit! Ich beugte mich weiter vor.

»Das ist also was Gutes?«, erkundigte ich mich.

»Im Tarot gibt es kein Weiß oder Schwarz«, sagte sie. »Jede Karte hat eine Seite voller Licht und eine dunkel wie die Nacht. Erst das ganze Set offenbart die Wirklichkeit.«

Ich runzelte die Stirn. Wie geheimnisvoll! Das musste man ihr lassen …

Joes Grandma wandte sich nun der Karte zu, die mir am nächsten war. Dieses Mal drehte sie sie schneller herum. Ein großer Kelch, um den sich ein Banner oder eine Papierrolle schlängelte, auf der Symbole standen, die ich nicht kannte. Im Inneren des Kelchs war dunkelblaues Wasser, und darüber schwebten weitere Symbole.

»Das Ass der Kelche«, verkündete Mrs. Dalca. »Diese Karte ist ein Spiegel deiner Gegenwart, ein Ausdruck deiner inneren Haltung.« Sie betrachtete mich eingehend. »Du erhoffst dir eine neue Chance, wünschst dir ein neues Glück in Bezug auf die Liebe. Deine letzte Beziehung hat Wunden hinterlassen, doch dein Herz heilt langsam. Und du glaubst, wenn du Kraft aus einer neuen Quelle schöpfst, wird dir dies endgültig gelingen.«

Das klang zwar etwas altmodisch, aber … es war wahr. Mein Herz hatte begonnen zu heilen, und ich hoffte darauf, dass ich vielleicht ein neues Glück finden konnte. Mit Joe. Doch genau diese Dinge konnte Aubrie von Lila über mich wissen, und Aubrie wiederum konnte es ihrer Grandma erzählt haben. Ich biss mir auf die Unterlippe und schwieg.

Mrs. Dalca nahm sich nun als dritte Karte die zu ihrer Rechten vor. Sie war von allen Karten bisher am aufwendigsten gestaltet, zeigte zwei offene Handflächen, die ein Kreuz bildeten. Auf der äußeren Hand war ein rotes Rad mit Speichen zu erkennen. Dieses Mal zeigte der Hintergrund Flammen, welche in Wald und dann blaue Wolken übergingen. Es war das »Rad des Schicksals«, und beim Aufdecken der Karte erlosch eine der Kerzen.

Ich konnte das Gefühl gar nicht vernünftig beschreiben, aber plötzlich rumorte es in meinem Magen, wie bei einer bösen Vorahnung. Es war, als würde mein Körper meinem Verstand einen Streich spielen, denn noch kannte ich die Bedeutung der Karte nicht.

»Das Rad des Schicksals symbolisiert die äußeren Einflüsse«, erklärte Mrs. Dalca. »Im Fall der ersten Karte, der Liebenden, ist dies die Haltung der Person, die du begehrst.«

Ich räusperte mich. »Was genau soll das heißen?«

»Das Schicksalsrad hat bereits begonnen, sich für euch zu drehen.« Mrs. Dalca wisperte nun. Zum ersten Mal seit ich sie getroffen hatte, regte sich etwas in ihrem Gesicht. Sie zog die markanten Brauen zusammen, und ihre Augen schienen im Glanz der übrigen Kerzen dunkler zu werden. Sie streifte mit den Fingern erneut die Karte. »Ich fühle Umbruch und Wandel, doch das Schicksal wird nicht auf eurer Seite sein.« Mrs. Dalcas Finger hielten inne, und sie zog scharf die Luft ein, als hätte sie sich erschrocken. »Das Universum ist in Bewegung, und eure Liebe steht unter keinem guten Stern, Mia.«

Es war seltsam, meinen Namen aus ihrem Mund zu hören. Sie klang voller Mitleid, als habe sie gerade eine Vision, in der ich für immer unglücklich sein würde. Schließlich lehnte sie sich zurück und nahm sich einen Moment, um durchzuatmen und sich zu sammeln.

»Mrs. Dalca?«, fragte ich vorsichtig.

»Die letzte Karte«, sagte sie unheilvoll. »Sie entscheidet über den Ausgang deines Schicksals. Du, mein Mädchen, bist eine Reisende auf der Suche nach dem Teil, den du vor langer Zeit verloren hast. Doch deine Suche hat dich zu jemandem geführt, der vielleicht deinen Untergang bedeuten könnte. Und nicht einmal deine Haltung gegenüber der Macht des Schicksals kann seine Hand von deinem abwenden.«

Das war doch bescheuert! Sie wusste bestimmt Bescheid und versuchte mir gerade durch die Blume zu sagen, dass ich mich von ihrem Enkelsohn fernhalten sollte. Wetten, dass ich wirklich alles Aubrie zu verdanken hatte? Was hatte sie bloß gegen mich?

Erfüllt von Frust und Wut griff ich mit der Hand über den Tisch, um die vierte Karte, die ganz unten, an mich zu nehmen und umzudrehen. Was kam als Nächstes? Irgendein prophetischer Rat, in dem es hieß, ich solle meine Koffer packen und die Insel verlassen?

»Nicht!«, rief Mrs. Dalca herrisch. »Du entweihst die Karten!«

Doch es war zu spät. Mein Blick glitt über Knochen und Gebeine, ein Skelett, das mit tiefschwarzem, alles verschlingendem Blick zurücksah, dahinter eine Sanduhr, in welcher der Sand nach oben rieselte, als wäre im Hier und Jetzt kein Körnchen mehr da.

Die Tarot-Karte trug den Titel: der Tod.

KAPITEL 22

DIE ANTWORT AUF MEINE SUCHE, meine Zukunft, sollte »Der Tod« sein? Trotz meines Misstrauens und Unglaubens, was Magie anging, lief mir beim Anblick der Tarotkarte ein kalter Schauer den Rücken hinab. Der logische Teil meines Gehirns war wie eingefroren, und mein Herz hämmerte gegen meine Rippen, so aufgeregt war ich plötzlich. Den Tod, flüsterten mir zehn innere Stimmen auf einmal zu, du wirst den Tod finden, Mia! Ich konnte es mir einfach nicht erklären, aber in diesem Moment spürte ich förmlich, wie etwas Düsteres und Bedrohliches über mir hing, als würde es mir die Luft zum Atmen nehmen. Hastig ließ ich die Karte los und presste die Hand, mit der ich sie berührt hatte, gegen meine Brust. Bildete ich mir das ein, oder schmerzten meine Finger wirklich? Was ging hier vor?

Magie gibt es nicht! Magie gibt es nicht! Magie! Gibt! Es! Nicht!

Ich schluckte schwer und versuchte, mich zu beruhigen. Sie wollte mir eindeutig Angst machen. Mit diesem ganzen Spuk und den Karten und ihren bedachtsam gewählten Worten.

Mrs. Dalca nahm die Tarotkarte und legte sie wieder auf ihren richtigen Platz. »Der Tod«, sagte sie, als habe sie meine Panik gar nicht bemerkt und müsse ihre Wahrsager-Nummer fortführen, komme, was wolle. »Vereinfacht bedeutet er ein baldiges Ende, einen schmerzvollen Abschied oder eine zerstörte Hoffnung.« Sie machte eine Pause. »Es ist keine gute Karte, um die Weissagung abzuschließen, und doch bestätigt sie meine Vorahnung: Deine Suche endet mit jemandem, der deinen Untergang bedeutet.«

Zitternd erhob ich mich. »Das … das haben Sie mir eben schon gesagt«, brachte ich hervor. »Damit meinen Sie Joe! Sagen Sie es doch direkt! Ihr Enkel und sein Fluch sind mein Untergang, weil die Macht des Schicksals ihre Finger bereits im Spiel hat.«

Meine Worte klangen nicht mal mehr ironisch, sondern ernst und kühl.

»Finden Sie das etwa richtig? Mir solche Dinge zu erzählen? Um was genau zu erreichen? Mir Angst zu machen, damit ich aus dem Laden spaziere und nie wiederkomme?«, fragte ich, und nun klang meine Stimme vorwurfsvoll. »Ich dachte, als Dalca helfen Sie Menschen!«

Joes Grandma legte ihre Hand auf »Den Tod« und verdeckte somit das gruselige Skelett. »Das tue ich«, flüsterte sie. »Seit meiner Geburt ist es mir bestimmt, die Menschen zu führen, ihnen den Weg zu weisen und meine Gabe zum Guten einzusetzen. Doch manchmal vermag es nicht einmal eine Vrăjitoare, in das Schicksal einzugreifen.«

Ich trat einen Schritt zurück und ballte die Hände zu Fäusten. »Wie oft haben Sie diese kleine Ansprache schon gehalten?«, fragte ich. »Und was genau wollen Sie von mir?«

Mrs. Dalca fegte mit einer abrupten Handbewegung alle Tarotkarten vom Tisch. »Wenn du tiefer gräbst, wird dir etwas Schreckliches zustoßen!«, schrie sie. »Verborgene Dinge sollten verborgen bleiben! Wenn du als Reisende zu weit ins Unbekannte vordringst, verlierst du dich darin! Die Dunkelheit wird dich verschlucken, und du kehrst nie wieder aus ihren finsteren, kalten Fängen zurück! Es gibt keinen grausigeren Tod, Mädchen!«

Ihre aufbrausende Art jagte mir eine Heidenangst ein, und ich wusste selbst nicht, was mich noch in diesem kleinen Raum hielt. Fassungslosigkeit wegen ihrer Drohung? Oder Furcht, dass sie sich auf mich stürzen würde, wenn ich ihr den Rücken zukehrte? Doch lange hielten die Gefühle nicht an. Ich wollte weg. Einfach nur weg von ihr. Es kostete mich alles an Willenskraft, ihr direkt ins Gesicht zu blicken. »Danke für diesen netten Einblick in meine Zukunft«, presste ich hervor. »Und ein schönes Leben noch.«

Ich stolperte regelrecht zurück in den Laden. Da bemerkte ich, dass alle Anwesenden mich anstarrten. Sicherlich hatten sie das Geschrei von Mrs. Dalca gehört und fragten sich nun, was geschehen war, was ich verbrochen hatte, um die alte Dame so zu reizen, dass diese das ganze *Mirage* zusammenbrüllte. Unnachgiebig starrte ich zurück, und schnell wandten sich alle wieder ihren Büchern, Kräutern und Kristallen zu. Nur Aubrie stand mit verschränkten Armen vor einem der Krimskrams-Regale und wandte den Blick nicht ab.

Fast schon rechnete ich damit, dass sie mich nun verspotten würde, aber sie löste ihre Abwehrhaltung und winkte mich mit einer kleinen Geste heran. Ich zögerte. Sollte ich nicht lieber gehen, ehe Mrs. Dalca aus ihrem Kämmerlein kam und mich noch höchstpersönlich auf die Straße beförderte? Aubrie winkte jedoch energischer, und ich gab mir einen Ruck und ging auf Joes Zwillingsschwester zu. Ihre Miene hatte wieder etwas Unnahbares, das schwer zu deuten war. Wahrscheinlich konnte sie mich jetzt noch viel weniger leiden, auch wenn ich immer noch nicht ganz verstand, wieso eigentlich.

»Mia«, sagte sie knapp.

»Aubrie«, begrüßte ich sie ebenso kurz angebunden.

»Ich will dir etwas zeigen.« Aubrie ging in die Ecke, wo ich Nächte zuvor mit den anderen auf Sitzkissen gesessen hatte, um der Fluch-Geschichte zu lauschen. Nun befanden sich die Kissen sorgsam gestapelt in einer Holzkiste, und auf dem Boden lag ein dunkler Teppich mit Batik-Muster, auf dem ein Tisch mit mehreren Schmuckstücken stand. An der Wand hingen verschieden große Bilderrahmen, die mir zuvor nicht aufgefallen waren.

Sie zeigten alte Schwarz-Weiß-Fotografien oder Illustrationen von allerhand okkulten Dingen wie Mondphasen, seltsamen Kreaturen und Pflanzen, aber auch ausgeblichene Pergamente mit Schriften mir unbekannter Sprachen. Aubrie deutete auf einen besonders großen Rahmen, in dem etwas zu sehen war, das einer Tagebuchseite ähnelte. Auf braunem Pergament stand in spindeldürrer Handschrift ein ganzer Absatz, ehe der untere Teil des Papiers abriss, als wäre der Rest unachtsam abgetrennt worden.

»Was ist das?«, fragte ich.

»Eine Seite aus einem Hexalon«, antwortete Aubrie. »Das ist eine Mischung aus Tagebuch und Grimoire, also das Zauberbuch einer Vrăjitoare. Niemand weiß genau, wem es gehört hat, aber man vermutet, dass es im Besitz von Mirage Dalcas Tochter war.«

»O-okay«, murmelte ich verunsichert. »Und weiter?«

Aubrie fasste mich am Arm und schob mich näher zur Wand, sodass mein Blick nun auf den schwer lesbaren, schnörkeligen Zeilen lag. Verwundert sah ich zu Aubrie.

»Natürlich ist das nicht das Original, das wäre längst zu Staub zerfallen, wenn es ständig der Sonne ausgesetzt wäre, aber es ist eine genaue Abschrift. Sie hängt hier, weil das *Mirage* der Ort war, an dem alles begann und der Fluch seinen Ursprung gefunden hat«, sagte sie. »Eine unserer Ahninnen hat lange nach der Verfluchung alles festgehalten.«

»Was willst du mir damit sagen?«, fragte ich.

»Du solltest es lesen«, sagte sie tonlos.

Meine Augen wanderten zu dem eingerahmten Pergament. Nach dem ersten Absatz wurde mir klar, dass es kein gewöhnlicher Eintrag war, sondern vielmehr eine Art Gedicht.

Jene Nacht sollte ein Fluch das Schicksal der Dalcas sein.
Ein finsteres Unheil brach über diese Familie herein.
Eine verlorene Seele kehrte auf die Insel zurück,
Zerstörte mit Furcht und Hass all ihr Glück.

Der Zauber zum Schutze versiegte im Meer,
Zornige Wellen trieben Schatten und Knochen einher.
Eine grausige Macht gebar einen unheilvollen Sturm,
Zerstörte ihre Zuflucht wie einen fallenden Turm.
Verloren war sie und verloren sollten sie sein,
Erstarrt und gebannt durch diesen Fluch allein.
Magie erlosch, und die Zeit hielt den Atem an.
Liebst du einen Dalca, bist du als Nächstes dran.
Verlierst du zwischen Meer und Sternen dein Herz,
Erwartet dich statt Wärme endloser Schmerz.
So findet, wer es wagt, sich gegen den Fluch zu stellen,
Den schnellen und bitteren Tod in eisigen Wellen
Um die Mauern

Genau an dieser Stelle brach alles ab. Um die Mauern – was? Doch meine Gedanken wanderten schon längst wieder zu ein paar anderen Zeilen zurück. *Liebst du einen Dalca, bist du als Nächstes dran. Wer es wagt, sich gegen den Fluch zu stellen, findet den Tod in eisigen Wellen?* Was war das denn bitte für eine düster-verzweifelte Aussicht? Bei allem, was mir die Dalcas bislang erzählt und prophezeit hatten, war das echt die Spitze des Eisbergs – oder sollte ich besser Fluchbergs sagen? Ich schluckte schwer, weil mein Mund inzwischen ganz trocken war. Zwar pochte mein Herz nicht mehr so rasch, denn Frust und Furcht waren inzwischen ein wenig verpufft, aber ein mulmiges Gefühl blieb dennoch.

Seufzend drehte ich mich erneut zu Aubrie um, die mich ganz genau beobachtete. Die Genugtuung, weinend aus dem Geschäft zu rennen, weil ihre Grandma und sie mich vergraulen wollten, gab ich ihr jedoch ganz sicher nicht. Also reckte ich das Kinn empor.

»Gegen diese Melodramatik sieht jedes Teenie-Tagebuch alt aus«, meinte ich.

»Du nimmst das immer noch nicht ernst«, sagte Aubrie streng.

Nun war es an mir, die Arme abweisend vor der Brust zu verschränken. »Wie sollte ich auch? Ich habe das Gefühl, du redest nur mit mir über den Fluch, weil du mich loswerden willst. Wenn du mich nicht leiden kannst, sag es doch einfach, dann gehe ich dir aus dem Weg«, erwiderte ich wütend. »Jetzt hast du die Chance: Sag's mir ins Gesicht.«

Unerwarteterweise seufzte Aubrie nur, statt mir eine scharfe Entgegnung an den Kopf zu werfen. »Hör zu«, sagte sie. »Ich weiß, dass du Lila wichtig bist, und Lila ist mir wichtig. Also versuche ich es mal anders: Dieser Fluch existiert, ob es dir passt oder nicht. Joe ist mein Bruder, und ich will nicht, dass er wegen dir wieder in irgendein Unglück gerät.«

»Sekunde mal – wieder? Was heißt das denn?«

Aubrie machte plötzlich dicht. »Was ich sagen will ist: Meine Familie hat schon genug Probleme, auch ohne dass du ihm den Kopf verdrehst.«

Ich riss die Augen auf. Bitte was? Joe hatte schließlich mich abserviert!

Doch das wollte ich in diesem Moment Aubrie nicht gestehen …

»Und deshalb sagt deine Grandma mir meinen Tod voraus?«, wich ich aus. »Ihr Dalcas habt echt seltsame Methoden. Ich werde jedenfalls nicht von dieser Insel verschwinden.«

Aubrie sah mich lange an, als suche sie in meinem Gesicht nach … irgendetwas. Und dann lächelte sie mit einem seltsamen Ausdruck. »Ich habe dich gewarnt«, sagte sie und ging.

Das sollte ich auch tun. Gehen. Das *Mirage* hinter mir lassen.

Mit durchgestrecktem Rücken und so viel Würde, wie ich aufbringen konnte, steuerte ich auf den Ausgang zu. Gerade wollte ich nach der Türklinke greifen, da sprang die Tür auf, und Joe stand plötzlich vor mir, zwei braune Papiertüten in den Armen. Unsere

Blicke trafen sich, und er wirkte so überrumpelt, mich hier zu sehen, dass seine helle Haut fast schon die Farbe von Kreide annahm. In seinen Augen tobte ein einziger Sturm, als wäre er zwischen zwei Reaktionen hin- und hergerissen. Doch ich hatte genug Zeit hier verschwendet, hatte genug von dem Dalca-Fluch. Mrs. Dalcas Stimme hallte noch immer wie ein Echo durch meinen Kopf, und während ich innehielt und Joe ansah, zog sich mir schmerzhaft das Herz zusammen. Ausgerechnet er sollte mein Untergang sein? Er und sein Fluch? Der Junge, in dessen Gegenwart ich endlich Ruhe, Zufriedenheit und Glück gespürt hatte? Allein die Erinnerung an unsere Küsse wärmte mich wie ein Feuer, knisterte über meine Haut, meine Lippen, denn sein Mund auf meinem hatte für den kurzen Moment am Bootshaus diese tiefe, tiefe Sehnsucht in mir gestillt, die ich auf der Fähre gefühlt hatte. Nach Freiheit, Mut und … der einzig wahren Liebe.

Hastig drängte ich mich an Joe vorbei nach draußen. Er musste seine Tüten abgestellt haben, denn er kam mir mit leeren Armen hinterher, und die Tür des *Mirage* fiel lautstark ins Schloss. Meine Füße hatten mich kaum ein paar Schritte getragen, da versperrte mir Joe den Weg.

»Mia«, sagte er und klang atemlos dabei. »Was machst du denn hier?«

»Wie du siehst, bin ich schon weg«, erwiderte ich kühl.

»Warte doch mal«, hielt er mich auf. »Was ist passiert?«

»Nichts ist passiert«, erwiderte ich. »Zumindest, wenn es nach dir geht.«

Joe zögerte, er schien verunsichert. »Es tut mir leid.«

»Was genau denn?«, fragte ich. »Dass ich hergekommen bin, weil ich noch mal mit dir reden wollte? Dass deine Grandma und Schwester mir beide quasi meinen Tod prophezeit haben, wenn ich mich nicht von dir fernhalte? Oder dass du mir nach unserem Date, das sich schön und richtig angefühlt hat, nicht mal ehrlich sagen konntest, dass aus uns … oder was auch immer das mit uns war … nichts werden kann?«

»Mia«, setzte Joe erneut an, aber ich unterbrach ihn.

»Weißt du, dass mein Ex per SMS mit mir Schluss gemacht hat?«, sagte ich. »Mehr war ich ihm nämlich nicht wert, und das hat sehr lange an mir genagt. Ich dachte, es läge an mir, habe mir eingeredet, es sei meine Schuld, dass man mich so behandelt. Und du? Du hast genau dasselbe getan. Mich ignoriert und dann per SMS einfach abserviert.«

»Es tut mir leid«, wiederholte er. »Das meine ich ehrlich. Ich hätte dich niemals geküsst, wenn ich geahnt hätte, dass du dir solche Hoffnungen machst. Dieses magische Date war schön, ja. Aber es war auch nicht mehr als das: ein magisches Date, kein … echtes.«

Irgendwie hatte ich erwartet, dass mich seine Worte härter treffen würden, aber sie lösten nur eine verfluchte Wut in mir aus. Vielleicht lag es an der ganzen Franklin-Sache, dass er mir nie die Chance eingeräumt hatte, mich mit unserer Trennung auseinanderzusetzen und ihm meine Meinung zu geigen. Vielleicht war es Joe gegenüber nicht ganz fair, aber mit einem Mal strömte diese Wut nur so aus meinem Mund.

»Kein echtes Date! Ha! Dafür hattest du aber echt viel Spaß! Und erzähl mir nicht, dass du jedes Mädchen auf diesen Dates zum Spaß küsst oder um ihnen einen Gefallen zu tun!«, zischte ich. »Schieb nur alles auf mich! Die naive, verträume Mia und ihr Sinn für Romantik! Hat sich alles eingebildet! Was da unten am Bootshaus passiert ist, diese Ehrlichkeit zwischen uns, dieses Knistern und dass du mich auch geküsst hast, das habe ich mir nicht schöngeredet. All das ist passiert und ging nicht nur von mir aus!«

Joe schien mit einem solchen Ausbruch meinerseits nicht gerechnet zu haben – und ehrlich gesagt hatte ich das selbst auch nicht. Er starrte mich baff an und schwieg.

»Ich … ich wollte dich nicht so anschreien«, sagte ich langsam. All die negativen Gefühle, von denen ich geglaubt hatte, sie bereits abgeschüttelt zu haben, bäumten sich erneut in meinem Herzen auf, als müssten sie sich von irgendwelchen Fesseln lösen. »Aber ich habe mehr verdient als eine Textnachricht. Dalca-Fluch hin oder her, Joe.«

»Das hast du«, wisperte er leise.

Wieso sagte er nichts mehr? Wieso verteidigte er sich nicht wenigstens? Ich verstand es nicht. Hatte ihm all das zwischen uns wirklich so wenig bedeutet? Oder hatte Elise recht, und Joe spielte genau wie ein Romanheld den Märtyrer, in dem Glauben, mich zu schützen?

»Du übrigens auch«, sagte ich. »Du hast auch mehr verdient.«

Mit einem letzten Blick in sein traurig-schönes Gesicht lief ich an ihm vorbei.

Zumindest mit einem hatte der Hexalon-Verfasser recht: *Verlierst du zwischen Meer und Sternen dein Herz, erwartet dich statt Wärme endloser Schmerz.* O, wie ich es satthatte, mein Herz ständig zusammenzuflicken!

Vielleicht war sich zu verlieben der wahre Fluch.

KAPITEL 23

ÜBELLAUNIG STAMPFTE ICH die Straße entlang, Richtung Wal-Center, in dem Lila und Elise sich gerade aufhielten. Ich hatte so gehofft, ein Gespräch mit Joe würde mir Klarheit über meine und seine Gefühle verschaffen, aber ein Gespräch konnte man das eben kaum nennen! Ein wenig schlechtes Gewissen hatte ich doch, dass ich ihn so angegangen war, aber er hatte auch nicht gewirkt, als wolle er irgendetwas erklären. Joe schuldet dir gar nichts, sagte ich mir. Aber hier ging's ums Prinzip! Ich hatte es doch verdient, dass man ehrlich zu mir war! Allerdings hatte ich auch nicht hören wollen, dass Joe unser Date nichts bedeutete … was hatte ich überhaupt erwartet?

Einmal Herz-Chaos-Mädchen, immer Herz-Chaos-Mädchen.

Die Sache mit Franklin tat noch weh, das mit Joe aber irgendwie auch.

Wieso irrte ich mich denn ständig so in anderen Menschen?

Ich selbst war echt alles andere als perfekt, das wusste ich … aber wieso war niemandem diese Version von mir genug? *Weil du dir nicht mal selbst genug bist, Mia. Immerhin bist du heute für dich eingestanden. Könntest du echt mal öfter tun.* Mann, waren Selbstgespräche anstrengend! Zu allem Überfluss rannte ich gedankenverloren auch noch mitten in ein Pärchen hinein, das Händchen gehalten hatte und nun auseinanderstob. Mega, Mia! Ich wirbelte herum und sah die beiden entsetzt an.

»Sorry! Das war keine Absicht! Ich war in Gedanken!«

Das Mädchen, mit Locken und sonnengebräunter Haut, das einen echt süßen Jumpsuit trug, sah mich neugierig an. »Ach, macht nichts!«, sagte sie fröhlich.

»Genau! Passiert eben«, sagte ihr Freund, ein schwarzer Junge mit Dreadlocks, der freundliche, warme Augen hatte. Er legte einen Arm um das Mädchen und gab ihr einen Kuss auf die Wange. »Uns kann heute sowieso nichts und niemand die Laune verderben!«

Ich runzelte verwundert die Stirn. »Ähm, okay.«

Das Mädchen schmunzelte. »Ja, wir haben was zu feiern!«

»Nämlich unsere Beziehung!«, fügte ihr Freund fröhlich hinzu.

»Wie schön«, sagte ich, aber da fingen die beiden schon an sich zu küssen, als wären sie ganz allein auf der Welt. Der Junge zog das Mädchen fester an sich, und man hätte meinen können, ich wäre gerade in eine romantische Street-Impro hineingelaufen.

Unbeholfen stand ich daneben. Doch als ich mich abwenden wollte, machte es plötzlich klick. Dieses Mädchen! Das war Melinda aus dem *Side Door* Café! Sie hatte dort eine magische Verabredung mit Joe gehabt. Hatten die zwei nicht sogar über irgendeinen Jungen gesprochen? Einen Rob? Nein, das konnte unmöglich sein!

Melinda und Vielleicht-Rob hörten nun auf, sich zu küssen. Sie strahlten mich beide an, wünschten mir säuselnd noch »einen wundervollen Tag voller Liebe« – kein Witz! – und liefen dann weiter. Entgeistert starrte ich ihnen hinterher und hörte noch, wie Melinda verträumt sagte: »Ich kann nicht fassen, dass wir endlich zueinandergefunden haben! Das ist der beste Geburtstag meines Lebens! Ich wusste, das mit uns ist Schicksal … muss … danken …«

Alter Falter! Das war ja, als wolle mir das Universum höchstpersönlich einen Zaunpfahl vor den Kopf knallen: Sieh nur, Mia! Ein glückliches Paar, magische Dates klappen prima! Fehlte nur noch der Geist der Verlorenen, der sich wie Spiderman vom Dach schwang, mir die Zunge herausstreckte und rief: Ha! Siehst du! Magie gibt es doch! Nein, nur wieder einer dieser unheimlich bizarren Zufälle, die es zwar selten, aber eben doch hin und wieder gab!

Ich setzte mich in Bewegung. Das Wal-Center lag in der Nähe des Aussichtspunkts, an dem ich einmal allein gewesen war, daher fiel mir die Orientierung nicht schwer. Eine Handvoll Leute blickten zum Meer hinaus, sicher in der Hoffnung, einen Wal zu erspähen, als ich dort die Straße entlangging. Ich musste noch ein Stückchen weiter und bog an der nächsten Ecke ab. Kurz war ich überrascht, wie idyllisch und lebhaft es hier war. Bei meinem vorherigen Besuch in Stormbay hatte ich gar keinen Abstecher in diese Straße unternommen und nahm mir kurz Zeit, die schönen Eindrücke zu verarbeiten.

Die umliegenden Geschäfte waren niedlich, mit ihren hübsch dekorierten Schaufenstern und den bunten Markisen darüber. An einigen Mauern wuchsen Pflanzen hinauf. Das Wal-Center war als eines der größeren Gebäude nicht zu verfehlen. Mit der cremefarbenen Fassade und dem großen handbemalten Holzschild, das mehrere Wale zeigte, sah es schlichter aus als die anderen Geschäfte, war aber wohl sehr beliebt. Davor stand eine größere Touristen-Gruppe und lauschte gerade irgendeinem Vortrag. Ich zwängte mich vorbei ins Innere des Ladens, wo – Überraschung – alles voller Wale war.

Bücher über Wale, Plüsch-Wale, Wal-Plakate und, und, und!

Sofern sich Lila und Elise nicht auch in Wale verwandelt hatten, war von ihnen keine Spur zu sehen. Ich zog mein Handy aus der Tasche und wählte Lilas Nummer.

»Hey«, begrüßte ich sie. »Bin da, wo seid ihr?«

»Hey, Mia!«, sagte Lila fröhlich. »Wir haben ein Antiquariat gefunden, und Elise stöbert gerade die Regale durch. Sollen wir uns in einer halben Stunde am Auto treffen?«

»Klar, keine Eile«, antwortete ich.

»Wie lief's denn?«, fragte Lila.

»Mmh«, brummte ich.

»Verstehe. Bis gleich.«

Ich legte auf und steckte das Handy wieder weg. Keine Sekunde später stürmte ein Hund auf mich zu, und da er keine Anstalten machte zu stoppen, wollte ich ausweichen und stieß dabei mit dem Ellbogen gegen einen wackeligen Aufsteller voller Kuschelwale, der – wie sollte es auch anders sein – umfiel, während die Plüschwale sich auf den Boden ergossen. Der Hund setzte sich seelenruhig hin und glotzte mich an, als habe er all das geplant. Ich warf ihm einen grimmigen Blick zu und bückte mich, um den Aufsteller aufzuheben und wieder hinzustellen. Gerade war ich noch dabei, die Plüschwal-Armee hineinzuwerfen, als der Besitzer des Hundes endlich aufkreuzte.

»Das war doch nicht Archies Schuld, oder?«

»Archie?«, fragte ich und blickte auf.

»Archie, mein Schäferhund«, sagte der Junge und deutete auf den Unruhestifter. »Er ist noch jung und reißt sich ständig los. Er hat doch nichts kaputt gemacht, oder?«

Für einen Moment war ich ganz gebannt von den eisblauen Augen des Jungen. Sie waren so hell und klar wie ein Gletscher. Als ich nicht antwortete, half er mir rasch, die restlichen Plüschwale einzusammeln, und hielt mir anschließend die Hand hin.

»Ich bin Eric«, sagte er. »Sorry für dieses Chaos.«

Ich schüttelte kurz seine Hand. »Mia«, sagte ich. »Halb so wild.«

Er musterte mich neugierig. »Das soll jetzt kein dummer Anmachspruch sein, aber ich glaube, ich habe dich heute schon mal kurz gesehen«, grübelte er.

»Ich lasse mich öfter mal von Hunden umrennen«, scherzte ich.

»Haha.« Eric lächelte. »Ich weiß es jetzt: Meine Schwester Ramona ist im Roller-Derby-Team, und ich habe sie nach eurem Teamessen vom Diner abgeholt, da standest du doch mit Lila und noch einem jüngeren Mädchen draußen«, sagte Eric. »Oder verwechsle ich dich?«

»O«, machte ich erstaunt. »Nein, das stimmt.«

Archie drängte sich nun um Erics Beine, und er packte die Leine des Hundes. »Stört es dich, wenn ...« Eric deutete zum Ausgang, weil Archie sichtlich unruhiger wurde.

Ich folgte ihm, und da wir beide in dieselbe Richtung wollten, ich zum Parkplatz und er zu irgendeinem Restaurant, wo er wohl mit Freunden verabredet war, liefen wir nebeneinander her und betrieben ein wenig Small Talk. Eric schien echt nett zu sein. Jedenfalls machte es Spaß, sich mit ihm zu unterhalten. Er erzählte mir von seiner großen Familie, inklusive seiner vier Schwestern, die alle irgendeinem Sport nachgingen, und ich ihm von meinen Sommerferienplänen auf der Insel. Schließlich kamen wir an eine Kreuzung, wo wir uns trennen mussten, und blieben dort stehen. Zum Abschied kraulte ich Archie hinter den Ohren und schmunzelte, als er vor Genuss leise zu brummen begann.

»Er scheint dich zu mögen«, meinte Eric.

»Wenn er nicht gerade unschuldige Plüschwale in den Tod stürzt, ist er ziemlich süß«, sagte ich erheitert. »Wenn er groß ist, wird er sicher ein richtiger Wirbelwind.«

Eric zog eine Augenbraue hoch. »Du meinst, ein noch größerer?«

»Die besten Dinge im Leben treiben einen eben in den Wahnsinn«, scherzte ich.

Er lachte darüber. »Vielleicht ... sieht man sich wieder«, sagte er.

»Bestimmt«, meinte ich. »Viel Spaß mit deinen Freunden.«

»Danke! Dir noch einen schönen Nachmittag.«

Archie bellte, als wolle er Tschüss sagen, und ich wandte mich ab. Ich war schon einige Schritte gegangen, da kam Eric mit Archie mir hinterher: »Mia! Warte doch mal!«

Warte doch mal, hörte ich Joe flüstern und verspürte einen winzigen Stich.

Eric konnte natürlich nichts dafür, also drehte ich mich um. »Ja?«

Er wirkte plötzlich verlegen. »Hast du Lust, mal mit mir einen Kaffee trinken zu gehen? Oder Tee? Oder was auch immer du gerne trinkst. Ich … ich würde mich freuen.«

O, damit hatte ich jetzt nicht gerechnet. Ich wusste zuerst gar nicht, wie ich reagieren sollte. Es war gefühlt Lichtjahre her, dass mir jemand so eine Frage gestellt hatte. Und der Zeitpunkt war der denkbar schlechteste nach dem Joe-Debakel, das nicht mal eine Stunde her war. Deshalb zögerte ich, während meine Gedanken sich überschlugen.

»Du musst natürlich nicht«, plapperte Eric weiter. »War nur so eine Eingebung.«

Eingebung. Mir wären fast die Augen aus dem Kopf gesprungen.

Eric runzelte die Stirn. »Habe ich was Falsches gesagt?«

Eine Eingebung! Ach du Kacke! Das war wie in Lilas Erzählungen!

Ein magisches Date und schwupps – schoss Amor einem einen Pfeil in den Po!

Dieser Junge da war doch unmöglich meine einzig wahre Liebe! Klar, er war mindestens genauso süß wie sein Hund, mit diesen krass blauen Augen und den blonden Locken, aber … mein Leben war doch nicht von jetzt auf gleich zu irgendeiner RomCom geworden, wo sich wildfremde Jungs nach einem einzigen Gespräch in mich verliebten!

»Das ist unglaublich lieb von dir«, setzte ich zögerlich an. »Aber ich …«

Eric machte eine wegwerfende Handbewegung. »Schon gut. Du musst es mir nicht erklären. Falls du es dir anders überlegst, ich arbeite im *Island Grill* unten am Pier.«

»Danke«, sagte ich, und mir fiel ein Stein vom Herzen.

Er machte mir also nicht auf der Stelle einen Antrag!

Verflucht, was dachte ich da eigentlich? War ich nun irre geworden?

Magie existierte doch gar nicht … Wieso nur wurde mir dann so flau im Magen? Von all diesen … diesen Zufällen wurde einem ja ganz schwindelig!

Eric sah mich noch immer freundlich an. »Okay, also … bis irgendwann.«

»Ja«, murmelte ich.

Der restliche Gang zum Parkplatz war schnell geschafft. Lila und Elise warteten bereits. Elise hatte eine Tüte mit dem Logo einer Buchhandlung am Arm baumeln. Die beiden schleckten ein Eis, und als ich kam, strahlten sie mich an, als hätten sie mich vermisst.

»Wir hatten einen super coolen Ausflug!«, sagte Elise. »Und du?«

Ich brachte es nicht über mich, meiner Schwester die Laune zu verderben, und daher setzte ich nur ein Lächeln auf und sagte: »Ich habe … einiges erlebt.«

Wir stiegen alle ein. Als ich mich auf dem Beifahrersitz anschnallte, sah Lila mich sehr intensiv an. »Einiges erlebt, mh?«, fragte sie, so, dass nur ich es hören konnte.

Puh, war ich froh, dass Elise sich bereits ihrem neu gekauften Buch widmete. Offenbar hatten die Erlebnisse des Tages die Joe-Sache zumindest für den Moment aus ihrem Kurzzeitgedächtnis verbannt.

»Wenn du wüsstest«, flüsterte ich.

KAPITEL 24

»WAS STEHT NOCH auf der Liste?«

»Milch«, antwortete Tucker. »Dann haben wir alles.«

Ich schob unseren Einkaufswagen in den nächsten Gang, aber dieser Supermarkt war wie ein Irrgarten, und ich hatte keinen Plan, in welche Richtung wir gehen mussten. Auf der Suche nach den Makkaroni waren wir eben zweimal am richtigen Regal vorbeigelaufen. Lag vielleicht auch daran, dass ich wegen der Gedanken an Joe und den Dalca-Fluch nicht ganz bei der Sache war und Tucker ständig wie ein kleines Kind bei den Süßigkeiten kleben blieb. Da hatte Tante Sutton genau die Richtigen losgeschickt, um ein paar Kleinigkeiten zu holen. Die Milch fanden wir allerdings schneller, und da an der Kasse nicht viel los war, hatten wir innerhalb weniger Minuten alles bezahlt und eingetütet.

»Der Typ an der Kasse hat dich echt schräg angesehen«, meinte mein Bruder. »Der hatte regelrecht Herzchen-Augen, als er dir das Rückgeld wiedergeben durfte.«

»Jetzt übertreib mal nicht«, erwiderte ich, als wir zu unseren Fahrrädern gingen.

»Das passiert in den letzten Tagen echt oft«, sagte Tucker.

»Das bildest du dir nur ein«, erwiderte ich.

»Mmh«, machte Tucker. »Vielleicht wurdest du doch verzaubert.«

Ich blieb abrupt stehen. »Was?«

»Ach, komm schon, Mia.« Tucker grinste frech. »Denkst du, ich bin blöd? Ich bekomme auch vieles mit, und von diesem Dalca-Fluch weiß jeder auf der Insel. Außerdem hat Elise mir gesagt, dass du mit diesem Joe auf einem Date warst. Wieso starren sonst alle so?«

»Vielleicht finden sie mich ja nur hübsch«, murmelte ich.

»Du bist ja auch hübsch«, sagte Tucker. »Aber das ist schon etwas merkwürdig – in Portland haben dich wildfremde Jungs nie so angesehen. Muss also doch was dran sein.«

»In Portland war ich auch mit Franklin zusammen«, sagte ich.

Tucker machte große Augen, und nun war er es, der mich anstarrte.

»Was?«, fragte ich genervt.

»Du hast einfach so seinen Namen gesagt. Ohne auszuflippen.«

Erst als ich seine Worte hörte, wurde mir bewusst, dass er recht hatte. Franklin. Sein Name schien seine frühere Bedeutung für mich eingebüßt zu haben. Ganz schwach spürte ich noch Wehmut, wenn ich an ihn dachte, aber … es tat nicht mehr wirklich weh.

»Tucker«, sagte ich. »Du glaubst doch genauso wenig an Flüche und Magie wie ich.«

»Na ja«, sagte Tucker, und seine Miene wurde weicher. »Ich glaube daran, dass du wieder glücklich sein kannst. Und wenn du dazu Flüche und Magie brauchst, wieso nicht?«

Ich fasste ihn mit der freien Hand an der Schulter. »Wer bist du, und was hast du mit meinem Bruder gemacht? Wo ist denn die berühmt-berüchtigte Teufelszunge hin?«

»Hey«, sagte er beleidigt. »Du bist nicht die Einzige, die gute Laune haben darf.«

Wir überbrückten die letzten Meter zu den Fahrrädern, die wir an einem Ständer unweit vom Eingang abgeschlossen hatten. Ich stellte meine Tüte auf dem Boden ab und machte die Schlösser los. Die zwei Einkaufstüten wanderten in die Körbe der Fahrräder, und wir schoben sie gemütlich Richtung Straße über den Parkplatz des Supermarkts.

»Wieso hast du denn so gute Laune?«, fragte ich neugierig.

»Ich bin heute Abend auf eine coole Jachtparty eingeladen!«

»Du und die Albrights«, murmelte ich.

»Ihr mögt sie nur nicht, weil sie reich sind«, maulte Tucker.

»Nein, reich zu sein ist nicht das Problem«, sagte ich. »Ich traue Keir einfach nicht.«

»Rodney und Evan sind anders«, sagte er. »Sie sind meine Freunde.«

Wir stiegen auf und fuhren nebeneinander los, weil weit und breit niemand außer uns war, auf den wir Rücksicht nehmen mussten. Heute war es besonders heiß, und unter der Sonne kamen wir beide rasch ins Schwitzen, dabei ging es fast nur geradeaus.

»Du kannst sie uns ja mal vorstellen«, schlug ich vor.

»Kannst ja mit auf die Party gehen«, sagte Tucker.

»Ich überleg's mir, danke«, murmelte ich.

Ob Joe auch auf solche Partys ging? Ganz sicher nicht. Ich würde wahrscheinlich niemals erfahren, wieso er und Keir keine Freunde mehr waren. Seit meinem Besuch im *Mirage* war fast eine ganze Woche vergangen, in der ich nichts von Joe gesehen oder gehört hatte. Diese Funkstille machte mich wahnsinnig. Wieso geisterte er nur immer wieder durch meine Gedanken? Uns verband doch nicht mehr als ein Date, einige Küsse … doch mein Herz sah das irgendwie anders. Selbst jetzt, meilenweit von Joe entfernt, spürte es diese Verbundenheit zu ihm. Wieso ging er mir so unter die Haut? Ich sollte das zwischen uns als Ferien-Flirt abhaken. Lila hatte mir geraten, etwas Zeit verstreichen zu lassen und dann mit etwas Abstand noch mal ein Gespräch zu suchen. Doch was nützte das schon? Vergiss das Date, hatte er geschrieben, und sein Schweigen vor dem *Mirage* hatte mehr gesagt als tausend Worte. Ich wollte Lila auch nicht noch mehr in diese Sache hineinziehen. Sie hatte sowieso schon ein schlechtes Gewissen, weil sie mich zu dem magischen Date überredet hatte.

Und ihre Freundschaft zu den Dalcas sollte ganz sicher nicht wegen mir in Mitleidenschaft gezogen werden.

»Mia, pass auf! Es ist rot!«, herrschte Tucker mich an.

Ich trat so heftig auf die Bremse, dass ich fast aus dem Sattel flog. Ein Wunder, dass weder mir noch den Einkäufen etwas passiert war. Vor einer Sekunde hatte die Ampel doch erst auf Grün geschaltet! Deshalb hatte ich gar nicht erst gestoppt. Mir schlug das Herz bis zum Hals. Mein Bruder schob sein Rad neben mich und starrte mich an.

»Was war das denn gerade?«, fragte er. »Alles okay?«

»Keine Ahnung«, sagte ich zittrig. »Du hast das auch gesehen, oder?«

»Ja! Die Ampel ist grün geworden und dann ganz plötzlich … ob das eine Störung war?«

Seltsame Vorfälle, Zeichen oder harmlose Unfälle … Je größer die Hoffnung, je mehr wahre Liebe im Spiel ist, umso stärker wirkt der Fluch, bis …

Ich schüttelte mich. Blödsinn! Und blöde Aubrie!

»Bestimmt«, würgte ich hervor, stieg aber vom Rad. »Können wir … schieben?«

Tucker nickte verständnisvoll. »Bescheuerte Killer-Ampel.«

Eine halbe Stunde später saß ich in Tante Suttons Büro an ihrem Computer und tippte in die Suchleiste des Internetbrowsers einen Begriff ein: Dalca-Fluch. Mich ließ die Sache von vorhin nicht mehr los – und etwas Recherche konnte nicht schaden. Es gab viel mehr Treffer, als ich erwartet hatte. Da waren Blogeinträge von Touristen, die über unheimliche Erlebnisse in der Nähe des *Mirage* berichteten, Bewertungen auf Ferienportalen zum *Mirage* und dem schaurig-coolen Fluch-Faktor als Besonderheit von Stormbay, Dutzende Fotos des Ladens, sowie Artikel von kleineren Zeitungen und auch die Reportage der *Seattle Times* im Online-Archiv. Viele beschrieben ihren Besuch in Zusammenhang mit dem *Mirage* auf Whidbee Island als eine einzigartige Erfahrung, die man gemacht haben musste. Dabei klangen die meisten Einträge ziemlich positiv.

In einem Forum schrieb jemand, er habe nach einem Besuch im *Mirage* seine jahrelangen Albträume besiegt, eine andere Person berichtete von der Aussprache mit ihrer zerstrittenen Schwester, nachdem man ihr die Karten gelegt hatte – und von der Sorte gab es Dutzende von Berichten. Nur wenige kritische Stimmen nannten das alles Humbug und hielten dagegen.

»Na, hast du gefunden, wonach du gesucht hast?«

Tante Sutton kam ins Büro und schob einen Ordner in eine Lücke im Regal.

»Nein«, sagte ich. »Bin kein Stückchen schlauer als vorher.«

»Worum genau geht's denn eigentlich?«, fragte sie neugierig.

»Um den Dalca-Fluch«, sagte ich geradeheraus.

»Seit wann interessierst du dich für Aberglauben?«

»Du meinst also, dass es nur Aberglaube ist?«, fragte ich.

Tante Sutton trat neben mich an den Schreibtisch. »Vielleicht, vielleicht auch nicht. Es wäre gelogen zu behaupten, ich würde bedingungslos an so eine Sache glauben, aber ich weiß auch, was die Leute auf der Insel sagen, und ich habe … Respekt davor.«

»Respekt?«, fragte ich skeptisch.

»Das ist mein Zuhause«, sagte sie. »Seit sehr, sehr vielen Jahren. Ich habe selbst das ein oder andere Seltsame gesehen und erlebt. Es lässt sich nicht leugnen, dass die Dalcas vielen Menschen geholfen haben, aber nicht jeder hatte dieses Glück auf seiner Seite.«

»Das musst du genauer erklären, Tante Sutton«, drängte ich.

Sie legte die Stirn in Falten. »Dein Dad fände es gar nicht gut, wenn ich dir irgendwelche alten Geschichten erzähle«, sagte sie und blickte mich dabei ernst an.

»Was hat Dad denn damit zu tun?«, fragte ich.

»Er hat mir deutlich gemacht, dass es für euch einige Regeln gibt, solange ihr hier seid«, antwortete sie. »Seiner Tochter irgendwelche Flausen in den Kopf zu setzen gehört nicht dazu. Oder sie mit Jungs ausgehen lassen, die sie nachts in meinem Garten küssen.«

Ich spürte, wie meine Wangen heiß wurden. »Das hast du gesehen?«

Tante Sutton schmunzelte nun. »Das muss dir nicht unangenehm sein. In deinem Alter habe ich viele Jungs geküsst. Es freut mich sogar zu sehen, dass dein Herz nun heilt. Das würde sich dein Dad doch auch für dich wünschen. Was allerdings diese Geschichten angeht … Ich glaube, er wäre wirklich sauer auf mich, wenn du in dein Unglück rennst.«

»So dramatisch kenne ich dich gar nicht«, sagte ich.

»O, ich kann sehr dramatisch sein«, meinte Tante Sutton amüsiert. »Du suchst also wegen dieses Dalca-Jungen nach Informationen über den Familienfluch?«

Ich nickte. »Ich möchte … es nur besser verstehen. Alle halten sich so bedeckt.«

»Das verstehe ich«, sagte Tante Sutton. »Aber die Menschen auf Whidbee Island glauben an all die tief verwurzelten Mythen und Legenden und hüten ihre Geheimnisse gut. Denn sie gehören genauso zur Geschichte der Insel wie jeder, der hier geboren wird, und jeder, der beschließt zu bleiben. Über einen Fluch spricht niemand gerne.«

»Du weißt doch irgendwas«, sagte ich eindringlich. »Oder?«

Tante Sutton zögerte. »Ich weiß nur, dass schon einige vor dir versucht haben, den Ursprung des Fluchs zu ergründen, und für keinen ging das am Ende gut aus.«

»Du hörst dich fast so an wie Mrs. Dalca«, sagte ich.

»Hast du etwa mit ihr gesprochen?«, fragte Tante Sutton überrascht.

»So kann man das auch nennen«, murmelte ich.

Meine Tante trat näher heran und sah mich besorgt an. »Wenn du meinen Rat möchtest: Ich weiß aus eigener Erfahrung, dass manche Menschen es nicht wert sind, sich wegen ihnen ins Unglück zu stürzen.« Sie sprach leise, als würde ihr jeder Satz schwer auf der Zunge liegen. »Manchmal sollte man an dem festhalten, was man bereits hat, und es sich leichter machen. Das habe ich damals nach dem Streit mit deinem Dad gelernt.«

Plötzlich standen Tante Sutton Tränen in den Augen. Ich stand auf und schlang die Arme um sie. Sie roch nach Lavendel und fühlte sich so schmächtig unter meinen Fingern an, als habe der Kummer ihr den Atem geraubt und würde sie schrumpfen lassen.

Wir lösten uns voneinander, und sie atmete ruhig durch. »Irgendwann renkt sich die Sache zwischen deinem Dad und mir wieder ein. Dass ihr Kinder hier seid, ist eine neue Chance.«

Ich lächelte sie aufmunternd an. »Das glaube ich auch!«

Tante Sutton ging zur Tür, und ich wandte mich erneut dem Computerbildschirm zu. Wozu recherchierte ich überhaupt? Wegen Joe? Wegen mir? Weil ich einfach nicht einsehen wollte, wie ein dummer Fluch das Leben von jemandem bestimmte, den ich sehr gerne mochte? Aus Eigennutz? Seufzend schloss ich sämtliche Browserfenster.

»Mia?« O, meine Tante stand noch immer im Raum. »Es gibt da diesen alten Herrn. Mr. Russel, er ist Fischer unten in Stormbay. Er lebt schon seit über sechzig Jahren auf der Insel. Viele halten ihn wegen seiner Geschichten für verrückt, aber …« Sie zögerte. »Er geht oft abends im *Island Grill* unten am Pier essen. Da fahren Busse hin, man kann von hier aus den Pier also ganz schnell erreichen.«

Tante Sutton und ich tauschten ein verschwörerisches Lächeln.

»Jetzt, wo du es sagst: Ich hätte große Lust auf einen Burger.«

KAPITEL 25

DER BUS HIELT DIREKT an einem zentralen Punkt in der Nähe des Piers. Nachdem ich ausgestiegen war, fand ich mich auf einem runden Platz mit Palmen wieder und verschaffte mir zunächst einen kleinen Überblick. Die meisten Leute, die hier unterwegs waren, schienen den Strand anzusteuern, aber ich entschied mich für den Weg entlang der vielen Restaurants und Bars – voilà, der *Island Grill* war innerhalb weniger Minuten gefunden. Auf einer großen Glasfront stand der Name in dicken Lettern und darunter die Öffnungszeiten. Beim Betreten stellte ich fest, dass derzeit nicht sonderlich viel los war – die Anzahl der Gäste war überschaubar. Ob ich auf gut Glück die Kellner ein bisschen über Mr. Russel ausfragen konnte? Im Idealfall traf ich ihn später vielleicht sogar selbst an. Und falls das nicht funktionierte, blieb mir immer noch ein Burger als Trostpflaster.

Drinnen war es jedenfalls recht gemütlich. Rechts dehnte sich der Raum überraschenderweise weiter aus, beherbergte einen Billard-Tisch und verschiedene Sessel, mit schmalen Tischen dazwischen. Hinter einer Theke reihten sich Spirituosen und andere Getränke aneinander – offensichtlich eine Bar. Links standen Stühle und weitere Tische, es gab einige kleine Sitznischen, und ganz allgemein wirkte es dort durch die verglaste Front und mehrere Pflanzen in Kübeln um einiges heller. Da zog es mich dann auch hin. Ich hatte mir, um meine Zeit sinnvoll zu nutzen, mit Lilas Einverständnis ihr Notebook geliehen und mir vorgenommen, ein paar der Fotos, die ich in den letzten Tagen geschossen hatte, zu bearbeiten. Konnte schließlich nicht schaden, sie in Ruhe einmal durchzusehen, und vielleicht würde ich mein Instagram-Profil mit einigen davon wiederbeleben. Ich suchte mir einen Platz in einer der Ecken, sodass ich mit dem Rücken zur Wand saß und den Eingang im Blick hatte. Zwei Gläser Limonade später hatte ich sämtliche meiner Fotos auf Lilas Notebook übertragen, eine Handvoll ausgesucht und mit einem kostenlosen Programm ein bisschen an ihnen herumprobiert. Zufrieden betrachtete ich die Ergebnisse. Außerdem hatte ich beschlossen, meinen alten Account bei Instagram zu löschen und einen neuen anzulegen, den ich »justmia« nannte – ich freute mich riesig darüber, dass der Name noch nicht vergeben war, als ich ihn über mein Handy eingab. Es dauerte nur einige Sekunden, da war mein neues Ich online und das erste Foto gepostet. Ich hatte mich für ein einfaches Motiv entschieden: das Meer vor unserer Haustür und dazu ein Zitat, das mir spontan wieder eingefallen war: *The earth has music for those who listen*. Beides passte so gut, denn am ersten Morgen auf Whidbee Island hatte ich ja draußen im Garten gestanden, die salzige Meeresluft eingeatmet und darüber nachgedacht, dass die Natur ihre besonderen Wege hatte, einen zu verzaubern. An dem Tag hatte sich etwas in mir, wenn auch ganz langsam, in Bewegung gesetzt und angefangen, sich zu verändern. Was wäre also passender als dieser erste Post?

Kurz drifteten meine Gedanken zu einer Stunde englischer Literatur, in der wir über dieses Zitat gesprochen hatten, weil eine Debatte über die Wichtigkeit von Quellenverweisen aufgekommen war. Bei diesem Zitat konnte man nämlich gar nicht mehr genau zurückverfolgen, ob es eigentlich von Shakespeare stammte oder dem spanisch-amerikanischen Philosophen George Santayana. Und auf merkwürdige Weise brachte mich diese Schleife an Überlegungen wieder zum Dalca-Fluch. Denn war es damit nicht genau dasselbe?

Jemand hatte irgendwann einmal ein paar Worte in die Welt hinausgetragen, die bis heute ihre Wichtigkeit nicht eingebüßt hatten. Doch woher sie kamen oder wer genau sie ausgesprochen hatte, änderte sich mit jedem Blickwinkel.

Laut Joe und Aubrie hatte ihre Grandma ihnen alle Details über den Fluch verraten, und diese wiederum hatte es sicher von ihrer eigenen gehört und immer so weiter. Ob der Verfasser des Hexalon mehr gewusst hatte, als er zu Papier brachte? Wie nur konnte man das Familiengeheimnis um den wahren Ursprung des Fluchs aufdecken?

Ich wusste, dass ein einfaches »Wie breche ich einen Fluch«-Googeln ganz sicher niemanden der Dalcas überzeugen würde, dass sie den Fluch vielleicht loswerden könnten.

»Hey, Mia!«, begrüßte mich eine Stimme, die mir vage bekannt vorkam.

Ich blickte auf und erkannte zu meiner Verwunderung Eric. Dieses Mal ohne Archie. Er trug dasselbe schwarze Shirt mit dem Schriftzug des *Island Grill* wie das Mädchen, das mir eben meine Bestellung gebracht hatte und nun hinter der Kasse stand. Er arbeitete hier! Hatte er das nicht sogar bei unserem Gespräch erwähnt? Mensch, ich Dumpfbacke!

»Hey«, erwiderte ich.

Es entstand eine kurze Pause, in der wir beide verlegen lächelten.

»Du hast vergessen, dass ich hier arbeite, oder?« Eric klang nicht böse, aber ein bisschen Enttäuschung zeichnete sich dennoch auf seinem Gesicht ab, und sein Lächeln schwand.

Ich nickte. »Magst du dich zu mir setzen?«

Er blickte über seine Schulter zu einer Wanduhr und dann wieder zurück. »Warum nicht? Etwas Zeit habe ich noch vor Beginn meiner Schicht«, sagte er.

Ich klappte das Notebook zu, und er setzte sich mir gegenüber.

»Es tut mir echt leid. Ich wollte nicht … verletzend sein«, sagte ich. »Mir spukt gerade eine ganze Menge im Kopf herum, und … es war wirklich schön, mich mit dir zu unterhalten. Deshalb möchte ich direkt ehrlich zu dir sein. Ich habe eine echt blöde Trennung hinter mir und … o Mann! Ich werde noch zu einer dieser Personen, die anderen alles bei einem zweiten Treffen erzählen. Also, ich … sorry.«

Eric sah mich direkt an. »Ich verstehe das.«

»Wirklich?«, fragte ich überrascht.

»Ich …« Er brauchte einige Sekunden, bis er weitersprach. »Ich habe mich vor zwei Monaten von meiner Freundin getrennt. Nein, die Wahrheit ist, sie hat mit mir Schluss gemacht. Wegen einem anderen. Wir waren ein Jahr zusammen.«

»Das tut mir leid«, sagte ich mitfühlend.

»Meine Freunde sagen mir seit Wochen, dass ich mich mal wieder mit jemandem verabreden, endlich nach vorne blicken soll, und als wir uns zufällig getroffen haben, da dachte ich mir … wieso nicht? Ich fand dich nämlich gleich sympathisch.«

»Und ich habe dich abblitzen lassen«, murmelte ich.

Eric fuhr sich durchs Haar und seufzte. »Na ja … irgendwie war ich im ersten Moment erleichtert, weißt du? Weil ich gemerkt habe, dass ich noch nicht bereit bin. Aber als ich dich gerade hier habe sitzen sehen, da … da habe ich mich auch irgendwie gefreut, weil ich kurz dachte, ich hätte vielleicht doch nicht verlernt … ähm, charmant zu sein.«

»Du bist sehr charmant!«, sagte ich und meinte es so.

»Und auch jemand, der anderen beim zweiten Treffen alles über sein Leben erzählt«, murmelte Eric und lehnte sich zurück. Er wirkte plötzlich angespannt und traurig.

»Vielleicht hat das Schicksal uns zusammengeführt, damit wir über unsere Verflossenen lästern können. Oder es ist wie in einem dieser Filme, und wir schließen jetzt einen Rachepakt.«

»Unsere Verflossenen?« Eric grinste. »Wo hast du das tolle Wort denn her?«

Ich zuckte mit den Schultern. »Wohl zu viele Dramen gelesen.«

»Du liest also gerne?«, fragte er.

»Nee, nicht wirklich«, antwortete ich. »Ich … fotografiere gerne.«

»Echt? Ich auch. Mein Dad ist Fotograf für ein Naturmagazin, und schon als ich klein war, hat er mich öfter zu seinen Ausflügen mitgenommen und mir viel gezeigt. Da habe ich gemerkt, dass ich Fotografie genauso wie er liebe und sie weiterverfolgen wollte.«

»Da bist du schon weiter als ich. Ich fange gerade erst so richtig an.«

»Jeder fängt mal irgendwo an«, sagte er gutmütig. »Ich war anfangs echt schlecht, aber mit der Zeit entwickelt man ein Auge für bestimmte Details. Alles eine Frage der Übung.«

Wir unterhielten uns so lange, bis Erics Kollegin vorbeikam, um ihn daran zu erinnern, dass seine Schicht gleich anfing. Er stand auf und schob seinen Stuhl an den Tisch.

»Was machst du eigentlich ausgerechnet im *Island Grill*?«, fragte er.

»Ich habe gehört, dass ein gewisser Mr. Russel hier abends öfter vorbeischaut, und ich möchte mit ihm über etwas reden«, sagte ich. »Du kennst ihn nicht zufällig?«

Erkenntnis huschte über Erics Miene. »Ah, Mr. Russel. Den kennt jeder hier. Er ist ein Stammgast bei uns und zu unserem Bedauern ein echter Stinkstiefel. Er redet kaum und hat manchmal echt üble Laune. Dann beschwert er sich immer über unser Essen.«

»Warum kommt er dann her?«, fragte ich.

»Der *Island Grill* ist seit Ewigkeiten im Familienbesitz der Russels«, antwortete Eric. »Sein Enkelsohn ist der Besitzer, deshalb kann er hier kostenlos essen. Und außerdem – egal, was er sagt, wir machen die besten Burger weit und breit – und das weiß er auch.«

»Eric!«, rief das Mädchen von der Kasse herüber. »Beweg deinen Hintern her!«

»Das ist Sue, meine Chefin«, sagte Eric. »Ich muss dann mal.«

»Sorry, lass dich nicht aufhalten«, sagte ich.

»Mr. Russel kommt meist erst gegen acht oder neun«, meinte Eric.

»Danke. Ich warte so lange auf ihn.«

»Ich nehme mal an, dass du keine Tipps zum Fischen von ihm willst?«

»Eric!«, rief Sue erneut, und so blieb ich ihm eine Antwort schuldig.

Er schnitt eine alberne Grimasse, die nur ich sehen konnte, und ging dann zu Sue hinüber, die ihm kopfschüttelnd irgendetwas zuraunte. Hoffentlich bekam er wegen mir keinen Ärger. Ich klappte das Notebook wieder auf, steckte meine Kopfhörer in eine der Buchsen und loggte mich bei Spotify ein, um meine Sommerplaylist weiterzuhören. Dann durchstöberte ich Ebay auf der Suche nach gebrauchten Kameras und setzte ein paar auf meine Merkliste. Irgendwann ging ich dazu über, nach Nebenjobs in Portland zu suchen, weil ich mir das schon vor den Ferien vorgenommen hatte, und schrieb ein paar Bewerbungen, die ich gleich per Mail abschickte. Neue Kopfhörer oder eine gute Kamera ließen sich schließlich nicht aus leerer Tasche bezahlen, und meine Ersparnisse würden in den Sommerferien nur noch weiter zusammenschrumpfen. Den alten Nebenjob in der Eisdiele hatte ich verloren, weil der Besitzer meine Weltuntergangskummermiene nicht mehr ertragen hatte, und ich konnte es ihm nicht verübeln, dass er meinen Vertrag auslaufen ließ. Ein Mädchen, das anfing zu heulen, weil man eine Kugel Erdbeereis – die Lieblingssorte ihres Ex-Freundes – bestellte? Kein Kundenmagnet.

Aus einem Impuls heraus nahm ich mein Handy aus dem Rucksack und besuchte Franklins Instagram-Seite. Er hatte dasselbe Foto gepostet, das ich schon bei Morgan gesehen hatte, und noch einige andere. Alle vom Camping-Trip. Die Gruppe gemeinsam am See, zwei, die nur ihn und das blonde Mädchen eng umschlungen zeigten, und noch eins, auf dem er allein war und vor dem Checkpoint einer Wanderroute stand. Er strahlte so sehr, dass ich sein Lachen fast aus den Bildern heraushören konnte. Und dann geschah etwas Seltsames. Eine der guten, der wirklich guten Erinnerungen an ihn drängte sich in mein Bewusstsein. Der Abend, an dem ich ihn meinen Eltern vorgestellt hatte. Er hatte sein bestes Hemd angezogen und sich vorher extra die Haare schneiden lassen. Meine Mom schloss ihn sofort ins Herz, nicht zuletzt, weil er ihr selbst gemachte Pralinen mitgebracht hatte, mein Dad hingegen war klischeehafterweise viel strenger mit ihm gewesen. Erst als Franklin beim Essen einen absolut blöden Witz erzählte, den ich längst vergessen hatte, war mein Dad in ein solches Gelächter ausgebrochen, dass wir alle hatten mitlachen müssen. Franklin hatte mich und meine Familie danach oft zum Lachen gebracht.

Ich wischte mir eine einzelne Träne von der Wange, doch dieses Mal war es nicht vor Kummer, sondern wegen eines anderen Gefühls, das ich nicht recht benennen konnte. Es fühlte sich ein bisschen so an, als würde sich ein Knoten in meinem Inneren langsam lösen. Tucker hatte recht gehabt: Ein Teil von Franklin war noch in meinem Herzen und würde es vermutlich immer sein, aber dieser Teil verblasste – und das tat ziemlich gut.

Ich sah Eric näher kommen und zog die Kopfhörer wieder aus den Ohren.

»Alles okay bei dir?« Er stellte einen kleinen Korb mit Sesam-Brot-Sticks auf meinem Tisch ab.

»Ja«, sagte ich. »Alles okay. Die habe ich gar nicht bestellt.«

Er grinste. »Mr. Russel ist gerade gekommen, und der liebt die Dinger. Ich dachte, wenn du mit ihm sprechen willst, kann ein kleines Bestechungsgeschenk nicht schaden.«

»Du bist bloß neugierig, gib's zu«, zog ich ihn auf.

»Sehr neugierig«, gab er zu. »Erzählst du mir später, wie es lief?«

»Kommt drauf an. Womit werde ich denn bestochen?«

Eric wollte den Korb mit den Sesam-Brot-Sticks wieder wegnehmen, aber ich schnappte ihn mir. »Hey! Ich erzähle es dir ja. Wann hast du Schluss?«

»Nicht vor zwölf«, sagte er. »Aber falls du Lust hättest, könnten wir uns ja mal zum Fotografieren treffen? Ich kenne da ein paar schöne Plätze, und dann könntest du mir alle Einzelheiten dieser sicherlich sehr spannenden Geschichte kundtun.«

Ich hob eine Augenbraue. »Kundtun?«

»Ich passe mich nur meiner Gesellschaft an.«

»Haha«, machte ich. »Das mit dem Ausflug klingt gut …«

Eric schien das Aber aus meinen Worten herauszuhören und sagte: »Als Freunde.«

»Als Freunde«, erwiderte ich und lächelte. »Danke für die Brot-Sticks.«

»Mr. Russel sitzt immer an der Bar, bis sein Essen kommt.«

Wir tauschten einen Blick, als wären wir beide im Team bei einer Spionageaktion, und dann verschwand Eric hinter dem Tresen durch eine Schwingtür, die vermutlich zur Küche führte. Hastig packte ich meine Sachen zusammen und verstaute sie im Rucksack. Dann nahm ich die »Bestechungsgabe« und steuerte langsam die Bar an. Der alte Mann saß als einziger Gast dort. Seine Haut war dunkel und wohl das, was man als wettergegerbt bezeichnen würde, als würden die vielen Jahre, die er auf dem Buckel hatte, wie die Linien einer Seekarte in Form von Falten in seinem Gesicht hervorstechen. Er hatte lange Haare und einen noch längeren Bart, die beide grausilbern waren. Mit der Strickmütze und dem weit geschnittenen schwarzen Pullover verströmte er etwas Winterliches, und diese Kälte spiegelte sich auch in seinen Zügen wider. Als ich meinen Rucksack am Boden abstellte und mich auf den freien Hocker neben ihn setzte, warf er mir einen frostigen Seitenblick zu.

»Hallo. Ich hoffe, es stört Sie nicht, wenn ich mich hierhinsetze?«

»Ich brauche keine Gesellschaft«, entgegnete er brüsk.

Ich stellte den Korb mit den Sesam-Brot-Sticks auf dem Tresen ab. »Aber vielleicht ja einen Snack?«, versuchte ich es.

Er beäugte das Mitbringsel misstrauisch, also nahm ich mir eine der dünnen Brotstangen und biss davon ab. »Sehen Sie? Die sind nicht vergiftet«, meinte ich. Und tatsächlich schmeckte das knusprige Brot mit dem Sesam ziemlich lecker.

Meine Reaktion entlockte ihm ein amüsiertes Brummen. Er sah mich aus seinen dunklen Augen eine Weile an, ehe er sich erkundigte: »Was willst du von mir, Mädchen?«

»Ich würde Sie gerne etwas fragen, wenn es Ihnen nichts ausmacht«, sagte ich höflich. »Mein Name ist Mariella Pearson. Sie sind doch Mr. Russel, nicht wahr?«

Er wandte sich mir nun ganz zu. »Kann schon sein. Wer schickt dich?«

»Vielleicht ja das Komitee zur Beseitigung von schlechter Laune.«

»Humor hast du, das muss man dir lassen.«

Keine Ahnung, ob das bei ihm etwas Gutes oder Schlechtes war …

»Man sagte mir, Sie leben seit über sechzig Jahren auf der Insel und wissen daher über allerhand Dinge Bescheid. Zum Beispiel über Dinge wie … den Dalca-Fluch?«, fragte ich.

Er seufzte. »Eine von denen bist du also.«

»Wenn Sie damit ein neugieriges Mädchen meinen, das nicht versteht, wieso alle auf Whidbee Island anscheinend an einen magischen, finsteren Fluch glauben, dann liegen Sie richtig«, sagte ich. »Also, wären Sie bereit, mir weiterzuhelfen, im Austausch gegen diese köstlichen Sesam-Brot-Sticks, die ich absolut nicht umsonst bekommen habe?«

Mr. Russels Miene veränderte sich, und er wirkte nicht mehr ganz so abweisend. »Hab mich wohl in dir geirrt. Von deiner Sorte gibt's hier nicht viele«, nuschelte er und griff sich gleich zwei der Sesam-Brot-Sticks auf einmal. Er biss hinein und sprach noch beim Kauen weiter: »Beantworte mir eine Frage: Wieso würdest du etwas glauben, was dir ein alter, verrückter Mann sagt? Denn so nennen sie mich hier in Stormbay, Mädchen.«

Ich sah ihn direkt an. »Erstens, hören Sie bitte auf, mich ›Mädchen‹ zu nennen. Ich habe einen Namen, Mr. Russel, und so würden Sie doch ganz sicher nicht mit Ihrer Enkeltochter umgehen, falls Sie eine haben«, antwortete ich. »Und zweitens, alt zu sein oder verrückt, halte ich nicht für das Problem. Ich hoffe, wenn ich alt bin, bin ich ebenso verrückt. Wer will denn schon auf seinem Grab stehen haben, dass er langweilig war?«

»Na gut«, sagte er. »Mariella. Du hast eine ziemlich große Klappe, aber ich respektiere deine Entschlossenheit. Dann sag mir: Was willst du über den Dalca-Fluch wissen?«

KAPITEL 26

MR. RUSSEL UND ICH wechselten den Platz, als sein Essen kam, und setzten uns in zwei der Sessel einander gegenüber. Weil ich inzwischen selbst großen Hunger hatte, bestellte ich mir einen Burger und Pommes und dieses Mal einen Pfirsicheistee dazu. Draußen war es inzwischen dunkel geworden, und neue Gäste hatten ihren Weg in den *Island Grill* gefunden. Fast alle Tische waren belegt, an der Bar trank und unterhielt man sich, und eine Gruppe Mädels spielte gemeinsam Billard. Trotz der geschäftigen Atmosphäre war es hier, neben dem kleinen Fenster, recht erträglich, und man konnte sich in einer normalen Lautstärke unterhalten. Mr. Russel war ziemlich umgänglich, wenn man erst einmal mit ihm warm geworden war, obwohl der dritte Scotch, den er trank, sicherlich auch dazu beitrug, dass er nicht mehr ganz so mürrisch dreinsah und etwas lockerer wurde.

»Dir wurde also der Tod vorausgesagt? Das wundert mich gar nicht.«

Ich hatte Mr. Russel bereits ein wenig erzählt, wenn auch nicht alles. Von meinem Besuch im *Mirage* und den seltsamen Dingen, die ich gehört hatte, bis hin zu den Tarotkarten.

»Ach nicht? Kommt so etwas bei Mrs. Dalca öfter vor?«, fragte ich.

»Ich bin mit ihr zur Schule gegangen, weißt du«, sagte er und biss ein großes Stück seines Burgers ab, bei dessen Anblick mein eigener Magen verräterisch knurrte.

»Mit Joes Grandma?«, vergewisserte ich mich.

»Daria«, schnaufte er energisch. »Sie war ein stilles Mädchen, hing immer am Rockzipfel ihres Zwillingsbruders Finneas. Das waren andere Zeiten damals. Die Sache mit dem Fluch hielten alle für eine Legende, nichts weiter. An jedem Wochenende erzählte man sich unten am Strand beim Lagerfeuer eine neue Geschichte, und keine davon wurde besonders ernst genommen. Zumindest bis Finneas und seine Freundin bei einem schrecklichen Unfall umkamen. Daria war danach nicht mehr wiederzuerkennen.«

»Mrs. Dalca hat ihren Bruder verloren?«, fragte ich erschüttert.

»Ich kannte die Dalcas gut. Finneas und ich arbeiteten zwei Sommer lang zusammen in der Fischerei meines Vaters, um ein bisschen Geld zu verdienen. Irgendwann einmal hat er mir gegenüber den Fluch erwähnt und behauptet, er glaube nicht an das Gerede. Doch ich sage dir, er hat reihenweise Herzen gebrochen. Mit keinem Mädchen war er lange zusammen, doch die Gründe dafür kannte niemand so recht. Er hatte ganz schön seinen Ruf weg, der gute Finneas, aber ich wusste, dass er kein übler Kerl war.«

»Glauben Sie, er hat das getan, um die Mädchen zu beschützen?«

»Wer weiß? Erst als er Barlow St. John kennenlernte, änderte sich was daran. Er war schwer verliebt in sie. Und ich erinnere mich noch daran, dass er mit ihr durchbrennen wollte. Weg von der Insel und seiner Familie. Doch dann passierte der Unfall. Drüben an den Heathrow Klippen, da waren die beiden gerade mal achtzehn Jahre alt.«

St. John? So wie der Lehrer aus Lilas Schule, der Joe verbal angegriffen hatte? War er vielleicht ein Verwandter, der auch glaubte, an Barlows Tod wäre der Fluch schuld gewesen?

»Danach zerrissen sich die Leute das Maul. Jemand grub die alte Fluch-Geschichte wieder aus, es wurden die wildesten Dinge behauptet, und schnell festigte sich der Gedanke in den Köpfen der Menschen, dass der Dalca-Fluch beide getötet habe.«

Augenblicklich überkam mich eine Gänsehaut, und mir schossen einige der Zeilen aus dem Hexalon durch den Kopf, die sich in meinen Kopf gebrannt zu haben schienen und mich nun wie ein Geist verfolgten. *Liebst du einen Dalca, bist du als Nächstes dran*, hieß es doch. Und einige Zeilen später: *So findet, wer es wagt, sich gegen den Fluch zu stellen, den schnellen und bitteren Tod in eisigen Wellen.* Ich griff nach meinem Eistee, weil mein Mund vor lauter Aufregung ganz trocken wurde. Finneas und Barlow, die Klippen …

»Die beiden sind also ertrunken«, sagte ich gepresst.

Mr. Russel stieß ein hohles Lachen aus. »Und ich dachte, man könne dir nicht so schnell Angst einjagen. Das war ein Autounfall, kein Fluch, der die beiden in den Tod stürzen ließ. An dem Abend tobte ein schlimmer Sturm über die ganze Insel. Die können hier unberechenbar wüten und haben schon so manch einen das Leben gekostet.«

Erics Kollegin, Sue, kam mit einem Tablett an unseren Tisch und setzte mit einem Lächeln mein Essen und Getränk vor mir ab. Nachdem sie gefragt hatte, ob wir noch etwas bräuchten, und wir verneinten, ging sie wieder. Mr. Russel trank einen Schluck Scotch, und ich begann, mir abwesend ein paar Pommes in den Mund zu schieben, denn er fuhr schon fort – und das war wesentlich spannender als Fast Food.

»Sie glauben also nicht an den Fluch?«

»Keineswegs«, erwiderte Mr. Russel. »Es mag schon stimmen, dass hier einige unerklärliche Dinge geschehen, doch das im Boden dieser Insel uralte Magie schlummert, ist nichts weiter als die romantische Vorstellung einiger Menschen. In jeder Generation scheint etwas zu passieren, das den Glauben an diesen vermeintlichen Fluch wieder ins Leben ruft, er gerät nicht in Vergessenheit – und wieso? Weil Menschen von dieser düsteren Tragödie fasziniert sind und sie nicht davon ablassen können. Mehr nicht.«

»Ihr Verlust tut mir leid, Sie kannten Finneas ja gut«, sagte ich leise.

Mr. Russel schwieg einen Moment und leerte sein Glas Scotch. »Ist lange her.« Der alte Herr blickte mich aus glasigen Augen an. »Du hast mir noch nicht gesagt, wieso du dich so sehr für den Dalca-Fluch interessierst. Bloße Neugier kann es nicht sein. Oder ist es wegen deiner Weissagung? Glaubst du, wenn du Darias Enkelsohn zu nahe kommst, trifft dich ein grässliches Schicksal, und der Tod streckt seine Klauen nach dir aus?«

»Nein, so ist das nicht«, sagte ich vage.

»Ich habe das Aufblitzen in deinen Augen eben gesehen, als du von deiner ersten Begegnung mit dem Dalca-Jungen gesprochen hast. Du machst dir Sorgen, Mariella. Aber wenn du den Rat eines alten, verrückten Mannes willst: Es sind nicht Flüche und Magie, die über Glück und Unglück entscheiden, sondern die Antwort darauf, wie sehr man für etwas kämpfen möchte oder nicht. Wenn dir dieser Junge etwas bedeutet, dann kennst du die Antwort schon. Du hast Mumm. Mach nicht denselben Fehler wie ich.«

Stille kehrte zwischen uns ein, während es um uns herum laut war.

»Sie … Sie mochten Mrs. Dalca … Daria, oder? Deshalb sagen Sie das.«

Mr. Russels Miene war im dämmrigen Licht des *Island Grill* schwer zu lesen. »Ist lange her«, wiederholte er wie ein Echo seiner Selbst. »Für ein kleines Zeitfenster hatten wir eine Chance, aber Daria hat Finneas' Verlust niemals ganz überwunden. Ihr Glaube an den Dalca-Fluch hauchte der Legende neuen Atem ein, und das tut er noch heute.«

Ich verstand die ungesagte Botschaft zwischen seinen Worten. Vielleicht wäre Mr. Russel mit Mrs. Dalca glücklich geworden, wenn der Glaube an den Fluch mit ihrem Bruder gestorben wäre. Und vielleicht entsprangen all die unerklärlichen Dinge, die man in

Zusammenhang mit dem Fluch immer wieder andeutete, nur irgendwelchen Hirngespinsten … Doch solange es Menschen gab, die an Flüchen und Magie festhielten, würde beides diese Insel bewohnen wie ein unliebsamer Gast, der seine Besuchszeit lange überschritten hatte. Es war, wie Joe gesagt hatte: Die Leute wollten an etwas glauben. Mr. Russels kleine Ansprache hatte sich in meinem Hirn verankert. Und diese eine, sehr wichtige Frage: Wofür wollte ich kämpfen?

»Danke, dass Sie mir das alles erzählt haben«, sagte ich.

Mr. Russels Mundwinkel zuckten leicht, als wollte er lächeln, hätte es aber in den letzten Jahren verlernt. »Mir hat schon seit Ewigkeiten niemand mehr so gebannt zugehört wie du«, sagte er. »Die Wenigsten haben etwas für das Gerede eines alten Mannes übrig.«

»Muss ziemlich einsam sein, so zu denken. Mir haben Sie jedenfalls geholfen.«

»Habe ich das?«, fragte Mr. Russel zweifelnd.

»Jede Information über den Fluch ist wie ein Puzzlestück«, sagte ich. »Irgendwann ist das Ganze fertig, und dann erkennt man darin etwas, das vorher nicht da war.«

»Klingt so, als suchst du nach einer Möglichkeit, den Fluch zu brechen.«

Ich starrte auf mein Essen, das ich kaum angerührt hatte. »Vielleicht.« Meine Augen wanderten zurück zu Mr. Russel. »Mir gehen die Dalcas einfach nicht aus dem Sinn.«

»So ist das mit junger Liebe«, sagte der alte Mann. »Sie überwindet jede Logik.«

»Nein, ich … ich bin nicht verliebt«, erwiderte ich.

»Das sagen sie alle«, brummte Mr. Russel. »Es ist spät geworden.«

»Ich will Sie nicht weiter aufhalten, wenn Sie gehen möchten«, sagte ich.

Mr. Russel fuhr sich über den Bart. »Pass auf dich auf, Mariella.«

Er erhob sich aus seinem Sessel und legte mir, wie zum Abschied, eine Hand auf die Schulter. »Ich verstehe nichts von Tarotkarten und kann bestimmt nicht in deine Zukunft sehen, aber ich erkenne einen starken Charakter, wenn ich einen sehe. Lass dich nicht kleinkriegen, ja?«

»Werde ich nicht«, sagte ich. »Danke noch mal. Kommen Sie gut heim.«

»Du auch.« Und dann lächelte er wirklich. »Man sieht sich immer zweimal.«

Ich erwiderte das Lächeln. »Das hoffe ich doch, Sie lieber alter, verrückter Mann.«

»Du bist mir schon eine, Mädchen«, sagte er, und mit einem letzten Nicken ging er.

In den nächsten Minuten machte ich mich erst mal über meinen Burger her, der auch kalt noch fantastisch schmeckte, und trank den Eistee. Die Pommes waren leider nicht mehr so appetitlich, also ließ ich sie liegen. Da es inzwischen noch voller geworden war, kämpfte ich mich zur Kasse durch, um direkt dort zu zahlen.

Eric lief gerade mit einem Tablett vorbei, als mich Sue verabschiedete.

»Ich wollte dir noch meine Nummer geben«, sagte ich zu ihm.

»Ah, stimmt. Nummern tauschen. Hast du dein Handy hier?«

Ich zog es aus meiner Tasche, und er diktierte mir seine Nummer, damit ich sie einspeichern konnte. »Ich schreibe dir dann wegen unseres Foto-Freunde-Dates.«

»Foto-Freunde-Date, gefällt mir. Schönen Abend noch, Mia.«

»Dir viel Energie für den Rest deiner Schicht!«

Draußen strömte mir angenehm frische Luft entgegen, und ich atmete tief durch, nachdem ich den halben Tag drinnen verbracht hatte. Ich checkte mein Handy und antwortete meiner Tante auf die Nachricht, ob sie mich irgendwo abholen sollte, dass ich gleich in den Bus stieg. Nach ein paar Schritten hielt ich jedoch an, um meinen dünnen Cardigan aus dem Rucksack zu holen, denn um diese Zeit war es doch etwas fröstelig. Ich schulterte den Rucksack gerade wieder, als mein Blick auf ein Pärchen fiel.

»McKenna! Christopher! Hi!«, rief ich, aber sie hatten mich schon entdeckt.

Wir blieben alle stehen, und die beiden nahmen mich nacheinander zur Begrüßung in den Arm. Die zwei hatten diesen bestimmten Glanz glücklich Verliebter in den Augen.

»Wir kommen gerade aus dem Kino«, plapperte Christopher los. »Willst du mit uns was essen gehen? Im *Island Grill* haben sie die allerbesten Burger der ganzen Insel.«

»Von da komme ich gerade«, antwortete ich. »Aber danke.«

»Ach wie schade«, meinte McKenna. »Sehen wir uns beim Street Food Festival?«

»War das nicht längst?«, fragte ich und dachte an die vielen Plakate, die ich bei meinem ersten Besuch in Stormbay praktisch überall gesehen hatte. Seitdem hatte ich keinen Gedanken mehr daran verschwendet, aber es war ja auch echt viel passiert.

»Das ist dieses Wochenende«, meinte Christopher.

»Wir gehen doch alle zusammen. Hat Joe nichts gesagt?«, fragte McKenna.

Bei der Erwähnung seines Namens versteifte ich mich. »Ähm … nein.«

McKenna runzelte die Stirn. »Nein? Aber ich dachte …« Sie brach ab, weil Christopher kaum merklich den Kopf geschüttelt hatte. McKenna schien diesen Hinweis aber genauso wenig deuten zu können wie ich, denn sie sah mich erwartungsvoll an und fuhr fort: »Joe hat gesagt, alle kommen, und nach eurem Date hatte ich angenommen, du würdest dazugehören. Ich meine, es lief doch gut, oder? Ist was zwischen euch vorgefallen?«

Immerhin versteckte sie ihre Neugier nicht und war direkt, damit konnte ich wesentlich mehr anfangen als mit Christophers merkwürdig gequältem Gesichtsausdruck.

»Eigentlich … Joe hat gesagt, ich soll das Date … uns … vergessen.«

»Was?!«, rief sie empört aus. »Aber er hat sich doch so viel Mühe gemacht und Lila sogar nach deinen Lieblingsblumen gefragt! Ich dachte, bei euch hat es Klick gemacht!«

Ich starrte sie überrascht an. Die Sonnenblumen auf der Rückbank …

»Joe hat gesagt, die Blumen wären von Aubrie«, murmelte ich.

»Von Aubrie? So ein Blödsinn! Ich war dabei, als er sie gekauft hat. Für dich!«

Mein Herz begann, aufgeregt in meiner Brust zu flattern. »Wirklich?«

Sie nickte. »Er schien nach eurem Date so glücklich zu sein. Ich habe ihn im *Mirage* gesehen, und er hat die ganze Zeit gegrinst wie ein Idiot. Er *ist* ein Idiot!«, schimpfte sie.

Ich wollte mich gar nicht über ihre Worte freuen, doch … ein Anflug von Hoffnung regte sich in mir. Für Joe war das nicht nur irgendeines seiner Dates gewesen … das hatte ich mir gewünscht – und hier war der Beweis. Aber das war schließlich auch *vor* dem Date gewesen.

McKenna sah nun Christopher an, als wäre das seine Schuld. »Weißt du, was in Joe gefahren ist?«

Der arme Christopher … Er wippte unruhig von einem Fuß auf den anderen. »Neee.«

»Was hat er zu dir gesagt?«, beharrte McKenna. »Du bist doch sein bester Freund!«

»Gerade deshalb halte ich auch zu ihm. Eine Sache der Ehre!«, antwortete er.

»Eine Sache der Ehre? Was seid ihr, ein Geheimbund?«, erwiderte sie.

»Leute«, setzte ich an, wurde aber gleich unterbrochen.

»So ist Joe eben«, sagte Christopher.

»Aber wir sind seine Freunde. Und Joe …«

»Ich gehe schon mal vor, sonst ist unser reservierter Tisch weg«, würgte er sie ab.

»Christopher Edward Lockwood! Komm sofort zurück!«, rief McKenna ihm nach. Kopfschüttelnd wandte sie sich an mich. »Er treibt mich manchmal in den Wahnsinn.«

»Ich wollte nicht, dass ihr wegen mir streitet«, sagte ich kleinlaut.

»Streiten?« McKenna lachte. »Wir streiten nicht, wir debattieren. So war das schon immer zwischen uns. Das haben Christopher und Joe übrigens gemeinsam: Sie gehen Konflikten gerne aus dem Weg. Ich dachte nur … du würdest Joe vielleicht guttun.«

Betreten wich ich ihrem Blick aus. »Anscheinend nicht.«

»O, Mia. Entschuldige. Ich bin manchmal zu energisch. Ich wollte nicht … ich hoffe, ihr könnt das noch mal kitten. Komm doch trotzdem zum Street Food Festival. Bitte!«

»Ich weiß nicht«, murmelte ich. »Er will mich bestimmt nicht dabeihaben.«

»Na und? Seit wann müssen Mädchen das tun, was Jungs wollen?«

»Da hast du recht«, sagte ich und musste schmunzeln.

Sie klopfte mir freundschaftlich auf die rechte Schulter. »Dann beeil dich mal besser. Der letzte Bus nach Seawink fährt in einer Viertelstunde. Ich werde jetzt Christopher zur Bestrafung für seinen Abgang alle Pommes wegessen. Das hasst er.«

Sie ging ihrem Freund nach und ich Richtung Haltestelle. Plötzlich hörte ich ein seltsames Fauchen und sah zwei funkelnde Augen in der Dunkelheit, die zwischen mehreren Mülltonnen hindurchblitzten.

Im nächsten Moment sprang eine schwarze Katze auf mich zu, und ich stolperte vor Schreck zurück. Echt jetzt? Eine schwarze Katze?

Kopfschüttelnd machte ich einen Bogen um sie, aber sie kam mir hinterher und stieß dabei ein furchtbar schrilles Maunzen aus, das wie Klagelaute klang. Einige Leute, die unterwegs waren, warfen mir komische Blicke zu. Die Katze blieb sogar auf der anderen Straßenseite sitzen und fixierte mich mit ihren nachthimmeldunklen Augen, bis der Bus kam und ich einstieg. Eine ältere Dame, die alles beobachtet hatte, blickte mich mitleidig an und suchte sich dann einen Sitzplatz, der möglichst weit weg von mir war. Die glaubte doch nicht ernsthaft, irgendein Pech würde auf sie abfärben, wenn sie mir zu nahe kam?

Inzwischen war es so dunkel geworden, dass ich nur mein eigenes, ratloses Spiegelbild in der Fensterscheibe sah. Seufzend setzte ich meine Kopfhörer auf, aber sie wollten beim besten Willen nicht mehr funktionieren, obwohl der Song *A Thousand Bad Times* von Post Malone bereits seit einigen Sekunden lief. Ich überprüfte das Kabel, steckte die Kopfhörer wieder aus und ein und gab es schließlich auf. Ich würde mir jetzt sicher nicht einreden, dass dies irgendein Zeichen für … na ja, Unglück war. Manchmal hatte man eben einfach ein wenig Pech – und das lag ganz sicher nicht an einem Fluch.

KAPITEL 27

AUF DEM POLAROID, das ich gerade von Lila und mir geschossen hatte, sah es aus, als wäre Vetter Itt von der Addams Family auf meinem Kopf gestorben. Heute Morgen war ich in solcher Eile aufgebrochen, dass ich beim verschlafenen Blick in den Spiegel dieses Haar-Desaster offenbar für annehmbar befunden hatte. Es war das erste Mal in diesen Ferien, dass ich verpennt hatte, und ich konnte mir beim besten Willen nicht erklären, wieso. Ich hatte extra mehrfach nachgeprüft, ob der Wecker auf die richtige Zeit gestellt war. Er war aktiviert, warum also hatte er nicht geklingelt? Vielleicht hätte ich nicht bis spät in die Nacht hinein weiter mit dem kostenlosen Fotoprogramm herumspielen und zu spät ins Bett gehen sollen.

»Sieht doch niedlich aus«, meinte Lila.

Ich schob schmollend die Unterlippe vor. »Nein.«

»Hier«, sagte sie und setzte mir ihren blauen Filzhut auf den Kopf. »Besser?«

»Hast du keinen Kartoffelsack dabei, den ich mir überziehen kann?«

Lila warf mir einen amüsierten Blick zu, den ich mit dem Herausstrecken meiner Zunge quittierte. Wir beide hatten uns zum Frühstücken in einem kleinen Café in der Nachbarstadt Breezing verabredet. Nach Lilas Roller-Derby-Training gestern war es ziemlich spät geworden, und sie hatte bei Karlie übernachtet, die hier in der Nähe wohnte.

Für mich war es kein Problem, dass Lila sich hin und wieder mal abseilte, um ihr eigenes Ding zu machen – das tat ich schließlich auch. Mir war klar gewesen, dass sie in den Ferien auch etwas Zeit allein mit ihren Freunden verbringen wollte. Allerdings hatte ich das Gefühl, Lila versuchte so bloß, Tante Sutton zu meiden. Bevor Lila tags davor zum Training aufgebrochen war, hatten die beiden sich wieder in die Haare bekommen, und seitdem herrschte im Mint House dicke Luft. Tante Sutton benahm sich so frostig, als sei sie die Eiskönigin höchstpersönlich, und schien dabei nicht zu bemerken, dass sie ihre Laune an meinen Geschwistern und mir ausließ. Darum gingen wir ihr gerade lieber aus dem Weg.

Tante Sutton und Lila trugen ihre Päckchen anscheinend schon viel zu lange mit sich herum, und wenn sie sich nicht bald mal ordentlich aussprachen, würde es bestimmt noch öfter passieren, dass Lila lieber nicht nach Hause kam. Eigentlich war ich mit dem Vorhaben hergekommen, ein bisschen zu schlichten, aber Lila hatte das Thema sofort abgeblockt, und das musste ich respektieren. Vielleicht reichte etwas Abstand ja auch, damit die beiden sich wieder einkriegten, und ich sollte mich lieber nicht einmischen …

»Den Kellner, der dich eben angeflirtet hat, haben deine Haare jedenfalls nicht interessiert«, sagte Lila amüsiert und sah mich feixend an. »Der war ziemlich süß.«

»Hat er nicht«, erwiderte ich stur und gab ihr den Hut wieder.

»Der hat richtig mit seinen Wimpern geklimpert, um dich zu verzaubern.«

»Sicher hatte er nur … ein Sandkorn im Auge«, meinte ich.

Wir saßen an einem der kleinen Tische draußen unter einem Schirm, und ich löffelte den Rest meiner Mango Smoothie Bowl aus. Sie war so lecker, dass ich glatt eine zweite hätte bestellen können, aber nach dem letzten Rest war ich einfach pappsatt.

Ich schob Lila das Polaroid hinüber, damit sie es behalten konnte.

»Seit deinem magischen Date mit Joe hast du also deine unsterbliche, wahre Liebe immer noch nicht gefunden?«, fragte Lila unschuldig. »War nicht ein interessanter Junge dabei?«

Na gut! Spielte ich das Spiel eben mit!

»Wieso hat mir eigentlich niemand die Regeln erklärt?«, sagte ich energisch. »Ich dachte, nach einem magischen Date käme sofort ein Ritter in strahlender Rüstung, um mich auf Händen zu tragen. Stattdessen flirten mich ständig irgendwelche Jungs an.«

»Ha! Du gibst es also zu!«, sagte Lila triumphierend. »Ich glaube ja, das funktioniert bei jedem anders. Christopher und McKenna kannten sich bereits und mussten nur zueinanderfinden – und ich weiß, dass das bei anderen auch so war. Fast so, als wären sie zwei Planeten, die das Schicksal nur in dieselbe Umlaufbahn schieben musste.«

»Aha«, machte ich skeptisch.

»Und du weißt, dass es der Richtige ist, wenn du …«

»Jaja, wenn ich diese ›Eingebung‹ fühle.«

Meine Gedanken drifteten zu Eric ab. Doch wenn ich versuchte, mir vorzustellen, wie wir Hand in Hand in den Sonnenuntergang spazierten, zog sich mir das Herz zusammen. Denn sobald ich versuchte, mich rein hypothetisch auf ein solches Szenario einzulassen, durchkreuzte Joe diese Vorstellung. Und dann verwandelte sich das Ziehen in meiner Brust in etwas Stärkeres, Sehnsuchtsvolleres … das mich wie ein Magnet zu ihm zog.

»Achtung, du fängst gleich an zu sabbern«, bemerkte Lila.

Ich knüllte meine Serviette zusammen und warf sie nach ihr. Leider war die als Wurfgeschoss zu leicht und landete nur auf Lilas Teller, wo noch zwei Tomaten lagen.

»Höchstens wegen der Smoothie Bowl«, log ich.

Lila zog skeptisch eine Augenbraue hoch. »Sicher. Du brauchst einfach Ablenkung von der ganzen Fluch-Sache«, meinte sie. »Ich habe bisher niemanden erlebt, der sich so verbissen daran aufhält. Bist du sicher, dass du nicht mit Karlie und mir zum Deception State Pass fahren willst? Wenn ich auf der Arbeit freibekomme, fahren wir irgendwann nächste Woche los. Campen macht mit den richtigen Leuten echt Spaß. Du hast dich damals doch so auf euren Trip nach Colorado gefreut … Das wird viel besser!«

»Das war aber wegen Franklin«, meinte ich. »Zeit zu zweit und so. Wir hatten was Besonderes geplant, aber das macht er jetzt sicher mit diesem anderen Mädchen.«

»Was Besonderes?«, fragte sie, und dann wurden ihre Augen groß. »O!«

Irrte ich mich, oder errötete sie leicht?

»Klar, ihr wart ja zusammen und hättet in einem Zelt übernachtet.« Meine Cousine starrte plötzlich die zerknüllte Serviette nieder. Sie wurde prompt noch röter. »Meinst du … also, wenn man … in einem Zelt … dann erwartet … die andere Person das?«

Das wäre der perfekte Zeitpunkt, um sie noch einmal nach ihrem Mystery-Lover auszuhorchen, aber als ich sah, wie verlegen sie wurde, erkannte ich mich irgendwie in ihr wieder. So war es mir anfangs auch mit diesem ganzen Sex-Kram gegangen.

Ich lächelte sie verständnisvoll an. »Nein, so ist das nicht. Wenn jemand von dir erwartet, dass du mit ihm schläfst, nur weil ihr ein Zelt teilt, ist das nicht okay. So was sollte auf gegenseitigem Einverständnis beruhen und … so blöd es klingt – und glaub mir, ich weiß wie oberpeinlich so was werden kann –, man sollte vorher darüber reden.« Ich beugte mich leicht vor und senkte die Stimme. »Einmal hat Franklin mich zu sich eingeladen, und ich wusste, dass seine Eltern übers Wochenende weg waren. Und na ja … irgendwie dachte ich, das wäre eine Einladung der besonderen Art und er würde was Romantisches für uns planen. Ich habe mir vorher extra schöne Unterwäsche gekauft, Millionen Parfüms getestet und bin vor Aufregung fast gestorben, als ich vor seinem Haus stand. Und dann hat mir sein Grandpa die Tür geöffnet, weil er gerade zu Besuch war.«

Lila starrte mich aus großen Augen an. »Nicht dein Ernst!«

»Später haben Franklin und ich drüber gelacht. Und dann über alles gesprochen, und da habe ich gemerkt, dass ich noch nicht wirklich bereit für Sex war«, sagte ich. »Wenn sich was richtig anfühlt, dann fühlt es sich richtig an. Davon bin ich überzeugt.«

Lila nickte zaghaft. »Das klingt auch … richtig. Danke.«

Dann sahen wir uns lange an, und ich hatte den Eindruck, dass sie kurz davor war, etwas zu sagen, etwas Wichtiges, aber dann kam dieser verdammt nervige Kellner zurück, und der Moment zerplatzte wie eine Seifenblase. Schönen Dank auch, Mr. Gelfrisur!

Ausgerechnet er starrte mich auf einmal so intensiv an, als versuche er, meine Gedanken zu lesen. Und dann blinzelte er wieder und setzte ein schiefes Grinsen auf. »Du bist wunderschön, hat dir das schon mal jemand gesagt?«, fragte er ganz direkt und blinzelte noch heftiger.

Was war das denn? Irgendeine Form von Wimpern-Hypnose oder so?

»Können wir bitte die Rechnung haben?«, überging ich ihn.

Er wirkte verdutzt. »Ähm … klar. Bin gleich wieder da.«

Als er weg war, meinte Lila dramatisch: »Deine Chance zur Flucht!«

»Ach, halt bloß die Klappe«, grummelte ich.

Fünf Minuten später schlenderten wir die schmale Straße hinunter. Lila hatte versprochen, mir das Postamt zu zeigen, damit ich später wusste, wo ich unsere Postkarten abgeben konnte – eine Pearson-Tradition. Meine Eltern, Tucker, Elise und ich schickten uns stets eine Postkarte des Ortes, den wir gerade besuchten. Zu Hause hängten wir die letzten immer an den Kühlschrank, und die älteren wurden in einem Schuhkarton gesammelt. An Weihnachten sahen wir sie jedes Jahr gemeinsam durch und erinnerten uns an an all die kleinen und großen Abenteuer. Ich liebte diese Tradition sehr!

Lila und ich gingen anschließend noch gemeinsam in einen der vielen Souvenir-Shops, aber ich fand leider kein Motiv, das mir wirklich gut gefiel, und auf den meisten Karten prangte zudem noch der Schriftzug »Breezing«, was so gar nicht passte. Wir verließen den vollgestopften Laden gerade wieder, als Lila eine Nachricht von Karlie bekam.

»Ich muss los«, sagte sie. »Sehen wir uns dann heute Abend?«

»Du meinst, wenn du dich heimlich reinschleichst, um dir frische Klamotten zu holen?«, witzelte ich. »Soll ich dir dann mein Haar herablassen wie Rapunzel, damit du durchs Fenster klettern kannst? Damit würde deine Mom jedenfalls nicht rechnen.«

Lila verdrehte die Augen. »Tschüss, Mia!«

»Viel Freude beim Rucksackshoppen.«

»Rucksäcke sind wichtig beim Campen«, meinte Lila.

»Jaja, und an deinem ist der Reißverschluss kaputt.«

Wir verabschiedeten uns, und ich folgte der Straße ziellos weiter. Lila und Karlie hatten sich vorgenommen, noch ein paar Sachen für den Ausflug zum Deception State Pass beziehungsweise den dortigen Park zu kaufen. Wofür man eben gerne sein hart verdientes Geld ausgab – Rucksäcke und Wasserfilter, hurra! Wenn ich wieder in Portland war, würde ich als Erstes diese Scheißwanderschuhe verhökern und das Geld in meinen Mia-will-eine-Kamera-Fonds schmeißen. Ein paar der Souvenir-Shops, die hier wie Unkraut aus dem Boden schossen, klapperte ich noch ab, dann gab ich es auf. Anscheinend hatte ich zu hohe Ansprüche, was Ein-Dollar-Postkartenmotive in Ferienorten betraf.

Ich bog in einen kleinen Park ab, der mit den vielen Bänken und Grünpflanzen ziemlich idyllisch aussah. Mein Blick fiel auf einen

Vater, der mit seinen zwei Kindern versuchte, vor dem Springbrunnen ein Selfie zu schießen. Die drei schnitten Grimassen. Als er dem Jungen und dem älteren Mädchen das Foto zeigte, verzogen sie die Gesichter.

»Mensch, Dad! Das ist ganz unscharf«, beschwerte sich das Mädchen.

»Dann versuch du es doch mal, Bailey«, erwiderte der Vater.

Da ich nur eine Armlänge entfernt stand, trat ich vor. »Soll ich es machen?«

»Ja, bitte«, sagte der Junge. »Die können beide nicht fotografieren!«

Der Vater reichte mir sein Handy, und ich trat wieder zurück und richtete die Kamera auf die drei. Ich überlegte einen Augenblick, was der beste Winkel war, damit sie alle draufpassten, man aber auch noch etwas von der tollen Umgebung sah. Noch ein Stückchen mehr nach links und etwas von unten fotografieren und – ja, das passte perfekt! Ich schoss gleich mehrere Fotos, damit sie eine gute Auswahl hatten, und übergab das Handy wieder seinem Besitzer. Die Kinder drängten sich um ihren Vater und betrachteten die Bilder.

»Die sind super!«, strahlte das Mädchen.

Die kleine Familie bedankte sich noch mal und lief dann weiter. Ich sah ihnen nach, und meine Mundwinkel formten unweigerlich ein Lächeln. Und da kam mir ein Gedanke. Was, wenn ich die Motive für die Postkarten von Tucker, Elise und mir einfach selbst schoss? Dafür gab es bestimmt eine App, oder ich konnte mit dem Bearbeitungsprogramm selbst etwas ausprobieren. Wieso war ich da nicht schon früher draufgekommen – das war die Idee!

»Das war nett von dir.«

Ich drehte mich um. Auf einer Bank, nicht unweit von mir, saß Joe. Diese braunen Augen hatten mir schon bei unserer ersten

Begegnung einen wohligen Schauer über den Rücken gejagt, und als sie jetzt wieder auf mich gerichtet waren, spürte ich ein Ziehen im Magen. Ein paar seiner dunklen Haarsträhnen hingen ihm in die Stirn. Er trug eine helle Jeans und ein einfacheres schwarzes Shirt und sah trotzdem verdammt gut darin aus. Mit der linken Hand hielt er etwas fest, das auf seinem Schoß lag und nach einem Notizbuch aussah, und in der anderen Hand hielt er einen Stift. Was er da wohl aufschrieb? Was ging es mich an, schimpfte ich mich im nächsten Moment. Mir kam sowieso kein Wort über die Lippen. Nicht nach dem Gespräch vorm *Mirage*.

Ich hätte dich niemals geküsst, wenn ich geahnt hätte, dass du dir solche Hoffnungen machst. Seine Worte hatten sich in mein Herz eingebrannt wie eine Warnung an mich selbst.

Wieso blieb ich dann stehen und konnte den Blick nicht abwenden?

»Ich … ich muss weiter«, sagte ich und wandte mich ab. Kurz schloss ich die Augen und atmete tief durch. Vielleicht, weil ich wollte, dass er noch etwas sagte, mich aufhielt.

»Warte, Mia.«

Ich blickte über meine Schulter und sah, wie Joe aufstand und dabei nach seinem Rucksack greifen wollte. Doch stattdessen stieß er ihn unabsichtlich von der Bank, und als er auf den Boden klatschte, fielen einige seiner Sachen heraus. Er fluchte und bückte sich hastig, um sie wieder einzusammeln. Dabei legte er sein Notizbuch ab, um beide Hände frei zu haben. Langsam trat ich zu ihm und ging in die Hocke, um ihm zu helfen.

Anscheinend trug Joe ein Durcheinander an Blöcken, Heften und jede Menge Zeichenutensilien mit sich herum. Er hatte schon einen Teil von seinem Zeug wieder in den Rucksack gestopft, aber ein paar Stifte lagen noch verstreut auf dem Kies, die ich aufhob und ihm reichte. Zeitgleich sahen wir einander an, und unsere Blicke verhakten sich ineinander. Zum ersten Mal fiel mir auf, dass in dem dunklen Braun seiner Augen winzige Sprenkel Grün zu finden waren. Bloß nicht wieder an die Küsse denken, schalt ich mich. Das fehlte gerade noch! Dass ich meinen Gefühlen wieder die Oberhand gab!

»Danke«, sagte er leise.

»Dein … dein Notizbuch«, sagte ich und brach den Blickkontakt ab. Es war petrolfarben, und der Deckel stand leicht ab, wie das häufig der Fall war, wenn man das Papier so oft berührt hatte, dass es aufquoll. Joe wollte es mir abnehmen, aber da streiften sich unsere Finger, und wir hielten beide in der Bewegung inne. Dann zog er die Hand weg.

Ich räusperte mich. »Ich sollte …« Ja, was denn?

Joe ließ die Hand mit dem Notizbuch sinken und streckte seine freie aus, um sanft nach meinem Handgelenk zu greifen. »Bitte, bleib.« Seine Stimme war kaum mehr als ein Windhauch, und dennoch nahmen diese zwei schlichten Worte ihn für mich ein.

Bleiben. Er wollte, dass ich blieb.

Zwischen uns schien die Zeit den Atem anzuhalten.

»Willst du vielleicht … einen Kaffee mit mir trinken gehen?«

Da musste ich nicht lange überlegen. »Tee wäre besser.«

Er lächelte. »Dann Tee.«

KAPITEL 28

NICHT WEIT VOM PARK entfernt gab es einen Laden namens *Tea Leaf*, der nicht nur alles verkaufte, was mit Tee zu tun hatte, sondern auch hciße Getränke anbot. Drinnen war es mit all den Kunden entschieden zu eng, also holten wir uns etwas To-go und schlenderten nun einen Spazierweg entlang, den nur ein Geländer vom Meer trennte. Da wir jedoch nicht wandern wollten, suchten wir uns eine freie Bank und setzten uns dorthin. Joe, der für mich mitbezahlt hatte, stopfte sein Portemonnaie in seinen Rucksack, und mein Blick fiel auf das Notizbuch von eben. Dann schwiegen wir für einige Minuten, während Möwen schrill über unseren Köpfen kreischten.

»Es tut mir leid, wie wir vor dem *Mirage* auseinandergegangen sind«, setzte Joe an und lehnte sich zurück. Seine Miene wirkte merkwürdig entspannt, wenn nicht sogar resigniert. »Was ich gesagt habe … und wie ich es gesagt habe, das war einfach …«

»Idiotisch? Gemein? Abweisend?«, half ich ihm aus.

»Alles zusammen«, sagte er. Nun wandte Joe sich mir zu, und ich drohte wieder in seinen Augen zu versinken. »Ich wollte dich nicht verletzen. Bitte verzeih mir.«

»Kommt drauf an, wie gut dieser Tee schmeckt«, scherzte ich und setzte meinen Becher an die Lippen, um einen Schluck daraus zu trinken.

»Und?«, fragte er.

»Schmeckt nach Himbeere und ein wenig nach Vergebung.«

Ganz vergessen konnte ich die Dinge, die er zu mir gesagt hatte, nicht. Aber ich … ich wollte ihm eine zweite Chance geben, denn die hatte jeder verdient. Und mein Bauchgefühl sagte mir einfach, dass das hier richtig war – und wie ich Lila im Café ja so weise verkündet hatte: Wenn sich etwas richtig anfühlte, dann war es das auch.

»Ein bisschen Vergebung reicht mir schon«, sagte er. »Danke.«

Joe und ich tauschten einen langen Blick, der wie eine stumme Übereinkunft war. Jemandem zu verzeihen bedurfte manchmal eben keiner großen Worte, sondern kleiner Gesten. Und als Joe matt lächelte, wusste ich, dass er seine Entschuldigung ehrlich meinte.

Eine Weile tranken wir in einvernehmlichem Schweigen unseren Tee.

»Was machst du eigentlich hier? In Breezing?«, fragte er.

»Ich war mit Lila frühstücken«, antwortete ich.

»Ach stimmt, Karlie wohnt ja in der Gegend.«

Ich runzelte die Stirn, sagte aber nichts dazu. Inzwischen hatte ich in dieser Sache so einen Verdacht, doch über den sprach ich nicht mit Joe. Lila würde mir schon alles erzählen, wenn sie so weit war. Ich wollte sie auf gar keinen Fall zu irgendwas drängen.

»Und du?«, fragte ich.

»Ich musste einfach mal raus«, sagte er. »Hier hängen selten Leute ab, die mich kennen, und es ist nicht so krass von Touristen überlaufen, weil die beliebten Sehenswürdigkeiten woanders sind. Breezing ist sozusagen mein geheimer Rückzugsort.«

Mein Blick fiel wieder auf das Notizbuch, das aus dem Rucksack lugte.

»Ein Rückzugsort zum Zeichnen?«

Joe blickte verstohlen auf seine Hände. »So was in der Art.«

»Darf ich … würdest du mir was zeigen?«

Joe öffnete den Mund, als würde er zögern, doch statt darauf zu antworten, nahm er das Notizbuch aus dem offenen Fach und hielt es mir hin. Ich stellte meinen Teebecher rechts von mir auf der Bank ab und klappte das Notizbuch neugierig auf. Und ich hatte recht behalten – die Seiten waren oft berührt und umgeblättert worden. Viele waren geknickt, und das Papier war an einigen Stellen etwas schmutzig. Dass Joe es mir zeigte, bedeutete mir etwas, denn ich hatte das Gefühl, er würde mir hiermit etwas von sich anvertrauen. Einen Teil von ihm, den ich noch nicht kannte.

Die Seiten waren voller Skizzen und Entwürfe für Schmuckstücke. Mal mit Bleistift, mal mit verschiedenen farbigen Finelinern gezeichnet oder nur in Schwarz. Man sah immer genau, woran er besonders intensiv gearbeitet hatte. Spuren von wegradierten Linien. Das Durchstreichen von Beschriftungen zu Materialen. Ausgedünnte Stellen im Papier, an denen immer wieder etwas überzeichnet worden war. Hier steckten viel Mühe und Arbeit zwischen den Zeilen.

Die Designs selbst beeindruckten mich am meisten. Manche waren simpel und rückten einen Anhänger aus Edelsteinen, Holz oder winzigen Perlen in den Fokus, während ein einfaches Lederband sie zur Kette machten. Andere wiederum waren aufwendig gestaltet, denn unzählige Details ließen sie zu richtigen Kunstwerken werden. Ich betrachtete Zeichnungen von Armbändern aus allen möglichen Materialien, mit wunderschönen Charms, von denen viele sicherlich vom Meer inspiriert worden waren, denn ich sah zu Wellen gebogene Plättchen oder winzige Meerestiere. Oder auch fertiggestellte Entwürfe von Ringen, bei denen Joe, ähnlich wie bei einem Rezeptbuch, dessen Anleitung man folgte, Anmerkungen dazugekritzelt hatte. Dort stand zum Beispiel, mit welchem Material es nicht geklappt hatte oder welche Werkzeuge besonders geeignet für die Herstellung eben dieses Schmuckstücks waren. In vielen von Joes Entwürfen spiegelten sich Elemente wider, die ich sofort mit dem

Mirage verband. Ein Ring, der aus verschiedenen Drähten bestand und einen Stein einfasste, der aussah wie ein Halbmond. Oder zierliche Broschen, in deren Metallrahmen fremde Symbole eingraviert worden waren. Schließlich kam ich zur letzten Seite, auf die nur noch freie Seiten folgten.

Daran musste er gerade eben gearbeitet haben …

Vorsichtig strich ich mit dem Finger über den unfertigen Entwurf eines Medaillons. Es hatte eine runde Form und war offenbar dazu konzipiert worden, dass es sich öffnen ließ und ein wenig Platz bot, um etwas Kleines darin aufzubewahren. In der Mitte saß ein Stein, der fast wie eine Sonne aussah, weil spitze Strahlen von seiner Mitte wegführten. Um ihn herum waren drei winzige Zeichen sichtbar, die ich nicht kannte, und mehrere Sternchen.

»Das ist wunderschön«, sagte ich und blickte wieder zu Joe. »Diese ganzen Entwürfe, Skizzen und Designs sind wunderschön. Aber das hier ist besonders. Richtig … magisch.«

Joe schmunzelte. »Magisch, ja?«

Ich schloss das Notizbuch und reichte es ihm. »Du hast wahnsinnig viel Talent.«

»Danke«, sagte er stolz.

»Der ganze Schmuck aus dem *Mirage*, hast du den auch gemacht?«

Er nickte. »Wenn ich mal gerade nicht mit Voodoo oder Zaubertränken beschäftigt bin, dann nutze ich meine Freizeit für das Designen und Herstellen«, sagte er. »Da wir im Laden sowieso viel Handgemachtes anbieten, hat meine Grandma zugestimmt, dass ich meine Sachen dort ausstellen und verkaufen darf. So wie mein Grandpa früher.«

»Kann es sein, dass du Lila auch mal eine Kette geschenkt hast?«

Joe lächelte. »Ja, habe ich. Sie hatte mal eine gesehen, die ihr unheimlich gut gefiel, aber entsetzlich teuer war, also habe ich ihr eine eigene designt.«

»Lilas Kette ist total hübsch«, sagte ich. »Die ist mir damals direkt an ihr aufgefallen. Möchtest du später beruflich etwas mit Schmuckdesign machen?«

»Das kann ich gar nicht so einfach beantworten«, sagte Joe und machte dabei ein ernstes Gesicht. »Es gibt einige sehr gute Schulen in der Nähe, wie die *California School of Arts and Design*, aber noch bessere wie die *Royal Academy of Arts* in London. Es gäbe auch die Option, in die Lehre bei einer Jewellery Company zu gehen, aber …«

»Du bist dir nicht sicher?«, fragte ich vorsichtig.

Joe umklammerte sein Notizbuch fester. »Mein Grandpa war ein Silberschmied, und ich habe ihm oft zugesehen, wenn er in seiner Werkstatt stand«, begann er. »Als Kind fand ich es unglaublich faszinierend, wie er Dinge mit seinen Händen erschaffen hat, und war richtig vernarrt ins Zeichnen. Nach seinem Tod habe ich meine Begeisterung dafür aber verloren und erst in der Middle School wiedergefunden.« Joe sah zu mir. »Wir hatten diesen coolen Lehrer, Mr. Tomblin, der so eine Art Werkkurs eingeführt hatte, und da habe ich mein erstes Armband hergestellt. Danach ging alles für mich los. Mich haben immer öfter Leute gefragt, woher ich das Armband habe, und als ich sagte, dass es von mir stammt, wollten sie auch eins.« Er begann, ganz leicht zu lächeln. »Ich saß bis spät in die Nacht an meinem Schreibtisch und habe immer mehr und mehr gebastelt.«

»Du kannst also irgendwann mal sagen, dass das Joseph-Dalca-Imperium in deinem Schlafzimmer entstanden ist«, sagte ich. »Und wo genau ist dann das Problem? So, wie du über die Sache sprichst, hört man eindeutig deine Begeisterung heraus, Joe.«

Er schob das Notizbuch in seinen Rucksack. »Ist nur so ein dummer Traum.«

»Träume sind nicht dumm!«, erwiderte ich.

Joe fuhr sich durchs Haar und seufzte. »Ich sage ja nicht, dass alle Träume dumm sind. Für viele erfüllen sie sich bestimmt. Aber … ich kann die Insel nicht verlassen, Mia.«

»Du kannst nicht, oder du willst nicht?«, neckte ich ihn.

Damit hatte ich wohl genau das Falsche gesagt, denn Joe ging nicht darauf ein, sondern biss sich nachdenklich auf die Unterlippe und schwieg. Er fuhr seine Schutzschilde wieder hoch, und das hatte ich ganz bestimmt nicht gewollt, wenn er sich doch endlich ein wenig öffnete …

»Ich fotografiere sehr gerne«, warf ich rasch ein, damit das Gespräch nicht abbrach. »Seit ich auf der Insel bin, habe ich wieder richtig Freude daran.«

»Vorher etwa nicht?«, fragte er neugierig.

Ich begann, ein bisschen von der Jahrbuch-AG zu erzählen, und wie Tante Sutton und auch Lila mich ermutigt hatten, wieder mehr für mich selbst zu fotografieren.

»Es ist schön, dass deine Familie dich unterstützt«, sagte Joe.

Ich hörte heraus, dass er sich ehrlich für mich freute, aber ihn schien gleichzeitig auch etwas zu bedrücken – und ich hatte schon so eine Ahnung, was das sein konnte.

»Dafür bin ich wahnsinnig dankbar«, antwortete ich. »Deine Grandma möchte nicht, dass du fortgehst wie deine Eltern, oder?« Ich streckte die Hand aus und berührte ihn behutsam am Arm. »Du willst sie nicht verlassen. Und deshalb bleibst du auf der Insel.«

Ich sah, wie er schwer schluckte. »Aubrie und ich sind alles, was sie hat.«

»Eure Grandma erwartet ganz sicher nicht, dass ihr für immer hierbleibt.«

Joe schloss kurz die Augen, als müsse er sich sammeln. »Ich bin ein Dalca, und das werde ich immer sein. Mein Platz ist auf

Whidbee Island, im *Mirage*. Meine Eltern haben die Insel vielleicht verlassen, aber sie sind nicht glücklich damit geworden. Manchmal glaube ich, dass es nirgendwo auf der Welt einen Ort gibt, an dem ein Dalca glücklich sein kann.«

»Das stimmt nicht«, sagte ich. »Orte haben nicht immer etwas mit dem eigenen Glück zu tun – manchmal sind es auch bestimmte Menschen. Denn egal, wie weit oder wohin du gehst, sie sind in deinem Herzen, und ein ganz bestimmter Mensch wird dann zu deinem Ort.«

Joe legte seine Hand auf meine, und wir blickten einander an. Hoffentlich wurde meine vor Nervosität nicht gleich schwitzig, denn so, wie er mich ansah, voller Sehnsucht, stellte das einiges mit meinem Puls an. Ich dachte an das Bootshaus und unser Date und an alles, was in dieser Nacht passiert war. Er strich mit dem Daumen über meinen Handrücken, und nun stolperte mein Herz wie ein aus dem Takt geratener Tänzer.

»Das ist eine schöne Vorstellung«, sagte er. »Aber du vergisst den Fluch.«

Abrupt zog er seine Hand weg und stand auf, um seinen anscheinend leeren Becher in einen Mülleimer wenige Schritte entfernt zu werfen. Dann blieb er vor der Bank stehen.

Dabei hatte ich geglaubt, wir hätten gerade einen besonderen Moment geteilt …

Von der Seite blickte er zu mir. »Übrigens, wegen des Fluchs …«

Ich setzte mich kerzengerade hin und hob das Kinn. »Ja?«

»Hast du … du weißt schon … jemanden getroffen?«

»Was?« Ich kniff die Augen zusammen. »Das willst du wissen?«

Joe verschränkte die Arme vor der Brust. »Und hast du?«

»O klar«, meinte ich ironisch. »Ich habe mir extra ein kleines schwarzes Heft angelegt, in das ich die Nummern meiner Verehrer schreibe, die alle total vernarrt in mich sind. Ich könnte mir keine spaßigeren Ferien vorstellen als endloses Dating-Roulette.«

»Dann warst du auf anderen Dates?«

»Warst du es denn?«, stellte ich die Gegenfrage.

»Nein«, sagte er, und das überraschte mich nun wirklich.

»Nein?«, echote ich. »Keine neuen magischen Dates?«

Joe stieß ein frustriert klingendes Seufzen aus. »Nein.«

»Wieso? Geht das erst wieder, wenn mir jemand einen Ring an den Finger gesteckt hat?«, witzelte ich. »Das ist doch alles total undurchschaubar! Soll echt irgendein Kellner, der mich dreimal wunderschön nennt, meine einzig wahre Liebe sein?«

Trotz meiner humorvollen Erwiderung war ich innerlich enttäuscht. Joe wollte also, dass ich wirklich jemand anderen fand. Er erkundigte sich sogar noch danach!

»Ein Kellner?«, bohrte er nach.

»Das ist doch bescheuert. Ich mache mir nichts aus oberflächlichen Komplimenten«, sagte ich verärgert und wusste nicht mal genau, wieso ich plötzlich so viel Zorn spürte.

»Welcher Typ, der dich kennenlernt, würde auch als Erstes zu dir sagen, dass du wunderschön bist? Du bist doch viel mehr, witzig, neugierig, offen, und dein Lächeln ist absolut ansteckend.«

Joes Abwehrhaltung war in sich zusammengefallen, und er sah mich an, als wäre ich wirklich all das und noch viel mehr. Das Gefühl in meiner Brust war wie eine Sternschnuppe, je tiefer sie fiel, umso intensiver glühte sie und weckte Wünsche, warm wie Sonnenlicht, in mir.

Doch wieder war Joe es, der sich abwandte und den Moment zerbrach.

Er stellte sich an das Geländer, den Rücken zu mir, und sah aufs Meer hinaus. Da die Bank kaum zwei Schritte von ihm entfernt und gerade niemand in der Gegend war, ließ ich unsere Sachen einfach liegen, trat neben ihn und betrachtete ihn von der Seite.

»Lass uns den Fluch brechen«, sagte ich.

»Mia, wir …«, setzte Joe an.

»Lass es uns versuchen.«

»Das geht nicht«, sagte er.

Ich rückte näher an ihn heran. »Wieso sagst du dann so etwas zu mir?«

Joe drehte sich nun ganz zu mir. Zögernd hob er die Hand und strich mir eine meiner zerzausten Haarsträhnen hinters Ohr. Dabei kitzelten seine Fingerspitzen mein Kinn, und ich öffnete die Lippen, weil ich befürchtete, ich bekäme sonst nicht genug Luft.

»Weil ich egoistisch bin«, flüsterte er mit zitternder Stimme.

Dann zog er sich zurück. Dieses Mal endgültig. Er ging zur Bank, griff sich seinen Rucksack und schloss ihn, ehe er ihn schulterte und wieder zu mir blickte. Er würde gleich gehen, und ich hatte ein ungutes Gefühl dabei. Was war das hier? Ein Abschied? Hatte er nur gewollt, dass ich ihm verzieh, um mich dann wieder allein zu lassen?

»Ich habe mit jemandem über den Fluch gesprochen«, schoss es aus meinem Mund. »Ich weiß von Finneas und Barlow. Von diesem schrecklichen Unfall an den Klippen.«

Joes Augen weiteten sich. »Du hast … was?«

»Ich verstehe nun besser, wieso deine Grandma … Aubrie und du Angst habt«, sagte ich. »Ich verstehe, dass eurer Familie ein furchtbares Unglück geschehen ist. Aber …«

»Du hast Recherchen über den Dalca-Fluch angestellt?«, unterbrach Joe mich. Er klang alarmiert und wütend zugleich. »Damit bringst du dich in große Gefahr, Mia. Der Fluch wird besonders schlimm, wenn jemand sich gegen ihn auflehnt! Du musst mir versprechen, dass du damit nicht weitermachst. Sonst stößt dir noch etwas zu.«

»Das ist es ja gerade«, hielt ich dagegen. »Mir ist bisher gar nichts passiert! Der ganze Kram, von dem Aubrie gesprochen hat, mit den Anzeichen des Fluchs – nichts!«

»Ich weiß, dass du nur gute Absichten hast. Aber du hast keine Ahnung, wovon du da sprichst«, sagte Joe in hartem Tonfall. »Ich habe meine Lektion bereits gelernt. Man kann niemanden vor einem Jahrhunderte alten Fluch retten, ohne einen Preis zu zahlen.«

Aubrie hatte in Bezug auf Joe auch schon so was angedeutet …

»Was heißt das?«, fragte ich. »Was zum Teufel soll das bedeuten!«

Joe fuhr sich mit einer Hand übers Gesicht. »Bitte, vergiss es einfach.«

»Nein«, sagte ich. »Dieser Fluch bestimmt dein Leben schon zu lange.«

»Verdammt, wieso bist du nur so stur?«, schimpfte er.

»Schön, wenn dir alles wirklich so scheißegal ist, dann bye! Schönes Leben noch. Ich werde einfach meiner Eingebung folgen und den nächstbesten Typen daten, der mir begegnet«, spuckte ich wütend aus. »Ist ja so viel sicherer, als sich zu verlieben!«

Kurz war ich fast wie ferngesteuert durch das wilde Feuer, das in meinem Inneren tobte. Ich griff mir meinen Rucksack und stampfte los, einfach geradeaus und weg.

Fast wäre ich mit einem Surfer zusammengestoßen, der gerade mit seinem Board von den Stufen am Strand kam und mich mit dem Ding sicherlich umgenietet hätte. Er kämmte sich die langen, blonden Haare mit der Hand zurück und grinste breit.

»Mariella«, sagte Keir. »Du bist heute aber stürmisch.«

»Seit wann kennst du meinen Namen?«, fragte ich.

Keir lehnte sein Surfbrett gegen das Geländer und begann, den Reißverschluss am Kragen seines Anzugs aufzuziehen, bis er sich mit dem Oberkörper herausgeschält hatte. »Ist nicht verboten, sich etwas umzuhören«, antwortete er. »Ich habe dich eben mit Dalca gesehen. Du solltest vorsichtig sein, der bringt dich nur in Schwierigkeiten.«

»Schwierigkeiten? Dasselbe höre ich ständig über dich.«

Keir wirkte unerwartet ernst. »Frag ihn doch mal nach Alyssa.«

»Alyssa?«, wiederholte ich. »Wer ist das?«

»Mia!« Joe hatte mich eingeholt, verstummte aber bei Keirs Anblick sofort.

»Dalca«, zischte Keir. »Du verschwindest besser gleich wieder.«

»Dieser Strand gehört dir nicht«, erwiderte Joe.

Keir starrte Joe grimmig an. »Ich würde die ganze Insel kaufen, wenn das möglich wäre, damit ich dir nicht ständig über den Weg laufen muss«, sagte er spöttisch.

Was war nur in die beiden gefahren? Gut, sie waren keine Freunde mehr, so viel wusste ich, aber die Art, wie sie einander ansahen … voller Abneigung, da flogen richtig die Funken zwischen ihnen hin und her. Joe war noch etwas zurückhaltender, versuchte sich zu beherrschen, aber Keir versetzte ihm auf einmal einen kräftigen Stoß, und Joe taumelte nach hinten. Ich fasste Joe am Arm. »Lass uns einfach gehen.«

Keir ließ uns ziehen, doch als ich mich zu ihm umdrehte, war der Hohn aus seiner Miene verschwunden, und er wirkte fast schon besorgt. Ich verstand gar nichts mehr.

Nach einigen Metern Schweigen hielt ich es nicht mehr aus.

»Wieso hasst er dich so? Und wer ist Alyssa?«, fragte ich.

Joes braune Augen begannen zu glänzen, als würde sich in ihm ein Gefühlswirrwarr hochkämpfen, das wie ein Hurrikan alles mitzureißen drohte. Ich hatte noch nie einen Ausdruck solcher Schuld bei jemandem gesehen, und das jagte mir Angst ein.

»Alyssa ist das Mädchen, das meinetwegen fast gestorben wäre.«

Teil 3

VERFLUCHTE HERZEN

KAPITEL 29

»WILLST DU GAR nichts dazu sagen?«

Ich atmete ruhig ein und aus und starrte auf den Sand zu meinen Füßen. Die Beine hatte ich angezogen und meine Arme um sie geschlungen, und nun saß ich hier, im Sand, über mir die Holzbalken des Piers und vor mir die Streben, die immer weiter ins Wasser führten, um die Konstruktion zu stützen. Wenn man eine Weile einfach nur geradeaus blickte, kam einem das alles wie ein Tunnel vor, der es nicht erlaubte, das Gesamtbild zu betrachten. Und so fühlte ich mich. Ich hatte ausschnittsweise Dinge gesehen und gehört, doch da waren Tunnelwände um mich herum, die versuchten, mich einzuschließen.

Wie viel Zeit vergangen war, seitdem Joe mich hergebracht hatte, wusste ich nicht. Doch ein stiller Platz war manchmal das Beste für stille Gedanken. Ich war froh, dass er mich nicht gleich mit Erklärungen erschlug, sondern wartete, bis ich bereit war.

»Das hast du also mit dir herumgetragen«, wisperte ich. »Alyssa.«

»Ich …« Joe sammelte sich. »Es ist schwer, darüber zu sprechen.«

Ich sah ihn an, und seine Traurigkeit schwappte wie ein kalter Schwall Wasser auf mich und raubte mir fast den Mut. »Willst du … kannst du mir von ihr erzählen?«

Joe und ich sahen uns lange an. Es war einer dieser intensiven Blickwechsel, nach denen nichts mehr war wie zuvor. Ich wusste nicht, was ich von diesem Gespräch zu erwarten hatte, also wappnete ich mich für so ziemlich alles – auch wenn ich fest daran glaubte, dass nichts von dem, was Joe gleich sagen würde, mein Bild von ihm ändern konnte.

»Ihr Name ist Alyssa Lockett«, sagte Joe. »Sie ist auf Whidbee Island aufgewachsen, und wir waren früher einmal Freunde. Alyssa, ihre Schwester Leona, Keir und ich. Im Nachhinein habe ich mich oft gefragt, wie wir uns überhaupt gefunden haben. Wir waren alle so verschieden, aber vielleicht hat uns das auch zusammengehalten. In dem Sommer war ich elf und habe mich furchtbar einsam gefühlt. Ich bin Keir am Strand von Stormbay praktisch in die Arme gelaufen, als ich von zu Hause wegwollte.«

Joe hob eine Muschel auf, die neben ihm im Sand lag, und warf sie ins Meer.

»Der Witz an der Sache war: Das wollte Keir auch. Weg von seiner Familie. Er war damals todunglücklich, weil seine Eltern sich nie um ihn gekümmert haben, und ich war todunglücklich, weil meine getrennt waren und meine Familie auseinanderbrach.«

Ich dachte sofort an meine Familie, dass wir zusammenhielten und füreinander da waren, dann an Tante Sutton und Lila. Jede Familie hatte so ihre Probleme, aber erneut wurde mir klar, wie glücklich ich mich schätzen konnte, sie alle in meinem Leben zu haben.

»Es tut mir leid, dass ihr beide so etwas mitmachen musstet«, sagte ich.

»Niemand würde heute noch denken, dass Keir Albright mal derjenige war, der mich von allen am besten verstanden hat«, sagte Joe wehmütig. »Aber so war es. Und in diesem Sommer haben wir uns gegenseitig geholfen, nach vorne zu blicken. In der Middle School waren wir dann unzertrennlich – zumindest bis Alyssa dazukam. Sie war ein richtiger Wirbelwind. Frech und vorlaut und sie hat uns ganz schön imponiert. Ihre Schwester Leona war ein Jahr jünger als wir und die Einzige, die Alyssa ausbremsen konnte, wenn sie wieder eine ihrer verrückten Ideen hatte. Wir waren ein verdammt gutes Quartett.«

»Du hast mir mal erzählt, dass du auch mit Christopher seit der Middle School befreundet warst und er zu deinem besten Freund wurde«, warf ich ein.

»Ja, das stimmt. Das war im Jahr darauf, als Alyssa immer unzugänglicher und impulsiver wurde. Sie war von Anfang an ein wenig der Klebstoff gewesen, der uns zusammenhielt, denn wenn sie dabei war, hatten wir immer eine gute Zeit. Mein dreizehnjähriges Ich war total verknallt in sie. Aber Alyssa hatte auch eine andere Seite. Irgendwann war es ihr nicht mehr genug, nur mit uns abzuhängen. Sie fing an, sich bei älteren Schülern beliebt zu machen, pumpte Keir ständig um Geld an, log und setzte Gerüchte in die Welt, wenn ihr jemand in die Quere kam«, sagte Joe, und seine Stimme klang dunkler als sonst. Fast beschämt senkte er den Blick. »Aber sie war immer noch unsere Freundin, und niemand von uns war perfekt. Und Alyssa hatte so eine Art an sich. Sie konnte dir das Gefühl geben, wertvoll und einzigartig zu sein, etwas Besonderes.«

Das klang ziemlich toxisch, aber ich wollte nicht über ein fremdes Mädchen urteilen, das ich nie getroffen hatte, und schwieg daher. Aus Joe dagegen sprudelte es nun nur so heraus: »Meine Grandma hat gemerkt, dass mich etwas bedrückt, und darum hat sie mich langsam davon überzeugt, dass ich mich von Alyssa lösen musste«, sagte er. »Das habe ich erst später richtig verstanden, denn meine Grandma ist da ganz vorsichtig vorgegangen und hat sich große Mühe gegeben, mich für einen Sport zu begeistern und so auf einen anderen Pfad zu lenken – und das hat auch funktioniert.«

Dass Mrs. Dalca eine so fürsorgliche Seite hatte …

»Ich habe mit Softball angefangen und durch die Mannschaft Christopher getroffen.« Joe sah zu mir. »Keir hat mich danach so ziemlich links liegen lassen, und irgendwann brach der Rest der

Gruppe auseinander. Alyssa hatte neue Freunde, Keir zog sein eigenes Ding durch, und die stille Leona wurde Teil des Astronomie-Clubs.«

»Softball, mmh?«, fragte ich neckisch.

»Ich hatte nie so wirklich Spaß daran und habe mit dem Beginn der Highschool auch nicht weitergemacht«, erklärte Joe. »Für mich war Schmuckdesign einfach wichtiger.«

»Und wie ging es weiter?«

»Im letzten Jahr der Middle School sprachen wir alle kaum mehr miteinander, und auch danach gingen wir getrennte Weg. Keir besuchte eine Privatschule. Die Familie Lockett zog um, in einen anderen Bezirk der Insel, und Alyssa und Leona kamen auf eine andere Highschool als ich«, sagte er. »Irgendwie war ich darüber erleichtert.«

»Freundschaften können so kompliziert sein.« Ich betrachtete zwei kleine Muscheln, die direkt zu meinen Füßen lagen, und gab Joe die Chance, in seinem eigenen Tempo fortzufahren. Seine angespannte Körperhaltung verriet ihn. Auch wenn er beherrscht klang, so sah es in ihm drinnen sicher ganz anders aus. Und nach der Bombe, die er eben hatte platzen lassen, war klar, dass die Erzählung kein gutes Ende nehmen würde.

»Manche Freundschaften zeigen zu spät ihr wahres Gesicht.« Er atmete hörbar aus. »Ich war sechzehn, als ich Alyssa wiedersah. Christopher hatte es irgendwie geschafft, mich zu überreden, mit ihm auf diese bescheuerte Party zu gehen, aber er hatte sich vorher den Magen verdorben. Und plötzlich stand ich ganz allein vor diesem fremden Haus – und da war sie. Sie sah anders aus, als ich sie in Erinnerung hatte, aber das Funkeln in ihren Augen war noch da. An diesem Abend kamen viele alte Gefühle in mir hoch. Wir haben viel geredet, und als ich sie nach Hause begleitet habe, kam es zu einem Kuss.«

Mir anzuhören, wie Joe davon sprach, ein anderes Mädchen zu küssen, rüttelte ein merkwürdiges Gefühl in mir wach. Es war nicht direkt Eifersucht, vielleicht eher so etwas wie Argwohn.

»Das … das blieb nicht euer einziger Kuss, oder?«

»Da war etwas zwischen uns«, sagte er bedächtig. »In der Schule lief es richtig scheiße. Alle hatten sich irgendeine Meinung über Aubrie und mich gebildet, und obwohl Christopher für mich da war, war es mit Alyssa anders. Sie war meine Zuflucht. Ich redete mir ein, dass es nichts Ernstes sei, nur ein Flirt zwischen alten Freunden, aber … Alyssa schien mich vollkommen zu verstehen, brachte mich zum Lachen. Ich hatte sie schon damals gemocht, und dass sie mich auf dieselbe Art mochte, hat mir Halt gegeben. Ich habe mich einfach in sie verliebt.« Joe hielt inne. »Sie war unberechenbar und manipulativ, aber dann auch wieder unheimlich süß und ehrlich. Das zwischen uns war wie ein Feuer, das mich zu ersticken drohte und in das Alyssa immer weiter Öl goss.«

Joe fuhr sich mit den Händen energisch durchs Haar und ließ den Kopf auf seine Knie sinken. Ich streckte die Hand nach ihm aus, zog sie dann jedoch unsicher zurück.

»Dann kam diese eine Nacht«, flüsterte er, richtete sich dabei auf und heftete seinen Blick auf das Meer. Inzwischen war es deutlich abgekühlt, und die Sonne ging unter. »Keir schmiss diese irre Geburtstagsparty, und wir sind hin. Alyssa schlug vor, dass wir eines der Segelboote der Albrights kapern sollten. Keir war sofort dabei. Er war Teil der Segelmannschaft der *Saint Richmond Academy* und hatte sogar ein eigenes Boot. Und er wollte die guten alten Zeiten und damit auch unsere Freundschaft aufleben lassen. Leona war an dem Abend nicht in der Stadt, also gab es nur uns drei. Doch auf dem offenen Meer kann das Wetter schnell umschlagen. Es war dunkel und stürmisch, und wir trieben viel zu weit raus. Alyssa hatte was getrunken und teilte Sticheleien aus – und dann ist ihr etwas richtig Fieses rausgerutscht.«

Bestürzt sah ich ihn an. »Was war das?«

»Sie hat angedeutet, dass Keir sie mögen würde, schon seit der Middle School. Alyssa hat sich an mich geklammert und gesagt, dass sie mich liebt. Mich und nicht ihn und dass wir beide uns die ganze Zeit einen Spaß daraus gemacht hätten, Keir zu verletzen.«

Mir entwich ein erschrockener Atemzug. Wie schrecklich durchtrieben …

»So etwas würdest du doch nicht tun«, sagte ich. »Nach eurer Freundschaft musste Keir doch wissen, dass du so etwas niemals tun würdest. Er hat ihr doch nicht geglaubt? Joe?«

Er sah mit einem Mal sehr einsam und verloren aus, und ich konnte nicht mehr nur stillsitzen und zuhören. Ich rückte näher an ihn heran, bis sich unsere Knie fast berührten, und fasste ihn an den Handgelenken. Seine Haut war kalt, was sicherlich an dem Sand lag, der unsere Körpertemperaturen heruntergekühlt hatte, während wir so lange hier gesessen hatten. Ein wenig fröstelte ich in meinen Shorts und dem Shirt, aber das war mir gerade egal. »Joe?«, wiederholte ich. »Was ist passiert?«

»Niemand wusste das von Alyssa und mir«, sagte er. »Es war mein Geheimnis. Ich erinnere mich noch an Keirs Gesicht. Ich weiß, viele sagen, er hätte kein Herz, aber in diesem Augenblick sah man es – und wie es zerbrach. Danach war alles ein einziges Chaos. Eine Welle riss das Segelboot um, und wir stürzten in die eisigen Fluten. Mir wurde die Luft aus den Lungen gepresst, und ich verlor die Orientierung. Mir schossen so viele Dinge gleichzeitig durch den Kopf. Ich hätte mich von Alyssa fernhalten müssen. Ich hätte mich nicht in sie verlieben dürfen. Ich hätte den Dalca-Fluch nicht herausfordern sollen. Ich …«

Seine Muskeln spannten sich unter meinen Fingern an, und in

seinen dunklen Augen schwamm so viel Verzweiflung, dass ich es kaum ertrug, ihn weiter anzusehen. »Joe.«

»Die Wellen zogen mich immer wieder herunter, während ich gegen sie kämpfte. Als ich es zur Oberfläche schaffte, sah ich noch, wie das gekenterte Segelboot mit voller Wucht herumgeschleudert wurde und Alyssa, die nach Luft schnappte, unter sich begrub.« Seine Stimme war durchtränkt von Schuld. »Ich weiß gar nicht, wie wir das alle überlebt haben. Als die Küstenwache uns aus dem Wasser gezogen hat, waren wir unterkühlt und verletzt. Die Narbe auf meiner Wange stammt aus dieser Nacht. Genau wie einige andere. Keir hatte noch am meisten Glück. Und Alyssa … sie sitzt seitdem im Rollstuhl. Sie ist meinetwegen fast gestorben. Weil ich den Dalca-Fluch herausgefordert und mich in sie verliebt habe. Ich konnte sie nicht beschützen.«

Ein Zittern ging durch seinen Körper, aber ich hielt ihn weiter fest.

»Ihre Familie ist danach für immer von Whidbee Island verschwunden und nie zurückgekommen«, sagte Joe. »Keir und ich durften sie nicht mal im Krankenhaus besuchen. Deshalb sind Keir und ich keine Freunde mehr, und deshalb hasst er mich. Weil er Alyssa auf seine eigene Weise mochte, und der Fluch, der auf mir lastet, ihr das Leben zerstört hat. Sie war vielleicht nicht gut für mich, aber das hat sie nicht verdient.«

»Joe …«, sagte ich mitfühlend.

Mir schossen Sätze durch den Kopf wie »ihr wart eben alle leichtsinnig« oder »es war ein Unfall«, aber in den letzten Jahren hatte er bestimmt schon selbst jede Entschuldigung durchgespielt und verworfen. Denn das hätte ich getan. Ich wäre immer wieder zu dieser Nacht zurückgekehrt, um den Schmerz nicht loslassen zu müssen. Um mich zu bestrafen. Das hatte Schuld so an sich. Sie war ein Feind im eigenen Kopf und verschwand nur, wenn man sie selbst dazu aufforderte. Also schluckte ich meine Worte hinunter und zog Joe an mich, schlang die Arme bei dem Versuch, ihm etwas Trost zu spenden, so fest um ihn, dass ich seinen Herzschlag fast schon an meiner Brust spüren konnte. Und so verharrten wir. Unsere Beine ineinander verhakt, Körper an Körper, atmeten wir im Einklang, während die Dämmerung uns allmählich verschluckte.

»Wenn du nicht auf dein Herz aufpasst, wird der Dalca-Fluch …« Joe grub seine Finger in meinen Rücken, während sein Atem meine Halsbeuge wärmte. Ich spürte, wie sich sein Brustkorb schneller hob und senkte, als versuche er, sich selbst zu beruhigen. Er zitterte noch immer am ganzen Leib. »… ich will nicht, dass dir auch etwas passiert, Mia.«

»Atmen«, wisperte ich. »Ich bin hier. Bei dir.«

Wir lösten uns vorsichtig voneinander.

»Das solltest du aber nicht sein«, sagte er tonlos.

»Ich treffe meine eigenen Entscheidungen«, flüsterte ich.

Sein Kopf sackte nach vorne, bis seine Stirn meine berührte. Ich spürte, wie seine Finger unendlich sanft über meine Wangen strichen, eher er mein Gesicht mit den Händen umschloss. Da war kaum noch Platz zwischen uns. Seine Augen wirkten in den Schatten der anbrechenden Nacht wie Obsidian. So hatte Joe mich noch nie angesehen.

»Ich habe zu viel Angst, dass der Fluch …«

»Du kannst nicht all dein Glück aufgeben, um dich im Gegenzug selbst zu schützen. Einen solchen Handel gibt es nicht«, unterbrach ich ihn und legte meine Hand auf die Stelle, wo ich sein Herz vermutete. »Vor uns liegt noch unser ganzes Leben, und du weißt nicht, was noch alles auf dich wartet. Wir können den Fluch brechen. Gemeinsam.«

»Mia«, brachte er verzweifelt meinen Namen heraus.

»Bitte«, sagte ich. »Stoß mich nicht weg.«

Mein Herz hämmerte vor lauter Angst, er würde genau das tun, schmerzhaft gegen die Rippen. Ich wäre sogar freiwillig in eine Achterbahn gestiegen, wenn ich in diesem Moment seine Gedanken hätte lesen können. Ob er den raschen Pulsschlag unter seinen Fingerspitzen spüren konnte, als diese von meinen Wangen zu meinem Hals hinabglitten? Und als ich glaubte, die Spannung zwischen uns nicht mehr ertragen zu können, fuhr eine seiner Hände in meinen Nacken, und er drückte seine Lippen auf meine. Er schmeckte nach dem Tee, den wir eben zusammen getrunken hatten, süß und bitter zugleich. Ich erschauderte, als unsere Zungen sich trafen. Dieser Kuss war anders als unser letzter. Dunkel und stürmisch, wie das Meer, das direkt vor uns rauschte und schäumte.

Meine Finger krallten sich in den Stoff seines Shirts, wanderten seine Arme hinauf und fanden ihren Weg in sein weiches Haar. Ich zog ihn mit mir, lag plötzlich auf dem Rücken, Sand unter mir und Joe über mir. Meine Sinne spielten völlig verrückt, weil ich ihn überall spüren konnte. Sein harter Körper, der sich gegen meinen presste. Seine Hände, die über meine Haut strichen. Sein Duft nach Kräutern und Meer, als wäre er der lebende Inbegriff von Stormbay und dem *Mirage*. Und sein Mund, der meinen wieder und wieder fand, als wäre dieser Moment der einzige, in dem er jemals die Chance haben würde, mir zu zeigen, dass er auch etwas für mich empfand. Ihm auf solche Weise nah zu sein war so schön, dass es fast schon wehtat, und ich wollte, dass es immer so war.

Joe und ich. Zusammen. Jeden Tag und jede Nacht.

Deshalb fiel es mir auch unglaublich schwer, seinen nächsten Kuss nicht zu erwidern. Ich blickte in diese braunen Augen, die ich inzwischen so gut kannte, und er musste in meinen gesehen haben, was ich dachte. Dass der Dalca-Fluch weiter zwischen uns stehen würde. Er rollte sich von mir herunter, und ich setzte mich auf. Joe zupfte sein Shirt zurecht, weil es verrutscht war, und beim Anblick des Streifens blasser, nackter Haut um seinen Bauchnabel wurde mir gleich ganz anders. Nicht nur, weil ich gerne weitergemacht hätte, wo wir aufgehört hatten, sondern auch wegen der deutlich erkennbaren Narbe.

Eine der sichtbaren Erinnerungen an den Unfall und die Alyssa-Sache.

Ich schüttelte mein Haar aus, das voller Sand war, und sah zu ihm. Nachdem einige Sekunden verstrichen waren, in denen wir beide wieder zu Atem kamen, sagte ich: »Ich bin immer noch davon überzeugt, dass wir gemeinsam den Fluch brechen können.«

»Vielleicht«, sagte Joe nachdenklich. »Aber nicht, wenn wir … so zusammen sind.«

»Verstehe«, murmelte ich. »Wir … wir schließen einfach einen Pakt.«

Er starrte mich an. »Einen Pakt?«

»Ja«, sagte ich. »Während wir versuchen, den Fluch zu brechen, da …«

Ich wusste nicht, wie ich meine Gedanken formulieren sollte. Doch mir war klar, dass Joe wegen seines Glaubens an den Fluch niemals zulassen würde, dass wir uns noch einmal so nahe kamen.

»… Freunde. Wir bleiben … Freunde«, sagte er. »Bis der Fluch gebrochen ist.«

Freunde. Wie sollte ich mit ihm nur befreundet sein, wenn er meine Gefühlswelt so auf den Kopf stellte? Wenn ich Joseph Dalca mit jedem Kuss ein wenig mehr verfiel?

»Und … danach?«, flüsterte ich beklommen. »Wenn wir es schaffen?«

»Dass … wir … vielleicht haben wir dann eine Chance.«

Eine Chance. Das klang wesentlich besser als Freundschaft.

Ich nickte langsam. »Ein Pakt also.«

»Ein Pakt«, stimmte er zu.

KAPITEL 30

ES WAR SO HEISS, dass ich schon den zweiten Becher Limonade hinunterstürzte.

»Bist du sicher, es liegt am Wetter und nicht daran, dass du dich nach einer Wiederholung von gestern Nacht verzehrst?«, zog Lila mich auf. »O, du wirst ja ganz rot.«

Ich räusperte mich. »Ich kriege bestimmt bloß einen Sonnenbrand.«

»Dann stellen wir uns besser mal dort vorne unter«, sagte Lila schmunzelnd.

Tatsächlich war es unter den aufgespannten Schirmen vor einem der Food Trucks viel angenehmer. Die Besitzer hatten darunter Bänke und kleine Tische aufgebaut, die heiß begehrt waren – nicht zuletzt, weil der köstliche Duft von Churros in der Luft lag.

»Sichere uns schon mal Plätze! Ich hole uns ein paar Churros«, verkündete ich.

Wir beiden futterten uns schon seit einer Stunde durch die verschiedenen Stände auf dem Street Food Festival in Stormbay. Lila und ich waren früher aufgebrochen als die anderen der Clique, damit wir noch etwas Zeit für uns hatten. Schließlich stand Lilas Camping-Trip bevor, und sie würde für ein paar Tage weg sein – ganz zum Missfallen von Tante Sutton. Am liebsten hätte ich sie und Lila in einen Raum gesperrt und erst wieder rausgelassen, nachdem sie sich vertragen hatten. Doch trotz allem wirkte Lila ziemlich glücklich, und mir war klar, dass das an einem gewissen Jemand liegen musste. Mir selbst ging es nicht anders. Nach der ganzen Sache gestern Nacht am Pier hatte Joe mich nach Hause gefahren, und eine Weile hatten wir einfach nur gemeinsam im Auto gesessen. Kaum war ich ausgestiegen, fing ich schon an, ihn zu vermissen. Und als ich später ins Bett ging, hatte er mir eine Nachricht geschickt.

Danke, dass du für mich da warst.

Ich war mit einem Lächeln auf den Lippen eingeschlafen und auch wieder aufgewacht. Dass er sich mir anvertraute, hatte das, was zwischen uns war, gestärkt, was sich fast so schön anfühlte wie unsere Küsse. Ich stellte mich hinter ein paar Leuten in die Schlange, die gerade darüber diskutierten, ob sie die klassische Variante, Churros mit Schokolade oder eine der anderen mit verschiedenen Dips probieren sollten. Kurz blickte ich zu Lila, die einen Tisch für zwei ergattert hatte und einen Daumen hochhielt.

Bald würde ich Joe wiedersehen!

Und obwohl wir diesen Pakt geschlossen hatten, von wegen erst mal Freunde sein, bis der Fluch gebannt wäre, hatte ich mir heute Morgen ein paar Minuten mehr im Bad genommen, um mir eine schöne Frisur zu machen und mich zu schminken. Klar, das war kein zweites Date, und niemand musste sich schick machen für eine Verabredung, wenn er das nicht wollte und für sich selbst tat, aber ein cooles Outfit hatte mir schon immer mehr Selbstbewusstsein gegeben – und heute wollte ich eben mal was anderes wagen. Deshalb hatte ich einen Teil meiner Haare parallel zu zwei französischen Zöpfen geflochten und unter den offenen Strähnen festgesteckt und einen dunkleren Lidschatten benutzt. Zusammen mit meinem weißen Kleid, das die Schultern frei ließ, und dem süßen, goldenen Gürtel, der auch zu den goldenen Sandalen passte, hätte ich sogar bei Coachella eine gute Figur gemacht – ein bisschen

Boho-Hippie-Chick hatte noch nie jemandem geschadet! Bei der Affenhitze war die Kleiderwahl sogar richtig klug gewesen.

Das Street-Food-Festival fand auf dem großen, runden Platz statt, an dem letztens noch mein Bus gehalten hatte, mit dem ich zum *Island Grill* gefahren war. Food Trucks und aufgebaute Stände boten von überzuckerten Snacks bis hin zu exotischen Gerichten so ziemlich alles Denkbare an, und das mit herrlich bunter und richtig cooler Dekoration, mit Wimpeln, Lampions, Aufstellern und sogar einigen Luftballons.

Wenig später balancierte ich einen kleinen Pappteller zu Lilas Tisch hinüber. Ich hatte ein Überraschungsmenü genommen, das aus Churros mit sechs unterschiedlichen Toppings bestand. Das Durchprobieren war ein wenig wie eine der magischen Bohnen bei Harry Potter zu testen – man wusste nie, ob es schmeckte oder nicht. Wir hatten es jedoch ziemlich gut getroffen, nur die Variante mit Melone-Ingwer war echt seltsam.

Lila und ich quatschten übers Campen, schmiedeten Pläne fürs Kino, weil dort nächste Woche ein paar neue Streifen anliefen, und sie erzählte mir stolz, dass man sie für die Startmannschaft beim nächsten Roller-Derby-Match aufgestellt hatte. Irgendwann meldete sich jedoch die Limonade von eben wieder, und ich verschwand aufs Klo.

Auf dem Rückweg herrschte ein arges Gedrängel, denn innerhalb kürzester Zeit war es richtig voll geworden. Während ich in eine völlig andere Richtung getrieben wurde, in die ich gar nicht wollte, bemerkte ich auf einmal Keir, der allein in einer kleinen Gasse zwischen dem Stand mit Waffeln und einem mit Eiscreme herumlungerte und auf sein Handy glotzte. An einem Ort wie diesem hätte ich ihn ehrlich gesagt nicht erwartet. Da es für mich hier nicht wirklich vor oder zurück ging, kämpfte ich mich zu ihm durch. Im Schatten der zwei Stände war es angenehm kühl, und ich atmete erst mal kurz durch, während er von seinem Handy aufblickte.

»Hey«, sagte ich.

»Verfolgst du mich etwa?«, fragte er.

»Nope. Zufall. Ich wollte nur Hallo sagen.«

Skeptisch musterte er mich. »Nach dem, was neulich war?«

»Und ich wollte ...«

»Mir sagen, was für ein Arsch ich bin? Dass Dalca der Gute in der Sache ist?«, unterbrach Keir mich. »Er hat dir bestimmt erzählt, was passiert ist, so wie du mich anstarrst.«

»Ich wollte sagen, dass es mir leidtut.«

»Dass es dir leidtut?«, fragte er irritiert.

»Joe hat mir alles erzählt, da hast du recht«, sagte ich. »Ich ... ich habe dich verurteilt, ohne etwas über dich zu wissen. Und das tut mir leid. Es war sicher nicht leicht für dich, nach dem, was damals passiert ist, und ... ich hoffe, du hast einen guten Sommer.«

Keir sah mich stumm und misstrauisch an, als rechne er damit, dass ich ihn verarsche.

»Hat Lila dich dazu angestiftet?«, fragte er schließlich.

»Nein. Lila hat damit nichts zu tun.«

Keir ließ das Handy sinken, und seine Miene veränderte sich. Ich konnte nicht genau bestimmen, was darin lag, aber er wirkte mit einem Mal ernster.

»Meine Eltern haben damals dafür gesorgt, dass die Sache unter den Teppich gekehrt wurde«, sagte er. »Sie haben Alyssa die Reha bezahlt und ... ihrer Familie noch eine ordentliche Summe obendrauf. Wir sind keine guten Menschen, also keine Ahnung, was du von mir hören willst. Und ich ändere meine Meinung über Dalca auch nicht.«

Er drehte sich um und verschwand um die Ecke eines Food Trucks.

Ich wusste selbst nicht, wieso ich ihn angesprochen hatte. Natürlich nicht, damit er seine Meinung änderte oder weil ich mir einbildete, ich könnte eine Freundschaft retten, die seit Jahren kaputt war.

Ich hatte nur … irgendetwas sagen wollen. Denn nachdem ich gesehen hatte, wie sehr Joe unter dem Segelbootunfall litt, konnte es Keir unmöglich anders gehen. Man wusste eben wirklich nie, was eine Person verbarg …

Nachdenklich ging ich zurück zum Churro Food Truck und war erleichtert, dass der Menschenstrom von vorhin etwas abgeebbt war. Lila war inzwischen umringt von ihrer Clique. McKenna aß ihr gerade den Rest unserer Snacks weg, Christopher und Joe lachten über irgendwas, und Aubrie beobachtete ihren Bruder und ihre Freunde amüsiert.

»Die verloren geglaubte Cousine ist wieder da!«, rief Lila aus.

»Du schuldest mir fünf Dollar«, forderte Christopher gerade von McKenna.

McKenna reagierte auf meinen fragenden Blick. »Ich habe gewettet, du würdest frühestens in fünf Minuten aufkreuzen. Da habe ich wohl verloren. Aber hey, auf dem Weg hierher gibt es einen Stand mit Zimtschnecken, und Lila meinte, die liebst du mehr als dein Leben. Warst wohl mit anderen Dingen beschäftigt, was?«

»Anderen Dingen?«, fragte ich wie ertappt.

»Na, der endlosen Schlange vorm Klo«, sagte Lila.

Um nicht zu lügen, sagte ich dazu einfach gar nichts mehr.

Joe schenkte mir ein Lächeln, das ich erwiderte. Aubrie schien das zu bemerken, denn sie stellte sich plötzlich wie eine Anstandsdame zwischen uns. Dann meinte sie, wir sollten weitergehen, wenn wir alles sehen wollten, und hakte sich demonstrativ bei Joe ein.

Ich machte mir nichts draus, denn schon war Lila an meiner Seite und zog mich mit. McKenna und Christopher liefen hinter uns her und diskutierten darüber, was sie heute alles probieren wollten. Und während ich so über das Street Food Festival schlenderte, hatte ich das Gefühl, zu dieser kleinen Gruppe dazuzugehören –

zumindest bis Aubrie anfing, mich mit ihren Blicken zu erdolchen, wenn ich Joe auch nur ein Stückchen zu nahe kam. Lila versuchte, sie so gut es ging abzulenken, aber Aubrie ließ nicht locker. Sie rempelte mich sogar an, unterbrach mich, wenn ich etwas sagen wollte, und einmal schüttete sie »aus Versehen« ihre Cola über meine Sandalen. Das war selbst für Aubrie echt extrem, fand ich. Ich tat das Einzige, was in dieser Situation half: sie ignorieren und lächeln.

Hin und wieder konnte ich mir ein paar kleine Momente mit Joe stehlen, wenn Aubrie uns mal nicht mit ihren Adleraugen überwachte. Sie tat wirklich so, als würden wir etwas ganz und gar Verbotenes tun, wenn wir ein paar Worte miteinander wechselten, und fand immer neue Wege, uns zu unterbrechen. Irgendwann fiel das auch den anderen auf, und als Joe plötzlich verkündete, er und Aubrie hätten seiner Grandma versprochen, schnell etwas für sie zu besorgen, und würden gleich wiederkommen, wussten wir alle, dass es nur eine Ausrede war, sie von mir fernzuhalten, ehe sie mir noch ins Gesicht sprang.

»Sie sollte professionelle Beziehungssaboteurin werden«, meinte McKenna.

»Sie hat eben einen schlechten Tag«, verteidigte Lila sie.

»Aubrie verhält sich Mia gegenüber wirklich nicht ganz fair«, bemerkte Christopher.

Ich presste die Lippen zusammen und sagte nichts dazu.

»Wenn Maisie jetzt hier wäre, hätte die Aubrie den Kopf gewaschen«, sagte McKenna.

»Das tut Joe jetzt bestimmt auch«, murmelte Lila und seufzte.

»Maisie ist das Mädchen, das mit ihren Dads in Frankreich ist, oder?«, fragte ich.

Lila nickte. »Aubrie und Maise sind seit Ewigkeiten beste Freundinnen, und ich glaube, dass Maisie diesen Sommer woanders verbringt, ist für Aubrie nicht ganz leicht.«

Es dauerte eine Weile, bis wir die Dalca-Zwillinge wiedersahen. Wir hatten uns derweil durch eine Auswahl an Teigtaschen gegessen, uns von dicken Karamell-Brownies die Zähne verkleben lassen und saure Brause getrunken, als die zwei am Stand mit den Cake-Pops auftauchten. Eine Verkäuferin überreichte mir gerade eine Pappschachtel mit einigen Leckereien, die ich für meine Geschwister und Tante Sutton als Mitbringsel gekauft hatte, und als ich mich umdrehte, stand Joe dicht bei mir, während Aubrie mürrisch neben Lila herumlungerte, als wäre sie ein Kleinkind, das seinen Willen nicht bekam.

»Die Sache mit Aubrie tut mir leid«, flüsterte er. »Wir könnten später telefonieren, wenn du Lust hast?« Joe berührte sanft meinen Arm und lächelte mich an. Dieser Junge hatte wirklich ein Lächeln, dass schon ein »Vielleicht« viel zu verlockend machte. Auf »Pause« zu drücken war noch nie so schwer gewesen. Meine Knie wurden weich.

»Mh«, machte ich bloß, denn mehr brachte mein Hirn nicht zustande.

Der restliche Tag verflog leider viel zu schnell. So gut hatte ich mich den ganzen Sommer über nicht gefühlt, und ich genoss dieses wunderbare Gefühl in vollen Zügen.

KAPITEL 31

ZU ABSCHLUSS UNSERES BESUCHS auf dem Street Food Festival machte unsere Gruppe noch einen Abstecher zum *Dreamin'* – schließlich gab es dort die weltbesten Milkshakes –, und ich ließ mich von Lila überreden, ihre Lieblingssorte Red Velvet Mocha zu nehmen.

»Und was sagst du?«, fragte Lila erwartungsvoll.

Ich gab ein Stöhnen von mir. »So guuuut!«

»In Portland gibt es wohl keine so genialen Milkshakes, was?«, meinte Christopher.

»Nicht so gute wie diese«, sagte ich. »Dafür haben wir *Voodoo Doughnuts*.«

»Es gibt einen Laden, der sich *Voodoo Doughnuts* nennt?«, fragte Joe.

»Der ist ziemlich beliebt«, antwortete ich. »Die haben echt verrückte Sorten. Wenn ihr mal in Portland seid, spiele ich gerne eure Fremdenführerin und bringe euch hin.«

»Ich habe gehört, Portland wäre sehr langweilig«, warf Aubrie schroff ein.

Ich sah sie direkt an. »Eigentlich«, meinte ich energisch, »ist es dort sehr schön. Portland hat auch Strände, dazu tolle Cafés und richtig malerische Parks und Gärten, die bekannt sind.«

»Auf Whidbee Island ist es schöner«, behauptete sie.

»Ich kann bestätigen, dass es an beiden Orten schön ist«, ging Lila dazwischen.

»Ist euch eigentlich klar, dass wir nächstes Jahr nicht mehr hier sind?«, warf Christopher ein. »Wir sind fast mit der Highschool fertig und gehen alle auf unterschiedliche Colleges.« Er warf Joe einen Blick zu. »Wenn sich einige dann entschieden haben.«

»Jetzt ruinier doch nicht die Stimmung«, grummelte McKenna.

Alle verfielen in Schweigen, während wir an der Strandpromenade entlangspazierten und weiter die Milkshakes tranken. Stimmt. Die anderen waren alle ein Jahr älter als ich. Ich hatte mir noch keine Gedanken darüber machen müssen, was passierte, wenn die Schule endete und meine nicht-existenten besten Freunde sich in alle Himmelsrichtungen verstreuten. Trotzdem verstand ich, wieso das Lilas Clique so traurig stimmte.

»Ihr könntet nächstes Jahr etwas zusammen machen«, schlug ich vor. »Etwas Großes. Einen Road Trip oder gemeinsamen Urlaub, als Erinnerung an eure Zeit zusammen.«

»Das gefällt mir«, sagte McKenna. »Aber … na, mal sehen.«

Die anderen tauschten ein paar Blicke, die ich nicht deuten konnte.

Ging es vielleicht um den Dalca-Fluch? Weil Joe und Aubrie die Insel nicht verließen, wegen der Ängste ihrer Grandma und ihrer eigenen Unsicherheiten?

»Ach, Mist. Wir müssen jetzt los«, sagte Christopher mit einem Blick auf seine Armbanduhr. »McKenna und ich sind auf den Geburtstag meiner Cousine Sarah eingeladen.«

»Sollen wir uns übermorgen Abend bei Marcus' Strandparty treffen?«, fragte McKenna. »Das wird eher 'ne kleine Sache, mit Lagerfeuer, Musik und Drinks. Klang ganz cool.«

»O«, machte Lila nachdenklich. »Da habe ich schon was vor.«

»Wie schade!«, sagte Aubrie. »Aber ich komme gerne mit.«

»Joe? Mia?«, fragte McKenna.

»Klar, wieso nicht«, antwortete Joe. Er schaute mich an. »Oder?«

Ich sah Aubrie an der Nasenspitze an, dass sie mir je nach Antwort am liebsten an die Gurgel gehen würde, aber die Vorstellung, mit Joe an einem romantischen Lagerfeuer zu sitzen, so als Fast-vielleicht-oder-doch-nicht-Freunde, gefiel mir ausgesprochen gut.

»Ich habe nichts vor«, sagte ich.

»Okay! Dann ab ungefähr neun Uhr in der Morah Bay«, sagte McKenna.

Sie und Christopher verabschiedeten sich, und wir anderen drehten kurz darauf, als die Milkshakes leer waren, auch um und gingen den Weg, den wir gekommen waren, zurück.

Zwar hätte ich gerne noch etwas Zeit mit Joe verbracht, aber er war gemeinsam mit Aubrie hergekommen, und die hatte sich demonstrativ in seinen Wagen gesetzt, kaum dass der Parkplatz in Sicht gekommen war. Joe warf mir einen entschuldigenden Blick zu und hielt, als Aubrie nicht hinschaute, mit den Fingern ein unsichtbares Telefon an sein Ohr.

Lila und ich starteten in ihrem Wagen eine Jam-Session zu dem neuen Carlie-Hanson-Lied, das im Radio lief. Und weil der Name der Sängerin fast genauso geschrieben wurde, wie der von Lilas Karlie, musste ich plötzlich unentwegt an den Ausflug denken.

»Habt ihr jetzt eigentlich alles zusammen fürs Campen?«

Lila nickte. »Warum fragst du? Hast du es dir anders überlegt?«

Wir waren schon fast am Mint House, und der Himmel hatte sich ganz schön zugezogen. Es würde doch nicht etwa regnen? Tatsächlich unterbrach der Sender das Lied, für die Nachrichten, in denen es hieß, dass in der nächsten Woche mit einem größeren Unwetter zu rechnen war. Ich drehte das Radio leiser und sah Lila an.

»Nein, macht ihr mal«, sagte ich. »Karlie scheint cool zu sein.«

Lila bog in den Schotterweg ab, wobei der Wagen leicht vibrierte. Ich sah, wie sich ihre Hände enger ums Lenkrad schlossen, und als wir kurz darauf ausstiegen, wirkte sie nachdenklich. »Ja, das ist sie«, nuschelte Lila.

Ich berührte sie am Arm, ehe sie ins Haus ging. »Du weißt, dass ich dich lieb habe, oder? Du bist einer der wichtigsten Menschen für mich. Und nichts wird das ändern.«

Lila verdrehte schmunzelnd die Augen. »Ja, weiß ich.« Ihre Miene veränderte sich, und mit einem Mal wirkte sie doch etwas bedrückt, also nahm ich sie in den Arm. »Ich hab dich auch lieb«, flüsterte sie mir zu. »Aber manche Kämpfe muss man allein ausfechten.«

»Wieso müssen Mädchen sich ständig umarmen?«, sagte eine fremde Stimme.

»Das hat nichts damit zu tun, dass sie Mädchen sind«, erwiderte Tucker.

Lila und ich drehten die Köpfe herum und ließen einander los.

Tucker stand neben zwei hochgewachsenen Jungs im Garten. Das mussten Rodney und Evan sein. Sie waren Keir so gar nicht ähnlich, wenn sie auch bestimmt mal genauso gut aussehende Herzensbrecher werden würden. Beide hatten ein kantiges Gesicht, mit schmaler Nase und großen grünen Augen. Der eine trug sein fuchsrotes Haar etwas kürzer als der andere, wodurch man sie gut unterscheiden konnte. Den frechen, draufgängerischen Blick ihres Bruders hatten sie jedenfalls bereits genauso perfektioniert.

»Ist das deine Schwester?«, fragte einer der Albright-Zwillinge.

»Du hast gar nicht gesagt, dass sie so heiß ist«, meinte der andere.

»Eww«, machte Tucker. »So was will ich nicht hören.«

»Hast du nicht noch eine andere Schwester?«

»Vergiss es, Rodney«, sagte Tucker streng.

Lila und ich tauschten einen weiteren Blick.

»Wir sollten«, setzte sie an.

»Schnell reingehen«, beendete ich den Satz.

Das Abendessen mit den Albright-Zwillingen war eine Erfahrung für sich. Die beiden waren wesentlich netter als gedacht und machten Tante Sutton höfliche Komplimente zu ihrem Spinat-Käse-Auflauf, aber Tucker hätte Lila und mich trotzdem vorwarnen können – wir hatten von dieser Einladung als Einzige nichts gewusst. Abgesehen von der Haarlänge unterschieden die beiden sich auch charakterlich sehr: Evan, der mit den längeren Haaren, war zurückhaltender, während sein Bruder Rodney ein echt loses Mundwerk hatte und sehr direkt sagte, was ihm durch den Kopf schoss. Die Flirt-Versuche gingen beim Nachtisch weiter, und irgendwann hielt ich diesen Überschuss an Teenie-Jungs-Hormonen nicht mehr aus und war froh, als mein Handyklingeln mich erlöste.

Ich fühlte mich fast schon ein wenig schlecht, dass ich einen kurzen Moment lang enttäuscht war, auf dem Display die Nummer meiner Mom und nicht die von Joe zu sehen. Im Gästehaus setzte ich mich auf mein Bett und nahm den Anruf entgegen. Als ich die Stimme meiner Mom hörte, überkam mich eine große Sehnsucht nach ihr und auch nach meinem Dad, und auf einmal war ich heilfroh, dass sie die Zeit gefunden hatte, sich zu melden. In der letzten Woche war es in unserem Familien-Chat recht still geworden, da meine Eltern kaum eine freie Minute hatten. Wir telefonierten fast eine halbe Stunde, bis Elise hereinkam und ich mein Handy an sie weiterreichte. Um sie nicht zu stören, setzte ich mich draußen auf einen Stuhl und bekam noch mit, wie Tucker sich von Rodney und Evan verabschiedete, die in einen hochglanzpolierten Wagen einstiegen, hinter dem Keir am Steuer saß.

Sieh an, Mr. Obercool holte seine Brüder selbst ab …

»Hey!«, rief ich Tucker zu. »Mom ist am Telefon!«

Ich deutete auf das Gästehaus, und Tucker huschte grinsend durch die Tür. Als ich mein Handy nach unserer Telefon-Runde wiederbekam, war der Akku fast leer, und ich steckte es ans Ladekabel.

Immer wieder starrte ich zum Nachttisch, nachdem Elise und ich uns eingekuschelt hatten, um zu schlafen. Nichts. Kein Anruf von Joe. Hatte er mich versetzt? Doch gerade, als ich die Augen schließen wollte, leuchtete der kleine Punkt am Display auf, der verkündete, dass eine neue Nachricht eingetrudelt war. Ich griff mir das Handy. Kurz fühlte ich eine alte Unsicherheit in mir aufwallen.

Franklins Schlussmach-SMS. Joes Wir-sollten-das Date-vergessen-Text.

Ich gab mir einen Ruck und entriegelte den Bildschirmschoner.

Sorry. Kam was dazwischen. Willst du morgen
zu mir kommen?
Du meinst, zu dir nach Hause?
Morgen ist keiner da. Auch Aubrie nicht.
Wie gruselig ist das Haus einer Vrăjitoare denn?
Auf einer Skala von 1 bis 10? Eine 100!
Ich stehe auf Herausforderungen, vergessen?
So gegen zehn? Ich schick dir die Adresse.
Okay, zehn Uhr. Werde da sein.

Eine Pause entstand, und ich sah, wie Joe immer wieder etwas tippte und tippte … und dann verschwand diese Anzeige wieder. Schließlich ploppte doch noch eine neue Nachricht auf.

Ich hätte heute gerne mehr Zeit mit dir verbracht.
Und ich mit dir. Gute Nacht.
Gute Nacht, Mia.

Ich drückte das Handy gegen meine Brust und hätte dabei fast das Ladekabel aus der Steckdose gerissen. Herausforderungen waren hier nicht das Einzige, auf das ich stand.

KAPITEL 32

AM NÄCHSTEN MORGEN verpasste mir der Föhn einen elektrischen Schlag, und ich ließ ihn vor lauter Schreck ins Waschbecken fallen. Meine rechte Hand, mit der ich ihn gehalten hatte, brannte förmlich vor Schmerz, und auf einigen meiner Finger bildeten sich schon rote Flecken. Elise kam, aufgeschreckt durch den Lärm, ins Bad gestürmt.

»Das ist der Fluch!«, rief sie ängstlich.

»Das war ein Kurzschluss«, meinte ich.

»Du musst die Finger unter kaltes Wasser halten, los!«

Vorsichtig holte ich den Föhn aus dem Waschbecken und folgte ihrer Anweisung, meine Haare musste ich dann eben zu einem Dutt zusammenbinden und sie später trocknen lassen. Ich schlüpfte in einen schwarz-rot karierten Rock und zog ein weißes Shirt dazu an, das ich in den Rock stopfte. Da meine Sandalen dank Aubrie und ihrer Cola klebten und ich noch nicht dazu gekommen war, sie sauber zu machen, zog ich einfach meine schwarzen Turnschuhe an.

Dann radelte ich bis zur Haltestelle, und eine Busfahrt später stieg ich an der Straße aus, die ich gestern noch rausgesucht hatte. Joe wohnte in einer Gegend von Stormbay, die ich nicht kannte, doch die Ecke war genauso malerisch wie eigentlich alles, was ich von der Stadt bisher gesehen hatte. Eine von Bäumen gesäumte Allee führte zwischen viktorianischen Häusern mit charmanten, kleinen Vorgärten entlang. Alles hier wirkte so frühlingshaft mit den Pastelltönen der Fassaden und den weißen Zäunen überall. Doch dann bog ich in die Elmwood Street ein und kam mir auf einmal wie eine Disney-Prinzessin vor, die von ihrem hellen Pfad voller Sonnenschein und zwitschernden Vögeln abgekommen war.

Hier waren die Hecken hoch und verschluckten das Licht, die Gebäude waren alt und manche sogar etwas heruntergekommen. Es herrschte eine unnatürliche Stille, und nirgends war eine Menschenseele zu sehen. Ich lief an einem Friedhof vorbei, und genau in dem Moment krächzte irgendwo ein Vogel – sicherlich ein Rabe, wie in den Filmen, bevor jeden Moment etwas Schlimmes passierte. Ich checkte auf meinem Handy noch mal die Hausnummer. Wo war denn die Nummer sechsundsechzig? Gab es irgendwo zufällig ein Schild, auf dem stand »Unheimliches Hexenhaus da lang«? Nein? Schade.

Das Haus der Dalcas stellte sich als das letzte in der Straße heraus.

Durch ein schmiedeeisernes Gitter, das nur angelehnt war, gelangte ich auf ein Grundstück, das ein bisschen verwunschen wirkte. Bäume bildeten ein dichtes Blätterdach, weil sich ihre Äste wie alte Freunde die Hände reichten. Unter meinen Turnschuhen knirschte Kies, und überall standen lauter Kübel mit seltsam verdorrten Pflanzen. Das Heim der Dalcas ähnelte einer kleinen Villa wie auf einem dieser Fotos, die man auf Pinterest durch Zufall entdeckte und bei denen man sich dann wie ein Hobby-Architekt fragte, seit wann Efeu-bewachsene Wände, breite Erkerfenster und ein schiefes Dach einen mehr anmachten als das neue Album von Taylor Swift.

Meine innere Fotografin konnte gar nicht anders, als das Handy zu zücken und ein Bild von dem Zuhause der Dalcas zu schießen. Das würde ich natürlich nicht posten, aber … irgendwie hatte ich das Bedürfnis, meine Eindrücke einzufangen. An der Haustür hing ein Kranz aus Wurzeln, Zweigen und getrockneten Kräutern, der ein Pentagramm bildete.

Da es keine Klingel gab, klopfte ich. Joe öffnete mir nur einen Moment später.

Seine Haare waren wuscheliger denn je, und er trug ein weißes Shirt, auf dem in dünnen, schwarzen Lettern der Spruch »Art is the highest form of hope« stand.

»Hi, Mia. Komm rein.«

»Bist du sicher, dass niemand da ist, der mich gleich auf einen Tisch bindet und ein Ritual an mir durchführt?«, scherzte ich. »Deine Familie mag mich ja nicht besonders.«

»Die Luft ist rein, versprochen. Hast du gut hergefunden?«

Ich nickte und trat in den Flur. Alles sah ein wenig altmodisch aus, aber auch unerwartet gemütlich. Die Tapete zierten Blumenornamente, und die meisten Möbel waren aus diesem schweren, dunklen Kirschholz, aus dem auch der Schreibtisch meines Dads in seinem Arbeitszimmer bestand. Den hatte er tatsächlich mal von einem Filmset mitnehmen dürfen und wochenlang über das Material schwadroniert, als bestünde der Schreibtisch aus Gold. Einige Dinge im Dalca-Haus wirkten auch ein bisschen wie Requisiten. Die antiken Lampenschirme, detailreich verzierte Vasen, der schwere Teppich mit den Fransen oder die bronzenen Kerzenständer zum Beispiel. In der Küche herrschte ein Durcheinander aus weiteren getrockneten Kräutern, Schalen und Gläsern voller Was-auch-immer, die überall herumstanden und den Raum nun doch etwas hexenhaft wirken ließen.

»Hast du Hunger? Sollen wir etwas frühstücken?«

Mein Blick schnellte zu Joe, den ich kurz vergessen hatte. Ich war viel zu beschäftigt damit, die vielen Details aufzusaugen. »Du musst dir keine Umstände machen«, sagte ich.

»Ich mache einen guten French Toast«, erwiderte er.

»Das habe ich zuletzt gegessen, als ich bei meiner Grandma war.«

»Du meinst die, die sich an Bäume bindet und deren Geist dich nicht heimsucht?«

»Nein, meine andere. Die, die hässliche Pullover strickt.«

»Ahh, verstehe«, sagte er. »Also? Frühstück?«

»Ja, gerne«, sagte ich. »Wie sind denn deine anderen Verwandten?«

»Wunderlich«, sagte Joe und schob einige der »Hexen-Utensilien« beiseite, damit er einen Teil der Arbeitsplatte nutzen konnte. Außerdem zog er einen Hocker unter dem Küchentresen hervor. »Hier, setz dich. French Toast schaffe ich auch allein.«

»Wunderlich?«, fragte ich amüsiert.

»Das beschreibt es am besten. Mein Onkel Tiberius zum Beispiel. Er wurde in seiner Hochzeitsnacht vom Blitz getroffen, als er im Garten schlafwandelte«, sagte Joe.

»Das denkst du dir doch gerade aus!«

Er begann Eier, einen Schuss Milch und eine gelbliche Flüssigkeit zu mischen. »Das ist Vanilleextrakt«, sagte er, als er meinen fragenden Blick bemerkte. »Die nicht ganz so geheime Zutat für die besten French Toasts. Und nein, das ist wirklich passiert. Aubrie hatte ja schon angedeutet, dass in unserer Familie merkwürdige Dinge geschehen. Unsere Theorie ist ja, dass der Dalca-Fluch sich bei jedem anders auswirkt. Meiner Schwester und mir sind noch nie solche Dinge passiert. Aber wir sind ja auch der Anker des Fluchs und haben ein anderes Los gezogen.«

»Hat schon mal jemand versucht, den Fluch zu brechen?«, fragte ich.

Joe hatte sich von mir abgewandt, um Butter in einer Pfanne auf dem Herd zu erhitzen.

»In der Dalca-Blutlinie gab es viele mit außergewöhnlichen Gaben«, sagte er. »Meine Großtante Edda konnte zum Beispiel verlorene Dinge wiederfinden. Oder nimm meine Grandma, die durch und durch eine Vrăjitoare ist. Aubrie und ich haben ein Gespür für das, was Menschen brauchen. Fakt ist jedenfalls, dass wir Dalcas schon immer mit Magie zu tun hatten, und vielleicht gab es den ein oder anderen, der es versucht hat.« Er ging zu einem der Schränke, holte Toast heraus und kam zurück an den Küchentresen, um ein paar der Scheiben in die klebrige Masse zu tunken. »Aber … ich kenne nur Geschichten darüber, wie der Fluch Menschen das Leben gekostet hat, die sich gegen ihn stellten.«

Er wurde plötzlich ganz still, und nur das Zischen der heißen Butter in der Pfanne erfüllte den Raum. Dachte er an Finneas und Barlow? An Alyssa und sich? Gab es noch andere?

Seufzend machte er weiter, und in den nächsten Minuten stapelten sich French Toasts auf einem Teller. Ich half ihm, einen kleinen Tisch auf der Terrasse zu decken, die zu einem verwilderten Garten mit einem Gewächshaus und mehreren Beeten hinausführte.

Erst als wir anfingen zu essen, brach der Bann des Schweigens.

»Das ist wirklich ein sehr guter French Toast. Mhhh!«

Joe lächelte kurz. »Tut mir leid wegen gerade. Ich … wenn ich über den Fluch nachdenke, überkommt mich jedes Mal ein Gefühl der Beklemmung«, erklärte er. »Ich geb's ungern zu, aber … das macht mir die meiste Zeit ziemlich Angst, weil es fast so ist, als wäre da irgendeine gedankliche Barriere, die mich zurückwirft.«

»Du musst über nichts reden, worüber du nicht reden willst«, sagte ich.

Wir teilten einen weiteren stillen Moment, in dem wir uns nur ansahen, aber es war diese gute, einvernehmliche Stille. Die Stille, die ein stummes Lied unserer Gefühle in unsichtbaren Noten spielte und dabei so durchdringend war, dass man glaubte, man könnte diese Noten greifen. In solchen Momenten wusste ich genau, was er dachte.

Und so wie er mich ansah, fühlte er es auch. Diese Verbundenheit.

Ich hätte heute gerne mehr Zeit mit dir verbracht.

Die Worte seiner Nachricht tanzten durch meinen Kopf.

Heute. Gestern. Morgen. Zeit mit ihm verbringen. Das wollte ich. Mit jeder Sekunde in seiner Gegenwart mehr. Ich wandte rasch den Blick ab und aß weiter.

»Ich wollte, dass du herkommst, weil ich dachte, wir könnten hier anfangen«, sagte Joe nach einer Weile. »In diesem Haus lebt unsere Familie seit Ewigkeiten. Auf dem Dachboden stehen haufenweise Kartons voller altem Zeug.«

»Du meinst, wir finden dort vielleicht etwas?«

Er zuckte mit den Schultern. »Sicher bin ich mir nicht, aber irgendwo müssen wir anfangen. Irgendjemand könnte irgendwann mal irgendwas über den Fluch herausgefunden haben.«

»Wow, wie hoffnungsvoll«, lachte ich.

»Hey. Ich gewöhne mich erst an den Gedanken, dass es überhaupt eine Option sein könnte, den Fluch zu brechen«, sagte er. »Ich spiele die ganze Zeit Szenarien durch, in denen das nicht gut für uns endet, und dann kommen mir lauter Zweifel.«

»Das möchte ich auch gar nicht kleinreden«, sagte ich. »Aber …«

Ja, was aber? Denn natürlich fragte ich mich inzwischen immer wieder ernsthaft, ob es den Fluch gab oder nicht. Und ob ich mir allmählich Sachen einbildete, wie eine Ampel, die keine Sekunde grün geblieben war, eine schwarze Katze oder kaputte Kopfhörer sowie den Kurzschluss beim Föhn. Für sich genommen waren das Kleinigkeiten, aber es konnten auch die ersten Zeichen dafür sein, dass mein – wie hatte Aubrie es damals genannt? – Leben aus der Balance geriet. Und deshalb reagierte ein Teil von mir wie Elise heute Morgen: der Fluch! Nicht zu vergessen, all die Dinge, die ich inzwischen wusste. Von Mr. Russel und Joe und … wahre Dinge, logische Dinge, aber auch herzzerreißende Dinge, schmerzhafte Dinge … unerklärliche Dinge.

»Ich möchte, dass du das nicht für mich tust«, fuhr ich fort. »Sondern für dich.«

Das entsprach nur der halben Wahrheit. Ich wollte, dass es ein »wir« gab.

Joe presste die Lippen zusammen, dann sagte er: »Die Sonnenblumen damals auf der Rückbank waren für dich. Ich weiß, dass McKenna es dir erzählt hat. Und ich wollte, dass du weißt … dass ich sie dir gerne geschenkt hätte. Aber als ich dich da habe stehen sehen, mit dem Wind in deinen Haaren und deinen Augen voller Neugier, konnte ich sie dir nicht mehr geben. Weil ich wusste, wenn ich das tue, will ich dir immer wieder welche schenken.«

Hitze schoss mir ins Gesicht. »Wieso sagst du mir das jetzt?«

Ganz vorsichtig schob er seine Hand über den Tisch, ein wenig nur, sodass sich unsere Fingerspitzen kaum berührten. »Weil ich das hier niemals nur für mich tun werde.«

»Joe«, sagte ich, und dann wusste ich nicht weiter. Er machte mich verlegen – auf die bestmögliche Weise. Da wurde mir klar, dass ich in dem Moment, wo ich Joe das erste Mal geküsst hatte, bereit gewesen war, mir das Herz wieder brechen zu lassen.

So wie meine Mom es prophezeit hatte. Und endlich verstand ich es.

»Lass uns abräumen. Wir haben einiges vor.«

KAPITEL 33

JOE HATTE NICHT ÜBERTRIEBEN, als er meinte, wir hätten einiges vor. Der Dachboden der Dalcas stand voller Kisten, Kartons und anderem Zeug. Ich dachte an meinen Besuch mit Lila im *Antique Treasures* und all den unnützen und gebrauchten Kram, der in diesem Laden herumstand. Dort war es aber zumindest geordnet und sauber gewesen, hier oben musste man dagegen echt befürchten, die Lunge kollabiere einem vor lauter Staub, der durch die Luft waberte. Ich bat Joe als Erstes, das schmale Fenster zu öffnen, das mit dem Buntglas an das einer Kirche erinnerte. Unschlüssig standen wir in diesem Meer aus Krimskrams. Dachböden wurde ja nachgesagt, sie seien chaotisch, aber das hier übertraf alles.

»Wann bist du das letzte Mal hier gewesen?«, fragte ich.

»Das ist ewig her«, antwortete Joe. »Als Kinder haben Aubrie und ich uns vor dem Dachboden gefürchtet. Wir dachten, hier würde es spuken, weil man manchmal komische Geräusche gehört hat. Vermutlich waren es Mäuse. Nach der Trennung meiner Eltern haben sie ein paar Sachen hier gebunkert, da war ich wohl das letzte Mal hier oben.«

»Es sieht aus wie ein Bermudadreieck, in dem etliche Dinge von etlichen Menschen angespült worden sind«, sagte ich und versuchte, mir einen Überblick zu verschaffen.

Neben einer schweren Truhe stand ein angelaufener Standspiegel mit goldenem Rand, über den gerade eine Spinne kroch. Brr, da musste ich mich richtig schütteln vor Ekel – Geister wären mir deutlich lieber als so ein Krabbelvieh. Immerhin gab es genug Platz, um sich einigermaßen frei bewegen zu können. Ein Teil des dunklen Holzbodens war leer geblieben, wie eine kleine Schleuse, die es einem ermöglichte, durch diesen Irrgarten aus Unrat zu wandern.

»Das trifft es ganz gut«, sagte Joe. »Hier hat sich über die Jahre vieles angesammelt. Manche der Sachen sind unfassbar alt. Das Dalca-Haus wurde immer von Mitgliedern der Familie bewohnt. Ich bin mir ziemlich sicher, dass niemand einen Überblick hat, was es hier alles zu finden gibt. Das Zeug, das wir regelmäßig benutzen, steht im Keller. Aber gerade deshalb …«

»Schätze mal, du hast recht«, meinte ich. »Wo würde man eher etwas finden als auf diesem Friedhof alter, vergessener Schätze, die verschiedenen Generationen der Dalcas gehört haben.«

»Jetzt ist nur noch die Frage, wo wir anfangen«, sagte Joe. »Vielleicht mit den Kisten und Kartons? Ich kann mir vorstellen, dass da eventuell Dokumente drin sind.«

Da wir nicht mal wussten, wonach genau wir eigentlich suchten, fingen wir also damit an. Zuerst wühlten wir uns gemeinsam durch Unterlagen und Fotoalben, dann teilten wir uns auf und gingen in verschiedenen Ecken auf Erkundungstour. In einem schmalen Schrank hingen von Motten zerfressene Mäntel, die ihre besten Jahre lange hinter sich hatten. Ich inspizierte Hutschachteln voller unleserlicher Postkarten sowie Schubladen zweier Kommoden, die voller Besteck und Geschirr-Reste waren, die nicht zusammenpassten, und öffnete kleine Kästchen mit Schmuck. So ging das eine ganze Weile.

»Lebst du noch?«, rief Joe mir irgendwann zu.

In den letzten Minuten war es still geworden, weil ich hoch konzentriert versucht hatte, das rostige Schloss an einem mit Messing beschlagenen Koffer aufzukriegen. Es war schon locker, klemmte aber leider. Joe hockte sich plötzlich neben mich. Ihm hatte meine Nicht-Antwort wohl zu lange gedauert. Wir tauschten einen kurzen Blick.

»Ich habe da hinten Werkzeug gesehen, warte kurz.«

Innerhalb weniger Sekunden war er wieder da und reichte mir einen Hammer. Ich holte damit aus und wollte auf das Schloss zielen, als sich der schwere Kopf des Hammers löste und irgendwo hinter uns krachend in den Standspiegel mit dem goldenen Rand flog. Glas splitterte. Ich rappelte mich hoch und starrte fassungslos auf das Ergebnis. Lauter Scherben!

»O nein!«, stieß ich aus. »Das bedeutet doch sieben Jahre Pech.«

Joe machte eine wegwerfende Handbewegung. »Keine große Sache. Gegen solche Missgeschicke kann man gut mit Hexengläsern angehen. Ich mach dir eins zum Schutz.«

»Was sind denn Hexengläser?«, fragte ich.

»Schmale Gläser oder Fläschchen, die man mit Kristallen, Gewürzen, Blumen und Kräutern füllt«, erklärte er. »Je nach Zusammenstellung bewirken sie etwas anderes.«

Klang ziemlich esoterisch, wenn man mich fragte, aber beim Anblick des kaputten Spiegels hatte ich doch ein mulmiges Gefühl und sagte einfach nur: »Okay.«

Joe zog überrascht die Augenbrauen hoch. »Du findest das okay?«

»Schaden kann es nicht«, sagte ich kleinlaut.

»Eben hast du noch gesagt, du zweifelst weiterhin an der Fluch-Sache, und jetzt wirkst du wegen ein paar Scherben verunsichert«, stellte er fest. »Ist dir so was in letzter Zeit öfter passiert? Wenn es da etwas gibt, musst du es mir sagen, dann hören wir …«

»Sofort auf?«, unterbrach ich ihn. »Denk nicht mal dran! Wir hören nicht auf, weil ich einen Spiegel kaputt gemacht habe. Und nein, es ist nichts passiert. Alles ist gut.«

»Dann ist ja … *gut*«, sagte er bedächtig. »Der Koffer ist übrigens offen.«

Enttäuschung machte sich in mir breit. Der Kofferdeckel wölbte sich leicht, weil dessen Inhalt, anscheinend irgendwelche alten

Kleider, daraus hervorquollen. Ich schob ihn zurück in die Lücke zwischen einem Schirmständer und dem Porträt eines Mannes.

»Gibt es nicht ein Hexenglas, das uns hilft, etwas Nützliches zu finden?«

»So funktionieren die leider nicht«, antwortete Joe. »Man füllt die Gläser mit bestimmten Intentionen und konzentriert sich dabei auf einen Vorsatz. Wenn man nicht weiß, was man bewirken möchte, läuft so ein Zauber ins Leere. Das kann gefährlich werden.«

»So wie die Liebeszauber, ja?«, zog ich ihn auf.

»Ich war nicht derjenige, der damals davon angefangen hat.«

»Ein Liebeszauber hätte eh nicht mehr geholfen«, meinte ich.

Joe sah mich nachdenklich an.

»Was?«, fragte ich.

»Ich bin froh, dass du … drüber weg bist.«

Ich lächelte matt. »Ich auch.«

Zögernd griff ich mir eine zerfledderte Ausgabe von *Romeo und Julia* aus einer Truhe, die Joe eben geöffnet hatte, und schlug sie wahllos an einer Stelle auf. Eine gepresste Blume lag zwischen den Seiten. Ich strich mit dem Finger über sie. Wie schön! Vorsichtig klappte ich das Buch wieder zu und wollte es zurücklegen, als eine lose Seite heraussegelte.

Joe war schneller als ich und hob sie auf. »Sieh mal.«

Ich betrachtete das Papier. Darauf stand eine Widmung.

Unsere Geschichte geht anders aus.
In Liebe, B.

B? Vielleicht wie … Barlow St. John?

Wir beugten uns über die Truhe und betrachteten die anderen Sachen darin. Eine Handvoll weiterer Klassiker, in denen jedoch nichts Handschriftliches auf dem Vorsatzpapier stand. Einige Klamotten.

Eine defekte Taschenuhr. Und jede Menge kleine Dinge wie ein Füllfederhalter, ein Haarband mit Blumen, Kronkorken, Murmeln und ein mit den Initialen F. D. besticktes Taschentuch. Ganz unten lag eine flache Schachtel, die voller alter Fotografien war. Bestimmt hatte all das einen emotionalen Wert.

»Diese Truhe«, setzte ich an. »Meinst du, das sind Finneas' Sachen?«

Joe nahm eine der Fotografien aus der Schachtel. »Finneas ist lange vor meiner Geburt gestorben, und im Haus gibt es keine Bilder von ihm. Meine Grandma spricht fast nie von ihrem Zwillingsbruder. Wahrscheinlich, weil es zu schmerzhaft für sie wäre.«

»Das kann ich mir vorstellen«, sagte ich.

»Verbindungen zwischen Zwillingen sind besonders«, sagte Joe. »Das mag wie ein blödes Klischee klingen, zumal ich keine weiteren Geschwister habe außer Aubrie, aber wir beide verstehen uns auf einer Ebene, für die wir keinerlei Worte brauchen.«

»Ich … hatte doch mit jemandem über den Fluch gesprochen«, begann ich.

Joe sah zu mir. »Tut mir leid, dass ich dich deshalb so angegangen bin und dir nicht zugehört habe.«

»Das ist längst vergessen«, sagte ich. »Jedenfalls hat Mr. Russel, das ist der Mann, mit dem ich geredet habe, mir erzählt, dass er mit Finneas befreundet war. Er ist mit ihm und deiner Grandma zur Schule gegangen, damals. Und er hat mir auch von Barlow St. John erzählt. Wusstest du, dass Finneas und sie unsterblich ineinander verliebt waren?«

Er blickte nachdenklich auf die Sachen der Truhe. »Den Namen Barlow St. John habe ich noch nie gehört. Meine Grandma hat sie nie erwähnt. Du meinst also, sie und Finneas hatten so eine tragische Romeo-und-Julia-Geschichte miteinander am Laufen?«

»Tragisch ist ihre Geschichte schon«, sagte ich. »Mr. Russel hat erzählt, die beiden wären mit ihrem Wagen von den Klippen gestürzt und in den Fluten ertrunken.«

Joe starrte mich überrumpelt an. »Das wusste ich nicht.«

»Deine Grandma hat wohl vieles für sich behalten.«

»Sie hatte sicher ihre Gründe«, sagte Joe. »So wie wir alle unsere Gründe haben, unsere Geheimnisse zu bewahren. Schließlich hat sie versucht, nach vorne zu sehen, hat meinen Grandpa geheiratet und … sie war glücklich. Für eine kleine Weile zumindest.«

»Ist sie das?«, fragte ich und deutete auf ein weiteres Foto. Es lag obenauf und zeigte ein junges Mädchen mit langem schwarzem Haar, das auf einer Schaukel saß.

»Schwer zu sagen«, antwortete Joe. »Das muss ewig her sein. Meine Grandma ist neunundsechzig, und das Mädchen auf dem Foto könnte so ungefähr zwölf sein.«

Ich nahm den Fotopacken aus der Schachtel, und Joe und ich begannen, sie gemeinsam durchzusehen. Einige zeigten Orte, andere Motive in der Natur. Auf einer Handvoll war wieder das schwarzhaarige Mädchen, gemeinsam mit einem Jungen, der ebenfalls schwarzes Haar hatte. Die meisten schienen Kinderfotos zu sein, aber auf einigen waren die beiden auch wesentlich älter, vielleicht so alt wie Joe und ich. Man konnte unverkennbar ihre Ähnlichkeit ausmachen. Das waren Mrs. Dalca und ihr Bruder, ganz sicher!

Das allerletzte Foto in der Schachtel zeigte eine kleine Gruppe Jugendlicher. In der Mitte stand Finneas, den Arm um ein Mädchen mit Locken gelegt. Die beiden wirkten sehr vertraut miteinander. Rechts von ihnen ein schlaksiger Junge, links ein Mädchen mit Sommersprossen und daneben Mrs. Dalca, die ein Buch im Arm hatte.

»Das ist an unserem Bootshaus«, sagte Joe verwundert.

»Sie sehen alle so glücklich aus«, meinte ich.

»Bis auf Grandma«, sagte Joe. »Sie schaut eher so, als befürchte sie, man würde ihr jede Sekunde ihren Roman stehlen. Wobei, wenn man genau hinsieht, dann …«

»Dann was?«, hakte ich nach.

»Auf dem Deckel vorne, das ist eine Triskele.«

»Du meinst dieses kleine Symbol, das aussieht wie drei wellenförmige Kreise, die miteinander verschmolzen sind? Ist das nicht aus irgendeiner Mythologie?«

»Auch«, sagte Joe. »Eine Triskele kann verschiedene Bedeutungen haben. Unter anderem sagt man, dass die drei Kreise einer Triskele für Einklang stehen. Zum Beispiel für die Vergangenheit, Gegenwart und Zukunft. Oder auch Körper, Geist und Seele. Triskelen halten Unglück fern und balancieren Energien aus. Deshalb eignen sie sich gut als Schlösser.«

»Als Schlösser? Was soll das heißen?«

»Sie sind die perfekten Geheimniswahrer für Gedanken.«

»Dann ist das kein Roman, sondern ein … Tagebuch?« Doch noch während ich die Frage stellte, setzten sich meine eigenen Gedanken in Bewegung. »Oder ein … ein Hexalon.«

»Woher weißt du, was ein Hexalon ist?«, fragte Joe.

»Als ich ins *Mirage* gekommen bin, um am Tag nach unserem Date mit dir zu reden, hat Aubrie mir die Seite mit dem Fluch-Reim aus dem Hexalon gezeigt«, antwortete ich. »Sie wollte mich damit abschrecken, nachdem deine Grandma mir die Karten gelegt hat.«

»Darüber haben wir nie wirklich gesprochen«, sagte Joe.

War vielleicht auch besser so, ehe Joe noch komplett ausflippte, wenn er erfuhr, dass seine Grandma mir meinen Tod vorausgesagt hatte. Wenn ich an Finneas und Barlow oder auch Alyssa dachte und dann an diese unheimlichen Zeilen über den Tod, den man in eisigen Wellen fand, sobald man einen Dalca liebte … da flatterte mein Herz doch ein wenig schneller. Und wenn Joe sich nicht mehr genau daran erinnerte, was ich an dem Tag zu ihm gesagt hatte, dann würde ich es jetzt ganz sicher nicht wiederholen.

»Ich weiß gar nicht mehr so genau, was war«, flunkerte ich und überging das Thema schnell, indem ich zurück aufs Wesentliche lenkte. »Aubrie meinte, die Hexalon-Seite wäre nur eine Abschrift, und mir ist aufgefallen, dass die Seite unten abgerissen ist. Aber sie hat nicht gesagt, wo ihr das Hexalon aufbewahrt. Vielleicht könnten wir darin etwas finden.«

»Das Hexalon ist verschollen«, machte Joe diese Hoffnung zunichte.

»Bist du dir da sicher? Könnte nicht deine Grandma es haben?« Ich hielt erneut das Foto hoch. »Was, wenn sie es die ganze Zeit schon hatte und mehr weiß, als sie zugibt? Wenn der Fluch-Reim weitergeht, könnten die letzten Zeilen entscheidend sein.«

»Meine Grandma ist vieles, aber keine Lügnerin, Mia«, sagte Joe energisch. »Denkst du nicht, wenn sie die ganze Zeit das Hexalon unserer Ahninnen gehütet hätte, wüssten Aubrie und ich das? Sie würde doch niemals zulassen, dass unsere Familie weiter unter dem Dalca-Fluch leidet, wenn sie wüsste, wie man diesen beenden kann.«

»Ich habe auch nie behauptet, sie sei eine Lügnerin«, erwiderte ich ebenso energisch. »Du hast selbst gesagt, sie hat Geheimnisse. Wir könnten sie einfach fragen.«

»Nein«, sagte Joe entschieden. »Das regt sie zu sehr auf.«

»Es ist eine ganz einfache Frage«, sagte ich. »Warum willst du nicht …«

»Joseph! Wo bist du? Ich brauche deine Hilfe!«

Wenn man vom Teufel sprach: Die Stimme gehörte Mrs. Dalca.

KAPITEL 34

»BITTE, FRAG sie nicht.«

Wieso war Joe plötzlich so defensiv? Ich dachte, ihm wäre das Lösen des Fluches ebenso wichtig wie mir? Ein Stich der Enttäuschung breitete sich in meiner Brust aus.

Joe stemmte sich vom Boden hoch. »Kommst du?«

»Ja, sofort. Ich packe nur schnell wieder alles zusammen.«

Er nickte und verschwand die Leiter hinunter, da seine Grandma in diesem Moment ein weiteres Mal nach ihm rief. Hastig legte ich die Schachtel mit den Fotos in die Truhe und war schon dabei, sie zu schließen, als … ach, verdammt! Ich griff hinein und holte das letzte Foto, das wir betrachtet hatten, heraus und steckte es ein. Wenn es hier oben versauerte, würde es doch niemand vermissen, versuchte ich mein schlechtes Gewissen zu beruhigen. Und vielleicht enthielt es ja doch einen wichtigen Hinweis!

Ich schloss die Luke zum Dachboden und folgte der Treppe ins Erdgeschoss. Die Haustür stand offen, und aus der Küche drangen Geräusche. Da Joe nirgends zu sehen war, trat ich um die Ecke. Mrs. Dalca erstarrte in der Bewegung und fixierte mich.

»Du!«, zischte sie. »Was machst du denn hier?«

»Ich … ähm, Joe hat mich eingeladen. Hallo.«

Mrs. Dalca stolperte rückwärts, als fürchtete sie sich vor mir.

»Deine Aura! Sie hat sich verändert! Sie ist so dunkel, so schrecklich dunkel!«, brachte sie atemlos hervor. »Du hast meine Warnung ignoriert! Wie konntest du nur!«

Ihre unheilverkündende, erschrockene Art zu sprechen verursachte mir eine Gänsehaut. Gleichzeitig verspürte ich einen Anflug von Abneigung gegen sie, weil sie mich wieder grundlos angriff und nicht mal den Anstand hatte, mit mir in einem normalen Tonfall zu reden. Ich versuchte, ihr Dasein als Vrăjitoare zu respektieren, aber das fiel mir wirklich schwer, wenn sie mich ansah, als wäre ich die Wurzel allen Übels. Bei unserer ersten Begegnung hatte sie zumindest noch ein wenig Freundlichkeit für mich übriggehabt.

»Sie haben selbst gesagt, für Neugier sollte man sich nicht schämen, weil sie der Erweiterung des Horizonts dient«, sagte ich. »Was haben Sie nur gegen mich?«

Mrs. Dalca schwieg einen Augenblick und durchbohrte mich mit ihren Augen, als wolle sie mir bis in die Seele hineinblicken. Und wer weiß? Vielleicht tat sie das ja auch.

»Ich habe mich geirrt. Du bist nicht auf der Suche nach etwas oder jemandem.« Nun klang ihre Stimme ruhig und glatt, wie ein stiller See, unter dessen Oberfläche es in ungeahnte Tiefen ging. »Du bist auf der Suche nach der Dunkelheit, die bereits ihre Finger nach dir ausgestreckt hat, du hegst einen Todeswunsch und ziehst Joseph ins Unglück!«

Ihre Worte verletzten mich auf ungeahnte Weise.

»Ich … nein!«, brachte ich hervor. »Ich würde nie … ich …« Warum fiel es mir in ihrer Gegenwart plötzlich so schwer, einen klaren Gedanken zu fassen? »Joe und ich …«

Im nächsten Moment griff Mrs. Dalca sich etwas vom Tresen und warf es nach mir. Ich schaffte es gerade noch, mich wegzudrehen, als ein Fläschchen gegen den Türrahmen krachte und zersprang. Der Geruch von Lavendel verteilte sich in der Küche, und ich nahm an, dass in dem Fläschchen Öl gewesen war. Mir hämmerte das Herz bis zum Hals.

»Was ist hier los?« Joe war hinter mir aufgetaucht, eine Kiste mit

Kräutern in den Armen. Er sah von mir zu seiner Grandma. Dann registrierte er das kaputte Fläschchen auf dem Boden. Er sah mich vorwurfsvoll an. »Hast du sie etwa doch gefragt?«

»Ich habe gar nichts getan!«, verteidigte ich mich.

»Mich was gefragt?«, entfuhrt es Mrs. Dalca.

»Nicht aufregen, Grams«, sagte Joe in beruhigendem Ton. Er stellte die Kiste auf dem Tresen ab und ging auf sie zu. »Du weißt, was das letzte Mal passiert ist. Bitte.«

»O, mein Junge«, sagte Mrs. Dalca bedauernd. »Wie konntest du nur? Ich sehe es in deinen Augen. Sie hat dich in ihren Bann gezogen! Ein Dalca darf sich nicht auf die Seite einer Strazitóre stellen! Noch ist es nicht zu spät. Du musst sie gehen lassen!«

Ich hatte keine Ahnung, was Strazitóre bedeutete, aber nach einem Kompliment klang es nicht. Erst das mit den Tarotkarten, und jetzt hetzte sie Joe gegen mich auf? Und das Allerschlimmste daran war: Er sagte kein einziges Wort, um mir den Rücken zu stärken.

»Mrs. Dalca«, begann ich und musste mich unglaublich zusammenreißen, diese alte Frau nicht so anzugreifen, wie sie es gerade bei mir getan hatte. Ich war wütend, aber das hieß nicht, dass ich ihr die Genugtuung geben würde zu sehen, wie sehr mich ihre Worte gereizt und getroffen hatten. Dafür war ich zu stolz. »Wieso beruhigen Sie sich nicht, dann können wir uns zusammensetzen und über alles reden. Ich bin mir sicher …«

»Du bist in meinem Haus nicht willkommen!«, unterbrach sie mich herrisch.

Nun schritt Joe doch endlich ein. »Grams, bitte. Denk an dein Herz.«

An ihr Herz? War Mrs. Dalca etwa krank?

Sie riss sich plötzlich von Joe los, und ehe ich michs versah, war sie vorgeschnellt und hatte mein linkes Handgelenk umklammert. Ihre Nägel gruben sich in meine Haut.

»Du dummes Mädchen!«, schalt sie mich. »Meine Karten hätten dich retten können! Begreifst du denn nicht, was auf dem Spiel steht? Es geht nicht nur um dein Leben!«

»Sie tun mir weh«, presste ich hervor.

Joe packte die Hand seiner Grandma und schaffte es, sie von mir loszukriegen.

»Es tut mir so leid, Mia, aber ich denke, es ist besser, wenn du gehst«, sagte er. Joe sah mich flehentlich an, und das war der einzige Grund, warum ich nicht ausflippte. Denn er schien alles andere als glücklich darüber zu sein, mich wegzuschicken. »Bitte.«

»Ich finde allein raus«, sagte ich leise.

Am Tor warf ich noch einen Blick zurück, dann ging ich endgültig.

Zurück in Seawink stieg ich gerade aufs Rad, als mein Handy vibrierte.

Das eben tut mir unendlich leid.

Was sollte man darauf antworten? Die letzte halbe Stunde hatte ich die Szene in der Küche Revue passieren lassen, und ich verstand einfach nicht, wieso Mrs. Dalca einen solchen Groll gegen mich hegte. Klar, sie dachte, ich würde Joe in Gefahr bringen, indem ich mit ihm Zeit verbrachte. Wegen des Fluchs. Aber woher wusste sie überhaupt, dass ich angefangen hatte, mich umzuhören? So hatte es zumindest geklungen. Dieser ganze Scheiß von wegen Aura und Dunkelheit und Unheil ging mir so gegen den Strich!

Ich kann dir erklären, was mit meiner Grandma los war.
Kommst du morgen zur Strandparty?

Unschlüssig blickte ich auf mein Handy.

Was ist eine Strazitóre?
Sag mir, was das Wort bedeutet.

Nach meiner Frage antwortete Joe nicht mehr, also radelte ich los. Vor dem Gästehaus zog ich mir gerade meinen Helm vom Kopf und war im Begriff hineinzugehen, da kam eine neue Nachricht von ihm. Ich klickte sie sofort an, um sie zu lesen.

Strazitóre bedeutet Blutsfeindin.

Ich schloss den Chat und atmete tief durch, um mich nicht zu sehr aufzuregen. Was mir nur schwer gelang. Blutsfeindin? Mrs. Dalca hielt mich für eine Feindin ihrer Familie? Wow. Das war echt tief gezielt. Im Gästehaus warf ich erst mal meinen Helm, meine Tasche und mein Handy aufs Bett und ging ins Badezimmer, um mir kaltes Wasser ins Gesicht zu spritzen. Das tat zwar gut, aber diesen Riesenknoten voller Sorgen in meinem Magen löste es nicht. Erschöpft setzte ich mich einfach in die Badewanne und starrte eine Weile die Mosaikkacheln mit den vielen Schmetterlingen an.

So fand mich Elise einige Zeit später vor. »Wieso sitzt du angezogen in der Badewanne?«

»Ich versinke ein bisschen in Selbstmitleid«

»O nein. Es ist doch nichts wegen Joe passiert?«

»Nicht direkt«, sagte ich vage. »Ich mag nicht drüber reden.«

»Okay.« Elise hockte sich an den Rand der Wanne. »Tante Sutton hat vorgeschlagen, dass wir alle zusammen Minigolf spielen könnten. Als ich gesehen habe, dass du wieder da bist, dachte ich, ich frag mal, ob du mitmöchtest. Tucker und Lila sind dabei.«

»Lila auch?«, fragte ich überrascht.

Meine Schwester lächelte. »Tante Sutton und sie sind eben echt lange im Büro verschwunden und haben geredet. Ich glaube, die haben sich endlich wieder vertragen.«

Tucker und Elise hatten sich zwar nicht so intensiv mit dem Streit zwischen Tante Sutton und Lila beschäftigt wie ich, aber natürlich war den beiden nicht entgangen, dass der Haussegen schief gehangen hatte. Hoffentlich war das jetzt Geschichte!

»Bin dabei«, sagte ich. »Gebt ihr mir fünf Minuten?«

Meine Schwester nickte. »Komm einfach ins Haupthaus.«

Nachdem sie weg war, kroch ich aus der Badewanne heraus, zog meinen Rock zurecht und kämmte mir die Haare einmal durch, ehe ich neue Wimperntusche auftrug, weil ich die alte zum Teil weggeweint hatte. Beim Gang zurück ins Zimmer schnappte ich mir meine Tasche. Das Handy ließ ich einfach liegen – ich brauchte jetzt Abstand. Vom Dalca-Fluch-Drama hatte ich für heute nämlich genug. Blutsfeindin … Joe hatte seine Grandma einfach so etwas zu mir sagen lassen! Pah, sollte er eben schmoren!

KAPITEL 35

ERIC KAM PÜNKTLICH zur vereinbarten Zeit am Vormittag, um mich abzuholen. Seit wir uns im *Island Grill* gesehen hatten, war gefühlt eine halbe Ewigkeit vergangen, dabei waren es genau genommen nur einige Tage. Seine Schwester Ramona saß auf der Rückbank, weil Eric ihr versprochen hatte, sie auf dem Weg bei einer Freundin abzusetzen, die am Rand von Seawink lebte. Sie ignorierte uns und hörte über ihre Kopfhörer so laut Musik, dass wir das Radio aus ließen. Als Eric vor einem hübschen Haus mit rotem Anstrich hielt, war sie schneller ausgestiegen, als er ihr auf Widersehen sagen konnte.

»Geschwister«, grummelte Eric.

»Kenne ich nur zu gut«, sagte ich.

»Ich bin froh, dass du dich gemeldet hast«, meinte er, setzte den Blinker und lenkte seinen Wagen, einen blauen Ford, auf die Hauptstraße. »Ich dachte schon, die Geheimnisse, die Mr. Russel dir anvertraut hat, hätten dich ins Grab gebracht.«

»Haha«, machte ich. »Ich war einfach nur beschäftigt.«

»Er war nach eurem Gespräch an den Tagen darauf richtig gut gelaunt. Kein Gemecker über sein Essen oder die zu langsame Bedienung. Es war regelrecht unheimlich!«

»Ich finde, sein komischer Ruf wird ihm nicht gerecht«, meinte ich.

Eric hatte gesagt, dass wir ungefähr eine Dreiviertelstunde brauchen würden, um ans Ziel zu kommen, da wir für unser Freunde-Foto-Date weiter raus wollten. Nämlich zu den Trails, die entlang des

Meeres durch ein Stück Natur führten, ohne dass man eine Wanderung hinlegen musste. Ich hatte ihm gestern Abend getextet, nachdem der Chat mit Joe im Sand verlaufen war. Ich hatte es einfach nicht über mich gebracht, ihm zu antworten, und Joe hatte kein weiteres Mal geschrieben. Da war doch ein Ausflug das Beste, um den Kopf frei zu kriegen, richtig? Eric hatte mich damit aufgezogen, dass ich ihn für jeden Tag, den ich ihm Mr. Russels Geheimnisse vorenthalten hatte, mit einem Muffin entschädigen musste, und dann hatten wir uns spontan verabredet. Und hier waren wir. Also erzählte ich Eric von meiner Recherche zum Dalca-Fluch und auch ein wenig über Joe.

»Ich bin mit meiner Familie erst vor einigen Jahren hergezogen, als mein Onkel gestorben ist und uns sein Haus hinterlassen hat. Mein Dad hatte gerade seinen Job verloren, und meine Familie hatte finanzielle Schwierigkeiten, da war dieser Neuanfang wie ein Zeichen«, sagte Eric. »Ich kenne zwar auch ein paar der Geschichten, die man sich auf der Insel so erzählt, und besonders seit ich im *Island Grill* arbeite, kriege ich das ein oder andere mit. Doch ehrlich gesagt halte ich das alles für ausgemachten Unsinn.«

»Das dachte ich anfangs auch«, sagte ich.

»Anfangs? Jetzt also nicht mehr?«, hakte Eric nach.

»Nein. Ja. Doch … ach, ich bin mir unsicher. Als ich das erste Mal von dem Dalca-Fluch gehört habe, dachte ich, das wäre eine nette Gruselgeschichte für die Touristen«, erklärte ich. »Doch je besser ich Joe kennengelernt habe, umso mehr habe ich verstanden, wieso er daran glaubt. Das ist Teil seines Familienerbes, und wenn du mit so einem Glauben aufwächst, ist es sicher schwer, ihn abzuschütteln. Und es gab ein paar merkwürdige Zufälle. Um ganz ehrlich zu sein: Da zweifelt man schon etwas an seinem Verstand.«

Eric warf mir einen amüsierten Blick zu. »Du magst also einen

Jungen, der verflucht ist, aber seine Familie ist gegen dich, und der Fluch bedeutet euren Untergang.«

»Fasst es ganz gut zusammen«, sagte ich.

Er kannte im Gegensatz zu mir aber auch nicht alle Details. Ich hatte meine Erzählung oberflächlich gehalten, gesagt, wie ich Joe getroffen hatte und dass ich danach den Gerüchten um den Fluch auf die Spur gekommen war. Die Sache mit Finneas und Barlow behielt ich für mich, und alles, was Joe mir anvertraut hatte, würde ich niemals ohne seine Zustimmung weitererzählen. Nicht mal Lila. Dazu hatte ich einfach kein Recht.

»Vielleicht hast du nach deinem Ex auch einfach nur Angst, jemanden an dich heranzulassen und willst deshalb an diesen Fluch glauben«, meinte Eric.

»Das ist es nicht«, widersprach ich leise.

Wir hatten vor einer Weile den dichten Wald hinter uns gelassen und fuhren nun über eine Straße, zu deren rechter Seite noch einige Bäume einen Hang hinauf wuchsen. Links von uns sah man das Meer und ferne Gebirge. Der Himmel über uns war azurblau, und er verschmolz mit dem glänzenden Wasser, so als würde der Horizont den Ozean küssen.

»Das war nicht böse gemeint«, entschuldigte sich Eric.

»O! Das weiß ich doch. Ich war nur kurz hin und weg von der Aussicht«, sagte ich. »Der Fluch ist es nicht, der mich von irgendetwas abhält. Sondern die Angst.«

»Hey«, sagte Eric sanft. »Jeder Mensch hat doch Angst. Ich zum Beispiel vor Schnecken, Zahnärzten, Ausverkäufen, zu denen ich meine Schwestern begleiten muss, oder Fahrstühlen. Ganz oben auf der Liste steht natürlich, jemals wieder zu daten.«

»Schnecken?«

»Die sind echt eklig.«

Darüber musste ich lachen. »Das mit dem Daten kriegst du schon wieder hin«, sagte ich überzeugt. »Und dann bringst du ein anderes Mädchen zum Lachen.«

»Ja, vielleicht«, sagte er. »Wovor genau hast du Angst?«

»Ich … ich denke davor, dass es nicht der Fluch ist, der zwischen uns steht«, gestand ich. »Nach dem Sommer bin ich wieder in Portland und … ich weiß auch nicht.«

»Ich glaube zwar nicht an Flüche, aber … O Mann, das wird jetzt so verdammt kitschig klingen«, murmelte Eric. »Also, ich glaube an die Liebe. Daran, dass man irgendwann, nach all dem Herzschmerz, den richtigen Menschen für sich findet. Für immer.«

»Das *ist* kitschig«, sagte ich. »Aber ich wünsche mir, dass es wahr ist.«

Nach einer Weile erreichten wir einen ausgeschilderten Parkplatz. Wir packten unsere Sachen zusammen und liefen los. Es gab verschiedene Rundgänge entlang der Küste, und wir entschieden uns für eine Anfänger-Route, die ungefähr zwei Meilen lang war. Der feste Untergrund wurde schnell von platt getrampelter Erde abgelöst, und ein Geländer aus dünnen Holzbalken trennte den Trail von abfallenden Felsen, auf denen Wildblumen und Gestrüpp wuchsen. Eric hatte extra eine alte, ausrangierte Kamera seines Dads mitgenommen, um mir ein paar der Einstellungen zu zeigen. Die ersten Fotos, die ich schoss, waren leicht unscharf, oder die Lichtverhältnisse stimmten nicht ganz. Obwohl ich schon einiges über die Verwendung der Blende, die richtige Belichtungszeit oder den ISO-Wert von Kameras wusste, war es etwas anderes, mit einer unbekannten Kamera zu arbeiten.

Doch an dem Aussichtspunkt, der die Hälfte der Strecke markierte, gelang es mir endlich. Ein nicht ganz so perfekter, aber gelungener Schnappschuss eines Leuchtturms in der Ferne, mit Segelbooten auf offenem Meer und cooler Lense Flare – das Wasser hatte einige Sonnenstrahlen im genau richtigen Moment auf den Wellen reflektiert.

Mich durchströmte ein riesiges Glücksgefühl.

Später, nach gefühlt tausend Fotos und einem Abstecher zu einer Pizzeria, die in der Nähe von Tante Suttons Haus lag, brachte Eric mich wieder heim. Ich lud ihn ein hereinzukommen – Lila hatte uns sowieso mit dem Auto kommen sehen und wartete schon an der Tür, darum stellte ich die beiden einander vor. Wir saßen kurz darauf zu dritt auf der Veranda und tranken Eistee, als sich das Gespräch plötzlich der Strandparty zuwandte, die McKenna vorgestern erwähnt hatte.

»Ihr sprecht von Marcus Foster, oder?«, fragte Eric.

»Genau. Er geht auf unsere Schule«, sagte Lila. »Kennst du ihn?«

»Habe von ihm gehört«, meinte Eric. »Ist das nicht dieser Typ, der ständig sein Essen auf Instagram postet? Meine Schwester Jude war mal voll verknallt in ihn.«

»Seine Familie hat ein Restaurant in Stormbay«, erwiderte Lila.

Ich stocherte mit meinem Strohhalm im Glas herum und schwieg. Auf Whidbee Island kannte jeder jeden oder hatte zumindest mal von ihm gehört, und ich konnte da einfach nicht mitreden. Eric trank einen Schluck Eistee und sah dann auf seine Uhr.

»Ich muss jetzt leider Ramona abholen«, sagte Eric. »Danke für den Tee.«

»Hey«, sagte Lila. »Wieso gehst du nicht auch zur Strandparty?«

»Ja, das wäre cool«, sagte ich und blickte zu ihr. »Wenn das okay ist?«

Lila machte eine wegwerfende Handbewegung. »Ach, Marcus tut immer so, als wären seine Partys klein und exklusiv, und am Ende hängt da die halbe Insel rum, weil er das Bier bezahlt. Ist ja nicht so, als wäre das eine Party der North-Side-Kids.«

»Uh, die North-Side-Kids«, kommentierte Eric.

»Genau«, sagte Lila. »Uh.«

»Gut, dann bin ich in zwei Stunden wieder hier, und wir fahren zusammen, oder?«

»Wenn du es noch nicht satthast, den Chauffeur zu spielen«, meinte ich.

»Wo denkst du hin! Das ist meine neue Berufung«, sagte Eric grinsend.

Nachdem er gegangen war, sah Lila mich amüsiert an.

»Was?«, fragte ich.

»Du magst ihn.«

»Ja, als Freund.«

»Und weiß er das auch?«, fragte sie.

»Ich habe ihm von Joe erzählt«, antwortete ich.

»Mh.«

»Was – mh?«

»Nur so ein Gefühl«, sagte sie.

»Lila, ich mag Joe. So richtig, okay?«

Ihre Mundwinkel zuckten verräterisch.

»Bin gespannt, was Joe von Eric hält«, sagte sie.

»Was soll er schon von ihm halten? Eric ist nett.«

»Mh«, machte sie wieder.

»Lila!«, rief ich empört. »Du bist doch eh nicht bei der Party.«

»Allmählich bereue ich das. Scheint so, als wird es interessant.«

»Wo bist du eigentlich? Das hast du noch nicht gesagt.«

»Unser Roller-Derby-Team hat ein Meeting«, sagte sie. »Ich könnte zwar nachkommen, aber wir gehen danach meist noch was essen, und dann wird's immer spät.« Sie lächelte. »Aber wenn etwas sein sollte, ruf mich an. Ich hole dich jederzeit ab, okay?«

»Danke, das ist lieb von dir«, sagte ich. »Minigolf gestern hat echt Spaß gemacht. Wir könnten das doch statt einer Party wiederholen? Nach deinem Camping-Ausflug?«

Lila nickte. »Mom hat sich übrigens, bevor wir gestern hingefahren sind, bei mir entschuldigt, ist das zu glauben?«, begann sie. »Dafür, dass sie sich so in alles eingemischt hat, und noch für ein paar andere Dinge. Sie hat mir versprochen, dass sie mir in Zukunft mehr Freiraum gibt. Das Gespräch war wirklich gut. Mir geht's jetzt besser.«

»Das ist schön!«, sagte ich und lächelte.

»Das ist es«, sagte Lila glücklich.

Wenigstens dieses Problem war schon mal aus der Welt geschafft – und das ganz ohne Magie!

KAPITEL 36

DIE PARTY WAR IN VOLLEM GANGE, als Eric und ich in der Morah Bay aufschlugen. Lila hatte sich nicht geirrt – das war kein kleines Zusammenkommen. Hier waren gut fünfzig Leute am Feiern, vielleicht sogar mehr. Sie saßen um das brennende Lagerfeuer oder auf einem der vielen Baumstämme, die aus dem Sand ragten, und unterhielten sich über die laute Musik hinweg, die sicher aus irgendeiner Bluetooth Box kam. Gerade lief ein alter Song von Fall Out Boy. Etwas abseits standen mehrere Fässer voller Eiswürfel, in denen Getränke gekühlt wurden – und genau dort entdeckte ich Christopher und McKenna. Ich machte alle miteinander bekannt, und wir entkorkten ein paar Getränke.

Ich war froh, dass es neben Bier auch Softdrinks gab, denn schließlich musste Eric noch Auto fahren. Außerdem machte ich mir nicht viel aus irgendwelchen Saufgelagen. Morgan hatte sich oft die Kante gegeben und war dann immer völlig ausgeflippt. Sie hatte mich immer wieder prüde genannt, aber das war mir egal gewesen. Hin und wieder trank ich auch gerne etwas, doch wenn Tante Sutton mir schon genug Vertrauen schenkte, mich mit Eric, einem Jungen, den sie kaum kannte, auf diese Party so weit abseits von Seawink gehen zu lassen, wollte ich hinterher nicht mit einer Alkoholfahne bei ihr antanzen.

Dass Morah Bay zum Schauplatz dieser nicht ganz so ruhigen Party wurde, verstand ich allerdings sehr gut. Die Bucht war wirklich etwas ab vom Schuss, und in der Gegend gab es keine Ferien- oder Wohnhäuser. Der Strand mündete in eine aufgetürmte Felsformation. In der

Ferne konnte man das Wrack eines Schiffs erkennen, das halb im Wasser und halb auf den splittrigen Steinen lag, welche den weichen Sand ablösten. Der Anblick kam mir irgendwie bekannt vor, obwohl ich noch nie hier gewesen war, und ich grübelte eine Weile darüber nach, wieso das so war.

Irgendwann flüsterte McKenna mir zu, dass sie mal müsse, und ich begleitete sie in eine etwas abgelegenere Ecke, wo eine Reihe Gräser und Büsche wuchsen. Fehlende Toiletten … einer der Nachteile an solch einem Ort. Vielleicht sollte ich das mit der Limonade doch noch überdenken.

»Was war das für ein Geräusch?«, fragte McKenna ängstlich.

»Keine Sorge, dich murkst niemand beim Pinkeln ab«, sagte ich.

»Versprichst du, nicht wegzurennen, wenn da ein Serienmörder auftaucht?«

»Hoch und heilig«, sagte ich belustigt.

McKenna kam hinter dem Busch hervor und lief zum Meer, um sich ihre Hände notdürftig zu waschen. Danach kramte sie in ihrer Handtasche herum und seufzte.

»Hast du einen Kaugummi?«

»Ja, Moment«, antwortete ich und wühlte in meiner eigenen Tasche herum, bis ich einen fand, den ich ihr gab. »Hast du eigentlich schon Aubrie und Joe gesehen?«

Wir liefen langsam Richtung Party zurück.

»Aubrie kommt nicht«, sagte McKenna. »Sie hat mir eben geschrieben, dass sie mit Maisie über Skype Video-chatten wollte und keinen Bock mehr auf Party hat. Und Joe? Der kommt meist viel zu spät oder gar nicht. Partys sind nicht so sein Ding.« McKenna hatte wohl schon einen Drink zu viel gehabt, denn sie plapperte noch schneller als sonst. Nicht, dass mich das stören würde. Ich mochte ihre lebhafte Art. »Kann man ihm auch nicht übel nehmen. Er sieht ja ständig die Mädels, die er gedatet hat.«

»O«, entfuhr es mir. Darüber hatte ich bislang auch nicht nachgedacht. Ob es seltsam für ihn war, seine magischen Dates glücklich mit jemand anderem anzutreffen?

»Mach doch nicht wieder dieses Grübel-Gesicht«, zog sie mich auf.

»Ich gebe mir Mühe«, murmelte ich. »Was ist das da hinten eigentlich für ein Wrack?«

»Die Bellemare«, antwortete McKenna. »Über das Schiffsunglück gibt es viele Gerüchte. Ein paar der älteren Einheimischen sagen, dass die Besatzung verbotene Güter geschmuggelt hat und das Schiff in den Fünfzigern hier gestrandet ist, weil die Mannschaft die umliegenden Höhlen als Verstecke und Lager benutzt hat.«

»Schmuggler?«, fragte ich irritiert. Das kam mir bekannt vor …

»Oder Piraten.« McKenna zuckte mit den Schultern. »Angeblich soll es in den Felsen von Morah ein geheimes Tunnelsystem geben, das teils noch unentdeckt ist. Voller Verstecke, in denen Schätze zu finden sind. Früher war es eine beliebte Mutprobe, in die Schmugglerhöhle zu gehen, aber wenn die Flut kommt, wird es dort richtig gefährlich. Man muss schon echt große Todessehnsucht verspüren, wenn man da freiwillig reingeht.«

Nachdenklich blickte ich den Strand hinunter – warum kam mir das so bekannt vor? Genau! In meiner gebrauchten Polaroidkamera hatte doch dieses verschwommene Foto gesteckt! Darauf war ein Ausschnitt dieser Bucht zu sehen gewesen, der Morah-Bucht! Lila hatte etwas über die vermeintlichen Schmuggler erzählt und ebenfalls von der Gefahr gesprochen, die mit der Flut einherging.

»Whidbee Island und seine Geschichten«, murmelte ich.

Wir waren kaum auf der Party zurück, da kam Christopher auf uns zu.

»Ich glaube, du solltest mal mit Eric reden, Mia«, sagte er.

»Was ist mit Eric?«, fragte ich alarmiert.

Christopher deutete über seine Schulter. »Der ist gerade heftig mit einem Mädchen aneinandergeraten, und dann hat ihr Freund oder wer auch immer ihm eine runtergehauen.«

»Was?«, entfuhr es McKenna.

Ich war ebenso entsetzt. »Wo ist Eric? Ich sehe ihn nicht.«

Christopher drehte sich um. »Gerade stand er noch … Mist.«

»Ich gehe ihn suchen«, sagte ich.

»Wir helfen dir«, meinte McKenna.

»Am besten teilen wir uns auf«, sagte Christopher.

Schnell gingen wir in getrennte Richtungen. Ich drängelte mich zwischen einigen tanzenden Leuten durch und versuchte, die Gesichter um mich herum auszumachen. Der Mond erhellte zwar die Nacht, aber es war trotzdem gar nicht so leicht, sich zurechtzufinden. Hier wuselten einfach zu viele herum!

Erleichterung durchflutete mich, als ich Eric dann doch noch fand. Er saß abseits der Party auf einem breiten Stein, der aus dem Sand ragte und starrte aufs Meer hinaus. Erst beim Näherkommen holte mich meine Sorge wieder ein. Seine Unterlippe war aufgeplatzt, und Blut lief ihm in einem dünnen Rinnsal das Kinn hinab und tropfte auf sein Shirt.

»Bist du okay?«, fragte ich automatisch. Ich fischte ein Taschentuch aus meiner Handtasche und hielt es ihm hin. »Christopher meinte … was ist denn passiert?«

Eric nahm das Taschentuch und presste es sich auf die Unterlippe. Ich setzte mich neben ihn auf den breiten Stein und stupste ihn zaghaft mit dem Ellbogen an.

»Da war meine Ex-Freundin Serena.« Er räusperte sich. »Ihren neuen Freund hatte sie auch im Schlepptau. Ich wollte bloß an ihr vorbei, da hat sie mich angequatscht, und als ich sie ignoriert habe, fing sie an, mich anzublaffen, was mein Problem sei. Da habe ich kurz die Beherrschung verloren und zurückgeblafft. *Mein* Problem.« Er schnaufte verächtlich. »Sie hat mich doch wegen dieses älteren Typen sitzen lassen! Mehr habe ich gar nicht gesagt, da hat Mr. Neandertaler mich auch schon mit seiner Faust begrüßt.«

»Wie niveauvoll«, meinte ich. »Tut es sehr weh?«

»Ich werde es überleben«, murmelte er.

Eric blickte zu mir, und in seinen Augen lag ein trauriger Glanz. Es wirkte, als müsse er sich enorm zusammenreißen, um nicht seinen Gefühlen zu erliegen. Ich verstand ihn so gut. All die Male, in denen ich Franklin in der Schule begegnet war … Wäre er dann noch mit einer neuen Freundin vor mir herumstolziert, hätte ich mitten im Gang geheult.

»Du siehst aus, als könntest du eine Umarmung vertragen. Oder zehn.«

»Ich nehme, was ich kriegen kann«, sagte er halb ernst, halb scherzhaft.

Voller Mitgefühl schloss ich ihn in eine feste Umarmung. Die Berührung schien etwas in ihm zu lösen, denn ich hörte Eric aufschluchzen, zwar nur ganz leise, aber ich drückte ihn umso fester und spürte, wie sein Rücken sich unter meinen Fingern bewegte, weil er schneller ein- und ausatmete. Wann hatte ihn zuletzt jemand umarmt?

Als ich ihn losließ, wischte er sich hastig übers Gesicht.

»Danke, Mia«, sagte er leise.

Dann wurde der Augenblick seltsam intim. Wir saßen so dicht beieinander, dass ich seine Körperwärme spüren konnte, als wäre dieser Stein unsere eigene kleine Insel. Eric streifte mir plötzlich ganz sanft eine Haarsträhne aus der Stirn und öffnete die Lippen.

»Es tut mir leid«, sagte ich beklommen.

Eric ließ die Hand sinken. »Ich weiß. Das gerade … sorry.«

»Schon gut«, sagte ich.

»Der verfluchte Junge«, murmelte er.

»Ich mag ihn wirklich sehr«, sagte ich, und es klang wie eine zweite Entschuldigung.

»Nein, ich meine, der verfluchte Junge. Dalca. Er ist hier.«

Ich drehte den Kopf herum – und tatsächlich, dort stand Joe, nur wenige Meter entfernt, und starrte zu uns beiden herüber. Die Miene ausdruckslos im Mondlichtschatten.

»Ich gehe mal besser«, flüsterte Eric.

»Du musst nicht …«

»Doch, ich sollte. Die Party ist für mich eh gelaufen«, sagte er. »Meinst du, du kommst mit jemand anderem nach Hause? Christopher, McKenna oder … dem Fluch-Jungen?«

Ich nickte. »Geht es bei dir?«

Er sah mich an und lächelte matt. »Wahrscheinlich.« Ehe ich noch etwas sagen konnte, stand er auf. Als er Joe passierte, begrüßten die beiden sich flüchtig, dann war Eric weg.

Für einen Herzschlag fühlte es sich seltsam an, dass Joe seinen Platz einnahm. Nicht, weil ich mich nicht freute, Joe zu sehen, das tat ich, sehr sogar, sondern weil ich wünschte, Eric und ich wären in dieser Nacht anders auseinandergegangen. Der arme Kerl …

»Was ist passiert? Geht's dir gut?«, fragte er.

»Eric ist nur … in eine blöde Situation geraten. Mir geht's gut.«

»Bevor oder nachdem er versucht hat, dich zu küssen?«

So schnippisch kannte ich Joe gar nicht. War er etwa eifersüchtig?

»Er hat nicht …« Ich zögerte. »Er war durcheinander.«

Joe schluckte schwer. »Du hast ihn nach unserem Date getroffen, oder?«

»Ja, das stimmt. Aber … im Gegensatz zu Eric bin ich nicht durcheinander, was meine Gefühle angeht«, sagte ich und sah Joe fest in die Augen. »Eric und ich sind Freunde.«

Er beugte sich vor. »So wie du und ich Freunde sind?«, raunte er mir ins Ohr.

Sein Atem streifte meine Haut, und sofort spürte ich dieses nervöse Kribbeln, das mich so oft in seiner Gegenwart überkam. Auf diesem Stein war einfach viel zu wenig Platz. Oder gerade genug, wenn man jemandem nahe sein wollte, jemanden *wirklich* küssen wollte … Doch ich war noch immer verletzt und ein wenig sauer, dass Joe sich nicht für mich eingesetzt hatte, als seine Grandma verbal auf mich losgegangen war. Also konnte er sich seine sexy Stimme sonst wohin stecken. Er schuldete mir Antworten!

»Bist du hergekommen, um mir irgendwelche Vorwürfe zu machen? Ich finde, den Job hat deine Grandma gestern schon ziemlich gut gemacht«, erwiderte ich frustriert.

Joe rückte ein winziges Stück von mir ab. »Meine Grandma hatte letztes Jahr einen Herzinfarkt. So unnahbar und unverwüstlich sie auch wirken mag, sie ist nicht unverwundbar«, sagte er leise. »Seitdem leidet sie an einer Herzschwäche, und wenn sie sich aufregt – und glaub mir, das tut sie immer, wenn es um den Fluch geht –, dann schadet das ihrer Gesundheit. Deshalb konnte ich mich nicht gegen sie stellen.«

»Das tut mir sehr leid«, sagte ich mitfühlend. »Ich kann mir nicht vorstellen, was das für eine schreckliche Erfahrung für sie gewesen sein muss. Ihr macht euch sicher große Sorgen. Aber trotzdem gibt ihr das nicht das Recht, so mit mir umzuspringen. Sie hat mich beleidigt und verletzt, und du hast absolut nichts dagegen unternommen.«

Joe griff nun nach meinen Händen und sah mich flehentlich an.

»Sie ist meine Grandma, Mia. Ich habe so viel verloren, so viele Menschen, die ich geliebt habe, haben mich verlassen«, sagte er. »Ich weiß, dass sie störrisch und ungerecht sein kann. Glaub mir, ich weiß das. Ich bin bei ihr aufgewachsen. Aber sie liebt mich, und ich will ihr nicht das Herz brechen, indem ich ihr sage, dass sie mich irgendwo vom Meeresgrund fischen kann, wenn das mit dem Fluchbrechen nicht funktioniert. Du würdest sicher genauso denken, wenn es dabei um Tucker oder Elise ginge. Wenn sie es wären, die vor Sorge umkämen, weil du dich in etwas Gefährliches stürzt.«

Verflucht auch! Seine Worte appellierten an meinen Verstand, aber meine Gefühle wehrten sich dagegen. Ich war hin- und hergerissen und wusste nicht, was ich sagen sollte. Natürlich würde ich für Tucker und Elise alles tun, einfach alles! Aber ich würde nicht zulassen, dass sie so mit jemandem umsprangen, der mir etwas bedeutete.

Und war das nicht die ständige Frage zwischen uns? Was ich ihm bedeutete? Ja, er hatte sich dazu entschlossen, mit mir nach einer Möglichkeit zu suchen, den Fluch zu brechen. Doch war das etwas wert, wenn er bei einer Konfrontation gleich einknickte? Er konnte die Wahrheit doch nicht für immer vor seiner Grandma geheim halten.

»Es tut mir leid, dass sie dich beleidigt und verletzt hat. Wenn Menschen Angst haben, machen sie verrückte Sachen«, sagte er. »Ich will sie nicht entschuldigen, aber sie ist kein schlechter Mensch. Und wie jeder andere verdient sie eine zweite Chance, richtig?«

»Im Grunde war unser Zusammentreffen ihre zweite Chance«, murmelte ich.

Was würde beim nächsten Mal passieren? Ein netter Exorzismus? Mrs. Dalca hatte eigene Dämonen, die sie vielleicht bekämpfen sollte, aber das verkniff ich mir zu sagen.

»Ich bin davon überzeugt, dass sie dich noch überraschen wird.«

»Vielleicht«, nuschelte ich halbherzig. Ich stand auf und blickte in Richtung der Party. Sie erschien mir plötzlich unendlich weit weg. Der schwache Bass eines Lieds hallte bis zu uns herüber, aber die Leute dort wirkten wie Ameisen. »Christopher und McKenna suchen bestimmt noch nach Eric. Ich sollte ihnen Bescheid sagen, dass ich ihn gefunden habe, es ihm gut geht und er heimgefahren ist. Sonst sind die zwei morgen noch dabei.«

Als ich mich umdrehte, war Joe ebenfalls aufgestanden. »Schreib ihnen. Geh noch nicht zur Party zurück«, bat er. »Lass uns noch etwas Zeit miteinander verbringen.«

Ich zögerte. Ein Mondscheindate mit Joe am Strand? So etwas Ähnliches hatte ich mir gewünscht, doch ein Teil von mir war plötzlich verunsichert. Und so, wie er mich ansah, was das kein Vielleicht-Lächeln mehr. Sein Blick war eine verheißungsvolle Einladung, mit dem Feuer zu spielen, und ich musste keine hellseherischen Fähigkeiten besitzen, um zu erkennen, dass ich mir daran die Finger verbrennen würde. Aber vielleicht war das auch Teil vom Sich-Verlieben. Logik außer Kraft zu setzen, Warnungen auf stumm zu schalten und zu der Melodie zweier Herzen zu tanzen, jede Sekunde davon auszukosten, bis diese wieder verstummte.

»Das fände ich schön«, antwortete ich.

KAPITEL 37

DAS MEER VERWANDELTE sich in der Nacht in etwas Dunkles, Magisches, und dem Anblick der vielen kleinen Lichter der Sterne am Himmelszelt, die sich auf dem Wasser spiegelten, konnte man sich schwer entziehen. Joe und ich waren kurz vor dem Wrack der Bellemare umgedreht, denn nach McKennas Warnung wollte ich diesen Teil der Gegend meiden. Es gefiel mir, wie wir langsam nebeneinander hergingen, sich unsere Arme hin und wieder streiften und nur das Peitschen der Wellen, die stürmisch zum Strand stoben, uns begleitete. Mein Herz klopfte stetig schneller, als ich darüber nachdachte, seine Hand zu nehmen. Es war nur solch eine kleine Geste, und dennoch verknüpfte mein Verstand sie mit tausend Gefühlen. Fast hätte ich mir diesen Wunsch erfüllt, doch wir waren inzwischen fast wieder vor der Partylocation, und die einsame Atmosphäre, die Vorstellung, es gäbe nur uns zwei an diesem Strand, löste sich damit schlagartig auf – genau wie Marcus die Party selbst.

Nur eine Handvoll Leute trieben sich hier noch herum. Das Lagerfeuer war zu einem Haufen Asche und Glut zusammengeschrumpft. Wir setzten uns auf einen der freien Baumstämme in der Nähe. Die Musik war nur noch ein leises Säuseln, das ich kaum wahrnahm. Was vielleicht auch an dem Lächeln lag, das Joe mir schenkte. Er hatte etwas aus der Tasche seines schwarzen Hoodies gezogen und hielt es mir auf der Handfläche hin.

»Das wollte ich dir noch geben. Es ist ein Geschenk.«

Es war eine winzige, quadratische Schmuckschachtel, und sofort hüpfte mein Herz höher. Aufgeregt nahm ich sie an mich und schob behutsam den dünnen Deckel auf.

»Das ist doch …«

Mir stockte der Atem. Es war das wunderschöne Medaillon, das ich bei unserem Treffen im Park von Breezing in seinem Skizzenblock bewundert und das mir am besten gefallen hatte. Doch es unterschied sich in feinen Details von Joes damaligem Entwurf. Statt den Zacken einer Sonne umfingen den schwarzen Stein in der Mitte Blütenblätter, die daraus eine Sonnenblume werden ließen. Und aus den winzigen Zeichen neben den Sternchen waren ebenso winzige Musiknoten geworden. Ich fuhr mit dem Finger über die Gravierungen, die er eigens für mich angepasst zu haben schien, und war sprachlos.

»Gefällt dir die Kette nicht?«, fragte Joe vorsichtig. »Ich … ich wollte ein paar Dinge anders machen. Damit sie zu dir passt und noch etwas einzigartiger wird und dabei …«

»Mir hat noch nie jemand etwas so Schönes geschenkt«, hauchte ich. Mein Blick fand seinen. »Ich … ich liebe sie. Vielen Dank. Sie ist unglaublich schön.«

Zaghaft deutete Joe auf die Kette, und ich nickte. Ich ließ sie zurück in seine Hände gleiten, drehte mich um und fasste meine Haare auf einer Seite zusammen, damit er sie mir umlegen konnte. Behutsam glitten seine Finger über mein Schlüsselbein und verhakten dann den Verschluss in meinem Nacken, der von seinem nahen Atem prickelte. Das Medaillon ruhte nun auf meiner Brust, und erneut strich ich darüber, ehe ich mich Joe zuwandte und sich ein glückliches Lächeln auf meine Lippen stahl.

In diesem Augenblick war jedes Zögern verschwunden und mein Wunsch ein ganz anderer geworden. Ich beugte mich vor, und ein noch größeres Glücksgefühl durchströmte mich, als er dasselbe tat und wir den Abstand zwischen uns mit einem Kuss schlossen. Das Knistern der sterbenden Glut und die tosenden Wellen traten in den Hintergrund, während mein Herz aufgeregt und immer schneller schlug.

»Marcus, komm da sofort wieder runter!«, kreischte auf einmal jemand.

Joe und ich fuhren auseinander, und ich verfluchte die Person, die mich gerade um diesen vollkommenen Kuss-Moment gebracht hatte. Suchend blickte ich mich um, aber bis auf Joe, mich und ein blondes Mädchen waren inzwischen alle fort. Das blonde Mädchen sah Hilfe suchend zu Joe und mir herüber. Sie deutete auf einen Jungen, anscheinend Marcus, der gefährlich schwankend über eine Felsformation kletterte, die nicht weit von uns entfernt aus dem Wasser ragte. In jedem anderen Moment wäre sein albernes Verhalten vielleicht sogar lustig gewesen, aber es war dunkel, und er schien komplett betrunken zu sein. Joe und ich sprangen, alarmiert durch das Geschehen, zeitgleich auf, doch als ich mich wie ferngesteuert der Szene nähern wollte, fasste Joe mich am Arm und hielt mich fest.

»Er kommt da schon allein wieder runter«, sagte er.

»Er ist betrunken«, erwiderte ich. »Das schafft er nicht allein.«

»Bitte, helft mir!«, rief das Mädchen uns zu.

»Ihr seid solche Langweiler!«, brüllte Marcus.

Er hielt sich mit einer Hand an der Spitze der Felsen fest, und es wirkte fast schon lächerlich, als wäre er der Darsteller in irgendeinem Hai-Film und habe sich vor dem Ungeheuer aus der Tiefe retten müssen. Dann rutschte er mit einem Fuß ab. Das Mädchen kreischte, aber Marcus schaffte es irgendwie, sich weiter an die Felsen zu klammern.

»Joe, er schlägt sich noch den Kopf auf«, sagte ich energisch.

Doch Joe ließ mich nicht los. Er starrte auf die Wellen, welche die

Felsen umspielten, aufgepeitscht vom Nachtwind gegen sie preschten, und schien wie festgefroren.

»Ich … ich kann nicht«, wisperte er.

Ich brauchte einen Moment, um zu schalten. Das Meer, die Wellen … wieso hatte ich ihn nie gefragt, ob er seit dem Segelbootunfall überhaupt wieder im Wasser gewesen war? Vielleicht verursachte der Anblick bei ihm eine mentale Sperre, denn als ich mich losmachte und zu dem Mädchen aufschloss, blieb er einfach stehen. Marcus war inzwischen dazu übergegangen, irgendein Lied zu singen, wobei er jedes Wort in die Länge zog wie Kaugummi und immer wieder wie irre lachte.

»Was ist los mit ihm?«, fragte ich das Mädchen.

»Ich glaube, er hat … irgendwas genommen«, sagte sie.

»Marcus!«, brüllte ich. »Komm da sofort runter!«

»Kommt und holt mich doch!«, sagte er herausfordernd.

»Ich … ich kann nicht schwimmen«, wimmerte das Mädchen.

Verdamme Scheiße auch! Ich streifte meine Umhängetasche ab, fischte mein Handy heraus und schaltete die Taschenlampen-App ein, ehe ich beides dem Mädchen in die Hand drückte. Sie verstand sofort und begann, den Weg auszuleuchten. Vom Sandstrand bis zu den Felsen waren es höchstens vier Armlängen, und ich nahm an, dass das Meer dort nicht sehr tief sein konnte. Marcus war unmöglich in seinem Zustand geschwommen. Mir ging die Kälte durch alle Knochen, als ich knietief im Meer stand und sich Kleid und Unterwäsche sofort mit Wasser vollsogen. Doch wie vermutet ging es nicht ins Bodenlose. Dass die Wellen allerdings eine riesige Kraft besaßen, wurde mir erst klar, als ich versuchte voranzukommen. Sie zerrten an mir, drückten gegen meinen Körper, als wollten sie mich umwerfen und mit sich ziehen. Früher hätte ich so eine unüberlegte und spontane Aktion nicht einmal in Betracht gezogen!

Ich zitterte am ganzen Leib, als ich die Felsen erreichte. Meine Finger fanden kaum Halt auf dem glitschigen, moosbewachsenen Untergrund, doch ich schaffte es irgendwie hinauf. Marcus war inzwischen ganz still geworden und starrte ins Leere, als erwarte er dort am Horizont ein Schiff, das ihn retten würde. Der Wind schnitt mir scharf in die Haut, und ich musste die Zähne zusammenbeißen, damit ich nicht auf der Stelle einfach festfror.

»Marcus«, säuselte ich. »Ich bin's, Mia. Magst du mir deine Hand geben?«

Zu meiner Erleichterung tat er genau das, auch wenn er mehrere Versuche brauchte, um sie zu packen. Vielleicht sah er sie ja doppelt, was wusste ich. Es war ein purer Kraftakt, ihn dazu zu bringen, mit mir das Wasser zu überqueren, doch er gehorchte. Die Wellen beruhigten sich ein wenig, und Marcus vor mich her manövrierend watete ich weiter.

Dass er so passiv war und kaum mithalf, frustrierte mich unendlich.

»Beweg dich!«, presste ich hervor. »Marcus! Du musst dich bewegen!«

Was auch immer er geschluckt hatte, der Trip war anscheinend vorbei und er gerade depressiv in irgendein Loch gefallen. Wir waren fast wieder am Ufer, als etwas meinen linken Unterschenkel streifte und ein brennender, scharfer Schmerz mir bis ins Knie schoss. Ich keuchte auf, und mir knickte das Bein weg. Ich wusste selbst nicht genau, wie das geschah. Vielleicht, weil meine inneren Organe sich inzwischen anfühlten, als hätten sie sich in Eiswürfel verwandelt und die Temperatur des Wassers so niedrig war, dass mir vor Schreck die Luft wegblieb und damit auch meine Fähigkeit zu denken. Aber als die nächsten Wellen kamen, warfen sie mich einfach um, und im nächsten Moment war mein Kopf unter Wasser. Panik ergriff von mir Besitz.

Wer es wagt, sich gegen den Fluch zu stellen, findet den Tod in eisigen Wellen.

Plötzlich war da dieser Singsang in meinen Gedanken, als würde mir eine ferne Stimme die Zeilen aus dem Hexalon zuflüstern. Mich beherrschte für den Augenblick nur noch diese eine Frage: Was, wenn der Fluch wirklich real war? Nein! Ich durfte nicht zulassen, dass so ein Reim solche Macht über mich gewann! Ich kämpfte mich hoch. Mein linkes Bein schmerzte, und meine Lunge schrie nach Sauerstoff, doch ich schaffte es mit letzter Kraft zur Wasseroberfläche. Und dann war da plötzlich Joe, der mich packte. Dessen Finger so fest und kalt auf meiner Haut lagen, dass es schon wehtat. Der mich ans Ufer zerrte, wo Marcus bereits schnaufend im Sand kauerte. Der mit mir zu Boden sackte. In dessen Augen die Verzweiflung stand. Und der meinen Namen sagte. Immer und immer wieder.

Er schlang die Arme um mich. Halb saßen, halb lagen wir im Sand, der sich nass und kalt anfühlte und nach einer anderen Art von Meer roch. Nach gierigen Wellen und unnachgiebigem Windtosen, als hätte ihn die Gefahr des Ozeans ausgespuckt.

»Danke«, wisperte ich.

KAPITEL 38

IN DER NOTAUFNAHME kümmerte sich eine freundliche Ärztin um mich, die in Tante Suttons Alter sein musste. Weil meine Klamotten klitschnass waren, hatte man mich in eines dieser kratzigen, sterilen Hemden gesteckt und in eine Wärmedecke gepackt.

»Du bist noch mal mit dem Schreck davongekommen«, sagte Dr. Cooper und machte sich einige Notizen auf ihrem Klemmbrett. »Die leichte Unterkühlung, die wir schnell in den Griff bekommen haben, und die Verletzung am Bein wirst du in ein paar Tagen kaum noch spüren. Die Verletzung stammte übrigens von einem Fisch, denn in den Gewässern rund um die Insel gibt es einige Fischarten mit giftigen Stacheln, die uns Menschen aber nicht dauerhaft schaden. Man könnte die Verbrennung mit der einer Qualle vergleichen. Sie tut höllisch weh, aber du wirst es überleben.« Sie bedachte mich mit einem ernsten Blick. »Das Schwimmen in der Morah Bay ist übrigens sowieso strengstens untersagt. Selbst im Sommer sind die Wassertemperaturen dort kritisch, das hätten deine Freunde wissen müssen. Du hattest großes Glück, ich hoffe, das ist dir klar!«

Unter ihrem strafenden Blick machte ich mich ganz klein. Ich fühlte mich schrecklich. Nicht nur wegen dieses schlimmen Erlebnisses – die Panik steckte mir noch in den Knochen –, sondern auch, weil die Aktion verflucht dumm gewesen war. Die alte Mia hätte sich niemals so verhalten. Sie hätte den Notruf gewählt, Abstand gehalten und einen Plan gemacht. Nun fragte ich mich, ob mein

Wunsch nach Veränderung mich nicht auch unvorsichtiger hatte werden lassen. Oder ob das alles doch an dem Fluch lag …

Nein, nein, nein! Ich war selbst für mein Handeln verantwortlich.

»Ja, ich weiß«, sagte ich. »Ich habe einen Fehler gemacht.«

»Gut. Deine Tante ist informiert und kommt dich abholen. Ich schicke einen Pfleger zu dir, der sich um einen Verband für dein Bein kümmern wird«, sagte sie.

»Danke, Dr. Cooper.«

Sie seufzte ausgiebig. »Ich habe selbst vier Töchter, eine sogar in deinem Alter. Also lass mich dir einen Rat geben: Wenn das nächste Mal jemand aus deiner Clique es für einen Spaß hält, eine Überdosis Lithium zu nehmen, ruf sofort beim Sheriff an.«

Bevor ich begriff, was sie damit meinte, verschwand sie und zog den Vorhang zu, der das Bett, auf dem ich saß, von den anderen abtrennte. Lithium? Ich wickelte die Decke enger um mich. War Marcus deshalb so komisch drauf gewesen? Viel Zeit, um darüber nachzudenken, hatte ich nicht, denn da kam schon der angekündigte Pfleger.

Wenige Minuten später war ich verarztet und wieder allein. In meinem Bein, genauer gesagt oberhalb des Knies, pochte es unangenehm. Ich schüttelte mich, weil mir die Kälte noch in jeder Pore zu stecken schien. Joe hatte man eben weggeschickt, weil er kein Angehöriger war. Er hatte gesagt, er würde sich umziehen und dann wiederkommen. Anscheinend bunkerte er in seinem Auto weiterhin Ersatzklamotten. Seit dem Vorfall hatte er kaum etwas gesagt. Er hatte nur darauf bestanden, uns alle herzubringen.

»Darf ich … darf ich kurz zu dir?«, fragte ein dünnes Stimmchen.

Es war das blonde Mädchen, das am Strand bei Marcus gewesen war. Unsicher blieb sie stehen. Ich nickte, und sie kam näher. Bei meinem Anblick traten ihr Tränen in die Augen.

»Ich wollte nicht, dass alles so eskaliert«, sagte sie. »Es tut mir so, so leid.«

»Es ist doch nicht deine Schuld, dass Marcus ...«

»Doch, irgendwie schon«, unterbrach sie mich. »Ich ... ich bin übrigens Stella.«

»Mia«, sagte ich. »Wie genau meinst du das?«

»Er war den ganzen Abend schon nicht so gut drauf«, erklärte sie. »Und als ihm jemand was angeboten hat, hat er die Pillen geschluckt, und ich habe es nicht verhindert.«

»Das hat Marcus selbst zu verantworten«, meinte ich.

»Jedenfalls ... tut es mir leid. Geht es dir gut?«, fragte Stella.

»Halb so wild«, antwortete ich.

»Sie behalten Marcus über Nacht hier«, sagte sie. »Er kriegt sicher mächtig Ärger, wenn sie etwas in seinem Blut finden, und dann verdonnert der Sheriff ihn zu Sozialstunden.«

»Geschieht ihm recht«, murmelte ich. »Findest du nicht?«

Stella zögerte. »Ich kenne Marcus schon, seit wir Kinder sind. Er macht so was sonst nicht. Ich hoffe, du kannst ihm verzeihen, dass er dich da mit reingezogen hat«, sagte sie. »Ich ... ich fahre jetzt nach Hause. Mein Bruder holt mich ab. Pass auf dich auf, ja?«

»Du auch«, sagte ich.

Stella warf mir einen traurigen Blick zu, dann verabschiedete sie sich.

Ich sackte in die Kissen und starrte die Decke an. Marcus war ein Volltrottel, aber so wie es aussah, war er sicher gestraft genug. Da musste ich keinen Groll gegen ihn hegen. Nachdem meine anfängliche Wut verpufft war, spürte ich vielmehr so etwas wie leise Angst. Eine, die sich in der hinteren Ecke meines Bewusstseins eingenistet hatte. Ich hatte wirklich kurz geglaubt, der Fluch würde sich bewahrheiten und ich ertrinken. Noch immer spürte ich das kalte Wasser auf meiner Haut ... Doch so groß der Schreck auch gewesen war, umso weniger wollte ich zulassen, dass die schönen Ereignisse des Abends durch diese Sache verdrängt wurden. Ja, ich hatte einen Fehler gemacht, aber ich hatte auch jemandem geholfen, und das bereute ich keineswegs. Hoffentlich sah Tante Sutton das genauso und drehte wegen des Vorfalls nicht durch. Sie würde bestimmt Mom und Dad davon erzählen – und darauf freute ich mich so gar nicht. Lieber an was Schönes denken, wie an den Moment, als Joe und ich uns am Strand geküsst hatten.

Ich warf einen Blick auf die Wanduhr. Es war inzwischen fast halb zwei. Das Surren irgendwelcher Apparate und das Rascheln von Papier machten mich ganz schläfrig. Bei unserer Ankunft hier war deutlich mehr los gewesen, aber inzwischen hatte sich die Notaufnahme geleert. Man hörte jeden Schritt auf dem kalten Marmorboden, und ich horchte auf, als sich jemand näherte. Dann wurde vorsichtig der Vorhang gelüpft … und mein Herz machte beim Anblick von Joe einen Salto. Seine Haare waren noch immer etwas feucht, aber er trug nun eine lange, dunkle Hose und einen blauen Pullover, die trocken waren. Allerdings war er extrem blass. Viel blasser als sonst. Er schob sich einen Stuhl neben mein Bett, doch als ich ihn anlächelte, erwiderte es das Lächeln nicht. Stattdessen sah er mich ernst an.

»Geht es dir besser?«, fragte er.

»Ja, viel besser. Ich bin froh, dass du da bist.«

»Ich … ich muss mit dir reden, Mia.«

»Aber das tun wir doch schon.«

Joe verknotete seine Finger im Schoß, als wäre er nervös oder unruhig. Ein mulmiges Gefühl keimte in mir auf. So wirkte niemand, der gleich etwas Gutes sagte.

»Das, was heute Nacht passiert ist, war nur ein Vorgeschmack auf die Dinge, die schieflaufen werden, wenn wir irgendwie … zusammen sind«, sagte er. »Ich dachte, ich könnte mich darauf einlassen, nach einer Möglichkeit zum Fluchbrechen zu suchen, aber … es geht nicht. Ich kann das Schicksal nicht auf solche Weise herausfordern.«

Ich sah ihn bestürzt an. »Was … soll das bedeuten?«

Er betrachtete mich ernst. »Ich war völlig erstarrt, Mia. Mein Körper war total blockiert, als ich gesehen habe, wie du ins Wasser bist, um Marcus zu helfen. Und als du kurz untergegangen bist, weißt du, was ich da gedacht habe? Ich war wieder in der Sturmnacht, auf diesem Segelboot, als der Unfall passiert ist, habe gesehen, wie jemand, der mir etwas bedeutet, verletzt wird – und konnte rein gar nichts dagegen tun. Ich hatte solche Angst um dich. Und der Gedanke, dir würde etwas zustoßen, genauso wie Alyssa …«

»Joe«, sagte ich eindringlich. »Ich verstehe, dass das schwer für dich ist. Und dass du Angst hattest. Aber es geht mir gut. Mir ist nichts passiert. Ich hatte Glück.«

Mein zweiter Fehler an diesem Abend war es, Dr. Coopers Worte zu wiederholen, denn Joes Miene verfinsterte sich.

»*Dieses Mal* hattest du Glück«, sagte er energisch. »Und was ist beim nächsten Mal? Was, wenn das Wasser tiefer ist oder die Strömung stärker? Wenn niemand da ist, der deinen Arm packt und dir beistehen kann? Wenn du wegen mir ertrinkst?«

»Du hast mir schließlich geholfen«, hielt ich dagegen. »Trotz deiner Angst. Und nur, weil auf der Seite aus dem Hexalon etwas von eisigen Wellen steht, heißt das noch lange nicht …«

»Finneas und Barlow sind ertrunken«, unterbrach Joe mich. »Alyssa wäre es fast. Sie sitzt im Rollstuhl, weil ich in sie verliebt war und damit ihr Leben ruiniert habe. Und was ist mit all den anderen Beziehungen, die wegen der Dalcas ein furchtbares Ende nahmen? Das ist nicht nur irgendeine Seite in diesem Hexalon. Das ist unser Fluch. Mein Fluch.«

Ich schloss kurz die Augen, um mich zu sammeln. »Tu das nicht«, sagte ich. »Du hast gesagt, dass ich bleiben soll, und ich bin geblieben. Stoß mich nicht wieder weg.«

»Ich habe es versucht«, sagte Joe leise. »Vom ersten Moment an, als wir uns getroffen haben, habe ich es versucht. Weil du mich zum Lachen bringst und mir zuhörst und niemals wolltest, dass ich mich verstelle oder jemand anderes bin. Du hast *mich* gesehen. Nicht einen Dalca oder einen Fluch, sondern *mich*. Und dafür bin ich dir dankbar.« Joe atmete zittrig ein. »Aber ich darf mich nicht in dich verlieben. Nicht, wenn das bedeutet, dass du dadurch in Gefahr gerätst. Du hast damals gesagt, dass du etwas Besseres verdient hast als eine kurze Nachricht, und du hattest recht. Du hast die Welt verdient, Mia. Und die kann ich dir nicht geben. Ich … kann dir gar nichts geben. Außer diesen Worten.«

»Warum sagst du nur so etwas«, hauchte ich schwach. »Siehst du denn nicht, dass es nicht der Fluch ist, der mich verletzt, sondern du? Du tust mir gerade mehr weh, als es jeder Ozean oder jedes Meer kann. Das ist viel schlimmer als zu ertrinken.«

»Mia …«

»Nein«, würgte ich ihn ab. »Du hast mich nach unserem Date geküsst. Du hast mir Dinge anvertraut. Du hast mir dein Herz geöffnet. Du hast mich in dein Leben gelassen. Und du hast mich wieder geküsst, mich berührt und meine Welt auf den Kopf gestellt. Wie kannst du mir all das geben und es mir dann wieder wegnehmen? Das zwischen uns ist echt. Wieso wirfst du etwas weg, für einen Fluch, der vielleicht nicht mal existiert?«

»Er existiert!«, beharrte Joe. »Wir haben darüber gesprochen, verdammt!«

»Das ist das Einzige, über das du immer sprechen willst!«, pfefferte ich zurück. Meine Finger gruben sich wütend in meine Decke, und Tränen stiegen mir in die Augen. Es war, als würden meine Gefühle die Tasten eines Klaviers anschlagen, und die langsame Melodie, die erklang, wurde immer herzzerreißender und wütender. »Du willst gar keine Gründe, um zu bleiben. Wenn andere dir zu nahe kommen, suchst du welche, um zu gehen. Aber weißt du was? Gefühle kann man nicht kontrollieren! Sie passieren einfach. Und ob es dir passt oder nicht, ich … ich habe mich längst in dich verliebt.« Meine Sicht verschwamm kurz vor lauter Tränen. »Ja, richtig. Ich bin in dich verliebt, Joe.«

Er hatte den Mund leicht geöffnet, und in seinen dunkelbraunen Augen lag etwas Fremdes, Distanziertes, und für einen Herzschlag erkannte ich ihn gar nicht wieder. Dann stand er abrupt auf, doch er ging nicht. Joe stand da, direkt neben meinem Bett und doch endlos weit entfernt. Wie konnten unsere Herzen im selben Raum sein, aber in unterschiedlichen Takten schlagen? Ich kämpfte mich aus der Decke und wollte nach ihm greifen, ihn festhalten, wollte nicht, dass er sich auch nur einen Schritt weiter entfernte.

»Ich … ich mich aber nicht in dich«, sagte er. »Du solltest dich darüber freuen.«

»Wieso? Weil dein bescheuerter Fluch mir dann nichts anhaben kann?«

»Weil wir nicht das sind, was du denkst«, antwortete er.

»O doch. Wir sind genau das, was ich denke.«

Joe sah mich ein letztes Mal an, seine Augen streiften über mein Gesicht und meinen Körper, als wolle er mich genauso in Erinnerung behalten. Tränen auf den Wangen, verletzt und unglücklich. Vielleicht als Beweis dafür, dass er recht hatte. Und als er ging, hielt ich ihn nicht auf. Ich sackte auf den leeren Stuhl und begann zu schluchzen.

Hoffnung war eben kein Medikament, das man schluckte und das dann seine Wirkung entfaltete. Hoffnung war unbeständig. Es war wie in dem Leuchtturm-Gedicht aus den *Magic Poems*. Wenn uns das Licht ausging, liefen unsere Gefühle hoffnungslos auf Grund. Hatte ich einen Fehler gemacht? Hatte ich mir eine Liebe gewünscht, die so rar und einnehmend, intensiv und wundervoll, so kostbar war, dass ich die Vorstellung von ihr eingekorkt hatte wie Joe seine

Intentionen in einem Hexenglas? Und dabei ganz außer Acht gelassen, dass das Glas bei der kleinsten Berührung nachgeben und zerspringen konnte?

Vielleicht war das wirklich das Ende der Geschichte.

Das Herz-Chaos-Mädchen und der Fluch-Junge.

Und lauter Scherben.

Teil 4

ZWISCHEN MEER UND STERNEN

KAPITEL 39

VOR DEM POSTAMT klebte ich Briefmarken auf die drei Karten von Tucker, Elise und mir und warf sie anschließend in den dafür vorgesehenen Kasten neben dem Laden. Es war ein gutes Gefühl, und ich freute mich schon auf die Reaktion meiner Eltern, wenn sie feststellten, dass ich die Motive der Postkarten dieses Mal selbst geschossen hatte.

Nächster Stopp: neue Kopfhörer!

Zielstrebig lief ich die Straße zurück, die ich gekommen war. Irgendwo auf dem Weg hatte ich ein Elektronikgeschäft gesehen, und die hatten bestimmt welche. Lila war heute Morgen extrem früh zu ihrem Camping-Trip mit Karlie aufgebrochen und hatte sich darum schon gestern Abend von mir verabschiedet. Also war ich nach dem Frühstück alleine nach Breezing gefahren, um ein paar Einkäufe zu erledigen. Die letzten Tage hatte ich im Bett verbracht, um mich zu erholen, und ich brauchte dringend etwas Bewegung. Zwischen Kissen und Bettdecke zu versinken hatte sich zu sehr nach meiner Beziehungsende-mit-Franklin-Phase angefühlt, und dieses Mal … ja, dieses Mal schob ich alles weg von mir.

Kein Herzschmerz. Kein Weinen. Kein gar nichts. Nur ich.

Das war gut so. Nein, es war sogar perfekt! Perfekter als perfekt.

In jemanden hineinzurennen, der direkt vor dem Laden stand, war allerdings nicht geplant – schon gar nicht wortwörtlich. Wir gaben bei unserem Zusammenstoß beide ein ersticktes »uff« von uns, und ich wich hastig zurück, eine Entschuldigung auf den Lippen.

Diese blieb mir jedoch fast im Hals stecken, als ich erkannte, wen ich da vor mir hatte. Von allen Leuten, in die ich hätte hineinlaufen können, wäre wohl jeder möglich gewesen. Vielleicht Eric oder McKenna, ja sogar Joe … aber Mrs. Dalca? Ausgerechnet Mrs. Dalca? Sie schien mindestens so überrascht, wenn nicht sogar entsetzt, wie ich.

Mit ihrem schwarzen, hochgeschlossenen Kleid, dem vielen Schmuck und ihrem flattrig silberweißen Haar stach sie deutlich unter den anderen Fußgängern heraus. Tatsächlich hatte ich mir Mrs. Dalca bei so etwas Normalem wie Einkaufen bisher gar nicht vorstellen können – irgendwie schien sie nur zu Orten wie dem *Mirage* oder ihrer Hexen-Kräuter-Küche zu passen. Was natürlich ein bescheuerter Gedanke von mir war. In ihren stechend blauen Augen lag ein forschender Ausdruck, mit dem sie mich bedachte.

Es wunderte mich, dass sie nicht sofort anfing, darüber zu schwafeln, dass irgendwas mit meiner Aura nicht stimmte, oder mir wieder böse Intentionen unterstellte. Darauf wollte ich aber auch nicht warten. Wortlos ging ich an ihr vorbei und hastete in das Elektronikgeschäft. Als ich hinter einem Regal voller Mixer stand, spähte ich zum Schaufenster, doch sie war fort. Trotzdem schüttelte ich mich vor Unbehagen. *Doch manchmal vermag es nicht einmal eine Vrăjitoare, in das Schicksal einzugreifen,* hatte sie zu mir damals im *Mirage* gesagt. Sie hatte bekommen, was sie wollte. Hoffentlich würde sie sich an ihrem nächsten Kräutertrank den Magen verstimmen oder Schlimmeres!

Nein, so bist du nicht. Rachsüchtig oder boshaft. Vergiss sie. Vergiss … ihn.

Ich atmete tief durch und lief den Gang hinunter, bis ich zu dem Regal kam, in dem sich die Kopfhörer befanden. Dafür, dass es ein kleines Geschäft war, fand ich die Auswahl ganz okay. Ich stöberte eine Weile alle Modelle durch und entschied mich dann für ein Paar in Cremeweiß, das nur zwanzig Dollar kostete und damit perfekt in mein Ferien-Budget passte. Draußen vor dem Laden stöpselte ich sie gleich in mein Handy ein. Die Soundqualität war besser als erwartet. Es tat so gut, endlich wieder in meine geliebte Welt aus Musik abtauchen zu können. Kein Song sprach mir gerade so aus der Seele wie *Down in Flames* von AJ Mitchell, also drehte ich die Lautstärke auf und schloss für einen Moment die Augen. Musik war eben wirklich die beste Therapie überhaupt.

Ich wollte gerade weiterlaufen, als ich auf dem Asphalt ein Armband liegen sah. Neugierig bückte ich mich und hob es auf. Es kam mir ziemlich bekannt vor. Joe trug immer solche Armbänder. Aus Lederriemen, mit winzigen Details. An diesem hier hing ein silbernes D mit einem Kristall, und auf einmal wusste ich instinktiv, wer es verloren hatte. Daria Dalca. War ja klar, dass ich es fand! Und so gern ich wollte, ich kam nicht gegen den Drang an, ihr nachzugehen, um es ihr zurückzugeben. Wenn *er* es für sie gemacht hatte, bedeutete es ihr vielleicht etwas, hatte einen emotionalen Wert. Und Vrăjitoare mit der Laune eines Drachen hin oder her, sie war auch eine Grandma, die sicher nicht das Geschenk ihres Enkels verlieren wollte. Ich wusste, wie viel Liebe Joe in seinen Schmuck steckte, und mir erschien dieser Zufall schon fast schicksalhaft …

Trotz unseres Streits im Krankenhaus vermisste ich ihn nämlich furchtbar. Meine Finger fuhren zu dem Medaillon, das ich seit der Nacht der Strandparty nicht abgelegt hatte.

Aber ich war gleichzeitig so unendlich verletzt …

Und der Witz an der Sache war, dass mich genau dieser Schmerz dazu brachte, mir echte Magie zu wünschen. Einen Zauber, der alles wieder hinbog. So wie ich mir damals gewünscht hatte, das magische Date würde mein negatives Gefühlsknäuel entwirren.

Damit nicht noch mehr Zeit verstrich und ich eine Chance hatte, Mrs. Dalca einzuholen, rannte ich los – die Wahrscheinlichkeit dafür stand natürlich fifty-fifty, denn ich wusste ja nicht, welche Richtung Mrs. Dalca eingeschlagen hatte. Es dauerte ein wenig, bis ich die komplette Straße hinunter gelaufen war, doch an der Kreuzung sah ich sie tatsächlich. Sie stemmte sich gerade mühsam vom Bürgersteig hoch und geriet dabei ins Wanken. War sie etwa gestürzt? Trotz der Antipathie, die sie mir immer entgegengebracht hatte, keimte Sorge in mir auf. Ich dachte an meine Grandma und wie hilflos sie in solch einer Situation gewesen wäre. Für Menschen in ihrem Alter war ein einfacher Sturz manchmal so viel mehr als das.

Sobald die Ampel grün wurde, lief ich über die Straße zu ihr.

»Mrs. Dalca!«, rief ich. »Geht es Ihnen gut?«

Sie war kreidebleich und fasste sich an den Kopf. Ich berührte sie vorsichtig am Arm, aber sie zuckte unter meiner Hand zusammen, also zog ich sie wieder weg.

»Was ist los? Ist Ihnen schwindelig?«

Sie zitterte, suchte mit den Augen nun den Boden um sich herum ab.

»Sie … sie haben alles gestohlen. Einfach alles.«

Mir fiel wieder ein, dass sie eben bei unserem Zusammentreffen noch im Besitz eines schwarzen Stoffbeutels gewesen war, der nun fehlte. Ich konnte ihn nirgends entdecken.

»Sie wurden bestohlen?«, hakte ich nach.

Mrs. Dalca schien völlig durch den Wind zu sein. Da sah ich, dass ihre Fingerknöchel aufgeschrammt und blutig waren – bestimmt von dem Sturz. In der Nähe stand eine Bank. Ich versuchte, erneut ihren Arm zu fassen, und als sie dieses Mal nicht abweisend darauf reagierte, bugsierte ich sie dorthin. Ich hatte noch eine ungeöffnete Flasche Wasser im Rucksack, holte sie heraus und schraubte sie auf.

»Hier. Trinken Sie einen Schluck«, sagte ich.

Mrs. Dalca standen plötzlich Tränen in den Augen. »Mein … mein Ehering. Sie haben meinen Ehering.«

Ihre gebrochene, traurige Stimme stach mir mitten ins Herz.

»Ich kümmere mich darum, versprochen«, sagte ich sanft.

Mrs. Dalca nahm die Wasserflasche und setzte sie an die Lippen.

Ich fischte mein Handy heraus, um die Polizei anzurufen. Sofort leitete man mich ans Sheriff Department der Insel weiter, und es dauerte nicht lange, bis ein Streifenwagen eintraf. Der Mann stellte sich als Deputy Hollister vor und war mittleren Alters, mit freundlichen braunen Augen und einer zu groß geratenen Uniform. Er schien Mrs. Dalca zu kennen, denn er sprach sie mit ihrem Vornamen an und wollte sie überreden, mit aufs Revier zu fahren, doch sie weigerte sich. Irgendwie brachte er sie zumindest dazu zu erzählen, was geschehen war, und nahm ihre Aussage auf.

Zwei Jugendliche. Vermutlich Touristen. Sie hatten ihr die Handtasche und den Ring gestohlen, und als sie sich zur Wehr gesetzt hatte, verpassten sie ihr einen Stoß, sodass sie gestürzt war. Alles war sehr schnell passiert, aber Mrs. Dalca konnte das Aussehen der beiden relativ gut beschreiben. Deputy Hollister notierte sich alles auf einem kleinen Block.

»Die Beschreibung trifft auf zwei Jugendliche zu, die wir letzte Woche am Strand wegen Ordnungswidrigkeiten verwarnt haben«, sagte er. »Ich weiß, in welchem Motel sie abgestiegen sind, und werde sofort jemanden vorbeischicken, der prüft, wo sie heute gewesen sind.« Er legte Mrs. Dalca tröstend eine Hand auf die Schulter. »Wir finden die Täter. Jetzt bringen wir dich erst mal nach Hause, Daria, und du ruhst dich aus.«

Doch Joes Grandma schien völlig in sich versunken zu sein.

»Ich … ich begleite sie«, sagte ich. »Ich bin … eine Freundin von Aubrie und … Joe.«

Deputy Hollister wandte sich nun an mich. »Du bist Suttons Nichte, oder? Hab schon gehört, dass du und deine Geschwister diesen Sommer bei ihr lebt.«

Aha. Waren Tucker, Elise und ich also bereits Teil des Insel-Tratschs.

Deputy Hollister fuhr uns in seinem Streifenwagen. Es war ein seltsames Gefühl, auf der Rückbank eines solchen Autos zu sitzen, man fühlte sich automatisch wie ein Krimineller. Während der Fahrt wählte ich mit klopfendem Herzen Joes Nummer, aber es ging nur die Mailbox ran, und so beschissen die Lage auch war – ich verspürte Erleichterung darüber, nicht mit ihm sprechen zu müssen. Da ich Aubries Nummer nicht hatte, probierte ich es bei Lila. Aber die war über alle Berge und genoss ihren Aufenthalt im Deception State Park garantiert ohne Internetempfang. Und Mrs. Dalca selbst schien ihren Schreck immer noch nicht überwunden zu haben. Selbst als wir beim Dalca-Haus ausstiegen und Deputy Hollister uns seine Karte daließ, für den Fall, dass Mrs. Dalca noch etwas Wichtiges einfiel, sagte sie kein Wort. Sie schlurfte zu einem Pflanzenkübel, in dem sich ein Ersatzschlüssel befand, und schloss die Tür auf.

Unsicher sah ich ihr hinterher, als sie im Flur verschwand. Sollte ich ihr nach? Und wie sollte ich mich ihr gegenüber verhalten? Ich wollte schließlich nicht erneut eine Auseinandersetzung riskieren. Na gut! Ich gab mir einen Ruck und folgte Mrs. Dalca.

Sie stand in der Küche und schien ein wenig ins Leere zu blicken.

»Mrs. Dalca?«, fragte ich vorsichtig. »Darf ich reinkommen?«

»Ja, komm rein, Mia«, antwortete sie. »Würdest du uns Tee machen?«

Sie wirkte auf einmal wieder gefasster, was mich erleichterte, aber ... ich sollte *uns* einen Tee machen? Und sie sprach normal mit mir? Das war ja fast, als wäre ich plötzlich in einem Paralleluniversum gelandet, wo wir beide alte Freunde wären. Total verrückt!

Vielleicht war das hier ja echt eine Chance, alles wieder hinzubiegen?

Mich endlich mal mit Joes Grandma richtig auszusprechen?

»Ja … klar, ich mache Tee«, sagte ich langsam.

Mrs. Dalca nickte mir zu und verließ wortlos die Küche. Ähm …

Gut, der Tee! Ich griff mir den Kessel, der bereits auf dem Herd stand, füllte ihn mit Wasser und schaltete eine der Platten an, um dieses zu erhitzen. Unbeholfen öffnete ich die verschiedenen Schränke, bis ich einige Glasbehälter mit handschriftlichen Etiketten fand. Ich zögerte. »Grünes Wunder«. »Weißer Traum«. »Blauer Schlaf«. Was waren denn das für seltsame Namen? Ich nahm den »Weißen Traum«, schraubte den Deckel auf und roch daran – vielleicht Mandarine oder Pfirsich? Dann fiel mein Blick auf »Grüne Ruhe«, und ich entschied spontan, dass diese Mischung wohl gut passen würde.

Die Suche nach Tassen gestaltete sich zum Glück einfacherer. Ich fand sogar ein Tablett und balancierte es wenig später vorsichtig durch den Flur. Das fühlte sich an, als würde ich tiefer in die Höhle des Löwen vordringen. Kurz blieb ich stehen, als ich Markierungen an einer weißen Türzarge sah. So etwas hatten wir bei uns zu Hause auch. Meine Eltern hatten jedes Mal, wenn einer von uns gewachsen war, eine neue Markierung gesetzt, bis wir irgendwann zu alt dafür geworden waren. Als ich Joes Namen dort las und mir vorstellte, dass er einmal ganz klein gewesen war – und sicher ein absolut niedliches Kind –, schmunzelte ich. Stellte sich nur noch die Frage, wohin Mrs. Dalca verschwunden war.

Ich steuerte auf eine offene Tür zu, wo ich das Wohnzimmer vermutete – und lag richtig. Die Wände zierte eine braune Tapete mit Muster, es gab einen Kamin, über dem mehrere Gemälde angebracht waren, und Regale voller Bücher, die in Kombination mit den Holzmöbeln den Eindruck einer altmodischen Privatbibliothek erweckten. Der Sherlock Holmes der BBC-Serie hätte sich hier sehr heimisch gefühlt, denn das Ganze hatte ziemliche Baker-Street-Vibes.

Mrs. Dalca saß auf einem Ledersofa und hatte ein Kästchen auf dem Schoss, in dem sich offenbar Edelsteine befanden, denn sie nahm gerade einen schwarzen heraus.

Ich stellte das Tablett auf dem Tisch ab und setzte mich in einen Sessel.

»Turmalin«, sagte sie. »Zu meinem Schutz. Ich muss diese fremden, negativen Energien binden, ehe sie sich in meinem Geist festsetzen. Sonst finde ich niemals wieder Ruhe.«

Führte sie gerade ein Selbstgespräch, oder erwartete sie, dass ich etwas sagte?

Ich sah zu meinem Medaillon hinunter, in dessen Mitte auch ein schwarzer Stein saß, und fragte mich, ob Joe ihn bewusst zu meinem Schutz ausgewählt hatte.

»Das hat Joe gemacht«, unterbrach Mrs. Dalca meine Gedanken.

»Das erkennen Sie einfach so?«, fragte ich verwundert.

»Ich sehe ihm schon seit Jahren zu, ich erkenne seine Vorlieben.«

Hastig griff ich in meine Tasche, in die ich das Armband gesteckt hatte, und hielt es ihr hin. »Das haben Sie vor dem Elektrogeschäft verloren … es gehört doch Ihnen, oder?«

Mrs. Dalca nahm es mir ab, und als sich unsere Finger streiften, spürte ich ein sanftes Knistern auf meiner Haut – oder bildete ich es mir bloß ein? Ich war ziemlich durcheinander, dass sie sich mir gegenüber so gar nicht mehr feindselig verhielt.

Im Vergleich zu neulich erschien sie wie ausgewechselt …

»Danke«, sagte sie. »Du fragst dich sicher, wieso ich dich hereingebeten habe.«

Na ja, direkt »hereingebeten« hatte sie mich nicht, aber ich nickte zaghaft.

»Ich würde gerne etwas ausprobieren«, fuhr sie fort.

Was sollte ich denn darauf erwidern? Ich sah sie irritiert an. Das wurde ja immer merkwürdiger hier! Ein wenig machte mich ihre Aussage schon misstrauisch.

»Bist du Links- oder Rechtshänderin?«, fragte sie.

»Mrs. Dalca, was genau …«

»Beantworte meine Frage.« Sie zögerte. »Bitte.«

»Ich bin Rechtshänderin.«

»Du hast eine meiner Teemischungen benutzt, richtig?«

»Ja. War das etwa falsch?«

Sie ignorierte meine Frage. »Schenk uns etwas ein. Lass die Tassen dabei stehen.«

War das etwa ihre Art, mir zu sagen, dass sie jetzt ihren Tee wollte? Trank eine Vrăjitoare den nur, wenn er in einem magischen Winkel eingegossen wurde oder so?

»Schenk uns etwas ein«, wiederholte sie. »Bitte.«

Ich atmete tief durch. Schön! Ich würde mein Misstrauen ablegen und ihr eine letzte Chance geben. Ich rutschte an den Rand des Sessels und tat, was sie verlangte.

»Gut. Nimm deine Tasse mit der linken Hand. Trink den Tee ganz aus.«

»Sind Sie sicher, dass ich nicht noch etwas tun soll? Zum Beispiel den Tee herumschwenken und dabei eine Formel aufsagen?«, scherzte ich.

Joes Grandma verzog keine Miene. »Du wirst es gleich sehen.«

»Was genau soll ich denn sehen? Liegen am Boden meiner Teetasse Antworten auf all meine Fragen verborgen? Finden wir dadurch die Typen, die Sie ausgeraubt haben?«

Wenn das hier wieder so eine Nummer wie mit den Tarotkarten wurde, würde ich aber schneller abzischen, als Mrs. Dalca auch nur ein weiteres Mal blinzeln konnte!

Mrs. Dalca ließ den Turmalin erneut durch ihre Finger gleiten und legte ihn schließlich zurück in die Kiste, ehe sie diese neben sich abstellte. Sie beugte sich vor und begann, ihren Tee zu trinken. »Antworten finden ihren Weg immer zur richtigen Zeit zu uns.«

Puh, das war zwar keine Beleidigung, aber wieder so ein kryptisches Hexengerede! Seufzend streckte ich die Finger nach meiner Tasse aus, doch dann hielt ich inne und benutzte nicht wie gewohnt meine rechte Hand, sondern die linke. Der Tee schmeckte sehr gut. Nach einer Mischung aus Kräutern und dabei irgendwie süß und frisch. Während ich ihn leer trank, spähte ich unauffällig auf mein Handy. Keine neuen Nachrichten …

»Mrs. Dalca, sind Sie sicher, dass es Ihnen gut geht?«, fragte ich geradeheraus. »Bitte, verstehen Sie mich nicht falsch – ich möchte Sie auf keinen Fall reizen, aber Sie benehmen sich mir gegenüber seit dem Vorfall eben …« Nun, wie drückte ich das diplomatisch aus? »… also, Sie scheinen Ihren Groll gegen mich etwas abgelegt zu haben. Wieso?«

»Ich habe dir Unrecht getan«, sagte sie.

»Verzeihung, wie war das?«, entfuhr es mir überrascht, wenn nicht sogar entsetzt vor Staunen. »Sie haben mich fortgejagt und mir … den Tod gewünscht, Mrs. Dalca.«

Nun regte sich doch etwas in der Miene von Joes Grandma. Ein kurzes Zögern flackerte über ihre Züge, doch sie schien sehr bemüht, sich keine Schwäche anmerken zu lassen. Vielleicht war es ihr unangenehm, dass sie sich eben in ihrer Notsituation vor mir die Blöße von echten Gefühlen gegeben hatte? Mrs. Dalca war schwer durchschaubar.

»Um eines klarzustellen«, begann sie, »ich wünsche niemandem den Tod. Ich habe dir nur deine Zukunft gezeigt, und diese entspricht selten unseren Vorstellungen.«

Ich schwieg, damit sie weitersprechen konnte.

»Ja, ich gebe auch zu, dass ich mich dir gegenüber recht extrem verhalten habe«, fuhr Mrs. Dalca fort. »Doch als Vrăjitoare empfindet man vieles in einer unerträglichen Intensität, und deine Gegenwart hat mich aus dem Konzept gebracht und meine Sinne ins Chaos gestürzt.«

Das klang sehr esoterisch, aber gut, spielte ich eben mit. »Weil ich eine Reisende bin?«

»Das ist einer der Gründe«, sagte Mrs. Dalca. »Nichts von dem, was ich dir gesagt habe, war gelogen. Deine Karten, deine Aura … dich umgibt etwas Unheilvolles, Mia.«

»Sie haben mich mit Ihren Worten verletzt und mir Angst eingejagt«, erwiderte ich. »Ich bin siebzehn und Sie … wesentlich älter. Was wollten Sie denn damit bezwecken, wenn Sie mich einschüchtern? Und Ihnen einmal zu helfen ändert das alles doch nicht.«

Da war es wieder! Das kurze Aufflackern eines Zögerns in ihren Augen!

»Nachdem du bei uns im Haus warst, habe ich geglaubt, das Richtige zu tun«, sagte sie. »So habe ich es von meinen Eltern gelernt: Um Unheil abzuwenden, muss man seine Familie beschützen, und du kamst meiner bereits viel zu nah. Doch einige Tage darauf hat mich das ungute Gefühl, einen Fehler begangen zu haben, nicht losgelassen.«

»Einen Fehler?«, fragte ich unschlüssig.

»Statt Joe zu beschützen, habe ich ihn unglücklich gemacht«, sagte sie. »Ihn so zu sehen hat mich zweifeln lassen, also habe ich meine Karten ein weiteres Mal befragt.«

Nun hatte sie mich so richtig geködert. Joe war meinetwegen unglücklich gewesen? Und Mrs. Dalca hatte eingesehen, dass selbst eine Vrăjitoare nicht immer im Recht war? Mein Herz schlug vor Aufregung schneller. Das war zwar noch immer keine richtige Entschuldigung – oder Erklärung – für ihr Verhalten, aber ein guter Anfang.

»Und Ihre Karten haben gesagt, Sie sollen mal Tee mit mir trinken?«

»Nein«, antwortete sie. »Sie haben mir gezeigt, dass ein Ereignis mein Leben kurzfristig erschüttern wird und etwas Unvorhergesehenes passiert, auf das ich mich einlassen muss. Damit ich nicht von meinem Pfad abweiche und neues Vertrauen fassen kann.« Joes Grandma sah mich nun direkt an. »Lass mich dich auch etwas fragen. Wieso hast du mir geholfen? Nach meinem Verhalten, das dich so verletzt und verunsichert hat.«

»Weil … es das Richtige war«, sagte ich.

»Dann lass mich jetzt auch das Richtige tun.«

KAPITEL 40

MRS. DALCAS BLICK nahm wieder diese brennende Intensität an, die ich nicht deuten konnte. Das Richtige tun? Was hieß das für sie? Um wenigstens irgendetwas zu tun, stellte ich endlich meine Porzellantasse auf dem Tisch ab. Joes Grandma nahm sie jedoch sofort an sich, als habe sie nur darauf gewartet. Sie richtete die Augen nun auf das Tasseninnere.

Ob sie darin wundersame Weisheiten erwartete?

Mrs. Dalca stocherte mit einem Finger in dem Teesatz herum. »Ahh«, machte sie und stellte meine Tasse wieder weg. Sie wischte sich die Hand flüchtig an ihrem Kleid ab.

Ahh? Bekam ich keine weitere Erklärung?

Ich räusperte mich. »Was sehen Sie in meiner Tasse?«

»Später«, sagte sie. »Gehen wir kurz zurück zu deinen Karten.«

»Sie meinen, zu der Tarotkarte des Todes?«, hakte ich nach.

»Der Tod hat mehrere Bedeutungen, Mia«, sagte Mrs. Dalca. »Diese Karte ist keine negative Karte, so wie keine der Karten einfach nur negativ oder positiv ist. Sie lassen sich auf unterschiedliche Arten deuten. Darüber habe ich viel nachgedacht.«

Kurz fragte ich mich, was mich überhaupt die ganze Zeit hier festhielt. War es wieder diese schwache Hoffnung, die in mir den Wunsch nach einer Rettungsleine weckte? Einer Möglichkeit, mich aus diesem Gefühlsschlamassel zu ziehen? Mit Happy End?

»Mrs. Dalca, Sie müssen mir das schon genauer erklären«, forderte ich.

»Der Tod steht auch für Wiedergeburt und Veränderung.« Joes Grandma entspannte sich nun sichtlich. »Dein Set kann also noch eine weitere Bedeutung haben, die ich, wie eben kurz angeschnitten, zunächst falsch interpretiert habe … Doch das wurde mir erst bewusst, als ich meine eigenen Karten gelegt hatte. Ich habe den Zusammenhang aber erst so richtig verstanden, als wir heute aufeinandergetroffen sind.«

Ich schluckte schwer. Wieso klang nur alles aus ihrem Mund so bedeutungsvoll?

»Ich habe mich in dir wiedergefunden«, sagte Mrs. Dalca. »Ein junges Mädchen, das auf der Suche nach Antworten ihr Herz ganz und gar an einen jungen Mann verliert.«

»Sie sehen etwas von sich selbst in mir?«, fragte ich leise.

Mrs. Dalca nickte. »Was fühlt man, wenn man einen Spiegel vorgehalten bekommt?«

»Zweifel?«, fragte ich zaghaft. »Angst. Träume. Sich selbst.«

»Man sieht die verborgene Wahrheit«, sagte sie. »Jene, die man vor der Welt verstecken möchte. Und als ich dich angesehen habe, habe ich auch meine Wahrheit gesehen. Eine, die ich, schon seitdem ich jung bin, verstecke. Als die Karten gesprochen haben, da glaubte ich, dass es nur diese eine Möglichkeit für dich gab, das Leben von Joe zu wenden, zu etwas … Unvollständigem und Finsterem. Neulich in meiner Küche … da hast du genau das ausgestrahlt. Weil dein Glaube daran, den Fluch brechen zu können, stärker ist als deine Zweifel, Ängste oder Träume. Weil in dir nicht nur eine Reisende steckt, sondern auch eine Strazitóre, eine Blutsfeindin, mit der Macht, die Dalcas zu zerstören.«

»Ich verstehe nicht, worauf Sie hinauswollen …«

»Jemand, der die Macht hat zu zerstören, hat gleichzeitig auch die Macht, etwas aufzubauen.« Mrs. Dalca wirkte mit einem Mal müde. »Doch das hatte ich lange Zeit vergessen.« Sie schob die Finger ineinander und sammelte sich einen Moment. »Mein Zwillingsbruder Finneas verliebte sich in ein Mädchen, das wie du war. Sie glaubte nicht an den Fluch der Dalcas und stahl sein Herz. Ihr Name war Barlow, und vom ersten Moment an, als sie in unserer Leben trat, erkannte ich, dass ihr Schicksal eng mit dem unseren verknüpft war. Und dass die Liebe zwischen Finneas und ihr kein gutes Ende nehmen würde. Doch damals hegte ich noch die Hoffnung, dass man den Fluch umkehren könnte. Ich war selbst verliebt, und meine Gefühle gewannen die Oberhand über meinen Verstand.«

Ob sie damit Mr. Russel meinte? Die Luft schien plötzlich zum Zerreißen gespannt.

»Deshalb versuchte ich, dem Fluch auf den Grund zu gehen, ihn zu brechen.«

»Was?«, hauchte ich.

»Mir gelang es, das Hexalon einer unserer Vorfahrinnen zu finden. Und ich … ich habe es benutzt. Ich glaubte, darin liege die Lösung für das Brechen des Fluchs.«

»Dann ist das Hexalon also der Schlüssel?«, fragte ich aufgeregt.

»Das Hexalon … ich habe damit versucht, den Fluch zu brechen, und bin gescheitert. Und in dieser Nacht starben Finneas und Barlow. Sie stürzten von den Klippen und ertranken in eisigen Wellen, so wie Talulah es bestimmt hatte. Danach hat sich alles verändert, und ich habe meine eigenen Gefühle unterbunden«, fuhr Mrs. Dalca fort. »Doch das Schicksal schien mir eine zweite Chance geben zu wollen. Als ich meinen Mann traf und eine Tochter gebar, war ich für viele Jahre voller Hoffnung. Vielleicht war es doch vorbei, vielleicht war mir etwas Glück vergönnt. Doch dann ging auch er von uns, erlitt einen Herzinfarkt mitten im Meer. Und schließlich noch die Sache mit Joes Eltern … sie haben sich getrennt, ehe Schlimmeres geschehen konnte.« Mrs. Dalcas Augen glänzten feucht. »Jahr für Jahr sehe ich weiter mit an, wie der Fluch seine Klauen tiefer in uns schlägt, sich in unsere Seelen frisst, bis er bekommt, was er verlangt: unser Unglück, unsere gebrochenen Herzen, von denen die dunkle Magie lebt.«

Sie sprach vom Fluch, als sei er ein boshaftes Lebewesen, und ich erschauderte wegen ihres unheilvollen Tonfalls.

»Deshalb habe ich alles darangesetzt zu verhindern, dass jemals wieder jemand diesen Schritt wagt. Niemand sollte an den Fäden des Schicksals ziehen, nicht so, wie ich es getan hatte«, fuhr Mrs. Dalca fort. »Ich konnte Joe schon einmal nicht beschützen. Und ich habe mir geschworen, alles zu tun, damit dies nicht noch ein weiteres Mal geschieht.«

Stille senkte sich über den Raum.

»Sie sprechen von Alyssa, oder?«

Mrs. Dalca nickte. »Die Strazitóre haben viele Gesichter. Sie sind bedrohliche Verlockungen oder sehnsuchtsvolle Herzen. Und doch sind sie alle Feinde des Fluchs.«

In diesem Augenblick glaubte ich ihr, dass sie Joe die ganze Zeit über nur hatte beschützen wollen. Denn in ihrer Miene spiegelte sich so viel Schmerz über ihren Verlust wider, so viel Schuldbewusstsein angesichts ihrer Tat, dass ich tief in meinem Herzen spürte, dass sie mir ihre Wahrheit erzählte. Gegen solch eine starke Überzeugung kam nicht mal mehr meine Logik an. Mrs. Dalca glaubte an den Fluch, sie glaubte so sehr an den Fluch, dass sie all das Leiden, das sie Joe hatte ersparen wollen, auf mich übertragen hatte.

»Das heißt, eine Strazitóre ist … was? Jemand, den das Schicksal schickt, um den Fluch zu brechen?«, fragte ich verwirrt. »Was genau bedeutet es, eine Blutsfeindin zu sein?«

»Jemand, der einer bestimmten Blutlinie gefährlich werden kann«, sagte Mrs. Dalca. »Eine außenstehende Person, die nicht immer Gutes im Sinn hat, die eine Gefahr ist.«

»Denken Sie noch immer, ich wäre eine Strazitóre?«, fragte ich leise.

»Du bist mehr als das, Mia. Du bist auch eine Reisende.«

Ich schwieg. Wenn ich richtig verstanden hatte, was Mrs. Dalca mir in ihrer äußerst verstrickten, mysteriösen Art hatte sagen wollen, dann hatte sie aufgrund der Tarotkarten zunächst geglaubt, meine Aura als Reisende würde etwas Unheilvolles mit sich bringen, und dann … dann befürchtet oder erkannt, dass dieses Unheilvolle in mir der Strazitóre-Teil war, und mich deshalb wie den Teufel höchstpersönlich behandelt? Und nun?

»Das heißt, ich habe eine … Wahl?«

»Ich hoffe es«, sagte sie. »Auch wenn ich etwas von mir selbst in dir erkannt habe, so bist du doch auch anders als ich. Du bist stärker. Vielleicht kannst du es schaffen.«

Ich schluckte schwer. Alles fühlte sich plötzlich schwer an. Meine Gedanken, mein Körper und meine Gefühle. War es nicht das, was ich gewollt hatte? Eine Chance, den Fluch zu brechen … Aber Joe hatte mich zutiefst verletzt. Ich hatte ihm meine Gefühle gestanden, und er war gegangen. Und ausgerechnet jetzt lenkte mich das Schicksal hierher?

Ja, richtig. Ich bin in dich verliebt, Joe.

Er hatte mich so distanziert angesehen, dass sich mir das Herz bei der bloßen Erinnerung zusammenzog. Was, wenn ich noch immer nicht wusste, was Liebe eigentlich war?

Hatte ich überhaupt noch einen Grund, mich dem Fluch zu stellen?

Wie sollte ich etwas schaffen, was Mrs. Dalca nicht gelungen war?

So viele Fragen, und ich kannte die Antworten nicht …

»Ich … ich glaube, ich sollte jetzt gehen«, sagte ich. »Ich muss über all das nachdenken.«

Joes Grandma nickte, als habe sie damit gerechnet. »Danke für deine Hilfe heute.«

»Danke für … alles«, presste ich hervor.

Beim Aufstehen warf ich einen Blick in meine Teetasse. Zwischen den Überresten der Teeblätter war nicht viel zu erkennen. Mit etwas Fantasie vielleicht ein krummer Mond.

»Eine Sache noch«, sagte ich. »Was bedeuten meine Teeblätter?«

»Ein gutes Omen. Die Zeit wird zeigen, was es wahrhaft bedeutet.«

Langsam ging ich zur Tür des Wohnzimmers, doch dann hielt ich noch einmal inne. »Wenn Sie im Besitz des Hexalons waren, wo ist es dann jetzt?«

»An einem Ort versteckt, der ein Freund eisiger Wellen ist«, antworte sie. »Es ist gefährlich dort. Besonders bei Flut oder Sturm. Man nennt ihn die Schmugglerhöhle.«

Morah Bay also. Welch Ironie, wo sich an diesem Ort das Ereignis abgespielt hatte, welches letztendlich dazu geführt hatte, dass Joe sich von mir abwandte.

»Ich hoffe, Sie bekommen Ihren Ehering wieder«, sagte ich noch.

Mrs. Dalca nickte mir zu. Es war eine simple Geste, und doch bedeutete sie etwas. Auf seltsam verschrobene Art hatten wir beide unseren Frieden miteinander geschlossen.

KAPITEL 41

ELISE SEUFZTE ZUFRIEDEN und griff nach dem Popcorn, das zwischen uns stand. Im Fernsehen lief gerade *Zehn Dinge, die ich an dir hasse*, und meine Schwester schwebte glückselig auf Wolke sieben, weil die von Heath Ledger und Julia Stiles gespielten Figuren gerade zueinanderfanden. Ich saß daneben, aber der Film ging fast völlig an mir vorbei. Mrs. Dalcas Worte hatten mich bis ins Mint House verfolgt. Seitdem ich wusste, wo sich das Hexalon befand, kreisten meine Gedanken ständig um das Thema. Eigentlich hatte ich gehofft, dass Zeit mit Elise zu verbringen mich davon ablenken würde, aber Fehlanzeige.

Was wollte ich jetzt tun? Das Hexalon holen … und dann den Fluch brechen?

Je mehr ich darüber nachdachte, umso bizarrer erschien mir einfach alles. Ich war nach Whidbee Island gekommen, um den Sommer mit meiner Familie zu verbringen, und hatte mir vorgenommen, den verlorenen Teil von mir selbst hier wiederzufinden. Das hatte ich auch. Das und so viel mehr. Doch mein Leben fühlte sich wie eine schier unlösbare Algebra-Aufgabe an. Ich wusste nicht, wo ich anfangen sollte. Und von der Lösung war ich trotz Kopfzerbrechen weit entfernt. Joe hatte es verdient, vom Dalca-Fluch befreit zu werden. Mein Herz leuchtete auf wie eine Supernova, wenn er durch meine Gedanken wirbelte. Warm und glücklich bei den Erinnerungen an alles, was wir gemeinsam erlebt hatten – und dann wurde es zu heiß, und alles tat weh, und ich glaubte, kaum noch genug Luft zu bekommen. Das Gefühl war anders als mein Liebeskummer bei Franklin.

Bei Franklin hatte ich getrauert, ich hatte gelitten, und ich hatte es langsam akzeptiert. Doch Joe … Joe wollte ich anschreien, ihm eine Ohrfeige verpassen, ihn in den Arm nehmen, ihn nah bei mir spüren und ihn küssen. Es war kaum auszuhalten.

»Das war schön!«, sagte Elise und stand auf. »Ich gehe jetzt duschen.«

»Ja, der Film war klasse«, murmelte ich abwesend. »Bis gleich.«

Um mich irgendwie zu beschäftigen, lief ich ins Haupthaus und begann, mir ein Sandwich mit Erdnussbutter und Marmelade zu schmieren. Ich hatte genau einmal hineingebissen, da klingelte das Festnetz nebenan im Wohnzimmer. Tante Sutton war heute Abend mit Freunden von der Arbeit aus, und Tucker … keine Ahnung, was der trieb. Ans Telefon gehen würde er jedenfalls nicht. Ich ging zum Beistelltisch und nahm ab.

»Hallo, bei den Rowlands.«

»Mia! Ich bin's!«, sagte Lila fröhlich. »Ich wollte mich schon viel früher melden, aber der Empfang hier draußen ist so mies! Tut mir leid, dass ich dir Aubries Nummer nicht mehr geben konnte. Sie hat mir allerdings vorhin geschrieben und das von ihrer Grandma erzählt. Ich soll dir – halt dich fest – liebe Grüße von ihr ausrichten.«

»O wow. Von Aubrie ist das ja fast eine Liebeserklärung«, scherzte ich.

In den nächsten Minuten erzählte Lila mir von ihrem großartigem Tag mit Karlie, der Route, die sie zurückgelegt hatten, und wie gut ihr der Zeltplatz gefiel, auf dem sie heute über Nacht bleiben würden. »Nur das Wetter spielt nicht ganz mit«, meinte Lila. »Sie haben sogar eine Sturmwarnung für die nächsten Tage rausgegeben. Hoffentlich haben wir Glück und das Unwetter fängt erst an, wenn wir bereits auf dem Rückweg sind.«

»Ich drücke euch die Daumen«, sagte ich.

»Und was gibt es bei euch Neues?«, fragte Lila dann.

Kurz überlegte ich, Lila von meinem Gespräch mit Mrs. Dalca und dem Versteck des Hexalon zu erzählen, aber ich wollte sie nicht wieder mit meinen Sorgen belasten. Lila hatte mich nach dem Joe-Drama in der Notaufnahme getröstet und mir Mut gemacht, und als meine Eltern mich besorgt und sauer zur Schnecke gemacht hatten, war sie ebenfalls da gewesen. Sie hatte mich überzeugt, Eric zu schreiben, damit unsere zarte Freundschaft nicht in die Brüche ging – und ohnehin war Lila Rowland der Inbegriff von Girl Power. Jetzt verdiente sie ihren Spaß! Nicht meine Probleme.

Also antwortete ich: »Ich hab dich lieb. Bis übermorgen dann.«

Wir legten auf, und ich wanderte mit meinem Sandwich ins Gästehaus.

Elise tat, was sie abends stets tat, nämlich lesen und noch mehr lesen.

Und ich? Ich lag da, hörte dem Rascheln der Buchseiten zu und nickte schließlich weg. Irgendwann in der Nacht wurde ich von einem lauten Pfeifen wach, aber es war nur der Wind, der von draußen an den Wänden rüttelte. Danach war an Schlaf jedoch nicht mehr zu denken. Unruhig wälzte ich mich hin und her, bis ich ganz erschöpft war.

Du bist stärker. Vielleicht kannst du es schaffen.

Vielleicht, vielleicht, vielleicht …

Stunden später fielen die ersten Sonnenstrahlen herein, und ich hielt es nicht mehr aus und stand auf. Meine erste Tat war es, die Kaffeemaschine anzuwerfen, die in diesem Haushalt wahrscheinlich nur existierte, da Lila eine Vorliebe für Cappuccino hegte. Ich fühlte mich gerädert und brauchte jetzt einfach Koffein statt einem Früchtetee.

Eine gute Nachricht dazu wäre auch nicht schlecht gewesen.

Vorzugsweise etwas Stinknormales, ohne Jungs-Probleme oder Flüche.

Tatsächlich erhielt ich genau so eine, als ich mich nachmittags mit Eric traf. Wir hatten uns im *Island Grill* verabredet, zusammen etwas gegessen und über die Sache bei der Strandparty gesprochen. Anschließend gingen wir zu den Docks hinunter und setzten unser Gespräch fort. An den Docks von Stormbay lagen Dutzende Segel- und kleinere Frachtschiffe, und man konnte das geschäftige Treiben von mehreren Aussichtsplätzen entlang des Wassers beobachten. In meiner Kindheit war ich schon einmal hier gewesen, aber der Hafen hatte sich ziemlich verändert. Die Holzplanken, die eine Art Rundweg bildeten, waren erneuert und die vielen Geländer frisch gestrichen worden. Überall standen Kübel mit Blumen, und überhaupt wirkte der Ort sehr viel heller und freundlicher als früher. Eric und ich setzten uns auf einen der Stege, an denen gerade kein Boot ankerte, und ließen die Beine hinunterbaumeln. Bis meine Füße das Wasser berühren konnten, fehlte allerdings noch ein Stück, aber es war ein schönes Gefühl, so dicht am Meer zu sein, solange es friedlich blieb.

»Also«, sagte Eric. »Mein Dad hat gesagt, er überlässt dir seine alte Kamera.«

Ungläubig drehte ich den Kopf zu ihm. »Was? Ist das dein Ernst?«

Eric nickte. »Er hat sie schon vor Jahren ausrangiert, seitdem ist sie in seinem Foto-Atelier versauert. Ich habe ihm ein paar unserer Bilder gezeigt und von dir erzählt, und er meinte, wenn du möchtest, kannst du sie haben«, sagte er.

»Das kann ich unmöglich annehmen! Die ist bestimmt noch viel wert.«

»Na ja, mein Dad meinte, er möchte junge Fotografen unterstützen, wenn er die Möglichkeit hat, und er möchte dafür wirklich nichts haben. Freust du dich nicht?«

»Doch! Ich freue mich wahnsinnig!«, sagte ich überwältigt. »Aber …«

»Nichts aber. Glaub mir, er braucht sie nicht. Die Kamera würde sonst nur einsam und vergessen in einem Schrank liegen, und du hättest doch so gerne eine eigene Kamera.«

»Bist du … ist dein Dad sich echt sicher?«

»Absolut sicher!«, bestätigte Eric. »Ich habe sie sogar dabei. Sie ist im Wagen.«

»Ich weiß gar nicht, was ich sagen soll … tausend Dank!«

»Es gibt da übrigens diesen Foto-Kurs am *California Institute of the Arts* nächsten Sommer. In Valencia, das ist von Seattle und auch Portland mit dem Flugzeug gar nicht so weit weg«, meinte Eric. »Ich dachte, vielleicht hast du Lust, dich dort zusammen mit mir zu bewerben? Wir haben ja noch ein Jahr, bis die Highschool vorbei ist, aber wir könnten uns die Uni dort mitansehen. Sie gehört zu den besten für Fotografie. Ich weiß zwar noch nicht genau, wo ich nach meinem Abschluss hinwill, aber das klang echt cool.«

»Das klingt wirklich cool«, erwiderte ich.

Aber Kalifornien? Hatte Joe nicht davon gesprochen, dass es dort ein College gab, für das er sich interessierte? Die *California School of Arts and Design* – genau! Ob das in der Nähe war? Ob ich ihn da … nein! Woran dachte ich denn bitte wieder? Ich seufzte.

»Keine gute Idee?«, hakte Eric nach. »Hör zu, wenn du dir Sorgen machst wegen dieser Fast-Kuss-Sache … das kommt nicht wieder vor. Ich war nur echt aufgewühlt.«

»Das ist es nicht«, sagte ich und lächelte ihn an. »Wir hatten doch eben schon darüber gesprochen. Du musst kein schlechtes Gewissen haben. Es geht nur um … Joe.«

Ich erzählte Eric kurz von Joes Wunsch mit der Schmuckdesign-Lehre.

»Verstehe«, sagte Eric nachdenklich. »Aber dich bedrückt doch noch etwas anderes, oder? Kalifornien ist riesig, Mia. Die Schulen liegen sicher nicht um die Ecke voneinander.«

»Es ist …« Ich holte tief Luft. »Wir hatten einen schlimmen Streit.«

»Wegen des Fluchs?«, fragte Eric behutsam.

»Willst du echt mit mir darüber sprechen?«

»Wir sind Freunde«, sagte er. »Du kannst mir vertrauen.«

Für einen Moment blickte ich aufs Wasser und dachte nach.

»Eine Frage: Wenn jemand dich sehr verletzt hat, aber … du hättest die Möglichkeit, ihm bei einer wichtigen Sache zu helfen, würdest du es dann tun?«, fragte ich schließlich.

Eric nahm sich Zeit für seine Antwort. »Ich denke, dass kommt darauf an, wie viel einem diese Person bedeutet. Es gibt Menschen in meinem Leben, denen würde ich immer zur Seite stehen, komme was wolle. Versteh mich nicht falsch – wenn du jemandem nicht helfen oder etwas für diese Person tun möchtest, heißt das nicht, dass sie dir nicht genug bedeutet. Manchmal muss man sich auch selbst beschützen. Ist verzwickt.«

»Ja, das ist es«, murmelte ich.

»Sieh mal, ist das da drüben nicht Mr. Russel?«, fragte Eric.

Ich folgte seinem Fingerzeig zu einem kleinem Kutter, der sich gerade unserem Steg näherte und den der alte Seemann steuerte. Er trug einen langen, dunkelblauen Regenmantel, und sein langer Bart sah im Wind wie Zuckerwatte aus. Wir standen beide auf, als er begann, sein Boot zu vertäuen. Er bemerkte uns und musterte uns skeptisch.

»Was macht ihr denn hier? Wollt ihr was?«

»Kommt drauf an. Haben Sie Schokoriegel auf Ihrem Kahn?«, fragte ich.

Mr. Russel schnaufte. »Ich sehe schon, du bist frech wie eh und je.«

»Und Sie immer noch brummbärig«, erwiderte ich.

»Wenn ihr schon da seid, macht euch nützlich!«, forderte er.

Eric und ich tauschten einen unsicheren Blick. Sollten wir?

Mr. Russel war schon dabei, mehrere Eimer aus dem Boot auf den Steg zu hieven. So wie es aussah, befanden sich darin aber keine Fische, sondern nur jede Menge Müll.

»Wo kommt das denn alles her?«, fragte ich entsetzt.

»Wenn du wüsstest, was an so manchen Stellen im Meer schwimmt«, meinte er. »Was ist nun? Helft ihr mir, oder wollt ihr weiter Löcher in die Luft starren? Ihr habt doch zwei gesunde Beine. Los, los! Dieser Müll gehört in einen Container hinter der Fischerei.«

Unter Mr. Russels strengem Blick – und weil es irgendwie ja für einen guten Zweck war – kamen wir dieser charmanten Bitte nach. Nachdem der letzte Eimer geleert und sie alle wieder auf dem Boot verstaut waren, lud Mr. Russel uns zu einem Stück Kuchen in einem nahe gelegenen Café ein. Anscheinend hatte er eine Menge Verwandte, die eine Menge Läden führten, denn das kleine Café namens *Boats & Bait* gehörte dem Mann seiner Schwiegertochter. Es gab sogar eine Kuchensorte, die *Sunflower Strawberry Shortcake* hieß und die ich genüsslich in mich hineinstopfte, weil sie so sahnig und süß schmeckte. Eric war weniger begeistert von seinem Kuchen und verschwand kurz darauf auf dem Klo – vielleicht damit er Mr. Russel nicht seine Wahl vor die Füße spuckte. Sein *Fire Fruitcake* war anscheinend mehr scharf als fruchtig. Erics Gesicht war jedenfalls ziemlich schnell puterrot angelaufen. Als er aufsprang, konnte ich mir ein Lachen trotzdem nicht verkneifen.

»Das ist nicht der Dalca-Junge«, stellte Mr. Russel fest.

»Nein, das ist Eric. Wir haben uns vor einer Weile angefreundet.«

»Hast du die Sache mit dem Fluch ruhen lassen?«, fragte er.

»So kann man das nicht sagen«, murmelte ich.

»Sag bloß, Daria hat dich doch noch kleingekriegt?«

Ich schob mir eine weitere Gabel Kuchen in den Mund und schwieg.

»Was ist passiert?«, wollte Mr. Russel wissen. »Du siehst nicht glücklich aus.«

»Ich weiß nicht, ob ich … darüber sprechen möchte.«

»Nun gut«, sagte er. »Aber ein zweites Stück Kuchen möchtest du, oder?« Er lächelte mich großväterlich an. »Schließlich geht der für mich und meine Gäste aufs Haus.«

Da es im Café Selbstbedienung gab, verließ ich meinen Platz, um noch etwas zu essen zu holen. Eric würde sich bei seiner Rückkehr sicher auch über ein »ungefährliches« Stück Kuchen freuen. Mit drei Tellern balancierend ging ich zurück zum Tisch, da fiel mein Blick auf eine Wand, die voller Fotos war. Sie zeigten einzelne Personen, Paare oder Freunde, und ich nahm an, dass die meisten, wenn nicht sogar alle, auf der Insel entstanden waren. Manche der Gesichter wiederholten sich. Auf einer Urkunde in der Mitte stand etwas über den Familienbetrieb der Familie Rutherford. Und ich erkannte dort auf einmal jemanden wieder. Zuerst war ich verwirrt, weil mir niemand mit diesem Nachnamen ein Begriff war, doch dann traf mich die Erkenntnis. Dieses sommersprossige Mädchen – ich hatte sie auf dem Foto gesehen, das Joe und ich in der Truhe auf dem Dachboden gefunden hatten.

Was für ein merkwürdiger Zufall … War sie also eine Rutherford?

»Hey, willst du da Wurzeln schlagen?«, rief Mr. Russel quer durchs Café.

Ich eilte zurück und setzte die Teller ab. Eric war inzwischen auch wieder da.

Statt direkt auf die Bank zu rutschen holte ich meinen Rucksack unterm Tisch hervor und kramte darin, bis ich das Foto fand, das ich auf dem Dachboden hatte mitgehen lassen. Irgendwann nach meinem Besuch bei den Dalcas hatte ich es zwischen die Seiten des

Gedichtbands *Magic Poems* geschoben und dann ganz vergessen. Ich hielt es Mr. Russel hin. »Kennen Sie dieses Mädchen? Gehört es zu Ihrer Familie?«, fragte ich.

Mr. Russel riss die Augen auf. »Wo … wo hast du dieses Foto her?«

»Ich bin bei meiner Recherche über den Fluch darauf gestoßen«, sagte ich und setzte mich. Eric schien nur Bahnhof zu verstehen, unterbrach uns aber nicht. »Und sehen Sie dieses Buch? Ich nehme an, dass es sich dabei um eine Art Tagebuch handelt, in dem Informationen über den Fluch stehen. Ich … ich weiß vielleicht, wo es sich befindet.«

Der alte Mann nahm mir das Foto ab und betrachtete es. »Das ist Dorothea Rutherford. Ich … ich kannte sie von früher. Sie ist vor einigen Jahren verstorben, aber sie hat im *Boats & Bait* gearbeitet, wie so viele vor ihr. Die Rutherfords leben drüben in Breezing.« Er fuhr mit dem Daumen über die Ecke des Bilds, auf der Mrs. Dalca zu sehen war. »Der schlaksige Junge links, das … bin ich. Wir waren alle gut miteinander befreundet. Dorothea und Daria waren unzertrennlich, aber schon vor diesem schicksalhaften Tag des Unfalls entzweite sie etwas. Ich habe nie erfahren, was der Grund ihres Streits damals war.«

Plötzlich klingelte Erics Handy. Er entschuldigte sich und ging raus, um den Anruf anzunehmen. »Bestimmt wieder eine meiner nervigen Schwestern«, grummelte er.

Mr. Russel schien ganz in Gedanken versunken.

»Es tut mir leid, dass Sie gleich zwei Ihrer Freunde verloren haben«, sagte ich.

»Drei«, murmelte Mr. Russel. »Daria lebt zwar noch, aber sie ist …« Er schüttelte sich. »Hin und wieder treffe ich Dorotheas Tochter an ihrem Grab. Sie hat inzwischen eine eigene Tochter, die etwa in deinem Alter ist. Es tröstet mich, dass Dorotheas Erbe durch die beiden weiterlebt, denn die Rutherfords gehören zu den Gründerfamilien der Insel.«

»Genau wie die Dalcas«, dachte ich laut nach.

»Seltsam, oder?«, sagte Mr. Russel, sah dabei aber aus dem Fenster. »Die Vorfahren von Dorothea und Daria haben das Leben auf Whidbee Island möglich gemacht, und später haben die beiden es nicht einmal geschafft, die Hürde eines Streits zu überwinden.«

So war das wohl manchmal, dachte ich. Einige Hürden waren zu groß, um sie zu erklimmen. Ob einem ein Mensch nun viel bedeutete oder nicht. Ein Teil von mir hoffte noch immer, dass dies nicht auch bei Joe und mir der Fall sein würde.

KAPITEL 42

SPÄTER SASS ICH NOCH eine Weile allein an den Docks und sah den Segelschiffen dabei zu, wie sie auf dem Meer immer kleiner wurden. Die Sonne war dabei unterzugehen, und am Himmel hatten sich eine Menge dunkler Wolken zusammengezogen. Hin und wieder blätterte ich durch den *Magic-Poems*-Gedichtband, bis ich an die Stelle mit den Notizen kam. Ich hatte sie wieder und wieder gelesen, das Buch zugeschlagen und erneut geöffnet.

Kann wahre Liebe jeden Fluch brechen?

Wie sich wahre Liebe anfühlt?

Das Schicksal bestimmt einfach alles.

Flüche zerstören jede Chance auf Liebe.

Ich hatte Joe nie gefragt, ob er diese Dinge hineingeschrieben hatte. Nachdenklich fuhren meine Finger zu meinem Medaillon. Ich stellte mir vor, wie Joe viele Stunden daran gearbeitet hatte, um es mir zu schenken. Wie viel Arbeit und Mühe in dieses Schmuckstück geflossen waren. Vielleicht auch ein paar Gefühle. Für mich.

Als mein Daumen über eine Erhebung strich, erinnerte ich mich plötzlich daran, dass es so designt worden war, dass man es öffnen konnte. Ich stopfte den Gedichtband in meinen Rucksack und nahm das Medaillon in die linke Hand. Mit der rechten schob ich es vorsichtig auf – im Inneren befand sich etwas! Ein Zettel. Ich faltete ihn auseinander und war überrascht, dass es sich dabei um eine Quittung handelte. Sie stammte von dem Tag unseres magischen Dates, als wir die Rollschuhe ausgeliehen hatten. Hatte Joe sie eingesteckt, nachdem ich für uns bezahlt hatte? Und sie so lange aufgehoben?

Mit einem Mal zog sich mir das Herz zusammen.

Mit der richtigen Person wird alles ein Abenteuer …

Da wurde mir plötzlich etwas klar. Am Abend unseres magischen Dates hatten wir unsere »ersten Male« miteinander geteilt. Das erste Mal richtig Spaß zusammen haben. Das erste ernste Gespräch. Die erste richtige Berührung. Der erste Kuss.

Und in genau diesem Moment hatte ich mich in Joe verliebt.

Weil ein verborgener Teil tief in mir drin gespürt hatte, dass dieser Kuss etwas zu bedeuten hatte. Wenn Joe diese Rechnung aufbewahrt, sie in dieses Medaillon getan hatte, bedeutete das nicht, er hatte es auch gefühlt? Bis heute? Verflucht noch mal!

Elise hatte so recht. Joseph Dalca war ein verdammter Märtyrer!

Ich zog den Reißverschluss meines Rucksacks zu, schulterte ihn und schob im Gehen den Zettel zurück in das Medaillon, ehe ich es schloss. Atemlos hetzte ich den Berg hinauf, der durch eine Seitenstraße bis zur Schwelle des *Mirage* führte. Vereinzelt fielen einige Regentropfen, aber ich störte mich nicht daran. Der Laden hatte noch geöffnet, und es kamen gerade zwei Jungs heraus, die beide jeweils eine Tüte festhielten. Ich huschte durch die sich schließende Tür und sah mich um.

»Aubrie!«, sagte ich laut. »Hey! Ist Joe da?«

»Mia?«, fragte sie überrascht, als hätte sie nicht damit gerechnet, mich je wieder zu sehen. Wenn ich ehrlich war, hatte ich auch nicht damit gerechnet, je wieder einen Fuß über die Schwelle des *Mirage* zu setzen. »Ist alles okay? Du siehst aufgewühlt aus.«

Hörte ich da etwa eine leise Sorge aus Aubries Stimme heraus? Oha!

»Ich … ist Joe da?«, wiederholte ich die Frage.

Aubrie schüttelte den Kopf. »Er ist zusammen mit Christopher …

ehrlich gesagt weiß ich nicht genau, wo die beiden sind. Joe ist heute Morgen ziemlich überstürzt aufgebrochen, er war echt durcheinander, und Christopher ist mit ihm gefahren.«

»Kannst du ihm was von mir geben?« Ich wartete ihre Antwort gar nicht ab, sondern zog den *Magic-Poems*-Gedichtband aus meinem Rucksack. »Hast du einen Stift?«

Sie sah mich verunsichert an, deutete dann aber auf den Schmucktresen. Ich schnappte mir den Stift, schlug die Seite mit den »Verfluchten Herzen« auf und strich all die Notizen dort durch, bis man sie nicht mehr lesen konnte. Dann drehte ich das Foto um.

Liebe kann jeden Fluch brechen. Morah Bay. Schmugglerhöhle.

Ich las die Zeilen ein weiteres Mal, dann klappte ich das Buch zu. »Hier. Das muss Joe unbedingt bekommen. Bitte gib es ihm, sobald er wieder da ist. Es ist wichtig.«

Aubrie nahm das zerfledderte Buch entgegen. »Versprochen.« Sie sah mich mit einem Ausdruck an, den ich nicht deuten konnte. »Hör zu, Mia … es tut mir leid, wie ich dich behandelt habe. Ich … dass du meiner Grandma trotz allem geholfen hast, weiß ich zu schätzen.« Sie hielt mir ihre freie Hand hin. »Kannst du mir verzeihen?«

Ich zögerte, dann nahm ich ihre Hand. »Ja, das kann ich.«

Sie nickte dankbar. »Gut.«

»Gut«, sagte ich.

Joes Schwester räusperte sich. »Warte kurz hier.«

Aubrie verschwand im Hinterzimmer und kam nach einigen Minuten wieder. Sie reichte mir ein kleines Fläschchen, kaum größer als mein Ringfinger, in dem ganz unterschiedliche Substanzen steckten. »Weißt du, was das ist?«, sagte sie und beobachtete mich dabei genau.

»Ein Hexenglas«, antwortete ich.

»Gefüllt mit Meersalz gegen negative Energien, Lavendel zur Heilung, Basilikum für Mut und Rosenquarz … ich denke, für die Liebe«, erklärte Aubrie. »Joe hat es für dich gemacht.«

Ich nahm es entgegen und steckte es in die Tasche meiner Jeansjacke. »Danke.«

Vor dem *Mirage* war es auf einen Schlag richtig düster geworden. Es braute sich echt ordentlich etwas zusammen. So schnell meine Füße mich trugen, lief ich los, bis ich zum Marktplatz kam, wo ich an einer Laterne mein Fahrrad abgeschlossen hatte.

Ich zögerte. Mein erster Impuls war gewesen, zum Mint House zu fahren, um … was genau eigentlich? Um meinen Ausflug, ein magisches Hexenbuch zu finden, ganz genau zu planen? So was konnte man nicht planen! Ich hatte den ganzen Sommer über versucht, mich an alte Gewohnheiten zu klammern, und es hatte mich nur zurückgeworfen.

Ich hatte mich auf Whidbee Island verändert. Und das war gut so. Natürlich hatte ich dadurch auch Fehler begangen, war unvorsichtiger gewesen, aber … das hier gerade fühlte sich viel richtiger an als alles, was ich den ganzen Sommer über getan hatte.

Also ließ ich mein Fahrrad stehen und steuerte die nächste Bushaltestelle an.

Mein Entschluss stand fest: Ich würde dieses Tagebuch finden!

KAPITEL 43

DER LETZTE HALT der Linie nach Morah war viel zu weit von meinem Ziel entfernt, also setzte ich meinen Weg zu Fuß fort. Blöderweise fing es genau dann an zu regnen, und immer windiger wurde es auch. Schließlich legte ich eine Pause an einer Tankstelle ein, damit ich nicht völlig durchnässt wurde, und besorgte mir ein heißes Getränk und eine Landkarte. So komplett ohne einen Plan ging es dann nämlich leider doch nicht – die Bucht zu finden war schwieriger als gedacht. Bei der Fahrt mit Eric zu Marcus' Party war mir das noch ganz einfach erschienen: Wir hatten erst ein Waldstück durchquert und waren dann auf einem Parkplatz gelandet, von dem aus wir einem Pfad zum Strand gefolgt waren. Als Fußgänger war das allerdings eine andere Sache.

Ich hatte noch auf der Busfahrt versucht, mir eine Karte offline zu laden, aber der Empfang meines Handy kam und ging und war so unbeständig wie der Wind derzeit. Es ärgerte mich ungemein, dass ich so entschlossen aufgebrochen war, um keine Zeit zu verlieren, und jetzt vertrödelte ich sie wegen meiner schlechten Orientierung und dem blöden aufkommenden Unwetter. Mein Glück war, dass kurz darauf ein älteres Ehepaar, samt Enkelkind, in die Tankstelle spazierte, das anbot, mich ein Stück mitzunehmen.

Normalerweise war ich nicht der Typ fürs Trampen – und ich hätte Elise gekillt, wenn sie zu Fremden in den Wagen gestiegen wäre –, aber ich war etwas verzweifelt. Dass ich weder Auto noch Führerschein hatte, war in diesem Moment echt eine Plage. Zu meiner

Erleichterung schienen die beiden sehr freundlich, plapperten irgendwas über das fiese Wetter und schunkelten zu dem Oldie-Sender im Radio mit. Ihr Enkelkind, ein kleiner Junge, beobachtete fasziniert die Regentropfen, die gegen die Fensterscheibe trommelten. Hoffentlich hörte der Regen bald auf. Doch ich bezweifelte es. Immer stärkere Böen drücken von außen gegen das Auto und brachten es mehrmals richtig zum Wackeln.

Schließlich ließ mich das hilfsbereite Paar an einer Ranger Station heraus, die im Wald lag und an die ich mich noch vage erinnerte. Tatsächlich hatte ich, um sie zu beruhigen, schnell eine Ausrede erfunden und behauptet, mein Vater würde dort arbeiten. Ich bedankte mich überschwänglich und sah ihnen noch kurz nach, als sie davondüsten. Die Wolken waren grau wie Asche, aber wie durch ein Wunder hörte der Regen endlich wieder auf, und ich sandte einen stummen Dank zum Himmel.

Ich war meinem Ziel ein gutes Stück näher gekommen!

Hier gab es außerdem jede Menge Schilder, die mir den Weg wiesen. Zwar fröstelte ich etwas wegen meiner nassen Kleidung, doch auf dem Rückweg konnte ich ja in die Ranger Station hineingehen und in Ruhe überlegen, wie ich zurückkam – dafür fand sich sicher eine Lösung. Und wenn ich das Hexalon wirklich entdeckte, war alles danach sowieso ein Klacks!

Zunächst checkte ich die Schilder und war froh, dass auf einem davon auch »Morah Bay« stand. Die Bucht musste genau auf der anderen Seite eines Teils des Waldes liegen. Von hier war es knapp eine Meile – das schaffte ich. Der Rundgang mit Eric war wesentlich länger gewesen, und an dem Tag hatte uns auch noch die Sonne in den Nacken geknallt. Ein bisschen Sonne wäre heute allerdings auch sehr nett gewesen, dann wären meine Klamotten sicher im Nu wieder trocken. Da das Waldgebiet der Öffentlichkeit zugänglich war und anscheinend einige Wanderrouten enthielt, schlug ich den ausgewählten Pfad ein. So lief ich eine ganze Weile geradeaus, über nassen Untergrund und rutschige Blätter, bis ich den Parkplatz passierte, auf dem gerade einige Wanderer ihre Ausrüstung im Kofferraum verstauten. Als sie mich sahen, winkten sie.

»Hey, du! Da geht's nicht weiter. Ein Baum ist umgefallen«, rief eine Frau.

Ich hielt an. Ein Baum? Das fehlte ja gerade noch.

»Es gibt noch einen anderen Pfad außen herum. Wo willst du denn hin?«, fragte ihr Begleiter, ein Mann mit schwarzen Haaren.

Zögerlich ging ich zu den beiden hinüber. »Ich wollte zur Morah Bay.«

»Es gibt diesen Schleichweg, ist nur ein kleiner Umweg, allerdings bergauf, und der macht bei diesem Wetter keinen Spaß«, sagte die Frau. »Wir haben die doppelte Zeit gebraucht, um unseren üblichen Rundgang zu laufen, und bei Regen ist der Untergrund ziemlich rutschig. Willst du nicht lieber ein anderes Mal hin?«

Ihre Aussage verunsicherte mich noch mehr. Sollte ich umdrehen?

»Ach«, meinte der Mann. »So dramatisch ist es jetzt auch nicht. Ein bisschen Wasser hat noch keinem geschadet. Aber allzu lange solltest du dich da nicht aufhalten. Es gab eine Sturmwarnung, und das Wetter auf der Insel kann echt schnell umschlagen.«

»Falls du willst, nehmen wir dich mit«, schlug die Frau vor.

In meinem Hirn ratterten die Gedanken durcheinander. Ich war so nah dran, sollte ich jetzt alles hinschmeißen? Bestimmt schaffte ich es in einer halben Stunde zur Bucht und zurück – vorausgesetzt, ich fand das Hexalon gleich. Schwere Entscheidung …

»Überleg's dir. Wir sind noch ein paar Minuten hier«, sagte der Mann.

Mir lag schon eine Antwort auf den Lippen, als mein Handy klingelte.

»Einen Moment«, sagte ich und wandte mich ab.

Joes Nummer leuchtete auf. Mit wummerndem Herzen nahm ich ab. »Hallo?«

»Mia! Wo bist du? Sag mir nicht, dass du zur Bucht gefahren bist?«

Er klang wütend. Und irgendwie machte mich das ebenfalls wütend.

»Du hast meine Nachricht also bekommen«, erwiderte ich.

»Das ist verrückt! Hörst du! Verrückt! Was soll das überhaupt bedeuten, dass wahre Liebe den Fluch brechen kann? Was suchst du dort? Hat dir das letzte Mal nicht gereicht?«

»Hör auf, mich anzuschreien«, sagte ich ruhig. »Das Hexalon ist dort.«

Stille.

»Das Hexalon? Woher willst du das wissen?«

»Deine Grandma hat es mir gesagt.«

»Sie hat was? Mia, halt dich bloß vom Wasser fern.«

»Joe, begreifst du nicht? Das Hexalon ist hier.«

Erneute Stille.

»Du willst immer noch den Fluch brechen.«

»Ja«, sagte ich leise. »Das will ich.«

»Du bist ganz allein zur Morah Bay, obwohl ich …«

»Du ein verdammtes Arschloch warst? Ja.«

Ich hörte, wie Joe energisch einatmete. »Dreh um.« Seine Stimme klang schneidend. »Ich schwöre bei Gott, Mia, wenn du nicht auf der Stelle umdrehst, dann werde ich …«

»Wirst du was? Mir das Herz brechen? Hast du doch schon!«

»Shit«, fluchte Joe. »Du weißt doch gar nicht, ob das Hexalon noch immer dort ist oder ob es die vielen Jahre überstanden hat. Morah Bay ist gefährlich! Du kannst doch nicht dein Leben aufs Spiel setzen, um den Fluch zu brechen! Du musst dich nicht aufopfern, Mia!«

In mir brodelte eine irre Wut hoch. »Ich opfere mich nicht auf. Das ist meine freie Entscheidung. Ich tue das, weil ich es will. Für mich, für dich … für uns, Joe. Und nur, weil du ständig Ausreden suchst, um mich von dir zu stoßen, heißt das nicht, dass ich das akzeptiere. Ich werde das Hexalon finden, und ich werde den Fluch brechen!«

»Nein, Mia, warte! Bitte, ich …«

Ohne noch etwas zu sagen, legte ich auf. Joe rief sofort noch mal an, aber ich schaltete das Handy auf stumm. Mir war egal, was er noch sagen wollte. Ich hatte meinen Entschluss gefasst, und von dem würde mich niemand abbringen. Nicht einmal Joseph Dalca.

»Danke noch mal für das Angebot, aber ich gehe weiter«, teilte ich dem Mann und der Frau mit, die etwas peinlich betreten zugehört hatten. »Es ist äußerst wichtig, dass ich noch heute zur Morah Bucht komme.«

Nach einem Abschiedsgruß der beiden setzte ich meine Reise fort.

Es dauerte nicht lange, da kam der Baumstamm in Sicht. Er war riesig und blockierte wirklich den kompletten Weg. Der erwähnte Schleichpfad befand sich links davon und führte wie angekündigt bergauf. Ein Spaß, dort hinaufzukraxeln, während Schlamm in alle Richtungen spritzte, war es wirklich nicht, aber ich ließ mir Zeit und war vorsichtig. Trotzdem spürte ich deutlich, wie ich meine Kraftreserven überschätzt hatte. Ich bekam Seitenstechen, und als der Regen wieder einsetzte, begann ich richtig zu schlottern.

Oben angekommen rang ich nach Atem und versuchte, mich zu orientieren.

Es war so verflucht windig, und allmählich wurden meine Glieder taub.

Doch ich wollte, nein, ich durfte jetzt nicht einknicken!

Mit sämtlicher Kraft, die ich aufbringen konnte, trieb ich mich weiter an und schaltete dabei den Teil meines Hirns, der mir irgendwelche logischen Argumente zuflüstern wollte, einfach ab, als würde ich einen Schalter umlegen.

Vor mir lag eine freie Fläche, die auf einer Seite wieder in den Wald verlief und auf der anderen ins Meer – zumindest sah es aus der Entfernung so aus. Je weiter ich mich schleppte, umso klarer wurde mir jedoch, dass es dort tief hinunterging.

Angst klammerte sich um mein Herz, und es fühlte sich an, als würden kalte Finger es jede Sekunde zerbrechen. Beim Anblick der scharfen Klippen wurde mir schwindelig, und ich spürte die Erschöpfung in jedem Zentimeter meines Körpers umso deutlicher. Eisiger Wind zog und zerrte an mir, als wollte er, dass ich mich meinem Schicksal ergab und mich freiwillig in die stürmischen Fluten stürzte. Doch da war das Schiffswrack in der Ferne, das ich schon einmal gesehen hatte. Es ragte nur ein winziges Stück über die Klippen hinaus, aber ich wusste sofort, dass ich mich dem Ort näherte, von dem die Hexe gesprochen hatte. Die Schmugglerhöhle. Ein winziger Funke Hoffnung keimte in mir auf.

Der Regen wurde nun dichter, und ich hielt schützend einen Arm über meine Augen. Nur mühsam kam ich voran, erreichte schließlich eine unförmige Treppe, die an einer Stelle in den kantigen Stein geschlagen war. Das Geländer war rostig und bot wenig Halt. Immer wieder rutschten meine Stiefel auf den feuchten Stufen ab. Steine knirschten wie Scherben unter meinem Gewicht, als ich es nach unten schaffte und mich der Höhle über den steinigen Strand näherte. Das Meer trieb schäumende Wellen zum Ufer, die tobten und miteinander verschmolzen. Alles war so schrecklich laut, und meine Sinne waren wie betäubt. Doch ein Gefühl kämpfte gegen meine Angst an, war stärker als sie:

Liebe. *Ich liebte ihn.* Trotz allem, was geschehen war.

Deshalb musste ich *es* finden. Das war unsere einzige Chance.

Ich tastete mich an der Felswand entlang, bis ich den Eingang der Höhle, die wie ein dunkles, totes Auge in der Klippe hing, fand. Jeder Muskel in mir schrie vor Schmerz. *Halt durch, nur noch ein bisschen!* Dunkelheit verschluckte mich, während ich mich ins Innere der Höhle vorwagte. Ich hatte mich nie für besonders dumm oder mutig gehalten, und nun fragte ich mich, ob beides nicht dasselbe war. Aber ich konnte nicht aufgeben. *Nicht jetzt!* Vorsichtig tastete ich mich voran und trat mit einem Mal ins Leere. Ich verlor das Gleichgewicht, fiel und schlug gegen etwas Hartes. Plötzlich war überall Wasser, das mir die Luft raubte. Meine Lungen brannten wie Feuer, als jeglicher Atem ihnen entwich.

Nun war alles vorbei. Ich würde sterben.

Das Letzte, woran ich dachte, war sein Gesicht.

Er hatte mich vor dem Dalca-Fluch gewarnt.

Und jetzt würde ich ihn nie wiedersehen.

Dann.

Wurde.

Meine.

Ganze.

Welt.

Tiefschwarz.

KAPITEL 44

DIESES MAL HATTE ICH keine Zweifel mehr an dem Fluch. Alles fühlte sich anders an als neulich am Strand. Da war keine Panik, nichts Lautes mehr und kein Kampf gegen diese höhere Macht, die mich ein zweites Mal ins Verderben gelockt hatte. Alles war still und regungslos und wie ein Kaleidoskop aus Schatten, die um mich herumwirbelten. Und von weit, weit weg drang ein Flüstern zu mir durch. Vielleicht hatte ich es damals nicht wahrhaben wollen, hatte mir bloß eingeredet, meine eigene Entscheidung getroffen zu haben. Denn jetzt, wo ich es hörte, erschien mir dieses Flüstern unheimlich vertraut.

Talulah. Sie rief nach mir, rief meinen Namen. Ob sie sich jedes Mädchen holte, das in eisigen Wellen ihrem Schicksal ins Auge blickte? Sie hin und her wiegte, als trüge ein Schiff sie an einen Ort, von dem es keine Rückkehr gab? Sie musste es auch zuvor gewesen sein, vielleicht hatte sie ihre Finger schon vor Ewigkeiten nach mir ausgestreckt, ohne dass ich es bemerkt hatte. Die Stimme wurde lauter. Und mit ihr mein Name. Mia. Das war ich. Mia. Mit dem Herzen voller Chaos. Mia. Verliebt in einen Dalca. Was würde ich alles dafür geben, Joe ein letztes Mal wiederzusehen. Doch jetzt gehörte ich der Verlorenen.

Vielleicht wurde ich sogar selbst zu einer …

Ein scharfer Stich schoss mitten in meine Brust hinein. Federn streiften meine Lippen. In mir braute sich ein eigener Sturm zusammen. Ich spürte, wie sich etwas in mir aufbäumte, zog und zerrte, wie es eben der Wind getan hatte. Und dann kam auf einen Schlag alles zurück zu mir. Meine Suche nach dem Hexalon, mein wütendes, tobendes Herz, das meinen Verstand ausgeschaltet hatte, und Joes panische Stimme.

Etwas stimmte nicht ganz. Ich war nicht tot. Ich lebte noch. Ich lebte!

Jede Faser meines Körpers schrie, doch meine Arme und Beine waren schwer wie Blei, und mein Bewusstsein driftete zurück in die alles verschlingende Schwärze.

Das Nächste, woran ich mich erinnerte, war, dass mich jemand auf die Seite drehte. Der Druck in mir wurde stärker, überwältigte mich, und als ich den Mund öffnete, wurde ich von solch einem heftigen Husten durchgeschüttelt, dass es mir vorkam, als würde man mir scharfkantige Kristallsplitter in die Lunge bohren. Da war ein wehklagender Laut. Etwa aus meinem Mund? Schnappatmung, Herzrasen und Zittern. Wasser, das ich verschluckt hatte und das über meine Lippen lief. Ich konnte mich kaum bewegen, schaffte es nicht, die Lider zu öffnen. Mein eigener Körper war mir irgendwie fremd.

»Mia? Mia, kannst du mich hören?«

Das war nicht Talulah. Das war … Joe. Oder irrte ich mich?

»Joe«, krächzte ich. Meine Kehle fühlte sich geschwollen und wund an.

Ein Schluchzen. Doch es kam nicht von mir. Da waren Hände, die sich um meinen Körper schlossen, die mich an sich zogen und hielten. Ich wusste nicht, wie viel Zeit vergangen war, bis ich es endlich schaffte, die Augen aufzuschlagen. Alles war schwammig und dunkel. Nur ein einziges Licht schien wie ein Punkt am Boden zu liegen, als habe man vergessen, es auszuknipsen. Dann sah ich sein Gesicht. Er war wirklich hier.

»Mir ist so kalt«, wisperte ich.

»Ich weiß«, sagte Joe. Seine Stimme klang belegt, wie von einer schweren Last niedergedrückt. »Du bist gestürzt und hast dir den Kopf angeschlagen. Erinnerst du dich?«

Ich nickte langsam. Sofort wurde mir schwindelig. »Du bist gekommen.«

»Ich … war schon unten an der Ranger Station, als du einfach aufgelegt hast«, flüsterte er dicht an meinem Ohr. »Ich weiß gar nicht, wie ich es so schnell hergeschafft habe, aber … da war so ein Gefühl, wie eine Vorahnung. Ich dachte, du … du würdest sterben.«

Er drückte mich noch fester an sich. Und ich ließ es zu. Ich spürte seine Wärme, doch sie kam kaum gegen die Kälte an, die von mir Besitz ergriffen hatte. Wieder verging etwas Zeit, und wieder wusste ich nicht, wie viel. Mein ganzer Körper taute kaum auf, doch es half ein wenig, ihm so nah zu sein. Seinen Herzschlag dicht bei mir zu fühlen.

»Kannst du dich aufsetzen?«, fragte Joe.

Stöhnend richtete ich mich auf. Der Lichtpunkt am Boden war eine Taschenlampe, wie ich nun erkannte. Als Joe merkte, dass ich mich bewegte, lockerte er seinen Griff und gab mir etwas Raum. Er griff sich einen Rucksack, der ein Stück von uns entfernt stand, und zog einen trockenen Hoodie daraus hervor. Seine dunklen Augen ruhten auf mir.

»Du musst deine Sachen ausziehen«, sagte er. »Zumindest …«

»Was ist mit dir?«, flüsterte ich.

»Ich war nicht so lange im Wasser wie du«, sagte er.

Da ich keine Kraft hatte, dagegen zu protestieren, nickte ich einfach nur noch mal. Irgendwie schaffte ich es mit seiner Hilfe aus meinem Pullover und Top heraus. Die Szene hatte allerdings so gar nichts Romantisches an sich. Ich fror so erbärmlich, dass ich nicht mal einen Gedanken daran verschwenden konnte, dass Joe mich für einen Moment im BH gesehen hatte. Der weiche Stoff seines Hoodies schmiegte sich an meine Haut, doch ich spürte kaum einen Unterschied. Nachdem er meine nassen Sachen in seinen Rucksack gestopft hatte, half er mir auf die Beine. Die fühlten sich an wie zwei Stelzen aus Eis. Meine Jeans hatte sich in meine Haut gefressen, und allein zu stehen war anstrengend, weil meine Muskeln wehtaten. Doch ich musste mich bewegen, ich durfte nicht wieder in eine Starre verfallen.

Joe hob die Taschenlampe auf, als er sicher war, dass ich nicht gleich wegkippte. »Christopher ist noch unten an der Ranger Station. Er wird Hilfe schicken, wenn ich mich nicht bei ihm melde«, sagte er. »Wir kommen hier wieder raus, versprochen.«

»Raus?«, fragte ich verwirrt.

»Der Eingang der Höhle steht bereits unter Wasser«, sagte Joe tonlos. »Es liegt am Regen. Ich habe es kaum bis zur Höhle geschafft, so heftig tobt das Unwetter.«

Seine Worte sickerten nur langsam zu meinem Verstand durch. Unter Wasser? War ich nicht gerade eben noch durch den Eingang gekommen? Wie konnte das passieren?

Ich stützte mich mit einer Hand gegen die Felswand ab und atmete durch.

»Ich weiß, du bist sehr erschöpft, aber wir müssen hier weg.«

Joe umfasste meinen Arm und sah mich eindringlich an. Ihm stand die Angst deutlich ins Gesicht geschrieben, er schien um Jahre gealtert. Im fahlen Licht der Taschenlampe stach die Narbe auf seiner Wange deutlich hervor, genau wie jede einzelne Sorgenfalte. Mein Herz pochte vor Beklemmung.

»Du hast mir das Leben gerettet«, wisperte ich schwach.

Er legte eine Hand an meine Wange, strich mir die nassen Haarsträhnen aus dem Gesicht, und das Feuer, das nun in seinen Augen loderte, ließ die Taubheit in meinen Gliedern in den Hintergrund treten. Alles an diesem Moment war falsch. Wir waren in höchster Gefahr, ich konnte mich nur mühsam aufrecht halten, und hätte ich die Lider geschlossen, wäre ich sicher auf der Stelle eingeschlafen und vielleicht nie wieder aufgewacht. Zwischen uns stand so viel Unausgesprochenes, mehr Emotionen, als ich ertrug.

Ich wusste das, und er wusste das auch. Und trotzdem sah er mich an, als wären wir an einem anderen Ort. Als wäre ich sein Mensch, sein Ort, nach dem er gesucht hatte.

»Dieser Streit im Krankenhaus war schrecklich. Ich habe mich danach richtig gehasst«, brach es aus ihm heraus. »Ich werde mich noch tausendmal dafür entschuldigen, wenn mehr Zeit ist, wenn wir darüber reden können … Aber eines muss ich dir jetzt sagen, ehe mich der Mut verlässt: Ich bin auch in dich verliebt.« Er zog mich an sich, schloss mich in seine Arme. »Ich liebe dich, Mia. Und genau deshalb werden wir beide hier nicht ertrinken.«

Tränen bahnten sich den Weg an die Oberfläche, und ich schluchzte auf. Ich klammerte mich an ihn, als wäre er alles, was ich zum Überleben brauchte. Sanft löste Joe unsere Körper voneinander. »Das sollten wir lieber lassen, sonst bist du gleich wieder nass.«

»Joe, ich …«

»Später«, sagte er. »Wir dürfen keine Zeit mehr verlieren.«

Im Inneren der Höhle war es wirklich schrecklich düster. Durch den Kegel von Joes Taschenlampe waren die Felsformationen um uns herum nur ansatzweise zu sehen. Ich blinzelte immer wieder, damit meine Augen sich an das spärliche Licht gewöhnten. Wir befanden uns auf einer Seite der Höhle, von deren Decke spitze Zacken hingen. Stalaktiten oder Stalagmiten, eins von beiden. Der Eingang der Höhle war nicht zu sehen, und ich nahm plötzlich ein unfassbar lautes Geräusch wahr – das tosende Wasser. Wie hatte ich das bislang ignorieren können? Es rauschte und zischte so laut wie ein Geysir. An mehreren Stellen brach der Boden einfach weg,

Krater von unterschiedlicher Größe taten sich auf, und das Meer scharrte und wirbelte darin herum, als warte es nur auf Liebespaare, die darin für immer verschwanden. Eine schreckliche Vorstellung!

»Ich dachte, dass Christopher …« Ich redete gar nicht erst weiter. Joes Miene sprach Bände. Das Wasser stieg zu schnell an. Wir saßen hier fest. Und Hilfe, von wem auch immer – kam zu spät. »Wir könnten …«

Erneut brach ich ab. Er hatte kaum merklich den Kopf geschüttelt.

»Schwimmen ist keine Option«, sagte Joe. »Die Strömung in Morah Bay ist schon ohne Unwetter gefährlich, das hast du selbst erlebt. Wir würden es nicht schaffen. Und dadurch, dass die Schmugglerhöhle auf gleicher Höhe mit dem Strand ist, wird das Wasser sie innerhalb kürzester Zeit überschwemmt haben. Wir müssen ...«

»Wärst du doch nicht gekommen«, sagte ich. »Meinetwegen ...«

»Mia«, unterbrach er mich. »Ich würde nirgendwo anders sein wollen als bei dir.«

»Was machen wir denn jetzt nur?«, fragte ich verzweifelt.

»Es muss einen anderen Weg hinaus geben«, sagte er.

Er fasste meine Hand und wollte mich mit sich ziehen.

»Das Hexalon«, sagte ich. »Es muss hier irgendwo sein.«

»Vergiss das Hexalon«, erwiderte Joe.

Ich wusste, dass er recht hatte, aber dennoch sträubte sich etwas in mir dagegen. Sollten wir all das für nichts und wieder nichts auf uns genommen haben? Doch was, wenn er recht behielt und es gar nicht hier war? Zerfressen von Wasser und Meersalz?

»Das Hexalon ist der Grund, wieso ich hergekommen bin«, sagte ich. »Bitte.«

»Mia, wir haben keine Zeit, es zu suchen«, erwiderte Joe energisch.

Ich nickte, doch ich konnte nicht anders, als nach irgendeinem Hinweis Ausschau zu halten. Den Fokus auf etwas anderes als das viele Wasser zu lenken half mir sogar dabei, wieder klarer zu denken, und ich spürte, wie die wilde Entschlossenheit zurückkehrte, die mich überhaupt erst in diese Lage gebracht hatte. Vielleicht konnte ich es doch noch finden …

Vorsichtig gingen wir voran, tiefer in die Schmugglerhöhle hinein. Mit jedem Schritt wurde der Raum enger und die Decke niedriger. Unter unseren Füßen war bereits eine dünne Schicht Wasser, die sich über den steinigen Boden zog. Schon bald erreichte sie unsere Knöchel. Ich bekam so schon schwer genug Luft, aber durch die hohe Feuchtigkeit und Kälte und meinen rasenden Puls wurde meine Atmung immer flacher und schneller.

Schon verließ mich erneut der Mut. War doch alles aussichtslos?

Wir hatten nun das Ende der Schmugglerhöhle erreicht. Dort lag ein kleiner Felsvorsprung, hinter dem sich eine Lücke in der Felswand auftat, die offenbar weiterführte.

Nein, das war ein Irrtum. Dahinter lag eine Sackgasse, die uns einschloss.

Joe war deutlich anzusehen, dass er sich zusammenreißen musste, um nicht wieder zu fluchen. Während er voller Angst und Wut war, spürte ich fast schon eine gewisse Resignation und Leere. Vielleicht kam man irgendwann an den Punkt, an dem man innerlich so überwältigt war, dass der eigene Verstand sich auskoppelte, um sich zu schützen. Oder es war weiterhin diese Eiseskälte, die meine Hirnzellen betäubte. In den nächsten Augenblicken suchten wir die Wände ab, während wir abwechselnd die Taschenlampe hielten. Doch jeder schmale Spalt und jede Einkerbung erwiesen sich als Trugschluss. Aber da war etwas anderes, eine merkwürdige Markierung an einer der Wände. Eine Triskele! Ich traute meinen Augen kaum. Mit den Fingern kratzte ich über die Stelle, tastete nach etwas – und tatsächlich. Mehrere Steine waren lose und ließen sich entfernen.

»Was machst du da?«, fragte Joe alarmiert. Vielleicht befürchtete er, durch den Sauerstoffmangel würde ich durchdrehen und versuchen, uns irgendwie rauszugraben.

Der erste Stein fiel, dann der zweite. Sie ploppten ins Wasser, das uns nun bis zu den Waden reichte. Zitternd griff ich in das entstandene Loch, und mit einem Ruck hielt ich einen schwarzen Behälter mit Edelstahlbeschlägen in den Händen. Ich drehte mich zu Joe um. Für einen Moment starrten wir beide auf die Box. War das wirklich ...? Für längere Überlegungen blieb keine Zeit mehr. Joe nahm schnell seinen Rucksack ab, damit ich die Box hineintun konnte. Selbst wenn sich darin das Hexalon befand, wir würden in diesem Tunnel ertrinken. Moment ... Tunnel ... was hatte McKenna gesagt? Ein Tunnelsystem.

»Joe«, presste ich hervor. »Gib mir noch mal die Taschenlampe.«

Er reichte sie mir. »Was hast du vor?«

»McKenna hat auf Marcus' Party etwas erwähnt, über ein Tunnelsystem in der Schmugglerhöhle. Es muss hier irgendwo weitergehen, verstehst du?«, sagte ich.

»Aber ... hier ist nichts«, sagte er niedergeschlagen.

Hoffnungsvoll watete ich zurück und leuchtete jeden Zentimeter ab. Es war fast unmöglich, die lähmende Kälte des Wassers auszublenden. Das Wasser schwappte um meine Hüften und durchnässte nun auch den Hoodie, den Joe mir gegeben hatte. Er blieb dicht hinter mir, und weil wir den Boden nicht mehr sehen konnten, schob ich nur langsam einen Fuß vor den anderen. Bitte, hier musste doch etwas sein!

»Da ... da vorne!« Meine Hand bebte, als ich auf einen Teil der Wand zeigte.

Zwischen langen Tropfsteinen schien es tatsächlich weiterzugehen. Sie wirkten fast schon wie die spitzzüngigen Zähne im Maul eines Monsters, so viele waren es. Dahinter führte ein schmaler Tunnel in eine neue Richtung. Durch das ansteigende Wasser und den tückischen Untergrund rutschten Joe und mir immer wieder die Füße weg. Der Kampf voran war zäh und auslaugend. Der Tunnel teilte sich an einer Stelle, doch Zeit für große Diskussionen blieb nicht. Instinktiv folgten wir dem linken Weg weiter, da er anstieg und der andere abfiel und wir wohl beide hofften, dass uns das Wasser dort nicht so rasch einholte. Die ganze Zeit über sprachen wir kein Wort. Das Wasserrauschen hatte meine Sinne ohnehin betäubt, und ich konzentrierte mich mit aller Macht darauf voranzukommen. Wir keuchten vor Anstrengung, weil uns der Atem ausging, und irgendwann war der Punkt erreicht, an dem ich kaum noch konnte. Dass ich es überhaupt so weit geschafft hatte, grenzte an ein Wunder. Normalerweise hätte ich in solch einer Lage längst vor Entkräftung geheult, aber sogar dafür fehlte mir jede Energie. Als dann auch noch Joes Taschenlampe zu flackern begann, war es um meine Beherrschung geschehen, und ich sackte, völlig am Ende mit meinen Kräften, zusammen.

»Du darfst nicht stehen bleiben«, sagte Joe.

»Ich schaffe es nicht mehr.«

Dann erlosch die Taschenlampe ganz. Dunkelheit hüllte uns ein. Das Wasser stieg unaufhaltsam weiter, und wir waren ihm schon so lange ausgesetzt, dass wir vermutlich an einer Unterkühlung starben, ehe wir ertranken. Verzweiflung überkam mich.

Joe packte mich und zog mich wieder hoch. Woher er die Kraft nahm, war mir ein Rätsel. »Dabei stehst du doch auf Herausforderungen«, sagte er, und am liebsten hätte ich gelacht. »Ich habe doch gesagt, wir schaffen es hier raus. Hast du das schon vergessen?« Seine Stimme hallte von den Wänden wider. »Du bist verdammt stur. Gib jetzt nicht auf.«

»Wieso bist du so ruhig?«, fragte ich.

»Ruhig? Ich bin alles andere als ruhig«, sagte er. »Ich habe Angst. So große Angst wie noch nie in meinem Leben. Ich habe Geschichten über Leute gehört, die in solchen Höhlen gestorben sind, wenn die Flut kam. Wenn uns das Wasser oder der Fluch nicht umbringen, werde ich meine Grandma dafür killen, dass sie dich hergeschickt hat.«

Natürlich. Ich war nicht die Einzige, die litt. Joe war wegen mir hier. Ich musste mich zusammenreißen – allein würde es keiner von uns schaffen. Ich dachte an Dr. Coopers Worte und fragte mich, wie lange es wohl dauerte, bis der menschliche Körper eine Stufe der Unterkühlung erreicht hatte, bei der nicht mal mehr ein starker Wille weiterhalf.

»Funktioniert dein Handy noch?«, fragte ich. »Meins ist ausgegangen.«

Joes funktionierte auch nicht mehr. Und das, obwohl sie beide wasserdicht waren … es war wirklich wie verhext! Dazu kam, dass der Tunnel nicht zu enden schien. Es gab nur uns und ein fluoreszierendes Licht, das von irgendwelchen Gewächsen an der Decke ausging und kaum half, die Hand vor Augen zu sehen. Wir verschmolzen zu einer Person, so dicht klebten wir aneinander, und zogen uns gegenseitig weiter und weiter. Ich spürte die Kälte kaum noch und hatte aufgehört zu zittern. So schien es endlos weiterzugehen. Doch irgendwann öffnete sich der Tunnel in einen größeren Hohlraum.

»Riechst du das auch?«, fragte Joe. »Das riecht wie … feuchte Erde.«

Plötzlich wurde mir klar, dass man kaum noch Meeresrauschen hörte und das Wasser selbst auch nicht weiter angestiegen war.

Das weckte neuen Kampfgeist in mir. Vielleicht, vielleicht …

»Ich habe das eben auch schon mal gerochen … das muss was bedeuten.«

»Der einzige Weg weiter ist da vorne rechts. Der ist ziemlich schmal.«

Da uns nichts anderes übrig blieb, wagten wir uns vor. Nach wenigen Metern passten wir kaum noch durch den schachtähnlichen Gang. Doch unsere Hoffnung wuchs, als von irgendwoher fahles Licht kam. Und plötzlich war der Boden nur noch Boden. Matschig und rutschig, aber das Wasser hatte mitten im Höhlenschacht gestoppt.

Wir gaben uns einige Sekunden, um zu verschnaufen.

»Weiter«, drängte ich. »Da muss etwas sein.«

Gekrümmt und von Fels umschlossen krochen wir fast. Aber das Licht wurde heller, und schließlich war wirklich etwas zu sehen – ein Loch tat sich auf, das nach draußen führte. Ich kletterte hinaus, und der Geruch von feuchter Erde umfing mich erneut. Es nieselte leicht, und der Wind war erbarmungslos frostig, aber der Sturm schien sich abgemildert zu haben. Was hätte ich alles dafür gegeben, hier liegen bleiben zu können, aber Joe war noch in dem Schacht. Auf Knien rutschte ich zum Loch und nahm den Rucksack, den er mir reichte. Ich warf ihn neben mir ins Gras. Dann umfasste ich Joes Arme und zog ihn mit meiner letzten Kraft zu mir. Er musste sich viel mehr anstrengen, durch die Öffnung zu kommen, da er breiter gebaut war als ich.

Dennoch – auf einmal waren wir beide frei. Zeitgleich brachen wir auf der feuchten, aber weichen Wiese, auf der lauter Wildblumen wuchsen, zusammen. Die Arme und Beine von mir gestreckt starrte ich in den Himmel über uns und atmete die Nachtluft ein. Ein dickbäuchiger Mond lächelte uns zwischen Dutzenden Sternen entgegen. Wir mussten seinem Licht gefolgt sein. Genau das hatte Mrs. Dalca in meinen Teeblättern gesehen. Einen Mond.

Das konnte sie unmöglich gewusst haben …

Ich drehte den Kopf zu Joe und griff nach seiner Hand.

»Das, was du im Tunnel gesagt hast …«

»Ich habe jedes Wort so gemeint«, sagte er.

Er verschlang seine Finger mit meinen und drückte sie.
In den nächsten Minuten war in der Ferne eine Sirene zu hören.
Diesen Sommer würde ich wohl niemals im Leben vergessen.

KAPITEL 45

»NÄCHSTEN SOMMER GEHST du ins Militärcamp«, sagte mein Dad.

Er saß viel zu nah vor dem Bildschirm seines Computers, und sein Gesicht war nur halb zu sehen, aber ich hatte es aufgegeben, ihm zu erklären, dass ein Skype-Video-Chat nicht dasselbe wie FaceTime war. Meine Mom war vor fünf Minuten zurück ans Set gerufen worden, deshalb unterhielten nur noch wir uns. Seitdem ich ein zweites Mal innerhalb kürzester Zeit im Krankenhaus gelandet war, wollten meine Eltern sich regelmäßiger vergewissern, dass ich nicht wieder etwas Dummes anstellte. Und zwar jeden Tag. Jede Minute. Ich konnte es ihnen nicht verübeln. Joe und ich waren mehrere Tage stationär aufgenommen worden, damit man uns im Blick behalten konnte, und es wurden einige Tests gemacht. Nachdem man sichergestellt hatte, dass kein Wasser in unseren Lungen war, unsere Werte alle gut aussahen und die Unterkühlung keine Folgeschäden verursacht hatte, waren wir wieder entlassen worden. Dr. Cooper hatte ich auch wiedergesehen – sie bedachte mich bei jeder Visite mit einem argwöhnischen Blick und schenkte mir bei meiner Entlassung ein Kartenspiel mit den Worten »versuch's mal damit«. Kartenspiele statt gefährlicher Ausflüge ins Meer? Mein Dad hätte sie sofort sympathisch gefunden!

»Haha«, machte ich nun. »Wie überaus witzig!«

»Da wärst du nach all der harten Arbeit viel zu müde für riskante Abenteuer.«

»Ich hatte genug Abenteuer für einen Sommer«, sagte ich.

»Das will ich auch hoffen. Ich habe dich lieb, Mia.«

»Ich dich auch, Dad.«

Wir beendeten den Skype-Video-Chat, und ich klappte Lilas Notebook zu.

Tante Suttons Urlaub war leider inzwischen vorbei, und sie war heute Morgen früh zur Arbeit gefahren. Allerdings nicht, ohne meine Geschwister und Lila damit zu beauftragen, mich im Auge zu behalten. Jede Viertelstunde kam einer von ihnen »zufällig« im Wohnzimmer vorbei.

»Und wie geht's dir? Brauchst du was?«

Offenbar war Lila gerade an der Reihe, denn sie setzte sich zu mir.

»Alles bestens«, antwortete ich.

»Heute mal keine Ausflüge in Höhlen geplant?«

»Nein. Nur einen zu Joe. Wir wollen in die Kiste aus der Schmugglerhöhle schauen«, antwortete ich. »Bisher hatten wir keine richtige Chance dazu.«

Lila nickte verstehend. Ich hatte sie inzwischen auf den neusten Stand gebracht, und sie wusste nun über alles Bescheid, was den Dalca-Fluch anging – und Joe und mich.

»Ich hoffe, das Hexalon befindet sich wirklich darin«, sagte ich.

»Ich kann dich fahren«, bot sie an. »Warum schaust du so? Ich will nur sichergehen, dass du auch wirklich bei Joe ankommst und nicht zufällig in irgendwelche Schwierigkeiten gerätst.«

»Na gut«, murmelte ich. »Wenn du darauf bestehst.«

»Ihr habt seit dem Krankenhaus nicht mehr miteinander geredet, oder?«

Ich schüttelte den Kopf. »Es war einfach zu viel los.«

»Glaubt ihr echt, dass in diesem Tagebuch drinsteht, wie man den Fluch brechen kann?«, fragte Lila neugierig.

»Mrs. Dalca war jedenfalls der Meinung«, sagte ich. »Wir müssen darin einfach etwas finden, was sie übersehen haben könnte … und einen neuen Weg zum Fluchbrechen finden.«

Nach dem, was Joe in der Schmugglerhöhle zu mir gesagt hatte, war das alles, was ich wollte.

Ich liebe dich, Mia. Bei der Erinnerung an diese Worte wurde mir heiß. Wir hatten doch gerade wieder zusammengefunden, es musste einfach ein Happy End für uns geben!

Und nicht nur für uns! Für alle, die der Dalca-Fluch betraf …

Nach dem Mittagessen, das aus den Resten von Tante Suttons Eintopf bestand, fuhr Lila mich nach Stormbay zum Haus der Dalcas. Aubrie öffnete mir die Tür.

»Hey, Mia«, begrüßte sie mich. »Wie geht's dir?«

Seitdem wir uns im *Mirage* ausgesprochen hatten, bemühte sich Aubrie sehr, freundlich zu mir zu sein und mich nicht wieder zu schnell zu verurteilen – umgekehrt war das bei mir genauso. Aubrie hatte mich sogar einmal im Krankenhaus besucht.

»Gut! Und dir?«, sagte ich.

Irgendwann kamen wir vielleicht sogar über Small Talk hinaus, wer weiß?

»Ich treffe mich gleich mit Freundinnen«, antwortete Aubrie und trat zurück, damit ich hereinkommen konnte. »Joe hat mir gesagt, was ihr vorhabt, und ich …« Sie zögerte. »Wenn ihr Hilfe braucht, sagt was, okay? Bitte keine gefährlichen Alleingänge mehr.«

»Okay«, versprach ich.

Ich blieb stehen, weil ich das Gefühl hatte, Aubrie lag noch etwas auf dem Herzen. Und tatsächlich, als ich sie anlächelte, entspannte sie sich und sagte: »Ich möchte nicht, dass Joe … euch was passiert. Und ich hoffe, ihr könnt den Fluch wirklich brechen.«

»Ich auch«, erwiderte ich. »Und wer weiß? Vielleicht gehst du dann auch mal wieder auf ein echtes Date. Lila hat mir mal erzählt, dass du irgendwann komplett mit den Dates aufgehört hast.«

Aubrie seufzte schwermütig. »Ja, ich … ich wollte mich nicht verlieben.«

»Tja, Gefühle machen aber so oder so, was sie wollen. Glaub mir.«

Nun lächelte auch sie mich an. »Vielleicht ist das nicht immer schlecht.«

»Ich kenne da ja noch jemanden, der auch gerne mal wieder ein Date hätte«, meinte ich und dachte an Eric. »Allerdings ist der wohl eher nicht dein Typ.«

»Du redest von diesem Jungen mit den Ozean-Augen, oder? Den habe ich schon ein paarmal gesehen.« Aubrie zuckte nun bedauernd mit den Schultern. »Leider ist er kein Mädchen. Aber ich wette, er wäre genau Maisies Typ. Vielleicht gehst du nach dem Flüchebrechen einfach deiner neuen Berufung als Verkupplungskünstlerin nach.«

Wow, Aubrie konnte ja sogar witzig sein!

»Man soll ja niemals nie sagen!«, scherzte ich. »Bis dann.«

Ich ging weiter durch den Flur und hoch in Joes Zimmer. Im Flur blieb ich kurz stehen und fuhr mir durch die Haare, um sie etwas zu glätten. Irgendwie war ich mir in diesem Moment viel zu sehr all meiner Unsicherheiten bewusst. Wie dieser störrischen Strähne, die mir immer wieder in die Stirn sprang, meiner zu großen Nase oder den knubbeligen Knien. Es war bescheuert, aber ich war ziemlich nervös, ihm nach dem Liebesgeständnis gegenüberzutreten. Es gab einfach so vieles, über das wir noch sprechen mussten.

»Willst du da noch lange im Flur herumstehen?«

Joe tauchte im Türrahmen auf. Er trug Shorts und ein schwarzes Shirt und hatte ein unverschämtes Grinsen aufgesetzt. Ich zupfte am Saum meines Wickelkleids herum. Es war dunkelblau, und ein Muster aus kleinen, roten Rosen und Zweigen war darauf gedruckt.

Leider rutschte bei dem Teil immer wieder der rechte Spaghettiträger herunter, aber das war mir zu spät aufgefallen.

»Willst du … reinkommen?«, fragte er, nachdem ich nichts sagte.

»Ähm, ja. Klar«, sagte ich.

Joes Zimmer war groß, mit einem Erker in der Ecke und breiten Fensterbänken, auf denen Sitzkissen lagen. Die Wände hatten fast dieselbe Farbe wie mein Kleid. Den meisten Platz nahm ein langer Schreibtisch ein, auf dem allerhand Kästchen mit Schmuckteilen, Werkzeuge und lauter Skizzenblöcke lagen. In einem Regal darüber standen eine Menge Notizbücher und ein Radio. Neugierig schweifte mein Blick über den Rest des Raums. Ein ordentlich gemachtes Bett aus einem schwarzen Metallgestell, ein anderes Regal aus Draht mit Fächern, in denen Dinge wie Ratgeber zur Schmuckherstellung und eine Handvoll Romane, ein Baseballhandschuh und ein paar Pflanzen standen, und ein schmaler Kleiderschrank füllten das Zimmer. Es war so herrlich normal und verströmte nicht diesen magisch-muffigen Flair des gesamten Hauses.

Joe zog eine Schublade am Schreibtisch auf und holte die Box heraus, die ich aus dem Versteck in der Schmugglerhöhle gezogen hatte. Wir setzten uns in die Erker-Ecke.

»Weiß deine Grandma eigentlich, was wir gefunden haben?«

»Ja«, sagte Joe. »Sie hat mich schon im Krankenhaus gefragt, ob wir etwas in der Höhle entdeckt haben. Und sie hat die Box wiedererkannt. Viel hat sie dazu aber nicht gesagt. Ich habe die Befürchtung, sie möchte sich aus allem raushalten und wird uns daher auch keine große Hilfe sein. Aber nach allem, was ich von dir weiß, verstehe ich es.«

Er reichte sie mir und überließ es mir, sie zu öffnen. Leider funktionierte das nicht so einfach. Der Verschluss saß einfach zu fest. Schließlich musste Joe eines seiner Werkzeuge holen und ihn aufbrechen. Das Buch im Inneren ließ mich gleich an ein Relikt aus einem Museum denken, so alt wirkte es. Es war aus dunklem Leder, in das man ein Muster graviert hatte, ein Rahmen, in dessen Ecken verschnörkelte Gitter saßen, und in der Mitte befand sich die Triskele, die aus einem goldenen Metall war, das glänzte. Entfernte man eine kleine Klappe, ließ es sich öffnen, wesentlich leichter als die Box davor. Ich geriet ins Staunen. Das Papier fühlte sich an wie altes Pergament, rau und uneben. Die Handschrift auf den ersten Seiten wirkte spindeldürr, die Buchstaben lang und ineinander gekettet.

»Wie kann es sein, dass es in so gutem Zustand ist?«, fragte ich.

»Ich nehme an, die Box ist wasserdicht und wetterbeständig, sonst hätte das Hexalon wegen all der Feuchtigkeit nicht überlebt. Wie bei einer Zeitkapsel. Die Höhle stand sicher öfter unter Wasser«, antwortete Joe und betrachtete die Box genauer.

»Hier steht leider kein Name«, sagte ich und blätterte weiter.

Das Hexalon war ein Kunstwerk für sich. Es enthielt nicht nur Tagebucheinträge, sondern auch Rezepte, Zaubersprüche, gesammeltes Wissen über Kräuter, Kristalle und jede Menge okkultes Zeug. Viele der Seiten beinhalteten Zeichnungen. Ein echtes Hexenbuch eben.

Joe rückte näher zu mir, damit auch er etwas sehen konnte. »Wow.«

»Was glaubst du, wie alt es ist?«

»Einige der Zeilen kann man nicht mehr lesen, so blass sind sie«, sagte er. »Und siehst du, wie brüchig manche Seiten sind? Als würden sie auseinanderfallen. Aber trotzdem … das Hexalon sieht nicht aus wie etwas, das Jahrhunderte alt ist, findest du nicht?«

»Da müsste man wahrscheinlich einen Experten befragen«, erwiderte ich.

Für eine Weile hing nur das Geräusch von Seiten, die umgeschlagen wurden, in der Luft. Beim Überfliegen einiger Dinge wurde mir gleich ganz anders. Da ging es um Magie, die anderen schadete,

Unglücke geschehen ließ, Seelen stahl und auf heimtückische Weise jemandem Gedanken entlocken konnte oder Gefühle aufzwingen. Nicht jede Seite war so, es gab auch Zauber für Wohlbefinden und Glück, für kostbaren Rat oder simple Dinge, wie etwas Verlorenes wiederzufinden oder das Wetter zu beeinflussen. Die Tagebucheinträge beschäftigten sich mit dem Leben auf der Insel. Die meiste Zeit ging es um Dinge, die mich auch kümmerten: Ärger mit der Familie, falsche Freunde … ein gebrochenes Herz. Irgendwie tröstlich zu wissen, dass das Leben für jede Generation das Gleiche bereithielt.

»Das ist schon etwas seltsam«, sagte ich. »Der Schreiber oder die Schreiberin erwähnt das *Mirage* mit keinem Wort. Es ist doch ein so großer Bestandteil im Leben der Dalcas. Wenn das hier von Mirage oder ihrer Tochter geschrieben wurde, hätte sie es nicht zumindest einmal am Rande erwähnt? Oder ist der Gedanke zu weit hergeholt?«

»Nein«, sagte Joe. »Das finde ich auch seltsam.«

Endlich fanden wir die Stelle, an der man eine Seite entfernt hatte.

»Sieh nur!«, sagte ich aufgeregt. »Als ich das erste Mal die Seite im *Mirage* gesehen habe, ist mir direkt aufgefallen, dass sie unten abgerissen ist und etwas fehlt.«

»Ich dachte immer, dass der Fluch dort weitergehen würde«, meinte Joe. »Aber … das hier, diese zweite Hälfte, sie klingt wie das Gegenteil davon.«

Erneut las ich die Zeilen. *Um die Mauern* … da hatte es geendet. Diese zweite Hälfte des Reims war eindeutig ein Riesenhinweis!

Um die Mauern dieser Blutfehde zu überwinden,
Musst du einen Nachfahren des Fluchsprechers finden.
Geht ein Erbstück freiwillig über in deine Hand,
Hüllst die Vergangenheit du in ein neues Gewand.
Verknüpfe Alt und Neu unter vollem Mond,
So wirst du mit der Entbindung des Fluchs belohnt.

Wo Himmel und Wasser sich vereinen,
Wird die Verlorene ihre letzten Tränen weinen.
So ziehe einen Kreis, tritt in sein Herz hinein,
Lass eine Blutsgabe dein kostbares Opfer sein.
Sprich den Zauber, Fluch brich entzwei,
Sind im Morgenlicht die Dalcas endlich frei.

Joe und ich tauschen einen Blick.

»Um die Mauern dieser Blutfehde zu überwinden«, wiederholte er die erste Zeile. »Eine Blutfehde? Davon höre ich das erste Mal. Für uns war es immer der Dalca-Fluch.«

»Das klingt wie eine Anleitung, um den Fluch zu brechen«, sagte ich. »Vielleicht ist mit Blutfehde einfach nur die Rache von Talulah an Mirage und ihrer Familie gemeint?«

»Hast du auch so ein komisches Gefühl dabei? Hier stimmt doch was nicht, Mia.«

In den nächsten Minuten grübelten Joe und ich weiter nach. Nachdenklich sah ich aus dem Fenster und dachte über all die Dinge nach, die ich über den Fluch wusste oder in Verbindung mit ihm erlebt hatte. Als Aubrie mir die erste Hälfte des Reims gezeigt hatte, hatte ich sofort dieses komische Gefühl gehabt – und genau dasselbe Gefühl überkam mich auch jetzt. Weil da etwas vor unseren Augen lag, das wir nicht sahen … weil wir uns auf Dinge verließen, die wir von Mrs. Dalca gehört hatten.

Uns war sie immer als zuverlässige Quelle erschienen, das hatte ich bisher nie infrage gestellt, doch … Auf einmal kam mir ein Gedanke … konnte das die Lösung sein?

»Joe«, sagte ich, während mir das Herz in der Brust hämmerte. »Wir müssen ins *Mirage.*«

»Ins *Mirage*?«, fragte er verwundert.

»Ja, vertrau mir«, sagte ich und stand auf.

»Okay«, erwiderte er.

Ich klappte das Hexalon zu und schnappte mir meine Tasche, und schnell liefen wir die Treppe runter. Joe nahm sich seine Autoschlüssel vom Schlüsselbrett, und schon düsten wir zum *Mirage*. Den Wagen parkten wir in einer Gasse hinter dem Laden.

Als wir durch die Tür traten und die Glocke unser Eintreten ankündigte, drehte Mrs. Dalca sich zu uns um. Sie veranstaltete anscheinend gerade eine Teeverkostung mit der Frau, die damals aufgelöst und hysterisch in den Laden geplatzt war, denn sie saß mit ihr in der Ecke vor dem Buchregal und hatte verschiede dampfende Becher vor sich stehen.

Joe begrüßte sie mit einem Kuss auf die Wange, aber ich war schon zu der Wand gelaufen, an der die Rahmen hingen. Ich klappte das Hexalon auf und betrachtete nun beide Hälften zusammen. Hatte ich mich also nicht geirrt …

»Sagst du mir jetzt, was dir eingefallen ist?« Joe trat neben mich.

Ich deutete auf die ausgerissene Hexalon-Seite. »Schau selbst. Diese Zeilen sind nicht aus der Sicht von jemandem formuliert, der beschreibt, was ihm selbst widerfahren ist. Es ist die Rede von ›dieser Familie‹, ›ihr Glück‹ oder auch diese Formulierung ›verloren sollten sie sein‹ klingt nicht danach«, erklärte ich. »Was, wenn das Tagebuch gar nicht einem Dalca gehört hat, sondern Talulah oder jemandem ihrer Familie?«

»Das …« Joe war sprachlos und starrte mich nur an.

Die Zahnräder in meinem Kopf drehten sich jedoch noch weiter. »Hast du noch den *Magic-Poems*-Gedichtband?«, fragte ich ihn. »Mit dem Foto vom Dachboden?«

»Ja, er ist hinten«, meinte er. »Komm mit.«

Wir gingen nach hinten in die Werkstatt, und Joe reichte mir den Gedichtband.

»Geht es um diese Krakeleien?«, fragte Joe. »Wie hast du überhaupt herausgefunden, dass ich sie reingeschrieben habe? Ich hatte die beiden Seiten extra verklebt.«

»Irgendwie lag das auf der Hand«, meinte ich leichthin. »Je mehr ich über dich und den Fluch erfahren habe, umso mehr war mir klar, dass die Anmerkungen von dir sein müssen.«

»Ich habe einen ganz schönen Schreck bekommen, als Aubrie mir den Gedichtband damals gegeben hat«, murmelte Joe. »Ich war nach dem Fund der *Magic Poems* eine Weile total besessen von dem Gedicht der ›Verlorenen Herzen‹ … ist lange her.«

»Das spielt jetzt keine Rolle«, sagte ich. »Sieh mal.«

Ich legte das aufgeschlagene Hexalon auf die Arbeitsplatte und den Gedichtband daneben, sodass die Seite, zwischen die ich das Foto gesteckt hatte, aufgeschlagen war.

Finneas. Barlow. Mr. Russel. Mrs. Dalca und … Dorothea Rutherford.

»Dorothea und Daria waren unzertrennlich, bis sie etwas entzweit hat«, murmelte ich.

»Was soll das heißen? Wer ist Dorothea?«, fragte Joe verwirrt.

Ich blätterte weiter durch das Hexalon. Ganz hinten war ein Stammbaum verzeichnet, der der Familie Rutherford. Er nahm einige Seiten ein und reichte sehr weit zurück, vielleicht sogar Jahrhunderte … Ich blätterte weiter und weiter …

»Mr. Russel hat mir gesagt, dass die Rutherfords eine der Gründerfamilien gewesen sind«, sagte ich. »Sie waren mindestens so lang wie die Dalcas Teil der Insel. Deine Grandma und Dorothea Rutherford waren einst Freundinnen … Ich … ich bin mir nicht ganz sicher, aber … wenn dieses Hexalon einer Vorfahrin der Rutherfords gehört und diese zur selben Zeit gelebt hat wie Mirage Dalca, dann …«

Ich hielt inne. Mein Finger schwebte über dem Namen, den ich gesucht hatte.

»Talulah Rutherford«, las Joe laut vor. »Aber das bedeutet ja …«

»Die Legende um den Dalca-Fluch ist falsch«, sprach ich aus, was er nicht zu sagen wagte. »Es war nicht irgendjemand, der eure Familie verflucht hat. Es war eine Frau, die von dieser Insel kam. Stell dir vor, Mirage und Talulah waren vielleicht sogar in denselben Mann verliebt … vielleicht sind so die Blutfehde und der Fluch entstanden!«

»Zwischen den Dalcas und den Rutherfords«, fasste Joe zusammen.

Hinter uns raschelte der Vorhang aus Perlen und Kristallen. Wir drehten uns um. Mrs. Dalca stand dort. Ihre Miene wirkte gefasst, aber auch von großer Sorge erfüllt.

»Ihr seid also auf die Wahrheit gestoßen«, sagte sie.

KAPITEL 46

»DU HAST UNS ANGELOGEN?«, fragte Joe. Er sah seine Grandma entgeistert an. »Von klein auf hast du Aubrie und mir erzählt, dass die Legende, so wie wir sie kennen, wahr ist. Wenn wir dich nach dem Fluch gefragt haben, hast du darauf beharrt, dass viele der Details nie genau überliefert wurden und dir selbst viele Antworten fehlen.«

Mrs. Dalca öffnete den Mund, aber Joe sprach energisch weiter.

»Die Sache mit dem Hexalon habe ich dir verziehen, weil Mia mir gesagt hat, wie unfassbar viel Angst du hattest, nachdem du Finneas verloren hast«, sagte er. »Du hast es versteckt, um uns zu schützen. Ich konnte dich sogar verstehen. Aber das? Die Rutherfords leben auf dieser Insel! Wenn du wusstest, dass es diese Fehde zwischen unserer und ihrer Familie gibt, dass sie für den Fluch mitverantwortlich ist, hättest du etwas sagen müssen! Wir hätten den Fluch vielleicht gemeinsam brechen können!«

»Joe, beruhige dich«, bat Mrs. Dalca eindringlich.

Er ballte die Hände zu Fäusten. »Mich beruhigen? Ich bin nie etwas anderes als ruhig gewesen! Ich habe dir vertraut, und du hast mir mein halbes Leben lang ins Gesicht gelogen. Nach dem, was mit Alyssa passiert ist, lebe ich mit schrecklichen Schuldgefühlen, und vielleicht hätte all das nie passieren müssen! Weißt du, wie das ist, wenn man nichts mehr möchte, als anderen nahe zu sein, und man in ständiger Angst lebt, die Menschen, die man liebt, verletzen zu können?«

Ich wollte einschreiten und etwas sagen, aber Joe drehte jetzt erst richtig auf.

»Und Mia? Sie habe ich verletzt! Mehrmals! Weil diese verdammte Angst mich hat glauben lassen, dass ich niemals mit ihr zusammen sein kann«, schrie er nun. »Dabei leben Talulahs Nachfahren auf Whidbee Island die ganze Zeit direkt unter unserer Nase!«

Ihn so wütend so sehen machte mich ganz zittrig. Das war nicht Joes Art. Aber ich verstand ihn so unfassbar gut … Da gab es eine Menge zu schlucken, und ich selbst war wegen unserer Entdeckung ziemlich aufgewühlt. Mrs. Dalca tat mir dennoch leid.

Sie blickte völlig hilflos zu Joe und schien mit dieser Reaktion nicht gerechnet zu haben. »Lass es mich erklären«, sagte sie eindringlich. »Du kennst nicht die ganze Geschichte.«

»Ganz offensichtlich! Und warum? Weil du sie für dich behalten hast.«

Ich fasste Joe behutsam am Arm. »Willst du ihr nicht doch zuhören?«

»Ihr zuhören? Sie hatte jahrelang die Möglichkeit, etwas zu erklären«, sagte er. »Wenn du nicht angefangen hättest, über den Fluch zu forschen, dann wüsste ich nichts von all dem! Sie hätte mich weiter jeden Tag belogen. Ich … ich wäre für immer auf der Insel geblieben.« Er hielt inne. »Das ist genau das, was du wolltest, oder? Dass ich hierbleibe, meine Zukunft wegwerfe … Ich … ich bin so verflucht dumm gewesen.«

»Nein, so ist das nicht …«, brachte Mrs. Dalca schwach hervor.

Joe machte sich im nächsten Moment von mir los. »Es tut mir leid, Mia. Aber ich muss hier sofort weg.« Er stürmte aus der Werkstatt. Ich versuchte, ihm zu folgen, aber als er es merkte, hielt er kurz inne und sah mich aus glasigen Augen an. »Bitte. Ich brauche etwas Zeit.«

Er wartete meine Antwort nicht ab und verließ das *Mirage*. Die Tür knallte heftig hinter ihm zu. Die Kundin, die Mrs. Dalca eben noch bedient hatte, war weg und der Laden leer. Ein Glück! Wer wusste, was die Leute sich sonst über diesen Streit erzählt hätten. Der Fluch betraf ja im engeren Sinne auch den Rest der Insel. Etwas verloren fühlte ich mich schon, so stehen gelassen zu werden. In der Stille spürte ich Joes Abwesenheit umso deutlicher. Doch ich verstand seine Reaktion und wollte ihm seinen Freiraum lassen.

Ich drehte mich um – Mrs. Dalca war noch immer in der Werkstatt. Ich ging hinüber und schob den vertrauten Vorhang aus Perlen und Kristallen beiseite. Sie wirkte aufgelöst, und Tränen standen ihr in den Augen. »Er ist weg«, sagte ich leise. »Sind Sie okay?«

»Was habe ich nur angerichtet?«, wisperte sie kaum hörbar.

Verunsichert trat ich einen Schritt näher. Ich war in dieser Angelegenheit absolut auf Joes Seite, aber ich wollte seine Grandma auch nicht einfach allein lassen. Besonders nicht, wenn sie weinte. Also legte ich ihr tröstend eine Hand auf den Arm.

»Es wird sich schon alles wieder einrenken«, sagte ich sanft. Mein nächster Gedanke war vielleicht egoistisch, aber ich wollte unbedingt erfahren, was Mrs. Dalca wusste. »Wieso haben Sie nichts von all dem erwähnt, als ich nach dem Überfall noch bei Ihnen war? Sie haben sich mir geöffnet und mich ermutigt, den Fluch zu brechen, es zu versuchen … dabei wären das doch wichtige Informationen gewesen. Die Sache mit den Rutherfords, dass man laut den Reimen offenbar ein Erbstück dieser Familie braucht. Und durch Mr. Russel weiß ich, dass Sie und Dorothea Freundinnen waren. Oder nicht?«

Mrs. Dalca ging zur Arbeitsplatte und nahm das Foto in die Hand. Gequält verzog sie das Gesicht. »Ich habe dir die Wahrheit gesagt«, begann sie. »Nur nicht die ganze.«

»Wenn Dorothea Ihre Freundin war«, setzte ich an. »Konnte sie Ihnen dann nicht helfen? Und wie haben Sie herausgefunden, dass die Legende über den Dalca-Fluch nicht stimmt? Ich verstehe es nicht ganz. Wenn sowohl die Dalcas als auch die Rutherfords die ganze Zeit auf der Insel gelebt haben, wie kann es dann sein, dass die Geschichte so falsch erzählt wird?«

Joes Grandma hob den Blick vom Foto und sah nun mich an. »Dorothea und ich waren seit Kindertagen beste Freundinnen. Natürlich haben wir beide früh gewusst, dass unsere Familien zu den Gründerfamilien gehören, und als wir älter wurden, kam auch der Dalca-Fluch ins Gespräch. Dorothea hat nicht an die Magie geglaubt und mich immer damit aufgezogen. Doch mich beschäftigte das Thema mehr und mehr«, sagte sie. »Irgendwann fing ich mit Nachforschungen an, und Dorothea erklärte sich bereit, mir zu helfen. Auf der Suche nach Informationen fanden wir im Nachlass ihrer Urgroßmutter das Hexalon. Fast wäre es mit vielen anderen Dingen aus dem Cottage der Rutherfords entsorgt worden.«

»Es ist Ihnen also nur durch Zufall in die Hände gefallen?«, fragte ich erstaunt.

»Oder es war doch das Schicksal«, erwiderte Mrs. Dalca. »Wir waren sehr aufgeregt wegen des Funds, denn das Tagebuch war ein Beweis für den Dalca-Fluch, und Dorothea begann mir allmählich Glauben zu schenken, dass die Magie existierte. Jedes Wochenende trafen wir uns am Strand und gingen das Hexalon Stück für Stück durch. Und dann stießen wir auf die Niederschrift des Fluchs, das Gedicht zu zwei Teilen.«

Sie machte eine Pause, und ich wartete geduldig, bis sie bereit war weiterzusprechen. Es schien ihr nicht sehr leichtzufallen, diese Worte laut auszusprechen, vielleicht weil sie mit der Geschichte Schmerzhaftes verband … und sie nicht gut ausging, wie ich ahnte.

»Damals wurde mein eigener Glaube erschüttert, denn uns beiden wurde, wie auch dir und Joe, schnell bewusst, dass die Legende über meine Vorfahren nicht ganz stimmte. Aus einigen der Tagebucheinträge ging hervor, dass Mirage und Talulah Freundinnen gewesen waren. Ich kann es nicht mit Bestimmtheit sagen, aber … diese Einträge stammen höchstwahrscheinlich von Talulah selbst, es muss ihr Hexalon sein. Sie beschreibt an vielen Stellen, wie sie ihre Familie verlor und wie sich danach alles für sie änderte. Sie sah zu Mirage auf, wandte sich der Magie zu, um die Lücke ihres Verlusts zu füllen.«

Ich hielt kurz den Atem an. Das rückte Talulah in ein ganz anderes Licht!

»Mirage hatte so vieles, was Talulah sich wünschte. Eine Familie, später einen Geliebten, und aus den Tagebuchzeilen geht hervor, dass die Freundschaft der beiden durch die unbedachte Art von Mirage und auch durch die Eifersucht Talulahs langsam bröckelte, bis sie ein schlimmes Ende fand«, fuhr Mrs. Dalca fort. »Dorothea und ich waren beide gefesselt von dieser Geschichte, und vieles reimten wir uns zusammen. Wir … ich glaube, dass etwas Schlimmes geschehen sein muss, das Auslöser des Fluchs war. Vielleicht hat Talulah die Dalcas aus Rachsucht verflucht, weil sie nicht hatte, was Mirage besaß und für selbstverständlich hielt. Vielleicht war Mirage auch eine Heldin, die mit ihrer Gabe versuchte, den Fluch zu bannen. Vielleicht wurde aus Freundschaft Abneigung und dann Hass und Unheil. Wir werden es niemals mit Bestimmtheit wissen, es ist schon so lange her.«

»Und wie ging es mit Ihnen und Dorothea weiter?«, drängte ich aufgeregt.

Mit zittrigen Fingern legte Mrs. Dalca das Foto weg. »Wir fanden den Stammbaum im Hexalon, und auf einmal fügte sich ein weiteres Puzzleteil ein. Talulah war eine Rutherford, Mirage eine Dalca – genau wie Dorothea und ich. Und wir schworen uns, dass wir den Fluch gemeinsam beenden würden, dass uns nicht dasselbe Schicksal ereilen würde.«

»Doch genau das ist passiert, oder?«, flüsterte ich.

Mrs. Dalca nickte schwach. »Wir waren dabei, die Reime zu entschlüsseln, doch dann verstarb Larkins Vater – Larkin kennst du wohl eher als Mr. Russel. Ich war für ihn da, und wir kamen uns näher, und der Pakt, den ich mit Dorothea geschlossen hatte, geriet für eine kleine Weile etwas in Vergessenheit. Ich war dabei, mich in Larkin Russel zu verlieben, und der Wunsch, den Fluch zu brechen, wuchs erneut in mir heran. Doch Dorothea machte mir Vorwürfe. Sie fühlte sich aus unserer Gruppe ausgeschlossen, denn Finneas hatte Barlow, und auch ich hatte mich von ihr ab- und Larkin zugewandt. Ich war verliebt und naiv und habe nicht gesehen, wie schlecht es Dorothea mit allem ging. Und als ich das Rätsel um den Reim gelöst hatte und sie bat, mir ein Erbstück zu überlassen, tat sie es. Doch ich wollte den Fluch alleine brechen, wollte nicht länger warten und dann …«

»Dann starben Finneas und Barlow.«

»Sie starben, und ich war verzweifelt und gab Dorothea die Schuld«, fuhr Mrs. Dalca fort. »Ich habe sie aufgesucht und ihr Vorwürfe gemacht. Ich dachte, sie hätte mir absichtlich kein echtes Erbstück ihrer Familie hinterlassen, damit der Fluch weiter bestehe und unsere kleine Gruppe dieselbe bleibe, sich nichts verändere. Und wir alle so unglücklich wären wie sie.«

In Mrs. Dalcas Stimme lag unendlich viel Bedauern …

»Sie haben sich geirrt, nicht wahr?«, fragte ich.

Joes Grandma senkte den Blick. »Wir sprachen nach dem Unglück an den Klippen, nach meinem Fehlschlag, den Fluch zu brechen, nie wieder miteinander … Doch dann erreichte mich vor ein paar Jahren ein Brief von ihr. Nach all den Jahren schrieb sie mir, dass sie es bedauerte, wie unsere Freundschaft geendet sei, dass wir letzten Endes, vielleicht auch aufgrund des Dalca-Fluchs, wie Mirage und Talulah geworden waren. Und da wurde mir klar, dass sie keine Schuld trug. Selbst wenn ihr Erbstück keines gewesen war, so hätte die Dorothea, die ich gekannt hatte, mir so etwas niemals angetan«, sagte sie. »Ich brauchte lange, bis ich mich dazu entschlossen habe, sie zu besuchen, doch Dorothea war schwer krank, und ich habe es nicht mehr rechtzeitig ins Krankenhaus geschafft, ehe sie verstarb. Sie hatte den Brief geschrieben, weil sie wusste, dass sie sterben würde, da bin ich mir sicher, und ich … ich habe mich nie mit ihr aussprechen oder mich gar von ihr verabschieden können.«

Unsere Blicke verhakten sich nun ineinander.

»Deshalb habe ich auch gesagt, du seist anders als ich, Mia. Du hast mir trotz unserer Differenzen geholfen, du würdest niemanden aus Stolz und Kränkung im Stich lassen.«

Ich schluckte schwer. »Sie haben diese Geschichte aus Schuldgefühl für sich behalten?«

Sie nickte. Kein magisch angehauchter Spruch, keine Ausrede, nur ein Nicken.

»Und ich werde diese Schuld immer mit mir herumtragen«, sagte Mrs. Dalca. »Nach Finneas' Tod war ich ein anderer Mensch. Ich habe nur noch mir selbst vertraut. Und ich hielt es für richtig, das Hexalon fern aller Versuchungen zu verstecken. An dem Tag, als ich die Vormundschaft für Aubrie und Joe übernommen habe, habe ich mir geschworen, sie zu schützen. Ich dachte, ihnen die überlieferte Fluch-Geschichte weiterzugeben, sie im Dunkeln zu lassen, würde sie davor bewahren, einen ähnlichen Fehler wie ich zu machen. Doch der Fluch findet seine Wege, wie ich jetzt begriffen habe.«

»Sie hätten es Joe sagen müssen«, beharrte ich. »Wenn jemand ein großes Gefühl von Schuld empfindet, dann er. Und das wussten Sie, nicht erst seit heute.« Nun konnte ich den Vorwurf aus meiner Stimme nicht mehr heraushalten. »Sie haben heute etwas Gutes zerstört – nämlich Ihre Beziehung zu Joe. Sie haben Ihren Fehler wiederholt, ob Sie es nun beabsichtigt haben oder nicht, denn Joe hat für einen neuen Weg gekämpft, Mrs. Dalca.«

»Ich wollte ihn nicht verlieren«, sagte sie gebrochen. »Und Aubrie genauso wenig.«

Ich hielt inne. Mrs. Dalca musste doch geahnt haben, dass Joe und ich der Wahrheit näher kamen, wenn wir das Hexalon fanden …

Vielleicht hatte sie letzten Endes doch irgendwie versucht, das Richtige zu tun, nur eben auf ihre verschrobene Art, über viele Ecken, getrieben von ihrer größten Angst.

Doch die hatte sich nun auch bewahrheitet: Sie hatte Joe verloren …

Aubrie würde sicher ähnlich reagieren, wenn sie erst einmal alles erfuhr.

»Bring es zu Ende, Mia«, sagte sie plötzlich. »Niemand außer dir kann das noch, du kennst nun alle Teile der Geschichte. Vergiss nicht, was ich dir gesagt habe: Du bist stärker als ich.«

Mrs. Dalca schlang die Arme um sich. Sie wirkte so einsam und verloren …

Ein Teil von mir wollte bleiben. Der andere wusste, dass ich nicht jeden Kampf ausfechten konnte – schon gar nicht, wenn es nicht mein eigener war. Also nickte ich bloß. Ich nahm das Hexalon und auch den *Magic-Poems*-Gedichtband mit dem Foto und ging zum Ausgang. Schweren Herzens entfernte ich mich vom *Mirage*. Eine Weile lief ich die umliegenden Straßen ab, hielt nach Joe Ausschau, doch ich fand ihn nicht. Deshalb tat ich das, was mir am sinnvollsten erschien. Ich fischte mein Handy aus der Tasche und wählte Lilas Nummer. Es dauerte, aber dann nahm sie doch noch ab.

»Hast du Zeit für eine Mission?«, fragte ich.

»Klingt spannend«, antwortete Lila. »Bist du noch bei Joe?«

»Nein, beim *Mirage*«, sagte ich. »Lange Geschichte.«

»Dann braucht ihr meine Hilfe?«

»Joe ist gerade nicht da. Er hatte einen Streit mit seiner Grandma.«

»Das muss ja übel gewesen sein«, murmelte Lila. »Er hält sich eigentlich immer zurück, seitdem die Sache mit ihrem Herzen war … Was ist denn passiert?«

So schnell es ging, fasste ich ihr zusammen, was wir erfahren hatten.

Lila war danach so still, dass ich kurz überprüfte, ob die Verbindung noch stand. Während ich sprach, war ich den bekannten Weg zum Parkplatz gelaufen, an dem meine Cousine immer ihren Wagen abstellte, in der Hoffnung, sie könne mich dort holen.

»Lebst du noch? Hey? Lila?«

»Ich … ich fahre jetzt los. Wo soll ich hin?«

Sie musste ein absolutes Tempo draufgehabt haben, um nach Stormbay zu gelangen, denn ich musste nicht lange warten, bis ihr Wagen auf den Parkplatz einbog. Sobald ich saß und angeschnallt war, hatte ich erwartet, wir würden gleich weiterfahren, aber Lila sah grüblerisch auf ihr Lenkrad.

»Ist alles in Ordnung?«, vergewisserte ich mich.

»Rutherford«, sagte sie. »Das ist der Nachname von Karlie.«

Ich war fassungslos. »Karlie aus dem Roller-Derby-Team?«

Lila wandte sich mir zu. »Kennst du sonst noch eine Karlie?«

»Du denkst doch nicht, dass … Karlie zu *diesen* Rutherfords gehört!«

»Mia«, sagte Lila. »So groß ist die Insel nicht, und ich kenne Karlie ziemlich gut. Auf Whidbee Island gibt es nur eine Familie mit diesem Namen. Das ist … krass.«

»Du meinst, dass Karlie mit Talulah verwandt ist oder dass ihre Familie praktisch die von Aubrie und Joe verflucht hat?«, fragte ich. Was kam als Nächstes?

»Sie weiß nichts davon«, sagte Lila gepresst. »Wenn sie *irgendetwas* wüsste, hätte sie mir das gesagt. Da bin ich mir sicher. Ihre Eltern sind Makler, keine Hexen oder so!«

»Wenn Dorothea … also, Karlies Grandma alles für sich behalten hat, dann ist ihre Geschichte mit ihr gestorben«, dachte ich laut nach. »Vielleicht hat sie sich nach dem Vorfall mit Mrs. Dalca von allem Magischen abgewandt. Überleg mal, zwei ihrer engsten Freunde, Finneas und Barlow, waren tot, und Mrs. Dalca ließ sie im Stich.«

»Meinst du, Mr. Russel weiß mehr darüber, als er dir gesagt hat?«, fragte Lila.

»Ich glaube nicht … nachdem Mrs. Dalca ihn abgewiesen hat, weil ihr Zwillingsbruder gestorben war, muss der Rest der Clique auseinandergebrochen sein«, antwortete ich. »Mr. Russel hat neulich zu mir gesagt, er kenne den Grund für den Streit zwischen Mrs. Dalca und Dorothea nicht – und ich bin mir sicher, dass er nicht gelogen hat.«

»Das ist … wow«, meinte Lila. »Lass uns herausfinden, was Karlie weiß.«

Der Weg war kein Problem für sie. Lila musste ihn Hunderte Male gefahren sein, denn sie schlug eine Route abseits der Hauptstraße ein, durch die man sich die Innenstadt sparte. Gebäude, Läden und Natur zogen am Fenster vorbei, und irgendwann kam das Ortsschild von Breezing in Sicht. Wir hielten direkt an der Straße vor dem Haus der Rutherfords – es war eines der schönsten, das ich bisher in der Stadt gesehen hatte. Eine große Veranda führte außen herum, der Anstrich war in einem frühlingshaften Blau gehalten, und die breiten Fenster sowie der gepflegte Vorgarten erweckten einen freundlichen Eindruck. Lila war fast nervöser als ich, als wir klingelten.

Eine rothaarige Frau öffnete uns. »O, Lila! Wie schön, dich zu sehen!«

»Hallo, Mrs. Rutherford. Das ist meine Cousine Mia. Ist Karlie da?«

»Aber natürlich! Kommt doch rein, ihr zwei.«

Der Flur war hell gestrichen und modern eingerichtet. Mrs. Rutherford schloss die Haustür hinter uns. Sie lächelte herzlich. »Karlie ist oben. Möchtet ihr etwas trinken?«

»Nein, danke«, sagte Lila. »Ich weiß ja, wo ihr Zimmer ist.«

Ich folgte Lila die Treppe hinauf in den ersten Stock. Karlie kam just in dem Moment aus etwas, das nach Badezimmer aussah. Ihre roten Haare waren nass, und sie rubbelte sie gerade im Gehen mit einem Handtuch trocken. Verwundert sah sie uns an.

»Lila? Mia? Was macht ihr denn hier?«

»Wir müssen mit dir reden«, sagte Lila.

»Ist … alles okay?«, fragte Karlie verunsichert.

»Es geht um eine ziemlich verrückte Sache.«

Nun grinste Karlie. »Verrückter als sonst?«

»Viel verrückter«, erwiderte Lila.

»Wie viel weißt du über den Dalca-Fluch?«, fragte ich.

»Na das, was alle auf der Insel wissen«, antwortete sie.

In der nächsten halben Stunde erzählte ich Karlie alles, was ich über den Fluch wusste. Wir saßen in ihrem Zimmer, sie und Lila auf ihrem Bett, ich auf dem Stuhl vor ihrem Schreibtisch, und während ich redete und redete, war Karlie anzusehen, was sie dachte – und das war eine Menge. Neugier lag in ihrer Miene, bis hin zu Unglauben und dann wieder ein amüsiertes Funkeln.

»Ihr wollt mir also sagen, dass meine Grandma Dorothea oder genauer gesagt auch meine Mom und ich eventuell aus der Blutlinie einer dunklen Hexe abstammen? Wir mit dieser Talulah verwandt sind?«, fragte Karlie und musste sich ein Lachen verkneifen. »Dabei weiß niemand so genau, was damals wirklich geschah, weil es so viele verschiedene Versionen und unzuverlässige Erzähler dieser Geschichte gibt? Aber meine Vorfahrin war eindeutig die Verlorene aus der Dalca-Legende? Und dann gibt es noch eine schreckliche

Blutfehde zwischen den Dalcas und den Rutherfords? Das klingt wie aus einer Märchenstunde.«

Lila und ich sahen Karlie erwartungsvoll an.

»Okay … ja, es stimmt. Meine Familie gehört zu den Gründerfamilien, und deshalb hat meine Mom bei ihrer Hochzeit auch darauf bestanden, dass wir den Nachnamen Rutherford behalten – das und wegen des Cafés, das im Familienbesitz ist. Aber das alles klingt schon ziemlich abgefahren«, meinte Karlie. »Findet ihr nicht?«

Ich nickte. »Ja«, sagte ich schlicht.

»Meine Grandma war sehr liebevoll«, sagte Karlie. »Sie hat viel mit mir unternommen, wenn meine Eltern arbeiten mussten, sie hat mir Fahrradfahren beigebracht, als ich klein war, und jeden Sonntag haben wir zusammen ein neues Kuchenrezept für das Café ausprobiert. Ich kann mir nicht vorstellen, dass sie … dass sie schuld an etwas sein soll oder ihrer besten Freundin nicht helfen wollte.«

»Das klingt nach einer wundervollen Person«, sagte ich sanft.

»Hör zu.« Lila ergriff Karlies Hand. »Ich weiß, das ist verdammt viel, um es mal eben so zu verarbeiten. Und weder Mia noch ich glauben, dass deine Grandma hier die Böse ist. Wir können gar nicht nachvollziehen, was damals wirklich zwischen ihr und Mrs. Dalca passiert ist. Und schon gar nicht wollen wir das Bild, das du von ihr hast, zerstören.«

Karlie sah Lila voller Zuneigung an. »Aber jetzt braucht ihr meine Hilfe.«

»Genau, jetzt brauchen wir, also eigentlich Mia und Joe, deine Hilfe«, sagte Lila.

Nervös tippte ich mit den Fingern auf meiner Jeans herum. Die beiden schienen gerade mehr auszutauschen als nur ein paar Worte, das war spürbar, und ich fühlte mich dabei wie ein Eindringling. Schließlich sah Karlie zu mir. Sie biss sich auf die Unterlippe.

»Du brauchst also ein Erbstück meiner Familie?«

»Um den Fluch zu brechen«, sagte ich.

»Ich helfe euch«, sagte sie. »Zwar glaube ich nicht an dieses ganze Zeug, und meine Mom würde sich vor Lachen vermutlich nicht mehr einkriegen, wenn sie hören würde, dass wir Rutherfords irgendwas mit Magie am Hut haben, aber … meine Grandma war für alles zu haben, und sie hätte niemals jemanden abgewiesen, der Hilfe braucht.«

Karlie blickte auf ihre Hand und zog den Ring, den sie trug, vom Finger.

»Der hier hat ihr gehört. Ich lege ihn sonst nie ab …« Sie hielt ihn mir entgegen. »Bitte, versprich mir, dass du mir den Ring wiedergibst. Er bedeutet mir sehr viel, Mia.«

Ich stand auf und sah Karlie ernst an. Sie ließ den Ring in meine offene Hand gleiten. Er war golden, und in der Mitte saß eine weiße Perle, die oben und unten von Fäden umschlungen wurde, die ein wenig an ein Unendlichkeitszeichen erinnerten.

»Ich schwöre es«, sagte ich ehrlich.

Es wurde Zeit, dem Dalca-Fluch gehörig in den Arsch zu treten.

KAPITEL 47

EINIGE ZEILEN DES REIMS bereiteten mir Kopfzerbrechen. Sie waren so furchtbar vage. Mrs. Dalca hatte mir zwar versichert, dass bei einem solchen Zauber vor allem Intention, Wille und die richtige Reihenfolge zählten, aber was, wenn ich trotzdem etwas falsch machte?

Der Streit zwischen Joe und seiner Grandma stand auch noch im Raum.

Er hatte die letzten Tage bei Christopher übernachtet, was ich gut verstehen konnte. Doch heute Nacht würde es Vollmond geben, und es war die beste Gelegenheit, das Ritual zum Brechen des Fluchs durchzuziehen. Als Joe am Nachmittag zum Mint House kam und wir im Wohnzimmer von Tante Sutton auf dem Sofa saßen, sah er jedoch so müde und resigniert aus, dass ich mich fragte, ob er das hier wirklich schaffen konnte.

Ich blickte zu dem Strauß Sonnenblumen, den er mir mit einer Entschuldigung wegen seines abrupten Abgangs neulich geschenkt hatte. Einige der Blumen ließen bereits traurig die Köpfe hängen.

»Also, was denkst du? Sollen wir noch mal alles durchgehen?«, fragte ich.

Joe tauchte aus seinen Gedanken auf. »Sicher ist sicher.«

Ich nahm das Hexalon zur Hand, damit ich einige der Zeilen rezitieren konnte. »Um die Mauern dieser Blutfehde zu überwinden, musst du einen Nachfahren des Fluchsprechers finden. Den haben wir, nämlich Karlie Rutherford«, sagte ich. »Sie hat mir freiwillig ein

Erbstück überlassen und versichert, dass sie den Dalcas helfen möchte. Mit der nächsten Zeile ›Hüllst du die Vergangenheit in ein neues Gewand‹ ist sicher gemeint, dass dies der erste Schritt ist, die Vergangenheit zu ändern und so eben zu etwas Neuem zu machen.«

Er nickte. »Das denke ich auch. Denn wenn ein Rutherford einem Dalca etwas von solchem Wert überlässt, bedeutet das ein gewisses Maß an Vertrauen«, sagte er.

Ich blickte auf die Seite des Hexalon. »Alt und neu unter vollem Mond zu verknüpfen heißt, bei Vollmond muss man das Erbstück und etwas Neues zusammenbringen, um eine Brücke zwischen Vergangenheit und Gegenwart zu schlagen.«

Joe hielt einen Ring hoch, den er neu angefertigt hatte. Er war sehr schlicht gehalten, ebenfalls in Gold, mit kleinen Blättern, die einen Blaufluss-Barockstein umschlossen, der wunderschön war. Er sah aus wie ein Sternenhimmel bei Nacht, eben nur in Edelsteinform. Joe hatte mir erklärt, dass er den Ring Karlie im Anschluss als Dankeschön überlassen wollte und er viele besondere Eigenschaften aufwies. Zum Beispiel schenke er schöne Träume, Optimismus oder auch Inspiration im Leben. Nach dem, was Lila über Karlie erzählt hatte, passte das perfekt zu ihr.

»Die Vereinigung von Himmel und Wasser ist das Meer«, sagte Joe. »Wir brauchen also einen ruhigen Ort am Strand, wo uns niemand stört. Dafür habe ich schon eine Idee. Ich denke aber, es sollte in Stormbay sein, denn dort hat ja alles angefangen.«

»Das stimmt«, meinte ich. »Mir macht eher die Sache mit der ›Blutsgabe‹ Sorgen. Einen Kreis ziehen und der andere Kram ist ja okay, aber Blut als ›kostbares Opfer‹?«

»Vermutlich reichen ein paar Tropfen«, sagte er amüsiert. »Sonst ist ja nichts mehr von mir übrig, was im Morgenlicht frei vom Fluch sein kann. Die Zeilen wurden schließlich vor einer ganzen Weile verfasst und sind sicher auch als Metaphern zu verstehen.«

»Ja, wahrscheinlich«, murmelte ich.

»Dann übernachten wir also am Strand«, sagte er.

Allein mit Joe, dachte ich. Eine ganze Nacht über. Da schlug mein Herz vor Aufregung schon etwas schneller. Doch so abgelenkt und gestresst wie er in den letzten Tagen gewesen war, gingen seine Gedanken sicher in eine ganz andere Richtung. Er ist eben vernünftiger als du, flüsterte mir eine Stimme zu. Näher als unten in der Schmugglerhöhle waren wir uns seitdem nicht mehr gekommen, und ich hatte fast schon den Eindruck, er mied jeglichen Körperkontakt zu mir. Natürlich wegen des Fluchs … oder nicht? Wobei uns das vorher auch nicht immer aufgehalten hatte … Vielleicht lag es auch daran, dass unser Fokus gerade auf anderen Dingen lag. Dem Brechen des Fluchs. Dem Streit mit Mrs. Dalca. Und auch der Angst, dass etwas schiefgehen konnte … Da kamen mir meine Gedanken zu unserer Vielleicht-oder-doch-nicht-Beziehung echt albern vor.

»Mia?«, hakte Joe nach. »Das ist doch okay für dich?«

Ich nickte hastig. »Klar. Mega okay. Bin dabei.«

Er hob belustigt die Augenbrauen. »Du wirst gerade ganz rot.«

»Gar nicht«, erwiderte ich. »Bild dir bloß nichts drauf ein.«

»Worauf denn?«, zog er mich auf. Seine Mundwinkel zuckten, und er sah mich neckisch an. »Dass du dich nach einer Nacht am Strand mit mir sehnst? Wie käme ich darauf!«

»Eww«, machte Tucker, der gerade in die Küche kam und uns anscheinend gehört hatte. Er ging zum Kühlschrank, nahm einen Joghurt heraus und holte sich noch einen Löffel. »Hier sind auch noch andere im Haus. Jetzt muss ich meine Ohren mit Seife auswaschen.«

Er polterte wieder die Treppe hinauf, und eine peinliche Stille trat ein.

»Er sollte lieber mal seinen Mund auswaschen«, grummelte ich.

Joe lehnte sich ein Stück zu mir. »Du musst dir keine Sorgen machen«, sagte er sanft. »Wir ziehen das mit dem Ritual durch und … es wäre einfach nur schön, etwas Zeit mit dir zu verbringen. Egal wie. Das war ein blöder Spruch gerade, tut mir leid.«

Ich neigte den Kopf leicht zu ihm. »Das muss es nicht.«

»Wenn du mich so ansiehst, dann …« Er sprach nicht weiter.

Behutsam fuhr ich mit meinen Fingern in sein Haar und streifte seine Wange. Als ich sie zurückziehen wollte, umfasste er mein Handgelenk. Ich schluckte schwer. Er hatte gut reden. Wenn *er* mich *so* ansah, vergaß ich alles um uns herum.

»Ich hole dich später ab, wenn es dunkel wird«, sagte er. »Wir brauchen noch ein paar Sachen aus dem *Mirage*, und ich organisiere uns noch ein bisschen Camping-Zeug.«

»Klingt gut.« Ich sah noch immer zu seinen Lippen. »Joe?«

»Mhh«, machte er.

»Du kannst mich jetzt loslassen.«

»Vielleicht will ich das ja nicht.«

»Du machst mich echt wahnsinnig«, sagte ich.

»Ich dich?«, erwiderte er. »Du siehst mich doch die ganze Zeit an, als …«

Wieder sprach er nicht zu Ende. Mein Mund wurde trocken.

»Ich will einfach nur …«, setzte ich an. *Dich.* »… dass alles gut geht.«

Behutsam lösten sich Joes Finger von meinem Handgelenk. »Ich auch.«

Wir standen beide auf, und ich brachte ihn zur Haustür. Nachdem er weg war, stieß ich einen frustrierten Seufzer aus. Würde diese Nacht doch nur uns gehören und nicht irgendeinem Ritual zum Fluchbrechen. Würde bloß nichts mehr zwischen uns stehen.

»Schmachtest du gerade Joe nach?«

Lila war an der Treppe aufgetaucht und grinste breit.

»Ja«, sagte ich. »Schmacht-Alarmstufe rosarot.«

»Warum ist er denn schon gefahren?«, wollte sie wissen.

»Er muss noch was erledigen«, sagte ich. »Er kommt mich später holen.«

»Dann ist heute die Nacht der Nächte?«, fragte sie.

»Tante Sutton lässt mich niemals über Nacht wegbleiben, nach allem, was war«, sagte ich. »Ich brauche deine Hilfe. Kannst du mich vielleicht decken? Bitte, bitte?«

Lila wackelte verheißungsvoll mit den Augenbrauen. »Ich hab schon einen Plan.«

»Hast du?«

Sie winkte mich heran. »Lass uns in meinem Zimmer reden.«

Ich lief Lila hinterher, und wir schlossen die Tür hinter uns.

»Tucker schleicht schon die ganze Zeit durchs Haus, weil er weiß, dass was vor sich geht«, meinte sie. »Ich denke, er macht sich nur Sorgen um dich, aber er muss ja nicht alles wissen. O.k., das ist mein Plan: McKenna wird unser Alibi sein. Ihre Eltern sind gerade nicht da, und ich habe Mom schon gesagt, dass wir einen Mädels-Abend bei ihr machen. Wir fahren hier zusammen los, und Joe kann dich bei ihr holen. Problem gelöst.«

»Und McKenna macht da mit?«, fragte ich.

»Was glaubst du, wer McKenna immer gedeckt hat, wenn sie und Christopher sich getroffen haben? Das ist der Mädchen-Ehrencodex. Wir unterstützen uns immer!«

»Puh, danke, Lila. Und es macht dir nichts aus, bei McKenna abzuhängen?«

»Wer sagt denn, dass ich bei McKenna bleibe«, sagte Lila verschmitzt.

»Lila Rowland, ich erkenne dich kaum wieder«, scherzte ich.

Sie griff sich ein Kissen und begann, an den Fransen herumzufummeln. »Ich … ich wollte dir die ganze Zeit schon etwas sagen«, fing sie nervös an. »Ich war mir nur nicht sicher, wie oder wann … wenn ich ehrlich sein soll, fällt es mir schwer, darüber zu sprechen.«

»Du musst mir nichts erzählen, wenn du es nicht willst«, antwortete ich einfühlsam.

»Ich möchte aber.« Lila sah mich direkt an. »Ich … ich bin mit Karlie zusammen. Das mit uns hat vor ein paar Monaten angefangen, und ich … es ist nicht so, dass ich ein großes Geheimnis daraus machen wollte. Ich weiß eigentlich schon eine ganze Weile, dass ich auch Mädchen mag … Das klingt vielleicht doof, aber meine Mom hat mich so unter Druck gesetzt, weil sie ständig herumgeschnüffelt und mich ausgefragt hat, und ich wollte … ich wollte Karlie nur etwas länger für mich haben. Und ich hatte auch etwas Angst, dass es dann anders zwischen uns ist, weil ich … Es ist nicht immer ganz leicht, darüber zu sprechen, weißt du? Karlie hat sich schon vor viel längerer Zeit geoutet als ich.«

Ich griff nach Lilas Hand, und sie hörte auf, nervös das Kissen zu malträtieren. »Danke, dass du mir das anvertraust«, sagte ich. »Zwischen uns wird nichts etwas ändern, Lila.«

»Du hast es schon gewusst, oder?«, fragte sie.

»Ganz sicher war ich mir nicht. Ich habe mir schon ein paar Gedanken gemacht. Zuerst wegen Keir, aber nach und nach … Es war nur so ein Gefühl«, sagte ich. »Ich wollte dich nicht drängen. Und es tut mir leid, dass ich angenommen habe, dass du mit ihm zusammen bist«, sagte ich. »Man kommt einfach viel zu schnell auf solche Gedanken. Das war blöd von mir. Umso froher bin ich, dass ich jetzt Bescheid weiß.«

»Ich habe ja nie offen gesagt, dass ich bisexuell bin«, meinte Lila. »Und du hast mich nie gedrängt. Im Gegenteil, ich vertraue dir, und ich bin froh, dass ich dich habe.«

Ich lächelte Lila an. »Sie macht dich ziemlich glücklich.«

»Ja, sehr.« Lila standen plötzlich Tränen in den Augen, also nahm ich sie in den Arm. »O Mann … jetzt fange ich echt an zu heulen. Ich bin wirklich sehr glücklich, Mia.«

»Wenn du weinst, muss ich mitweinen«, murmelte ich in ihr Haar.

»Ich weine nicht«, schniefte sie. »Das ist flüssiges Glück.«

Bei dem Gedanken an die Möwe, die mir auf der Überfahrt auf die Schulter gekackt hatte, musste ich plötzlich lachen. Vielleicht hatte sie uns ja allen doch Glück gebracht.

»Irgendwann sage ich es auch meiner Mom«, meinte Lila.

»Ganz bestimmt«, ermutigte ich sie. »Doch eine Sache verstehe ich noch nicht. Was ist mit Keir und dir? Wieso verhaltet ihr euch so komisch in der Gegenwart des anderen?«

Lila stöhnte und warf sich rücklings aufs Bett. »Uh! Keir Albright!« Sie blickte zur Decke. »Erst mal hat er diesen ätzenden Freund, Clay Posey, der ständig auf meinem Gewicht herumhackt, und Keir steht immer nur blöd daneben. Außerdem hat Keir mich kurz vor Ende des Schuljahrs mit Karlie bei einem Date gesehen und sich eins und eins zusammengereimt. Er hat nichts gesagt, doch bei jeder Gelegenheit so komisch gestichelt. Du weißt ja, kleine Insel und so, da läuft man sich öfter über den Weg. Es hat ihm einen Heidenspaß bereitet, mich ständig aufzuziehen. Wahrscheinlich weiß er nicht mal, wie verletzend das war.« Sie seufzte. »Keir Albright und ich werden in diesem Leben keine Freunde mehr. Vielleicht sollten Joe und ich ein Anti-Keir-Team gründen.«

Ich rollte mich neben Lila. »Euch würden sich bestimmt einige anschließen.«

Anscheinend wusste auf der Insel nicht wirklich jemand über die Alyssa-Sache Bescheid, da Keirs Familie sicherlich alles gut vertuscht hatte, um einen Skandal zu vermeiden. Allerdings war es kein Geheimnis, dass Joe und Keir sich nicht sonderlich mochten. Und Keir machte sich ja mit seiner Art bei anderen auch nicht immer wirklich beliebt.

»Joe hat mir, als ich ihn nach dem Vorfall in der Schmugglerhöhle im Krankenhaus besucht habe, von diesem Mädchen erzählt«, sagte Lila, als habe sie meine Gedanken erraten. »Ist eine ziemlich krasse Story. Auch, dass er und Keir mal Freunde waren.«

Ich lächelte in mich hinein. Dass Joe darüber sprach, war gut. Vielleicht bedeutete das ja auch, dass er sich irgendwann all seinen Freunden öffnen und die schwere Schuld, die er so lange allein mit sich herumgetragen hatte, sogar ein Stück loslassen konnte …

»Keir ist trotzdem ein Arsch«, sagte Lila. »Irgendwann laufe ich ihn auf meinen Rollschuhen einfach um, wenn er mir weiter lauter dämliche Sprüche reindrückt.«

»Girl Power auf Rollschuhen? Wäre sofort dabei!«

Wir begannen beide zu lachen. So laut und lange, dass Tucker gegen die Zimmertür klopfte, um sich über den Lärm zu beschweren. Doch das brachte uns nur noch mehr zum Lachen. Das Leben war eben einfach besser, wenn man lachte!

KAPITEL 48

EINIGE STERNE HINGEN AM HIMMEL, als Joe und ich den Strand entlanggingen. Wir waren durch ein kleines Wäldchen gefahren, nicht unweit vom Haus der Dalcas entfernt, und anschließend zu Fuß zu einer schmalen Bucht gelangt. In der Gegend gab es nur vereinzelt Hütten, und es war ruhig und friedlich. Whidbee Island hielt stets etwas Neues für mich bereit, das mich zu verzaubern vermochte, und ich wusste sofort, warum Joe diesen Ort ausgesucht hatte. Der Mond spiegelte sich auf dem Wasser, das still da lag, und tauchte alles in ein milchiges, feenhaftes Licht. Hier hatte man das Gefühl, in einer Oase der Natur gelandet zu sein. Umgeben von Bäumen und Wasser, Sand und dem weiten Horizont zugleich. Joe wandte sich mir zu und lächelte mich an.

»Bleib genau dort stehen«, bat er.

Er ging ein Stück voraus, auf mehrere Tannen zu, in deren Schatten ich die Umrisse von etwas erkennen konnte, das vielleicht ein Zelt war. Joe streckte die Hände aus, als habe er zwischen den Zweigen etwas versteckt. Im nächsten Moment leuchteten mehrere Lichterketten auf, die sich von einem Ast zu einem anderen schwangen. Die einzelnen Lämpchen wirkten wie Glühwürmchen, die durch die Luft schwebten. Darunter befand sich tatsächlich ein Zelt. Es war groß genug für zwei, die Vorderseite war aufgerollt, und ich sah etliche Decken und Kissen, die darin lagen und wie eine Einladung waren, es sich gemütlich zu machen. Davor stand eine Kiste als eine Art Tisch mit zwei Sitzkissen. Mein Herz hüpfte vor Freude bei diesem Anblick höher.

»Wann hast du das alles hergebracht?«, fragte ich.

»Heute Nachmittag. Christopher hat mir geholfen. Gefällt es dir?«

Ich trat näher an das Zelt heran und sah zu den Lichterketten. »Ja!« Ich setzte meinen Rucksack ab und drehte mich zu ihm herum. Ein breites Grinsen stahl sich auf mein Gesicht. »Wer sehnt sich jetzt nach einer Nacht mit wem, Mr. Romantische-Geste?«

»Daran ist doch nichts romantisch«, meinte Joe gespielt ernst. »Wir sind hier doch schließlich auf einer Mission, ohne Hintergedanken, Miss Verträumte-Idealistin.«

»Soll ich dich gleich auf einem Altar opfern, oder hast du andere Pläne?«

»Pläne? Wo du doch so eine Abneigung dagegen hegst?«, meinte er sarkastisch. »Ich dachte, ich versuche es mal mit meinem Charme, und wenn der nicht zieht, sind in der Kiste da noch Snacks drin. Es könnte sogar eine Tüte mit Zimtschnecken dabei sein.«

»Zimtschnecken! Wer hat dir das denn verraten?«, sagte ich.

»Meine Nummer-eins-Mia-Informations-Quelle natürlich.«

»Mit Zimtschnecken kann man mich immer ködern. Wie tückisch.«

Wir setzten uns an den provisorischen Tisch, und während wir aßen und tranken, nutzten wir die Zeit zu zweit, um endlich über einige Dinge zu sprechen, die noch zwischen uns standen. Den Streit im Krankenhaus damals, die Erlebnisse aus der Höhle und auch unsere Bedenken, dass etwas schiefgehen konnte. Doch je länger wir uns unterhielten, umso mehr spürte ich dieses tiefe Vertrauen in Joe. Wir hatten so viel gemeinsam durchgestanden, und das hier würde nicht anders sein. Schließlich kehrte Stille ein, und nachdem wie eine Weile nur so dagesessen und die Gesellschaft des anderen genossen hatten, entschieden wir, dass wir nun mit unserem Vorhaben beginnen sollen.

Deshalb breitete Joe einige Utensilien aus, die sicher aus dem

Mirage oder der Hexenküche seiner Grandma stammten. Allmählich hatte ich ein wenig den Dreh raus, was diese Dinge anging. Kräuter, Edelsteine, Pflanzen und Gewürze waren wohl so etwas wie die Basics eines jeden guten Zauber-Kits und vielseitig einsetzbar.

»Krieg ich jetzt einen Einführungskurs ins Vrăjitoare-Dasein?«

»So in etwa«, sagte Joe. »Auch wenn die Anweisungen des Hexalon recht eindeutig sind, muss man bei jeder Art von Magie einige Grundregeln beachten.«

Joe legte ein dünnes Messer mit schnörkeligem Griff auf den Tisch. »Das ist eine Athame. Bei jedem Zauber, der Blut involviert, sollte man eine benutzen, sonst läuft man Gefahr, sich eine Wunde zuzufügen, die einem nach und nach seine spirituellen Energien nimmt. Oder der klassische Salzkreis, der alles Böse fernhält, ist beim Brechen eines Fluchs sicher auch nicht verkehrt.« Er deutete auf ein Büschel zusammengebundener Kräuter. »Weißer Salbei, nicht zu verwechseln mit blauem. Solche Räucherbündel wurden bereits für zeremonielle Reinigungen benutzt, da war nicht mal Mirage Dalca geboren.«

»Wir ziehen das also wirklich durch«, sagte ich.

Das ganze Gerede und der Glaube an Magie waren inzwischen auch in meinem Kopf verankert. Ich hatte so viel gehört und gesehen, aber eine solche Sache mitzuerleben, war etwas ganz anderes. In mir tobten Gefühle aller Art wild durcheinander. Nervosität, weil wir kurz davor waren, etwas zu tun, was nicht einmal Mrs. Dalca geschafft hatte. Sorge, ob der ganze magische Zirkus etwas bewirken würde. Und Hoffnung, dass mit dieser Nacht der Fluch brach – ob das nun wegen tief verwurzelter Magie geschehen würde oder weil die Mauern in den Köpfen der Leute endlich einstürzten. Es war schlichtweg aufregend und beängstigend zugleich.

Joe nickte. »Lass uns anfangen.«

Wir überbrückten ein Stück, bis wir direkt am Wasser standen. Die Wellen wurden nur ganz sachte ans Ufer gespült. Joe ging in die Hocke und grub mit den Händen ein kleines Loch in den Sand. Sobald eine der Wellen zurückkam, füllte es sich mit Wasser. Der Mond hing wie eine weiße Schneekugel hoch über uns und erhellte das Szenario.

»Die Ringe«, bat er.

Ich reichte sie ihm, und er legte sie in das Loch hinein.

Wo Himmel und Wasser sich vereinen … das traf es perfekt.

Als Nächstes zündeten wir das Räucherbündel mit dem weißen Salbei an und ließen es einige Minuten qualmen. Der Rauch stieg in einer dünnen Fahne zu den Sternen auf. Anschließend zog Joe einen Kreis mit dicken Salzkristallen, dessen Durchmesser groß genug war, dass er hineinpassen würde. Er wies mich an, mit ihm gemeinsam acht rote Kerzen in gleichmäßigen Abständen um den Salzkristallkreis in den Sand zu stecken.

»Warum müssen es ausgerechnet rote Kerzen sein?«, fragte ich.

Joe hatte sich gebückt, um die Kerzen auf seiner Seite mit Streichhölzern zu entfachen. Er reichte diese an mich weiter, damit ich die übrigen vier zum Brennen brachte. Es war windstill, und ich hoffte, dass bliebe auch weiterhin so.

»Die Farbe einer Kerze ist bei der Wirkung eines Zaubers entscheidend.«

»Ist Rot denn nicht die Farbe der Liebe?«

»Das schon«, antwortete er. »Aber sie steht außerdem für Stärke und Courage.«

»Hat die Anzahl auch eine Bedeutung?«

»Ich habe mal gelesen, dass ein Kreis aus acht Kerzen die Unendlichkeit symbolisiert, und wenn man einen mächtigen Bann brechen will, soll man einen solchen Kreis hochziehen – sobald alle

Kerzen erloschen sind, wird damit diese Schleife durchschlagen«, erklärte er.

»Dieses ganze Magiezeug ist ganz schön kompliziert«, meinte ich.

»Bei mir ist das jahrelange Übung«, sagte er und grinste verschmitzt.

»Dorothea scheint ihrer Familie jedenfalls nie erzählt zu haben, dass sie von einer dunklen Hexe abstammt«, dachte ich laut nach. »Glaubst du, sie wollte nach dem Streit mit Mirage alles Magische hinter sich lassen? Ist die Magie nicht auch ihr Erbe?«

»Talulah hat sich einer Macht bedient, die ihr nicht gehörte«, sagte Joe. »Ich denke, Dorothea wollte nicht, dass ihre Familie sich in etwas wie dunkle Magie verstrickt. Auch wenn nicht alles von der alten Legende wahr zu sein scheint … Talulah ist gestorben, nachdem sie den Fluch ausgesprochen hat. Vielleicht sollten die Rutherfords froh sein, dass Dorothea so umsichtig war, diese ganze Sache nicht weiterzuverfolgen.«

»Deine Grandma hat es nie ganz verkraftet, dass sie sich nicht von Dorothea verabschieden konnte«, sagte ich. »Wirst du … sprichst du irgendwann wieder mit ihr?«

»Vielleicht, wenn das alles hier vorbei ist«, murmelte er. »Ich brauche einfach Abstand zu ihr und bin noch nicht bereit, mir ihre Geschichte anzuhören. Ich liebe sie sehr, Mia. Aber mein Vertrauen muss sie sich erst wieder verdienen … und ich möchte jetzt lieber bei den Menschen sein, die mich nie belogen haben, bei meinen Freunden – und bei dir.«

Wir tauschten einen langen Blick, und ich nickte. Dann erhoben wir uns aus der Hocke, und Joe betrachtete einen Moment lang den Salzkristallkreis mit den Kerzen.

»Ich brauche jetzt die Athame, und dann … hoffen wir das Beste.«

Ich ging zurück zu unserem Lager und griff mir das Messer vom Tisch. Es fühlte sich kalt und schwer in meiner Hand an, und der Gedanke, Joe würde sich damit gleich selbst verletzen, verursachte mir leichte Übelkeit. »Blutsgabe« klang einfach super schaurig!

Nachdem ich Joe die Athame überreicht hatte, trat ich ein Stück zurück.

Am Himmel hatten sich einige Wolken zusammengeschoben und verdeckten nun den Mond. Die Zeit, die es dauerte, bis sie sein Licht wieder freigaben, erschien mir wie eine Unendlichkeit. Mir wummerte das Herz in den Ohren, und plötzlich verlor der Ort etwas von seinem ruhigen, friedlichen Glanz. Oder bildete ich mir das nur ein? Im Geäst begann es zu rascheln, Bewegung kam in die Wellen, und Wind erhob sich pfeifend.

Joe trat mit einem entschlossenen Schritt in das Herz des Salzkristallkreises hinein.

Er öffnete seine linke Hand und hob mit der rechten die Athame. Die Klinge glänzte im fahlen Mondlicht, und ich erschauderte. Es kribbelte mich am ganzen Körper, und ich hatte das ungute Gefühl, mir würde jemand in den Nacken atmen. Außer uns war jedoch niemand hier. Mein Verstand spielte mir Streiche, aber trotz sämtlicher Logik, die ich aufbrachte, verschwand das drückende Gefühl nicht … es klammerte sich an mir fest.

Ich presste die Lippen fest zusammen, als Joe sich in die Haut schnitt. Er verzog vor Schmerz das Gesicht, und ein Zischen entwich seiner Kehle. Obwohl ich ohne besondere Aufgabe nur danebenstand, erfasste mich eine seltsame Woge der Panik. Die Athame musste verdammt scharf sein, denn sofort quoll eine ordentliche Menge Blut aus der Wunde. Es lief über seine Hand und tropfte in den Sand, der es gierig aufsaugte.

»Fluch brich entzwei«, sagte er laut.

Im nächsten Moment wehte ganz plötzlich ein eisiger Wind vom Meer zu uns herüber und trieb Wellen auf uns zu. Sie türmten sich bedrohlich auf und erschienen mir mit einem Mal riesig. Sofort ergriff mich Panik. Lief etwas schief? Sollten wir abbrechen? Ich dachte zum tausendsten Mal an die Reime, an die Zeilen über die eisigen Wellen, und für einen Herzschlag befürchtete ich, dass sie uns mit sich reißen würden, als wäre der Ozean dabei, seine Finger nach uns auszustrecken. Doch dann, als ich vor lauter Furcht für eine Sekunde aufhörte zu atmen, fielen sie auf einmal in sich zusammen und schwappten weit über die Grenze des Sands hinaus. So weit, dass sie nicht nur das Loch mit den Ringen fluteten, sondern auch den Kreis, in dem Joe stand. Mit einem Schlag zerriss das Wasser alles. Die Kerzen erloschen, das Salz löste sich auf, und das Blut im Sand wurde fortgewischt. Joe und ich starrten einander überrumpelt an. Das ließ sich nicht mit Worten erklären – zumindest mit keinen, die ich artikulieren konnte. Was war das gewesen?

Ich fiel auf die Knie und grub an der Stelle, wo eben noch das Loch gewesen war, mit einer Hand nach den Ringen. Sie waren noch da … ein Glück! Karlie hätte es uns nie verziehen, wenn wir ihren verloren hätten. Sofort ging ich zu Joe und fasste ihn am Arm.

»Hey, alles okay? Tut es sehr weh?«

»Das war echt … so was habe ich noch nie erlebt.«

»Ich auch nicht. Als würde sich das Meer etwas zurückholen«, sagte ich. »Am besten kümmern wir uns um deine Hand, damit sie sich nicht entzündet. Komm schon.«

Joe setzte sich auf eines der Kissen, und ich kramte ein Erste-Hilfe-Reise-Set aus meinem Rucksack. Lila hatte es mir vorsorglich mitgegeben, weil sie meinte, wenn man in der Natur übernachtete, sollte man immer eines bei sich tragen. Die Ringe verstaute ich in einer schmalen Innentasche davon. Neben Joe kniend öffnete ich das Erste-Hilfe-Set und zog als Erstes einen sterilen Tupfer und Desinfektionsmittel heraus. Er zuckte nicht mal zusammen, als ich loslegte, dabei sah der Schnitt wirklich ... na ja, erschreckend aus. Wenige Minuten später war seine Wunde verbunden – wenn auch eher schlecht als recht, denn aus mir würde sicher kein Profi werden. Stille senkte sich über uns. Der Mond hatte sich erneut verabschiedet, aber dieses Mal kam er nicht wieder hinter den Wolken hervor, als habe er seine Aufgabe erledigt und wollte nun seine wohlverdiente Ruhe vor uns.

Da die Temperaturen fielen und Joes Schuhe und Hosenbeine durch die Wellen sowieso durchnässt waren, zog er beides aus und wickelte sich nur in Boxershorts und Shirt in eine der Decken aus dem Zelt. Als ich mich neben ihn setzte, zögerte er, öffnete dann aber die Decke wie eine Frage. Ich rückte an ihn heran und zog die Decke fest um mich. So saßen wir eine Weile schweigend nebeneinander eingehüllt in den warmen Stoff.

»Es ... es hat funktioniert, oder?«, fragte ich.

Joe schwieg kurz. »Ich habe definitiv etwas gespürt, und die Wellen ... der Kreis der Kerzen wurde auch zerschlagen. Es muss funktioniert haben. Ja, ich bin mir sicher.«

»Ein Feuerwerk wäre noch ganz nett gewesen«, witzelte ich.

Die Stimmung war nach dem Ritual so angespannt, dass ich sie lockern wollte.

Er sah zu mir. »Vielleicht sieht man Wunder ja nicht, man fühlt sie nur.«

»Im Reim heißt es, dass die Dalcas im ›Morgenlicht‹ frei sind«, sagte ich.

Joe sah nachdenklich aufs Meer hinaus. »Ich denke, das ist symbolisch gemeint. Ein neuer Morgen ist eine neue Chance und damit ein neues Leben. Ich habe mir so oft vorgestellt, wie es wäre, wenn wir den Fluch brechen könnten …« Er zögerte. »Ob jetzt wirklich alles vorbei ist? Ich kann es kaum glauben.«

»Du kannst die Insel jetzt beruhigt verlassen«, sagte ich behutsam. »Schmuckdesign studieren, wo auch immer du möchtest, etwas von der Welt sehen. Bist du erleichtert?«

»Ja, das kann ich«, sagte er und kostete die Worte behutsam aus. »Und ja, ich bin auch erleichtert. Es fühlt sich an, als hätte sich wirklich etwas verändert. Aber … ich glaube, ich brauche noch etwas Zeit, um den Gedanken zu realisieren. Im Morgenlicht …«

»Im Morgenlicht dann«, wiederholte ich und lächelte.

»Erinnerst du dich daran, als wir am Bootshaus waren? Wir haben über die Tradition mit der Wal-Glocke gesprochen, und du wolltest von mir wissen, was mein Wunsch sei, der sich bisher nicht erfüllt hat. Und ich wollte ihn damals noch nicht verraten …«

»Ich erinnere mich. Du hast mir versprochen, du würdest es mir sagen, wenn sich der Wunsch erfüllt hat«, meinte ich und kuschelte mich fester in die Decke hinein.

»Ich kann es dir jetzt sagen. Denn der Wunsch ist wahr geworden.«

»Den Fluch zu brechen?«, riet ich.

Joe schüttelte den Kopf. Er brachte sein Gesicht näher an meins. »Ich wollte mich in jemanden verlieben, der mich trotz des Fluchs nicht aufgibt«, flüsterte er. »Als wir da unten in der Schmugglerhöhle waren und ich dachte, ich würde es nicht schaffen, dich aus dem Wasser zu ziehen, da ist es mir klar geworden. Dass ich längst in dich verliebt war.«

Der sehnsuchtsvolle Blick in seinen Augen sandte einen Schauer meine Wirbelsäule hinab. »Ich hätte niemals gedacht, dass dieser Sommer alles verändern würde.«

»Das war nicht dieser Sommer, Mia. Das warst du«, sagte Joe.

»Als wir uns getroffen haben, warst du wütend und traurig, aber du hast trotzdem niemals den Kopf in den Sand gesteckt – und davon gibt es auf der Insel schließlich eine Menge.«

Ich lachte. »Das ist die blödeste Liebeserklärung überhaupt.«

»Wer sagt denn, dass das eine Liebeserklärung ist?«, sagte er gespielt ernst. »Ich dachte, ich liste einfach ein paar deiner guten Eigenschaften auf, und das reicht dann.«

»Wo bleibt denn da die Dalca-Magie?«, sagte ich gespielt empört.

Als Antwort küsste er mich. Kurz und sanft.

»War das genug Magie?«, flüsterte er.

»Nein«, flüsterte ich zurück.

Die Decke rutschte uns von den Schultern, als Joe mich wieder küsste und dabei eine Hand an meinen Hals legte und die andere über meinen Rücken fuhr. Unsere Lippen bewegten sich wie zwei Instrumente, deren Klänge ihre Harmonie gefunden hatten. Er löste sich viel zu schnell wieder von mir, auch wenn zwischen uns kaum noch Platz blieb.

»Vielleicht sollten wir das Schicksal nicht herausfordern«, murmelte er. »Die Dalcas sollen doch erst im Morgenlicht so richtig frei sein …«

»Aber ich liebe Herausforderungen«, sagte ich und brachte nun ihn zum Lachen. »Und ist es nicht das, was wir schon die ganze Zeit tun? Das Schicksal herausfordern?«

Seine Finger strichen durch mein Haar, und er betrachtete mich. »Ich war nicht immer fair zu dir«, sagte er. »Ich verspreche dir noch etwas. Ich werde dich nie wieder verletzen. Denn egal, was morgen sein wird, ich möchte mit dir zusammen sein, Mia.«

»Ich möchte auch mit dir zusammen sein«, sagte ich. »Aber ich habe auch noch etwas Angst. Davor, dass ich morgen aufwache und feststelle, dass alles zwischen uns nur ein Traum war und du gegangen bist. Weil du es dir anders überlegt hast oder …«

»Dieses Mal nicht«, unterbrach er mich. »Wenn du mich ein letztes Mal bittest zu bleiben, bleibe ich.«

»Bitte bleib«, hauchte ich und schlang die Arme um Joe.

Wir küssten uns erneut. Gemeinsam rutschten wir ins Zelt hinein, wo es mit den vielen Kissen und Decken gemütlicher war. Seine Finger wühlten sich durch mein Haar, strichen über meine Arme und glitten unter den Saum meines grünen Oversized-Shirts. Mein Puls beschleunigte sich, als seine Fingerspitzen sanft über meine Haut kratzten, und ich löste meinen Mund von seinem, um ihn anzusehen. Irgendwie war ich auf ihm gelandet, und er lag schwer atmend unter mir. In seinen Augen wartete eine unausgesprochene Frage. Behutsam fuhr ich mit einem Finger die Züge seines Kiefers nach und hielt für einen Moment inne.

»Nimmst du eigentlich alle Mädchen mit in dein Zelt?«, fragte ich.

»Nur dich. Und Tamara, Sophie, Abby und ihre Schwester Claudia«, sagte er.

»Hast du nicht ihre Cousine dritten Grades vergessen?«

»Und die Nonnen aus dem alten Kloster«, ergänzte Joe. Wir begannen zu lachen, und er umfasste meine Hand und küsste meine Fingerknöchel. »Das eben war ernst gemeint. Ich möchte mit dir zusammen sein. Egal wann, wie und wo. Wir müssen nicht …«

»Hast du etwa nicht darüber nachgedacht?«, fragte ich.

»Ich konnte die ganze Nacht nicht schlafen, weil ich Angst hatte, du befürchtest, ich will dich nur in den Wald und in mein Verführer-Zelt locken«, antwortete er.

Ich grinste. »Dein Verführer-Zelt?«

»Gibt das jetzt Minuspunkte?«

»O ja, eine Menge!«

Dann beugte ich mich zu ihm hinab, um da weiterzumachen, wo wir aufgehört hatten. Dieses Mal waren es meine Hände, die über seine nackten Arme fuhren, am Saum seines Shirts zupften.

Schließlich zog ich mir mein eigenes über den Kopf, und als seine Finger zurück auf meiner nackten Haut waren, spürte ich die Berührungen bis in jeden Zentimeter meines Körpers. Irgendwann war auch Joes Shirt verschwunden, und ihn so nah bei mir zu spüren, sandte tausend kleine Funken durch meine Nervenbahnen.

»Bist du dir sicher, dass du das willst?«, fragte er.

»Bist du dir denn sicher?«, fragte ich.

»Sehr sicher«, sagte er.

»Noch viel sicherer«, sagte ich.

Joe richtete sich auf, und ich rollte mich von ihm herunter und griff nach meinem Rucksack. Seitdem ich das erste Mal Sex gehabt hatte, war ich lieber vorbereitet, als hinterher irgendetwas zu bereuen – nicht, dass ich ständig Kondome mit mir herumschleppte, aber wieso mussten das immer nur die Jungs machen? Joe hatte offenbar dieselbe Idee gehabt, denn als ich mich zu ihm umdrehte, hielt er ebenfalls eine Kondompackung in den Händen. Der Moment war ein wenig seltsam und peinlich und lustig zugleich. Aber es zeigte auch, dass wir beide dasselbe wollten, und das fand ich irgendwie schön. Es war, wie ich zu Lila gesagt hatte: Wenn sich etwas richtig anfühlt, dann fühlt es sich richtig an. So wie das hier. Wie fast alles mit Joe.

Joe küsste mich langsam und zeichnete mit seinen Lippen eine Spur über meinen Körper, als wolle er ein Sternenbild auf meine Haut malen. Behutsam knöpfte er meine Shorts auf und zog sie mir aus. Seine Finger glitten über mein linkes Bein, als er sich wieder zu mir beugte. Der Verband an seiner Hand kratzte ein wenig, aber das störte mich nicht weiter. Schließlich trennte uns kein einziges Kleidungsstück mehr. Wir kosteten diesen kleinen Augenblick der Erwartung aus, sahen einander lange Zeit nur an.

»Ich liebe dich«, sagte er.

»Ich liebe dich auch«, sagte ich.

Später erinnerte ich mich genau an diesen Moment. Wie der Mond über uns wachte, der Wind uns ein stürmisches Liebeslied sang und der verfluchte Junge, in den ich mich verliebt hatte, Joseph Dalca, zu dem Jungen wurde, an den ich zwischen Meer und Sternen ganz und gar mein Herz verlor. Liebe konnte wirklich jeden Fluch brechen.

KAPITEL 49

TANTE SUTTON WIRKTE NERVÖS, als sie sich ans Ende des Frühstückstischs setzte. Da ihr Urlaub leider vorbei war und die Sommerferien noch eine Weile andauerten, hatten wir die Tradition ins Leben gerufen, immer gemeinsam zu essen. Das klappte natürlich nicht an jedem Tag, aber am Wochenende war das für uns ein Muss. Ich hatte mich schon sehr auf unseren gemeinsamen Sonntagsbrunch gefreut, denn heute gab es selbst gemachte Zimtschnecken, und mir lief schon das Wasser im Mund zusammen.

Die Millionen-Dollar-Frage war nur: Wieso war Tante Sutton so nervös?

Das hatte nicht nur ich bemerkt, auch Elise blickte fragend, Lila erwartungsvoll zu ihr hinüber. Nur Tucker schaufelte sich einfach schon Ei und Speck auf den Teller, als wäre Tante Suttons Anwesenheit der Startschuss für ein Wettessen. In der Stille erklang das Klappern des Bestecks umso lauter, doch er zeigte mal wieder das Feingefühl eines Steins. Erst als Elise ihm den Ellbogen in die Rippen rammte, blickte Tucker auf und starrte in die Runde.

Er schob sich hastig noch ein Stück Speck in den Mund und erntete dafür von mir zusätzlich einen genervten Blick. »Tucker …«

»Was denn? Ich kann nicht denken, wenn ich Hunger habe.«

Kurz legte sich Stille über den Tisch, dann räusperte sich Tante Sutton.

»Ich muss euch etwas sagen«, begann sie und lächelte nun.

»Wird das jetzt irgendeine emotionale Rede darüber, dass Tucker,

Elise und ich dir so ans Herz gewachsen sind, dass du uns nie mehr gehen lässt?«, scherzte ich.

»Nein, nein. Die kommt erst noch«, lockerte Tante Sutton die Stimmung auf. »Wie ihr wisst, hatten euer Vater und ich einen schlimmen Streit, und seitdem hängt der Familiensegen ziemlich schief. Seit ihr hier seid, habe ich mir viele Gedanken gemacht.«

»Niemand gibt dir die Schuld an irgendetwas«, sagte Elise und klang dabei sehr erwachsen.

»Das ist lieb von dir, Elise«, sagte sie. »Aber ich habe mir ein Herz gefasst und noch einmal mit eurem Dad gesprochen. Und ich habe eure Eltern eingeladen, die letzten zwei Ferienwochen hier bei uns auf Whidbee Island zu verbringen. Wie früher.«

»Was?!«, kam der Ausruf von allen Plätzen gleichzeitig.

»Das ist super!«, strahlte ich.

»Mom und Dad kommen her?«, freute sich Elise.

»Was ist mit ihrer Arbeit?«, fragte Tucker ganz pragmatisch.

»Ich habe eurem Dad gesagt, dass es an der Zeit ist, unseren Streit ein für alle Mal hinter uns zu lassen. Er stand schon zu lange zwischen unseren Familien. Dieser Sommer mit euch war bisher wunderschön und hat mir gezeigt, was ich all die Jahre verpasst habe. Und ich möchte niemals wieder, dass unsere Familien so entzweit werden.«

»Das heißt, sie kommen wirklich her?«, fragte Lila aufgeregt.

»Ja, sie kommen her. Sie haben es beide geschafft, ihre Arbeit so zu legen, dass sie früher abreisen können«, antwortete Tante Sutton. »Ist das okay für euch?«

»Ob das okay für uns ist? Natürlich! Mehr als okay!«, rief ich aus.

Lila und ich warfen einander vielsagende Blicke zu. Wie aufregend! Vielleicht würden sich Tante Sutton und mein Dad endlich richtig aussprechen, sich wieder näher kommen! Vielleicht war das hier der Neubeginn von vielen wundervollen, neuen Whidbee-Island-Sommern!

Elise sprang als Erste auf und umarmte Tante Sutton. »Ich freue mich so!«

Lila und ich taten es ihr gleich. Die Stimmung sprühte nur so vor positiver Energie. Und als wir alle zu Tucker sahen, erhob sogar er sich (wenn auch etwas grummelig) und fügte sich der Riesenfamilienumarmung. Wir wurden zu einem großen Knäuel aus Armen und Köpfen und hielten einander für einige Sekunden einfach nur fest. Es dauerte, bis wir danach alle wieder auf unseren Stühlen saßen.

Tante Sutton wischte sich über die Augen, so gerührt war sie von unseren glücklichen Reaktionen. Uns ging es nicht anders. Dieser Moment, in dem wir alle zusammen waren, fühlte sich irgendwie nach Veränderung an – und vor allem nach einer besonders guten!

»Können wir jetzt endlich frühstücken?«, maulte Tucker. »Ich verhungere!«

Darüber mussten alle laut lachen, und dann begannen wir zu essen.

Marmelade wurde herumgereicht, es wurde über Sonntagspläne gequatscht und natürlich einiges für die Ankunft von Mom und Dad geplant und besprochen. Und während ich so bei meiner Familie saß, ertappte ich mich dabei, wie ich dieses Bild in meinem Kopf festhielt, fast schon wie ein Foto. Nur war diese Momentaufnahme etwas ganz Besonderes. Denn meine Familie war besonders. Wir hielten eben zusammen.

Einige Tage später traf ich mich mit Joe in einem kleinen Restaurant am Stormbay Pier, das Marcus' Familie gehörte. Ich war ihm zufällig über den Weg gelaufen, als er seinem Sozialdienst nachgegangen war und Müll am Strand aufgesammelt hatte. Er hatte sich lang und breit bei mir wegen der Sache bei seiner Party entschuldigt und mir gefühlt hundert Coupons geschenkt, mit denen wir uns einmal gratis durch die Speisekarte des *Stormy Sea* futtern konnten – und nach den Schwierigkeiten, in die ich wegen ihm geraten war, hatte ich dazu nicht Nein gesagt und seine Entschuldigung angenommen.

Das Restaurant war modern eingerichtet und hell und bot einen tollen Blick aufs Meer. Joe und ich hatten uns an einen Tisch nahe der Fensterfront gesetzt, um in Ruhe arbeiten zu können.

Als er mich gefragt hatte, ob ich ihm helfen könnte, seine Schmuckstücke für das Portfolio seiner College-Bewerbungen zu fotografieren, war ich unheimlich nervös gewesen. Doch gestern waren wir durch die Gegend gezogen und hatten (auch mit ein paar Tipps von Eric) richtig tolle Foto-Plätze gefunden. Ich hatte vorgeschlagen, dass wir Joes Schmuck besser in Szene setzen konnten, wenn er ihn nicht nur auf einem langweiligen Tuch platzierte, sondern mit den »Hilfsmitteln« der Insel die Präsentation etwas abwechslungsreicher gestaltete. Immerhin ging es um seine Zukunft!

»Diese Fotos sind wirklich gut geworden«, sagte Joe. Er rückte näher zu mir, damit er einen besseren Blick auf Lilas Notebook hatte. »Man sieht meinen Schmuck dadurch irgendwie aus einer ganz anderen Perspektive. Die sind perfekt für mein Portfolio!«

In meinem Magen tanzten aufgeregt ein paar Schmetterlinge. Ich freute mich unheimlich über dieses Lob. Wir brüteten schon eine Weile über den Fotos, und Joe hatte eine Zeit lang nichts gesagt, bis wir alle durchgesehen hatten.

»Danke«, sagte ich. »Das freut mich unheimlich.«

»Ich hätte mir schon viel früher Fotos von dir ansehen sollen«, meinte er. »Als wir damals in Breezing über meinen Schmuck geredet haben und du das von der Fotografie erzählt hast, ist dein Hobby irgendwie untergegangen, weil es dauernd um den Fluch ging …«

»Ach«, meinte ich. »Wir haben ja jetzt alle Zeit der Welt, um darüber zu reden.«

Er lächelte. »Die haben wir.« Joe seufzte. »Ich hoffe, ich habe eine Chance, dort angenommen zu werden. Ich bin einfach so spät mit der Bewerbung dran, aber ich hätte nie geglaubt, dass ich die Möglichkeit dazu bekommen würde. Ich bin einfach nur glücklich.«

Einige Minuten arbeiteten wir in angenehmer Stille weiter.

»Übrigens hat meine Grandma gestern ihren Ehering wiederbekommen«, sagte Joe. »Das wollte ich dir unbedingt noch erzählen! Ehrlich gesagt habe ich nicht mehr dran geglaubt, nachdem Deputy Hollister meinte, es sei schwerer, die Diebe zu finden, als zunächst gedacht, aber dann stand er überraschend vor unserer Tür. Ob du es glaubst oder nicht, er hat einen Tipp bekommen, und so konnten die zwei Jugendlichen bei der Überfahrt nach Seattle geschnappt werden. Sie haben danach alles gestanden.«

»Was denn für ein Tipp?«, fragte ich neugierig.

»Jemand hat gehört, wie sie vor dem Betreten der Fähre mit ihrem neusten Diebstahl geprahlt haben«, sagte Joe. »Und jetzt halt dich fest! Dieser Jemand war ausgerechnet Mr. Russel. Er war gerade dort, weil er seine Enkeltochter zur Fähre gebracht hat.«

Mir klappte der Mund auf. »Echt? Mr. Russel?«

Joe nickte. »Deputy Hollister hat dann Grandmas Ring über eine Pfandleihe ausfindig machen können, wo die Diebe ihn verkauft hatten. Sie war überglücklich! So glücklich sogar, dass sie sich vorgenommen hat, Mr. Russel, der schließlich maßgeblich an der Festnahme beteiligt war, demnächst mal zum Dank zum Tee einzuladen.«

»Das ist ja ein richtiges Happy End!«, sagte ich.

Und wer weiß? Vielleicht würde aus dieser Einladung ja etwas mehr werden ... Sowohl Mrs. Dalca als auch Mr. Russel hätten es verdient, ganz mit dem Fluch abzuschließen.

Joe grinste breit, denn er schien wohl etwas Ähnliches zu denken. Ich hatte natürlich auch Aubrie nicht vergessen! Die war seit dem

Brechen des Fluchs wie ausgewechselt und viel fröhlicher. Und vielleicht wagte sie sich irgendwann ja auch wieder an eine Verabredung ... Ich würde es ihr wünschen.

»Okay«, sagte ich beschwingt durch die guten News. »Zurück zu den Fotos. Reicht dir diese Auswahl? Dann kann ich sie noch etwas bearbeiten und dir später schicken.«

»Ja, die reichen aus!«, antwortete er und gab mir einen sanften Kuss. »Wir müssen jetzt aber auch los, oder? Wann war noch mal das Roller-Derby-Spiel von den *Crazy Daisies*?«

Ich schaute zur Anzeige der Uhr auf dem Notebook. »Erst in ungefähr einer Stunde«, sagte ich. »Aber Lilas erstes richtiges Match will ich echt nicht verpassen!«

Joe und ich machten uns ganz gemütlich auf den Weg. Da wir noch etwas Zeit hatten, schlenderten wir Hand in Hand durch die Straßen, bis wir beim Wal-Center vorbeikamen. Ein kleines Mädchen quietschte gerade begeistert, weil ihre Mom ihr anscheinend einen Plüsch-Wal gekauft hatte. Der Anblick war zu niedlich!

»Hey, ist das da vorne nicht Eric?«, fragte Joe.

Ich folgte seinem Fingerzeig mit den Augen. »Ja, du hast recht.«

»Sieht so aus, als wäre er auf einem Date«, meinte Joe.

Eric saß draußen am Tisch eines Cafés, ihm gegenüber ein Mädchen, von dem ich nur den Rücken sehen konnte. Was jedoch gut zu erkennen war: Wie sie flirtend über seinen Arm strich und dann den Kopf zurückwarf, um zu lachen. Und Eric? Der strahlte sie an und schien seinen Charme nur so zu versprühen. Ich schmunzelte.

Vielleicht würde dieses Mädchen nicht seine einzig wahre Liebe sein, aber er hatte es gewagt und sich auf ein Date getraut! Und wer weiß? Vielleicht war sie es ja doch!

»Komm, lass uns weitergehen!«, sagte ich grinsend.

Ich schmiegte mich enger an Joe, und wir liefen weiter. Irgendwie trugen unsere Füße uns zum Aussichtspunkt für Wale, wo sich einige Touristen tummelten. Pärchen und Freunde, Eltern und Kinder und Leute, die einfach allein das Abenteuer suchten. Wir stellten uns ans Geländer, und ich wurde fast schon nostalgisch. Auf der Bank hier hatte ich gesessen, als ich mir vorgenommen hatte, mein Leben wirklich zu ändern, ganz zu Beginn des Sommers. Es war nicht alles so gelaufen, wie ich wollte, und ich hatte eine Achterbahnfahrt der Gefühle hinter mir, aber ich war auch daran gewachsen.

»Worüber denkst du nach?«, flüsterte Joe dicht an meinem Ohr.

»Über dich, mich, uns«, antwortete ich und wandte ihm das Gesicht zu.

Er lächelte dieses unwiderstehliche Dalca-Lächeln, und mein Herz hüpfte aufgeregt und glücklich zugleich in meiner Brust. Ich schlang die Arme um seinen Hals und blickte in seine dunkelbraunen Augen, in denen noch so viele Dinge verborgen lagen, die ich ergründen und kennenlernen wollte. Gerade, als er den Mund öffnete, um zu antworten, wurden wir von einem zischenden Geräusch abgelenkt. Die Leute um uns herum waren plötzlich in heller Aufregung und redeten wild durcheinander, und ich sah auch, warum.

»O! Mein! Gott!«, kreischte eine Frau neben uns. »Ein Wal!«

Joe ließ mich los, und auch ich beugte mich staunend über das Geländer.

Durch die Entfernung sah der Wal wahnsinnig klein aus, und viele Details waren nicht auszumachen, aber es war unverkennbar einer! Da musste man keine Expertin für sein. Sofort kam Freude in mir auf. Unglaublich! Ich hatte endlich einen Wal gesehen!

Mit einem Mal ertönte das Läuten der Wal-Glocke.

Stimmt! *Siehst du einen Wal, läute einmal!*

Ein Junge, vielleicht acht oder neun, mit braunen Haaren, strahlte mit der Sonne um die Wette. Er hatte die Glocke zusammen mit seinem Grandpa geläutet.

»Darf ich mir jetzt was wünschen?«, fragte er.

Der ältere Herr nickte. »Ganz genau!«

»Dann wünsche ich mir … Nein, das bleibt geheim!«

Joe und ich tauschten einen amüsierten Blick.

»Willst du dir auch etwas wünschen?«, fragte er.

Ich schloss die Finger um mein Medaillon und sah ihn lange an. »Nein, ich habe alles, was ich mir wünsche, genau hier. Die beste verfluchte Liebe meines Lebens.«

Joe zog mich sanft an sich. Und als er mich küsste, sanft und stürmisch zugleich, da konnte ich mir nicht vorstellen, dass es etwas Besseres auf der Welt geben konnte, als von Joseph Dalca geküsst zu werden. Außer Zimtschnecken vielleicht.

Epilog

DAS JUNGE MÄDCHEN stand schon seit einigen Minuten vor der Wand des *Mirage* und betrachtete die dort eingerahmte Seite aus dem Hexalon. Ich war gerade dabei, eine Liste von Dingen zu notieren, die nachbestellt werden mussten, weil ich Aubrie heute im Laden half. Doch irgendwie weckte das Mädchen meine Neugier, und ich sah immer wieder zu ihr hinüber.

»Hey, kann ich dir vielleicht helfen?«, fragte ich schließlich.

Fast schon ertappt drehte sie sich um und blickte mich unsicher an.

Sie erinnerte mich so sehr an mich in diesem Moment, wenn sie auch ein oder zwei Jahre jünger war, vielleicht so alt wie meine Schwester Elise. Bei meinem ersten Besuch hier war ich auch erschrocken gewesen, als Joe plötzlich aufgetaucht war.

»Ich … ich weiß nicht«, sagte sie schüchtern.

»Du interessierst dich wohl für das Hexalon, oder?«

Zaghaft nickte sie. »Ich mache gerade Ferien mit meinen Eltern und zwei Brüdern hier«, sagte sie. »Und … ich habe gehört, man könnte hier finden, was man braucht. Im Internet habe ich von den Dalcas gelesen und ihrem Laden, aber … stimmt das alles noch?«

Ich stellte mich neben sie und betrachtete die mir so vertraute Hexalon-Seite.

Nachdem Joe und ich den Fluch gebrochen hatten, hatte es nicht lange gedauert, bis die Bewohner der Insel davon Wind bekommen hatten. Wörter verteilten sich schneller auf Whidbee Island als Blätter im Wind. Die Reaktionen waren gemischt gewesen. Einige fürchteten nun, die Insel würde ihren magischen Charme verlieren, andere freuten sich von Herzen für die Familie, und es war sogar schon ein neugieriger Reporter der *Seattle Times* angerückt, die damals ja einen Artikel über das *Mirage* gepostet hatte.

»Ja«, sagte ich. »Es ist alles wahr. Der Fluch mag vielleicht nicht mehr existieren, aber die Insel wird ihre Magie niemals verlieren. Willst du wissen, woher ich das weiß?«

»Woher?«, fragte sie voller Ehrfurcht.

Ich zwinkerte ihr zu. »Komm, ich zeig's dir.«

Beschwingt ging ich voran und zu der Ecke, in der das Buchregal und die Sitzmöglichkeiten standen. Dort gab es seit einer Weile eine Neuerung. Ein Familienfoto der Dalcas, auf dem Mrs. Dalca, Joe und Aubrie zu sehen waren und gemeinsam lächelten.

»Das ist die Familie Dalca«, sagte ich. Schon ihre Vorfahren führten diesen Laden seit Generationen, und jede Familie, die seitdem über das *Mirage* gewacht hat, hat eine besondere Aufgabe: den Menschen zu helfen. Daran ändert kein Fluch der Welt etwas, das weiß ich.«

»Sie sehen gar nicht aus, wie ich mir Hexen vorgestellt habe«, sagte sie.

»Ja, das dachte ich anfangs auch«, meinte ich amüsiert.

»Ich brauche wirklich Hilfe«, sagte sie.

Mein Herz begann vor Vorfreude schneller zu schlagen. »Dann bist du hier genau richtig.« Ich beugte mich verschwörerisch zu ihr. »Die Sache ist nämlich die: Niemand findet das *Mirage* einfach so, das *Mirage* findet die Menschen, wenn sie es brauchen …«

DANKSAGUNG

IN »CURSED LOVE« geht es viel um einen Fluch, von dem man bis zum Ende nicht genau weiß: Gibt es ihn, oder gibt es ihn nicht? Dieser »magische Touch« war mal etwas anderes für mich, und mir hat das Schreiben wahnsinnig viel Spaß gemacht! Vieles in der Geschichte gibt es tatsächlich, und wieder anderes ist frei erfunden. Bei meiner Recherche bin ich auf sehr interessante Magie-Theorien, Zauberrituale & Co. gestoßen. Es war spannend zu lesen, wie weit Meinungen auseinandergehen und dass einige Menschen absolut an Magie & Co. glauben (wie Joe sein Leben lang) und andere wiederum all das (genau wie Mia am Anfang) für totalen Blödsinn halten.

Ich persönlich möchte auf jeden Fall daran glauben, dass es auf dieser Welt mehr gibt, als wir mit Logik und Wissenschaft erklären können – einen Brief nach Hogwarts inklusive! Doch die wahre Botschaft (egal, woran ihr glaubt), die ich euch mit auf den Weg geben wollte, steht auch in etwa so im Buch: Glauben kann Dinge bewegen und verändern, Mut machen und Glück mit sich bringen. Also, egal, woran ihr glaubt – verliert niemals den Glauben an euch selbst!

Nun aber zu dem Danke-Teil dieser Danksagung. Es gab mal wieder einige Menschen, die mich bei der Entstehung dieser Geschichte begleitet haben – manche davon tun das seit vielen Jahren, und andere sind neu dazugekommen. So oder so schätze ich mich unfassbar glücklich, all diese tollen Menschen überhaupt zu kennen.

Mein erster Dank gilt dieses Mal meinen Lektorinnen Martina Vogl und Diana Mantel. Martina hat bisher alle meine Romane bei Heyne fliegt begleitet, und von ihr habe ich in den letzten Jahren viel gelernt. Dein erstes Feedback, liebe Martina, hat mir erneut so viel gegeben und mich darin bestärkt, mit dieser Geschichte etwas Neues auszuprobieren. Liebe Diana, dir gilt ein besonderer Dank, denn du hattest so viel Geduld mit mir bei diesem Projekt, wenn ich mal wieder mit der Abgabe etwas später als geplant dran war. Ich bin so froh, dich zu haben, denn du verstehst, wie ich ticke. Mit deinem fantastischen Blick fürs Detail hast du so viel aus der Geschichte herausgekitzelt und mir mit deinen Kommentaren oft ein Lächeln ins Gesicht gezaubert. Vielen Dank für alles!

Ich bedanke mich bei Niclas Schmoll, meinem Agenten (immer noch der Beste, ha!), der den absolut perfekten Pitch zu dieser Geschichte geschrieben hat und sie so dem Verlag schmackhafter gemacht hat als Zimtschnecken, die frisch aus dem Ofen kommen.

Ich danke Julia Bauer, die als Programmleitung ein weiteres Mal »Ja!« zu einem Roman von mir gesagt und mich damit sehr, sehr glücklich gemacht hat. Danke, dass du mir immer die allerliebsten Mails schreibst und mich bei meinen Ideen unterstützt.

Nicht zu vergessen Patricia Czezior, die eindeutig einen Schreibtischaufsteller mit der Betitelung »coolste Socke in da (Random) House« verdient hat, weil sie mich oft zum Lachen bringt und immer vollen Einsatz für meine Manuskripte zeigt.

Danke auch an alle, die hinter den Verlagskulissen etwas für meine Bücher tun.

Ein großer Dank geht an meine Autoren-Musketiere. An Steffi H., die immer einen kühlen Kopf bewahrt, wenn eine Krise ansteht, und niemals zögert zu helfen. An Liz, die mit ihrer positiven Art und ihrem Humor dafür sorgt, dass man stets genug Motivation findet. An Lisa R., die verrückt und wunderbar ist und das größte Herz von allen hat. An Ann-Kathrin, mit der ich gemeinsam lachen (und weinen) kann, egal was geschieht. Und natürlich an die liebe Carina, die seit so vielen Jahren im »Team Tanja« ist, dass ich sie mir nicht wegdenken möchte. Ihr seid die besten Autoren-Freundinnen der Welt.

Wenn wir schon bei Autoren-Freundinnen sind: danke an meine Lieblings-Kyra und meine Lieblings-Sophie, die mein Leben im letzten Jahr so viel besser gemacht haben. Ihr zwei seid wunderbare, lustige Menschen, und ich werde euch bei unseren Teekränzchen noch viel öfter mit einem munteren »Helluuoooo« ein Ohr abkauen, versprochen!

Danke an Laura K. und Bianca, für eure wunderbare Unterstützung. Danke an Laura H., meine Heldin in jeder Lebenslage! Ich wüsste nicht, was ich ohne dich machen würde. Danke an Raffi, Vanni K. und Katharina, die coolste BookTube-Gang überhaupt! Vielen Dank auch an die liebe Jenny P., die mich ebenfalls so lieb anfeuert und sich mit mir freut, komme was wolle! Ein weiterer Dank geht von ganzem Herzen an Lisa L., mein Taylor Swift Spirit Animal, die sich jedes Mal Zeit nimmt, meine Geschichten vorab zu lesen, und mir so wundervolles (und hilfreiches) Feedback gibt, das meinen Büchern oft den letzten Schliff verpasst. Danke an weitere, liebe (Autoren-)Freundinnen, die mir den Rücken stärken: Cristina H., Laura L., Alena C., Caro W., Anne P., Heffa und Simone! Ihr seid toll!

Danke an Fabian und Eva. Ihr seid zwei ganz besondere Menschen für mich, und ihr bräuchtet eine eigene Danksagung (ach, was sage ich, einen eigenen Roman) für euch ganz allein, in dem ich aufschreiben kann, wie sehr ich euch lieb habe. Ihr seid meine Leuchttürme, wenn mein Autoren-Schiff mal wieder vom Kurs abkommt oder durch einen schlimmen Sturm navigieren muss. Eure Freundschaft bedeutet mir einfach alles.

Tausend liebe Umarmungen auch an weitere Testleser, wie den lieben Gordon (du bist cooler als Veronica Mars!) und die weltbeste

Melina (Nachteulen-Club forever)! Ihr zwei habt mir sehr geholfen und mich mit euren Kommentaren auch sehr zum Schmunzeln gebracht. Einen gigantischen Dank auch an Janina und Julia, die beide noch last minute alles gegeben haben, um dieses Buch zu lesen!

Ich danke meiner Mutter und meinen Geschwistern Steffi und Tim. Unsere kleine Familie hält (genau wie Mias) zusammen, egal wie holprig es mal wird oder wie schlimm gestritten wird. Besonders danke ich dir, Steffi – für alles. Immer und immer wieder.

Was ich unbedingt erwähnen sollte: danke an die »Glücks-Möwe«, der ich mit sechzehn begegnet bin. Vielleicht hätte ich ohne sie nie die Idee zu dieser Geschichte gehabt. Alle, die mir bei Instagram folgen, wissen Bescheid.

#SecretMöwenClubDesGlücks

Vielen Dank auch wieder an alle Leser*innen, Blogger*innen, Bookstagramer*innen, Buchhändler*innen, BookTuber*innen & Co. da draußen, die meine Geschichten lesen, kaufen, ausleihen, empfehlen, verschenken – und bei Cursed Love dabei waren. Ich hoffe, ihr werdet alle ein Leben ohne schlimme Flüche und voller Glück und Liebe haben.

Bis zum nächsten Buch,
eure Tanja